『금오신화』와 한국소설의 기원

『금오신화』와 한국소설의 기원

오 대 혁

도서출판 역락

❙ 책머리에

홀로 행하고 홀로 걸어 장애가 없으며
풍류가 아닌 곳이 저절로 풍류 되네.
獨行獨步無障碍 不風流處自風流
— 김시습, 『십현담요해』에서

1.

　사람들은 김시습과 『금오신화』를 통해 고독을 읽어내곤 했다. 어려서 세종 대왕의 칭찬을 받았으며, 유·불·선 삼교를 아울러 도통했으며, 현실 개혁의 칼날을 갈았으나, 끝내 그를 용납하지 않는 시대 앞에서 고독과 소외감으로 몸부림쳐야 했던 천재. 마음은 유가에 있되 미치광이 승려로 자신을 숨기고 살아야 했던, 심유적불(心儒迹佛)의 아웃사이더. 유가적 현실 지향의 욕망이 좌절된 까닭에 무의식적으로 반응한 것이 『금오신화』라고도 했다. 그를 기록한 뭇사람들 사이에서 면면히 이어지고 있는 이와 같은 고독의 이미지, 그것이 수상했다.

　이자(李耔)가 전하는 바에 의하면, 그는 선리(禪理)가 사뭇 깊어서 다섯 해를 궁구한 끝에 비로소 23세 무렵 경주를 지나던 길에 투명하게 깨달았다고 했다. 그의 시편들을 통해서 깨달은 불승이 아닐 수 없으며, 십여 년 사이에 발굴된 그의 불전(佛典) 해석은 한국 불교사를 새롭게 써야 할 상황을 만들어내는 형국이었다.

우주와 하나라는 것을 철두철미하게 깨달은 자는 결코 고독과 소외감으로 시달릴 수 없다. 삶에 꺼둘리는 뭇사람들의 시선으로 보면 고독인 것처럼 보이지만, 결코 그의 삶은 고독하지 않았다. 그는 초월자였고, 대자유인이었다. 사람들은 '출출세간(出出世間)'의 면모를 보지 못했다. 승가를 벗어나 중생 속에 숨어들어가서는 그들을 제도한다는, 이류중행(異類中行), 화광동진(和光同塵)의 김시습을 잘 이해하지 못했다. 쩌렁쩌렁하게 울리는 그의 소리가 들린다.

"만약 영웅호걸이라면 태아신검(太阿神劍)을 비스듬히 들고 금강보저(金剛寶杵)를 거꾸로 잡아서, 부처나 마귀의 정령을 베어 없애고, 열반이니 화성이니 하는 것들을 쳐부수겠다."(『십현담요해』)

대자유인이었던 김시습은 세상을 향해 열려 있었지만, 그를 고독한 천재니 미치광이니 하며 세상은 그를 바르게 보지 못했다.

2.

많은 국문학 연구자들이 '고독하고 불우한 천재'라는 조작된 김시습의 이미지와 『금오신화』의 주인공들을 겹쳐보아 왔다. 그들은 작가를 잘못 이해했고, 조작된 작가와 작품의 주인공을 구별하지도 못했으며, 작가의 의도를 정확히 밝혀내는 데도 실패했다. 처음에는 대체로 고독하고 불우한 것처럼 보이는 주인공들이 궁극적으로는 깨달은 자의 형상으로 나아가고 있다. 온갖 욕망과 번뇌 속에서 고독감에 휩싸여 있던 주인공들은 귀신과의 사랑, 기씨녀와의 사귐, 염라왕과의 대담, 용궁 잔치에 초대됨을 통해 궁극적으로 초탈한 자의 모습으로 변화한다. 그 초탈의 과정은, 세속인의 눈에 보기에 현실의 비극인 것처럼 보일지 모르나, 작가에게는 그렇게 절절하게 무상(無常)을 깨달은 자로 나아가는 몇 가지 구도를 보여주고자 한 의도의 결과였다.

그 초탈의 형상화는 어떤 사상을 기반으로 출현할 수 있었던 것일까? 기존의 기일원론(氣一元論)을 가지고는 작가의 사상 전반을 아우르면서 다섯 작품 전체를 하나로 꿰기에 부족하다.(「남염부주지」에서 박생이 세운 一理論을 가리켜, 사상이 확고하지 않아 논리 전개가 미진한 가운데 주리론에서 세운 윤리설을 연결시켰다고 주장되기도 했는데, 이는 기일원론적 해석의 한계를 단적으로 보여주는 것이다.) 그것은 화엄적 세계 인식을 바탕으로 나아간 현실 중시의 조동선(曹洞禪) 사상, 더욱 구체화하면 조동종지(曹洞宗旨)인 정편오위(正偏五位) 사상과 구조적으로 딱 들어맞는다.

정편오위 사상은, 신라 말에 들어온 선사상(禪思想)으로, 고려시대 일연 스님에 이어, 조선시대 김시습, 조선후기 여러 승려들, 근대의 한용운에 이르기까지 도드라지지는 않으나 그 명맥이 면면히 이어져왔다. 김시습은 『조동오위요해(曹洞五位了解)』와 같은 글을 통해 그 선사상의 진면모를 잘 보여주었으며, 이는 『금오신화』라는 방편(方便)을 통해 흥미롭게 보여주고 있는 것이다.

정중편(正中偏)·편중정(偏中正)·정중래(正中來)·편중지(偏中止)·겸중도(兼中到) 등 정편오위 사상의 순서에 맞추어 『금오신화』의 「만복사저포기」·「이생규장전」·「취유부벽정기」·「남염부주지」·「용궁부연록」 등의 다섯 작품이 배치되어 있다. 이 책의 1부가 심혈을 기울여 밝히고 있는 것이 바로 이것이다.

그리고 이 책의 2부는 1부의 논의를 이끄는 데 바탕이 되었던 필자의 소논문들을 모은 것이다. 2부의 제목을 '한국소설의 기원과 불교'라고 붙였다. 지금까지 한국소설은 최치원과 같은 견당유학생에 의해 도입된 전기(傳奇)에서 시작되어 불우한 유가의 선비들이 발전시킨 것으로 이해되어왔다. 필자는 조금 달리 생각했다. 불교라는 사상과 문화·예술적 자양분이 한국소설의 발생과 전개에 매우 중요한 역할을 했다고 보았다. 그래서 불교계 전기소설을 중심으로 소설사의 중심 구도를 새롭게 보아야 할 부분이 있음을 밝혔다. 그러나 역부족이다. 비루하고 구차한 표현들을 반복하고 있어 마뜩지 않다.

3.

지난달, 석굴암으로 오르는 토함산 자락은 뜨거운 햇살을 가린 숲길이었다. 아들딸은 힘겨워하지도 않고 오르막길을 잘도 올라갔다. 거친 비바람이 지나간 후의 신록은 참으로 고왔다. 석굴암 본존불 앞에 합장하여 절을 하고, 탁 트인 여름 들녘 앞에서 우리 가족은 사진을 찍었다. 십여 년 동안 쌓아 놓은 글들을 수습하느라 혼란스러웠던 마음이 한결 가벼워지는 순간이었다. 설산 봉우리〔雪岑〕 김시습이 이곳 경주를 지나던 길에 깨달음을 얻었다고 했다. 감회가 남달랐다.

'책머리'를 장식하는 마당에 고마운 분들이 떠오른다. 학문하는 즐거움을 가르쳐주신 김태준 선생님. 요즘엔 학문적 성과가 보잘것없어 안부 인사도 여쭙기가 부끄럽다. 그리고 박사학위 논문을 꼼꼼하게 살펴 주셨던 설중환 선생님과 혜주 스님께 감사드린다. 늘 가까이에서 보살펴주시는 정우영, 김승호, 김상일, 정환국 선생님과 선후배님들께도 고마움을 전하고 싶다. 출판을 흔쾌히 허락해준 역락 출판사 이대현 사장님, 이태곤 편집장님을 비롯한 여러분들께도 고마움을 전한다. 그리고 십년 넘는 세월 동안 꿋꿋한 모습을 보이는 아내, 그리고 우리들의 판박이 아들딸, 그리고 형제들에게도 고마움을 전한다. 들녘의 새벽 햇살을 닮은 우리 부모님들께 머리 숙여 고마움을 전한다.

　아직도 소식은 없다. 허위허위 시간은 잘도 흘러가는데, 낡은 수레는 가지 못하고 늙은 사람은 닦을 수 없다는데, 왜 이리 헛되이 몸만 고달픈가? 이리 생각하니 조급해진다.

잠실벌 서재에서
2007년 8월 9일
오대혁 씀

❙ 목 차

| 제1부 | 『금오신화』의 연구
― 禪思想的 사유체계를 중심으로 ―

| 제2부 | **한국소설의 기원과 불교**

1부

『금오신화』의 연구

―禪思想的 사유체계를 중심으로―

제1장 『금오신화』의 선사상적 접근

제2장 『금오신화』 분석을 위한 예비적 고찰

제3장 선사상적 사유체계로 본 서사구조

제4장 『금오신화』의 서사적 특징

제5장 『금오신화』의 선사상적 기원

제 1 장

『금오신화』의 선사상적 접근

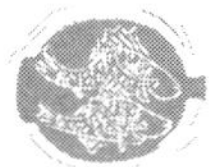

1. 문제의 제기

이 글은 김시습(金時習)의 『금오신화(金鰲新話)』가 정편오위(正偏五位)라는 선사상(禪思想)을 바탕으로 창작된 소설임을 밝히고 있다. 나말여초(羅末麗初) 선사상의 전통을 이으면서 조선 초에 창작된 『금오신화』는 설잠(雪岑) 김시습의 선사상을 세련되게 구조화하여 한국 고소설사의 새로운 장을 열었다. 이러한 주장의 타당성을 입증한다면, 이는 지난 수십 년간 기일원론자(氣一元論者)로 이해되었던 김시습이 실은 선불교 사상가이며, 『금오신화』가 선사상 가운데 정편오위 사상을 반영한 소설이라는 새로운 인식을 가능하게 할 것이다.

한국문학사에서 소설은 서사문학적 전통을 계승하면서 발전해왔다. 신화·전설·민담 등의 구비문학, 전(傳)·전기(傳奇)·우언(寓言)·잡록(雜錄) 등의 기록 서사문학의 변화·발전 과정 속에서 한국의 소설문학은 발흥하였다. 그런데 이러한 서사문학사의 흐름 속에서 유교·불교·도교 등 다양한 사상들이 기반이 되었다. 근대기 이전의 서사문학을 논하는 자리에서 국문학 연구자들은 이러한 사상들에 대해 천착해왔다. 그런 과정에서 연구자들은 개별 작품들의 주제 파악 문제뿐만 아니라 소설이라는 장르의 개념 규정이나 서사문학사 구성 등의 문제에 그 사상들을 항상 논쟁점으로 만들었다. 그리고 유능한 국문학 연구자의 거시적 담론이나 철학·사상 연구자들의 주장에 수긍하면서 새로운 텍스트들을 부단히 발굴·소개하는 일에 매달리는 연구 태도들도 없지 않았다. 문학 연구자가 그 사상만을 좇을 수 없는 일이니 당연한 현상이기도 하겠다. 그렇지만 고전문학을 연구하면서 당대의 사상에 대한 천착을 등한히 하고 현대의 이념으로 끊임없는 해체 작업을 일삼는 것은 더 큰 문제를 불러올 수도 있는 일이다. 현재의 학문적 패러다임을 좇아 변화를 추구하는 것을 잘못되었다고 말할 수는 없다. 그렇지만 전근대기 창작자들의 참뜻을 밝혀내지 못하고, 현재적 관점만 추구하는 것은 그 참뜻이 불러일으킬 수 있는 현재를 사는 '지혜'를 놓치는 일이 되고 말 것이다.

지금까지 한국 고소설의 형성에 끼친 사상에 대한 논의에서도 주류적인 담론이 엄연히 존재했던 것이 사실이다. 성리학의 기일원론(氣一元論)으로 소설의 형성과 발전을 체계화한 이론이 바로 그것이다.1) 간단히 그 이론을 표현하면, 최초의 소설로 보이는 김시습의 『금오신화』가 기일원론의 음양 대립에 따른 발전 원리를 반영하고 있으며, 이러한 사

---

1) 김시습의 사상이 氣一元論이라는 주장은 이전에 임형택의 「現實主義的 世界觀과 金鰲新話」(『국문학연구』13집, 서울대학교 국문학연구회, 1971.)에서 먼저 주장된 것이다. 이후 조동일은 일원론적 주기론(나중에는 기일원론으로 새롭게 명명한다.)이라 하여 『한국소설의 이론』(지식산업사, 1977.)에서 김시습의 사상을 규정하고, 이전 시기를 신화·전설의 시대로 『금오신화』이후를 소설의 시대로 규정하게 된다. 문학 갈래 이론을 제시하면서 자아와 세계의 대결을 소설의 근본적 특성으로 규정한 이 이론은 매우 정교한 소설의 형성과 발전을 논의하는 이론으로 자리매김하였다.

상은 이후의 유학자들이나 소설 작품들에도 나타난다는 것이다. 그렇지만 『금오신화』는 실제로 기일원론으로만 설명될 수 없는 점들이 없지 않았다. 기일원론이 선계(仙界)와 염부주(炎浮洲) 등 별세계를 거부하는 사상인데, 작품에서는 주인공들이 결말 부분에서 그 세계로 떠나는 장면을 그린다든가 하는 등의 문제가 발생하고 있었다. 역설이라는 문학적 장치를 활용했다거나 사상적으로 아직 완성되지 않았기 때문에 그리 되었다는 논리로 수습하려 했지만, 여전히 의구심을 떨쳐버릴 수 없었다.

그래서 기일원론이 소설의 형성에 영향을 끼쳤다는 이 주장은 이후 많은 연구자들에 의해 비판적으로 논의되기에 이른다.2) 그렇지만 그 정교한 논리를 논박하기에는 역부족이었다. 그런 가운데서 사상의 소설화라는 기본적인 발상에 대해 문제를 제기하면서 서사문학 자체의 발전 과정 속에서 소설의 형성과 발전을 논의하는 방향으로 논의를 확장해갔다.3) 김시습의 사상이나 『금오신화』가 기반으로 한 사상이 기일원론이 아니라는 주장이 없지는 않았으나, 기일원론이 왜 아니며, 아니라면 어

---

2) 이에 대해서는 이 글의 연구사 검토 부분에서 자세하게 다루고 있다. 여기서는 대표적으로 김일렬과 김명호, 진경환의 주장을 간략히 살펴보는 것으로 대신하자. 김일렬(「금오신화 고찰」, 『조선전기의 언어와 문학』, 형설출판사, 1976.)은 『금오신화』 작품 내의 대립 갈등이 도덕적 이념에서 발생한다고 했으며, 그리하여 존재론에서는 주기론이지만 윤리론에서는 주리론에 입각해 있다고 보았다. 그리고 김명호(「김시습의 문학과 성리학 사상」, 『한국학보』35, 일지사, 1984.)는 주희에 의해 집대성된 이기이원론의 영향을 바탕으로 불교에 대한 사상적 비판을 시도한 것으로 보았다. 진경환(「김시습과 '心儒跡佛'의 문제」, 『어문논집』40집, 안암어문학회, 1999.)은 김시습이 권력 행사의 도구로 유교와 불교 등이 이용됨을 거부하면서 '탈중심적 기획'을 보여주고 있다고 보았다.
3) 이 역시도 임형택이 쓴 「나말여초의 전기문학」(『한국한문학연구』5, 한국한문학연구회, 1981.)이나, 지준모의 「전기소설의 효시는 신라에 있다-조신전을 해부함」, 『어문학』32, 한국어문학회, 1975.)에서부터 시작되었다. 그리고 80년대 후반부터 전기소설 장르의 서사문학적 특성에 대한 심도 있는 연구가 지속되었다. 그러나 여전히 김시습이나 『금오신화』의 사상이 기일원론이 아니라는 주장이 힘을 얻고 전개된 예는 없었다.

떤 사상인지에 대한 논의는 기존 주장을 전복시키기에는 역부족이었다. 많은 연구자들이 기일원론으로만 이해해서는 안 된다는 주장이 없지 않았으나 그것을 구체화하기에 역부족인 상황이었다.

그런데 놀라운 사실은 철학, 특히 불교를 연구하는 이들이 김시습을 기일원론자로 보지 않는다는 점이다.4) 그리고 그들이 『금오신화』에 대한 연구를 시도할 수는 없는 노릇이고, 근자에 복원되거나 밝혀진 김시습의 불교 관련 저술들에 대한 사상적 연구가 이제야 발아(發芽)하기 시작한 상황에 있다는 사실이다.5) 물론 그 사이에 고소설 연구자 중에서 그에 대한 연구를 시도한 이가 없지 않았으나, 결론은 여전히 기일원론으로 종합해놓고 있었다.6) 김시습의 불교 사상에 대한 연구를 국문학 연구자들이 주도적으로 시도하고, 그 의미를 정확히 파악하기란 참으로

---

4) 김시습의 불교 사상과 관련한 연구를 일별하면 다음과 같다. 민영규, 「김시습의 조동오위설」, 『대동문화연구』13, 성균관대학교 대동문화연구원, 1979 ; 김지견, 『大華嚴一乘法界圖註并序-金時習의 禪과 華嚴-』, 대한전통불교연구원, 1983 ; 서경수, 「김시습의 불교사상」, 『한국철학사』중, 한국철학회, 동명사, 1987 ; 민영규 교록, 『曹洞五位要解』;『梅月堂學術論叢-그 文學과 思想』, 강원대학교인문과학연구소, 1988 ; 한종만, 「설잠의 십현담요해와 조동선」, 『梅月堂學術論叢-그 文學과 思想』, 강원대학교인문과학연구소, 1988 ; 김지견, 「沙門 雪岑의 華嚴과 禪의 世界」, 『梅月堂學術論叢-그 文學과 思想』, 강원대학교인문과학연구소, 1988 ; 김영태, 「설잠 당시의 대불교정책과 교단사정」, 『梅月堂學術論叢-그 文學과 思想』, 강원대학교인문과학연구소, 1988 ; 전해주, 「≪大華嚴一乘法界圖註≫ 上의 性起觀」, 『義湘華嚴思想史研究』, 민족사, 1993 ; 한종만, 「조선초기 조동선-설잠의 십현담요해를 중심으로」, 『한국불교학』21, 한국불교학회, 1996 ; 한종만, 「김시습의 화엄·선사상」, 『한국불교사상의 전개』, 민족사, 1998 ; 한종만, 「조선시대의 조동선」, 『한국조동선사』, 불교영상, 1998 ; 이법산, 「매월당의 불교세계」, 『불교학보』37, 2000 ; 김호귀, 『묵조선연구』, 민족사, 2001 ; 이창섭·최철환 역, 『중편조동오위』, 대한불교진흥원, 2002 ; 한종만, 「조선시대의 조동선의 흐름」, 『曹洞禪學論叢』1집, 불교춘추사, 2004 ; 황인규, 「청한설잠의 승려로서의 불교계 활동과 교유인물」, 『한국불교학』40, 한국불교학회, 2005.

5) 『梅月堂集』에 실리지 않은 서적으로 『妙法蓮華經別讚』, 『華嚴釋題』, 『大華嚴法界圖註并序』, 『十玄談要解』, 『曹洞五位要解』 등이 있으며, 최근 활발하게 연구되고 있다.

6) 최귀묵, 『김시습의 사상과 글쓰기』, 소명출판, 2001.

어려운 일임에 틀림없다. 그러나 『매월당집』에 실린, 불교적 성격이 강하게 배어 있는 다양한 논설이나 문학 작품들마저 도외시하고 김시습을 계속하여 기일원론자라 규정하는 점은 문제라 아니할 수 없다. 『매월당집』을 비롯하여, 새롭게 발굴된 불교 문적에 나타난 사상을 깊이 있게 따져 그것들을 총체적으로 파악하는 일이 수행되지 않는 한 그 모든 결론들은 한계를 지닌 것일 수밖에 없다.

　이렇게 연구사를 일별해 볼 때, 한국 고소설사에서 김시습과 그의 소설 『금오신화』에 스며 있는 사상의 문제는 결코 피해갈 수 없는 지점이라는 것을 알 수 있다. 그런 점에서 김시습의 선사상을 자세하게 고찰하고, 그의 소설집 『금오신화』가 담고 있는 사상과 그 사상의 구조화가 어떻게 이루어졌는지를 밝히고자 하는 이 글은 남다른 의의가 있다.

2. 연구사 검토

　『금오신화』와 김시습에 대한 연구사를 개괄하기 위해서는 참으로 많은 지면을 필요로 한다.7) 그런데 이 글은 『금오신화』 창작의 사상적 배경과 그 사상의 구조화를 살피는 데 초점을 두고 있으므로, 『금오신화』의 서사성에 대한 검토보다는 작품 창작의 기반이 된 김시습의 사상에 대한 기존 논의를 주로 살펴보고자 한다. 그런 과정 속에서 『금오신화』에 대한 해석의 형태를 전반적으로 검토할 수 있을 것이며, 『금오신화』 각 편에 대한 연구사 검토는 3장의 작품론에서 자세하게 다루도록 하겠다.

---

7) 최근에 제출된 『금오신화』 연구사에 대한 검토로는 소인호의 「≪금오신화≫연구의 성과와 전망」(『고소설연구사』, 도서출판 월인, 2002.)이 있다.

　　『금오신화』를 분석하는 데 관건이 되는 김시습의 사상에 대한 연구는 대체로 조선시대의 심유적불(心儒跡佛)의 입장을 잇는 주장과 반유반불(半儒半佛), 비유비불(非儒非佛)이라는 주장으로 크게 나누어진다. 여기서 심유적불 논의는 국문학계에서 계속 강조되어오면서, 최근에는 성리학적 입장에서 불교와 도교를 포괄하였다는 주장까지 제기된 상태이다. 이제 그 논의들을 자세하게 살피고 그 주장들의 문제점을 짚어 보고자 한다.

　　첫 번째, '심유적불' 논의는 성리학을 근간으로 하여 불교를 포섭하였다는 입장이다. 정병욱은 『금오신화』를 유교 이념에 입각해 불교를 체득한 김시습이 이념과 현실 사이의 갈등을 제시하여 봉건적 속박에서 벗어나려는 욕망을 드러낸 작품으로 보았다.8) 그렇게 유교 이념을 앞세우다 나중에는 유불일치를 주장하는데 유교가 중심에 서 있기는 마찬가지다. 곧, 그는 김시습을 가리켜 "유교적인 정치사상을 불교의 교리를 빌어서 체계화함으로써 유불일치(儒佛一致)의 새로운 경지를 개척하여 유·불교체기의 사상적 갈등을 극복"하였으며, "상반되는 사상 체계를 합치시키는 데 성공한 철학자"라고 표현하였다.9) 그런데 김시습이 유교의 입장에서 불교 사상을 합치시켜야 할 이유가 무엇인지에 대해 깊이 있는 논의를 진행하지 않았다.

　　정병욱의 그러한 입장을 임형택이 이었다. 그는 기일원론(氣一元論)을 사상적 기저로 한 현실주의적 세계관이 김시습의 사상이었으며, 그에 바탕을 두고 기존 불교를 비판하고 도가의 현실 도피적 성향을 비판했다고 보면서 『금오신화』를 창작했다고 주장했다.10) 이후 조동일은 임형택의 입장을 수용하면서 그 명칭을 일원론적 주기론(一元論的 主氣論)으로

---

8) 정병욱, 「김시습 연구」, 『서울대 논문집』7, 서울대, 1958.
9) 정병욱, 「김시습 연구」, 『한국 고전의 재인식』, 홍성사, 1979, 80쪽, 92쪽.
10) 임형택, 「現實主義的 世界觀과 金鰲新話」, 『국문학연구』13, 서울대 국문학회, 1971.

바꾸고, 그것이 당대의 이기이원론(理氣二元論)과 주리론(主理論)을 비판적 입장에서 바라다보는 김시습의 사상이었음을 주장하였다. 그러면서 그 사상이 자아와 세계의 상호우위에 입각한 대결이라는 소설 장르론의 사상적 근거이며 『금오신화』의 근본 사상임을 주장하였다.11) 그런데 기일원론 또는 일원론적 주기론이라는 이 주장은 많은 연구자들에 의해 수용되었지만, 김시습의 의식 세계에서 벌어지는 유·불 사상 간의 갈등을 해명해 놓은 것은 아니라는 점에서 한계를 갖는다.

그에 대하여 성리학의 입장에서 그 주장을 비판한 것으로 김일렬, 김명호, 안동준 등을 들 수 있다. 김일렬은 김시습이 확고한 주기론을 세우지 못한 상태였다는 것을 전재하고, 존재론적 측면에서는 주기론(主氣論)의 입장에 서 있었지만 윤리론적 측면에서는 주리론(主理論)을 취했다고 보았다.12) 김명호는 기존의 기일원론이나 일원론적 주기론이 불명확하며 김시습이 이기이원론(理氣二元論)의 입장에서 벗어나지 않았다고 보았다. 그는 김시습이 성리학의 입장에서 「남염부주지」가 성리학적 이상을, 「만복사저포기」와 「이생규장전」이 불교적 금욕주의에 맞선 인간 정욕을 긍정하는 성리학적 인성론을 드러냈다고 주장하였다.13) 나중에 조동일은 다양한 모습으로 나타나는 '귀신론'을 텍스트로 삼아 김시습이 기일원론의 입장을 지녔으되 귀신과의 사랑이나 별세계 여행 등을 표현한 것은 역설을 통한 심화된 갈등 양상을 드러낸 것이었다며 김명호의 주장을 비판하였다.14) 안동준은 김일렬의 주장을 다시 거론하면서 「태극설」에 개진된 음양의 관계를 체용(體用) 관계로 파악하여 김시습이 귀

---

11) 조동일, 「소설의 성립과 초기소설의 유형적 특징」, 『한국학논집』3, 계명대 한국학연구소, 1975.
12) 김일렬, 「금오신화 고찰」, 『조선전기의 언어와 문학』, 형설출판사, 1976.
13) 김명호, 「김시습의 문학과 성리학 사상」, 『한국학보』35, 일지사, 1984.
14) 조동일, 「15세기 귀신론과 귀신 이야기의 변모」, 『한국의 문학사와 철학사』, 지식산업사, 1996, 179~180쪽.

신론을 전개하면서 기일원론의 파탄을 드러내고 도덕적 가치에 대한 미련을 버리지 못했다고 했다. 그래서 기일원론적 사유로 주리론적 가치관을 수렴하려 했으나 양분된 의식이 충돌하는 가운데 『금오신화』가 출현하게 되었다고 보았다.15)

그런데 이들 기일원론의 주장이나 그에 대한 비판 논의 모두가 불교 관계 텍스트들에 대해 매우 안일한 해석을 가하거나 자세하게 살피지 않았다는 점이 커다란 문제점으로 대두된다. 예컨대, 김명호는 김시습이 불교를 비판적으로, 제한된 범위 내에서 즉 '참선과 같이 욕심을 제거하는 내면수양의 도'를 인정하는 정도에서만 수용했다고 보았다. 김시습은 「계인설(契仁說)」에 나타나듯 선 수행만으로는 인(仁)을 실천할 수 없다고 보았으며, 그래서 불교에 대한 해박한 지식을 가졌지만 성리학으로 일관했다고 주장하였다.16) 그런데 이는 바로 다음 부분에 표현된 "계인씨(契仁氏)가 만일 인(仁)에 힘을 쓸 수 있다면 그들이 정좌(靜坐)하였을 때는 혼연한, 지극한 리(理)가 결여되는 일이 없을 것이요, 물(物)에 접하는 때와 기미를 대하는 사이에 있어 천명(天命)한 성(性)이 애연(藹然)하게 사단(四端) 밖에 나타나 인(仁)의 쓰임이 되는 것이 후후(煦煦)하게 마음을 달랜 뒤에도 쓰일 것이다."17)라는 서술을 애써 외면한 주장이다.

임형택은 「양무(梁武)」에서 김시습이 인용한 "불법은 세간에 있는 것이니 세간을 떠나서는 깨달음이 있을 수 없다. 세간을 떠나서 보리를 구하려는 것은 토끼에게서 뿔을 찾는 것이다."18)라고 한 혜능의 말을 현

---

15) 안동준, 「매월당 김시습의 성리학적 사유와 소설미학」, 『조선시대의 사상과 문화』, 집문당, 2003, 329~363쪽.
16) 김명호, 앞의 글.
17) 『梅月堂集』권20 '說', 「契人說」, "契人氏若能用力於仁 則其靜坐之時 渾然至理 無所欠闕 而於接物之際 對機之間 天命之性 藹然發見於四端之表 而仁之爲用 不必煦煦摩撫 然後用之矣."
18) 『梅月堂集』권16 '雜著', 「梁武」, "佛法在世間 不離世間覺 離世覓菩提 猶如求兔角."

실주의 정신으로 불교 사상을 받아들인 것이라고 보았다.[19) 불법이 현
실을 벗어난 세계에 있다는 미신적인 요소를 비판하면서 불법이 세간에
있다는 것은 김시습이 견지하고 있는 화엄사상이나 선사상에서 일관되
게 주장되고 있는 현실 긍정의 논리이다. 김시습은 "외양간이나 마구간,
술집이나 기생방, 지옥 등이 한 곳도 화장세계가 아님이 없다. 이 마음
을 깨치지 못하면 모두가 달라지며 이 마음을 깨치면 체(體)와 용(用)이
하나가 된다."[20)라고 표현하면서 현실을 긍정해야 함을 화엄과 선사상
에 기반을 두고 주장하고 있는 것이다. 이것을 기일원론적 현실주의의
증거로 삼는다는 것은 미신적 불교만을 불교로 보는 데서 비롯된 단견이
라 하지 않을 수 없다. 현실주의적 사유가 성리학에만 존재하는 것이 아
니라 선불교적 사유 구조에도 엄연히 존재한다는 사실을 간과하고 있는
것이다.[21)

　조동일은 주돈이(周敦頤)가 「태극도설(太極圖說)」에서 '무극이태극〔無
極而太極〕'이라 한 것은 "무극에서 태극이 이루어지고 태극이 음양을 낳
는다는 견해"를 밝힌 것인데, 이는 "대개 천지 만물이 있기 전에 필경 태
극이 먼저 있어서 천지만물의 리가 그 가운데 혼연히 갖추어져 있다."[22)
라는 정도전의 주장과 맞닿아 있다고 했다. 그런데 김시습은 그와 달리
"태극이 무극이다. 태극은 본래 무극이다. 태극은 음양이고, 음양은 태
극이다."[23)라 하여, "리(理)가 무극에 갖추어져 있어 태극에서 발동한다
는 견해를 부정하고, 리(理)는 기(氣)에 선행하여 존재하는 것이 아니고

---

19) 임형택, 「매월당의 방외인적 성격과 사상」, 『한국문학의 시각』, 창작과비평사, 1984.
20) "牛欄馬廄酒肆淫坊劍樹刀山鑊湯爐炭等　無一處不是華藏海也.此心未了則各相萬
　　殊此心旣了則體用一致."(金知見 編, 『大華嚴一乘法界圖註幷序(華嚴經釋題)』,)
21) 이와 관련하여 필자는 「김시습의 선불교적 현실주의와 금오신화」(『한국문학연구』
　　26, 동국대 한국문학연구소, 2003.)를 통해 주장하였다.
22) 鄭道傳, 「佛氏眞假之辨」, 『三峰集』9.
23) 金時習, 「太極說」, "太極者無極也 太極本無極也 太極陰陽也 陰陽太極也."

기의 대립적 운동 자체의 원리일 뿐이라는 점을 분명히 한"24) 것이라고
조동일은 해석했다. 그러면서 이를 일러 '일원론적 주기론'이라 했다.25)
이후 그는 "미리 정해져 있는 당위나 이치인 理가 따로 없고 모든 현상
이나 사물은 하나인 氣가 음양으로 나누어져 대립하면서 운동해서 이루

---

24) 조동일, 『한국소설의 이론』, 지식산업사, 1977, 210~211쪽.
25) 실상 주돈이는 "무극이 태극〔無極而太極〕"이라 하면서도 "태극은 본래 무극〔太極本
　　無極〕"(『周子全書』, 「太極圖說」)이라고도 했다. 그에게 태극이 우주 만물의 본원
　　으로 인식된 측면이 있기는 하나, 무극을 리(理)로 보았다고 단정 지어 말할 수
　　없다. 주희에 이르러서는 무극을 태극과 동일한 것으로 보아 일음일양(一陰一陽)
　　하는 형이하의 기(氣)를 주재자하는 리(理)로 파악하였다. 주희와 육구연의 철학
　　적 논쟁의 지점에 이르렀을 때 무극은 문제화되었을 따름이다. 무극은 주돈이
　　의 『통서(通書)』에 등장하지 않았다가 송(宋) 초 도교의 영향을 받아 「태극도설」
　　에 새롭게 등장해, 도교의 '유생어무(有生於無)'라는 사고가 영향을 끼친 것으로
　　본다. 그렇지만 주희는 무극을 태극에 대한 형용어로 이해했을 뿐이다.(김근호, 「太
　　極 - 우주 만물의 기원」, 『조선유학의 개념들』, 예문서원, 2002, 참조.) 조동일의
　　주장처럼 주돈이가 "천지만물의 추유(樞紐)이며 근저(根底)인 리(理)가 무극에 갖
　　추어져 있어 태극에서 발동한다."(조동일, 위의 책, 210쪽.)라고 보았다고 이해한
　　것은 잘못이다. 김시습이 리를 절대화했다고 단정 지을 수는 없다. 그러나 인의예
　　지와 같은 리를 말하고, 진리이자 법칙, 원리로서의 리를 언급하였다. 따라서 김시
　　습의 사상을 기일원론, 또는 일원론적 주기론이라 말하는 것은 끝없는 논란을 불
　　러일으킬 것이다. 리기를 엄격하게 구분하는 정도전의 철학 사상과 비교해 보았을
　　때나, 상대적 차이에 입각해 기일원론이니 일원론적 주기론이니 하는 주장을 할
　　수 있을 것이다.〔김형찬(「존재와 규범의 기본 개념」, 『조선유학의 개념들』, 예문서
　　원, 2002.)은 "성리학에서 말하는 리와 기는 '서로 혼동될 수 없는'(不相雜) 관계
　　일 뿐 아니라 '서로 떨어질 수도 없는'(不相離) 관계라는 점에서 그 자립성에 한계
　　가 있을 수밖에 없다."라고 하면서, "성리학의 리기론은 리와 기 중 어느 한족에 비
　　중을 두어 설명할 수는 있어도 기본적으로 한 개념을 다른 하나의 개념으로 환원
　　시키기는 대단히 곤란하다."라고 한다. 그러면서 일원론의 엄밀한 기준을 적용할
　　때, '기의 작용을 조종하고 주재하는 리의 역할을 유난히 강조하는' 기정진의 리기
　　론을 '리일원론화'로, 리를 기의 작용을 형용하는 용어로 간주하는 임성주의 리기
　　론을 '기일원론화'라고 했다. 이런 논의에 바탕을 두면 '기일원론' 또는 '일원론적
　　주기론'이라 말하는 데 문제가 있다.〕 그러므로 "정해져 있는 당위나 이치인 리가
　　없고 모든 현상이나 사물은 하나의 기라 음양으로 나누어져 대립하면서 운동해서
　　이루어진다는 기일원론"을 김시습이 주장하고, "그런 사고 구조에 맞게 자아와 세
　　계의 대결을 나타내는 소설을 마련"하였다는 조동일의 주장은 문제점을 안고 있는
　　것이다.

어진다는 기일원론은, 일체의 초월적 전제를 부정하고 목적론과 당위론을 내세우지 않으면서 삶의 고민과 의미를 그 자체로 파악하는 사상이었다."라고 김시습의 사상을 이전과 달리 기일원론으로 바꿔 말했다. 그리고 그런 사고구조에 맞춰 자아와 세계의 대결을 나타내는 소설을 마련했으되 귀신과 사랑을 나누고 꿈에 별세계에 다녀오는 등의 명실상부하지 않은 방법을 사용할 수밖에 없었다고 했다.26)

조동일의 일관된 주장 속에서 김시습의 불교 사상은 어디에도 존재하지 않는다. 철저하게 현실을 중시하는 논리가 김시습의 불교 사상에 존재하고 있다는 사실을 살피지 못한 까닭이다. 김시습은 "일진법계(一眞法界)는 끝없는 세계를 함께 거두어 있으며, 십종현문(十種玄門)은 무량한 법문(法門)을 총섭(總攝)하고 있다. 사(事)이면서 리(理)이며, 성(性)이면서 상(相)이며, 속(俗)이면서 진(眞)이며, 인(因)이면서 과(果)이며, 주(主)이면서 반(伴)이며, 범(凡)이면서 성(聖)이며, 정(正)이면서 의(依)이며, 다(多)이면서 일(一)이다."27)라고 말하였다. 화엄 사상의 상즉적(相卽的) 원리를 나타낸 것이다. 현실 세계 바깥에 또 다른 본체가 존재하는 것이 아니라, 현실 자체에 본체가 존재하는 것이니 이원적 분별을 벗어나야 한다는 원융무애한 일체 제법의 원리를 말하고 있다. 이러한 화엄적 세계 인식이 김시습의 선사상과 연결되어 있으며, 그것은 조동일이 표현하는 '일체의 초월적 전제를 부정'하는 기일원론과 매우 유사한 모습을 취하게 된다.

소설이 대결 구도에 의해 이루어진다는 것은 근대적 소설 개념이다. 과연 김시습이 음양의 대립이 현실이며, 그것을 세련된 소설 양식으로

---

26) 조동일, 앞의 책, 179~180쪽.
27) "一眞法界 無邊世界以俱收 十種玄門 無量法門而總攝 卽事卽理 卽性卽相 卽俗卽眞 卽因卽果 卽主卽伴 卽凡卽聖 卽正卽依 卽多卽一."(金知見 編, 『大華嚴一乘法界圖註幷序(華嚴經釋題)』)

창작하게 되는 계기가 그러한 기일원론 사상을 지니고 "철학적 투쟁의 문학적 표현"[28]을 위해 행했다고 보는 것은 납득하기 어렵다. 현실을 강조한다면 유가의 글쓰기 방식이 없지 않은데 하필이면 이계(異界)와 이류(異類)를 등장시키는 전기적(傳奇的) 서사를 선택한 이유는 무엇일까? 그가 표현하듯 자아와 세계의 대결이 나타나는 두 가지 서사 양상으로 "유학은 경험적이고 합리적인 사고의 체계화라고 한다면, 불교는 초경험적이고 초합리적인 문제를 다루기 위해서 요청되는 것이었다."[29]라고 본다면, 김시습의 『금오신화』는 불교의 서사 양식에 맞닿아 있는 작품인 게 확실하다.

  조동일이 표현하는 '음양의 대립'이라는 이원적 대립자의 상호 작용에 따른 발전 논리는 마르크시즘으로 『주역』을 읽어낸 결과라 하겠다. 그런데 마르크스주의나 『주역』의 이원적 대립자 설정이야 다르지 않다 하겠지만, 『주역』에서 그것의 대립이나 갈등이 그 자체로 끝나지 않으며, 조화를 추구한다는 점을 간과해서는 안 된다. 『주역』에서 대립 운동은 결국 조화의 추구에 가 있다.[30] 김시습은 결코 갈등하고 대립하는 것 자체가 궁극적 원리로서 이 세계를 지배한다고 밝히지 않았다. 『십현담요해(十玄談要解)』에서 그는 "손님과 주인이 화목하고 임금과 신하가 화합하는 것은 곧 맑은 사람의 품격이다."[31]라고 말하였다. 그리고 다음의 「태극설」을 들여다보면[32], 대립의 세계로 여길 수 있는 음양이 실

---

28) 조동일, 위의 책, 215쪽.
29) 조동일, 위의 책, 161쪽.
30) 김득만·장윤수(「주역의 정신」, 『중국 철학의 이해』, 예문서원, 2000, 42~59쪽.)는 태극 문양과 관련해 '☯'은 음은 음대로 양은 양대로 분명한 자기 영역을 가지고 대립하고 갈등하는 세계를 보이는 것임에 비해, 주역의 태극은 '☯'이라 음과 양 두 대립자가 상대방의 존재를 인정하고 화해, 조화, 상호 교감이라는 화합의 세계를 염원하고 있다고 보았다.
31) 『十玄談要解』, '還源', "賓主雍和 君臣際會."(민영규 교록, 『曹洞五位要解』;『梅月堂學術論叢-그 文學과 思想』, 강원대학교인문과학연구소, 1988, 276쪽.)

은 조화롭게 운동하는 것이며, 그것이 곧 태극임을 밝히고 있다. 이는 선사상에서 여여(如如)한 경지에서 바라다본 조화로운 세계, 깨달은 후 있는 그대로 만물을 바라보는 인식 태도와 동일하다. 필자가 보건대 김시습의 『금오신화』도 이러한 세계 인식이 작용한 결과로 생각된다. 이에 대해서는 뒤에서 자세하게 논할 것이다. 조동일이 소설의 성립을 끌어내기 위해 시도한 음양의 대립과 운동이라는 기일원론적 사유는 김시습이 추구하는 이와 같은 방향성과 일정한 거리를 두고 있는 것이다. 음양 간의 대립이 존재하지만, 그것은 궁극적으로 조화를 향한 움직임일 따름이다. 그리고 그러한 조화는 저절로 획득되는 것이 아니라 대립을 지양하는 실천 운동을 요구한다. 김시습은 그러한 실천 운동을 선사상에서도 이류중행(異類中行)을 강조하는 조동선(曹洞禪) 사상에서 가져온 것으로 보인다.33) 김시습은 열반에도 머물지 않고 시끄러운 저잣거리에서 이류

---

32) 『梅月堂集』권20 '說',「太極說」, "日往則月來 日月代明 而晝夜成焉 寒往則暑來 寒暑相推而歲功成焉 天何言哉 四時行 百物生者 唯一太極也 鳶天魚淵 造端乎夫婦 人道 不睹不聞 而無物不有 無時不然者 只是一貫也 故太極之道 陰陽而已矣 一貫之道 忠恕而已矣.(해가 가면 달이 오고, 하여 해와 달이 번갈아 밝아서 밤과 낮이 이루어진다. 또 추위가 가면 더위가 오고, 하여 추위와 더위가 서로 밀어 한 해의 공이 이루어지는 것이다. 곧 하늘이 무슨 말을 하랴? 하지만 사시가 운해하고 백물(百物)이 난다고 하였으니, 이것은 오직 하나의 태극 때문이요, 솔개는 하늘에서 날고, 물고기는 연못에서 뛰논다, 군자의 도는 부부에서 발단된다 하였으니, 이는 사람의 도리는 보이지도 않고 들리지도 않으면서도 어느 사물에나 있지 아니함이 없고, 어느 때나 그리 되지 아니함이 없는 것으로 다만 일관의 도가 있기 때문이다. 그러므로 태극의 도는 음양일 따름이요, 일관의 도는 충서(忠恕)일 뿐이다.)"

33) 『十玄談要解』'轉位'를 보면 다음과 같은 기록을 하고 있다. "是知如來 權設涅槃 以待下劣 非實有涅槃 可以休歇之場 故危也 危不可久住也 上句 不住涅槃也 下句 言不住尊貴位 故鬧市相逢 無有定期 言亦不住生死 二邊不住 中道那栖 所以回機也 怎麼則向什麼處安身 陋巷不騎金色馬 行於異類 且輪回.(여래께서 방편으로 열반을 설정하여 하열(下劣)한 사람을 대한 것이지, 실제로 열반이라는 쉴 만한 장소가 있었던 것은 아니다. 그래서 "위태롭고 위태롭다. 오래 머물 곳이 못 되는구나."라고 하였다. 위 글귀는 열반에 머물지 않는 것을 말한 것이고, 아래 글귀는 존귀한 지위에도 머물지 않는 것을 말한 것이다. 그래서 "시끄러운 저잣거리

들을 향하여 몸을 던지는 실천 운동을 행해야 한다고 말하고 있다. 그가
끊임없이 미치광이 행세를 하면서 기성의 이념들과 부조리한 현실을 조
롱하고, 현실을 비판하면서 지향해야 할 방향을 시와 소설을 통해 제시
하는 등의 행위는 이류중행의 실천 운동일 수 있다. 『중편조동위』를 통
해 조동선 사상의 계보를 이어갔던, 일연(一然)이 『삼국유사』라는 서사
물을 통해 고통을 겪고 있는 이류들을 깨달음의 세계로 이끌고자 했던
것처럼 김시습 또한 문학 창작 행위를 통해서 이어갔던 것이다.34)

그가 『금오신화』라는 소설을 창작한 것에 대해 김안로(金安老, 1481~
1537)는 "동봉 김시습은……금오산에 들어가 책을 써서 석실(石室)에 간
직하고 말하였다. '후세에 반드시 나를 알아주는 이가 있을 것이다.' 그
책은 대개 기이한 내용을 서술하여 우의(寓意)한 것으로 『전등신화(剪燈
新話)』 등을 본받았다."35)라고 하였다. 기이한 내용을 서술했으며, 『전
등신화』를 본받았다고 했으니 석실에 감춘 것은 『금오신화』임을 짐작할
수 있다. 그런데 당대에는 그 소설집의 의미를 알아주거나 용납하는 분
위기가 아니었고, 자유로운 표현을 할 수 없는 여건이었으므로 후일을
기약할 수밖에 없다고 김시습이 생각했음을 추측하게 한다. 귀신과 저

에서 서로 만나듯 정한 기약이 없다."라고 한 것은 또한 나고 죽는 두 끝〔二邊〕에
도 머물지 않고 중도(中道)의 어느 집에도 머물지 않는 것을 말한 것이다. 그래서
회기(廻機)라 한 것이다. 그렇다면 어느 곳을 향하여 몸을 편안하게 할 것인가?
좁고 누추한 거리엔 금빛 말 탈 수 없기에, 이류(異類)들로 다니면서 다시 윤회한
다.)"(민영규 교록, 위의 책, 272쪽. ; 이창섭·최철환 역, 『중편조동오위』, 대한
불교진흥원, 2002, 283쪽.)

34) 「浮雪傳」을 창작한 영허대사 해일(暎虛大師海日, 1541~1609)의 스승인 부용영
관(芙蓉靈觀, 1485~1571)은 스승을 찾아 다니다가 갑술년(1514)에 김시습의
제자인 학매(學梅)와 만나 청평산에 머물면서 미묘한 이치를 연구했던 일이 있
다.(『淸虛堂集』권3 '行蹟', 「芙蓉堂行蹟」) 영허대사의 「부설전」도 김시습의 선사
상과 잇닿아 있는 것일 수 있다.

35) 金安老, 「稗林」, 『龍泉談寂記』上(한국시화총편1, 동서문화원영인, 413쪽.), "東
峰金時習……入金鰲山 著書藏石室曰 後世必有知岑者 其書大抵述異寓意 效剪
燈新話等作也."

승, 신선, 용궁 등 이류와 이계 등 기이한 것을 서술하여〔述異〕, 현실 사회에 대해 비판하면서 지향하는 세계를 우의한 작품이 『금오신화』인 것이다. 김시습이 "불교에서 말하는 가르침은 방편과 진실을 병행하는 것이며, 선(禪)은 순수하게 진실함을 가리킨다. 천겁수행(千劫修行), 삼세인연과 의정이보(依正二報), 천당지옥을 말한 것들은 모두가 사실이 아닌 것을 설정하여 사람으로 하여금 깨닫게 한 것"[36]이라고 말할 때의 깨달음을 위한 방편, 그것이 곧 우의와 같은 맥락으로 읽힌다. 그래서 아직까지도 뜻하는 바가 명확히 밝혀지지 않은 『금오신화』는 이류중행의 실천 운동의 차원에서 창작된 것이며, 불교의 방편적·우의적 서사 양식의 전통을 이으면서 형상화된 소설집인 것으로 여겨진다.

'심유적불'을 방향으로 한 최근의 연구로는 최귀묵의 논문이 눈길을 끈다. 그는 김시습의 불교 문적을 아우르면서도 김시습의 『조동오위요해(曹洞五位要解)』를 핵심으로 삼아 불교 저술들을 총괄해 기존 논의의 한계를 극복했다는 평가를 받는다.[37] 그는 김시습이 유·불·도 사상의 표현으로서 정명(正名)·가명(假名)·무명(無名)의 글쓰기를 상정하여 정리하였다. 그런데 문제의 지점은 그것들을 총괄하는 데 성리학적 기일원론이 작용하고 있다고 본 점이다. 곧 불교와 도교를 포괄하는 실사명(實

---

36) 金時習, 『梅月堂續集』권1, 「釋性理經義與異端」, "佛屠家敎, 是方便權實並行, 禪是直指純是實語. 如千劫修行, 及三世因緣, 與依正二報, 天堂地獄, 並是虛設, 今人惑悟."

37) 안동준, 「김시습의 문학사상에 대한 연구사적 검토」, 『南冥學硏究』18, 경상대학교 남명학연구소, 2004, 그는 "최귀묵의 연구가 김시습 사상연구의 돌파구를 열었다는 데는 동의하지만, 김시습의 「조동오위요해」에 근거하여 문학과의 관련을 심도 있게 논의하는 작업은 여전히 미진하다고 생각한다. 김시습 만년의 조동오위 사상은 유가 계열의 논설류와 같이 기일원론이나 주리론, 또는 이기이원으로 설명되어질 범주의 것이 아니라고 본다."라고 하여, 연구 성과를 인정하면서 기일원론을 내세움으로써 범주의 오류를 저지르고 있다고 지적하고 있다. 필자 역시 이 비판에 동의한다.

事名)의 글쓰기의 원리를 김시습은『조동오위요해』에서 보여주었다고 주
장하는 것이다. 기일원론적 글쓰기가 실사명의 글쓰기라는 것을 밝히고,
그것이 유·불·도의 세계 인식을 포괄하는 것이라는 입장이다.[38] 기존
기일원론의 연장선상에 최귀묵의 주장이 놓여 있다. 과연 그 주장이 타
당한 것인가? 그가 그러한 주장을 펼쳤던 근거를 살펴보자.

> (가) 黑은 陰의 氣이고 白은 陽의 氣이다. ……● 正은 眞性의 體이고
> ○ 偏은 眞性의 用이다. 眞性은 圓融하여 體用을 아울러 갖추고 있고 理
> 事가 함께 밝다. 萬有에 처하되 넓지 않고 一塵에 포섭되되 좁지 않다.
> 萬相이 頓寂하여도 숨지 않으니 陰의 靜과 같지 않고, 千差로 森列해도
> 드러나지 않으니 陽의 動과 같지 않다.[39]
> (나) 陰은 元氣의 闔이니 閉藏한 때로서 兩儀에서는 地에 속한다. 易
> 의 坤(☷☷)은 純陰의 卦이다.[40]

최귀묵은 위의 서술을 근거로 하여 김시습이 진성(眞性)을 원기(元
氣)로 보았다는 논리를 이끌어냈다. (가)에서 흑이 음의 기를 나타내며
정위이자 진성의 체이며, 백이 양의 기를 나타내며 편위이자 진성의 용
이라 했다. (나)를 통해서는 음이 원기의 합이라는 사실을 밝혔다고 했
다. 따라서 "정(正), 공(空), 체(體), 음(陰), 흑(黑), 정(靜), 합(闔)"과 "편
(偏), 색(色), 용(用), 양(陽), 백(白), 동(動), 벽(闢)"이라는 두 갈래가 상
정된다고 했다. 그는 '정(正)은 진성(眞性)의 체(體)'라고 한 것과 '음(陰)
은 원기(元氣)의 합(闔)'이라 했다는 점에 착안해 '정(正)＝음(陰)'이니 '진

---

38) 최귀묵, 앞의 책, 11~218쪽.
39) 金時習, 『曹洞五位要解』, "黑 陰之氣 白 陽之氣 …… ● 正 眞性之本 ○ 偏 眞性
之用 眞性圓融 體用兼該 理事雙彰 虛萬有而不廣攝 一塵而不窄 萬相頓寂 而不隱
不同 隱之靜也 千差森列 而不露不同"(민영규 교록, 앞의 책, 417쪽.)
40) 金時習, 위의 책, "陰者 元氣之闔 閉藏之時 而於兩儀屬地."(민영규 교록, 위의
책, 410쪽.)

성의 체 = 원기의 합'이며, 따라서 '진성 = 원기'라 했다. 그래서 "정편
(正編) 논의는 원기(元氣)의 운동을 설명하는 것으로 완전히 바뀌게 되었
다."라고 하여, 김시습이 기일원론을 불교에까지 적용했다고 주장했다.41)

그런데 그는 『조동오위요해』에서 그가 인용하고 있는 부분의 전후에
배치된 다음과 같은 서술을 잘못 이해했거나 애써 무시했던 것은 아닐까.

> 이에, 黑을 빌려 正을 나타내고, 白을 빌려 偏을 보임이니 : (金時習
> 의 夾註) 借는 假와 같은 뜻이니 眞이 아님을 말함이다. 黑은 陰의 氣요,
> 白은 陽의 氣이다. 權은 바꿈[變]이니 이치에 어긋나게 道와 합치시켰다
> [反常合道]는 뜻이다. 示는 말함이니 事로써 사람에게 고함이다. ●은
> 正이니 眞性의 體요…….42)

김시습은 협주에서 흑백(黑白)이 음양(陰陽)의 기(氣)를 나타내는데,
이는 반상합도(反常合道) 즉 이치에 어긋나게 도와 합치시켜 나타낸 것
임을 명확히 하고 있다. 그것은 단지 빌림[借, 假]의 표현이며, 참[眞]
이 아니다. 유교와 도교의 음양 개념이 정편(正編)과 동일한 것이라는
언급을 김시습은 어디에서도 말하지 않는다. 그리고 (나) 다음에는 다음
과 같은 서술을 하고 있다.

> 암말[牧馬]의 곧음[貞]의 모습[象]과 도탑고 두터워 물건을 실은 체
> (體)가 있어서, 하늘 운행[天行]의 튼튼함[健]을 받아 만물을 돕고[資
> 始], 두텁고 무거워 물러서지 않음[厚重不還]의 뜻을 취함이니, 법성(法
> 性)이 고요함을 이뤄[凝寂] 움직임이 없는 해탈[不動解脱]임을 비유한

---

41) 최귀묵, 위의 책, 137~140쪽.
42) "於是 借黑權正 假白示偏 - 借假同意 謂非眞也 黑陰之氣 白陽之氣야 權變也 反
常合道之意 示語也 以事告人也 ●正眞性之體."(閔泳珪, 『曹洞五位要解校錄』;
『梅月堂學術論叢-그 文學과 思想』, 강원대학교인문과학연구소, 1988, 417쪽.)

것이다.43)

움직임 없는 해탈을 뜻하는 법성(法性)을 표현하기 위해 주역의 곤괘에 비유해 표현했음을 말하였다. 비유한 것을 동일한 것이라 보는 것은 잘못이다.

그리고 최귀묵은 (가) 앞에 서술된 다음 부분을 해석하면서 주자(周子) 태극도와 주자(朱子)의 해석이 정편오위와 같음을 말한 것으로 보았는데, 그것이 단지 구조적 측면에서의 유사성을 말한 것이지 동일한 것임을 말한 것은 아니라는 사실을 잘못 인지했다.

> 이제 주자(周子)의 태극도와 주자해(朱子解)에 의거하여 유래를 보이고, 겸하여 피차가 동철(同轍)임을 드러내고자 한다.…(중략)… 오른쪽은 주자(周子)의 도(圖)와 주자(朱子)의 해(解)를 의거하여 행인으로 하여금 음양(陰陽)의 오권(五圈)이 편정(偏正)의 오권(五圈)과 더불어 서로 배합(配合)함을 알게 함이다. 다만 그 취지만 알지언정 반드시 명구(名句)에 빠지지〔泥〕 않는 것이 다행스런 일이겠다.44)

주자의 태극도와 주자의 해석이 편정오위와 '동철'이라 한 것은 같은 구도를 취한다는 점에서 한 말이다. 즉 보편적인 우주 생성의 논리를 보이고 있는 주역의 태극도와 편정오위의 모습이 그 구도를 그려가는 것이 같다는 것이다. '配'한다는 것은 짝을 이룬다는 것이며, '同轍'은 같은 자취를 보여준다는 것일 뿐이다. 취지란 그렇게 구도가 유사하다는 점이

---

43) "□馬貞之象 敦厚載物之體 取承天行健 而資始万物 厚重不還之義 喻法性凝寂不動解脫也."(위의 책, 410쪽.)
44) "今據周子太極圖及朱子解 以示來由 兼摽彼此同轍…(中略)…右依周子圖朱子解今行人知陰陽五圈 與偏正五圈相配 但識其趣 不必泥於名句 幸甚."(위의 책, 14~17쪽.)

며, 그 유사성만을 알아야지 명구에 빠져서는 안 된다는 입장인 것이다. 글자에 매어 비유적인 세계를 동일한 것으로 보아서는 안 된다는 말이다. 그래서 뒷부분에서는 주역에서 말하는 것에 비유하여 편정오위 사상을 설명해주고 있는 것이다.

그런데 최귀묵은 '음양오권이 편정오권과 일치한다'고 보고45), 사유범주 자체가 다른 그 명구들에 매어 같음을 줄기차게 논함으로써 김시습이 정편오위를 기일원론의 입장에서 해석해낸 것이라 주장하게 되었다. 단적인 예로 앞서 주장하고 있는 '원기(元氣)'와 같다고 말하고 있는 '진성(眞性)'은 김시습의 『대화엄법계도서(大華嚴法界圖序)』의 '진성심심극미묘(眞性甚深極微妙)'에 대한 해석에서 알 수 있는 바, 법성을 표현하는 어휘이다.

> 여기서 말한 진성(眞性)이란 것은 따로 중생[有情]의 문 가운데서 증득(證得)하여 들어가는 부분을 취하여서, 한 걸음 뒤로 물러서서 거짓으로 진성(眞性)이라 이름 지은 것이요, 법의 성품 밖에 따로 한 가지의 진성(眞性)이 있는 것은 아니다.46)

진성은 유정(有情)의 세계, 즉 현실계에서 증득하여 들어가는 부분을 이르는 거짓된 이름이며, 법성(法性), 즉 원융(圓融)하여 체용(體用) 또는 이사(理事)라는 이상(二相)이 없는 깊고 미묘한 경지이되 법성 밖에 따로 존재하는 것은 아닌 것이다. 그것은 '진성'이 언급된 『조동오위요해』의 정편오위로 표현해 본다면 겸대(兼帶)의 경지와 같은 성격의 것으로 추정된다. 이러한 용어를 음양의 근원으로서의 원기(元氣)와 동일한 것으

---

45) 최귀묵, 위의 책, 245쪽.
46) "云眞性者 別取有情門中證入分 退身一步 假作眞性之名 非指法性外別有一段眞性也."(김시습, 『大華嚴法界圖序』;『梅月堂別集』卷之三.)

로 생각하는 것은 유추와 비유의 대상을 동일하게 보는 꼴이 되는 것이다.

　물론 음양의 움직임 이외의 또 다른 세계를 상정하지 않는 점은 현실을 중시하는 성리학의 기일원론적 세계로 볼 수 있다. 그렇지만, 앞선 논의에서 살폈듯 김시습이 현실을 중시한 것은 그의 화엄사상과 선사상 등에서 이미 성찰한 본체와 현상에 대한 인식의 결과와 연계되어 있는 것으로 보아야 한다. 그리고 원기본체론(元氣本體論)을 주장하면서 기일원론의 바탕을 세운 장재(張載)의 사상이 실은 불교의 본체론적 사유양식에서 비롯되었다는 사실을 떠올릴 필요가 있으며, 나아가 송명(宋明) 신유학 본체론의 사유양식이 불교 본체론의 사유양식의 영향을 받았다는 주장을 잘 살펴야 한다.47) 김시습 또한 조동종의 정편오위 사상이 신유학이 세운 본체론과 맞닿아 있음을 알았다. 그렇지만 그것은 오직 정편오위 사상을 잘 드러내기 위해 『주역』의 음양오행을 끌어들인 것이지, 기일원론적 사유로써 정편오위 사상도 해석해낼 수 있음을 밝히려 했던 것은 아니다. 왜냐하면 정편오위 사상 자체가 『주역』을 끌어들여 독창적인 수행 방식을 구도화한 것이기 때문이다.

　김시습은 선가에 전해져오던 『주역』의 음양오행 사상을 바탕으로 구도화한 중리괘 중심의 정편오위 사상을 참되게 밝혀 놓은 것이다. 결코 성리학의 기일원론이 보편적인 것이기 때문에 그에 합당하도록 김시습이 새롭게 밝혀낸 것은 아니다. 원래 조동오위 사상이 음양오행 사상을 끌어다 만들어낸 것인데, 그것을 다시 김시습이 보편적인 이치에 합당해야 하기 때문에 새롭게 밝혔다고 보는 것은 말이 안 되는 것이다.

　또한 전체 텍스트의 구성을 보더라도 「태극도」는 정편오위 사상을 설명하는 자리에 삽입된 꼴이다. 정편오위 사상이 『주역』의 「태극도」와

---

47) 賴永海 著, 金鎭戊 譯, 『불교와 유학』, 운주사, 1999, 46~52쪽.

그 구도가 유사하며 대등함을 말함으로써 조동오위 사상의 정당성을 입증하려 했던 것으로 보아야 한다. 선불교에 대해 거리를 두고 폄하하려는 성리학자들을 암묵적 대상으로 삼아 양자를 대등하게 바라봄으로써 텍스트 전후에서 서술하고 있는 조동오위 사상이 진리에 부합함을 이전부터 내려오던 선가의 주장을 바탕으로 살핀 것이다. 최귀묵은 이러한 정황을 살피지 못한 채 기일원론으로 정편오위 사상을 포괄하려 했다는 논의를 펼쳤던 것이라 하겠다.

불교 사상이 기저를 이루고 반은 유자요, 반은 불승인 반유반불(半儒半佛)의 인물로 김시습을 평가한 이로 정주동이 있다. 그는 방대한 분량으로 김시습의 생애와 사상을 점검하는 가운데 『금오신화』가 무상관(無常觀)을 그 바탕에 깔고 불교의 입장에서 유불조화를 이상으로 하여 창작된 작품이라 보았다.48)

정주동은 조선 초 유학이 정립되지 않았던 시대적 상황을 강조하면서 본체론적 측면과 관련해 "시습의 도의 본체는 무사(無思), 무려(無慮), 지진무망지자연지체(至眞無妄之自然之體)로서 이것을 리(理)라는 말로 형용하며, 이 리(理)는 천지 만물에 다 있는 것으로 사람에 있는 리(理)라는 것을 성(性)이라 하고, 사람이 각자의 성(性)을 이끌어 기르는 것이 도(道)라는 것으로 선유(先儒)의 성리설(性理說)에서 벗어난 창의성이 있는 것이 아니다."49)라고 주장하였다. 김시습의 성리설이 선유의 것에서 벗어나지 않았으니 창의적이지 않다고 본 것은 신유학의 흐름 속에서 그의 독특한 면모를 잘 살피지 못한 결론이다. 김시습이 표현하고 있는 성리학 사상은 다분히 장재의 기일원론적 사유와 매우 유사한 면모를 보여주고 있는 측면이 있다. 그런데 그러한 사상이 다름 아닌 화엄사상이나

---

48) 정주동, 『梅月堂 金時習 硏究』, 신아사, 1965.
49) 위의 책. 282쪽.

선사상의 맥락 속에서 파악한 현실 인식과 맥이 닿아 있음을 밝히지 못했다.

그리고 정주동은 "시습이 불교에 대한 본질을 잘 터득하고 있으면서도 정도(正道)를 유(儒)에 두고 불(佛)을 이단이라 하였는데, 이러한 것은 도도히 흐르는 유교주의의 신사조에 영합하지 않고서는 견딜 수 없는 딱한 시대적 고민이었던 것"[50]이라고 결론을 내렸다. 곧 김시습이 불교적 사유를 기반으로 하면서 시대 상황에 영합하지 않을 수 없어 유교를 받아들일 수밖에 없었다고 했다. 김시습이 선승으로서 시대 상황 때문에 성리학을 마지못해 언급했다는 주장인데, 다음과 같은 글을 보면 그것이 마지못한 언급이며 영합인지는 더 따져보아야 할 문제라는 것을 느끼게 한다.

> 선이라는 것은 평소의 행동과 말하고 입 다무는 것을 온화하게 하고 박절하지 않게 하여 형편에 따라 일일이 하기를, 마치 우주의 원기가 순환하면서 밤과 낮, 그믐과 보름, 비고 참, 숨 쉬고 쉬는 것이나 생장하고 오고 감에서 조금도 조급할 것 없고 더딜 것도 없이 면면히 이어지며 순전(純全)하여 그만두지 않는 것과 같다. 기뻐할 때 기뻐하고 성낼 때 성내며 사랑하게 되면 사랑하고 공경하게 되면 공경한다. 이렇듯 앉거나 눕거나 하는 모든 삶을 한결같이 때에 따라 알맞게 적응하게 된다면, 이것이 이른바 일관(一貫), 중용(中庸), 시중(時中)이라 하고, 『주역』에서 우레와 바람이 합쳐서 항(恒)이 되는데, 군자는 이 법을 잘 이용하여 중도에 서서 방위를 바꾸지 않는다고 한 것으로, 이를 선(禪)이라 한 것이다. 만약 이것과 다른 뜻이 있다면, 그것은 족히 할 만한 것이 못 된다.[51]

---

50) 위의 책, 316쪽.
51) 金時習, 『梅月堂續集』 권1, 「釋性理經義與異端」, "所言禪者 動靜語默 雍容不迫 曲盡機宜 如元氣幹施 晝夜晦朔盈虛消息生長往來 竟無躁急 亦無舒緩 脈脈不斷 純亦不已 當喜則喜 當怒則怒 當愛則愛 當敬則敬 乃至坐臥起居 一循時變 謂之

김시습은 '선'을 '일관, 중용, 시중'과 같은 것이라 하였다. 기뻐할 때 기뻐하고 성낼 대 성내며 사랑할 때 사랑하는 그 때마다 적합한 행위를 할 수 있는 것, 그것이 중용이며, 선이란 그런 중용과 맥이 닿아 있다고 본 것이다. 중용이란 무엇인가? 공자는 "벼슬할 만하면 하고 그만둘 만하면 그만두며, 오래 할 만하면 하고, 빨리 할 만하면 빨리했다."52)라고 했는데, 그처럼 하나에 집착하지 않고 상황에 걸맞은 행위가 중용인 것이다. 불교에서 말하는 제법무아(諸法無我)의 공(空) 인식에 따른, 실존성을 부정한 자유자재한 행위의 지향과 다름이 없다. 이러한 입장에 있었으므로 유자의 모습도 불자의 모습도 함께 취하게 했던 것이다. 정주동의 논의는 이러한 중도적 삶의 면모를 간과하고 반은 유자요 반은 불자라는 주장을 했다고 볼 수 있다.

김시습이 이러한 중용적 태도를 지닌 존재로 비유비불(非儒非佛)이요, 진유진불(眞儒眞佛)의 인간이었음을 일찍이 강조한 이로는 이종찬이 있다.53) 그는 김시습이 표리상반된 모순적 인간형으로 보이지만, 실은 "그가 어디에도 맹목적으로 경도되는 것이 아니라, 양자를 철저하게 이해하여 그 진수를 올바로 터득하여 어디에도 속박됨이 없이 초탈하려는 참다운 자유인이었던" 까닭에 그러한 것이라고 주장하였다. 김시습이 「역설(易說)」에서 "군자는 변화를 다하면서도 상도에 합당하게 하고 소인은 상도를 행하면서 변화에 역행한다. 변화와 상도는 사람에 있는 것이지 도에 있는 것이 아니다."54)라고 말했는데, 변화나 상도에서 자유

　　一貫 謂之中庸 謂之時中 易云 雷風恒 君子以立不易方 夫是之謂禪 若有異於此也 不足爲也甚矣."
52) 『孟子』, 「公孫丑章句上」, "可以仕則仕 可以止則止 可以久則久 可以速則速."
53) 이종찬, 「梅月堂의 文學世界」, 『梅月堂學術論叢-그 文學과 思想』, 강원대학교인문과학연구소, 1988, 201~216쪽.
54) 金時習, 『梅月堂集』 권5, 「易雪」, "君子居變而合常 小人居常而戾變 變與常在人而不在道."

로우면서도 시대적 변화에 적의(適宜)한 대응을 해 나가는 주체적 자아의 모습을 보여주는 것이라고 보았다. 이종찬은 역사를 바라보거나 도잠과 굴원의 삶을 들여다볼 때도 그러한 자유정신은 그대로 드러남을 살피고, "매월당은 철저한 자유인으로서 현실 밖에서가 아니라 현실의 내부에서 현실을 직시하여 치우침이 없는 중도를 지켰다."라는 결론에 도달하였다. 필자가 생각하기에 김시습의 중도 사상을 시 세계를 근거로 하여 밝혀낸 이종찬의 논지는 김시습 사상을 이해하는 데서 매우 중요한 의의가 있다. 그렇지만 중용의 논리가 어떻게 김시습의 선사상과 연결되는지에 대한 섬세한 논의를 이종찬은 펼치지 않았다는 점이 아쉬움으로 남는다.

진경환도 '심유적불'의 문제를 심도 있게 다루었는데, 김시습의 사상을 '비유비불'의 입장에서 논하였다.[55] 그는 김시습이 유·불 양쪽으로부터 반성적 거리를 유지한 채 치우침 없이 그것들을 조망하려 하였으며, 그의 사상을 어느 일방에 귀속시켜 설명하기 어렵다고 보았다. "심유적불이라는 범상치 않은 사유와 행태를 통해, 지배적인 이념으로 행세해 온 유학과 불교, 그리고 그것을 대립적인 것으로 이해하고, 하나의 중심을 세워 그것을 차지하려는 모든 사유가 실체적 본질을 지시하지 않는 사회적 구성물 혹은 권력 행사의 방편일 뿐임을 주장하면서, 그 중심을 해체하려 탈주를 시도했던 것"[56]이라고 그는 결론짓는다. 기존의 권력과 이념에 따른 억압적 현실에 대한 비판 의식이라는 '탈중심적 기획'이 심유적불을 낳게 했다고 보았다. 그런데 이러한 '탈중심적 기획'은 앞서 살핀 중용적 삶의 태도에 따른 것이라 볼 수 있으며, 한편으로는 불교의 공관(空觀)과 연계된 사상적 면모를 보여주고 있는 것임을 진경환

---

55) 진경환, 「김시습과 '心儒跡佛'의 문제」, 『어문논집』40집, 안암어문학회, 1999.
56) 진경환, 위의 글, 184쪽.

은 놓치고 있다. 그가 표현한 '탈중심적 기획'은 인간 인식의 허망함이나 모순, 곧 일체의 가유(假有)를 부정하는 '공관'의 다른 표현이다. 그러나 그것으로 끝나버린다면 어떻게 구체적 현실을 살아갈 수 있단 말인가. 그래서 그러한 공관마저도 부정함으로써, 즉 부정에 부정을 거듭해가는 가운데 마련되는 것은 입세간적(入世間的)인 '진공묘유(眞空妙有)'의 경지이다. 그리하여 현실로 돌아와 그 현실을 긍정하면서 진상(眞相)과 묘용(妙用)을 발견하는 것이다. 김시습은 그와 같은 경지를 『십현담요해』의 "현묘하고 현묘한 그 곳 또한 배격해야 하네〔玄玄玄處亦須呵〕."에 대한 주석을 통해57), 현묘한 곳에 이르러 그 현묘함마저 배격함으로써 얻어지는 경지를 표현하였다. 걸림 없는 자유자재한 그 경지에서 김시습은 "대지와 산하가 모두 자기인 것이고, 삼라만상이 모두 한 빛〔一色〕이어서 시방세계가 해탈의 문 아닌 것이 없다. 그리고 시방세계에 이 법을 설하여 중생을 제도할 때가 아닌 것이 없다."58)라고 하여 현실로 뛰어들어야 한다는 입장을 취하였다. 결국 진경환이 말하는 '탈중심적 기획'은 '공관'의 경지를 표현한 것에 불과하고 더 나아가 이와 같은 '현실로의 귀환'이라 할 묘용의 경지까지를 읽어내지는 못했던 것이다.

---

57) 『十玄談要解』'一色', "到這裏 讚不及 毀不及 若了一 萬事畢 天上人間 古今不識 能了所了 二了皆了 終無可了 体玄用玄 (二玄)俱玄 畢竟無狀進步也錯 退步也錯 拍手呵呵 笑一場也錯 將錯就錯.(여기에 이르면 칭찬해도 미치지 못하고, 헐뜯어도 미치지 못한다. 만약 모든 일을 완전히 깨달으면, 하늘이나 인간 세계, 예나 지금을 알지 못하고, 깨달음과 깨달아야 할 것의 두 깨달음을 모두 깨닫게 되어서 마침내 깨달을 것도 없으며, 체(體)가 현묘하고 용(用)이 현묘한, 두 현묘함이 모두 현묘하여 마침내 그 상태도 없어진다. 이렇게 되면 앞으로 나아가도 그릇되고, 뒤로 물러서도 그릇되고, 손뼉을 치고 한바탕 웃어도 그릇된다. 그릇된 것을 가지고 그릇된 곳으로 나가는 것은 더욱 크게 그릇되는 것이다.)"(민영규 교록, 위의 책, 252쪽. ; 이창섭·최철환 역, 앞의 책, 313쪽.)

58) 『十玄談要解』'廻機', "大地山河都是自己 森羅萬象 皆同一色 十方世界 無不是解脫門 十方世界 無不是說法 度生時."(민영규 교록, 앞의 책, 264~265쪽. ; 이창섭·최철환 역, 앞의 책, 294~295쪽.)

지금까지 『금오신화』 창작에 영향을 끼쳤다고 파악되어온 김시습의 사상과 『금오신화』와의 상관성에 대해 비판적으로 검토해 보았다. 그 결과, 첫째, 김시습이 표현하고 있는 현실주의적 사유는 성리학의 기일원론만으로 포괄될 수 없으며, 선불교 사상 또한 고려해야 한다는 결론에 도달할 수 있었다. 둘째, 김시습이 『금오신화』를 창작하는 데 기반을 둔 것은 성리학의 기일원론이라기보다는 선사상, 그 가운데서도 이류중행의 조동선 사상과 매우 밀접한 관련성을 갖는다는 점이다. 셋째, 김시습의 정편오위 사상은 성리학이 세운 본체론과 맞닿아 있으나, 정편오위 사상을 드러내기 위해 『주역』의 음양오행을 끌어들인 것이지 기일원론적 사유를 드러내기 위해 그리 한 것은 아니었다. 조동선 사상의 핵심이 무엇이며, 그것이 성리학 사상과 어떻게 연계되는 것인지 다시 한번 자세히 살필 필요가 있다. 넷째, 김시습은 유·불·도를 넘나들면서 어느 쪽에도 매이지 않는 중용적 자세를 견지하고 있다는 점이다. 그리고 그러한 중용적 자세는 선사상과 동일한 것으로 인식되고 있음을 알 수 있었다. 유교나 불교에 대한 부정을 통해 자유로운 삶의 경지를 개척했다고 볼 수도 있으나, 그것은 어디까지나 선불교의 진공묘유의 경지를 지향하는 과정 속에 드러나는 편린일 따름으로 보인다. 좀더 자세한 논의는 다음 장에서 수행하도록 한다.

3. 연구의 방법

김시습의 사상, 『금오신화』에 반영된 사상과 그 사상의 구조화 문제를 해결하기 위해서는 참으로 어려운 과제들을 해결해내야만 한다. 선사상을 알아야 하고, 작품들에 대한 면밀한 검토가 수반되어야 한다. 게다가 김시습이라는 존재는 방대한 텍스트들을 세상에 내어놓았으므로 그의 사상을 총체적으로 들여다보겠다는 야심에 찬 욕구가 용두사미 격의 결과를 낳지 않도록 늘 경계하여야 한다.

그런데 어떤 연구를 시도하려 할 때 언제나 먼저 세워야 하는 것이 연구의 태도이다. 기존의 연구를 넘어서려면 기존의 시각으로는 안 된다. 필자가 보기에, 최근 문학 연구의 태도는 다분히 지나칠 정도의 '현재적 시각'만을 유지한 채 과거의 문학 텍스트를 대하려 한다는 문제점이 있다고 생각한다. '현재적 시각'이란 현재 벌어지고 있는 중심의 문학적 담론이나 연구자의 현재적 관심을 뜻하는 것이다. 그래서 실증주의적 연구 태도에 대해서는 고루하다고 여기며, 최근의 문학적 담론에 편승하여 과거의 문학 작품에 대해 실상에 부합하지 않는 해체를 시도한다. 모든 것들은 현재의 삶에 소용이 되어야 하는 것이니 과거에 어떤 이유로 썼건 현재의 시각으로 바라보겠다는 것이다.

그렇지만 당대에 그러한 문학을 산출하게 된 궁극적인 이유를 파악하는 것은 더욱 유의미한, 새로운 패러다임을 창출해낼 수 있는 지혜로 작용할 수도 있기 때문에 연구자들은 '역사적 시각'을 견지할 필요가 있다. 실상 과거 문학 작품 창작의 궁극적 이유를 찾아낸다는 것은 거의 불가능한 일일 수 있다. 작가가 문학 텍스트를 산출했던 이유를 파악했다며 유능한 문학 연구자가 제출한 주장이 한때는 각광을 받을 수 있으나 그 각광이 영원할 수는 없다. 왜냐하면 시간이 흐르고 새로운 자료들이 발견되기도 하고, 그 학자가 가졌던 관심의 영역이 시간이 흐른 뒤에는 의미 없는 결과로 치부될 수도 있기 때문이다. 그러니 궁극적인 이유를 찾아내겠다는 욕망 자체가 무모한 일이며, 쓸모없는 작업인 것처럼 여겨질 수 있다. 그래서 학문적 유행에 따라 끝없이 과거의 문학 작품에 대한 이해를 달리한다. 그것은 불행한 일이다. 왜냐하면 그것은 진실이 아니기 때문이다. 문학 텍스트는 특정 시기의 사회·문화적 환경 속에서 산출되어 그 시대의 언어와 특정 작자의 언어가 뒤엉켜 있는 구조물인데, 현재라는 시간 속에서 그 텍스트의 의미 있는 부분이 역사적으로 다시금 각인되기 마련이다. 따라서 문학 연구자는 현재적 시각을 유지하면서도 문학 텍스트가 산출된 배경과 관련해 철학자나 역사 연구가 등 텍스트와 관련을 맺는 주변 학자들의 연구 성과에 주의를 기울여야 한다. 그렇게 하여 나온 연구 결과물들이 시대를 뛰어넘어 집적된다면 어느 순간엔가는 작가와의 역사적 거리가 좁아져 있을 것이다. 이러한 연구 태도를 '역사적 시각'59)이라 명명할 수 있을 것이며, 필자 역시 이러한 시각을 견지하려 한다.

이러한 시각을 견지하더라도 김시습과 『금오신화』를 연구하는 일은 결코 쉬운 일이 아니다. 왜냐하면 기존의 연구 결과가 방대하고, 그 논의들을 비판적으로 검토하는 작업 자체가 커다란 문젯거리일 수밖에 없기 때문이다. 그리고 『매월당집』이나 『십현담요해』와 같이 김시습이 서술한 텍스트들은 참으로 많으며, 다채로운 사상적 궤적을 담아내고 있어 연구자로 하여금 대단한 '인내력과 집중'을 요구하고 있다. 게다가 그러한 연구를 통해 『금오신화』에 대한 정교한 이해와 분석을 시도해야 하므로, 이 연구는 실로 '난공불락의 요새'처럼 느껴지기도 한다. 그렇지만 자세히 들여다보고 있으면 김시습의 사상이나 『금오신화』의 구조는 일

---

59) 여기서 '역사적 시각'이라는 용어는 예술 작품이 역사적, 문화적 맥락을 통해서만 이해될 수 있다는 역사주의(Historicism)의 시각처럼 보일 수도 있겠다. 물론 그런 면모가 전혀 없는 것은 아니나, 필자가 생각하는 '역사적 시각'이란 해석학(Hermeneutics)에서 말하는, 해석자가 자신의 지평과 문학작품의 지평 사이에서 변증법적으로 만남의 과정을 반복함으로써 역사적 거리를 메워가는 것과 더욱 관련이 깊다. 곧 과거 자체에 빠려 들어가 그 속에서 헤매는 것이 아니라 현재적 지평에서 전승된 텍스트들을 '탈신화화'하는 작업이라 할 수 있다. (리차드 팔머, 이한우 옮김, 『해석학이란 무엇인가』, 문예출판사, 1990, 359~363쪽, 참조.)

관된 흐름이 있음을 발견하게 된다. 이 글은 그러한 흐름을 얼핏 엿본 결과물이며, 그 결과물을 다음 순서로 밝혀나가고자 한다.

필자는 『금오신화』의 사상과 그 사상의 구조화를 살피는 데 세 단계의 연구 과정을 상정하려 한다. 첫째는 예비적 고찰 단계로 나려시대 선사상의 흐름을 논하는 단계이다. 둘째는 『금오신화』의 서사구조와 정편오위 사상의 상관성을 논하는 단계이다. 셋째는 『금오신화』의 서사기법과 선사상을 논하는 단계이다. 각 단계의 세부적인 연구 방법을 제시하면 다음과 같다.

제 2장은 『금오신화』 분석을 위한 예비적 고찰을 시도하는 부분이다. 여기에서는 먼저, 김시습의 사상과 『금오신화』를 낳게 하는 데 전사적(前史的) 성격을 갖는 나말여초의 선사상을 고찰할 것이다. 특히 선사상 가운데 『금오신화』와 김시습 사상의 국내적 단초가 되는 조동선(曹洞禪) 사상이 어떻게 형성되었는지를 중점적으로 고찰하게 될 것이다. 이러한 과정을 통해 김시습과 그의 소설 『금오신화』가 갑자기 출현한 것이 아니라 한국 사상사의 흐름 속에서 탄생했음을 밝힐 것이다. 다음으로 필자는 김시습의 사상에 대한 기존의 논의를 고찰할 것이다. 여기에서는 먼저, 조선시대 유학자들에 의해 주도된 '심유적불론(心儒跡佛論)'과 '선승론(禪僧論)'의 문제를 김시습에 대한 전기(傳記)를 주된 텍스트로 삼아 살필 것이다. 이렇듯 기존 연구를 비판적으로 검토한 후 필자가 생각하는 김시습의 사상을 밝힐 것이다. 김시습이 선사(禪師)로서 어떤 풍모를 지녔었는지를 살피고, '현상즉본체(現像卽本體)'라는 현실 인식을 바탕으로 한 김시습의 현실주의적 선사상이 어떤 것인지를 살필 것이다. 그리고 그러한 사상을 기반으로 김시습이 밝히고 있는 유(儒)·불(佛)·도(道) 조화론을 고찰하게 될 것이다.

제 3장은 2장에서 파악된 김시습의 사상을 바탕으로 『금오신화』의

서사구조와 선사상의 상관성을 고찰하는 부분이다. 여기에서는 먼저 『금오신화』의 체재에 대한 기존의 주장들을 살펴보면서, 『금오신화』내의 소설 다섯 편이 김시습이 밝힌 정편오위(正偏五位)라는 선사상과 연계될 여지를 마련하게 될 것이다. 그리고 이를 바탕으로 『금오신화』내의 각 편이 지닌 서사구조와 정편오위 사상을 대비하여 살피려 한다. 『금오신화』에 실린 다섯 작품 순서에 맞춰 살피되, 「만복사저포기(萬福寺樗蒲記)」와 정중편(正中偏), 「이생규장전(李生窺墙傳)」과 편중정(偏中正), 「취유부벽정기(醉遊浮碧亭記)」와 정중래(正中來), 「남염부주지(南炎浮洲志)」와 편중지(偏中至), 「용궁부연록(龍宮赴宴錄)」과 겸중도(兼中到) 등의 제목 아래 각 소설의 서사구조와 각 사상의 사유구조가 어떻게 연결되는지를 이 부분에서 살피게 될 것이다. 이 과정에서 『금오신화』각 편에 대한 기존의 연구결과들을 비판적으로 검토하고, 정편오위 사상을 기반으로 『금오신화』가 일관되게 편재되어 있음을 확인하게 될 것이다. 이 논의가 이 글에서 가장 중요한 부분이므로, 필자는 여기에서 작품과 사상에 대해 섬세한 고찰을 시도하려 한다.

제4장은 3장에서 파악된 『금오신화』의 서사구조와 선사상의 상관성을 바탕으로 『금오신화』의 서사기법과 선사상을 총괄적으로 살피는 부분이다. 먼저, 이 장에서는 『금오신화』에서 환상과 현실이 어떻게 서사화되고 있으며, 그것이 정편오위 사상과 어떤 관계를 맺고 있는지를 3장의 분석 내용을 바탕으로 전체적으로 조망하게 될 것이다. 다음으로는 생사(生死)와 사랑이라는, 『금오신화』에서 중요하게 다뤄지고 있는 소재를 서사기법과 사상의 상관성이라는 측면에서 고찰할 것이다. 그리고 『금오신화』각 편들이 보여주는 공간적 배경이 정편오위 사상과 연결되어 어떻게 구조화되었는지를 살피고, 『금오신화』전반에 드러나는 서사적 특징을 소설사의 흐름과 관련하여 살피되, 전기소설(傳奇小說)의 특징

적 요소라 할 이계(異界)와 이류(異類)를 어떻게 작가가 이해하고 작품으로 서사화했는지를 깊이 있게 다룰 것이다.

이러한 일련의 과정을 통해 결국 필자는 김시습의 사상이 선사상을 바탕으로 하여 유불도 조화를 주장한 선승이었으며, 『금오신화』가 김시습의 정편오위 사상을 기반으로 구조화된 소설집임을 밝히게 될 것이다.

제 2 장

『금오신화』 분석을 위한 예비적 고찰

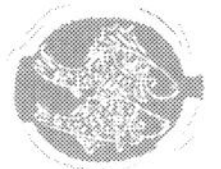

　여기서는 『금오신화』를 분석하기 위해 세 단계의 예비적 고찰을 시도하고자 한다. 첫째, 나말여초의 선사상의 흐름을 짚어보고자 한다. 이를 통해 『금오신화』가 지닌 서사구조와 사상이 갑자기 조선 초에 출현한 것이 아니라 불교 사상의 연속선상에 놓여 있는 것임을 드러내게 될 것이다. 둘째, 조선시대에 김시습의 사상에 대해 벌어진 논쟁을 짚어보고자 한다. 김시습이 유·불·도를 두루 알아 그에 대한 글을 많이 남기고 있으며, 어려서는 유가였다가 젊은 시절에 승려가 되어 활동했던 까닭에 참으로 긴 시간 동안 그의 사상에 대한 논쟁은 끊이지 않고 있다. 이 글에서는 조선시대 김시습을 다루고 있는 전기적 텍스트들을 중심으로 '심유적불론(心儒跡佛論)'과 '선승론(禪僧論)'이 어떻게 탄생하게 되었는지를 고찰하고, 필자는 그에 대한 비판을 가할 것이다. 셋째, 이러한 기존 논의에 대한 비판에 힘입어, 김시습이 선사로서의 풍모를 지녔던 점을 부각하고, 그의 선사상적 특징을 구체적으로 고찰할 것이다. 화엄(華嚴)·법화(法華)를 선적(禪的)으로 해석해나갔을 뿐만 아니라, 유교와 도교까지도 선사상의 입장에서 포용하고 조화를 추구해나갔던 김시습의 면모를 우리는 여기에서 확인하게 될 것이다. 그러면서도 이 글은 '현상즉본체(現像卽本體)'라는 현실 인식을 바탕으로 하여 이 세계를 인식하고, 실천의 방안을 찾아나갔던 현실주의적 면모가 강한 선사로서의 김시습을 보여주게 될 것이다.

1. 曹洞禪 사상과 나말여초 불교계 전기소설

김시습의 선사상이 탄생하게 된 국내적 원류는 나말여초에 융성했던 선사상, 특히 조동선에 있는 것으로 보인다. 먼저, 나말여초 선사상의 전반적인 흐름을 살펴보고, 그러한 선사상과 불교계 전기소설과 맺는 관계에 대해 간략하게 살펴봄으로써 김시습의 선사상과의 연계성을 밝혀보도록 하겠다.[1]

8세기에서 10세기에 걸치는 나말여초는 중앙 왕실의 타락과 왕위

---

[1] 조동선과 관련된 최근의 자료들을 나열하면 다음과 같다. 일연 지음, 이창섭·최철환 옮김, 『일연 스님의 중편조동오위』, 대한불교진흥원, 2002. ; 불교전기문화연구소, 『구산선문-수미산문과 조동종』, 불교영상, 1996. ; 한종만, 『韓國曹洞禪史』, 불교영상, 1998. ; 한국불교조동선림 간, 『조동선학논총』1, 불교춘추사, 2004.
국문학 논문으로는 허원기, 「異類中行 思想의 敍事文學的 意味」(『한국어문학연구』42, 한국어문학연구학회, 2004, 147~168쪽.)가 있다. 허원기의 논문은 『삼국유사』를 대상으로 조동선의 이류중행 사상이 어떻게 구현되어 있는지를 자세하게 고찰하였다.
불교계 전기소설에 대한 자세한 논의는 이 책의 2부 제4장 「나말여초 傳奇小說의 형성 문제 -불교계 전기소설을 중심으로-」에서 이루어지고 있다.

쟁탈전, 지방 호족 세력의 성장, 후삼국 정립과 고려 건국이라는 지극히 혼란한 사회상을 연출한 시기이다. 신라 말 진골귀족들 사이에서 벌어진 왕위 쟁탈전과 사치스런 생활, 귀족들의 토지 소유가 증대되는 부의 집중화 현상, 유민의 발생에 따른 인구의 지역 이동과 전란으로 인한 인구의 수직 이동 등은 신라의 멸망을 예고하고 있었다.[2] 이런 흐름 속에서 신라 하대(宣德王~敬順王, 780~935) 초기에 파격적인 선사상이 전래되었다. 구산선문이 왕실, 귀족에 밀착되어 타락한 모습을 보이던 이전의 불교계를 대신할 세력으로 성립되고, 선불교가 고려 태조를 도와 민심을 수습하는 데 앞장선다. 그 가운데 조동종(曹洞宗)은 고려 태조와 밀접한 관련을 맺으며 현실 사회 개혁의 방향을 제시하려 했던 것으로 보이며, 나말여초 불교계 전기소설과 사상적으로 유사한 것으로 보인다. 이제 그 사상과 작품들과의 관련성을 살펴보자.

신라 하대에 전래된 조계혜능(曹溪慧能)계 남종선의 홍주종(洪州宗, 馬祖禪)은 조사선(祖師禪)[3]을 수립하려는 과정에서 개인주의적 경향이 짙었다. 도나 불성을 언설을 떠난 자기 마음에서 찾으려 하다 보니 개인의 수련이 절대적으로 필요했으며, 그 수련이 산문(山門)에서 이루어진 까닭에 산문을 중심으로 한 개인주의적 경향과 함께 평상심(平常心)이 도라는 생각에 이르게 되었다.[4] 다음의 염거 선사와 낭혜 화상에 대한 기록은 이런 사정을 잘 알려준다.

---

2) 김갑동, 『羅末麗初의 豪族과 社會變動 硏究』, 고려대학교 민족문화연구소, 1990, 9~20쪽, 참조.
3) 마음의 본질을 깨닫는 것을 最上乘禪이라 하고, 그 안에는 학문적이며 지적인 측면의 義理禪, 空과 心과 우주의 실체를 인식하는 如來禪, 만물 그대로가 진리임을 깨닫는 祖師禪이 있다.
4) 김두진, 「新羅 下代 禪宗 사상의 성립과 그 變化」, 『全南史學』11, 전남사학회, 1997, 87~93쪽.

   (가) 염거선사(廉居禪師)가 설산(雪山) 억성사(億聖寺)에 머물면서
조사(祖師)의 마음을 전하고 스승의 가르침을 여니 체징(體澄)선사가 가
서 그를 섬겼다. 체징선사가 일심(一心)을 맑게 닦고 삼계(三界)에서 벗
어나기를 구하여, 목숨을 자기 목숨으로 여기지 않고, 몸을 자기 몸으로
여기지 않았다. 염거선사가 그 뜻과 기개에 짝할 만한 이가 없고, 그 바
탕이 범상하지 않음을 알아, 현주(玄珠)를 부촉하고 법인(法印)을 전해
주었다.5)

   (나) 장년에서부터 노년에 이르기까지 스스로 낮추는 것을 기본으로
하였다. 식사는 양식을 달리 하지 않았고, 옷은 반드시 균일하게 입었다.
무릇 짓거나 수리할 경우에는 수고로움이 뭇사람보다 앞섰다. 매양 말하
기를, "조사께서도 일찍이 진흙을 이기셨거늘 내 어찌 잠시라도 편히 있
겠는가?"라고 했다. 물을 나르고 땔나무를 지는 일에 이르러서도 혹 몸
소 친히 하셨다. 또 말하기를, "산이 나를 위하여 더럽혀졌는데 어찌 내
가 몸을 편안히 할 수 있겠는가?"라고 하셨다. 자기를 다스리고 사물에
힘씀이 모두 이와 같았다.6)

   (가)는 '서당(西堂)-도의(道義)-염거(廉居)-체징(體澄)-보조(普照)'로
이어지는 가지산파(迦智山波)에서 염거선사가 체징선사에게 '조사의 마
음' 곧 조사선(祖師禪)을 전했다는 것이다. 그런데 그 조사선은 일심(一
心)을 맑게 닦고 삼계에서 벗어나기 위한 수련이 요구되었다. 그 결과
(나)와 같이 타인들과 같이 먹고 입으며, 물을 나르고 땔나무 하는 것을
몸소 하는 것으로, 곧 그런 육체노동을 통해 마음을 수양하는 방식을 선

---

5) 金穎, 「長興寶林寺普照國師彰聖塔碑」, 『朝鮮金石總覽』上, 1919, 62쪽, (허흥식
    편, 위의 책, 200쪽.) '廉居禪師 居雲山億聖寺 傳祖心 闡師敎 我禪師往而事焉 淨
    修一心 求出三界 以命非命 以軀非軀 禪師察志氣非偶 素槩殊常 付玄珠 授法印.'
6) 崔致遠, 「保寧聖住寺朗慧和尙白月葆光塔碑」, (허흥식 편, 위의 책, 221쪽.) '始壯
    及衰 自貶爲基 食不異糧 衣必均服 凡所營葺 役先衆人 每言祖師嘗踏泥 吾豈暇安
    栖 至捷水負薪 或躬親 且曰 山爲我爲塵 安我得安身 其剋己勵物皆是類.'

택하였다. 구체적 현실 가운데서 도를 구하는 모습이다. 그러나 그것은 산문 내에서 행해지는 노동과 수양이었지, 대사회적 운동의 차원으로까지 나아갔다고는 볼 수 없다. 「백월산양성성도기」에서 두 주인공이 속세와 떨어진 산속에서 행했던 수행의 모습이 바로 이와 같은 수행이었을 것이다.

홍주종계 선종이 지닌 이러한 개인주의적 성향은 왕실보다는 지방 호족 세력들과의 결합으로 나타났다. 무염(無染, 801~857)의 성주산(聖住山) 선문, 범일(梵日, 810~889)의 사굴산(闍崛山) 선문, 개청(開淸)의 보현산(普賢山) 지장선원(地藏禪院), 도헌(道憲)의 희양산(羲陽山) 봉암사(鳳巖寺) 등 대부분의 선문이 신라 말 지방호족의 지원을 받아 이루어졌다. 이는 선종 승려들의 출신이 진골 귀족에 도전하였던 몰락귀족층이거나 육두품 이하의 출신자였으며, 그로 인해 왕실보다 지방 호족에 더 우호적인 성향을 가졌던 데서 비롯되었다고 볼 수 있다.7) 그런데 흥미로운 사실은 무염의 성주산 선문에 직접적인 후원자 역할을 했던 인물이 「조신전」에 등장하는 김흔(金昕)이라는 점이다. 장경 2년(822)에 입당(入唐) 길에 풍랑을 만나 검산도(劒山島)에 표류해 들어갔던 무염은 조정사(朝正使)로 떠나던 김흔의 배를 얻어 탔다. 그 인연으로 마조의 제자인 마곡보철(麻谷寶徹)에게 인가(印可)를 받고 문성왕 8년(846)에 귀국한 무염에게 김흔은 조합사(鳥合寺. 나중에 성주사로 개명)에 주석하기를 청했던 것이다.8) 「조신전」이 선사상과 관련이 있음을 엿보게 하는 대목이다.

그리고 선승들의 면모를 살펴보면 이전에 화엄종이었다가 선종으로 개종한 경우가 많다는 사실도 기억해둘 일이다. 가지산문(迦智山門)의 도

---

7) 채수환, 「羅末麗初 禪宗과 豪族의 결합」, 『東西史學』4, 부산 한국동서사학회, 1998, 123~145쪽.

8) 崔致遠, 「保寧聖住寺朗慧和尙白月葆光塔碑」(허흥식, 『韓國金石全文』, 亞細亞文化社, 1984, 212~223쪽.)

의(道義), 희양산문의 도헌, 성주산문의 무염, 사굴산문의 개청과 행적(行寂), 사자산문(師子山門)의 도윤(道允)과 절중(折中), 동리산문(桐裏山門)의 혜철(惠徹) 등 선문 승려의 절반이 부석사, 해인사, 화엄사 등 화엄종 계열의 사찰에서 공부하고 선문에 들어섰다.9) 그리고 「조신전」에 등장하는 세달사(世達寺)도 8세기 중엽 의상의 화엄학풍을 계승한 신림(神琳)이 머물렀고, 그의 진영(眞影)이 고려 초까지 봉안되었던 화엄도량이다.10) 신라 말 불교사와 관련해 「조신전」을 살펴보면, 작자가 의도했건 안 했건, 조신이 명주에 있는 세달사 장사(莊舍) 관리인으로 김흔의 딸을 사모했다는 것은 화엄종 승려들이 선종으로 개종하던 당시 상황을 암시하고 있다.

개인주의적 성향을 보여주던 초기 선종은 시간이 지나면서 대중을 향한 적극적인 실천을 강조하기에 이른다. 진성여왕 이후 호족들 간 세력 다툼의 결과 호족세력을 통합한 대호족 세력이 등장하게 되었고, 그에 따라 사회적 통합을 강조하기 위한 대호족세력의 사상적 기반이 필요했다. 이때 조동종 계통의 선승들11)이 대거 진출하여 사상적 기반을 마련해 주었던 것이다. 이에는 마음속의 불성을 깨침에 그치지 않고 산문이나 문도를 교화하고, 나아가 당대 사회를 교화하는 데까지 노력하는

---

9) 인경, 「羅末 華嚴敎團과 禪宗의 諸問題」, 『한국선학』2, 한국선학회, 2001, 11~12쪽.
10) 김상현, 「新羅華嚴學僧의 系譜와 그 活動」, 『韓國華嚴思想史硏究』, 민족사, 1988, 28~35쪽.
11) '慧能-靑原行思-石頭希遷-藥山惟儼' 다음에 이어지는 雲巖曇晟 계통으로 ① 洞山良价-〈金藏〉, ② 동산양개-雲居道膺-〈迴微·麗嚴·利嚴·雲住·慶猷·慧〉, ③ 동산양개-疎山匡仁-〈慶甫〉 등이 있고, 道吾圓智 계통으로 ④ 石霜慶諸-〈行寂·欽忠·朗·淸虛〉, ⑤ 석상경제-谷山道緣-〈兢讓〉, ⑥ 석상경제-九峯道虔-〈玄暉·淸院·國淸〉, ⑦ 석상경제-谷山藏-〈瑞巖·泊巖·大嶺〉, ⑧ 석상경제-雲盖志元-〈臥龍·忠湛〉 등이 있다. 그 외에도 '慧能-靑原行思-石頭希遷-天皇道悟'와 '慧能-靑原行思-石頭希遷-丹霞天然'에서 이어지는 계통도 있다. (한종만, 『韓國曹洞禪史』, 불교영상, 1998, 46~114.)

것이었다.12) 다음의 긍양 선사의 교화행은 그런 면모를 잘 드러내준다.

> 대사는 사람을 이끄는 데 게을리 하지 않았고, 만물을 이롭게 하는 공
> 이 있었다. 상인들도 절〔化城〕로 데려와 쉬게 하고, 가난한 사람〔窮子〕
> 들도 모두 절로 돌아오게 하였다. 나무를 줄지어 심어 놓은 곳에 향나무
> 의 향이 매우 높았고, 뜰 가득히 연꽃들이 풍성하였다. 선사들과 조사들
> 의 풍모를 크게 넓히고, 법왕의 가르침을 밝게 비치었다. 은혜를 골고루
> 미쳐 구제하였고, 덕을 보면 빛과 조화를 이루었다. 비록 산 가운데서
> 조용하고 묵묵히 지키고 있었지만, 역내에서는 맹렬한 위세를 보이셨고,
> 마귀들을 누르는 기술을 은근히 떨치셨다.13)

위 글에는 곡산도연(谷山道緣)에게서 선법을 전해 받고 문경 봉암사
를 중심으로 선풍을 드날렸던 긍양(兢讓)의 교화행이 나타나 있다. 상인,
가난한 자를 비롯한 중생 제도를 행하는 그 모습은 조동선의 선풍을 잘
보여주는 것이라 하겠다. 다음의 인용은 이엄(利嚴)이 살생을 많이 하게
됨을 걱정하는 왕건에게 답한 말로, 선사상이 말하는 중생 제도의 면모
를 잘 드러내고 있다.

> "무릇 도는 마음에 있는 것이지 일에 있는 것이 아니며, 불법은 자신
> 에서 비롯되는 것이지, 다른 사람에게서 비롯되는 것이 아닙니다. 또한

---

12) 김두진(위의 글, 93~106쪽.)은 潙仰宗의 仰山 慧寂에게서 법을 받아 귀국(859
　　년)한 了悟禪師 順之의 '內証外化'라는 개념을 바탕으로 진성여왕대 이후의 선종
　　을 사회적 교화활동이 중심이 되었던 '外化'의 추구 시기라고 하였다. 그런데 그가
　　거론한 인물들 중에서 순지를 뺀 나머지 선승들은 모두 조동종 계통의 승려들이라
　　는 것을 알 수 있다. 즉 그가 언급한 '玄暉, 慶甫, 利嚴, 忠湛, 兢讓'이 모두 曹洞
　　禪 계통이다.

13) 李夢游, 「聞慶鳳岩寺 靜眞大師圓悟塔碑」(『朝鮮金石總覽』上, 199쪽.; 이인재
　　역, 「봉암사 정진대사 원오탑비」, 『譯註 羅末麗初金石文』下, 혜안, 1996,
　　352~353쪽.)

제왕과 필부는 닦는 바가 각자 다르지만, 비록 군대를 움직이더라도 또
한 백성을 어여삐 여겨야 할 것입니다. 왜냐하면 왕은 사해를 집으로 삼
고 만민을 자식으로 삼아 무고한 자를 죽이지 않는 것이니, 어찌 죄가
있는 무리를 말하는 것이겠습니까? 그러므로 모든 선한 일을 받들어 행
함이 중생을 널리 구제하는 것입니다."14)

마음에서 도를 찾고, 이제 중생 구제를 위해 군왕이 백성들을 위해
할 도리를 밝히고 있는 것이다. 이처럼 조동선의 선승들은 왕실의 자문
에 무자비한 살생을 하지 않는 애민의 정치를 펴라고 교화하고 있다. 왕
건의 왕사였던 사무외대사(四無畏大師) 곧 '경유(慶猷)·형미(逈微)·여엄
(麗嚴)·이엄'이 모두 조동선의 선승들이었다. 조동선의 선승들은 산문의
교화를 넘어서 혼란스런 당대사회에 뛰어들어 적극적인 이타행을 실천
하기를 도모하였던 것이다. 그들은 깨달음을 얻었다 하더라도 그러한 깨
달음을 증험하는 것으로서 중생들의 망령됨을 제거하는 이타행을 무엇
보다 중요하게 여겼기 때문이다.

조동선이 추구하는 이러한 이타행 정신은 석두희천(石頭希遷)의「참
동계(參同契)」, 동산양개의 '보경삼매(寶鏡三昧)'와 '동산오위현결(洞山五位
顯訣)', 조산본적(曹山本寂)의 '오위군신지결(五位君臣旨訣)' 등을 통해 비
롯되었고, 우리나라에도 전해져 일연의『중편조동오위』와 김시습의『십
현담요해』 등의 문헌을 남기고 있다. 나말여초 조동선 사상도 이러한 사
상과 연계되어 있음은 당연한 일이라 하겠다. 이 가운데 동산양개(洞山
良价. 807~869)의 제자인 조산본적(曹山本寂. 840~901)에 의한 조동종
지의 중요한 가르침으로 삼종타(三種墮)와 사종이류(四種異類)15)가 있는

---

14) 未詳,「海州光照寺 眞澈大師寶月乘空搭碑」(『朝鮮金石總覽』上, 127~128쪽.;
    심재석 역,「광조사 진철대사 보월승공탑비」,『譯註 羅末麗初金石文』下, 혜안,
    1996, 28쪽.)
15)『撫州曹山本寂禪師語錄』卷下(『大正藏』卷47, 542~543), 여기서는 一然의

데, 이는 나말여초 불교전기소설의 주제와 밀착되어 있는 것으로 보인
다. 「조신전」, 「백월산양성성도기」, 「김현감호」 등의 불교계 전기소설을
전하고 있는 일연의 『삼국유사』에도 역시 이러한 조동종지를 반영한 작
품들이 많이 실려 있으며16), 세 작품을 13세기에 윤색한 작품이라 보
더라도 그 주제가 달라진다고 말할 수 없을 것이다.

　삼종타란 깨달아도 거기에 집착하지 말며, 어떤 경우에도 본래면목
을 상실하지 않으며 어떤 것에도 현혹되지 않는 마음 자세를 말하는 일
종의 총림의 수행론을 말하는 것이다. 삼종타 중에서 사문타(沙門墮)는
사문이라는 위치에 집착함이 없이 피모대각(被毛戴角)의 소〔水牯牛〕가
되어 중생을 위한 자기희생을 기꺼이 행하는 보살행을 말하는 것이
다.17) 다음으로 존귀타(尊貴墮)는 법신(法身)이라는 존귀함에 집착하지
않고 자기를 희생하는 것이다.18) 그리고 수류타(隨類墮)는 성색을 버리
지 않으면서 육진에 집착하지도 어리석지도 않으며 무애하게 행하는 것

　　『重編曹洞五位』(민영규 선생이 『學林』지에 실어 놓은 것을 재수록한 불교전기문
　　화연구소 편, 『구산선문―수미산문과 조동선』, 불교영상, 1996, 377~381쪽을 텍
　　스트로 하였다.)의 것을 텍스트로 한다. 일연이 1256년 여름 輪山(경남남해 소
　　재) 吉祥菴에 머물며 舊本 어구를 읽고 검토하게 되었고, 1260년 序를 쓴 책이
　　이것이다. '어록'과 크게 다르지 않으나 가감이 없는 것은 아니다. 나말여초에 들어
　　온 판본이 일연 당대까지 이어진 것으로 보아 이를 이용한다.

16)　허원기(앞의 글.)는 『삼국유사』에 실린 작품들을 조동선의 '이류중행(異類中行)'의
　　관점에서 살폈다. 그 속에 이 글에서 다룬 작품들도 언급되고 있다. 거기에서 그는
　　"이류중행은 선가의 담론으로 사문이니 성인이니 하는 집착을 넘어 중생계로 들어
　　가 적극적으로 봉사하고 노역하라는 선언을 담은 말이다. 이러한 선언은 한때 중
　　국 선종사를 풍미하던 담론이었으나 중국에서는 자취가 사라지고 일연과 김시습,
　　한용운을 통해 우리 선종사에서 명맥을 유지하였다."라고 밝히고 있다.

17)　'若是南泉病時有人問 和尙百年後向甚麽處去 泉云 我向山下檀越家 作一頭水牯
　　牛去 云 某甲擬隨和尙去 還得麽 泉云 若隨我銜一莖草來.'(一然, 『重編曹洞五位』;
　　불교전기문화연구소 편, 『구산선문―수미산문과 조동선』, 불교영상, 1996, 377쪽)

18)　'尊貴墮者 法身法性是尊貴邊事 亦須轉却是尊貴墮 祇如露地白牛 是法身極則 亦
　　須轉却免他坐一色無辨處 竝是稱斷供養邊事 欲須供養 須得此食 所以無味之味
　　亦云 無漏是堪供養 竝餘觸汚之食 非無漏解脫之食也.'(위의 책, 377쪽)

을 말한다.19)

그리고 이것이 더욱 발전해 보살행으로서의 이류중행(異類中行)이 나타나는데, 거기에는 왕래이류(往來異類), 보살동이류(菩薩同異類), 사문이류(沙門異類), 종문중이류(宗門中異類) 등 네 종류가 있다. 이 가운데 왕래이류는 일체의 성색과 언어와 계급과 지위 등 일체의 자기를 잊고 천당, 지옥, 아귀, 축생, 수라 등의 이류에 왕래하면서 고통에 시달리는 중생을 구제하는 것을 가리킨다.20) 보살동이류는 먼저 자신의 깨달음 구하고 나서 일체 중생을 모두 성불시키고 나서야 성불하기를 원하는 보살의 중생 교화를 말한다.21) 사문이류는 먼저 사문이 본분의 일을 알고 나서 금시의 모든 범성(凡聖), 인과(因果), 공행(功行)을 놓아버림으로써 독립한 사람이 되었지만, 성인의 보위(報位)에 들지 않고 이류에 들어가 교화를 펼치는 것을 말한다.22) 종문중이류는 편(偏)도 정(正)도 아니며, 유(有)도 무(無)도 아닌 겸대(兼帶)의 경지이며 목이 필요하면 베어가라고 하는 묘용의, 보살행의 경지이다.23)

---

19) '隨類墮者 祇今於一切聲色物物上 轉身去不隨階級 喚作隨類墮.' '不斷聲色隨類墮者 爲初心知有自己本分事 迴光時 擯出諸色聲香味觸法 得寧謐則成功 後不執六塵 墮而不昧 任之無礙.'(377쪽)

20) '一者往來異類者 如今一切聲色言語 階級地位 捨父逃逝 盡皆却向上祖 又得爲異類 又天堂地獄餓鬼畜生修羅等 皆是異類.'(위의 책, 379쪽)

21) '二者菩薩同異類者 先明自己 然後却入生死異類中攝他 已證涅槃之果 不捨生死類 自利利他 願一切衆生皆成佛 從末後成佛 所以大權菩薩若不先化衆生 已事無由得成辨 故南泉云 先過那邊知有 却來遮邊行李 菩薩具六度萬行 敎云 若有一衆生未度者 吾終不成正覺 誓願無邊 衆生無邊 如是願故 名菩薩同異類.'(위의 책, 379쪽)

22) '三者沙門異類者 先知有本分事了 喪盡今時一切凡聖因果功行 始得就體一般 名爲獨立底人 亦名沙門稱斷事 始得表裏情忘 三世事盡 得無遺漏 得名佛邊事 亦云一手指天地 亦云具大沙門 轉却沙門稱斷邊事 不入諸聖報位 始得名爲沙門行 亦云沙門轉身 亦云披毛戴角 亦喚作水牯牛 恁麼時節 始得入異類 亦云色類邊事 所以古人道頭長三尺項短二寸 祇是這個道理 不得別會.'(一然,, 『重編曹洞五位』; 불교전기문화연구소 편, 『구산선문─수미산문과 조동선』, 불교영상, 1996, 379쪽.)

23) '曹山自道 此事直須虛一位 全無的的也 覿面兼帶始得 若是作家語 不偏不正 不有

나말여초에 탄생하여, 일연의 『삼국유사』에 실려 전하는, 불교계 전기소설인 「조신전」24), 「김현감호」25), 「백월산양성성도기」26)가 보여주는 주제는 이와 같은 조동선의 실천론과 괘를 같이 하고 있다.27) 세 작품을 간략하게 살펴보자.28) 「조신전」에서 관음보살은 승려인데도 갈애로 집착하는 조신의 꿈속에 여인의 몸으로 화현하여 '무루(無漏)의 밥'을 얻도록 하였다. 이는 존귀함으로부터의 자유로움〔尊貴墮〕을 보여주는 것이요, 일체 중생의 해탈을 위해 정진하는 보살의 행〔菩薩同異類〕이다. 그렇게 깨달은 조신이 해현(蟹縣)의 땅속에서 죽은 아이가 화한 돌미륵을 얻어 이웃 절에 모시고 정토사를 세워 불도를 닦았다는 것은, 사문의 본분이라 할 깨달음을 얻었지만 성인의 지위에 머물지 않고 자신을

不無 呼爲異中虛此事 直須作家橫身 逢木著木 逢竹著竹 須護觸犯 囑囑囑囑'(위의 책, 379쪽) '要頭則斫將去'(위의 책, 380쪽)

24) 一然, 『三國遺事』卷3 塔像, 「洛山二大聖觀音正趣調信」條.

25) 一然, 『三國遺事』卷5 感通, 「金現感虎」條.

26) 一然, 『三國遺事』卷3 塔像, 「南白月二聖努肹夫得怛怛朴朴」條.

27) 「백월산양성성도기」에서 이야기되는 백월산 남사의 창건이 광덕(廣德) 2년 갑진년(764)에 있었고, 「조신전」은 무열왕계 김주원 가문의 후손인 김흔(金昕, 803~849)이 생존했던 시기를 배경으로 하여 그의 사적이 많이 잊혀지고 신라대의 지명이 불명확하게 된 나말여초에 창작된 것으로 추측된다.(「김현감호」는 원성왕대(785~798)에 벌어진 사건이라 하고 있다. 작품의 배경은 모두 신라말엽이지만 그러한 사건을 소설로 구성한 것은 8세기~10세기 극도로 혼란한 나말여초 시기로 보는 것이 옳을 것이다. 관련된 실제 사건이 그 시기에 벌어졌다 하더라도 그것은 나말여초의 사회문화적 배경이나 종교 사상을 배경으로 부회되고, 소설적 체재를 갖추게 된 것이라 보는 것이 이치에 합당하기 때문이다. 그렇게 나말여초에 형성된 세 작품은 이후 일연(一然)이 찬술한 『삼국유사』(1281년)에 실리게 되었다. 이삼백년의 시간적 간격이 있으므로 『삼국유사』의 작품들이 원작에서 얼마나 변형된 것인지는 정확히 알 길이 없다. 그런데 이 세 작품이 지향하는 주제가 나말여초의 선사상과 일맥상통하는 면이 있으며, 일연 스님도 『중편조동오위(重編曹洞五位)』라는 조동종지를 담은 책을 남기어 나말여초의 선사상을 계승하였다. 이로 보아 이들 작품들은 나말여초에 탄생하여 그 작품의 주제를 잘 이해했던 일연 스님에게 취택되어 『삼국유사』에 실렸던 것으로 추정된다.)

28) 이 세 작품의 형성에 대해서는 필자가 「나말여초 전기소설의 형성 문제」(『한국어문학연구』46집, 한국어문학연구학회, 2006.)에서 자세하게 다루었다.

낮춰 이류 속으로 걸어 들어갔음을 의미한다〔沙門異類〕. '돌미륵'은 기아로 죽은 아이, 곧 나말여초 고통 받던 민중이 부처일 수 있음을 상징적으로 보여준다. 범성(凡聖)이 따로 없음을 말한다. 또한 「조신전」은 사상계의 흐름을 암시적으로 드러내고 있다. 즉 '세달사 → 김흔의 딸 사모 → 석미륵 출토와 정토사 창건'으로 이어지는 이야기의 구도는 '화엄종 → 홍주종계 선종 → 조동선'의 나말여초 사상계의 흐름과도 연계됨을 알 수 있다.

「백월산양성성도기」에서 여인으로 화한 관음보살이 두 수행자를 도운 것 역시 조동선의 존귀타(尊貴墮), 보살동이류(菩薩同異類)의 세계이다. 노힐부득과 달달박박이 미륵불과 미타불로 성불할 때까지 관음은 성스러운 존재임을 거부하고 아이를 낳고, 목욕하는 천한 여인으로 그들을 돕는다. 노힐부득이 관음이 화신한 여인이 찾아왔을 때 "이곳은 부녀와 함께 있을 데가 아니요. 그러나 중생의 뜻에 따르는 것도 또한 보살행의 하나인데, 더구나 깊은 산골짜기에서 밤이 어두웠으니 소홀히 대접할 수 있겠소?"라며 맞이하였다. 이는 앞서 본 조동종 계통의 선사 긍양의 교화행과 유사하며, 사문으로서 본분의 일을 이미 마치고 자신을 한없이 낮추어 중생과 함께하는 사문이류(沙門異類)의 세계라 하겠다.

「김현감호」에서 호녀는 이류(異類)로서 살생을 함부로 저지른 오라버니들을 위해, 그리고 이류를 마다지 않고 사랑해준 김현을 위해 기꺼이 희생한다. 그러면서 김현에게 절을 짓고, 불경을 강론하여 업보의 바탕을 마련해 달라고 부탁했다. 사문타의 피모대각의 물소〔水牯牛〕를 떠올리게 하는 구도이며, 육도를 윤회하며 중생의 깨달음을 이끄는 왕래이류(往來異類)의 세계를 보여준다. 축생도 타인을 위해 목숨까지 바치면서 현생의 복을 쌓는데, 현실 속의 인간들은 계급을 규정하고, 성인과 범부를 나누고, 물질적 탐욕 때문에 끊임없는 다툼과 전쟁을 일삼고 있음을 문제화하고 있는 것이다. 지위를 버리고 계급을 버리고 물소가 되어 물풀을 뜯는 것, 그것이 참된 보살행이다. 이 얼마나 혁명적 발상인가. 나말여초 불교계 전기소설이 보여주는 이타행의 정신은 이렇듯 조동선의 실천 방향을 그대로 반영하고 있다고 하겠다.

그리고 이러한 사상을 담은 나말여초의 이 작품들은 조동선 사상을 이어간 13세기 일연의 『삼국유사』에 실려 전해지게 되었던 것이다. 게다가 조선 초 김시습의 사상과 『금오신화』의 사상과도 연결되어 있는 것으로 추정된다.

2. 心儒跡佛論과 禪僧論

김시습의 의식 세계를 밝히는 작업은 그의 사후 참으로 오랜 기간 진행되었다. 그렇지만 아직도 이 문제에 대한 논란은 끊이지 않는다. 김시습이 남기고 간 텍스트들이 보여주는 다채로운 사상적 흔적들은 연구자의 일관된 해석을 내리기에 어려움이 있기 때문이다. 23권 11책에 달하는 활자본으로 출간된 『매월당집(梅月堂集)』29)과 별도로 간행되었던 『매월당시사유록(梅月堂詩四遊錄)』, 『금오신화』, 그리고 최근에야 그 모습을 드러낸 『십현담요해』, 『대화엄일승법계도주병서』, 『묘법연화경별찬』, 『화엄석제』, 『조동오위요해』 등 김시습이 서술한 텍스트들은 유·불·도 사상을 아우르면서 복잡한 구도를 드러내고 있는 것이다. 김시습이 서술한 종교·사상적 텍스트들에 나타난 사상적 궤적을 어떻게 추적

---

29) 이는 율곡 이이가 왕명으로 전기를 쓰고, 이듬해 가제본하여 이산해가 서문을 써서 나온 것이다. 이후 1927년 후손 김봉기(金鳳起) 씨가 신활자본을 간행했을 때 나온 것은 23권 6책의 형태이다.(崔珍源, 「解題」, 『梅月堂全集』, 성균관대학교 대동문화연구원, 1973.)

하고 해명해야 할까? 지금까지 진행된 논의는 필자가 보건대 몇 가지 방향을 노정했던 것으로 보인다. 조선시대 유학자들의 논의를 살펴보고, 다음으로는 필자가 생각하는 김시습의 사상을 밝혀보려 한다.

우선 살펴볼 것은 조선시대 유학자들에 의해 주장된 '심유적불(心儒跡佛)'의 방향이다. 김시습의 삶이 승려로서의 궤적을 드러내고 있지만, 그 뜻에 있어서는 유자(儒者)였다는 것이다. 1521년 이자(李耔, 1480~1533)의 「매월당집서(梅月堂集序)」, 1582년 이이(李珥, 1536~1584)의 「김시습전(金時習傳)」, 1583년 이산해(李山海, 1538~1609)의 「매월당집서(梅月堂集序)」로 이어지는 김시습에 대한 전기적 서술들은 대체로 '심유적불'의 방향을 걷고 있다. 그리고 그와는 조금 다르게 김시습을 유자임을 부정하지는 않되, 선승으로서의 성격을 오히려 부각시키고 있는 1551년 윤춘년(尹春年, 1514~1567)에 의해 쓰인 「매월당선생전(梅月堂先生傳)」이 있다. 이들 전기적 서술들은 조금씩의 편차를 지니면서 현대의 문학 연구자들의 사고 체계를 알게 모르게 지배하고 있다는 점에서 주의 깊게 들여다보아야 한다.

김시습을 '심유적불'의 인간으로 만드는 데 가장 큰 역할을 한 인물은 다름 아닌 김시습 자신이었다. 그가 1487년 즈음에 유자한(柳自漢, ?~1504)에게 보낸 「상유양양자한진정서(上柳襄陽自漢陳情書)」라는 서한이 그러한 주장을 뒷받침하기에 더 없는 텍스트로써 기능하고 있기 때문이다.30) 이 서한은 그가 편지를 쓰던 53세 경까지의 삶을 회고하고 있는 것이다. 신동으로 알려지면서 세종과 맺었던 유년기의 추억, 유학

---

30) 심경호(『매월당김시습 금오신화』, 홍익출판사, 2000, 16~17쪽.)는 이 편지가 김태현(金台鉉, 광산김씨)을 자신의 조상이라 하였으므로 위작이라 주장하는 경우도 있지만, 다른 서한들이 더 실려 있어 정황적으로 위작인 것 같지는 않다고 하였다. 그리고 윤춘년의 「매월당선생전」이나 이이의 「김시습전」도 이 서한에 근거하여 서술한 것이라 보았다.

을 수학하던 과정, 일찍 자모(慈母)와 외할머니를 잃고 불행했던 청소년기, 그리고 승려 생활을 하다 성종 등극 시에 벼슬을 하려 했던 일 등이 씌었다. 그러면서 여러 가지 은혜를 베풀어주는 유자한에게 감사의 인사를 올리면서, 벼슬살이를 권하지만 할 수 없으며, 여종을 받아들일 수 없고, 산골짝에 살 수밖에 없음을 밝히고 있다. 그런데 문제는 김시습 스스로가 자신의 마음속에는 늘 유자로서의 의식이 존재했을 따름이며, 애초부터 불교에는 관심이 없었다는 입장을 다음과 같이 밝히고 있다는 점이다.

얼마 있다가 마음과 세상일이 서로 어긋나 전패(顚沛; 좌절함)할 때에 영묘(英廟, 세종)와 현묘(顯廟, 문종)께서 잇따라 서거하셨습니다. 광묘(光廟, 세조) 초년에는 고구(故舊)와 교목(喬木)들이 모조리 귀신 명부에 오르게 되었지요. 게다가 또 이교(異敎)가 크게 일어나고 사문(斯文, 유교)은 쇠락하게 되니, 제 뜻은 벌써 황량해졌습니다. 마침내 저는 머리 깎은 이와 벗하여 산수에 놀게 되니 친구들은 저를 두고 불교를 즐겨한다고 여기게 되었습니다.

그러나 이도(異道)로 세상에 이름을 나타내고자 아니하였기 때문에 돌아간 광묘께서 전지(傳旨)하여 자주 불렀으나 다 나아가지 않았습니다. 처신이 더욱 소루(疏漏)하고 세상을 대수롭게 여기지 않아 남들과 맞지 않는 까닭에 어떤 사람은 저를 천치라 하기도 하고, 어떤 사람은 저를 미치광이라고도 하며, 소라고 부르고 말이라 불러도 모두 그 때마다 즉시 응하여 주었습니다. 지금 성상께서 등극하시자 현인을 등용하고 간하는 말을 따르심에 벼슬을 하고자 바라는 마음에서 10여 년 전에 육경으로 돌아가 온숙을 약간 정미롭게 하였습니다. 그리고 우리 종사를 받드는 데에도 제가 중한 까닭에 장차 벼슬하여 선조께 제사지내려 하였으나 자주 몸과 세상이 서로 어긋남을 보게 되니, 마치 둥근 구멍에 모난 자루를 박는 것과 같았습니다.31)

김시습은 불교를 즐겨하지 않았으며 마음속은 늘 유자였다고 했다. 그 스스로가 '적불'에 대한 언급을 아예 피하려 하였다. 이는 불가의 자취가 있었음을 서술하면서, 초탈한 선승의 이미지까지 서술하고 있는 전기적 텍스트들과 커다란 차이를 드러내는 점이다. 또한 그의 출가가 석문(釋門)의 의범(儀範)을 좇아 수계(受戒)하였음을 증명하는 것으로, 그는 『일승법계도주병서(一乘法界圖註幷序)』와 『십현담요해서(十玄談要解序)』 등에 '청한필추설잠(淸寒苾蒭雪岑)'이라 쓰고 있다.32) '필추'는 비구(比丘)를 가리키는 것이다. 이처럼 스스로 불승이라 하던 김시습이 이 때에 와서 왜 이런 서술을 하게 된 것일까? 그 스스로 작성한 이 글을 그의 진심으로 받아들이는 게 합당한 일일까? 이후에 등장하게 되는 전기적 서술들은 김시습이 서술한 이 서한을 그의 진심인 것으로 받아들이고 있는데, 그 서술들을 살핀 후 이 문제로 되돌아가 살펴보자.

그의 사후 맨 먼저 문집을 엮은 이자는 「매월당집서」에서 "유가의 이념을 행동으로 옮기면서 불가의 길을 걸어 성리학에도 밝았고 불학에도 해박하였다.〔行儒而迹佛 明理而諧釋〕"라고 하면서, 선승으로서 깨달음을 얻었던 유자였음을 강조해 말했다.

명성이 너무 일찍 알려진 데다 성격 또한 몹시 꼬부라져서 시대의 형편을 용납하기 어려웠다. 그래서 마침내 미친 척 농지거리하고 방자하게 굴어 시속을 조롱하였다. …(중략)… 새가 지저귀듯 재잘대는 무리들이

---

31) 金時習, 『梅月堂集』권21, 「上柳襄陽自漢陳情書」, "旣而 心事相違 顚沛之際 英廟顯廟 相繼賓天 光廟之初 故舊喬木 盡爲鬼簿 而復異敎大興 斯文陵夷 僕之志 已荒涼矣 遂伴髡者遊山水 故人以我爲喜釋 然不欲以異道顯世 故光廟傳旨屢召 而皆不就 處身盆以疎曠 使人不齒 故或以僕爲癡 或以僕爲狂 呼牛呼馬 皆便應 今聖上登極 用賢從諫 翼欲筮仕 十餘年前 復於六籍 溫熟稍精 而承我宗祀 僕其重矣 故將仕祭先 屢見身世相違 如圓鑿方枘."

32) 全海住, 「≪大華嚴一乘法界圖註≫上의 性起觀」, 『義湘 華嚴 思想史 硏究』, 민족사, 1993, 200쪽.

비방하고 헐뜯는 것이 적지 아니하였지만, 그것이 어찌 청한자(淸寒子)
에게 관계 되겠는가? 생각하면, 그가 발길을 선문(禪門)에 들여놓은 것
에도 또한 연유하는 바가 (거기에) 있었다. 그런 까닭에 비록 궁한 산골
에 깊이 들어가 있으면서도 세상일을 과감하게 잊어버리지 못하고, 무릇
높은 지위에 임명된 자가 있음을 듣게 되면 곧 여러날 통곡하며 말하기
를, "이 백성에게 무슨 죄가 있어 그 사람이 그런 임무를 맡게 되었는
가?"라고 하였다.…(중략)…불경도 또한 환하게 통해, 막힘이 없이, 자
세하고도 빈틈없이 그 오묘한 이치를 전부 드러냈다. 하루는 동도(東都,
경주)를 지나다가 확연히 크게 깨닫고 말하기를, "선리(禪理)는 자못 깊
어서 다섯 해 동안 생각하여 비로소 투명하게 열리게 되었다. 우리 도
〔吾道, 유교〕는 본래 단계가 있어 건강한 자가 사다리를 오르는 것과 같
다. 한 발을 들어올리면 곧 한 층을 올라가게 된다. (선불교와 같이) 문
득 깨달아 시원하게 열리는 즐거움은 없다. 하지만 차분하게 젖어드는
맛이 있다. (그런데) 선가의 도는 그 마음의 바탕이 텅 비어 환하게 되
니 마음이 닿는 데마다 환하게 되어 참과 거짓, 손과 주인의 분별에 대
해서도 진실로 얼음이 녹고 구름이 흩어지듯 모든 것이 전부 풀리게 된
다."라고 하였다.[33]

  이자는 현실 사회에 대한 불만과 비판적 인식이 김시습으로 하여금
선문에 발을 들여놓게 했다고 보았다. 그는 김시습이 선승으로서 삶을
살았다는 것을 부정하지 않았을 뿐만 아니라 선리(禪理)를 깨달은 승려
였으며, 시대의 형편을 용납하기 어려워 선문에 들어서야 했던 인물이라
했다. 이자는 앞 대목에서도 김시습이 "충성과 의리 때문에 마음속이 끓

---

[33] 李耔,「梅月堂集序」,『梅月堂集』, "自以聲名大早 性復多迂 揆量時勢 亦難容處
故放狂詼浪 以翫流俗 …(中略)… 啁噍之流 謗誣不淺 斯豈有關於淸寒哉 想其投
迹禪穴 亦有所因 故雖深居窮嶺 未能果於忘世 凡聞大除拜 輒累日痛哭曰 斯民何
罪 而此人當此任哉 …(中略)… 於釋典 亦洞徹無礙 發揮精微 一日過東都 劃然
大悟曰 禪理頗深 思量五載 乃得透開 如吾道自有階級 若健者之升梯 纔擧一足
遽達一重 無頓悟快決之樂 而有優游涵泳之味 是其心地虛明 觸處洞然 而於眞贗
賓主之分 固已冰釋而雲解矣."

어올라 하루도 세속의 흐름을 좇을 수 없어 마침내 승려와 속인의 차림
으로 두루 명산을 편력하며 가슴 속에 뭉친 한을 풀었다."[34]라고도 서
술해 놓고, 위에 나타나듯 무능한 관리가 등용되는 현실을 개탄하고, 백
성을 사랑하였다는 점 등을 들어 '유가의 이념'을 행동으로 옮긴 인물이
었음을 주장하였다. 이자가 표현하는 적불(迹佛)은 행유(行儒)라는 실제
적 내면의 외피로서만 의의를 갖는 것이 아니다. 곧 김시습을 오도(悟道)
한 선승이면서, 그런 결과를 낳는 데 유가의 이념 또한 자리 잡고 있었
다는 입장처럼 보이게 서술하였다. 어느 하나에 종속된 사상을 지녔다고
본 것이 아니라 유불을 대등하게 취하였다고 보는 것이 타당할 것이다.
당대만 하더라도 김시습은 승려로 알려졌던 터였고, 그런 여론을 전복시
키기 위해 마음속에 유자가 자리하고 있었음을 이자는 위와 같은 서술을
통해 강조했던 것으로 보아야 할 것이다.

　이자의 서술이 선승이면서 유자였던 김시습의 복합적 성격을 드러낸
것이었다면, 윤춘년의 「매월당선생전」은 유자로서보다 선승으로서의 성
격을 더 부각시킨 서술이었다. 윤춘년은 김시습 스스로도 「상유양양자한
진정서」에서 자세하게 털어 놓지 않았던 출가에 대한 구체적 서술을 다
음과 같이 밝혔다.

> 나이 스물 한 살 때인 경태(景泰) 을해년(1445, 단종 3년)에 삼각산
> 중흥사에서 글을 읽었는데, 서울을 다녀온 사람이 있게 되자 선생은 즉
> 시 문을 닫고 밖으로 나오지 않은 것이 사흘이었다. 하루 저녁에는 느닷
> 없이 통곡하며 자신의 서적을 다 불사르고 거짓 미친 체하여 더러운 뒷
> 간에 빠졌다가 그곳을 떠나 버렸다. 이에 머리를 깎고서 중이 되어 이름
> 을 설잠(雪岑)이라 하였다.[35]

---

34) 위의 글, "忠義奮激 不能一日隨世低昂 遂托迹緇素 遍歷名山 攄發胸中磊塊."
35) 尹春年, 「梅月堂先生傳」, 『梅月堂集』, "年二十一 景泰乙亥 讀書于三角山重興寺

앞 대목에서 세종대왕에게 칭찬을 받았던 일을 서술한 다음 단종의 폐위 사건이 벌어진 해에 출가했음을 서술한 부분이다. 윤춘년은 이어서 김시습을 선승이라 하면서 원각사 낙성회에 찾아갔다가 뒷간에 빠져 광승이라 손가락질을 당하며 내침을 당했던 사건, 제자들을 엄하게 대했으되 부처라 일컬으며 따랐던 일화를 뒤에 배치하였다. 그리고 김시습의 시에 대한 간략한 평가와 환속하였다가 무량사에서 입적한 사실을 잇달아 밝혔다. 윤춘년이 바라보았을 때 김시습은 선승이었다. 윤춘년은 윤원형의 족자(族子)로 불교와 도교를 잘 알았고, 보우(普雨) 선사와도 교류하였으며, 김시습을 공자에 비유하기도 했던 인물이다.36) 또한 삼교(三敎)가 일치한다고 하고, 자신의 전신이 설잠(雪岑)이며, 설잠의 전신은 맹자라 여기기까지 했다37)고 『조선왕조실록』은 기록하고 있다. 승려로서의 김시습을 부족하나마 드러내주는 서술로서 유춘년의 「매월당선생전」은 남다른 의의가 있다.38)

윤춘년이 「매월당선생전」을 서술하고 30년이 지난 1582년, 이이가 임금의 명에 따라 「김시습전」을 쓰면서 김시습은 '심유적불(心儒跡佛)'의 인간으로 자리매김하게 된다.

> 도(道)와 이(理)에 대해서 글의 깊은 뜻을 곰곰이 생각하여 찾게 하거나 본심을 잃지 않도록 착한 성품을 양성하게 하는 공은 적었지만 재주와 지혜의 탁월함으로 깨우쳐 해득하는 바가 있어 마구 말하여 논리를 펴도 유교의 큰 뜻을 잃지 아니하였다. 선가와 도가에 대해서도 또한 대

> 人有自京城而還者 先生卽閉戶不出者三日 一夕 忽痛哭 盡焚其書 佯狂陷於溷厠 而逃之 於是 削髮爲僧 名曰雪岑."

36) 『宣祖實錄』宣祖 卽位年 10月 5日.

37) 『明宗實錄』明宗 17年 9月 9日.

38) 김지견(「沙門 雪岑의 華嚴과 禪의 世界」, 『梅月堂學術論叢-그 文學과 思想』, 강원대학교인문과학연구소, 1988.)은 尹春年의 「매월당선생전」이 빈약하나마 사문으로서의 면모를 보이는 것으로 이해한다.

의를 알았고 깊이 그 병이 되는 근원을 깊이 연구하여 즐겨 선어(禪語)로 글을 지어 현묘하고 은미한 뜻을 밝혀내었는데, 남들이 따를 수 없을 정도로 날카롭고 훤해서 막히는 것이 없었다. 비록 이름난 중으로서 선학에 조예가 깊은 자라도 감히 대항하지 못하였다. 그의 천품이 뛰어남을 이것으로도 증명할 수 있다. 명성은 일찍부터 높았는데 하루아침에 세상을 피하여 마음으로는 유교를 숭상하고 행적은 불교를 따르다 보니 시대에 의심받게 되어 일부러 미친 척하여 사실을 감추려 하였다. 글을 배우고자 하는 선비가 있으면 나무나 돌로 치거나 혹은 활을 당겨 쏘려는 듯하여 그 성의를 시험하였으므로 문하에 머물러 있는 사람이 적었다.[39]

이이는 윤춘년이 서술한 김시습의 출가 부분을 그대로 옮겨놓으면서도, 제자 선행(善行)이 말한 "우리 스승이 전에 산에 있을 때에 작은 바가지에 물을 담아 놓고 아침부터 밤까지 3일이나 부처 앞에 꿇어앉아 있었으니 선정(禪定)에 듦이 그와 같으면 곧 그가 부처라, 내가 마음으로 깊이 따르므로 떠나지 못한다."[40]와 같은 표현은 삭제해버린다. 이와 같은 서술이 있던 자리에 불교와 도교가 지닌 병통의 근원을 파악하려 했다거나 중들이 감히 대항하지 못했다는 등의 서술을 가함으로써 김시습이 확고한 유자였음을 밝혀 놓았다. 게다가 성종 12년(1481)에 김시습이 환속하여 할아버지와 아버지의 제사를 지내면서 지었다는 다음의 글을 제시함으로써 심유적불의 인간이었음을 확고히 해 놓았다.

---

39) 李珥, 「金時習傳」, "於道理 雖少玩索存養之功 以才智之卓 有所領解 橫談竪論 多不失儒家宗旨 至如禪道二家 亦見大意 深究病原 而喜作禪語 發闡玄微 穎脫無滯礙 雖老釋名髡 深於其學者 莫敢抗其鋒 其天資拔萃 以此可驗 自以聲名早盛 而一朝逃世 心儒跡佛 取怪於時 乃故作狂易之態 以掩其實 士子有欲受學者 則逆擊以木石 或彎弓將射 以試其誠 故處門者旣罕."

40) 尹春年, 「梅月堂先生傳」, "吾師嘗於居山時 盛水于小瓢 捧跪于佛座前 自朝達夜 至于三日 禪定如此 卽是佛也 余心服而不能去云."

제(帝)께서 오교(五敎)를 베푸심에 부자유친(父子有親)이 맨 앞에 위치하고 죄가 3천 가지로 나열되지만 불효의 죄가 가장 크옵니다. 무릇 하늘과 땅 사이에 살고 있는 이 누구인들 부모가 길러주시고 가르쳐주신 은혜를 저버릴 수 있겠습니까? 어리석고 미련한 소자는 본지(本支)를 사승(嗣承)하여야 하는데 이단(異端)에 빠져 말년에서야 겨우 뉘우치고 있습니다. 이에 예전(禮典)을 상고하고 성경(聖經)을 탐색하여 제사에 정성을 다하는[追遠] 큰 의례를 강구하여 정하고, 청빈한 생활을 참작하여 간소하지만 정결하기에 힘쓰며 성의가 담긴 제수를 차리려 애썼습니다. 한무제(漢武帝)는 70세에야 비로소 전 승상이 선술(仙術)을 멀리하라는 말을 깨달았고, 원덕공(元德公)은 100세가 되어서야 허노재(許魯齋)의 권고에 감화하였습니다.41)

윤춘년의 글에서 "성화(成化) 신축년(1481)에 머리를 기르고 환속하여 제문을 지어서 그의 조부·부친에게 제사지냈다."42)는 서술에다 율곡 이이는 위와 같은 제문까지 덧붙였다. 김시습은 불효를 저지르고 말년에서야 이단을 빠져나와 뉘우치고 있다고 제문을 쓰고 있다. 부모를 위한 제사에 쓰인 글이니 거짓이 없어야 할 것이다. 제문은 김시습이 심유적불의 인간이었음을 확고하게 드러내는 증거로 이용되었다. 그런데 이 글은 이자나 윤춘년 등에 의해 수집된 『매월당집』에는 없던 글이다. 따라서 이 당시 김시습이 이러한 제문을 썼는지 의심스런 점이 없지 않다. 그가 직접 쓴 글이라 하더라도 문집에 없던 이 글을 율곡 이이는 「김시습전」에다 삽입했던 것이다. 율곡 이이가 얼마나 김시습을 유자로 만드는 데 심혈을 기울였는지를 짐작하게 한다. 그렇다면 율곡 이이는

---

41) 李珥, 위의 글, "帝敷五敎 有親居先 罪列三千 不孝爲大 凡居覆載之內 孰負養育之恩 遇騃小子 似續本支 沈滯異端 末路方悔 乃孝禮典 搜聖經 講定追遠之弘儀 參酌淸貧之活計 務簡而潔 在腆以誠 漢武帝七十年 始悟田丞相之說 元德公一百歲 乃化許魯齋之風云云."

42) 尹春年, 위의 글, "成化辛丑 長鉢還俗 作文以祭其祖父."

왜 김시습을 유자로 만들기에 온 힘을 쏟았던 것일까?

　　아마도 율곡 이이 자신이 불가와 맺었던 인연과 연계된 정치적 셈법이 작용했던 것으로 짐작된다. 이이는 소년 시절에 부친의 첩에게 시달림을 당하여 잠시 불교에 의탁했던 적이 있었다. 그래서 정적들은 본심을 자백하라고 을러대곤 했다. 명종 19년(1564) 이이는 29세에 갑자시(甲子試)에 사마(司馬; 生員科·進士科)와 문과(明經科)에 모두 장원으로 급제하여 호조좌랑(戶曹佐郞)이 되었다. 그런데 정적들이 "혹자는 머리를 깎고 중이 되었던 적이 있다고 하며, 그가 읊은 시에 '전신은 바로 김시습이었는데 금세는 가도(賈島)가 되었구나〔前身定是金時習 今世仍爲賈浪仙〕'라고 하였다."는 등의 흠을 잡아내고 있었다.43) 율곡 이이의 사후에도 이 시 작품의 창작설은 문제시되었다.44) 율곡 이이의 사상을 따르는 이들에 의해 김시습은 정조 6년(1782) 4월 19일 원호(元昊)·남효온(南孝溫)·성담수(成聃壽) 등과 함께 이조판서로까지 특별히 추증(追贈) 받게 된다.45) 이이는 20년 가까운 세월 동안 관직생활을 하면서 끊임없이 문제화되었을 자신의 전적을 합리화하는 데 김시습이라는 인물을 적절히 활용한 측면이 없지 않다. 승려이자 괴벽스런 면모를 지녔으되 걸출한 문인이자 사상가였던 김시습을 심유적불의 인간으로 복권시키는 것, 그것은 자신의 정적들에 대항할 논리를 마련하는 것이었다.46)

---

43) 『明宗實錄』 권30, 明宗 19년 8월 30일.

44) 『肅宗實錄』, 肅宗 26년 2월 26일. 이 때 전라도 유생 吳彦錫 등 3백여 인의 상소 사건이 있었다. 상소문에서 그들은 허균의 『國朝詩刪』에 실린 글 가운데 이 시를 들면서 이이가 산에 들어갔다는 근거 없는 비방을 사실처럼 만들었다고 했다. 곧 이이가 불가에 귀의했었다는 말이 잘못된 것이며, 이이와 그 후손들을 비방하기 위한 거짓 진술이라 주장한다. 결국 『국조시산』을 간행한 박태순은 파직을 당한다.

45) 『正祖實錄』, 正祖 6년 4월 19일.

46) 심경호(『김시습 평전』, 돌베개, 2003, 53~55쪽.)는 이이가 그저 김시습을 유학자로 규정함으로써 자신을 변명하려고 한 것이 아니라 김시습이 어느 쪽에도 간단

그러지 않았다 하더라도 이이가 들여다본 김시습의 글들은 이자와 윤춘년에 의해 수집된 것들이었고, 후에 수집된 불교 관련 서술들은 살피지 못했다고 말해야 할 것이다. 1602년 선조의 명으로 편찬되었다가 인조 때 개간된 『매월당집』에는 시문집 1700여수의 시와 문집 6권, 부록이 실려 있었다. 문집 권1에는 소부(騷賦)·금조(琴操)·사(辭)·소주(騷註), 권2에는 잡저(雜著), 권3에는 잡설(雜說), 권4에는 논(論)·찬(贊)·전(傳), 권5에는 설(說)·변(辨)·의(義), 권6에는 명(銘)·잠(箴)·고(誥)·서(序)·서(書), 부록 권1에는 유적수보(遺蹟搜補)·제가잡영(諸家雜詠)·제가잡기(諸家雜記), 권2에는 본전(本傳) 정의제신열전(靖義諸臣列傳)·열전보유(列傳補遺)·서원향사록(書院享祀錄) 등이 실렸다. 이이는 『묘법연화경별찬』·『십현담요해』·『대화엄법계도서』·『조동오위요해』·『화엄석제』 등의 불교 관계 저술들을 보지 못하였거나 아니면 아예 무시하였을 것이다.47) 이러한 불교 관련 저술들을 하나의 문집 속에 집어넣는다는 것 자체가 성리학 일변도의 당시 상황에서는 커다란 문제를 불러

히 귀속하지 않고 스스로의 참모습을 추구하기 위해 고뇌했고, 유교 사상을 중심 사상으로 지니고 실천한 인물임을 분명히 파악했기 때문에 그와 같은 서술을 한 것이라 보았다.

47) 김지견(「沙門 雪岑의 華嚴과 禪의 世界」, 『梅月堂學術論叢-그 文學과 思想』, 강원대학교인문과학연구소, 1988, 60~61쪽.)은 율곡이 본 김시습의 글은 이자, 박상, 윤춘년이 선후 수집해 간행한 『매월당집』이라 하고, 그 중에서도 문집 권3에 수록된 잡설만이 宋儒理學의 입장에서 불교를 비판했다고 했다. 문집 권2 잡저의 글은 禪敎에 관해 송유로부터의 格義的 경향이 있음도 사실이라 했다. 그렇지만 이런 단편만을 들어 김시습을 유가로 밀어붙이는 것은 문제라 했다. 『매월당집』에 속해 있지 않은 서적으로 『妙法蓮華經別讚』, 『華嚴釋題』(1524 간) 『大華嚴法界圖註幷書』(1562 간), 『十賢談要解』, 『曹洞五位要解』 등 현존한 것만도 5종을 헤아리는 설잠의 선교에 관한 노작을 어느 것 하나 수록하지 않았으며, 율곡 또한 본전을 집필할 당시에 이들 저작을 참고한 흔적이 없기 때문이라 했다. 그래서 "율곡이 요약한 心儒蹟佛 넉자는 설잠의 본의에 충실한 것이 아니고 조선 초의 뛰어난 사문 한 사람을 유가에 영입하는 교묘한 변론에 지나지 않는다."라는 판단을 내린다. 필자 역시 이러한 판단에 동의한다.

일으키는 일이었을 수 있다. 따라서 의도적으로 이러한 글들을 문집에 싣지 않는 방향을 선택했는지도 모르는 일이다.

　어쩌면 그 스스로가 불교에 대한 긍정적 입장을 취하고 있던 관계로[48] 김시습이라는 위대한 선승을 역사에 길이 남겨야 한다는 소명의식이 그리 하게 만들었을지도 모르는 일이다. 결과적으로 보면 불승의 글이라 하여 내팽개쳐졌을 김시습의 글들은 이이와 그의 사상적 후손들에 의해 부활하였고[49], 그것은 율곡 이이가 김시습을 '심유적불'의 인간으로 형상화했기 때문에 가능한 일이었다.

　그런데 척불의 분위기 속에서 행한 정치적 배려였다 하더라도 율곡 이이의 '심유적불'이라는 평가는 과연 타당한 것이었을까? 다음의 서술은 이러한 평가에 의문을 제기하게 한다.

> 　수락정사에 머물면서 수도하였는데, 유생을 만나면 반드시 공맹을 말하지 도교와 불법을 말하지 않았다. 사람들이 수련하는 일에 대해 물으면 또한 긍정하는 말을 하지 않았다.[50]

　김시습은 유생을 만나면 유학을 말하고 도·불을 말하지 않았다고 했다. 이러한 모습은 김시습만이 아니라 고승들이 일반적으로 취했던 태

---

48) 김상일(「율곡 이이의 선 체험과 그 시세계」, 『한국문학연구』24, 한국문학연구소, 2001.)은 19세 때 금강산에서 행한 율곡 이이의 선 체험은 그의 성리학과 시문학에 영향을 끼치고 있음을 밝혔다.
49) 宋時烈(1607~1689)은 "매월당의 인품은 매우 높아 불도를 따르고 거짓 미친 척하여 세상을 피하였다.(梅月堂之人品甚高　跡佛佯狂而避世)"(「諸家雜記」, 『梅月堂全集』, 성균관대학교 대동문화연구원, 1973, 465쪽.)라고 하였다.
　梅山 洪直弼(1776~1852)은 "우리 도가 空門에도 가 있으니 / 선생은 백세의 스승이라…(中略)…마음 자취 남다른 게 항상 가련하다오.(吾道空門在 / 先生百世師 …(中略)… 常憐心跡奇)"(「淸節祠」, 위의 책, 465쪽.)라고 표현하였다.
50) 『梅月堂集』(仁祖年間本), 附錄 권6, 「遺蹟搜補」, "人居水落精舍 修道煉形 見儒生則言必稱孔孟 絶口不道佛法 人有問修煉事 亦不肯說"

도였다. 서산(西山)의 스승이었던 부용 영관(芙蓉靈觀, 1485~15671)과 같은 이 역시 『중용』과 『장자』를 끼고 다니는 사람들의 의심을 풀어주었는데, 승려와 속인, 선비들을 가리지 않고 가르침을 베풀었다고 한다.51) 서거정도 "불도자는 마음을 잘 닦는다. 그들이 도리를 실천하는 것은 우리 유학자와 아주 비슷하다. 옛 불도자 가운데 고수는 대부분 유학자들과 사귄다."52)라고도 하였다. 이러한 관점에서 본다면 곁에서 도움을 많이 주었던 양양 부사 유자한(柳自漢)에게 보낸 서한인 「상유양양자한진정서」의 서술을 문자 그대로 파악하는 것은 바르지 못한 일로 보인다.

이 서한에서 김시습은 자신의 일생을 이야기하면서 성종이 등극하자(1469) 현인을 등용한다 하여 벼슬에 뜻을 두고 육경을 다시 익혔다고 했다. 이 대목이 문제의 지점이다. 그가 서울로 온 것은 1471년(성종 2, 신묘) 봄이었다. 그리고 불교 압제정책을 규정한 『경국대전』이 그 해 1월 1일에 발표되었다.53) 그런 상황 속에서 그가 수락산 폭천 부근에 터를 잡은 것은 1472년 가을이었다. 이때 논변류의 글들을 짓고 잡저 10편을 지었던 것으로 추정되는데, 잡저 10편54)은 불교의 효용을 적극

---

51) 休靜, 「芙蓉堂先師行蹟」, 『淸虛集』 권3 ; 『한불전』7, 755쪽), "至於懷中庸挾莊子者 亦莫不決疑焉 是故溢門英儒 俱懷生別之恨 盈庭法俗 共鯁去留之心 是故湖嶺兩南 以白衣 通三敎者 乃師之風也 可謂栴檀移植 異物同熏也."

52) 徐巨正, 「送印上人詩序」, 『四佳集』 권4, "浮屠氏善治心 其爲道 與吾儒者略相近 古浮屠上首 多慕吾儒 喜與遊者."

53) 1471년에 발표된 『경국대전』의 불교 관련 법문은 "출가하려면 재물을 국가에 내고 국가 기관인 예조에서 공인해야 승려가 될 수 있었다. 또 국가에서 공인한 승려의 수는 3년에 60명으로 제한하였다. 자격증 또는 면허증이 있어야 개업할 수 있는 것과 다름이 없다. 주지도 국가에서 임명하였고 사암은 새로 짓는 것이 금지되었으며 보수공사도 임금의 재가를 받아야 한다. 승려는 통행과 거주의 자유가 제한되었으며 여자 신도는 절에 올라가지도 못하게 하였고 시주도 금지되었다. 더욱이 길거리에서 죽은 사람의 장례에 올리는 불공 또는 초혼의식마저 금지되었다. 만일 이대로만 시행된다면 불교는 명맥조차 유지하기 어려울 것이요 승려들은 굶어죽을 판이다. 너무 가혹한 규정이었다."(이이화, 『역사 속의 한국 불교』, 역사비평사, 2002, 285쪽.)

밝히고 있는 글들이었다. 그리고 1475년에 『십현담요해(十玄談要解)』를 짓고, 1476년에 『대화엄일승법계도주병서(大華嚴一乘法戒圖註并序)』를 지었다. 불교가 용납되지 않는 시대 상황 속에서 적극적으로 불교를 옹호하는 글들을 작성했던 그가 벼슬에 뜻을 두고 그 시절을 살았다는 것은 이치에 맞지 않는다.

그리고 「상유양양자한진정서」에서 김시습은 세조 초년에 불교가 크게 일어나고 유교가 쇠락하게 되어 자신의 뜻이 황량해졌다고 말하였다. 그런데 그는 세조와 그의 봉불(奉佛)에 대하여 다음과 같이 서술하고 있다.

> 지금의 주상은 내란(內亂)을 크게 안정시키고 선대의 유지(遺志)를 이어 받았으니, 그 공덕의 아름다움은 만세에 전할 만한 것으로서 사실상 천고에 한 번 있을 만한 것이었다.…(중략)…흥하고 망하는 것은 사실 제왕의 신봉 여하에 달린 것이다. 생각하면 우리 상왕과 주상의 공덕은 이상과 같으면서도 억만년의 태평을 도모할 목적으로 속유(俗儒)들의 존도(存道)하려는 마음을 억압하면서 이러한 절을 짓고 따라서 불경까지 번역을 하는 것이다.[55]

원각사의 창건과 『묘법연화경』의 번역 등 불사들을 행하는 세조에 대해 김시습은 찬양하고 있다. 어느 것이 진실인가? 후대의 유학자들이 세조의 왕위 찬탈에 대해 비판적 입장을 취하여 출사하지 않은 고절(高節)의 인사로 그려낸 김시습 이미지는 이러한 서술에 배치된다.

「상유양양자한진정서」는 유자인 유자한이 계속하여 김시습에게 벼슬

---

54) 『梅月堂集』권16.
55) 『梅月堂續集』권2,「車渠螺」“主上大靖內亂聿修堂構 其功德之美可傳於萬世 實千古一遇…(中略)…興之亡之實關於帝王之崇信也 意我上王及我主上功德 如前 而圖億萬太平之口 壓俗儒存道之心 以營如此之刹 以轉如此之經.”

하기를 권하는 데 대한 사양의 의사를 전하는 서한이었다. 그러한 글이었으므로 김시습은 이교(異敎)를 비판하고 유교에 뜻이 있었다고 말했던 것이다. 이 서한은 많은 연구자들에게 '심유적불' 또는 김시습을 성리학자로 대하게 하는 단서가 되었던 것이 사실이지만, 위와 같은 정황을 생각한다면 자신의 종교 사상을 강요하지 않으면서 자유자재한 삶을 살아갔던 김시습이 유자한을 의식하여 서술했다고 보는 게 합당할 것이다. 그리고 유학자들에 의해 형상화된 김시습의 전기들은 그러한 김시습의 의도를 읽어내지 못하고 있었다. 아니 읽어냈다 하더라도 그들은 그 뜻을 전기에 드러내지 않았고, 자신들의 사상적 경향이나 정치적 입지를 굳히기 위해 마음은 언제나 유학자이면서 이단인 불교에 발을 들여놓을 수밖에 없었던 고절의 화신으로 김시습을 형상화했던 것이다.

그리고 더욱 염두에 두고 살펴보아야 할 사실이 있다. 김시습의 후손 김봉기(金鳳起)가 쓴 「상유양양자한진정서」 후기를 보면 이 글의 조작 가능성도 생각해 보게 한다. 「상유양양자한진정서」에는 김연(金淵), 김태현(金台鉉)이 고려 때의 시중(侍中)이며 조상이라 해 놓았는데, 김봉기는 강릉김씨의 조상으로 그런 분은 없다고 하여 김시습의 글이 조작되었을 가능성을 밝히고 있다. 김태현은 실상 광산김씨이다. 그래서 「상유양양자한진정서」가 조작되었다고 주장56)되기도 한다. 「상유양양자한진정서」라는 조작된 문헌을 바탕으로 유학자들에 의해 김시습에게서 불교적 채색을 지우려 했다는 혐의가 여전히 남는 게 사실이다.

지금까지 살펴 본 결과, 조선시대 유자들에 의해 주장된 김시습의 사상은 크게 두 가지 방향임을 확인할 수 있었다. 하나는 마음은 유자였

---

56) 이종찬, 「梅月堂의 文學世界」, 『梅月堂學術論叢-그 文學과 思想』, 강원대학교인문과학연구소, 1988, 201쪽.

지만 시대가 용납하지 않았으므로 승려의 자취를 지닐 수밖에 없었던 '심유적불'의 인간이었다는 것, 또 다른 하나는 자유자재한 선승이었다는 것이다. 초기에 쓰인 이자의 전기적 서술만 하더라도 선승으로서의 김시습을 유자로서의 의식이 존재했던 인물로 서술하고자 하던 것이, 율곡 이이로 이어지면서 확고한 '심유적불'의 인간으로 김시습을 그리게 되었다. 그 맞은편에 당대 유자들에 의해 비난받았던 윤춘년이 있어서 김시습을 선승적 풍모로 그려내고 있었다. 이러한 두 입장 간의 대립은 현재까지도 그대로 이어졌다고 하겠다.

3. 김시습의 禪思想

1) 禪師로서의 생애

김시습의 사상을 밝히는 데 먼저 그의 행적이 문제시되지 않을 수 없다. 앞서 살폈듯 '심유적불'의 인간으로 그려놓은 전기적 서술들이나, 유·불·도를 넘나드는 방대한 저술들이 그런 문제를 낳는다. 여기서는 우선 김시습의 사상을 선사상으로 바라볼 수 있는 근거로 행적을 살피고, 다음으로는 그의 선사상을 살피려 한다.

앞 장에서 살폈듯이 김시습의 사상과 행적은 당대의 정치적 배경에 의해 유자임을 드러내는 것으로 변화해갔다. 그렇지만 실상 그는 일찌감치 선불교에 마음을 두었던 듯하며, 단종 폐위 사건을 계기로 본격적인 승려의 길을 걸었다고 볼 수 있다. 다음과 같은 글은 이를 단적으로 드러내준다.

준 대사는 선문(禪門)의 노인이다. 처음에 호남 땅에 숨어 살 만한 곳이 있어서 지팡이를 머물러 두기를 몇 해 하다가 도의 힘이 성취된 뒤에 운수(雲水)를 두루 돌아다니며 홀연히 서울에 들어오니, 선비와 부녀자들이 바퀴살 모이듯 하여 풍성(風聲)을 바라만 보고서도 휩쓸려 교화한 것이 그 같은 이가 없었다. 이에 이름난 재상과 잘 믿는 거사들을 통하여 아사(雅士)를 따를 것을 청하였다. 그러다 마침내 소원이 이루어져 다시 호남에 놀러갔는데, (준 대사의) 용모에 도골(道骨)이 있었다. 임신년 여름에 (준 대사가) 지팡이를 조계사(曹溪寺)에 멈추었으므로 나는 마침내 함께 윗 암자에 있게 되었다. 과연 듣던 소문과 같았고 곧 도를 사모하면서도 초탈한 마음이 말하는 표면에 나타나서 매일 선(禪)에 들어가는 문을 캐어물어도 낭랑하게 말하는 것이었다. 그 전날 찾아 구경한 경치에 따라 두어 수 휘둘러 써서 푸른 봉우리 맑은 시냇물에서 자고 먹는 일미(一味)가 되게 하려고 붓을 잡아 달리었다.57)

조계사는 송광사를 가리킨다. 1452년에 그곳에서 준 대사에게 선을 캐어물었다고 했는데, 그가 쓴 시를 보면 다음과 같은 구절이 나타난다.

> 선(禪)의 뜻 열권 책 벌써 다 논하였고
> 현(玄)에 드는 관문 한 구절 벌써 다 통했네.
> 평생의 발자취를 그 누가 알 것인가?
> 법(法)을 묻고서야 공(空)에 떨어지지 않음을 알았네.58)

현관(玄關)은 선문에 드는 것을 이르는 것이요, 일구(一句)는 진리를 표시하는 한 구절이니, 김시습은 선문에 들어 진리를 깨쳤다고 자신 있게 말하고 있다. '不落空'을 알았다는 것은 공(空)에 대한 집착까지 놓아버린 진공묘유(眞空妙有)의 경지를 알았다는 것이다. 18세에 김시습은

---

57) 『梅月堂集』권3, 釋老, 「贈峻上人」.
58) 위의 글, '其二十', "禪旨十編曾了議 玄關一句已窮通 平生蹤迹人誰識 問法方知不落空."

선의 이치를 일찌감치 터득한 터였다. 그렇다면 18세 이전부터 선사상에 대한 공부나 수행이 없었을 리 없다. 25세에 그가 쓴 『유관서록』에는 다음과 같은 구절이 있다.

> 일찍이 남화(南華)의 꿈 기쁘게 깨닫고
> 행운유수(行雲流水) 찾는 것이 십 년 전부터라.
> 내일 아침 또 다시 청산 향해 가게 되면
> 뜻은 가는 기러기의 만 리 끝에 있으리라.59)
>
> 강과 바다를 십 년 동안 수고롭게 쏘다니며
> 건곤 만 리 길을 마음대로 떠돌았네.60)

십 년이라 했으니 적어도 15살 무렵부터 인생무상을 느끼고 선불교에 발을 들여놓았다는 것이다. 15살이면 그의 모친이 돌아가신 때이다. 이때 그는 외할머니를 따라 농장으로 시묘를 하러 내려갔다. 그런데 그 시묘 기간 중 외할머니도 돌아가시는 불행한 일이 겹쳤다. 아마도 이 시기부터 그는 불교와 인연을 맺게 되었던 것으로 보인다. 그렇게 일찌감치 불법에 마음을 두고 있었던 터에 그는 과거 시험에 낙방을 하고61), 계유정난(癸酉靖難)의 소식을 접하고서는 본격적인 승려의 길을 걸었던 것이다.

그리고 23세 무렵 동도(東都; 지금의 경주)를 지나던 길에 "선리(禪理)가 사뭇 깊어서 다섯 해를 생각하여 비로소 투명하게 열리게 되었다."62)라고 노래한다. 유교는 건강한 자가 사다리를 오르듯 단계가 있으나 선

---

59) 『梅月堂集』권9, 「和宋少尹處儉韻」, "曾覺南華夢栩然 / 擬尋雲水十年前 / 明朝更向靑山去 / 意在征鴻萬里邊."
60) 『梅月堂集』권9, 「遊東林寺」, "江海十年勞跋涉 / 乾坤萬里任徘徊."
61) 『梅月堂集』권6, 投贈, 「逢全盡忠」, "癸酉赴春闈 南宮一鶚飛."
62) 李耔, 「梅月堂集序」, 『梅月堂集』, "禪理頗深 思量五載 乃得透開."

가의 도는 텅 비어 환하게 되어 모든 것이 풀리게 된다고 덧붙였다. 이 때부터는 선리를 꿰뚫은 선승으로 자유자재한 삶을 살았던 것이다. 그때의 득도를 드러내는 시는 밝혀지지 않았다. 그런데 그의 득도가 25세 때 경기도 양주의 회암사(檜巖寺)에서 이루어진 것이라고 주장하는 이도 있다.63) 이 주장은 김시습이 『원각경(圓覺經)』을 읽고, 해사(海師)에게 불경 강해를 들으면서 선리(禪理)를 깨달았는데, 「간원각경(看圓覺經)」64)이 깨달음을 읊은 시이고, 「사해사강경 이수정수주위답(謝海師講經 以水晶數珠爲答)」65)이 해사에 대한 고마움을 표현한 시라고 하여 그 근거를 들었다. "스물다섯 수행 방법 차례로 행해 마음 이미 깨치니/ 백겁 천겁 만겁의 꿈 비로소 깨어났다.〔二十五輪觀已定 百千萬劫夢初醒〕"라고 읊고 있는 「간원각경」은 득도의 기미를 잘 드러내준다 하겠다. 깨달음은 스스로가 아는 것이니 글만 보고서 그 경지를 어찌 알 수 있겠는가만, 어쨌든 김시습이 25살 전후에 득도를 하였음을 짐작하게 한다.

그런데 그의 깨달음은 어디에 매인 자로서의 깨달음이 아니라, 유불도를 넘나드는 자유자재한 존재의 깨달음이었다. 다음의 시는 이를 잘 드러내준다.

> 나는 본래 혜원공(惠遠公)을 좋아하여서
> 동림사(東林寺)에서 결사(結社)하였네.
> 그때는 종뢰(宗雷) 같은 무리가 있어
> 종유(從遊)하며 언제나 받들어 모셨네.
> 당당히 천 년 세월 흐른 뒤에 나니
> 꽃다운 자취를 바랄 수 없네.

---

63) 황인규, 「청한설잠의 승려로서의 부료계 활동과 교유인물」, 『한국불교학』40, 한국불교학회, 2005.
64) 『梅月堂集』권10, 「看圓覺經」.
65) 『梅月堂集』권10, 「謝海師講經 以水晶數珠爲答」.

　　내가 이 산에 오고서부터
　　더불어 도의를 논할 이 없네.
　　온 세상이 도도히 다투어가며
　　모두 다 명리(名利)로 달려가는구나.
　　누가 벼슬을 버리고 오는 이 있어
　　이 맛을 나와 함께 즐길 것인가?66)

　　김시습이 24세에 엮은 『유관서록』에서 혜원(惠遠, 334~416)을 흠모하고 있었음을 보여주는 시이다. 혜원은 소년 시절에 유생(儒生)이 되어 육경(六經)을 다 읽고 노장(老莊)에 뛰어난 이였는데, 도안(道安, 312~385)의 『반야경』의 강석(講釋)을 듣고 "유가나 도가 따위 구류(九流)의 학문은 모두가 낟알을 뽑아낸 겨 찌꺼기나 쭉정이에 불과하다." 하며 그의 제자가 된 후 30여 년 동안 불법을 널리 폈던 인물이다.67) 혜원의 생애는 유자의 길에서 승려의 길로 들어선 김시습 자신의 생애와 겹쳐 보였으며, 선승으로서 함께 논할 이 없는 스물넷 청년의 답답함을 위 시는 잘 보여준다.

　　이후 『유관서록』·『유관동록』·『유호남록』·『유금오록』·『사유록』 등에 보이듯, 수많은 산사들을 찾아다니며 수행을 이어갔다. 그의 불교 수행은 어디에도 매이지 않는 것이었으며, 거침이 없는 것이었다. 윤춘년이 전하는 다음과 같은 이야기는 거침없는 선사로서의 풍모를 한껏 보이는 것으로 보인다.

　　세조께서 운수천인도량을 원각사에서 베풀었는데, 여러 중 모두가 말

---

66) 『梅月堂集』권9, 「感懷」, "我愛惠遠公 / 結社東林寺 / 時有宗雷輩 / 從遊常奉侍 / 堂堂千載下 / 芳蹤莫可企 / 自我來此山 / 無人論道義 / 擧世競滔滔 / 盡趨名與利 / 有誰掛冠來 / 此味同我嗜."
67) 慧皎, 『高僧傳』, 「釋惠遠傳」

하기를, "이번 모임에 설잠(雪岑)이 없을 수 없다." 하므로, 임금이 드디어 그를 부르라고 명했는데, 왔다가 스스로 절 뒷간에 빠졌으므로 여러 중이 미쳤다고 하여 쫓아버렸다. 그러나 선생의 공부는 더욱 깊어지고 명성도 더욱 멀리 들려서 도를 묻고자 그를 찾는 사람들이 천백을 헤아렸으나, 선생은 일부러 미친 체하여 경망하고 조급한 행동을 하며, 어떤 때는 나무나 돌로 치려고 하였고, 어떤 때는 활을 당겨 쏘려고도 하여 그들의 뜻을 시험하였다.68)

이와 같이 사람들을 대하였으니 일반인들이야 김시습을 가리켜 광승(狂僧)이라 할 수밖에 없는 일이다. 그런데 나무나 돌로 치려고 하거나, 활을 당겨 쏘려고 해도 선의 세계에서 그것은 어디까지나 불성을 가진 범부를 깨닫게 하려는 방편인 것이다. 김시습의 미치광이와 같은 행위는 어디까지나 고승(高僧)으로서 학인(學人)에게 깨우침을 주려는 교화행의 일환이었다. 왕조실록에 실린 '설잠(雪岑)'이라는 이의 기이한 행적69)을

---

68) 尹春年, 「梅月堂先生傳」, "世祖嘗設雲水千人道場于圓覺寺 諸僧咸曰 此會上不可無雪岑 上遂命召之 旣至 自投於寺厠中 諸僧以爲病狂黜之 然先生所造益深 聲聞益遠 人之欲問道者咸歸之 以千百數 先生陽爲狂妄輕躁之態 或以木石擊之 或彎弓欲射之 以試其志."

69) 그 사건들을 간략하게 정리하면 다음과 같다.
　① 僧 雪岑이 水原의 북쪽 벌판에 溫井이 있다고 하여, 趙得琳에게 명해 설잠을 거느리고 가서 보게 하였다.(『세조실록』권45, 세조 14년 2월 15일 병오조) 설잠이 고한 온정은 사실이 아니라는 보고에 설잠을 의금부 옥에 가두고 국문하게 하여 옥사가 이루어지게 되었다. 임금은 만약 그를 죄준다면 뒤에 사실을 고하려던 자도 두려워서 감히 고하지 않을 테니 책망하여 보내라고 하였다.(『세조실록』권45, 세조 14년 2월 18일 기유조)
　② 谷山人 鄭君子가 白石을 얻었는데, 승려 설잠이 계교를 써서 그것을 받아서는 白蠟을 발라 백옥이라 칭하며 승정원에 바쳤다. 설잠은 杖 1백 대에 徒 3년에 처해 환속시켜 當差하게 하였다.(『예종실록』권6, 예종 1년 6월 9일 신미조)
　③ 司諫 朴崇質이 아뢰기를, "근자에 설잠이라는 승려가 본래 계율도 모르면서 불경을 가르친다는 핑계로 淨業院에 출입하면서 이틀 밤을 머물러 잤으니, 그 사이 음란한 일이 있는지도 알 수 없습니다. 성안의 尼舍를 모두 헐어 없애게 하는 것이 좋겠습니다."(『성종실록』권55, 성종 6년 5월 26일 갑술조)

두고, 승려로서의 행적이 아니라 여긴 연구자는 그를 동명이인으로 보았지만70), 실상 그 행적 역시 김시습이 행한 선불교적 만행으로 보는 것이 옳다.71)

김시습은 『원각경(圓覺經)』과 『묘법연화경』과 같은 불교경전을 직접 대했고, 『묘법연화경』을 선적(禪的)으로 해석해 『묘법연화경찬』(1463, 29세)을 쓰기도 하고, 선승으로 이름이 나서 효령대군(孝寧大君, 1396~1486)의 요청으로 원각사 낙성회에 참여(1465, 31세)하기도 한다. 이처럼 선승으로서의 활동이 참으로 다양하게 전개되었던 것이다.

그 후 성종 즉위 이후 성동(城東) 수락산(水落山)에서 10년 동안 은거하며 불교에 대한 이해를 더욱 깊이 하였다. '잡저(雜著)'에 표현된 그의 논설들은 이러한 정황을 잘 나타내준다. 그리고 이후에는 『십현담요해(十玄談要解)』(1475, 41세), 『대화엄법계도주(大華嚴法界圖註)』(1476, 42세), 『화엄석제(華嚴釋題)』 등 선교(禪敎)를 포괄하는 거작들을 짓는다. 이들 저작들은 일연(一然)으로 이어진 조동선(曹洞禪)의 맥을 잇고, 의상(義湘) 화엄사상을 선적(禪的)으로 해석하여 선리(禪理)를 깨달을 수 있는 방편으로서의 의의를 갖는 것들이다.

회초리질을 당하면서까지 스승인 김시습을 모셨던 선행(善行)은 "우리 스승이 전에 산에 있을 때에 작은 바가지에 물을 담아 놓고 아침부터 밤까지 3일이나 부처 앞에 꿇어앉아 있었으니, 선정(禪定)함이 그와 같으면 그가 부처라. 내가 마음으로 깊이 따르므로 떠나지 못한다."72)라고 표현했다고 한다. 부처라고 일컬어질 정도로 김시습은 깨달은 선승으

---

70) 김영태, 「설잠 당시의 대불교정책과 교단사정」, 『매월당학술논총-그 문학과 사상』, 강원대 인문과학연구소, 1988, 34쪽.

71) 황인규, 앞의 글.; 황인규, 『고려말·조선전기 불교계와 고승 연구』, 혜안, 2005, 468~470쪽.

72) 尹春年, 「梅月堂先生傳」, "吾師嘗於居山時 盛水于小瓢 捧跪于佛座前 自朝達夜 至于三日 禪定如此 卽是佛也 余心服而不能去云."

로서 삶을 살았던 것이다.

　필자가 보건대, 김시습의 생애를 포괄할 수 있는 그의 사상적 기저
는 선불교에 있었던 것으로 보인다. 그의 기이한 행적들은 깨달은 자의
만행이라 아니할 수 없으며, 제자를 가르치는 거침없는 풍모 또한 선승
의 자유자재함을 그대로 보여주는 것이라 하겠다. 또한 유교와 도교, 불
교 사상을 아우르면서 어디에도 저촉되지 않는, 회통(會通)적 면모는 선
사상을 바탕으로 할 때에나 가능한 것이었다. 유불도를 부정하지 않으면
서, 그것들이 지닌 고유한 방편적 성격을 그대로 인정하되, 더 나은 깨
달음으로 이끌고자 한 김시습의 사상이 그러한 회통적 면모를 만들어낸
것이라고 필자는 생각한다. 이제 구체적으로 그의 사상적 면모를 살펴보
도록 하자.

2) 正編五位 사상

　김시습의 사상을 총괄하는 용어들을 기존 논의를 비판적으로 들여다
봄으로써 확인할 수 있었다. 그것은 본체(本體)와 현상, 현실주의, 성리
학(性理學), 기일원론(氣一元論), 화엄(華嚴), 선(禪), 조동선(曹洞禪), 중
용(中庸), 중도(中道) 등이다. 이들 용어들 간의 상관성을 이해해야만 그
의 사상에 온전히 접근할 수 있을 것인데, 여기서 본체와 현상에 대한
이해가 나머지 용어들을 설명하는 근간이 된다고 볼 수 있다. 모든 현상
의 근원이라 할 본체를 그는 어떻게 이해했는지를 먼저 들여다보면서 그
의 사상 전반을 살펴볼 필요가 있겠다.

　　대저 큰 화엄(華嚴)의 화장법계(華藏法界)라는 것은 허공(虛空)으로
　써 체(體)를 삼고, 법계(法界)로써 용(用)을 삼으며, 일체의 곳에 두루
　한 것으로써 부처를 삼고, 연기(緣起)의 법체(法體)로써 대중의 모임을

삼아서 원만한 수다라교(修多羅敎)를 말하였다."73)

김시습이 『대화엄법계도서(大華嚴法界圖序)』의 첫머리에서 표현하고 있는 이 진술은 핵심적인 불교학설을 간략하게 드러낸 것이다. 그것은 원시불교의 기본적인 교의(敎義)이기도 한 연기법(緣起法)을 설하고 있는 것이면서 화엄의 법계를 표현하고 있는 것이다. 우리가 실재한다고 생각하는 그 모든 것들이 스스로 존재할 수 없으며 서로가 서로의 인(因)과 연(緣)에 의해 이루어지는 가상(假相)이요 공(空)일 따름이라는 연기법(緣起法)을 밝혔다. 그리고 이 허공인 본체를 화장법계라 명명한다. 이는 『화엄경』에서 현상적 세계는 수많은 인연에 의해 성립되는 것으로, 그저 그러한 것으로 드러날 뿐 그것을 발생시킨 것도 만든 자도 알거나 이룬 자도 없는 세계74)라는 표현과 잇닿아 있다.

그런데 그러한 본체인 화장법계는 인연에 의해 생겨난 일체의 곳, 곧 현상계에 두루 존재하고 있는 것이라 말한다. 즉 이법계(理法界)의 측면에서는 일체제법이 자성(自性)이 없어 허공이로되, 인연에 따라 나타나는 사법계(事法界)의 측면에서는 성상(性相)이 존재한다. 그리고 이 사법계에 본체인 화장법계가 두루 펼쳐져 있다 했으니, 이사원융(理事圓融), 현상즉본체(現象卽本體)라는 상즉(相卽)의 원리 또한 밝힌 것이다. 그래서 "원융(圓融)이라는 것은 일체의 법이 곧 일체의 성품인 것이며, 일체의 성품이 곧 일체의 법인 것이니, 즉 지금의 푸른 산과 푸른 물이 곧 본래의 성품이며, 본래의 성품이 곧 지금의 푸른 산과 푸른 물인 것이다."75)라 하였다. 여기서 법(法)은 인식 기관에 의해 접하는 삼라만상

---

73) 『大華嚴法界圖序』, "夫大華嚴法界者 以虛空爲體 以法界爲用 以遍一切處爲佛 以緣起法體爲衆 會說圓滿修多羅."
74) 『華嚴經』 ‘如來出現品’, "佛子 如是等無量因緣 乃成三千六千世界 法性如是 無有生者 無有作者 無有知者 無有成者 彼世界而得成就 如來出現 亦復如是."

으로서의 존재요, 성품[性]이란 우리가 끊임없이 수용하면서도 대상화
할 수 없는 본래성(本來性)을 말한다. 일체의 모든 현상인 법은 본래 움
직이지 않으며 생겨나지도 않는 본래성의 현현(顯現)인 것이다. 그렇지
만 그것은 본래성이 지시하거나 이끈 것이 아니라 '성기자연(性起自然)'
즉 저절로 그러한 것이다.76) 이는 『연경별찬(蓮經別讚)』에서는 다음과
같이 표현된다.

> 산과 하수와 큰 땅덩이와 밝음과 어둠과 색상[色]과 허공[空]이 모두
> 미묘한 체[妙體]를 나타내는 것이요, 생사와 열반과 보리와 번뇌가 모두
> 미묘한 용[妙用]이어서 낱낱이 두루 편만(遍滿)하다. 그래서 취하여 가
> 질 것도 없고 내다버릴 것도 없으며, 모자람도 없고, 남음도 없는 것이
> 다. 바람이 살랑이고, 달이 휘영청 둥근 것은 등명불(燈明佛)이 항상 눈
> 앞에 나타나는 것이요, 새가 지저귀고 꽃이 떨기로 핀 것은 보현보살이
> 항상 법계에 행하는 것이다.77)

현상이 묘체를 드러낸 것, 법성성기(法性性起)를 표현한 것이다. 이
러한 경계는 증지(證智) 곧 내심(內心)으로써 아는 것이며, 삼세의 모든
부처가 증득(證得)한 것도 이것을 증득한 것이요, 역대(歷代) 선사(禪師)
가 깨달은 것도 이것을 깨달은 것일 따름이다.78) 결국 김시습은 현상
속에서 법성원융(法性圓融)을 바르게 깨달아야 함을 밝히고 있는 것이다.

---

75) 『大華嚴法界圖序』, "圓融者 一切法 卽一切性 一切性 卽一切法 卽今靑山綠水 卽
　　是本來性 本來性 卽是靑山綠水也."

76) 전해주, 「≪大華嚴一乘法界圖註≫ 上의 性起觀」, 『義湘華嚴思想史硏究』, 민족
　　사, 1993, 211쪽.

77) 『蓮經別讚』, "山河大地 明暗色空 皆顯妙體 生死涅槃 菩提煩惱 皆是妙用 一一圓
　　融 無取無捨 無缺無餘 風颯颯月團團 燈明常顯於目前 鳥(口＋官)(口＋官)花簇
　　簇 普賢常行於法界."(『한불전』7, 289쪽.)

78) 『大華嚴法界圖序』, "證智所知非餘境 三世諸佛之所證 證此者也 歷代禪師之所悟
　　悟此者也."

그런데 이러한 법성원융의 깨달음을 얻었다 하더라도 그에 기반을 둔 실천의 방향이 설정되어야 할 터인데, 그것은 현상과 본체, 이변(二邊)을 떠난 치우치지 않는 실천으로서 중도(中道)를 설정하는 것으로 나타난다.

> 법성의 바다[法性海]에 깊이 들어가면 마침내 마지막으로 삼을 곳이 없는 것이다. 그래서 마지막[窮]이라 한 것이다. 요해(要害)의 곳인 나루[津]를 지켜서 범부도 성현도 통과시키지 않는다. 그래서 앉아서[坐]라고 한 것이다. 참된 것도 없고 허망한 것도 없어서 유(有)에도 무(無)에도 속하지 않는다. 그래서 실(實)이라 한다. 일체의 범부나 성현이 몸을 용납할 땅이 없다. 그래서 제(際)라고 한 것이다. 그리고 한 물건[一物]이라고 불러서 움직이게 할 수 없음을 중(中)이라 하고, 삼승(三乘)과 오성(五性)을 항상 밟아 다니는 것을 도(道)라고 하며, 구경(究竟)에는 평상(平常)하여 안배(安排)를 쓰지 않음을 걸상[床]이라고 한다.79)

'궁좌실제중도상(窮坐實際中道床)', 즉 "마지막에는 실제중도에 앉는다."는 것에 대한 김시습의 해석이다. 유무(有無) 곧 현상과 본체 어느 쪽에도 속하지 않으며, 범성(凡聖)의 어느 한쪽에도 치우치지 않으므로 '실제(實際)'라 한 것이라 했다. 중(中)은 일물(一物)이니 움직임이 없는 본체를 말함이다. 본체를 깨달은 가운데서 삼승(三乘)과 오성(五性)을 밟아 다녀야 하는 것이 도(道)이다. 삼승이란 깨달음에 이르는 세 가지 실천법으로, 성문승(聲聞乘), 연각승(緣覺乘), 보살승(菩薩乘) 등 제각기 다른 사람들을 방편적으로 깨닫게 하는 행위를 말한다. 오성이란 인간의 다섯 가지 소질을 일컬음이니, 오성을 밟는다는 것 또한 방편적으로 사

---

79) 『大華嚴法界圖序』, "深入法性海 了無究竟處 故云窮 把斷要津不通凡聖 故云坐 無眞無妄不屬有爲 故云實 一切凡聖容身無地 故云際 喚作一物 不得動箸之謂中 三乘五性 常常履踐之謂道 究竟平常 不用安排之謂床."

람의 능력과 소질에 맞게 깨달음을 이끌어야 한다는 것이다. 대승보살행의 실천을 말하는 것이 도(道)라는 것이다. 그리고 마침내는 이사무애법계(理事無碍法界)를 초월한 평상(平常)에서 살아가며, 어떤 작위도 없는 불용안배(不用安排)의 상태여야 한다. 이처럼 김시습은 선적으로 중도를 해석해내면서 실천 방향을 제시했다.

현상과 본체 사이를 오가며 온갖 방편으로써 대중을 이끄는 것, 그것이 선승(禪僧)이 걸어가야 할 길이다. 그리고 본래의 법성에서 출발하여 결국 도달한 곳은 현상즉본체의 법성의 세계, 평상심으로 어떤 작위도 없는 현상계에 발붙이고 살아가는 세계이다. 김시습은 이러한 세계를 다음과 같이 표현하였다.

> 이 법계도(法界圖)의 총수(總髓)를 말한다면, 마치 어떤 사람이 침상에서 잠들었을 적에 꿈속에서는 30여 개의 역을 돌아다녔으나 꿈을 깬 뒤에는 바야흐로 조금도 움직이지 않고 침상에 있음을 아는 것과 마찬가지로, 본래의 법성에서 30글귀를 거쳐서 도로 법성에 이르기까지 다만 하나도 움직이지 않았다. 그래서 예부터 움직이지 않는 것을 부처라 이름 한다고 한 것이다.[80]

현상을 처음 바라다보았을 때 그것은 그저 현상일 뿐이었다. 그러나 본체가 현상에 구비되어 있음을 깨닫고 난 다음에 바라다본 그 현상은 부동(不動)의 부처님이다. 김시습은 현상즉본체의 법성(法性)의 세계를 꿈의 비유를 통해 끝맺었다. 온갖 사려(思慮)에 빠져 헤매지만 결국 도달할 세계가 법성의 세계가 그득한 '이 자리'임을 참으로 친절하게 일러주고 있는 것이다.

---

80) 『大華嚴法界圖序』, "本圖總髓論比 如有人在床入睡夢中 回行三十余餘驛 覺後 方
   知不動在床 喻從本法性經三十句 還至法性只一不動 故云舊來不動佛然."

『법계도주』는 여러 선서(禪書)들을 인용해 각 구절의 말미에 화엄과 선을 융합시키고 있다. 이는 물론 고려시대 화엄과 선을 연결한 보조국사 지눌(普照國師 知訥)의 계보를 이은 것으로 볼 수 있다.[81] 지눌은 화엄 교학을 선법과 다를 바 없다는 입장을 취하면서도 화엄이 이론에 천착하게 하면서 실천적인 면이 문제화될 수 있다고 보아 선으로써 화엄을 수용했다.[82] 김시습 역시 화엄을 선적으로 이해하여 위와 같은 법성원융의 원리를 설명했던 것이다. 이러한 『법계도주』의 선적 이해는 그가 서술한 저서에 두루 나타난다.

> 일진법계(一眞法界)는 무변세계(無邊世界)를 함께 거두어 있으며, 십종현문(十種玄門)은 무량법문(無量法門)을 총섭(總攝)하고 있다. 사(事)이면서 리(理)이며, 성(性)이면서 상(相)이며, 속(俗)이면서 진(眞)이며, 인(因)이면서 과(果)이며, 주(主)이면서 반(伴)이며, 범(凡)이면서 성(聖)이며, 정(正)이면서 의(依)이며, 다(多)이면서 일(一)이다.[83]
> 외양간이나 마구간, 술집이나 기생방, 지옥 등이 한 곳도 화장세계가 아님이 없다. 이 마음을 깨치지 못하면 모두가 달라지며 이 마음을 깨치면 체(體)와 용(用)이 하나가 된다.[84]

『화엄경석제』에 등장하는 인용에서, 앞의 것은 참된 법계가 멀리 있는 것이 아니라 현상 세계 자체에 있음을 말하고 있는 것이다. 이는 법성원융의 관점에서 이원적 구별을 배격하고 있는 것이다. 뒤 인용은 종

---

81) 전해주, 앞의 글, 210쪽.
82) 이덕진, 「고려 선불교의 성립과 전개」, 『자료와 해설 한국의 철학 사상』, 예문서원, 2001, 223쪽.
83) 金知見 編, 『大華嚴一乘法界圖註幷序(華嚴經釋題)』, "一眞法界 無邊世界以俱收 十宗玄門 無量法門而總攝 卽事卽理 卽性卽相 卽俗卽眞 卽因卽果 卽主卽伴 卽凡卽聖 卽正卽依 卽多卽一."
84) 위의 책, "牛欄馬廄酒肆淫坊劍樹刀山鑊湯爐炭等 無一處不是華藏海也. 此心未了則各相萬殊此心旣了則體用一致."

래의 불교 논리가 "체(體)와 용(用)의 논리에 고착되어 있기에 법신(法身)과 화신(化身)의 구별을 지어 현실세계에서 화신은 볼 줄 알아도 법신을 찾기 어려웠던 것"을 비판하면서 '체용일치(體用一致)'를 역설한 것이다. 일찍이 그는 회암사에서 선불교의 핵심을 담고 있는『원각경』을 읽었으며85), 천태종의 소의경전을 선적으로 해석한『묘법연화경찬』이나 조동종의 종지를 해설한『십현담요해』, 화엄사상을 선불교와 관련시킨『대화엄일승법계도주병서』와『화엄경석제』 등을 지으면서 지속적으로 선불교적 현실 긍정의 논리를 폈던 것이다.

> 만약 생사(生死)를 논한다면 곧 이것은 보현보살의 경계인 것이요, 만일 열반을 논한다면 곧 이것은 윤회에 헤매는 중생인 것이다. 그렇다면 말하여 보라. (부처의) 열반과 (중생의) 윤회는 서로 거리가 얼마나 되는가? 무명의 참성품이 곧 부처의 성품이고, 환화(幻化)의 빈 몸이 곧 법신이다.86)

생사윤회의 세계나 열반의 세계가 다름이 없다. 부처와 중생이 다르지 않다. "모든 세계의 시작하고 마치고 생기고 멸하고 앞서고 뒤지고 있고 없고 모이고 흩어지고 일어나고 그침이 생각 생각 상속하여 순환 왕복함에 갖가지로 집착하고 버리는 것이 다 윤회"이며, "생사와 열반은 한가지로 일어나고 멸하거니와, 묘각이 두렷이 비춤에는 꽃도 가림도 여읜다."라는『원각경』의 표현87)이 여기에는 도사리고 있다. 이는 또한

---

85) 金時習,『梅月堂集』권10,「檜嚴寺」,「指空衣鉢」,「懶翁衣鉢」,「看圓覺經」.
86) 金時習,『梅月堂別集』권3,「大華嚴法界圖序—生死涅槃常共和」, "若論生死, 即是普賢境界. 若論涅槃, 即是縛輪廻. 且道. 涅槃與輪廻, 相去幾何. 無明實性即佛性, 幻化空身法身."
87) 大唐罽賓三藏佛陀多羅 譯,『大方廣圓覺修多羅了義經』,「金剛藏菩薩 第4」, "一切世界 始終生滅 前後有無 聚散起止 念念相續 循環往復 種種取捨 皆是輪廻. … 生死涅槃 同於起滅 妙覺圓照 離於花翳."

『원각경』에서 "네 인연[四緣. 곧 四大]이 임시 화합해서 망령되이 육근(六根. 眼耳鼻舌身意)이 있으니, 육근과 사대가 안팎으로 합쳐 이루거늘 허망하게도 인연기운[緣氣. 육근이 외계를 상대하는 것]이 그 가운데 쌓여서 인연의 모습이 있는 듯하게 되니 가명으로 마음이라 하느니라. 선남자여, 이 허망한 마음은 만일 육진(六塵. 色聲香味觸法)이 없으면 있을 수 없으며, 사대가 분해되면 티끌[塵]도 얻을 수 없으니, 그 가운데 인연과 티끌이 각각 흩어져 없어지면 마침내 반연하는 마음도 볼 수 없게 되느니라."라고 말한 생사에 대한 인식에 바탕을 두고 한 말이겠다. "산승의 염주 위에 십종현문(十種玄門)이 열려 있고, 염주아래에 일진법계(一眞法界)가 드러나 있다"[88]라고 김시습은 말한다. 현실 세계를 벗어난 세계에 진리가 있는 것이 아니라, 지금 여기 마음이라는 거짓이름을 갖고 살아가는 '현실 세계'에, '살아있는 인간 자신'에게 있음을 말한다. 우리는 이러한 그의 사상을 선불교적 현실주의라 명명할 수 있을 것이다. 다음의 표현은 선불교적 현실주의를 잘 느끼게 해 준다.

> 이른바 부처의 도라고 하는 것은 굳건한 마음을 발하고 결단성 있고 열렬한 뜻을 일으켜서 지극한 자비심으로 몸을 닦고 실상(實相)으로써 물을 맞이하여 삶과 죽음을 영영 끊어버리고서도 항상 살고 죽는 마당에 처해 있으며, 이미 번뇌를 버리고서도 항상 번뇌의 지경에 서식해 있는 것이다. 혹은 윤왕(輪王)이 되고 혹은 장자(長者)가 되어, 인연에 따라 만물을 제도하여 넓은 이익이 무궁한 것이다.[89]

삶과 죽음을 영영 끊어버린 깨달은 경지에서 항상 살고 죽는 마당에 놓여 있어야 하는 것이 바로 김시습이 말하는 선불교적 현실주의인 것이다. 그리고 그는 진리의 본체라 하는 무(無) 또는 공(空)의 절대화를 부

---

88) 金知見 編, 위의 책, "山僧, 數珠頭上, 十種玄門分也. 數珠下, 一眞法戒現了也."
89) 金時習, 『梅月堂集』 권16, 「雜著 - 扶世 第五」.

정한다. 공(空)에 대하여 그는 "금시조가 허공으로 날아올라 마음대로 날 갯짓을 하여도 떨어지지 않듯이, 비록 공(空)한 데에 의지하여 유희(遊 戲)하더라도, 공에 의거하지 않고 또한 공에 구애되지도 않는다."[90]라 고 말하여 진공, 본체에만 머물 수 없는 인간의 삶을 역설하고 있다. 또 한 "손님과 주인이 서로 응해야 하며, 임금과 신하가 서로 만나야 함〔賓 主雍和 君臣際會〕"을 말하는데, 이는 주인이라는 본체적 견지와 손님이 라는 현실적 견지가 차별이 없는 조화 속에서 현실이 이끌어져야 한다는 것이다.[91] 그것은 다름 아닌 법성원융〔眞性〕의 경지에서 바라다본 중 도적 실천법이자 현실 수용의 입장인 것이다.

한편, 김시습은 그러한 선불교적 현실주의의 입장 속에서 조선조 초 기에 조동선을 받아들이고, 『십현담요해』와 『조동오위요해』[92]를 저술 한다. 이들 저술은 나말여초 수미산문과 고려시대 일연의 『중편조동오위 (重編曹洞五位)』(1260)를 이으면서 조선조 초의 조동선의 흐름을 보여주 고 있다는 점에서 중요한 의의를 갖는다고 볼 수 있다. 그리고 여기에 서술된 조동오위 사상은 앞서 살폈듯 전체적으로 현상즉본체라는 진성 의 관점에서 현실 긍정적 경향을 강하게 지니며[93], 조동오위라는 구체 적 선 수행의 방향을 친절하게 알려주고 있다. 조동선에서 '정편오위설 (正偏五位說)'은 동산양개(洞山良价, 807~869)의 「오위현결(五位顯訣)」을 기초로 제자인 조산본적(曹山本寂, 840~901)이 세밀하게 시설한 것으로,

---

90) 『十玄談要解』, "金翅鳥飛騰虛空, 自在翱翔而不墮落, 雖依空以戲而不據空, 亦不 爲空之所拘礙."(大東文化研究院 발행, 『梅月堂全集』, 407쪽.), (이창섭·최철환 옮김, 『중편조동오위』, 대한불교진흥원, 280쪽.)
91) 한종만, 『한국불교사상의 전개』, 민족사, 1998, 340~341쪽, 참조.
92) 민영규 선생이 校錄한 『曹洞五位要解校錄』(『梅月堂學術論叢-그 文學과 思想』, 강원대학교인문과학연구소, 1988,) 에는 상권에 조동종의 종지들을 담은 『曹洞五 位要解』(333~431쪽.)를, 하권에 『十玄談要解』(251~332쪽)를 함께 실었다.
93) 한종만, 「조선시대의 조동선의 흐름」, 『曹洞禪學論叢』1집, 불교춘추사, 2004, 150~151.

본체[正]와 현상[偏]이라는 범주를 이용해 도(道)를 얻는 경지를 표현해
놓고 있는 것이다. '정편오위'는 정중편(正中偏), 편중정(偏中正), 정중래
(正中來), 편중지(偏中至), 겸중도(兼中到)를 가리킨다. 진리와 현상계를
정위(正位)와 편위(偏位)라 칭하고, 그것의 어느 한쪽에 치우치지도 않는
경지를 겸중도 또는 겸대(兼帶)라 하고는 중도(中道)의 진리를 설하고 있
다. 이는 곧 조동종의 종지요, 김시습이 밝히고 있는 중도의 세계이다.
이 겸대에는 "네가 만일 확탕지옥으로 들어가면 나도 확탕지옥으로 들어
가고, 네가 만일 노탄지옥으로 들어가면 나도 노탄지옥으로 들어간다."94)
와 같이 하화중생(下化衆生)의 보살 정신이 드러난다. 고통의 현실을 살
아가는 중생들을 향한 김시습의 한없는 애정과 현실 비판의 목소리는 바
로 이러한 정신에서 비롯된 것이라 하지 않을 수 없다.

이제 김시습이 밝히고 있는 정편오위에 대해 간략하게 살펴보도록
하자. 여기서는 정편오위의 핵심이 되는 사항들을 들도록 하며, 자세한
내용들은 3장의 『금오신화』 각 편을 들여다보며 심화될 수 있도록 하
겠다.

『조동오위요해』를 보면 도융(道隆)의 「조동오위군신도서(曹洞五位君臣
圖序)」, 「단하자순선사오위서(丹霞子淳禪師五位序)」, 「조주삼문관(趙州三門
觀)」에 대하여 김시습은 주석을 달고 있다. 그리고 그 밖의 부분은 조동
선과 관련된 다양한 글들을 함께 실어 놓았다.95) 김시습이 주석을 달고
있는 이 문헌들은 석두희천(石頭希遷, 700~790)의 「참동계(參同契)」, 동
산양개(洞山良价, 807~869)의 「오위현결(五位顯決)」을 기초로 하여 구체

---

94) 金時習, 『十玄談要解』, 「廻機」, "你若入鑊湯 我也入鑊湯 你若入爐炭 我也入爐
炭."(민영규 교록, 위의 책, 259쪽.)

95) 그 구성을 보면, 「道隆曹洞五位君臣圖序」, 「丹霞子淳禪師五位序」, 序, 五位圖,
慈明摠頌, 功勳五位, 君臣五位, 主賓五位, 妙希示衆, 曹山三墮, 洞山三種滲漏,
洞山三綱要, 趙州三問, 大陽・・投子・丹霞五位頌'으로 엮이었다. 그리고 다음
부분에 김시습이 주석을 단『十玄談要解』가 실려 있다.

화한 조산본적(曹山本寂, 840~901)의 「정편오위설」을 드러내고 있는 것
이다.

'정편오위'는 원래 『주역』을 활용하여 선 수행의 실천적 방향을 설정
한 것이었다. 운암담성(雲巖曇晟, 782~841)의 「보경삼매(寶鏡三昧)」에 "중
리괘(重離卦)의 육효(六爻)는 편(偏)과 정(正)이 서로 돌아가게 하여〔回
互〕, 겹치면〔疊〕 셋이 되고, 변화하여 다섯을 벗어나지 않는다."96)라
하였다. 중리괘(重離卦, ☲☲)는 두 양효(陽爻, ⚊) 사이에 음효(⚋)를 2
효에 둔 이괘(離卦, ☲)를 겹쳐 만들어진다. 정편오위는 『주역』에서 이
중리괘를 중심으로 변화시켜 정중편(正中偏)을 나타내는 손괘(巽卦, ☴),
편중정(偏中正)을 나타내는 태괘(兌卦, ☱), 정중래(正中來)를 나타내는
대과괘(大過卦, ☴☱), 편중지(偏中至)를 나타내는 중부괘(中孚卦, ☴☱),
겸중도(兼中到)를 나타내는 중리괘(重離卦, ☲☲)가 반복되도록 하였다. 『주
역』의 괘와 조동오위를 연결지어 일찍이 살핀 채정수는 "『주역』의 육십
사괘(六十四卦) 중에서 소괘(素卦)가 아닌 정괘(正卦) 즉 건곤(乾坤)의 작
용인 곤리(坎離)를 추출하여 원점〔重璃〕에서 혹은 순(順)으로 혹은 역
(逆)으로 진행시켜 결국은 원점에 다시 돌아오게 하는 방식을 안출"했으
며, "『주역』을 기체(基體)로 삼아 이를 활용하기는 하였으나 『주역』의 본
래적 해석을 따라 순순히 받아들인 것이 아니라 자주적인 목적의식 하에
주역적 해석을 떠나서 저마다의 입장에 맞도록 변용시켜서 일가견(一家
見)을 창창(創唱)하였다."라고 밝히고 있다.97) 정편오위 사상은 이와 같
은 『주역』의 궤도를 활용하되, 중리괘를 중심으로 나타나는 다섯 종류의
위도(位圖)를 상정하여 진여와 현상의 관계를 설명하려 했던 것이다.98)

---

96) 「寶鏡三昧」 "重離六爻 偏正回互 疊而爲三 變盡成五."(『人天眼目』卷之三, 『卍續
藏經』第 113冊, 872쪽.)
97) 蔡楨洙, 「周易이 魏氏參同契 曹洞五位 및 太極圖形成過程에 미친 影響에 關한
考察」, 『石堂論叢』6, 동아대학교 석당학술연구장려회, 1981, 70~76쪽.

　　일찍이 운수(雲袖)는 「보경삼매」의 중리괘와 관련하여 "중리괘는 『주역』의 음양오행〔二五〕을 말하는 것이다. 이(離)는 곱고 아름답다〔麗〕는 뜻이며, 곱고 아름답다는 것은 밝음〔明〕을 뜻한다. 음양오행은 이괘가 겹친 것을 말하니 치우침 없이 바른 것〔中正〕을 가리킨다. 포개지면 셋이 된다는 것은 정중편, 편중정, 정중래에 해당한다. 변화하면 모두 다섯을 이룬다는 것은 겸중지, 겸중도에 해당하는데, 앞에서 말한 셋을 합해서 다섯 자리가 되는 것이다. 세 자리는 점수〔漸〕를 통해서 돈오〔頓〕에 들어가는 것이고, 다섯 자리는 돈오를 통해서 점수에 들어가는 것으로서 중생을 교화하여 함께 열반으로 돌아가는 것이다."99)라고 표현하였다. 그것은 일연 스님의 『중편조동오위』하권에도 그대로 실려 전한다.

　　이러한 탄생 배경을 갖는 '정편오위'와 관련하여 김시습은 조산본적(曹山本寂)이 창안한 「군신오위(君臣五位)」, 석상경제(石霜慶諸)의 「왕자오위(王子五位)」의 내용을 밝히고 있다. 이러한 사항을 김시습은 「조동오위도(曹洞五位圖)」100)에다 정리해 놓았다. 그리고 「단하자순선사오위서(丹霞子淳禪師五位序)」 다음에 주렴계(周濂溪)가 밝힌 「태극도설(太極圖說)」의 음양오권(陰陽五圈)이 함께 실렸는데, 이는 주자도(周子圖)와 주자해(朱子解)에 의해 행하는 사람으로 하여금 음양오권과 편정오권이 서로 배대(配對)됨을 알게 하려는 데 있었다. 그런데 이는 단지 정편오위의 뜻을 알게 하려고 주자도와 주자해를 끌어다 쓴 것이므로, 배우는 자는 그 명구(名句)에 구애되지 말아야 한다.101)

---

98) 김호귀(『묵조선연구』, 민족사, 2001, 64~94쪽.) 또한 『주역』과의 관련성을 포함하여, 「보경삼매」와 조동오위 사상의 연결이 어떻게 이루어졌는지를 자세하게 살폈다.

99) 「曹洞三昧玄義 新補」, "重離易之二五 離者麗也 麗者明也 二五重離也 中正之謂也 疊而爲三者 正中偏 偏中正 正中來也 辨盡成五者 兼中至 兼中到 通前爲五也 三則由漸入頓 五則由頓入漸 化衆生同歸涅槃.'(一然, 『重編曹洞五位』卷下 ; 불교전기문화연구소 편, 『구산선문─수미산문과 조동선』, 불교영상, 1996, 373쪽.)

100) 『曹洞五位要解』, 「曹洞五位圖」(민영규 교록, 앞의 책, 397쪽.)

① 正偏五位	正中偏	偏中正	正中來	偏中至	兼中倒(兼帶)
② 君臣五位	君位	臣位	君視臣	臣向君	君臣道合
③ 參 同 契	玄黃之後	方位	自	他	黑白未分
④ 王子五位	誕生	朝生	末生	化生	內生
⑤ 功勳五位	向	奉	功	共功	功功
⑤ 太極圖說	陰靜陽動	五行	坤道成女·乾道成男	萬物化生	太極

　김시습은 정(正, ●)이 진성(眞性)의 체(體)요, 편(偏, ○)이 진성(眞性)의 용(用)이라 밝힌다.102) 진성은 앞서 살폈듯 이사무애(理事無碍), 말과 생각으로 미칠 수 없는 경지를 나타내는 것이되, 그것의 본체를 정(正)으로 하고 그것의 현상을 편(偏)이라 한 것이다. 군신오위(君臣五位)로 나타낼 때는 정(正)은 군(君)으로, 편(偏)은 신(臣)으로 나타낸다. 이렇게 정편(正偏)의 개념을 설정하고 그것들의 어우러짐을 통해 오위(五位)를 구성한다. 여기에 앞으로 논의 과정에서 출현하게 될 용어들을 함께 넣어 그 의미를 정리해보면 다음과 같다. 이를 바탕으로 정편오위의 각 사상들이 뜻하는 바를 간략히 살펴보자.

正位(●)	眞性의 體, 君, 理, 本體, 空, 陰, 黑, 靜, 闇, 夢幻, 보편적 진리
偏位(○)	眞性의 用, 臣, 事, 現像, 色, 陽, 白, 動, 闡, 現實, 차별적 현상

---

101) 『曹洞五位要解』, "石依周子圖朱子解 令行人知陰陽五圈 與偏正五圈相配 但識其趣 不必泥於名句幸甚."(민영규 교록, 앞의 책, 418쪽.)

102) 『曹洞五位要解』, 「丹霞子淳禪師(洞山)五位序」, "● 正 眞性之本 ○ 偏 眞性之用 眞性圓融 體用兼該 理事雙彰 虛萬有而不廣攝一塵而不窄 萬相頓寂 而不隱不同 隱之靜也 千差森列 而不露不同 陽之動也."(민영규 교록, 앞의 책, 416쪽.)

① ⬓ 정중편(正中偏)

정위(正位)는 공계(空界)로 유무(有無)에 떨어지지 않고, 중도로 모두를 초월하는 경지이다. 정위(正位)는 모든 상대가 끊어진 맑고 고요한 묘체(妙體)인데, 마침내는 이 자리에 앉지 말아야 한다고 했다. 왜냐하면 이 자리에 앉아버리면 그 자리를 잃기 때문이다.103) 달리 말하면, 묘체에 집착하면 참다운 묘체일 수 없다는 것이다. 그래서 김시습은 비유하기를 "금전옥당(金殿玉堂)에 머물러 있지 말고 밤을 틈타 갈대꽃 사이에서

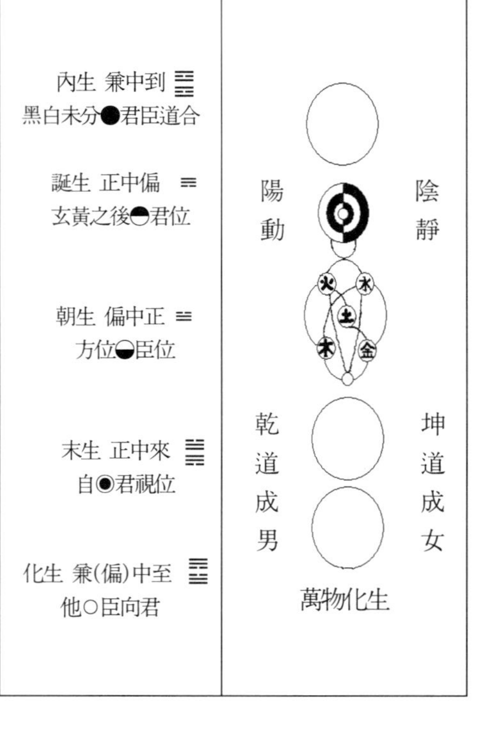

잠을 자는"104) 경지라 하였고, "임금〔君〕이 소상강(瀟湘江)으로 향하고, 내가 진(秦)으로 향함"105)과 같이 정(正), 본체에 머물지 말고 결국 편(偏), 현실로 향해야 한다고 했다. 정중편은 본체 가운데서 현상이 일어남을 표현하는 것이다. 본체즉현상(本體卽現像)과 같은 것이다. 일없는

---

103) 『曹洞五位要解』, 「丹霞子淳禪師(洞山)五位序」, "正是空界 有無不落 中道俱泯 迴絶對待 本來湛寂之妙體 不坐云者 坐則失位."(민영규 교록, 앞의 책, 414~415쪽.)
104) "金殿玉堂留不住 夜來依舊宿蘆花"(위의 책, 414쪽.)
105) "君向瀟湘 我向秦."(위의 책, 413쪽.)

본체의 경지에서 인연연기(因緣緣起)에 의해 온갖 삼라만상이 생겨나는 것을 말한 것이다.

정중편은 공계인 정위에서 다시 현실계인 편위로 나아감을 말해주는데, 깨달음과 관련해 그 의미를 살펴보면, 이미 깨달음을 얻은 자가 다시금 현실적 욕망에 빠져 그 깨달음을 놓쳐버리는 것을 경계하고 있는 것이라 볼 수 있다. 만일 진정한 정위를 체득하지 못한 자가 편위에 떨어졌다면 다시금 편위에서 정위로 회호(回互)하여야 한다. 그리고 진정한 정위를 획득하여 현실인 편위에서 자유자재하게 활동해야 함을 정중편은 말해주고 있는 것이다.

② ● 편중정(偏中正)

편은 색계(色界)로서 뚜렷한 청정체(淸淨體)가 비추어져 깨끗함으로 물들여진 현상계이다. 모든 부처님이 이 현상계에서 나타나며, 모든 중생이 이 현상계에서 나오며, 모든 국토 산하와 심신기계(心身器界)가 이 현상계에서 연기하는 묘용(妙用)이다. 모든 현상이 마음에 의해 일어나는 것이다. 그러니 편(偏)에 앉아 있어서는 아니 된다.106) 현상계에 대한 집착을 벗어던져야 한다는 것이다. 그래서 김시습은 "종요로이 편중의 정위를 아느냐? 합장하고 때 맞춰 부처님께 묻는 일을 게을리 하거니, 허리를 꺾어 절하면서 누가 즐겨 왕후(王侯)를 보리요?"107)라고 말한다. 현실[偏]에 파묻혀 살지 말고 참된 깨달음을 향해 가야 한다는 것이다. 곧 현상이 공(空)임을 알아야 한다는 것이다. 곧 현상즉본체(現像卽本體)이니, 현상에 본체가 있다는 것이다. 따라서 현실 세계 속에 드리

---

106) "偏卽色界 從覺圓淸淨體上 所照染淨萬法 一切諸佛 從玆而現 一切衆生 由此而出 乃至一切國土山下 昇心器界 從玆緣起妙用也 …(中略)…不坐偏云者 言一切萬法 從心而起 心本無住."(위의 책, 411~412쪽.)
107) "要識偏中正位麼 合掌 有時 慵問佛 折腰誰有見王侯."(위의 책, 409쪽.)

워져 있는 본체를 알아야하는 것, 그것이 편중정의 과제가 된다.

③ ⊙ 정중래(正中來)

유무(有無)에 앉지 아니하며 편안하게 의지하는 데가 없음을 말하는 존귀한 자리이다. 의지하는 데가 없으므로 곳곳에서 그를 만나니 묘문(妙門)이다. 고목에 꽃이 피는 것과 같으니, 진여묘성(眞如妙性)이 세간을 따라 움직이지 않음을 비유한 것이다.108) 곧 진여라는 본체를 인정하고, 현상의 허망함을 파악하는 상태이다. 그런데 이제 저 속을 향하여 몸을 바꿔 한걸음 더 나아가야 한다. 이제 깨달음을 얻은 상태를 말함인데, 아직 끝이 아니니 피모대각(披毛戴角) 이류중행(異類中行)까지는 나아가지 못한 상태이다. 군신오위의 군시위(君視位)과 같은 것이다. 그리고 「태극도설」의 건도성남(乾道成男)·곤도성녀(坤道成女)에 비유해 드러내고 있다.

정중래의 경지에 이르면 확고히 깨달음을 얻은 상태라고 할 수 있다. 따라서 이후부터는 구체적 현실로 뛰어들어 대중을 교화하는 보살행을 실천할 수 있어야 한다. 앞의 정중편과 편중정이 회호(回互)를 거듭하면서 깨달음을 얻고 실천으로 나아가야 함을 보여준다면, 정중래부터는 완벽한 깨달음을 얻는 경지가 된다. 그 중에서 정중래는 내면적 수행을 통해 정위(正位)를 확고히 한 상태를 지향하고 있다.

④ ○ 겸중지(兼中至)

편중지(偏中至)라고도 한다. 천자는 지극히 다스림으로써 자긍치 않고 공을 장군에게 돌리며, 장군은 큰 공으로써 스스로 공이 있었다 하지

---

108) "有無不坐 塊然無寄 是之謂貴位 由其無寄也故 …(中略)…枯木花開…(中略)… 此喩眞如妙性 不隨世間遷謝 雖然向這裏 轉身一步."(위의 책, 407~408.)

않고 덕을 황제께 돌리니 이는 태평스런 가을과 같은 것이다. 하늘은 하늘이고, 땅은 땅이며, 큰 것은 큰 것이고 작은 것은 작은 것이며, 짧은 것은 짧고 긴 것은 길며 꽃은 꽃이고 풀은 풀로서 각각 제 형상을 드러낸다. 형상(形狀)을 왕성하게 하는 것은 마음의 본체이니 본체가 아닌 것으로써 본체가 된 것이니, 사물이 모두 본체이며 현상〔用〕이 아닌 것으로 현상이 된 것으로 모두가 현상이다.109) 현상의 허망함을 인정하고, 나아가 진성 본체를 탐구하는 단계라 볼 수 있다. 곧 나타난 현상 그대로가 묘용이므로 집착하지 않고, 자비심으로 대중을 구제하는 경지라 볼 수 있다.

이미 깨달은 자가 현실의 문제를 끝까지 파고들어 그 문제의 해결 방안을 찾아내 사부대중을 이끄는 것과 같은 경지가 바로 편중지이다.

⑤ ● 겸중도(兼中到)

겸대(兼帶)마저도 버려야 한다는 경지이다. 편과 정, 유와 무, 일체의 회호(回互), 일체의 거두고 놓음 등의 겸대마저 버리고 다시는 일어나지 않아야 하는 경지이다. 단련하고 단련하여 달은 차갑고 바람은 맑으며, 씻고 또 씻으매 강은 맑고 밤은 명랑하니, 이것이 대인의 경지로 자유자재로 활보하는 경지이다. 진성이라는 의식까지 없이 자유자재한 상황을 나타낸다. 불국토〔刹〕가 말하고, 티끌이 말하고, 법계(法界)가 말하고, 중생이 말하고, 부처가 말하고, 보살이 삼세 일시에 말하여 다하지 못한다고 하더라도 그것은 좁은 소견〔管見〕일 따름이다. 그럼 어떻게 좁은 소견을 여읠 것인가? 김시습은 말한다. 내년에 새로 난 가지

---

109) "天子不以至治自矜　而歸功於將　將軍不以大功自伐　而歸德於帝　此太平之秋也
……(中略)……能使天天地地大大小小短短長長花花草草　各逞形狀　此心之眞體　非
體爲體　物物皆體　非用爲用　頭頭全用."(위의 책, 405~406쪽.)

가 있어 봄바람에 어지럽게 흔들리며 끝끝내 쉬지 않는 것이다.110) 뭇 인연에 응하면서 어디에도 치우침이 없는 중도(中道)의 경지를 가리키는 것이라 하겠다. 군신오위의 군신합(君臣合)과 같은 것이다.

겸중도는 치우침이 없이 만물이 화합하는 경지이며, 깨달은 자의 측면에서 보자면 자유자재한 삶이 계속되는 경지이다. 어디에도 구애받음이 없는 자유인의 세계가 이 겸중도가 말하는 경지이다. 결국 선 수행자가 도달해야하는 세계가 이 세계이니 앞선 정편오위의 네 사상들도 결국 겸중도를 향해 있다고 말해야 할 것이다.

3) 法性圓融의 儒·佛·道 조화론

현상즉본체의 세계관, 중도적 실천법을 드러내는 김시습의 사상은 그가 들여다본 성리학의 본체론과도 매우 유사한 구도를 지니고 있는 것처럼 보인다. 그는 「태극설(太極說)」에서 다음과 같이 말했다.

> 태극은 음양이요 음양은 태극이나, 이것을 태극이라 하고 또 다른 극이 있다고 하면 이것은 극이 아니다.…(중략)…음양 밖에 또 따로 태극이 있다면 음양을 음양 되게 할 수 없을 것이요, 태극 속에 따로 음양이 있다면 태극이라 할 수 없다. 음하고 양하며 양하고 음함과, 동(動)하고 정(靜)하며 정하고 동하는 것은 그 이치의 무극한 것으로 태극이다. 그 기(氣)로 말하면 동정(動靜)하고 합벽(闔闢)하니 음양이요…(중략)…그 성(性)이 바른 것은 태극이 음양하기 때문이다.…(중략)…"하늘이 무슨 말을 하랴? 하지만 사시(四時)가 운행하고 백물이 난다."(『논어』)고 하

---

110) "摧殘兼帶 …(中略)…偏正有無 一切回互 收放 凡有機關兼帶 棄之 不復拈起也 …(中略)…鍊之又鍊 月冷風淸 洗之又洗 江澄夜朗 若是沒量大人 從容恣步 …(中略)…刹說塵說法界說衆生說佛說菩薩三世一時說 窮劫不盡 亦是管見 未審 將何 離管見 明年更有新條在 惱亂春風卒未休."(위의 책, 398~403쪽.)

였으니, 이것은 오직 하나의 태극 때문이요, "솔개는 하늘에서 날고, 물고기는 연못에서 뛰논다."(『중용』) "군자의 도는 부부에서 발단된다."(『중용』)하였으니, 이는 사람의 도리는 보이지도 아니하고 들리지도 않으면서 어느 사물에나 있지 아니함이 없고, 어느 때나 그리 되지 아니함이 없는 것으로 다만 일관(一貫)의 도가 있기 때문이다. 그러므로 태극의 도는 음양일 따름이요, 일관의 도는 충서(忠恕)일 뿐이다. 오직 이 밖에는 다시 남은 말이 없으니, 말이 남았다면 모두 공적(空寂)에 빠져 이른바 극(極)을 잃은 것이 분명하다. 111)

그는 태극이 음양을 낳는다고 하고, 음양 밖에 따로 존재하는 태극이 없다고 했다. 그리고 음양은 기(氣)의 차원에서 동정(動靜)과 합벽(闔闢)하는 것을 일컫는다고 했다. 이와 같은 인식은 앞서 살핀 화엄사상의 논리 전개 과정과 매우 흡사하다. 본체인 화장법계는 태극과 유사하며, 현상은 기로서의 음양이 만들어내는 영역에 닿아 있으며, 본체인 화장법계가 현상계에 두루 존재한다는 본체즉현상이라는 논리와 위의 진술은 유사한 면이 있다. 그런데 김시습이 인용하고 있는 '태극'은 우주 만물의 원리이자 법칙으로서의 '리(理)'이지, 앞서 살핀 법성진여(法性眞如), 진공(眞空)의 '리(理)'와 동일한 것으로 파악될 수는 없다. 김시습은 리와 관련하여 다음과 같이 언급하고 있다.

성과 리는 두 가지가 아니다. 선유(先儒)의 말에, 성(性)이 곧 리이

---

111) 金時習, 『梅月堂集』 권20, 「太極說」, "太極 陰陽也 陰陽 太極也 謂之太極別有極 則非極也…(中略)…陰陽外別有太極 則不能陰陽 則不可曰太極 陰而陽 動而靜 靜而動 其理之無極者 太極也 其氣則動靜闔闢而陰陽也 …(中略)…其性之正者 太極之爲陰陽也…(中略)…天何言哉 四時行 百物生者 唯一太極也 鳶天魚淵 造端乎夫婦 人道 不賭不聞 而無物不有 無時不然者 只是一貫也 故太極之道 陰陽而已矣 一貫之道 忠恕而已矣 惟此而外 更無餘語 餘語則皆淪於空寂 以失其所謂極也審矣."

니, 하늘이 준 바요, 사람이 받는 바로서 참다운 이치가 내 마음에 갖추
어진 것이다. 처음부터 나에게는 물체가 있는 것이 아니고, 다만 인·
의·예·지가 혼연하게 있는데, 그것은 지극히 선하여 악이라고는 조금
도 없어서 요순 같은 이나 길 가는 보통 사람이나 처음에는 조금도 다름
이 없는 것이다.…(중략)…명덕(明德)이란 사람이 하늘로부터 얻은 바
허령(虛靈)하여 어둡지 않은 것으로서, 모든 리를 갖추고 있어 온갖 일
에 응할 수 있는 것이다. 무릇 원·형·이·정(元亨利貞)은 하늘의 덕이
요, 인·의·예·지는 성의 덕이니, 하늘은 네 가지 덕으로써 능히 운행
을 하여 쉬지 아니하고 만물을 변화 육성하는 것이다. 그러므로 군자는
이것을 체득하여 내 몸에서 얻으면 나에게 있는 성이 선하지 아니함이
없고, 물건에 미치는 덕이 정성스럽지 아니함이 없는 것이다. 그러므로
속에 있는 것을 리라 하고, 마음에서 얻는 것을 덕이라 하고, 사물에서
발하는 것을 행이라 한다.”112)

　음양의 시종을 언어와 형적(形迹)으로 말할 수는 없다. 그러나 천지
가 만물을 생생하는 도리를 일러 망령됨이 없다〔無妄〕고 한 데 지나지
않으니, 그것은 오직 실리(實理)일 따름인 것이다.113)
　저 추위와 더위가 왕래하고 일월이 교대로 밝으며 밤낮이 오가는 도
리는 곧 리(理)가 저절로 그러한 것이다.114)

천지만물의 변화에는 법칙이자 원리라고 할 리가 있음을 말하고 있

---

112) 金時習, 『梅月堂集』 권17, 「雜著 －性理 第三」, “性與理都無兩般. 先儒云 , 性
　　卽理也. 天所命人所受, 而實理之具於吾心者也. 盖初非有物, 但是仁義禮智之
　　在我渾然. 至善未嘗有惡, 堯舜塗人, 初無少異.…(중략)…明德者人之所得乎.
　　虛靈不昧, 以具衆理, 而應萬事者也. 夫元亨利貞, 天之德, 仁義禮智, 性之德
　　也. 天以四德, 能運行不息, 化育萬類. 故君子體之, 以得於吾己, 則性之在我
　　者, 無有不善. 德之及物者, 無有不誠. 故云, 存諸中之謂理, 得之心之謂德, 發
　　於事之謂行.”
113) 같은 책 권20, 「生死說」, “陰陽之始終, 不可以語言形迹. 稱然天地生生之道, 不
　　過曰無妄, 惟實理而已.”
114) 같은 책 권20, 「鬼神說」, “夫寒暑往來, 日月代明, 晝夜之道, 則此理之自然之.”

으며, 마음에 내재하는 인·의·예·지를 성의 덕이라 하여 "온갖 일에 응할 수 있게 하는" 것이라 언급하고 있다. 리를 절대화하지는 않으면서 '진리', '법칙', '원리'로서의 리를 언급하고 있는 것이다. 김시습이 화엄의 법성진여, 진성(眞性)을 궁극적 진리로 여겼다면 그와 부합하지 않는 이와 같은 성리학의 '리'를 자세하게 왜 논했던 것일까? 그와 관련해서는 「단하자순선사오위서(丹霞子淳禪師五位序)」의 다음과 같은 진술이 답변이 될 수 있다.

> ●은 정(正)이니 진성(眞性)의 체(體)요, ○은 편(偏)이니 진성(眞性)의 용(用)이다. 진성(眞性)은 원융하여 체용을 아울러 갖추었고, 이사(理事)가 아울러 뚜렷하여 만유(萬有)에 처하되 넓지 아니하고 한 티끌에 있되 좁지 않다. (진성은) 만상(萬相)이 고요하되〔頓寂〕 숨기지 않으니 음(陰)의 정(靜)과 같지 아니하고, 천차만별 촘촘히 늘어서 있되 젖지 않으니 양(陽)의 동(動)과 같지 아니하다. (진성은) 천지에 앞서되 시작이 없고, 천지의 뒤에 있되 그 끝남이 없어서 명구(名句)로 헤아릴 수 없으며, 말과 생각으로 가히 미칠 수 있는 것이 아니다. 또한 경서에서 논하고 있는바 도(道)와 함께 태극(太極)을 일컫는 것도 아닌 것이다. 그러나 불법(佛法)이 다만 이러하다면 문득 육지가 가라앉음을 볼 것이니, 어찌 불법의 등불〔燈燈〕을 계속 비출 수 있겠는가. 동산(洞山)이, (사람들이) 맹호의 입 속에서 고기를 빼앗고, 사나운 용의 아래턱 아래에서 구슬을 빼앗을 때 근심하고 두려워함을 벗어나지 못하므로 세간의 논하는 바의 사(事)로써 구부려 첫 기틀을 잡게 했다. (동산은) 그리 하기 위하여 이권(二圈)을 펼쳐서 부연해 다섯〔五〕으로 하였다. 만일 헤아리기 어려울 정도의 대인〔沒量大人〕이라면 입을 열기 이전에 깨달음을 얻을 것으며〔薦得〕, 만일 혹 그렇지 못하다면 바라건대 모름지기 자세히 보라. 다만 이 일권(一圈)이라.115)

---

115) 『曹洞五位要解』, 「丹霞子淳禪師(洞山)五位序」, "● 正 眞性之本 ○ 偏 眞性之用 眞性圓融 體用兼該 理事雙彰 虛萬有而不廣攝一塵而不窄 萬相頓寂 而不隱

김시습은 주자(周子)의 「태극도」에 대한 '주자해(朱子解)'의 협주로 이와 같은 진술을 하고 있다. 여기서 그는 진성(眞性)을 설명하면서 '경서에서 논하고 있는바 도와 함께 태극을 일컫는 것도 아닌 것'이라 하였다. 그러면서 세속의 사람들이 현실을 부정하고 불법의 등불을 부정하는 사태를 막기 위해 동산(洞山)이 사(事), 즉 세간의 논의를 빌려 첫 기틀을 잡은 것이라고 밝히고 있다. 진성이 참된 것이로되 유·도 본체론의 근본이 되는 '태극'을 방편으로써 수용했다. 앞서 살폈지만, 기일원론을 자신의 사상으로 삼고 조동오위 사상을 끌어들였다고 보는 최귀묵의 주장116)은 주객이 전도된 논리를 편 것이다. 김시습은 진성(眞性), 나아가 조동선(曹洞禪)의 정편오위(正偏五位) 사상을 드러내기 위해 주역의 음양오행과 주희(朱熹)의 태극도 해석을 끌어들였던 것이다.

그렇다면 그는 불교의 진성을 밝히면 될 것이지 굳이 유·도(儒·道)를 밝히는 서술을 왜 했던 것인가? 유·도 역시도 치우침이 없지 않으나 부분적 진실을 담고 있다고 판단했기 때문이다. 진성은 현실계 밖에 존재하는 것이 아니라 만유(萬有)에 처해 있는 것이며, 유·도의 논리 역시 진성의 현현(顯現)이 아닐 수 없다. 그런데 유·불·도의 모든 주장들이 진정한 진리를 표현하고 있는 것은 아니다. "중생의 본유 진성은 원명청정(圓明淸淨)하여 더러움에 있어도 때 묻지 않고 닦아도 깨끗해지지 않는 것으로, 번뇌가 덮으면 숨고 지혜로 깨달으면 나타나는 것"117)

不同 隱之靜也 千差森列 而不露不同 陽之動也 先天地而無其始 後天地而無其終 非名句可數 非言思可及 則亦非經書所論道 無太極之稱 然 佛法只恁麼 便見陸地平沈 豈有燈燈續焰 洞山向猛虎口中奪肉 獰龍頷下穿珠 未免㘞㘞怛怛 以世所論之事 俯爲初機 權設二圈 衍而爲五 若是沒量大人 未開口尼前薦得 如或未然 請須仔細看 只是一圈."(민영규 교록, 앞의 책, 416~417쪽.)

116) 최귀묵, 앞의 책.

117) 知訥, 『圓頓成佛論』, "亦是衆生 本有眞性 圓明淸淨 處染不垢 修治不淨 煩惱覆地則隱 智慧了之則現 非生因之所生 唯了因之所了者也."(『韓國佛敎全書』 4, 729쪽.)

이라는 의미에서, 유·불·도의 주장들이 일정 부분 타당성을 지니고 있되 모든 주장이 망집을 완전히 제거한 상태는 아닌 것이다. 이러한 입장은 일찍이 종밀(宗密)의 일승현성교(一乘顯性敎) 곧 진성을 밝히는 화엄사상에 근본을 두고 유·도를 회통한 것과 같은 논리가 작용한 것이다.

> (이하는 유가와 도가의 주장을 회통한다. / 종밀) 기질을 타고나는데 (그들의 주장을 회통하여 기를 근본으로 삼는다./ 종밀), 그 기는 문득 사대를 갖추어 점차 여러 감각기관을 완성하고, 마음은 문득 사온을 갖추어 점차 여러 식을 완성한 다음 열 달이 차서 출생한 것이 사람이니, 우리의 현재 몸과 마음이 그것이다. 따라서 몸과 마음은 각각의 근본이 있고 두 종류가 화합해야 비로소 한 사람이 형성됨을 알 수 있다. …… 그러나 타고난 기는 그 근본을 추론하면 합일된 원기(元氣)이고, 일어난 마음은 그 근원을 궁구하면 진일(眞一)의 영명한 마음(靈心)이다. 궁극적으로 말하면 마음 바깥에 다른 존재가 있지 않으니 원기 또한 마음에서 전변된 것이다.118)

종밀은 우선 유가와 도가가 밝히는 기(氣)와 마음을 근본으로 하여 사람이 생겨나는 과정을 서술하되 그 주장을 부정하지 않는다. 그렇지만 그러한 것들은 마음 바깥에 존재하는 것이 아니며, 원기(元氣) 또한 마음에서 전변된 것이라고 주장함으로써, 결국에는 진성(眞性)의 용(用)이라 보는 것이다.

---

118) 宗密, 『原人論』, 「會通本末」, "(自註 : 此下方是儒道二敎亦同所說) 稟氣受質 (自註 : 會彼所說 以氣爲本) 氣則頓具四大 漸成諸根 心則頓具四蘊 漸成諸識 十月滿足 生來名人 卽我等今者身心是也 故知身心各有其本 二類和合 方成一人……然所稟之氣 展轉推本 卽混一之元氣也 所起之心 展轉窮源 卽眞一之靈心也 究竟言之 心外的無別法 元氣亦從心之所變."(馮友蘭 저, 박성규 역, 『중국철학사』하, 까치, 1999, 413~414쪽, 재인용.)

천(天)이 효(曉)하여도 음회(陰晦)한 것이로다. (다음은 김시습의 주) 천(天)은 설문(說文)에 이르되 지극히 높고 위가 없는 이름이다. 뒤따르는 것이 일대(一大)이니 일(一)은 그 체(體)를 말함이요, 대(大)는 그 용(用)을 말함이다. 지극히 높으면 미칠 수 없고, 위가 없으면 상대할 수 없는 것이니 이는 청정광결(淸淨光潔)하여 가장 존귀하고 뛰어남을 일컫는 것이니, 성체(性體)가 청정하여 일체 세간의 색량(色量)이 도달할 수 없음을 비유한 것이다. 효(曉)는 이 명암이 처음에 나누어질 때이니 만법색량(萬法色量)이 도달할 수 없는 곳에 작은 부분의 신령스럽게 빛나는 빛〔灵明炳煥〕의 도리(道理)가 있음을 비유한 것이다.

음(陰)이란 원기(元氣)의 닫힘(闔)이니 닫아 감출〔閉藏〕 때요, 양의(兩儀)에서는 지(地)에 속하여 역(易)의 곤(坤, ☷☷)이니 순음(純陰)의 괘다. (음은) 암말〔牝馬〕의 곧음〔貞〕의 모습〔象〕과 도탑고 두터워 물건을 실은 체(體)가 있어서, 하늘 운행〔天行〕의 튼튼함〔健〕을 받아 만물을 돕고〔資始〕, 두텁고 무거워 물러서지 않음〔厚重不還〕의 뜻을 취함이니, 법성(法性)이 고요함을 이뤄〔凝寂〕 움직임이 없는 해탈〔不動解脫〕임을 비유한 것이다. 회(晦)는 전한(前漢) 율력지(律曆志)에 이르되 일월이 서로 합하여 달이 해의 시진함이 됨을 회(晦)라 이른다 하니, 회(晦)하면 밝음이 생겨나는 것이다. 또 「참동계」에 이르되 ☷☷곤을(坤乙) 30일에 동방이 상기명(喪其明)이라 ●☳. 절진상여(節盡相與)하여 체(體)를 이어서 다시 용을 낳는 것이라 하거늘, ◖☳ 경(庚) 전양자(全陽子)가 발휘하여 이르되 일월이 합벽(合璧)한 후에 양(陽)이 또 음의 선여(禪與)를 받아서 다시 변해 진(震)이 되나니 진(震)은 용이 되는지라, 일양(一陽)이 이음(二陰) 아래에서 움직임이 진(震)이다. 깊은 연못 아래에 동물이 있으니 어찌 용이 아니랴 하니 색(色), 공(空), 숨고 드러남〔隱顯〕이 서로 단멸(斷滅)하지 않음을 비유한 것이다. 음(陰)은 제법(諸法)의 소연(所緣)이 성(性)이 있지만 움직이지 않고〔不動〕, 회(晦)는 제법(諸法)의 소기(所起)가 저절로 함이로되 모습이 없으니〔無相〕, 무상무동(無相不動)이 편중(偏中)의 정위(正位)인 것이다.119)

---

119) 『曹洞五位要解』, "天曉陰晦 : 天 說文云 至高無上之名字 從一大 一 言其體 大

　위 인용은 김시습이 「동산오위(洞山五位)」의 '천효음회(天曉陰晦)'에 대해 주를 한 부분이다. 그는 먼저 하늘[天]과 새벽[曉]을 비유해 진성본체(眞性本體)를 말한 것이라 했다. 그리고 음(陰)을 해석해 나가는데, 원기(元氣)의 닫힘[闔]이 음(陰)이란 표현을 끌어들여 혼란을 낳게끔 했다. 유교나 도교의 기(氣)를 생각하는 사람이 이 부분만을 본다면, 김시습이 '원기의 합(闔)이 음'이라 했다면, '원기의 벽(闢)은 양'이라 본 것이요, 조동오위의 정편(正偏)을 기(氣)의 운동·변화로 보았다는 추론을 하게 한다. 그러나 전후 문맥을 살피고 보면 '원기의 닫힘'이라고 보는 '음'은 유·도에서 말하는 '음'을 옮긴 것이라는 것을 알 수 있다. 그런데 그 '음'은 '법성이 고요함을 이뤄 움직임이 없는 해탈'을 비유하는 것이라 했다. 유·도에서 말하는 기(氣)의 이의(二儀)인 음양(陰陽) 개념을 활용하여, 음(陰)을 편중(偏中)의 정위(正位)임을 나타내는 데 사용했음을 밝혔던 것이다. 이는 유·도의 기, 음양 개념을 끌어다 정편오위를 설명했던 선가(禪家)의 전통을 그대로 따른 것으로, 김시습이 성리학이나 도교를 거부한다기보다 그것들의 부분적 진실을 수용했다는 것을 보여주는 것이다. 「태극설」, 「생사설」과 같은 성리학의 태극(太極), 리기(理氣) 등의 개념을 말할 때에도 이러한 입장을 갖고 있었던 것으로 볼 수 있다.

　그렇지만 그의 성리학 수용은 어디까지나 방편으로서의 의의를 갖는

言其用 至高則不可及 無上則無對 是淸淨光潔 最尊最勝之稱 喩性體淸淨 一切世間 色量不到 曉 是明暗初分之時 喩萬法色量不到處 有些靈明炳煥底道理 陰者 元氣之闔 閉藏之時 而於兩儀屬地 易之坤☷☷ 純陰之卦也 有(牧)馬貞之象 敦厚載物之體 取承天行健 而資始万物 厚重不還之義 喩法性凝寂 不動解脫也 晦 前漢律曆志云 日月相合 月 爲日消盡 謂之晦 晦則明生矣 又參同契云 ☵坤乙三十日 東方喪其明 ●☵卽盡相禪與 繼體復生龍 ◐☵庚全陽子發揮 云日月合壁之後 陽 又受陰之禪 復變爲震 震爲龍 一陽動於二陰之下 震也 重淵之下 有動物 豈非龍乎 喩色空隱顯 不相斷滅之義 陰則諸法之所緣有性而不動 晦則諸法之所起 有自而無相 無相無動 偏中正位 要識偏中正位麽."(민영규 교록, 앞의 책, 409~411쪽.)

것이었다. 그래서 그는 선불교에서 본체를 절대화하지 않듯이, 성리학의 '태극설'이나 '리기론'을 끌어들였지만, 다른 성리학자들처럼 물리적인 리(理)를 도덕적인 리의 차원으로 끌어들여 '절대화'하는 것을 거부했다. 리를 끌어들일 수는 있어도 그것은 어디까지나 방편(方便)으로서의 의미만 지닐 따름이기 때문이다. 그는 성리 개념을 설명하다가 "석씨(釋氏)가 작용을 논한 것은 다 기로 하여 리를 빼 놓은 것"120)이라 했다. 유교에서는 불교가 "작용을 본성으로 본다(作用是性)"고 비판하는데, 그것은 석씨가 리를 빼버렸기 때문이라는 것이다. 성리학에서 말하는 규범이자 원리인 리의 파악은 끊임없는 생각과 분별을 요구하게 되며, 선불교에서 원융무구(圓融無垢)를 말하면서 "리에 대한 의식은 리에 대한 집착을 완전히 떨치지 못하고 이치를 깨우치는 데 장애가 되니 철저하게 없애버리라는"121) 리장설(理障說)을 김시습은 의식했던 것으로 보인다. 그의 행적 속에 등장하는 『원각경』에도 이 리장설은 등장한다.

> 무엇이 두 가지 장애인가? 하나는 리장(理障)이니 바른 지견(知見)을 장애하는 것이요, 다른 하나는 사장(事障)이니 모든 생사를 상속함이니라. 무엇이 오성(五性)인가? 선남자여, 만약 두 가지 장애를 단멸치 못하면 성불하지 못한 것이라 한다. 만약 모든 중생들이 영원히 탐욕을 버리되 먼저 사장은 제했으나 이장을 끊지 못하면 단지 성문·연각에 능히 깨달아 들어감이요, 능히 보살의 경계에 머무르지 못하느니라.122)

바른 지견을 방해하는 리장을 말하고 있다. 선불교와 유학의 리는

---

120) 金時習, 『梅月堂集』 권17, 「雜著 -性理 第三」, "釋氏之作用, 皆以氣而遺其理."
121) 아라키 켄고, 김석근 역, 『불교와 양명학』, 서광사, 1993, 64쪽.
122) 大唐罽賓三藏佛陀多羅 譯, 『大方廣圓覺修多羅了義經』, 「彌勒菩薩章 第五」, "云何二障, 一者理障, 礙正知見. 二者事障, 續諸生死. 云何五性, 善男子, 若此二障, 未得斷滅, 名未成佛. 若諸衆生, 永捨貪欲, 先除事障, 未斷理障, 但能悟入聲聞緣覺. 未能顯住菩薩境界."

동일하다 볼 수 없다. 유학은 정리(定理), 천리(天理)를 규정해 두고 그 것을 실천하게 하는 것이라면, 선은 그 이치[理]를 규명하느라고 원각 (圓覺) 얻기를 저버리는 것을 거부한다. 유학은 실천의 근거인 리를 저 버릴 수 없고, 선은 원각 없는 자아와 사회의 변혁은 허위라고 보는 것 이다. 강조점이 다르니 둘 사이의 관계는 대립되는 듯하다. 여말선초에 벌어진 유불논쟁은 이 지점에 서 있는 것이다. 억불숭유의 기치를 내건 조선 초에 정도전이 중심이 되어 배불론이 전개되었고, 그에 대해 기화 (己和)의『현정론(顯正論)』이나 저자가 분명치 않은『유석질의론(儒釋質疑 論)』은 유·불·도의 원리적 동일성을 말하기도 하고 한편으로는 우월론 을 들면서 대응해 나갔던 것이다.[123] 성리학자들은 끊임없이 성리학적 리(理) 개념에 빠져 불교가 그것을 저버린다고 비판하면서 공존의 틀을, 현실 사회의 실제적인 문제를 도외시하는 상황[124] 속에서 김시습은 선 불교적 현실주의의 입장에 서서 유불의 관계를 대립이 아닌 공존의 관계 로 보려 했으며, 성리학적으로 절대화된 리를 방편적으로 이용하려 했 다. 다음은 그러한 공존의 논리를 펴고 있는 예이다.

> 불교의 근본 뜻은 자애를 우선으로 삼는 것이니, 임금 된 자로 하여금 백성을 사랑할 바를 알게 하고, 아비 된 자로 하여금 자식을 사랑할 바 를 알게 하고, 남편 된 자로 하여금 아내를 사랑할 바를 알게 하여, 위로 는 그릇되고 어긋난 정치가 없게 하고, 아래로는 죽이고 반역하는 생각

---

123) 박해당, 「조선 전기의 호불론과 삼교론」, 『자료와 해설 한국의 철학사상』, 예문서
    원, 2001.
124) 유불의 조화를 꾀하였다는 입장은 정주동(『매월당 김시습 연구』, 민족문화사,
    1961, 315~322쪽.)에 의해서 일찍이 제기되었다. 그는 '유불의 조화를 꾀하여
    불교의 존재성을 합리화하는 데' 있었음을 명확히 했다. 또한 "선의 이치가 수시
    수처 變에 응하는 中庸의 이치와 다름이 없음을 말하였다"라고 했다. 탁견이라
    말하지 않을 수 없다. 그런데 이러한 유불의 조화론은 선불교적 현실주의의 궤
    안에 놓여 있는 것이라 하겠다.

을 버리게 함으로써, 천하의 사람으로 하여금 다 편안하고 무사하게 살
면서 농사와 누에치기에 힘쓰고, 처자를 기르고, 어른을 공경하고, 어린
이를 보살피게 하는 것이다. 그러므로 비록 인(仁)이니 의(義)니 하는
말은 없으나 죽이지 않고 도둑질하지 않는다는 깨우침이 이미 인과 의의
자취를 드러낸 것이니, 왕실을 복되게 돕고 백성을 길이 편안하게 하는
공이 또한 더할 바 없는 것이다.125)

자애와 인의가 전혀 다른 것이 아니라 했다. 모두가 현실 사회의 왕
과 백성이, 아비와 자식이, 남편과 아내가 현실 속에서 편안하게 살아가
도록 하는 것이니 다를 바가 없다고 한다. 이러한 그의 사상은 「인군의
(人君義)」, 「인신의(人臣義)」, 「애민의(愛民義)」에서 좀더 구체화되고, 나
아가 만물을 사랑하는 도리가 「애물의(愛物義)」로 나타나기에 이른
다.126) 현실 속 모든 이들이 편안하게 살게 만드는 데 불교도 유교도,
거기에서 말하는 자애도 방편이요, 인의도 방편인 것이다. 그 모든 것은
그가 "달을 실은 배가 동쪽 서쪽 기슭에 부딪치지 않는 것은 오직 뱃사
공의 마음 씀이 좋은 줄을 믿어야 한다."127)고 말하는 방편의 의미를
지녔던 것이다.

도교와 관련해서도 그는 도교사상을 절대화하지 않고, 형이상학적
철학 사상은 거부하면서 『황정경(黃庭經)』 중심의 수련 방식은 수용하는
면모를 보여주었다.128) 그런데 노장의 철학에 대해서는 다음과 같이 부
정적인 입장을 취한다.

---

125) 金時習, 『梅月堂集』 권16, 「雜著-松桂 第四」.
126) 金時習, 『梅月堂集』 권20.
127) 金時習, 『梅月堂別集』 권1, 『妙法蓮華經別讚』, "月船不把東西岸, 須信篙人用
　　　意良."
128) 양은용, 「淸寒子 金時習의 丹學修練과 道敎思想」, 『梅月堂學術論叢-그 文學과
　　　思想』, 강원대학교인문과학연구소, 1988, 105~121쪽.

저 노장(老莊)이 말하는 도(道)란 희이(希夷)하고 황홀하여 보아도 보이지 아니하고, 들어도 들리지 아니하며 쳐도 칠 수 없고, 만나도 그 머리를 볼 수 없고, 따라가도 그 뒤를 볼 수 없는 것이다. 몸은 진실로 마른 나무와 같게 할 수 있고, 마음은 진실로 식은 재와 같게 할 수 있어, 바로 그대로 담이나 벽이나 나무나 돌이 될 수 있어서 이것을 도(道)라고 이른다면 세상을 경륜(經綸)하는 기강이나 도를 닦는 교훈으로서는 전혀 들을 바 못 된다.129)

김시습은 도교의 호흡법과 관련된 부분에서는 긍정적 입장을 취하고 있지만, 노장이 표현하는 도에 대해서는 확실하게 부정하고 있다. 그는 노장이 무위자연(無爲自然)이라 하여 도를 자연의 영역으로 돌리고, 인간의 마음을 통해 얻는 바를 말하지 않는 데에 문제를 제기하고 있다. 실상 노장이 말하는 도는 천지만물이 '유(有)'에서 생겨나고 '유'는 '무(無)'에서 생겨났다130)고 하고, 태극(太極)보다 더 위에 존재하는 것131)이라고 하였다. 그러한 도에 대한 비판이니 성리학의 입장에서 비판한 것이요, 한편 생각해보면 현상즉본체의 현실주의 사상을 지닌 김시습으로서 당연히 부정할 수밖에 없는 주장인 것이다. 진성(眞性)인 현상 세계 밖에 또 다른 세계를 설정하는 것은 그릇된 생각이기 때문이다.

한편 그는 "무릇 기(氣)를 먹는다는 것은 외부와의 인연을 끊고 온갖 잡사를 버리고 모름지기 오신(五神, 心肝脾肺腎)을 지키고 사정(四正, 言行 坐立의 正)을 따르는 것이다."132)라고 하여 기를 기르는 법을 수용하였

---

129) 金時習, 『梅月堂集』 권17, 「雜著-性理 第四」, "彼老莊之言道者 希夷恍惚 視之不見 聽之不聞 搏之不得 迎之不見 其首隨之 不見其後 身固可使如槁木 心固可使如死灰 直偌墻壁木石而謂之道 則其於經世紀綱修道之敎."
130) 『老子』 40장, "天地萬物生於有 有生於無"
131) 『莊子』 「大宗師」, "夫道 …… 在太極之上而不爲高 在六極之下而不爲深."
132) 金時習, 『梅月堂集』 권17, 「雜著-服氣」, "夫服氣者 屛外緣去諸塵 須守五神 從四正."

다. 기식(氣息)은 일찍이 불교 사상 안으로 융합되어 들어와 관조 방법
이나 참선 수련의 입정(入定) 공부로 변화해 있었는데133), 김시습도 그
러한 사정을 이해하고 있었으며 스스로도 그러한 선정에 들곤 했다.

> 흔히 세상 사람들은 선(禪)은 곧 선정(禪定)하여 안한(安閑)한다는
> 뜻이라 말하고, 선(禪)자가 곧 생각하고 닦으며 고요히 생각한다는 말임
> 을 알지 못한다. …(중략)…대저 배우고서 생각하지 않으면 없어지며,
> 생각하고서 배우지 아니하면 위태한 것인데, 생각이란 사특한 생각이 아
> 니라 도(道)를 하는 소이(所以)를 생각함이요, 사려한다 함은 미친 사려
> 가 아니라 배우는 소이를 사려하는 것이다.134)

김시습의 선에 대한 표현은 일찍이 그가 흠모해마지않던 혜원(慧遠,
334~416)이 "삼매라 불리는 것은 무엇인가? 생각을 집중하여 고요하게
하는 것을 말한다. 생각을 집중하는 것은 하나를 오로지하여 나누지 않
는다는 말이다."135)라고 표현했던 내용과 유사함을 알 수 있다. 이처럼
김시습은 도교의 기(氣)를 수련 방법으로 변화시켜 수용한 선(禪)을 수
용하면서, 도교의 형이상학적 사상을 거부하면서도 기식(氣息)에 대해서
는 인정하고 있었던 것이다.

다음으로는 불교에 대한 입장을 살펴볼 차례이다. 일차적으로 그는
법성진여의 관점을 견지하면서 선교(禪敎)를 모두 인정한다고 밝히고 있
다. 교종에 대한 긍정의 입장을 밝히는데, 그는 먼저 불법을 천양(闡揚)
하기 위해서는 언어가 필요함을 긍정한다.

---

133) 張立文, 김교빈 외 역, 『기의 철학』, 예문서원, 2004(재판), 221~222.
134) 金時習, 『梅月堂集』 권16, 「雜著-無思 第一」, "夫世人稱禪 是禪定安閑之意 未
    知禪字乃思修靜慮之稱…(中略)…盖學 而不思 則罔思 而不學則殆 思非邪思 乃
    思其所以爲道 慮非狂慮 乃慮其所而爲學."
135) 『廣弘明集』 권30, "夫稱三昧者何 專思寂想之謂也 思傳 則專一不分."

　　말이란 마음에서 나온 것이요, 마음이란 말의 종이니, 비유하여 보면
마치 태화(太和)의 기운은 본래 형체와 소리가 없는 것이지만 형기(刑
器)를 빌려 격발(激發)을 하면 율려(律呂)가 되는 것과 같아서, 원융한
법도 본래 이름이나 형상이 없는 것이지만, 말과 문구〔語句〕를 빌려 연
설을 하면 경과 논이 되는 것이다. 율려가 이념 태화를 표상할 수가 없
으며, 경론이 아니면 원융한 법을 천양하여 밝힐 수가 없는 것이다.136)

　　원융한 법은 명상(名相)이 없으나 어구(語句)를 빌려야 그 법을 천양
하여 밝힐 수 있다고 했다. 교종에 대해 인정하는 것이다. 그러면서 그
는 선교 간의 갈등을 극복하여야 함을 다음과 같이 말하고 있다.

　　그러므로 경론도 역시 법성(法性)의 풍규(風規)로서 삼세의 모든 부
처의 큰 뜻이라 하겠다. 어찌하여 그러한가? 정법의 시대가 이미 멀어진
지 오래 되었기에 부처의 가르침이 점점 엷어져서 부처의 종승(宗乘)을
참구하는 자들은 교망(教網)을 가리켜 갈등(葛藤)이라 배척하고, 부처의
경전을 연구하는 자들은 단전(單傳)을 가리켜 벽관(壁觀)만 한다고 배척
한다. 그래서 이치는 통하지만 일에는 걸리는 자가 있는가 하면, 일에는
통달하지만 이치에는 어두운 자가 있어서, 드디어 원융하여 둘이 없는
법으로 하여금 변하여 고체(固滯)하고 한 가지만 주장하는 것으로 되었
다. 이에 인도에서는 하수 물줄기가 갈리듯 나누어졌고, 중국에서는 종
파를 달리하여 평등한 자비에서 스스로 서로 모순이 되었으니 참으로 슬
프다 하겠다.137)

---

136) 『大華嚴法界圖序』, "言者 心之發也 心者 言之宗也 譬如太和之氣 本無刑聲 假
　　形器而激發則爲律呂 圓融之法 本無名相 假言句而演說則爲經論 非律呂 無以
　　像太和 非經論 無以闡圓融."
137) 『大華嚴法界圖序』, "則經論者 亦是圓融法性之風規而三世諸佛之大意也 奈何正
　　法已遠 佛教澆漓 參佛乘者 指教網爲葛藤 討佛語者 斥單傳爲壁觀 有通理而礙
　　於事者 有達事而昧於理者 遂使圓融無二之法 變爲固滯守一之物　迺至乾竺分
　　河 震旦異宗 則平等之慈 自相矛盾 良可悲夫."

　　선종은 교종을 갈등이라 배척하고, 교종은 선종을 좌선만 한다고 배척하는 사정을 밝혔다. 원융하여 둘이 없는 법을 이치만 통하고 일에 걸리거나 일을 통달하고서 이치에 걸리는 폐단이 있음을 말한다. 종파를 떠난 원융의 법을 깨닫게 하기 위해 선교가 따로 있을 수 없다는 입장을 김시습은 밝히고 있는 것이다. 이러한 입장에서 그는 법성진여를 깨닫게 하는 다양한 불교의 방편들을 긍정했다.

　　그러나 그는 불교의 방편적 성격을 이해하지 못하고 미신적 요소를 떠받드는 기존 불교의 교리에 대해서는 비판을 서슴지 않는다.

　　불교에서 말하는 가르침은 방편과 진실을 병행하는 것이며, 선(禪)은 순수하게 진실함을 가리킨다. 천겁수행(千劫修行), 삼세인연과 의정이보(依正二報), 천당지옥을 말한 것들은 모두가 사실이 아닌 것을 설정하여 사람으로 하여금 깨닫게 한 것인데, 따져보면 철이 없는 아이를 달래기 위하여 단풍잎을 주면서 돈이라고 하고 어린이의 울음을 멈추게 하려고 귀신이다 호랑이다 하면서 겁을 주는 것과 마찬가지이다. 그리고 신통력이다 변화를 부린다 하는 것도 아이를 희롱하면서 울음을 멈추게 하기 위하여 허수아비를 만들어 채붕놀이를 하는 것과 같은 것이다. 그래서 십이인연에 대한 비유를 말한 것들도 모두가 부처의 진실한 마음에서 말한 것은 아니다. 그러므로 이것은 이치를 통달한 이에게는 웃음거리가 되며, 부처 자신도 말하기를, "녹야원에서부터 발제하(拔提河)에 이르기까지 이 두 곳 중간에서 일찍이 한 자도 말한 것이 없으며, 다만 기의(機宜)만을 곡진하게 따랐을 뿐이다."라고 하였다.138)

---

138)　金時習, 『梅月堂續集』 권1, 「釋性理經義與異端」, "佛屠家敎, 是方便權實竝行, 禪是直指純是實語. 如千劫修行, 及三世因緣, 與依正二報, 天堂地獄, 竝是虛設, 今人惑吾, 畢竟誘兒黃葉, 怖兒鬼虎. 乃至神通變化, 亦是與兒, 戲謔止啼作鬼儡棚戲耳. 是故十二部因緣, 譬喩等事, 皆非佛眞實心中所說. 故達理者, 所詆笑, 亦自云, 自從鹿野苑, 從至拔提河, 於是二中間, 未會說一字, 但曲順機宜耳."

천겁수행, 삼세인연, 의정이보, 천당지옥 등의 말은 사실이 아닌 것을 통해 깨닫게 하려는 방편이라 했다. 그런데 그러한 방편을 진실이라 착각함으로써 미신적 요소가 불교를 흩으러놓았다고 보는 것이다. 그는 양무제에 대해 말하면서도 다음과 같은 진술을 한다.

> 불교에서 화복은 인과응보가 있고, 저승에 이익이 있다는 말이 있음을 보고, 부모의 은혜를 추후에라도 보답하고 인민을 교화하여 이롭게 하려고 불교를 토론하여 그 종지를 궁구하고 길이 재를 올리고 몸을 바치는 등 이르지 않은 것이 없었으니, 그 뜻인즉 한결같았다. 그러나 아깝게도 그 형식과 방편에 치우쳐 참다운 뜻을 탐구하지 못하였으니, 부처가 마음 쓴 근원을 크게 잃어버린 것이다. 그러면 부처의 뜻이란 어떻게 하는 것인가? 크게 깨닫고 능히 인하며, 세상을 응하게 하고 중생을 교화하는 것이다.139)

그는 양무제가 부처의 본뜻을 이해하지 못하고, 형식과 방편에만 치우친 것이 문제라 하였다. 그러면서 인(仁)하여 세상을 응하게 하고 중생을 교화하는 것이 본래 부처의 뜻임을 강조한다. 「남염부주지」에서도 매우 구체적으로 불교의 폐단을 지적하는 대목이 있다.

> "저는 언젠가 불교도에게서 이런 말을 들었습니다. '하늘 위에는 천당이라는 쾌락의 곳이 있고 땅 밑에는 지옥이라는 고통의 곳이 있다. 그리고 지옥에는 명부의 시왕을 배치하여 십팔지옥의 죄수를 국문한다.'라고. 과연 그런 일이 있습니까? 또 사람이 죽은 지 칠일이 되면, 부처님께 공양드리고 재를 베풀어 그 혼을 천도하고, 왕께 정성을 드리며 종이돈을

---

139) 金時習, 『梅月堂集』권16, 「雜著-梁武 第六」, "觀釋敎, 有禍福報應, 利益幽冥之說, 擬欲追報親息, 化利人民, 討論佛敎, 窮其宗趣, 長齋捨身, 無所不至其, 志則專矣. 惜乎, 其溺於筌蹄, 而不究眞趣, 大失覺皇用心之源也. 則覺皇之志, 則如何. 大覺能仁, 應世化生."

태워 지은 죄를 대속한다고 합니다. 그렇다면 간사하고 포악한 사람들도 왕께서는 너그러이 용서하신단 말입니까?"

왕은 몹시 놀라면서 말하였다.

"그런 말을 나는 들은 적이 없소. 옛 사람이 말하기를, '한번 음이 되고 한번 양이 되는 것을 도(道)라 하고', '한번 열리고 한번 닫히는 것을 변(變)이라 하며', '낳고 또 낳음을 역(易)이라 하고', '허위가 없음〔無妄〕을 성(誠)이라 한다.'라고 하였소. 이와 같다면 어찌 건곤의 바깥에 다시 건곤이 있으며, 천지의 바깥에 다시 천지가 있겠소?"140)

천당과 지옥, 명부와 시왕, 십팔지옥, 천도재(遷度齋) 등을 문제 삼는다. 또는 염왕의 목소리를 빌려 "부처에게 재를 올리고 시왕을 제사지내는 일은 아주 허황되다."141)라고 말하고, "이승에서 죽고 저승에서 산다는 뜻"의 윤회에 대해 "정령이 흩어지지 않았을 때에는 윤회가 있을 것 같지만, 시간이 오래 되면 정령이 흩어져서 소멸되고 마오."142)라고 말하기도 한다. 이처럼 김시습은 미신적 불사나 이야기들을 비판적 입장에서 바라보고 있었던 것이다.

김시습은 유·불·도 사상이 닦아 나가는 방식은 다르다고 보면서도, 그것이 지향하는 바는 다음과 같이 다를 바가 없다고 했다.

> 삼교(三敎)가 닦아 나감에 길은 다르나
> 필경에는 지취(旨趣)가 동일하다네.

---

140) 金時習, 『梅月堂外集』권1, 「南炎浮洲志」, "僕嘗聞於爲佛者之徒, 有曰, 天上有天堂快樂處, 地下有地獄苦楚處, 列冥府十王, 鞫十八地獄, 有諸. 且人死七日之後, 供佛設齋, 以薦其魂, 祀王燒錢, 以贖其罪, 姦暴之人, 王可寬宥否. 王驚愕曰, 是非吾所聞. 古人云, 一陰一陽之謂道, 一闢一闔之謂變. 生生之謂易, 無妄之謂誠. 夫如是, 則豈有乾坤之外, 復有乾坤, 天地之外, 更有天地乎."

141) 위의 글, "至於齋佛祀王之事, 則尤誕矣."

142) 위의 글, "輪回不已, 死此生彼之義, 可聞否. 曰, 精靈未散, 則似有輪回, 然久則散而消耗矣."

주심경(註心經)을 열람해 보았더니
이해한 이는 무구자(無垢子)뿐이었어라.
석가모니에 집착하지도 않고
노자의 사관에도 들어가지 않으며
역시 우유(迂儒)도 되지 않고서
쓰르라미가 나무 포기를 지키다 죽었네.
멀리는 충막(沖漠, 혼돈)에 접하여 있고
가깝게는 이치에 더욱 가깝네.
한 번 읽자 내 우둔함을 치료하고
두 번 읽자 내 어리석음을 증명하고
세 번 읽자 솔바람이 화하여지니
굴러감이 여의주와 비슷하였네.143)

삼교는 지취(旨趣)가 동일하다고 했다. 그러면서 무구자(無垢子)만이 『주심경』을 이해했다고 했다. 무구자는 송나라 때의 무구거사(無垢居士) 장구성(張九成)을 가리킨다. 그는 예부시랑(禮部侍郞)의 관직을 했던 유자였으면서도 묘희 대혜(妙喜 大慧, 1089~1163)와의 인연으로 깨달음을 얻었고, 묘희 스님이 선(禪)의 가르침을 펼 수 있도록 도움을 준 인물이다.144) 그는 유교, 도교, 불교 어디에도 집착하지 않고 깨달음을 얻어 자유로운 삶을 살았던 인물이었던 것이다. 그런데 이런 회통의 논리에는 계속해서 살펴왔다시피 자유자재한 인간을 지향하는 선사상이 근본 바탕을 이룬 상태에서 유교와 도교를 방편적으로 수용하는 형태를 취한다는 것을 우리는 주의해서 알아야 한다.

---

143) 金時習,『梅月堂集』권9,「得註心經一部」, "三敎進修異 / 畢竟同一旨 / 我閱註心經 / 解者無垢子 / 不着瞿曇氏 / 不入柱下史 / 亦不爲迂儒 / 寒蟬守株死 / 遠則接沖漠 / 邇則彌近理 一讀砭我頑 / 再讀證我愚 / 三讀松風和 / 轉如如意珠."

144) 曇水,『人天寶鑑』.〔심경호(『김시습평전』, 돌베개, 164~166쪽.)는 무구자를 송나라 眞德守(1178~1235)로 보았으나 시의 전후 맥락을 보더라도 무구거사 장구성을 일러 말하는 것이라 보는 것이 타당하겠다.〕

결국, 김시습은 유·불·도에 얽매임 없이 '솔바람이 여의주처럼 굴러가듯' 법성진여의 세계를 노니는 삶을 추구했다. 그에게는 법성진여가 서린 이 현실을 바르게 인식하고, 중생을 구제하는 길에 유·불·도 그 어떤 것도 방편이 아닐 수 없었던 것이다.

<h1 style="text-align:center">제 3 장</h1>

<h1 style="text-align:center">선사상적 사유체계로 본 서사구조</h1>

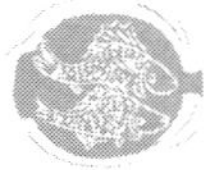

　김시습은 금오산에서 '이상한 것을 기술하여〔述異寓意〕' 석실(石室)에 간직하고는 "후세에 반드시 나를 알아줄 사람이 있을 것"이라고 말했다.[1] 그 이상한 것이란 『금오신화』를 일컫는다. 또한 그는 "풍류의 기이한 말 세세하게 적어나간다〔風流奇話細搜尋〕."라는 구절로 『금오신화』 창작의 의의를 표현했다.[2] 사물에 의탁하여 뜻을 담아 표현하는 '탁물우의(托物寓意)'의 형식과 같이 '술이우의(述異寓意)'는 기이한 것을 서술함으로써 작가의 뜻을 전달하는 것이라 볼 수 있다.[3] 그런데 '술이우의

<hr>

1) 『龍泉談寂記』, "退入金鰲山, 著書藏石室, 曰後世必有知斧者. 大抵述異寓意."
2) 『梅月堂詩集』권6, 「題金鰲新話」.
3) 김춘택, 『우리나라 고전소설사』, 한길사, 1993, 32쪽. 김춘택은 『금오신화』를 '述異寓意'의 작품이라 말하면서, "이러한 기이한 이야기형식을 통하여 인간형상을 창조하고 당대 현실의 불합리성을 보여주고 있다."라고 하여 작가의 의도가 당대 현실 비판

(述異寓意)’의 ‘이상한 것〔異〕’이란 다름 아닌 ‘풍류기화(風流奇話)’를 일컫는 것이라 하겠다. 그렇다면 이 ‘풍류(風流)’란 무엇을 가리키는 것인가?

‘풍류’에는 여러 뜻이 있되, 우선 사전에서 ‘방일(放逸), 풍아(風雅), 예법에 어긋나게 행동함〔不守禮法行異〕, 남녀간의 사귐〔男女之私〕’4) 등이 부합하지 않는가 하고 생각해보게 한다. 그런데 선가(禪家)에서는 『시경(詩經)』에 등장하는 ‘풍아(風雅)’와 이 ‘풍류(風流)’라는 단어를 빌려 비속(卑俗)되지 아니함5) 또는 불법의 심오한 향취를 뜻하는 것6)으로 사용해왔다. ‘풍류기화’란 불법의 심오한 향취를 담은 기이한 이야기를 말하는 것은 아닐까? 김시습은 일찍이 『금오신화』 창작에 영향을 끼친 『전등신화(剪燈新話)』를 읽고서 이렇게도 말했다. “말이 세상의 교화에 관계되면 괴이해도 무방하고, 일이 사람을 감동시키면 허탄해도 기쁘니라.”7) 『금오신화』 역시 그러한 ‘교화’ 또는 ‘감동’을 자아내는 방편으로서의 의미를 지녔던 것이리라. 『금오신화』가 보여주는 이계(異界)와 이류(異類) 또한 그런 의미망 속에 있음을 우리는 충분히 짐작해 볼 수 있다. 용궁과 신선, 귀신이 보여주는 세계는 현실과 동떨어진 괴이하고 이상스런 세계인데, 흥미로운 이야기를 방편으로 삼아 독자들로 하여금 참된 삶의 이치를 깨달으라고 하고 있는 것은 아닐까? 김시습이 쓴 『십현담요해』를 뒤져보니 풍류(風流)를 표현하는 부분이 있다.

> 만약 영웅호걸이라면 태아신검(太阿神劍)을 비스듬히 들고서 금강보저(金剛寶杵)를 거꾸로 잡아서 부처나 마구니의 정령들을 베어 없애고,

---

에 있음을 강조하였다.
4) 中文大辭典編纂委員會, 『中文大辭典』10권, 중국문화대학출판부, 中華民國74년, 108쪽.
5) 『人證道隨』上, 13118쪽.
6) 『景德傳燈錄』 29권.(『대정신수대장경』51권, 449쪽 下.)
7) 『梅月堂詩集』권4, 「題剪燈新話後」, “語關世教怪不妨, 事涉感人誕可喜.”

열반이니 화성이니 하는 것들을 쳐부수겠다. 이를 가히 '홀로 행하고 홀로 걸어 장애가 없으며, 풍류가 아닌 곳이 저절로 풍류 되네〔獨行獨步無障碍 不風流處自風流〕.'라고 하는 것이다.8)

선불교에서 말하는, 부처도 죽이고, 조사도 죽이며, 절대 타인이 가르쳐줄 수 없는 법성진여의 정위(正位)를 주체적으로 얻어야 한다고 말한 글이다. 여기에서 앞에 쓰인 '풍류'는 '현상(偏位)'을 뜻한다. 그렇다면 '풍류 아닌 곳'은 정위(正位)가 되고, 그 '정위'가 풍류(偏位)가 된다 했으니, 법성진여의 경지를 '풍류'로 표현하고 있는 것이다. 그렇다면 앞서 밝혔듯 '풍류기화'는 불법의 오묘한 이치를 담은 기이한 이야기로 볼 가능성도 없지 않은 것이다. '풍류', '교화', '감동'이라는 세 단어가 앞서 살핀 김시습의 사상과 밀접한 관련성을 갖고 있음은 당연한 일일 터이다.

그렇다면 풍류기화를 통해 그가 전하고자 했던 것은 도대체 무엇일까? 앞서 살핀 김시습의 사상과 어떤 상관성을 갖고 있는 것일까? 『금오신화』의 작품들은 모두가 생(生)과 사(死), 현실과 이계(異界)·이류(異類) 등을 등장시키며 구조화하고 있는 특징을 보여준다. 이러한 문제들을 교묘하게 교직하여 다섯 작품 모두를 일정한 주제 아래 묶이도록 짜 놓은 것은 아닐까?

그런데 『금오신화』는 김시습이 『유금오록(遊金鰲錄)』을 지었던 경주 남산 금오산(金鰲山)에 머물 때에 창작되었을 것이라고 추정되어 왔다. 그렇다면 이 글에서 다루고 있는 불교 문적들과 시기적으로 거리가 있어 보인다. 이 시기에 창작되었다는 주장은 일찍이 권별(權鼈, 1589~1671)이 『해동잡록(海東雜錄)』(1670년 경) 「김시습」조의 다음과 같은 표현에서

---

8) 『十玄談要解』, "若是英雄漢 橫拈大阿神劍 到持金剛寶杵 斬盡佛魔情靈 擊破涅槃火城 可謂獨行獨步無障碍 不風流處 自風流."(민영규 교록, 앞의 책, 298쪽. / 이창섭·최철환 옮김, 앞의 책, 241쪽.)

비롯된다. 그는 "일찍이 금오산에서 지내면서 『전등신화』를 본떠 『금오신화』 수권을 지었는데 시를 지어 그 책에 끝에 쓰기를"[9]이라고 했다. 그리고 근대에 들어서 정병욱도 이 시기에 창작되었다고 추정했다. 과거에는 『금오신화』가 김시습의 만년에 창작된 것이라고 하였지만, 그의 조사에 따르면 '금오기(金鰲新話, 1465~1471)' 이후에 김시습이 다시 금오산으로 돌아간 일이 없이 매양 금오산으로 돌아가기를 원했다고 한다. 그리고 김시습이 전국을 편람하면서 정치 이면에 숨겨진 현실에 대한 비판적 안목이 '현실과는 다른 현실의 세계를 꿈꾸게 되었던 것'이 바로 『금오신화』로 나타났다고 주장한다.[10] 그리고 최근 발견된 윤춘년이 편집한 조선목판본(朝鮮木版本)을 보더라도 『유금오록』 말미의 일부 내용이 그대로 인용되고 있음[11]을 볼 때 금오산에 있을 때 창작되었으리라는 추정의 타당성을 입증하고 있는 듯하다.

그렇지만 이것만으로 『금오신화』가 바로 이 시기에 창작된 것이며, 이 시기 이후에 찬술된 서적에 나타난 선불교 사상과 연계 시키는 것을 문제 삼는 것은 잘못이라고 생각한다. 오히려 이 시기에 창작되었다는 추정은 많은 연구자들로 하여금 텍스트들을 대하는 범위를 한정시키게 했다는 문제점이 없지 않다. 즉, 이 시기를 기준으로 텍스트들을 접하다 보니 성리학적 논설들만을 중심으로 연구자들이 『금오신화』에 반영된 사상을 논하게 만들었다는 것이다. 또한 『유금오록』이 수락산(水落山) 폭천(瀑泉) 정사에 살던 1473년(39세)에 엮은 것이었다면, 『금오신화』를 이때 굳이 뺏던 까닭은 무엇이었겠는가?

창작 시기가 명확하지 않은 작품의 경우 작자가 전 생애에 걸쳐 구

---

9) 『大東野乘』5, "嘗住金鰲山 效剪燈新話 著金鰲新話 數卷 作詩書其後云."
10) 정병욱, 「金時習研究」, 『서울대학교논문집-인문사회과학편』7집, 1958, 173~174쪽.
11) 최용철, 「≪金鰲新話≫朝鮮刊本의 發掘과 版本에 관한 考察」, 『고전산문교육의 이론』, 집문당, 2000, 549쪽.

축한 텍스트 전반을 살피는 가운데 작품의 의미를 따져야 옳을 것이다. 『금오신화』의 창작을 '금오기'에 한정 지어 살피는 것은 결코 바람직하지 않다. 그리고 24세에 불교적 색채가 강한 시들이 들어 있는 『유관서록』을 엮었고, 20대 전반에 걸쳐 여러 선종계 사찰들을 찾아다니며 쓴 선시(禪詩)들과 1463년(29세)에 지은 『연화경찬』 등이 존재했다는 사실을 먼저 떠올려야 한다. 그리고 『유금오록』을 엮은 후 1475년(41세)에 『십현담요해』, 1476년(42세)에 『화엄법계도주』와 『화엄석제』 등을 쏟아냈다. 이런 정황까지 고려한다면 『금오신화』를 선불교적으로 해석할 여지는 충분하다 할 것이다. 그리고 40세 무렵에 책으로 엮었다면 이전부터 그에 대한 연구 과정이 없을 수 없다. 따라서 『십현담요해』를 비롯한 불교 문적에 나타난 김시습의 사상을 『금오신화』와 연계시키는 것이 하등 문제될 것이 없다고 본다.

앞서 살핀 본체즉현상(本體卽現象)이라는 현실주의적 선사상이 『금오신화』와 어떤 연관성을 갖는지를 살펴보는 일은 흥미로운 일이 아닐 수 없다. 필자가 바라보건대, 앞서 살폈던 김시습의 현실주의적 선사상은 『금오신화』를 창작하는 데 기반이 되었으며, 특히 조동선(曹洞禪)의 정편오위(正偏五位) 사상은 작품을 구조화하는 데 기본 틀이었던 것으로 추정된다. 그의 실천적 지향을 잘 구조화한 조동종의 정편오위(正編五位) 사상이 아마도 『금오신화』와 직접적인 관련성을 지니는 것으로 보인다. 결국 필자는 풍류기화(風流奇話)에서 풍류란 불법의 심오한 향취를 뜻한다고 보는 것이다.

이 장에서는 먼저 『금오신화』의 각 작품의 서사구조와 정편오위 사상을 연계시켜 그 구도의 유사성을 확인하고자 한다. 여기서 서사구조는 형식적이고 외형적인 것만을 지칭하지 않고, 내용과 형식을 통합적으로 가리키는 것으로 사용된다. 내용과 형식의 변증법적 통일과 관련된 의미이다. 즉 문학 작품에서 형식과 내용은 서로를 완전하게 하며, 어느 한 쪽의 규정 없이는 다른 한쪽을 규정하기 어렵다고 보는 것이다.12) 일정한 형식적 짜임새는 곧바로 작가의 사상과 밀접한 관련성을 지니고 나타난다.『금오신화』라는 작품 역시 김시습의 사상적 입장을 뛰어난 서사화를 통해 구현하고 있는 작품이다. 이러한 의미의 서사구조를 파악하기 위해 사전에 『금오신화』의 체재를 살피게 될 것이며, 다음으로는 각 작품에서 서사구조의 구성요소라 할 주인공들의 특징, 시공간적 특징, 플롯, 주제 등을 중점적으로 살피게 될 것이다. 그리고 이렇게 확인된 서사구조를 정편오위사상과 연계시켜 고찰하게 될 것이다. 이렇게 각 작품들을 고찰한 후 서사적 특징과 선사상을 총괄적으로 살피게 될 것이다.

『금오신화』의 서사구조를 살피기 전에 우리가 먼저 해결하고 들어가야 할 것이 있다. 현재『금오신화』는 5편으로 남아 있는데, 그 외의 작품이 존재했는지의 문제와 그 각 편이 엮인 순서를 확정짓는 문제 등이 그것이다. 이는 다음 부분에서 살피게 될 정편오위 사상의 전개 순서나 내용과 부합할 때 김시습이 5편만을 창작했다는 확고부동한 근거가 되게 할 것이므로 사전에 살필 필요가 있다.

지금까지『금오신화』는 윤춘년(尹春年)이 편집한 조선목판본(朝鮮木版本), 일본에서 간행된 승응본(承應本)·만치본(萬治本)·명치본(明治本) 등으로 전한다.13) 이들 판본들은 글자의 출입이 있으나 체재상의 커다

---

12) G. Lukács, *The Aesthetics of György Lukács*, 김태경 역,『루카치 美學批評』, 한밭사, 1984, 참조.

13) 최용철(앞의글, 560~561쪽.)은『금오신화』의 판본으로 朝鮮刊本(尹春年編輯, 1546~1567 추정, 大連圖書館所藏), 朝鮮筆寫本(傳奇集에 수록, 필사년도 미상, 국내 모 도서관 原藏, 현 정병욱 家藏), 日本訓點本(道春訓點, 1653, 內閣文庫所藏), 日本覆刻本1(道春訓點, 1660, 早稻田大學·大連圖書館 등 소장), 日本覆刻本2(道春訓點, 1673, 天理大所藏), 日本再刊本(大塚家藏刊本, 1884, 최남선이 1927년에 국내 소개) 등을 들고 있다. 그리고 최용철은『금오신화의 판본』(국학자료원, 2003.)이라는 단행본을 내보였다.

란 편차가 없이 익히 알고 있듯 다음 순서로 작품은 실려 있다.

萬福寺樗蒲記 / 李生窺墻傳 / 醉遊浮碧亭記 / 南炎浮洲志 / 龍宮赴宴錄

그리고 말미에 '書甲集後'라고 기록되어 있어 '乙集'이 존재했을 것으로 추정하게 했다. 권별(權鼈)도 『금오신화』 수권을 지었다〔著金鰲新話數卷〕'라고 표현해 놓고 있어 그런 추정이 맞는 것처럼 보이기도 한다. 그런데 1673년에 간행된 일본복각본(日本覆刻本)은 「題金鰲新話」를 싣고 "萬治三曆仲夏吉旦 梅金鰲新話終"이라 했고, 1884년의 일본재간본(日本再刊本)에는 끝 부분이 "金鰲新話終"이라 했다. 이로 보아 1673년 당시만 하더라도 『금오신화』는 5편만이 존재했음을 알려주고 있다. 그렇지만 '甲集'이라고 한 표현은 여전히 문제로 남는다. 그래서 '甲集'이라 한 이유에 대해 5편을 짓고서 다시 다른 작품들을 지을 것을 생각해서, 아니면 『전등신화』21권이나 『전기만록(傳奇漫錄)』20권에 맞게 20편 정도 창작되었던 것은 아닐까 하고 다양한 추측들을 낳았다.14)

그런데 조선목판본에서 제3엽에 율곡 이이의 「매월당선생전」이 쓰였음을 알려주는 "梅月堂先生傳終"이란 구절이 나타나고, 제3엽의 뒷면에 이 책 목차라 할 수 있는 것으로 「만복사저포기」부터 「용궁부연록」까지 작품 제목이 실려 있다.15) 또한 김시습이 창작하는 데 직접적인 영향을 끼친 『전등신화』의 작품들에 나타나는 용궁·저승·천계(신선)·인간계 등의 공간 배경을 『금오신화』가 포괄하고 있다.16) 남아있는 판본들이 모두 5편뿐이며, 이처럼 목차와 공간 배경 등이 5편임을 알려주고 있는

---

14) 이학주, 「東아시아 傳奇小說의 淵源과 傳播」, 『고전산문교육의 이론』, 집문당, 2000, 493~494쪽.
15) 최용철, 위의 글, 547쪽.
16) 전혜경, 「≪金鰲新話≫(韓), ≪剪燈新話≫(中)와 비교를 통해 본 베트남의 ≪傳奇漫錄≫」, 『고전산문교육의 이론』, 집문당, 2000, 539쪽.

것을 보면 '乙集'이 따로 존재하지 않았다는 사실을 알려주는 것은 아닐까. 필자가 이 글에서 살펴보고자 하는 조동종의 정편오위(正偏五位)와 『금오신화』가 보여주는 구성이나 사상적 측면이 일치한다면 이러한 추정은 확신으로 바뀔 수 있으리라.

결국, 『금오신화』는 지금까지 전해진 판본들만을 놓고 본다면 「만복사저포기」, 「이생규장전」, 「취유부벽정기」, 「남염부주지」, 「용궁부연록」 순서가 뒤바뀜 없이 5편이 실려 전한다. 이렇게 다섯 작품을 순서대로 살펴보면서 정편오위 사상과의 연관성을 고찰해보도록 하겠다.17)

1.「萬福寺樗蒲記」와 正中偏

『금오신화』의 첫 번째 작품인 「만복사저포기」는 남원의 서생 양생이 왜구의 난에 죽은 처녀의 환신(幻身)과 사랑을 나누는 전기소설이다. 우선 그 줄거리를 들여다보고, 그에 대한 기존의 연구를 일별해보는 가운데 논쟁점을 추출하게 될 것이다. 그런 다음 필자는 그 논쟁점의 해결 방안을 제시해보고자 한다.

양생은 일찍 어버이를 여의고 장가도 들지 못한 채 만복사의 동쪽 방에 홀로 살아가는 인물이었는데, 부처님과의 저포놀이에서 이기고 배필을 얻게 된다. 그런데 그가 만난 여인은 왜구에게 죽어 개령사의 골짝에 가매장된 후 배필을 만나기 위해 나타난 귀신이었다. 양생은 그런 사실도 모른 채 사흘 밤을 여인이 사는 곳에서 머물게 되는데, 그곳에서

---

17) 이 글에서 인용되고 있는 『금오신화』는 최용철이 펴낸 『금오신화의 판본』(국학자료원, 2003.)에 실린 大連圖書館所藏의 朝鮮刊本 『금오신화』(尹春年編輯, 1546~1567 추정)를 텍스트로 삼았으며, 번역문으로는 심경호의 『매월당김시습 금오신화』(홍익출판사, 2000.)을 참고하여 다듬었음을 밝혀둔다.

정씨·오씨·김씨·유씨 등의 여인들과 시를 수창하며 술을 마시다 헤어진다. 다음날은 여인의 대상 날이었다. 무덤의 순장물이었던 은주발을 선물로 여인에게서 받는 양생은 보련사(寶蓮寺)에서 여인을 다시 만난다. 아무도 보이지 않는 가운데 여인은 저승길이 기한이 있다며 이별을 노래하고 양생을 떠나간다. 양생은 전날의 자취를 따라가 시체를 임시로 안치했던 곳에서 제물을 차려 놓고 제문을 지어 조상한다. 그리고 전답과 가옥을 모두 팔아 사흘 저녁을 계속 재를 올렸고, 여인은 공중에서 다른 나라에서 남자의 몸으로 다시 태어나게 되었으며 부디 윤회의 굴레를 벗어나기를 바란다고 외친다. 양생은 결혼을 하지 않고 지리산에 들어가 약초를 캐며 살다가 어떻게 세상을 마쳤는지 모른다.

「만복사저포기」의 줄거리에서 알 수 있다시피, 이 작품은 인간과 귀신의 사랑을 다루고 있다. 이 인귀교환(人鬼交驩)의 모티프는 연구자들로 하여금 「만복사저포기」를 애정을 중시하는 작품으로 보도록 만들었다. "그는 연애지상주의를 부르짖으면서 동시에 유폐(幽閉)와 억압과 위선에 둘러싸인 중세기 여성의 해방을 갈파하였다."라는 정병욱의 주장이 있었다.18) 거기에서 한걸음 더 나아가 작가의 삶과 연관지어서 이재호는 "이 작품은 생사를 초월한 남녀의 애정 문제를 다룬 것인데, 남원의 여인이 양 서생에게 현실에서 이루지 못한 사랑을 저승에서라도 이루기를 굳게 약속한 사실은, 김시습 자신이 세종에게서 받은 은총을 이승에서 갚지 못했음을 저승에서라도 보답하겠다는 염원을 보인 것이라 할 수 있겠다."19)라고 작품을 개괄하였다. 그리고 이렇듯 애정을 중시하는 초기 연구자들의 입장은 김시습의 철학사상과 연계지은 임형택, 조동일, 김명호 등의 연구로 이어졌다.

---

18) 정병욱, 「김시습연구」, 『한국 고전의 재인식』, 홍성사, 1979.
19) 이재호, 「金鰲新話攷」, 『금오신화』, 과학사, 1980, 255쪽.

임형택은 김시습을 기일원론자로 보고 그의 사실주의적 현실 인식이 남녀간 애정을 비극으로 이끌고 갈 수밖에 없었다고 했다.[20] 조동일은 여귀와의 사랑을 그린 것이 "세계와 화합하고자 하는 의지가 그만큼 처절한 지경에 이르렀음을 나타내며, 결국 화합될 수 없다는 사실이 필연적인 이별을 통해 나타나자 자아는 견딜 수 없는 충격을 받는다. 그러나 자아는 자기대로 세계를 거부하는 행동을 취함으로써 다시 세계와 맞선다. 자아는 패배를 겪으나, 이 패배는 단순한 좌절을 의미하지 않고 세계와의 처절한 투쟁을 겪으면서 이루어지는 비장한 패배이다."[21]라고 해석하였다. 이는 자아와 세계의 대결이라는 소설의 유형적 특질을 설명하는 가운데 벌어진 주장이라 하겠는데, 사랑의 비극에 초점을 맞추어 소설의 이론을 정치하게 논하는 자리에 「이생규장전」과 함께 「만복사저포기」를 이용하였다.

그 후에도 조동일은 귀신론만을 중점적으로 다루는 과정에서 「만복사저포기」·「이생규장전」·「취유부벽정기」가 원귀이야기인데, "귀신이 나타나 사람처럼 행동한다는 것은 있을 수 없되, 원통하게 죽어 원귀가 되면 얼마 동안은 기(氣)가 아직은 흩어지지 않아 그럴 수 있다는 데에 근거를 두고 사건을 꾸며, 원통한 사정에 대해 심각하게 생각하고 통탄하게 했다."[22]라고 하여 「남염부주지」의 다음과 같은 표현을 들어 그런 주장을 뒷받침하였다.

귀란 구부러짐이요, 신이란 폄입니다. 따라서 굽혔다 펼 줄 아는 것이

---

20) 임형택, 「현실주의적 세계관과 금오신화」, 『국문학연구』13, 서울대 국문학회, 1971.
21) 조동일, 『한국 소설의 이론』, 지식산업사, 1977, 231쪽.
22) 조동일, 「15세기 鬼神論과 귀신이야기의 변모」, 『한국의 문학사와 철학사』, 지식산업사, 1996, 175쪽.

조화의 신입니다. 이에 비해 굽히되 펼 줄 모르는 것은 답답하게 맺힌 요귀들이라오. 신은 조화와 합치하는 까닭에 음양과 더불어 처음과 끝을 같이하여 자취가 없소. 이에 비해 **요귀는 답답하게 맺힌 까닭에 사람과 동물에 뒤섞여 원망을 품고서 형체를 지닙니다.** 산에 있는 요물은 소라 하고 물에 있는 요물은 역이라 하며…(중략)…이것들이 모두 요귀입니다.(강조-필자)23)

귀(鬼)는 기가 서서히 흩어져가는 것으로 "결국은 아무 조짐이 없는 상태로 돌아가고 만다."24)라고 말하고 있으면서도, 위와 같은 염왕의 표현을 보면 요귀(원귀)는 존재한다고 여겼음을 보여주었다고 조동일은 주장한다. 그런데 자세히 살펴보면 논거에 문제점이 있다. 원귀이야기라 말하는 세 작품에 등장하는 귀신들은 모두가 생시의 모습을 그대로 하고 나타나는데, 김시습이 언급한 원귀는 "사람과 동물에 뒤섞여 원망을 품고서 형체를 지니는[混人物寃懟而有形]." 존재라고 했다. 여기서 언급한 요귀는 저승에 안착하지 못한 원귀가 빙의(憑依)에 의해 형체를 드러내는 것을 말하고 있는 것이다. 실제로 생명이 끊어져 신체가 부패했는데 어찌 생전의 몸을 가지고 나타날 수 있겠는가? 김시습이 말한 원귀란 「설공찬전(薛公瓚傳)」에서 설공찬의 혼령이 사촌동생 공침(公琛)에게 들어가 수시로 왕래하는 것과 같다. 이는 일반적인 저승경험담에서 꿈 속 사건으로 처리하거나 죽은 자가 되살아나는 따위와는 그 성격을 달리하면서 한국의 무속과 관련을 맺는 것이다.25) 이런 사정을 놓고 본다면 "김시습의 원귀론은 기일원론이 불철저하게 생긴 틈이 있다고 할 수 있

---

23) 「萬福寺樗蒲記」, "鬼者屈也 神者伸也 屈而伸者 造化之神也 屈而不伸者 乃鬱結之妖也 合造化 故與陰陽終始而無跡 滯鬱結 故混人物寃懟而有形 山之妖曰魈 水之怪曰蜮…(中略)…皆鬼也."
24) 「萬福寺樗蒲記」, "畢竟當歸於無朕."
25) 이복규, 「〈설공찬전〉 국문본의 발견 경위와 의의」, 『설공찬전-주석과 관련자료』, 시인사, 1997, 20쪽.

다. 그렇지만 원귀 출현의 소재가 거기 근거를 두고 마련되어, 기일원론이 요구하는 자아와 세계가 당위나 목적 없이 대결하는 양상을 심각하게 나타내는 구실을 하게 쓰였다. 김시습이 소설을 처음으로 마련한 것은 그래서 가능했다."[26]라는 조동일의 결론은 무속에서 기원한 소재를 무리하게 「만복사저포기」·「이생규장전」·「취유부벽정기」, 그리고 작가의 기일원론 사상까지 연결하는 잘못을 범한 것이다.

이후 기일원론적 해석과는 달리 애정의 문제를 성리학적 인성론(人性論)과 관련지은 김명호는 "불교의 금욕주의에 맞서 인륜의 틀 내에서 인간의 정욕을 긍정한 성리학적 인성론을 표현한 것"이라고 주장하였다. 그러면서 "부처가 남녀의 결합을 주선한다는 모티브 역시 부처조차 이들의 진실하고도 인간적인 소망을 외면할 수 없었다는 역설적 의미를 내포하고 있다고 할 것이다."라고 덧붙였다.[27] 「만복사저포기」를 불교를 부정하고 인간의 정욕을 긍정하기 위한 사상 투쟁의 산물로 평가하는 것은 작품의 실상에 부합하지 않는 것이다. 부처가 남녀의 결합을 주선했다는 것 자체가 부처의 자비를 드러낸 것이라 평가할 수 있기 때문이다.

「만복사저포기」의 인귀교환 모티프에 주목하는 논의들은 대체로 애정을 인간 성정의 자연스런 욕망이라 보면서, 그 사상적 기반을 김시습의 성리학 사상과 연결지으려 했다. 그렇지만 기일원론이나 성리학적 윤리론에 따른 해석은 논리적 오류를 범하고 있는 것이었다. '애정'은 작품의 서사구조와 밀착시켜 들여다보면 일시적으로 등장인물들에게 기쁨을 가져다주는 것이지만 궁극적으로 이별에 따른 고통을 낳고, 세속 초월의 의지를 이끌어내는 것이었다. 게다가 기일원론이나 성리학 사상으로는 명혼(冥婚)이나 내세, 윤회를 긍정할 수 없다. 「만복사저포기」는 애정을

---

26) 조동일, 위의 글, 182쪽.
27) 김명호, 「김시습의 문학과 성리학사상」, 『한국학보』제35집, 일지사, 1984, 53~ 54쪽.

긍정한다기보다는 부정하고 있는 작품이라 보는 것이 작품의 실상에 부합한다.

이렇듯 인간의 애욕을 부정적으로 인식하는 지점에 불교 사상이 있다고 하겠다. 이에 대한 논의는 정주동이 선편을 잡았다. 그는 "「萬」의 중심 주제는 불교사상을 배경으로 한 인생에 대한 무상감(無常感)이라 할 것이다. 이 우주만물을 시간적으로 일관한다면 그것은 모다 찰나(刹那) 찰나(刹那)에 생멸변화(生滅變化)하여 항존(恒存)하는 바가 없는 것이다.「열반경(涅槃經)」무상게(無常偈)에 '제행무상 시생멸법(諸行無常 是生滅法)'이라 하였는데, 생(生)함이 있으면 멸(滅)함이 있는 것이다. 다만 불변한 진리가 있다면 생자필멸(生者必滅) 무상(無常) 자체(自體)인 것이다."[28)라고 설명하였고, 그 "불교 사상의 내용을 다시 분석하여보면 무상관(無常觀), 인연무상(因緣無常), 윤회사상(輪廻思想), 정토사상(淨土思想)〔내세사상(來世思想)〕인 것이다."[29)라고 덧붙였다. 절방에서 공부하던 양생이 애욕의 번뇌망상을 갖게 됨으로써 여귀에게 끌려 다니게 되고, 마침내는 사랑을 이루지만 그것은 단지 삼일 밤낮이었을 뿐 또다시 이별 때문에 괴로움을 겪으면서 무상(無常)을 느끼게 된다고 정주동은 자세히 서술했다. 그는 애욕을 부정적인 차원에서 다루면서 「만복사저포기」의 주제가 불교의 무상이라고 주장했다.

또한 김기동도 양생이 부처와 저포놀이를 통해 여귀를 만난다는 점에서 불교적 영험사상을, 그리고 결미에 정업을 닦아 윤회를 벗어나라는 떠나간 여인이 전하는 말을 근거로 들어 불교적인 윤회사상을 그 주제로 삼고 있다고 주장하였다.[30) 이렇듯 불교적 인연과 윤회를 그린 작품이라는 주장은 설중환으로 이어졌다. 그는 남녀 주인공이 부처에게 발원하

---

28) 정주동,『梅月堂 金時習 研究』, 494쪽.
29) 정주동, 위의 책, 498쪽.
30) 김기동,「金鰲新話의 研究」,『東洋學』제5집, 단국대학교, 1975, 186쪽.

여 명혼(冥婚)을 하고, 이별 후에는 전답과 가옥을 팔아 재를 올려줌으로써 여인이 남자로 환생한다는 것을 불교적 인연과 윤회 사상의 근거로 들었다.31) 김용덕은 부처와 불교적 인식의 논리가 작품의 심층구조를 이룬다고 보았는데, 양생이 여귀를 통해 색욕을 충족하게 되지만 그것이 환상(幻相)임을 깨달아 세속 인연을 끊고 지리산으로 입산한다는 것이 불교적 초월 의식을 드러내는 것이라고 보았다.32)

「만복사저포기」가 불교 사상을 주제화한 작품으로 인식하는 이와 같은 논의들은 작품의 구성에 초점을 맞추어 애정이 세속적인 것이며, 온갖 번뇌와 집착을 낳는 근본 원인이 된다고 파악하고 있다. 작품의 결구가 불교적 윤회 사상과 관련을 맺게끔 처리하고 있다는 점에서 이러한 해석은 많은 논리적 타당성을 확보하고 있는 것이다. 그런데 문제는 제시되고 있는 주장이 작자 김시습의 직접적 담론보다 불교의 일반론을 끌어다 그 근거로 삼았다는 점일 것이다. 물론 그러한 해석이 잘못되었다고 단정 지을 수는 없으며, 대부분의 논의는 필자가 생각하는 「만복사저포기」 해석의 기본 방향에서 크게 벗어나지 않는다. 그렇지만 「만복사저포기」의 주제는 작자의 직접적인 언술과 연계되어 전체 서사를 일목요연하게 해석해낼 수 있는 것이 그 타당성을 더욱 인정받게 될 것이다. 그렇다면 이 작품을 어떤 사상적 관점으로 살피는 것이 좋을까? 앞 장에서 밝힌 정편오위 사상, 그 가운데서도 정중편의 사유체계는 김시습이 「만복사저포기」를 창작하면서 염두에 두었던 것으로 보인다. 이는 작품의 시공간적 배경에서부터 확인된다.

「만복사저포기」가 설정하고 있는 시·공간은 비극적이며 몽롱한 분위기를 연출하는, 폐쇄적이고, 고립적이며 외부와 단절된 것이다. 그들

---

31) 설중환, 「만복사저포기와 불교」, 『석헌정규복교수환력기념논총』, 고려대 국문학연구회, 1987.
32) 김용덕, 「萬福寺樗蒲記의 작품 세계」, 『고전소설의 이해』, 문학비평사, 1991.

이 사랑을 나누는 만복사는, 이미 퇴락하여 거처하는 승려들이 절의 한
쪽 구석에 살고, 법당 앞에는 다만 행랑이 쓸쓸하게 남아 있고, 행랑이
끝나는 곳에는 아주 좁은 판방이 있는33) 쓸쓸하고 고요한 공간이다. 그
리고 그들이 만복사를 떠나 찾아간 개령동은 쑥대가 들판을 뒤덮고 가시
나무가 하늘 높이 치솟아 있는 공간이었다.34) 여인과 이별한 양생이 고
기와 술을 갖춰 찾아간 곳은 시체를 임시로 안치한 곳이었고, 거기에서
양생은 재물을 차려 놓고 애통해 하면서 무덤 앞에 지전(紙錢)을 불사르
며 장례를 치른다.35) 퇴락한 사찰, 가매장된 시체가 묻힌 풀숲, 천도재
(薦度齋)가 올려지는 보련사라는 사찰 등 「만복사저포기」의 공간은 사람
들의 발길이 잘 닿지 않는 쓸쓸하기 이를 데 없는 공간이요, 죽음의 공
간이요, 고립의 공간이다. 그리고 시간적 배경으로는 배나무 꽃이 활짝
피는 아름다운 달밤, 그리고 풀 이슬이 촉촉이 내리는 새벽이다. 달밤이
라는 시간 설정은 양생의 고독감을 한껏 북돋우면서 아리따운 귀녀(鬼
女)와의 사랑을 몽롱한 분위기로 이끌어간다. 이런 시공간적 배경이 갖
는 의미는 일없는 텅 빈 세계를 비유적으로 표현하고 있다고 볼 수 있
다. 고요와 죽음의 강렬한 이미지들, 그것은 공(空)의 세계를 비유적으
로 드러내주는 것이다. 그리고 계속 살피게 될 정편오위 사상에서 '정중
편'을 드러내주는 다음과 같은 시의 분위기를 느끼게 한다.

> 삼경 초야 달은 한창 밝은데
> 서로 만나 알지 못함을 괴이하게 여기지 말라
> 그래도 암암리에 지난날의 미움을 품는구나.36)

---

33) 「萬福寺樗蒲記」, "時寺已頹落 居僧住於一隅 殿前只有廊廡 蕭然獨存 廊盡處 有
　　板房甚窄."
34) 「萬福寺樗蒲記」, "遂同去開寧洞 蓬蒿蔽野 荊棘參天."
35) 「萬福寺樗蒲記」, "翌日 設牲牢明酒 以尋前迹 果一殯葬處也 生設奠哀慟 焚楮錢
　　于前 遂葬焉."

동산양개가 읊은 「오위군신송(五位君臣頌)」 중 '정중편'에 대한 시이다. 첫 행은 초하루 삼경의 밤을 말했는데, 그것은 모든 차별·분별을 벗어난 세계를 뜻하고, 그 위에 달이 밝으니 만휘군상에 편만한 본체를 뜻한다고 할 것이다. 둘째 행은 그 본체, 진리를 만나고서도 알아보지 못함을 이상하게 여기지 말라고 했다. 진리 자체 속에 있으면서 알아보지 못하는 것은 실은 문제적 상황이라 하겠는데, 세 번째 행에 나오듯 그 까닭은 아직도 옛날의 미움을 그대로 간직하고 있기 때문이다. 깨닫고서도 차별적 시각을 아직 버리지 못한 까닭이다. 「만복사저포기」가 드러내는 어둠, 죽음의 이미지들은 차별 없는 본체의 세계, 공의 세계, 정위(正位)를 상징적으로 보여준다고 볼 수 있다.

좀더 시공간적 배경을 살펴보자. 사찰이라는 공간은 세속의 공간이 아닌 성스러운 공간이다. 주위의 세속적 공간으로부터 격리되어 원초의 성(聖)이 현현(顯現)하는 공간이면서, 종교적 개인의 구원을 풀어내는 공간이다. 양생이 법당에 들어서는 행위 자체가 세속과 거리를 두며 성과 교통할 수 있는 주술의 원형(archetype)에 자리를 트는 것이다.[37] 그런 공간 속에서 양생은 저포를 던져 기도를 올리고, 귀녀를 만날 수 있게 된다. 양생이 귀녀를 만나는 데 매개자의 역할을 하는 이는 그런 성소(聖所)의 부처이다. 부처는 아무 일도 없던 텅 빈 공간에 아리따운 여인과 불우한 노총각의 욕망을 실현시켜 준다. 그들의 사랑은 세속적 현실의 세계, 곧 편위(偏位)라 할 수 있다. 그런데 그들이 사랑을 나누는 공간은 일상의 시공간이 아니라 초월적이며, 환상적인 시공간이다. 무덤이라는 환상적 시공간 속에서 여귀와 누린 즐거움은 3년이요, 실제 현실에서는 3일에 불과했다.[38] 왜냐하면 그 3년은 실상(實相)이 아닌 환(幻)

---

36) 洞山良价, 『曹洞錄』(백련선서간행회 역, 『曹洞錄』, 장경각, 불기2533, 83쪽.), "三更初夜月明前 莫怪相逢不相識 隱隱猶懷舊日嫌."
37) 김용덕, 위의 글, 41쪽.

이요, 허상(虛相)이요, 공(空)이요, 정위(正位)이기 때문이다. 결국 「만복사저포기」는 환상적 시공간에서 남녀의 사랑이 벌어진 사건이니, 정위 속에서 편위가 일어남을 보여준다. 정중편의 사유 체계는 이렇게 작품의 심층에 자리한다. 그러나 작품의 디테일한 부분까지 정중편의 사유체계가 영향을 끼쳤는지는 좀더 살펴보아야 한다. 이에 대해서는 '부처와의 저포 놀이', '여귀(女鬼)', '입산(入山)과 부지소종(不知所從)' 등의 서사 구성요소가 의미하는 바를 중심으로 살펴보자.

신성 공간에서 행해진 저포놀이는 고개를 갸웃거리게 하는 대목이 아닐 수 없다. 그래서 박일룡은 "부처에게 저포놀이를 해서 소원을 이루어달라고 생떼를 쓰는 것은 아이들의 행위나 다름없는 희화적인 것이다. 이렇게 보면 저포놀이는 불교적 '발원'이라기보다는 처절한 소외 의식을 바탕으로 불교적 인연론 자체를 비웃는 냉소적인 이죽거림이라 볼 수도 있는 것이다."라고 주장한다. 그리고 "독자로 하여금 서사세계로의 몰입을 차단하여 초현실적 체험 내용인 서사세계와 현실세계에 발 딛고 있는 독자의 의식 사이에 긴장감을 유지시키는 작용을 한다. 그리하여, 양생의 명혼이 불교적 발원에 대한 부처의 호응이라는 단선적 인과 관계로 인식되는 것을 차단하는 것이다."라고 덧붙인다.39) 그가 언급하고 있는 만복사 법당에 있는 부처는 도대체 무엇인가? 우선 양생이 부처와 저포 놀이를 하는 대목을 들여다보자.

날이 저물었다. 범패도 끝났다. 사람이 드물어지자 양생은 저포를 소매 속에 넣고 법당에 들어갔다. 저포를 소매에서 꺼내 불상 앞에 툭 내어놓으며 이렇게 말했다.

---

38) 「萬福寺樗蒲記」, "此地三日 不下三年 君當還家 以顧生業也."
39) 박일용, 「≪금오신화≫와 ≪전등신화≫에 나타난 애정 모티프의 형상화방식과 그 의미」, 『東아시아文學 속에서의 韓國漢文小說 硏究』, 月印, 2002, 130~131쪽.

　　"부처님, 오늘 저와 저포놀이를 한번 해 보십시다. 만약 제가 지면 법
연을 차려 치성을 드리겠습니다. 만약 부처님이 지시면 아름다운 아가씨
를 구해 제 소원을 이루어주셔야 합니다."
　　기원을 마치고 나서 저포를 던졌다. 결과는 양생이 이겼다. 양생은 즉
시 부처님 앞에 굻어 앉아 말했다.
　　"업이 이미 정해졌습니다. 저를 속여서는 안 됩니다."
　　그러고는 불상을 모셔놓은 자리 아래 숨어서 약속한 아가씨가 나타나
기를 기다렸다.[40]

　　만복사 법당의 부처는 불상으로 번역이 된다. 그런데 불상과 저포놀
이를 할 수는 없는 것이 아닌가? 그래서 전기적(傳奇的)인 것이 아니냐
고 말할 수도 있겠으나 합리적인 해석이 전혀 불가능한 것은 아니다. 쇠
붙이이거나 돌덩어리일 수밖에 없는 불상과 저포놀이를 한다는 것은 있
을 수 없는 일이다. 그렇다면 저포놀이를 하는 부처는 누구인가? 바로
양생 자신이다. 저포놀이가 벌어지는 순간은 법당에 앉아 참선을 하고
있던 부처의 가능성을 지닌 양생이 스스로 분별심을 일으키는 때이다.
그렇다면 어떻게 양생이 부처가 될 가능성이 있는 존재인가? 작자 김시
습은 "법에는 높고 낮음이 없기에, 모든 부처의 마음 가운데서 중생들이
때때로 부처를 이루게 되고, 상(相)에는 나와 남을 초월한 것이기에, 중
생들의 몸 안에서 모든 부처가 생각 생각이 참을 증득한다."[41]라고 부
처를 말하고 있다. 부처가 따로 있는 것이 아니라 깨달으면 부처요, 깨
닫지 못하면 범부인 것이다. 불교에서는 자신의 내면으로 들어가는 것을
통해 스스로 부처가 될 수 있다고 한다. 조실부모하고 장가도 들지 않고

---

40) 「萬福寺樗蒲記」, "日晚梵羅人稀　生袖樗蒲　擲於佛前曰　吾今日　與佛欲鬪樗蒲　若
　　我負　則設法筵以賽　若佛負　則得美女　以遂我願耳　祝訖　遂擲之　生果勝　卽跪於佛
　　前曰　業已定矣　不可誑也　遂隱於几下　以候其約."
41) 金時習, 『妙法蓮華經別讚』「常不輕菩薩品讚」, "法無高下　諸佛心中　衆生時時成佛
　　相離我人　衆生身內　諸佛念念證眞."

만복사에서 홀로 살아가는 양생은 수행을 거듭해오던 존재라 볼 수 있다. 작품의 마지막 대목에서 꿈속에 나타난 여인이 "그대는 부디 다시 깨끗한 업을 닦으시어 함께 윤회의 굴레를 벗어나도록 하세요."[42]라고 표현하는데, 이는 그가 만복사에서 이미 '정업(淨業)'을 닦던 존재였음을 알려준다. 그리하여 그가 일정한 깨달음을 이미 얻은 존재였음을 추측할 수 있다. 그런데 정업을 닦아 깨달음을 어느 정도 얻었으나 애욕이 아직 남아 그 깨달음이 좌절되게 되는 순간이 부처와의 저포놀이라는 희화적인 장치로 나타났다고 볼 수 있다. 이는 정중편의 사유체계로 보면 정위에서 편위로 떨어지는 순간이라 볼 수 있다.

다음으로 양생과 사랑을 나눈 존재인 여귀(女鬼)에 대해 살펴보자. 이 역시도 환(幻)과 공(空)임을 드러내는 장치이자, 인간 삶의 비극, 나아가 현실 사회의 모순을 적나라하게 보여주는 존재이다. 여귀는 왜적이 침입한 난리에 해를 입어 죽은 존재요, 더불어 등장한 정 씨·오 씨·김 씨·유 씨 등도 난리에 절개를 지키다 들판에 버려진 여인네들이다. 그들의 해원(解冤)은 명혼(冥婚)이라는 형식을 요구했으며, 다른 여귀들과 달리 주인공 여귀는 양생과 연분을 맺음으로써 그 한을 풀 수 있게 된다. 이렇듯 뜻하지 않은 전쟁으로 목숨을 잃어 들판에 버려진 이들의 해원굿도 마련되지 못하는 현실은 끔찍하기만 하다. 그래서 양생과 귀녀들이 시주(詩酒)를 함께 나누는 모습은 그런 끔찍한 현실에 대한 비판이요, 해원의 한 장면을 드러낸다. "서러워라, 내 인생 나무만도 못하여/ 박명한 이 청춘, 눈물만 고이네."[43]라고 오 씨는 노래하고, "한스러워라 비익조처럼/ 하늘에서 쌍쌍이 춤추지 못하네."[44]라고 정씨가 노래한다. 작자 김시습은 그들의 입을 빌려 '해원의 굿판'을 벌여놓았던 것이니, 그

---

42) 「萬福寺樗蒲記」, "君當復修淨業 同脫輪廻."
43) 「萬福寺樗蒲記」, "却恨人生不如樹 靑年薄命淚凝瞳."
44) 「萬福寺樗蒲記」, "自恨不能如此翼 雙雙相戲舞靑天."

가 간직했던 중생에 대한 사랑의 정도를 가늠할 수 있겠다. 그런데 그것은 실상 양생의 의식45) 세계에서 벌어진 공이요, 환의 세계일 따름이다. 그것은 김 씨가 "내일 아침 땅을 말아 동풍이 불어오면/ 한 토막 봄날의 꿈인 것을 어찌한단 말인가."46)라고 표현할 때 등장하는 봄날의 꿈인 것이다.

그런데 작가는 귀신이 실재한다고 보지 않았다. "의례가 있으면 귀신이 있는 것이니, 의례가 지극하다는 것은 곧 성(誠)의 참됨을 말한다."47)라고 작자는 말했다. 또한 작자는 돌이 진에서 말한 것이나 대들보가 휘파람을 불었다는 것과 같은 것은 사특한 기(氣)에 사람의 마음이 미혹되어 그에 감응함으로써 그리 느낀 것이라 보았다. 그러면서 지극히 잘 다스려지는 세상과 지극한 사람의 분수에는 귀신의 변이 있을 수 없다고 했다.48) 그는 귀신이 실재한다고 보지 않는다. 그런데 의례의 지극한 정성이 귀신을 만든다고 보았다. 곧 귀신은 인간의 의식이 만들어내는 것이지 원래 존재해서 나타나는 것이라고 보지 않음을 말하는 것이다. 이를 앞서 살펴본 그의 사상과 연결해보면, 그는 현상즉본체(現象卽本體), 본체즉현상(本體則現象)이니 저절로 그러한 삼라만상이 존재할 뿐이 현실 밖의 또 다른 세계가 존재한다는 것은 그릇된 것이란 입장이다. 귀신은 인간의 마음이 전변(轉變)하여 만들어내는 허상(虛相)일 따름이다. 그래서 온갖 정성을 들이는 의례에서 인간의 마음은 귀신을 불러내

---

45) 여기서 의식(意識)은 현대의 '의식'과는 반드시 같다고 말할 수 없다. 그것은 뜻에 의해 생기는 집착과 같은 성격의 의식이기 때문이다.

46) 「萬福寺樗蒲記」, "明朝捲地東風惡 一段春光奈夢何."

47) 金時習, 『梅月堂集』 권4, 「鬼神說」, "有儀則有鬼神 儀之至 誠之實也 鬼神者 誠之妙 鬼神祗者 誠之之著."

48) 金時習, 『梅月堂集』 권4, 「鬼神說」, "至於石言於晉 神降于莘 嘯于梁 瞰其室 報禍福 依叢藪 邪戾之氣 則或爲人心之惑 感召之使然 …(中略)…且至治之世 至人之分 無這箇物事."

게 만든다는 것이다. 여기서 양생이 여인을 위한 재를 올릴 때 읊은 글을 상기하게 된다.

> 지난날 하룻밤 우연히 만나
> 마음의 실타래가 끊이지 않고 이어져
> 저승이 이승이 떨어져 있음을 알면서도
> 물과 물고기가 만난 즐거움을 나누었습니다.
> 인생 백년을 함께 늙으리라 여겼더니
> 어찌 하룻밤에 슬픔과 고통을 겪을 줄 알았겠습니까?[49]

하룻밤 사이에 벌어진 여귀와의 만남이 인생무상의 깨달음을 얻게 했다는 것이다. 그리고 사흘 저녁을 계속해서 재를 올리자 깨끗한 업을 닦고 윤회의 굴레를 벗어나라는, 공중에서 들려오는 여인의 소리를 듣는다. 그것은 정성을 들이는 양생의 마음이 만들어내는 환청(幻聽)이었던 것이다. 마음은 본래 들여다볼 수 없이 공(空)한 것인데, 그 공한 세계에 현상으로 인식되는 귀신이 나타났던 것이다. 곧 그것은 정위 속에 나타난 편위라 하겠으니, 정중편의 사유체계에 따라 귀신을 서사화하였던 것이다. 이렇듯 환이요 허상인 시공간 속에서 진짜와 같은 허상이 나타났다. 그런데 그것은 인귀교환(人鬼交驩)의 허상일 뿐이었다. 그것은 정편오위의 '정중편(正中偏)'의 원리와 그대로 부합하는 것이다.

다음으로는 입산과 '부지소종(不知所從)'에 대해 살펴보도록 하자. 양생은 아무 일없는 본체에서 애욕이 불러일으킨 분별심이 커다란 고통을 낳았음을 깨닫는다. 그렇게 진정한 깨달음을 얻은 양생은 다시는 결혼을 하지 않고 지리산에 들어가 약초를 캐며 살았는데, 어디서 어떻게 세상

---

49)「萬福寺樗蒲記」, "一夜邂逅 心緖纏綿 雖識幽冥之相隔 實盡魚水之同歡 將謂百年
　　以偕老 豈期一夕而悲酸."

을 마쳤는지 모른다고 작품은 마무리를 짓고 있다.[50] 이를 두고 김일렬은 불교에 대한 회의 또는 비판을 나타내는 것으로 보았고[51], 최삼룡은 도선적 지향으로[52], 박희병은 특정 종교 사상을 드러내지 않고 세상에 대한 초월적 태도를 표현했을 따름이라고 했다.[53] 그런데 그것은 그가 떠나보낸 여인이 꿈속에 나타나 말한, 다시 깨끗한 업을 닦아 윤회의 굴레를 벗어나라는 바람을 실천한 것이다. "양생이 여귀와 보낸 일들이 환상에 얽매여 실상의 본모습을 제대로 보지 못한 중생의 어리석음(痴)이라고 깨닫고, 다시는 허환(虛幻)인 색계(色界)에 얽매이지 않기 위해 세속에서 더 이상 인연을 맺지 않고 속세를 떠나 지리산으로 입산함으로써 영원한 초월의 시공을 획득하게 되는 것이다."[54]라고 김용덕은 주장한다.

김시습은 「백장단 삼종 자재(百丈端三種自在)」라 하여, "털을 입고 뿔을 이고서 곳에 따라 자재함(披毛戴角隨處自在), 빛을 보고 소리를 들으면서 곳에 따라 자재함(見色開聲隨處自在), 예의가 백료(百寮)에 뛰어나서 높고 귀함이 자재함(禮絶百寮尊貴自在)"을 한시로 나타내고, 총괄하여 다음과 같이 읊었다.

> 어젯밤엔 초라한 마을에서 자더니
> 오늘 아침엔 상원(上苑)에서 노니네.
> 본래부터 지위의 차례가 없으니,
> 어느 곳에서 종적과 유래를 찾겠는가?[55]

---

50) 「萬福寺樗蒲記」, "生後不復婚嫁 入智異山採藥 不知所終."
51) 김일렬, 「금오신화 고찰」, 『조선 전기의 언어와 문학』, 형설출판사, 1982.
52) 최삼룡, 『한국초기소설의 도선사상』, 형설출판사, 1982.
53) 박희병, 「≪金鰲新話≫의 小說美學」, 『한국전기소설의 미학』, 돌베개, 1997, 224쪽.
54) 김용덕, 앞의 글, 42쪽.
55) 金時習, 『梅月堂別集』 권3, 「百丈端三種自在」, "昨夜荒村宿 今朝上苑遊 本來無

위 시는 깨달은 자가 나아가는 자유자재한 경지를 나타내고 있다. '부지소종(不知所從)'은 '하처멱종유(何處覓蹤由)'와 같은 의미라 하지 않을 수 없다. 곧 윤회의 사슬을 끊어버린 깨달은 자가 지리산에서 약초를 캐면서 자유자재하게 살아가는 삶의 모습이 '부지소종(不知所從)'인 것이다. 그것은 불교에 대한 비판이나 회의도 아니며, 영원한 초월도 아닌 깨달은 자의 자재한 삶의 표현이다. 그것은 선 수행자가 궁극적으로 도달하고자 하는 경지로, 정위와 편위 어느 한쪽에 머물지 않으면서 자유롭게 살아가는 모습이다. 결국 「만복사저포기」에서 입산하여 약초를 캐고, 부지소종하는 결구는 진정한 깨달음을 얻고 난 후 다시금 현실 속에서 자유자재하게 살아가는 면모를 나타내게 되는 것이다. 이는 곧 진정한 정위에서 다시금 편위로 나아간 경지라 볼 수 있다.

이제 앞서 살핀 모티프들과 정중편 사상의 관련성을 종합적으로 살펴보자. '저포 놀이'와 '귀녀' 모티프가 진정한 깨달음의 경지에 이르지 못한 양생이 정위에서 편위로 떨어짐을 보여주고 있는 것이었다면, '입산과 부지소종'의 모티프는 진정한 깨달음을 얻고 현실로 되돌아간다는 점에서 또 다른 정위에서 편위로 향한 것을 보여준다. 그런데 전자의 경우는 번뇌와 집착이 끊이지 않은 가운데 정위에서 편위로 이동한 것이요, 후자의 경우는 번뇌와 집착을 벗어버린 진공(眞空)을 깨달은 가운데 정위에서 편위로 이동한 것이다. 그렇다면 왜 이런 번거로운 이동이 나타나게 되는 것인가? 정편오위에서 정중편과 편중정은 서로 회호(回互)하여야 하는 자리라고 말한다. 달리 말하면, 정중편(正中偏)은 정위(正位)의 입장을 중심에 두고 편위(偏位)로 나아가 파악함으로써 정위의 원만한 의미를 성취할 수 있는 것이다. 이러한 회호는 정위와 편위 어느 한쪽에 치우치지 않는 묘협(妙挾)의 경지라 할 겸중도(兼中到) 사상을 중

位次 何處覓蹤由."

심으로 본 동산과 조산의 사상을 바탕으로 할 때 나타날 수밖에 없는 것
이라 볼 수 있다.56) 이러한 회호의 원리에 맞춰, 본래 부처가 될 가능
성을 지닌 존재인 양생—온전하지 못한 정위(正位)에 있는 존재이다.—
이 아직 깨달음이 굳건하지 않은 상태에서 또다시 애욕을 일으켜 세속
인연에 따른 번뇌의 고통—편위(偏位)에 속한다.—을 겪는 과정은 '저포
놀이'와 '귀녀' 모티프를 활용해 드러냈다. 그런데 이렇듯 편위에 떨어져
혼란을 겪는 바를 극복하려면 또다시 편위를 떨쳐버리고 정위로 향해야
만 했다. 그래서 양생이 세속 인연의 고통을 맛보고 무상감—제문을 지
어 조상(弔喪)하는 데서 나타나는 것으로 정위(正位)에 속한다.—을 느끼
고, 다시금 지리산으로 들어가 약초를 캐고 부지소종(不知所從)의 자유자
재한 움직임을 보임으로써 편위(偏位)로 다시 자리한 경지를 보여주었던
것이다. 이와 같은 과정을 그림으로 나타내면 다음과 같다.

정위(正位)		편위(偏位)		정위(正位)		편위(偏位)
수행하는 양생 (미완의 覺者)	➡	애욕에 의한 고통의 삶	➡	무상감을 느낌 (제문)	➡	입산채약, 부지소종 (자유자재한 覺者)

　　지금까지 살핀 내용을 기반으로 하여 「만복사저포기」와, 작가가 밝
히고 있는 정편오위 중 '정중편'의 사유체계가 어떤 관련성을 갖는지 종
합적으로 짚어보자. 전반부의 정위 가운데서 편위로 떨어지는 모습은 김
시습이 『법계도주』를 통해 밝히고 있는 다음과 같은 표현을 구조화한 것
이라 말할 수 있다.

　　다만 하나의 참되고 깨끗한 법계[一眞法界]에서 갑자기 몽매해져서 드

---

56) 김호귀, 『묵조선 연구』, 민족사, 2001, 101쪽, 114쪽.

디어 한 생각이 있게 되자, 저와 나를 구분하게 되었고, 저와 나를 내세우게 되면서, 취하고 버리는 것이 따라 일어나게 되었다. 겨우 취하고 버리는 마음이 있게 되자, 문득 열 가지 법계가 이루어져 저 일도 없는 가운데 별안간 일이 생기게 되어, 움직이지 않던 부처가 움직일 것이 없는 즈음에서 움직이게 되고, 원융하던 법이 둘이 아닌 가운데서 갈라진다.57)

아무런 일도 없는 허공(虛空)의 일진법계에서 몽매해진 가운데 한 생각이 일어나고 그것이 10법계라는 현상적 세계를 탄생시켰다. 의상(義湘)이 『법계도』에서 밝힌 '하나 가운데의 일체〔一中一切〕', '하나가 곧 일체〔一卽一切〕'임을 드러낸 것이다. 이러한 화엄의 사상이 그대로 '정중편'이라는 표현에 드러나고, 「만복사저포기」라는 소설의 구도를 편성하는 데 바탕이 되었다고 말할 수 있다.

한편, 김시습은 본체에서 현상을 낳는 것은 다름 아닌 본체를 구비하고 있는 '나' 자신에게 있다고 했다. 「만복사저포기」에서 양생이 겪은 환상적 체험은 양생 자신의 욕망이라는 인(因)이 귀녀(鬼女)라는 연(緣)을 낳았던 것이다. 그리고 그러한 인연은 결국 3년처럼 느껴지는 3일 동안의 가상(假相)이었으며 공(空)이었던 것이며, 그러한 가상·공을 깨달은 정위(正位)의 경지도 삼세제불이나 역대조사가 준 것이 아니라 '나' 자신에게서 비롯된 것이었다. 이처럼 「만복사저포기」의 서사구조는 정편오위의 '정중편'에 대한 김시습의 서술과 그대로 일치함을 알 수 있다.

그런데 「만복사저포기」에서 정위(正位)에서 편위(偏位)을 낳는 원인은 양생 자신의 마음에 있다 하겠는데, 그 마음 가운데서도 갈애(渴愛)와 생사(生死)에 대한 집착이 가장 커다란 것이었다. 김시습은 보시(普

---

57) 『大華嚴法界圖序』, "只緣一眞淨界 俄然晦昧 遂有一念 分彼分我 彼我旣立 取捨便起 才有取捨之心 便成十法之界 於無事中瞥然生事 不動之佛 動於無動之際 圓融之法 柝於不二之內."

施)를 행하는 이유를 "대개 사람의 마음은 탐욕에 길들면 교만함이 생기기 때문에 마음을 바치기를 권하고, 생사에 골몰하면 근심과 분노가 생기기 때문에 몸을 바치기를 권한다."58)라고 말했다. 그리고 그가 회암사에서 읽었다는『원각경』에는59) "탐욕은 갈애로 인하여 생하고 목숨은 탐욕으로 인하여 있는지라,……애욕은 원인이요 목숨을 사랑함은 결과이다."60)라는 표현이 나온다. 갈애가 탐욕을 낳고, 탐욕은 생사 집착을 낳아 본질적으로 공(空)한 현실 속에서 인간들은 고통으로 몸부림친다는 것이다.

> 물총새는 쌍을 못 이뤄 외롭게 날고
> 원앙은 짝 잃고 맑은 물에 멱 감는다.
> 어느 집에 약속 있나 바둑돌을 놓는 저 사람아
> 한밤 등불 꽃으로 점치며 창 아래 시름하네.61)

양생은 위와 같은 시를 읊조리던 고독한 존재였으니 좋은 배필을 얻고자 하는 욕망을 일으켰다. 그렇게 하여 이룬 애정은 너무나 짧은 것이었고, 저승으로 떠나는 여인을 결코 붙들 수는 없었다. 김시습은 그러한 갈애와 생사 집착이 빚어내는 현실계 연기(緣起)의 세계를 환상적인 필치로 그려냈던 것이다.

앞서 밝혔듯 정중편은 수행을 통해 정위에서 편위로 떨어지는 것을 염려하여 시설해 놓은 것이다. 「만복사저포기」의 전반부는 이와 같은 정중편이 말하는 문제적 상황을 보여준 것이라 볼 수 있다. 그런데 「만복

---

58) 金時習, 『梅月堂集』권16, 「雜著-隋文 第九」.
59) 金時習, 『梅月堂集』권10, 「檜巖寺」, 「指空衣鉢」, 「懶翁衣鉢」, 「看圓覺經」.
60) 大唐罽賓三藏佛陀多羅 譯, 『大方廣圓覺修多羅了義經』, 「彌勒菩薩章第五」, "欲因愛生命因欲有. …愛欲爲因."
61) 「萬福寺樗蒲記」, "翡翠孤飛不作雙 鴛鴦失侶浴晴江 誰家有約敲碁子 夜卜燈花愁倚窓."

사저포기」는 그런 문제적 상황만 제시하는 것으로 끝을 맺은 것이 아니라, 귀녀가 떠나고 진정한 깨달음(眞空)을 얻고 나서 지리산에 들어가 약초를 캐먹으며 자유자재하게 살아갔다고 했다. 이는 동산(洞山)이 '정이 정에 앉아서는 안 되며〔正不坐正〕, 야반이 허명한 것〔夜半虛明〕'이라 표현한 정중편 사상에 대해 밝힌 김시습의 해설에 잘 나타났다고 볼 수 있다.

> 정(正)은 공계(空界)이니 유무(有無)에 떨어지지 않고, 중도(中道)도 초월하여〔俱泯〕 모든 상대가 끊어졌으며 본래 맑고 고요한 묘체(妙體)이다. 부좌(不坐)라 말한 것은 앉으면 위(位)를 잃으니, 금전옥당(金殿玉堂)에 머물러 있지 말고 밤을 틈타 갈대꽃 사이에서 잠을 잔다는 말과 같은 것이다. 아래의 정(正)자는 맑고 고요한 본체〔體〕 가운데서 정령(正令)을 마땅히 행하여 부딪치는 곳마다 모두가 참이라는 것이다. 꽃들이 만발하고 새들이 지저귐에 한 점의 신령스런 빛이 태허(太虛)와 혼동함을 가리킨 것이니 소위 여주(驪珠)를 손바닥에 쥐고 온갖 것들을 가슴 속에 넣어두고 더하는 것도 나에게 있고, 놓아버림도 또한 나에게 있어서 무릇 움직이는 바가 정(正)이 아님이 없다는 것이다. 부좌정(不坐正)이라 한 것은 이와 같은 법(法, 현상즉본체인 현상)은 궁구하면 오묘〔妙〕하고, 연구하면 깊으니〔玄〕, 이 현묘한 도리를 돈망(頓忘)하며, 범성(凡聖)의 정을 들어 올려서 원융무제(圓融無際)하여 고금의 사이가 없음이라. 삼세제불(三世諸佛)이 전하려고 해도 얻지 못하며, 역대조사가 주려고 해도 얻지 못하는 소식을 말한 것이다.[62]

---

62) 『曹洞五位要解』, "正 是空界 有無不落 中道俱泯 迥絶對待 本來湛寂之妙體 不坐云者 坐則失位 如云 金殿玉堂留不住 夜來依舊宿蘆花 下正字 指湛寂體中 正令當行 觸處皆眞 火灼灼 鳥喃喃 一點蘆光混同大虛 所謂 握驪珠於掌上 納萬彙於胸中 拈亦在我 放亦在我 凡所動作 無非正也 不坐正云者 言如斯之法 窮之則妙 究之則玄 玄妙之理頓忘 凡聖之情兩祛 圓融無際 古今無間 三世諸佛 前不得 歷代祖師 授不得底消息."(민영규 교록, 앞의 책, 414쪽.)

　　"정은 정에 앉지 않는다는 것"은 깨달음을 얻은 자가 그 깨달음의 상태에 머물러 있을 수만은 없다는 것을 말한다. 김시습은 본체에서 현실 세계로 나아감을 "금전옥당(金殿玉堂)에 머물러 있지 말고 밤을 틈타 갈대꽃 사이에서 잠을 잔다."라고 비유하고 있다. '금전옥당'은 정위를 뜻하고, 갈대꽃 사이에서 잠을 자는 것은 편위에서 행함을 뜻한다고 하겠다. 이러한 정중편의 사유 체계는 「만복사저포기」에서 깨달음을 얻은 자인 양생이 지리산에 들어가 약초를 캐며 자유자재한 삶을 사는 것으로 표현되었다고 하겠다. 「만복사저포기」의 후반부는 이러한 정중편의 완결 형태를 지향하고 있음을 보여준다. 이로 보아 김시습이 밝히고 있는 정중편의 사유 체계는 「만복사저포기」의 서사구조에 직접적인 영향을 끼쳤음을 알 수 있다.

　　한편, 김시습은 서사구조를 짜는 데 조동오위 사상과 연관을 맺는 여러 사상들의 요소들을 적극 활용했던 것으로 보인다. 김시습은 정중편의 세계를 주렴계(周濂溪)가 밝힌 「태극도설」의 음양오권(陰陽五圈)과 위백양(魏伯陽)의 「참동계(參同契)」에 비유해 구조화했다.63) 이를 「만복사저포기」의 서사구조와 연결지어 살펴보도록 하자. 정(正)을 드러내는 것으로 ●음(陰, ━ ━)이 사용되는데, 음은 곧 여성을 뜻하게 된다. 편(偏)을 드러내는 것으로 ○양(陽, ━)이 사용되는데, 양은 곧 남성을 뜻하게 된다. 물론 이와 같은 음양(陰陽)은 정편오위를 드러내기 위해 응용된 것일 따름이다. 음양은 정편오위의 뜻을 알게 하기 위해 사용한 것일 따름이므로 명구(名句)에 구애되어서는 안 된다.64) 이를 뒤에 제시하고 있는 그림으로 나타낼 수 있다.

---

63) 여기서 밝히고 있는 것은『曹洞五位要解』에 나타나고 있는 사항들을 종합적으로 정리해 표현하는 것이다.
64)『曹洞五位要解』, "今行人知陰陽五圈 與偏正五圈相配 但識其趣 不必泥於名句 幸甚."(민영규 교록, 418쪽.)

「만복사저포기」가 사상적 기반으로 삼은 '정중편'은 역(易)에서 손괘(巽卦, ☴)라 할 수 있으며, 「태극도설」의 음정양동(陰靜陽動), 한번 운동하고 한번 고요하여 생겨나는 음양의 양의(兩儀)에 빗대어진다. 「참동계」에서는 현황지후(玄黃之後)로 표현되고, 괘는 하괘(下卦)로부터 상괘(上卦)로 이행하므로 손괘(☴)는 음에서 양으로 나아가 정(正)에서 편(偏)으로의 이동을 나타내게 된다. 이러한 구도와 관련을 지어 작품을 보면, 「만복사저포기」에서 음계(陰界)에 속하는 여귀(女鬼)가 양계(陽界)에 속하는 양생(梁生)에게로 찾아가 어우러지고 있다. 그리고 공(空)이자 환(幻)인 음계로서의 귀신·빈 사찰·무덤 속에서 남녀의 화락(和樂)이라는, 양계의 활달하고 기운생동한 장면들이 그려진다. 이 모든 것들이 일 없는 정위(正位) 가운데서 벌어진 현상 곧 편위(偏位)인 것이다. 아래 그림의 중간 부분에 나타난 구도화가 바로 그런 면모를 드러내고 있는 것이다.

正中偏 ☴ 君位 玄黃之後 ◖ 誕生	현상〔偏〕	○ 陽 ━ 動	男 : 梁生 : 生者	남녀의 和樂	萬福寺樗蒲記
		陽動 ◉ 陰靜		↑	
	본체〔正〕	● 陰 ━━ 靜	女 : 鬼神 : 死者	밤, 빈 사찰, 무덤	

그림의 왼편에 나타나고 있는 '군위(君位)'는 조산본적(曹山本寂)이 창안한 「군신오위(君臣五位)」의 표현인데, 임금의 지위이되 훈습(薰習)으로 인하여 잘못하면 현상 세계의 고통을 다시금 느끼게 되는 자리라 할 것이다. '현황지후(玄黃之後)'는 「참동계」에서 밝힌 것을 바탕으로 한 「단하

자순선사오위서(丹霞子淳禪師五位序)」에서 밝히고 있는 "현황지후 방위자타(玄黃之後 方位自他)"에서 '현황지후'를 말하는 것이다. 이에 대하여 김시습은 "하늘은 맑아 위에 있고, 땅은 탁하여 밑에 있되, 둘이 합하고 둘이 서로의 원인이 되어 오기(五氣)가 따르게 되고 사계절이 행하게 됨을 말한 것이다."65)라고 주석을 달았다. '현황지후'는 천지와 사계절이라는 시공(時空)의 탄생을 말해주고 있는 것인데, 앞서 살핀 「만복사저포기」의 공(空)·환(幻)의 세계가 바로 이와 관련된다고 볼 수 있다.

그리고 '탄생(誕生)'은 석상경제(石霜慶諸)의 「왕자오위(王子五位)」에서 "어떤 것이 탄생 왕자인가?/ 귀한 후손은 보통의 신분이 아니라서/ 태어날 때부터 지존한 위치이다."66)라고 하여 '정중편'을 시적 비유로 표현할 때 나온 말이다. 태어날 때부터 지존의 위치라는 것은 중생이 본래 부처임을 말하는 것이라 볼 수 있다. 그런 존재가 헛된 마음에 집착하여 본래의 면목을 잃어버리는 잘못을 범하게 되는 것이다. 「만복사저포기」가 보여주는, 양생의 욕망이 빚어내는 고통이 바로 본래 면목을 잃어버린 데서 비롯된 것이다. 그런데 작자는 거기에서 끝을 맺고 있지 않으니, 다시금 본래의 면목을 찾는 양생의 모습을 보여줌으로써 참되게 깨달은 자의 유유자적함을 '입산채약(入山採藥)'하고 '부지소종(不知所從)'하는 모습으로 나타냈다고 할 것이다.

결국 「만복사저포기」는 본래 부처인 양생이라는 존재가 애욕을 일으켜 인간사의 고통을 당하고, 다시 본래의 모습을 되찾은 자로 유유자적한 삶을 산다는 내용을 담은 소설이라 할 수 있다. 인간들이 겪는 다툼과 고통은 실상 본래 자신이 부처임을 깨닫는 데서 해소될 수 있는 것임

---

65) 『曹洞五位要解』, 「丹霞子淳禪師(洞山)五位序」, "天淸而上 地濁而下 相合相因 五氣順 四時行."(민영규 교록, 앞의 책, 421~422쪽.)

66) 『人天眼目』권3(『大正藏』48, 316쪽.), "如何是誕生王子 霜云 貴裔非常鐘 天生位至尊."(김호귀, 『묵조선연구』, 민족사, 2001, 270~271, 재인용)

을 여실하게 보여주고 있는 소설이다. 이는 정편오위 가운데 정중편의 경지를 그 사상적 배경으로 삼아 보여주고 있는 구도임을 확인할 수 있다.

2. 「李生窺墻傳」과 偏中正

『금오신화』의 두 번째 작품인 「이생규장전」은 송도(松都)에 사는 이생(李生)과 최랑(崔娘)의 비극적 사건을 다루고 있는 전기소설(傳奇小說)이다. 그 줄거리를 먼저 살펴보자.

담장 안을 엿보던 이생은 최랑을 보고 마음이 끌리어 아름다운 인연을 맺는다. 이생은 밤마다 담을 넘어 최랑과 만났는데, 이생의 아버지는 그를 울주(蔚州) 농장으로 쫓아버린다. 이 소식을 들은 최랑은 병으로 쓰러지고, 최랑의 부모는 이 사실을 알고 세 번이나 매파를 보낸 끝에 두 사람은 혼인을 할 수 있게 된다. 이생은 대과에 합격한다. 그러나 홍건적의 침입은 최랑을 죽음으로 몰아넣는다. 간신히 목숨을 구한 이생은 최랑의 환신(幻身)을 만나 삼년 동안 이승의 인연을 잇지만 결국 작별을 고할 수밖에 없었다. 최랑을 떠나보낸 이생은 병을 얻어 그녀를 따른다.

이런 줄거리를 지닌 「이생규장전」은 앞서 살핀 「만복사저포기」와 달리 첫 번째 만남에서 명계(冥界)의 여인과 만나지 않고, 현실 속에서 만나 사랑하고 난리로 인해 고통을 당한다. 홍건적의 난을 계기로 하여 비롯된 두 번째 만남에서야 「만복사저포기」처럼 여인의 환신(幻身)이 출현해 못 다한 사랑을 나누고 떠나간다. 「만복사저포기」에 비하여 좀더 현실성을 갖추고 있으며, 여러 단계의 서사 전개 과정67)을 보여주는 까닭

---

67) 임형택(앞의 글, 34~35쪽.)은 세 차례의 시련과정을 상정했다. 첫 번째 시련은

에 연구자들이 많은 관심을 기울여온 작품이 「이생규장전」이다. 연구자들은 이생과 최랑의 애정을 작품의 핵심적인 내용으로 삼아 자유연애 사상을 드러내는 작품으로 보기도 하고[68], 정조를 지키는 열렬한 사랑을 보여주는 작품으로[69], 또는 자유연애사상과 환신과의 사랑을 통한 비극성을 잘 드러낸 작품으로[70] 보기도 하였다.

애정을 긍정적 차원에서 바라보는 이러한 연구 경향은 그 사상적 기반을 성리학에서 찾았다. 정병욱[71]·임형택·조동일[72]·김명호[73]·김일렬 등에 의해 진행된 이런 연구 경향은 『금오신화』 전체의 사상적 기반도 성리학 사상에 기반을 둔 것으로 바라보았다. 이 가운데 임형택과 조동일은 김시습의 사상을 기일원론(또는 일원론적 주기론)으로 보면서 그것이 현실주의적 세계관을 가능하게 했으며, 그에 따라 『금오신화』 창작의 사상적 기반을 이루게 되었다고 보았다. 기일원론은 귀신과 같은

이생이 시골로 쫓겨가고, 최랑이 상사병으로 몸져 눕게 되는 상황으로, 두 번째 시련은 전란으로 최랑이 죽의 상황으로, 세 번째 시련은 최랑이 영원히 이생의 곁을 떠나야했던 상황으로 임형택은 파악하였다. 김일렬(「金鰲新話考察」, 『조선전기의 언어와 문학』, 형설출판사, 1976, 273쪽.)은 구애와 만남, 부모에 의한 이별, 정식혼인에 이르는 '상승 과정'과, 전란에 의한 이별, 생자와 사자의 만남, 생자와 사자의 이별에 이르는 '하강 과정'으로 나타나는 비극적 도식의 작품이라 보았다. 소재영(「金鰲新話의 文學的 價値」, 『한국 고소설의 조명』, 아세아문화사, 1992, 17쪽.)은 이별의 단계를 세 단계로 복잡화되어 있다고 지적한다. 첫 단계는 이생과 최랑이 가연을 맺었다가 이생 집안의 반대로 이별하게 되는 사건이고, 둘째 단계는 재결합한 두 사람이 홍건적의 난으로 이별하게 되는 사건이며, 셋째 단계는 이생과 최랑의 환신이 만나지만 저승길을 피할 수 없다 하여 이별하게 되는 사건 등으로 소재영은 이별의 단계를 설정하였다.

68) 정병욱, 「金時習 硏究」, 『한국 고전의 재인식』, 홍성사, 1979.
69) 이재호, 「金鰲新話攷」, 『金鰲新話』, 과학사, 1980, 257쪽.
70) 소재영, 위의 글, 19쪽.
71) 정병욱(위의 글)은 유교이념을 기반으로 한 유불일치론으로 『금오신화』를 바라보았다.
72) 조동일, 「소설의 성립과 초기소설의 유형적 특징」, 『한국소설의 이론』, 지식산업사, 1977.
73) 김명호, 「김시습의 문학과 성리학사상」, 『한국학보』 제35집, 일지사, 1984.

존재를 상정한다는 것을 거부하는 입장이라 하겠는데, 『금오신화』의 「이생규장전」·「만복사저포기」·「취유부벽정기」는 명혼전설(冥婚傳說)을 소재적 측면에서 택하여 역설적인 구조인 소설로 나타낸 것이라고 조동일은 풀이하였다. 그러면서 「이생규장전」의 경우, 최랑의 뼈를 수습하여 장사지내고, 그리는 마음 때문에 병이 생겨 몇 달 만에 세상을 떠났다는 소설의 마지막 부분은 "자아가 세계를 전체적으로 거부함으로써 좌절에 머물지 않으려는 각오"74)를 여실히 드러내는 것이라고 결론을 이끌었다. 현실을 중시하는 기일원론을 김시습의 사상으로 보는 데서 나타나게 되는 명혼(冥婚)의 처리 문제를 '역설'이라는 소설적 장치로 풀이해놓은 것이다. 그 후 '귀신론'을 마련하여 요귀(원귀)만은 인정했던 것을 근거로 그 주장을 뒷받침하려 했다. 그런데 이러한 구도와 부합하는 작품이 『금오신화』 가운데 「이생규장전」이라 하겠는데, 여전히 귀신의 처리 문제는 논란의 여지를 많이 갖고 있는 것이었다. 즉, 「만복사저포기」에서 문제를 제기했다시피, 작자 김시습은 귀신을 인정하지도 않았으며, 요귀(원귀)는 빙의(憑依)의 형태로 나타날 수 있다고 보았을 뿐 생시의 모습을 그대로 유지한다고는 말하지 않았다.75) 현실을 중시한다는 측면을 부정할 수는 없으나, 그것이 기일원론 또는 성리학 사상에 기반을 두었기 때문에 가능했다고 볼 수 없다.

한편, 「이생규장전」을 우의적 소설로 바라보는 입장들이 있었다. 이들은 대체로 이생을 작자의 분신으로 바라보고, 최랑을 절개 때문에 목숨을 잃은 사육신에 빗댄 것으로 보는 입장들이다.76) 이러한 주장들은

---

74) 조동일, 위의 글, 232쪽.

75) 이와 관련된 비판적 검토는 「만복사저포기」를 고찰하면서 이미 밝혔다.

76) 정주동(앞의 책, 604~605쪽.)은 이생을 김시습으로, 최랑의 죽음을 端宗 또는 顯德王后 등이 참사를 우의적으로 표현한 것으로 보았다. 이 외에 이재호(앞의 글, 257쪽.), 김용덕(「이생규장전연구」, 『한국어문학탐구』, 민족문화사, 1983.), 설성경(「이생규장전의 구조와 의미」. 『고소설의 구조와 의미』, 새문사, 1986.),

실제 김시습이 세조의 왕위 찬탈에 대한 저항으로 승려가 되었다는 사실을 기록한 전기물들이나 사육신의 시신을 수습하고, 초혼 제사를 지냈다는 기록 등을 뚜렷한 이미지로 각인하고 있는 상태에서 나온 것이라 할 수 있다.77) 이는 작품 외적 기록에 따른 정황적 증거로 작품을 해석하고 있는 것이다. 하지만 「이생규장전」이 그와 같은 당대 사회에 대한 비판 의식만을 작품에 투영하려는 데 목적을 두었던 소설이었는지는 의심스럽다. 필자가 생각하건대, 작자 김시습은 「이생규장전」을 창작하면서 그런 당대에 대한 비판적 메시지를 전달하려 하면서도 좀 색다른 방향을 제시하려 했던 것으로 보인다. 필자는 그 방향이 다름 아닌 김시습의 선 사상이라 할 조동오위 가운데 '편중정'의 사상에 있는 것으로 보인다.78) 이제 그 사상이 어떤 구도로 구조화되어 나갔는지를 세세히 살펴보도록 하자.

「이생규장전」은 현실에서 벌어지는 사건을 주로 다룬 전반부와 귀녀와 사랑을 나누는 사건을 다룬 후반부로 나뉜다. 먼저 전반부의 서사 구

김혜숙(「이생규장전, 그 우의와 내막」, 『울산어문논집』3집, 1987.) 등이 이러한 입장을 취하고 있다.

77) 1456년 6월에 자살하거나 죽임을 당한 사육신의 시신들 가운데 '박팽년, 유응부, 성삼문, 성승' 등 다섯 시신을 노량진에 묻고 작은 돌로 묘표를 대신했다는 기록이 『練藜室記述』에 나와 있다.(李肯翊, 『練藜室記述』, 端宗記事本末.) 필자의 생각으로는 후대에 지어낸 설화 자료로, 신빙성이 떨어지는 것으로 보인다. 그리고 김시습이 東鶴寺에서 사육신의 초혼 제사를 지냈는데, 그는 유자로서보다는 불승으로서 이전부터 행해오던 제사를 지냈다고 보는 것이 합당할 듯하다. 왜냐하면 동학사의 초혼각에 대한 제사는 설잠 이전부터 왕명으로 유림과 불교도들에게 수호하도록 했던 것이라 한다. 김시습은 당시에 坦禪·明禪·月岑·雲波 등의 승려와 함께 승려로서 재를 올렸던 것으로 보인다.(황인규, 「조선초 두타승 雪岑 金時習」, 『고려말·조선전기 불교계와 고승 연구』, 혜안, 2005, 461~462쪽.)

78) 「이생규장전」을 불교 사상이 투영된 작품으로 보는 입장은 정주동(앞의 책, 590쪽.)이 유일하다고 하겠는데, 그는 전체적으로 불교 사상이 바탕이 되었다고 본 것이 아니라 "표면상의 주제는 남녀간의 순정을 다룬 것이나 역시 그 기저에는 유불 사상이 주류를 이루고 있으며 특히 二幕에서는 佛의 無常觀이 감돌고 있다."라고 하면서 유·불·도 사상이 혼재되어 있는 것으로 평하고 있다.

도를 살펴보면, 대부분의 시공간이 세속적인 현실계임을 알 수 있다. 공간적으로 그들이 사랑을 나누는 곳은 시속 사람들이 흥성대는 송도(松都)라는 도시이다. 그리고 이생이 담장너머로 훔쳐본 최랑이 머무는 공간은 꽃들이 만발하고, 벌과 새들이 다투어 재잘거리며, 주렴이 반쯤 내려지고 비단 휘장이 드리워진 참으로 아름다운 곳이다.79) 연인은 밤마다 아름다운 이 공간에서 사랑을 나눈다. 그런데 이별의 장애를 딛고 결혼을 한 다음에 이 세속 공간은 홍건적의 난으로 피비린내 나는 죽음의 공간으로 뒤바뀐다. 친척과 노복들이 흩어지고 부모의 해골이 들판에 낭자하게 흩어진 공간이 되어버린다.80) 「이생규장전」의 결말 이전까지의 세계가 드러내는 시공간은 환상적인 「만복사저포기」와는 달리 이처럼 철저히 현실적인 세계이다.

> 겁탈하려 하자 부인이 크게 꾸짖었다.
> "호귀야 나를 죽여 씹어 먹어라. 차라리 죽어서 승냥이와 이리의 뱃속에 들어갈망정 어찌 개돼지와 같은 놈의 배필이 된단 말이냐?"
> 도적은 화가 나서 여인을 죽이고 살을 발라냈다.
> 이생은 긴 풀이 우거진 들에 숨어 간신히 목숨을 보전했다. 한참 뒤 도적이 이미 소멸했다는 소식을 듣고 이생은 부모님이 사시던 옛 집을 찾아갔다. 그러나 집은 이미 불에 타고 없었다. 이생은 여인의 집에 가 보았다. 거기에는 행랑채만 휑하게 남았고 집안에는 쥐새끼들이 찍찍거리고 새들이 지저귀고 있었다.81)

---

79) 「李生窺墻傳」, "名花盛開 蜂鳥爭喧 傍有小樓 隱映於花叢之間 珠簾半掩 羅幃低垂."
80) 「李生窺墻傳」, "傷亂之後 親戚僮僕 各相亂離 亡親骸骨 狼藉原野 儻非娘子 誰能奠埋."
81) 「李生窺墻傳」, "欲逼之 女人罵曰 虎鬼殺啗我 寧死葬於豺狼之腹中 安能作狗彘之匹乎 賊怒殺而剮之 生竄于荒野 僅保餘軀 聞賊已滅 遂尋父母舊居 其家已爲兵火所焚 又至女家 廊廡荒凉 鼠喞鳥喧."

사랑이 존재하던 현실 공간에서 벌어진 전쟁이라는 거대한 폭력은 사랑과 가족을 철저히 파괴했다. 아리땁던 여인도 성난 도적의 손아귀에 무참히 죽어갔다. 「만복사저포기」에서 짧게 서술되었던 피비린내 나는 살육의 현장은 「이생규장전」에서 이처럼 생생하게 포착된다. 현실의 시공간에는 담 안에 존재하는 최랑의 처소와 담 밖의 세계가 존재했다. 담 안은 사랑과 생명의 공간이요, 담 밖은 파괴와 죽음의 공간이다.82) 남녀의 자유로운 연애와 화락(和樂)이 존재하기도 하지만, 이별의 아픔과 전쟁·죽음 등의 고통도 존재하는 세계, 그러한 인간 현실의 세계를 「이생규장전」은 결말 직전까지 끌고나간다. 그래서 아내를 잃고 눈물을 훔치던 이생은 지난날 노닐던 일을 생각하며 완연히 한바탕 꿈이라 생각한다.83) 이처럼 남녀의 사랑과 피비린내 나는 살육이 존재하는 현실을 통해 얻게 된 깨달음은 '완여일몽(宛如一夢)'이라는 말에 압축되어 나타난다.

이러한 구도는 정편오위 사상 중에서 '편중정(偏中正)'의 경지라 볼 수 있다. 조산본적의 다음 표현은 이 '편중정'의 경지를 잘 알려주고 있다.

> **연(緣) 속에서 정(正)을 터득하는 것이다.** 편위가 현상으로 드러나 있음은 앞서 말한 바 있다. 다시 어떤 모습으로 드러낼 필요가 있으랴. 지금 나타나 있는 그대로가 편위인 것을. 자칫하면 간과하기 일쑤다. 바로 편위 속에서 터득하지 못하면 하잘 것 없는 범부에 불과하다. 본래의 자기 머리를 거울 속에서 찾으려 말라. 그러면 종내 찾지 못할 것이다. (강조-필자)84)

---

82) 윤경희, 「〈이생규장전〉의 구조적 연구」, 『古小說硏究』, 한국고소설학회, 1997, 168쪽.
83) 「李生窺墻傳」, "悲不自勝 登于小樓 抆淚長噓 奄至日暮 塊然獨坐 佇思前遊 宛如一夢."

현실적 삶 속에서 맺어진 인연, 그 인연들이 빚어내는 편위 속에서 정위를 터등하는 것이 '편중정'이라는 것이다. 조선본적이 표현한 편중정의 세계는 꽃다운 청춘 남녀의 사랑과 고통의 삶을 통해 주인공 이생이 '완연히 한바탕 꿈과 같음〔宛如一夢〕'을 깨달음으로써 나타났다고 볼 수 있다.

그런데 소설은 여기에서 끝나지 않는다. 후반부에 들어서면 「이생규장전」은 이전까지와는 다른 시공간을 펼쳐놓는다. 이경(二更) 무렵 달빛이 비치는 공간에 죽은 최랑이 환신(幻身)이 되어 나타나는 것이다. 「만복사저포기」에서 벌어졌던 환(幻)이자 가상의 시공간이 「이생규장전」의 이 부분에 와서 다시 시작된다. 그런 환상(幻相)의 시공간은 양쪽 집안 부모님의 해골을 수습하고, 제사를 드리는 세계이면서, 타인들과 거리를 두고 금슬지락(琴瑟之樂)을 즐기는 세계이다. 그렇게 채워진 환상의 시공간은 저승 세계의 법령을 어길 수 없다며 떠나는 최랑과 이별하는 순간 사라져버린다. 끝내 이생은 여인을 추모하다 병을 얻고 세상을 떠난다.

이생이 겪은 전반부의 사건은 철저하게 현실에서 벌어지는 인간의 비극적 생이었으며, 주인공으로 하여금 인생이 한바탕 꿈임을 깨닫게 만든다. 그러나 '완연히 한바탕 꿈과 같았다〔宛如一夢〕'는 서술이 있자마자 환(幻)이요 허상(虛相)인 세계를 더욱 더 강렬하게 그려주었다. 해원(解寃)의 굿판을 벌이듯 환상은 아내를 잃은 이생의 마음을 한동안 다독여준다. 최랑은 이생의 갈애(渴愛)가 빚은 환신이다. 다음의 서술은 이를 뒷받침한다.

---

84) 「註釋洞山五位頌」, "緣中會也 露也 適來又記得 又是什麼模樣 恁麼則別不呈色 卽今會也 只者箇便是也 失又恁麼卽未有眞時較些子本來頭 又莫認影卽是 又終 不記得 又恁麼卽皆不得也."(『大正藏』48, 314쪽 下. ; 김호귀, 앞의 책, 105~ 106쪽, 재인용.)

이생은 그녀가 이미 죽었다는 사실을 잘 알고 있었다. 하지만 그는 그
녀를 지나치게 사랑하였다. 그래서 그녀의 존재를 의심하거나 괴이하게
여기지 않았다.[85]

김시습은 직접적으로 그것이 의식이 만들어낸 환상이라고 말하지 않
고, 환상임을 얼핏 비쳤다가 환상임을 느끼지 못할 정도로 세속적인 화
락의 세계로 인도한다. 그것은 결국 저승길로 떠나는 최랑과의 이별을
더욱 고통스럽게 만드는 장치로 기능한다.

"낭군의 수명은 아직 여러 기(紀)가 남아 있지만 저는 이미 귀신의 명
부에 이름이 실려 있으니 오래 머물러 있을 수가 없습니다. 만약 굳이
인간 세상을 그리워하고 미련을 가져 저승 세계의 법령을 위반한다면,
비단 제게만 죄가 미치는 게 아니라 당신께도 미칠 것입니다. 다만 저의
유해가 아무 곳에 흩어져 있으니, 만약 은혜를 베풀어 주시겠다면 유해
를 바람과 햇볕에 그냥 드러나지 않게 해 주십시오."
두 사람은 서로 바라보며 눈물을 줄줄 흘렸다. 여인은 말했다.
"낭군님 부디 몸조심 하십시오."
말이 끝나자 여인은 점점 사라져갔다. 마침내 아무 종적도 없게 되었
다.[86]

최랑의 말은 이생이 지금까지 귀신과 함께 살았음을 알게 한다. 양
가의 부모를 함께 장례까지 치르면서도 최랑의 시신은 수습도 못한 상태
였던 것이다. 현실계에서 벌어진 살육의 땅에 흩어진 시신을 찾지도 못
하던 이생이 사랑하는 아내를 간절히 그리워했고, 그것이 귀신을 불러들

---

85) 「李生窺墻傳」, "生雖知已死 愛之甚篤 不復疑訝."
86) 「李生窺墻傳」, "李郎之壽 剩有餘紀 妾已載鬼籙 不能久視 若固眷戀人間 違犯條
　　令 非唯罪我 兼亦累及於君 但妾之遺骸 散於某處 倘若垂恩 勿暴風日 相視泣下
　　數行 云 李郎珍重 言訖漸滅 了無踪迹."

였던 것이다. 귀신은 인간의 의식이 만들어내는 것이다. 김시습은 「만복사저포기」에서와 같이 그러한 인간의 간절한 욕망이 불러내는 심적 작용으로서의 귀신을 실재하듯 서사화하였다. 물론 그것은 「최치원(崔致遠)」과 같은 명혼(冥婚) 서사의 전통을 계승한 측면이 있다. 그러나 「이생규장전」이 보여주는 귀신에 대한 서술은 인간의 의식이 만들어내는 허구요, 환상이라는 것을 확실히 드러내었다. 작가는 그녀를 너무 사랑하였으므로 귀신이란 걸 알면서도 받아들였다고 서술했기 때문이다.

이러한 후반부의 서사과정은 「만복사저포기」의 전반부와 많이 닮아 있다. 곧 귀신이라는 환상적 존재와 나누는 부부의 사랑, 그것은 「만복사저포기」의 전반부를 지배하던 '정중편'의 흐름이었다. 현실적 삶의 고통을 통해 얻은 '완여일몽(宛如一夢)'의 정위(正位)는 그것으로 끝을 맺지 못하고, 또다시 현실의 삶에 집착하는 편위(偏位)로 변화하였다. 이생의 의식 세계에 나타난 금슬지락(琴瑟之樂)의 편위(偏位)는 다시 여귀였던 부인과 이별함으로써 더욱 더 강렬한 인생무상의 깨달음〔正位〕을 낳게 만든다.

그런데 정위의 형태로 나타나야 할 마지막 처리 부분은 '죽음'으로 끝을 맺고 있음을 보게 된다. 만일 현실〔偏〕이 한바탕 꿈인 허상(虛相)이라는 것을 깨달은 주인공이라면 불교에 귀의하거나 극락왕생이라도 했다고 대미를 장식해야 할 것 같은데, 결말은 그렇지가 않다. 최랑의 유골을 부모의 묘소 곁에 부장하고, 이생도 여인을 추모하다 병으로 죽어갔다고 서술했을 따름이다. 「왕랑반혼전」과 같이 주인공이 저승에서 살아 돌아와 염불을 통해 극락왕생했다[87]는 결말 같은 것이 있어야 '편중정'을 잘 드러낼 수 있지 않을까?

그런데 이생의 죽음은 단순한 죽음이 아니다. 온갖 연기의 삶 속을

---

87) 오대혁, 「〈王郎返魂傳〉의 傳承 研究」, 『불교어문논집』7집, 2002.

헤매던 자가 집착을 놓아버린 깨달음의 상태, 그것을 죽음이라는 상징으로 표현한 것이라 보아야 온당할 것이다. 이와 관련하여 작자가 표현하고 있는 '편중정'을 들여다볼 필요가 있다.

> 색(色)과 공(空)이 숨고 드러나는 것은 서로가 단멸하지 않았다는 뜻이다. 음(陰)이므로 모든 현상〔諸法〕이 인연으로 인해 현상〔相〕을 드러내며, 움직이지 않고 어둡기 때문에 모든 현상〔諸法〕이 일어나는 것이다. 눈이 있으나 현상〔相〕이 없고, 현상이 없고 움직임이 없음이 편중정 위이다.[88]

온갖 인연으로 만들어진 현상들이니, 그런 현상이 없고 움직임이 없는 상태가 편중정이라고 표현하였다. 위와 같은 김시습의 진술을 고려해 볼 때 깨달음의 상태를 작품은 죽음이라는 표현으로 드러냈던 것이라 할 수 있다. 앞서 본 「만복사저포기」가 '정중편'의 원리에 의해 짜여진 구조로 편(偏), 즉 깨달은 자의 현실적 움직임으로 결구를 맺는 형태를 취했음과 대조적으로, 「이생규장전」은 곧 '편중정'의 원리를 구현하면서 공(空)한 정위의 지점, 곧 죽음으로 대미를 장식하고 있는 것으로 보인다.

결국, 「이생규장전」은 앞서 본 「만복사저포기」가 보여주었던 회호(回互)하는 모습을 아래의 구도와 같이 보여주었다고 말할 수 있다.

편위(偏位)		정위(正位)		편위(偏位)		정위(偏位)
애욕에 따른 사랑과 현실의 고통	⇒	宛如一夢 (미완의 覺者)	⇒	귀신인 부인과의 사랑 (正位 中 偏位)	⇒	죽음 (깨달음의 완성)

---

88) 『曹洞五位要解』, "有色空隱顯 不相斷滅之義 陰則諸法之所緣 有性而不動 晦則諸法之所起 有目而無相 無相無動 偏中正位."(412쪽)

이와 같이 「이생규장전」은 "현상〔偏〕 속에서 본체〔正〕를 깨닫는다." 는 '편중정'의 가르침을 그대로 보여준다. 이생과 최랑이 현실 속에서 벌이는 온갖 장애들은 현상〔偏〕이었다. 심지어 환신(幻身)으로 나타난 최랑과 함께 살았던 것도 현실 속 이생의 갈애가 만들어낸 것이지만, 그것도 현실 속 이생 스스로가 벌인 의식의 장난이었다. 전반부의 현실 세계나, 후반부의 의식이 만들어낸 세계는 연기(緣起)에 따라 온갖 희로애락으로 몸부림치다가 죽어가는 인간의 비극적 파노라마이다. 이생의 표현처럼 그러한 현상계는 '완여일몽(宛如一夢)'의 세계이다. 또한 그것은 인귀교환의 모티프를 서사화한 가운데 고차원적인 깨달음을 뜻하는 죽음으로 나타냈던 것이다. '편중정'은 바로 그렇게 인연에 따라 발생한 현상적 세계가 결국 환몽과 같은 것임을 깨달아야 함을 말한 것이다.

「이생규장전」이라는 제목 역시 '편중정'을 그대로 투영하고 있는 것이라 볼 수 있다. '이생(李生)'이라는 현실〔偏〕 속 인간이 '담장 너머 엿보는〔窺墻〕' 것, 그것은 다름 아닌 본체〔正〕이다. 삼라만상(森羅萬象) 속에 존재하는 본체를 엿보는 '편중정'의 경지를 「이생규장전」이라는 제목은 비유적으로 표현하고 있는 것이라 볼 수 있다.

지금까지 살핀 내용을 기반으로 정편오위 중 편중정의 사유체계와 「이생규장전」의 구조를 종합적으로 짚어보자.

동산(洞山)은 정편오위에서 '편중정(偏中正)'을 '편이 편에 앉지 않음이라〔偏不坐偏〕.'라고 표현하였다. 그리고 김시습은 이에 대한 주석에서 편위를 "편은 곧 색계(色界)이니, 원각(圓覺)의 청정한 본체를 따라 비치는 염정만법(染淨萬法)이니, 일체의 부처님이 이를 따라서 나타나며, 일체 중생이 이로 말미암아 나오며, 일체 국토 산하와 심신이 이를 따라 연기(緣起)하는 묘용(妙用)"이라고 편위(偏位)를 설명하였다. 그리고 모든 현상은 마음에 의해 일어나는 것이니, 현상에 대한 집착에서 벗어나야 한다는 것이 '편중정'의 경지라 했다.89) 또한 이는 김시습이 『법계도주』에서 밝힌 다음의 표현과도 관련을 맺는다.

> 다만 이 현상계[十方法界]는 낱낱이 하나의 티끌이요, 하나의 티끌도 또한 얻을 수 없다. 이는 마치 빛과 같고 그림자와 같으며, 또한 인다라망(因陀羅網)이 서로서로 받아들이고 거듭거듭 비추어서 낱낱이 보배 가운데 여러 보배가 다함이 없는 것과 같아서, 낱낱의 부처님 국토가 시방에 가득하나, 그 시방은 하나에 들어와도 또한 남음이 없다. (이것은) 비교와 의논으로 알 수 있는 것이 아니며, 지혜의 눈으로도 보이지 않는 것이다. 왜냐하면 경행(經行)하거나 좌와(坐臥)함의 가운데 있기 때문이다.90)

일체의 현상계에 본체는 들어 있는 것이다. 의상(義湘)의 『법계도』에서 말하는 '일체 가운데 하나[一切中一]'요, '일체가 곧 하나[一切卽一]'인 것이다. 그래서 김시습은 '경행(經行)·좌와(坐臥)' 곧 도를 행하거나 앉고 눕는 일상(日常) 속에 본체가 있음을 말하고 있는 것이다. 곧 이 현실이 본체인데, 또 다른 세계를 상정하는 것은 그에게 결코 용납될 수 없는 것이다. 바른 눈을 활짝 열어서 세간을 통찰하면 하늘과 땅, 일월성신, 산천, 인간과 사물이 모두 부처91)인데, 다른 곳에서 부처를 찾지 말라고 작자는 말한다. 김시습은 「이생규장전」에서 사랑과 전쟁 등, 온갖 집착들이 빚어내는, 망령된 장애들이 존재하는 현상계를 온전하게 보

---

89) 『曹洞五位要解』, "偏卽色界 從覺圓淸淨體上 所照染淨萬法 一切諸佛 從玆而現 一切衆生 由此而出 乃至一切國土山下 昇心器界 從玆緣起妙用也 …(中略)… 不坐偏云者 言一切萬法 從心而起 心本無住."(민영규 교록, 앞의 책, 411~412쪽.)

90) 『大華嚴法界圖序』, "只這十方世界 个个是一微塵 一微塵 亦不可得 如光如影 亦如因陀羅網 互相滲徹 重重交映 一一寶中 衆象無盡 一一佛國 滿十方十方入一 亦無餘 非擬議所知 非智眼所見 何也 經行及坐臥 常在於其中."

91) 『華嚴釋題』, "開正眼 洞照世間然後 天也是佛境界 地也是佛境界 日月星辰也是佛境界 山川人物也是佛境界."(金知見 編, 『大華嚴一乘法界圖註幷序(華嚴經釋題)』,)

여줌으로써, 독자들로 하여금 집착에서 벗어나 고통스런 현실의 대중을
바른 길로 이끌어야 함을 말하고자 했던 것이다.

이와 같이 편중정의 사유체계는 「이생규장전」의 전체적인 서사 구도
와 밀접한 관련성을 지닌다. 그리고 편중정을 설명하기 위해 이용한 다
양한 비유와 상징들이 작품의 모티프들로 기능하고 있음도 확인된다.

김시습은 편중정의 세계를 주렴계(周濂溪)가 밝힌 「태극도설」의 음양
오권(陰陽五圈)과 위백양(魏伯陽)의 「참동계(參同契)」에 비유해 구조화했
다. 이를 「이생규장전」의 서사구조와 연결지어 살펴보도록 하자. 앞서
보았듯 정과 편은 ●음(陰, ━ ━), ○양(陽, ─)으로 나타내고, 양은 남성
이요 음은 여성을 나타낸다. 역시 그 구조적 유사성에 초점을 맞춰야지
명구에 구애돼서는 안 된다. 이러한 내용을 바탕으로 「이생규장전」을 편
중정과 연결해 그림으로 나타내보면 아래와 같이 나타낼 수 있다.

偏中正 ≡ 臣位 方位 ◒ 朝生	본체〔正〕	● 陰(━ ━)	女:崔娘(生⇨鬼)	죽음(깨달음) 宛如一夢	李 生 窺 墻 傳
			五行 （火 水 土 木 金）	⇧	
	현상〔偏〕	○ 陽(─)	男:李生(生⇨死)	사랑・이별・ 전쟁 등	

「이생규장전」이 사상적 기반으로 삼은 '편중정'은 역(易)에서 태괘(兌
卦, ≡)로 나타나며, 『태극도설』의 오행(五行), 금(金)・목(木)・수(水)・
화(火)・토(土)가 세상 만물을 구성해 사계절이 운행되는 것에 빗대어진
다. 「참동계」에서는 방위(方位)에 해당한다. 괘는 하괘(下卦)로부터 상괘

(上卦)로 이행하므로, 태괘(☱)는 양에서 음으로 나아가는 것이 되고, 편(偏)에서 정(正)으로의 이동을 나타내게 된다. 이러한 원리와 관련하여 작품을 보면, 「이생규장전」은 양(陽)을 뜻하는 이생이 음(陰)을 뜻하는 최랑의 집 담장을 넘겨다보는 것으로 구조화되었고, 나아가 전반부의 서사 전개에서 파란만장한 삶이 펼쳐진 현실계─편위(偏位)─를 통해 궁극적으로 일평생이 한바탕 꿈임─정위(正位)─을 절절히 느끼도록 구조화했음을 알 수 있다. 이는 곧 편중정의 경지인데, 아직 완전한 깨달음을 얻은 상태가 아니어서 정위에 있던 이생이 죽은 부인을 너무나 그리워하여 또다시 의식 세계에서 환신의 아내를 불러내어 못 다한 사랑─편위(偏位)─을 나눈다. 그러다 다시 아내는 사라지고 절절한 무상감을 느끼다 모든 집착을 놓아버린 죽음─정위(正位)─을 맞는다. 이렇듯 정위와 편위가 서로 회호하면서 진정한 깨달음을 얻는 경지를 「이생규장전」은 다각적인 서사 전개 과정을 통해 구조화하고 있는 것이다. 편중정은 현상즉본체(現象卽本體)임을 드러내는 것이라 볼 수 있으며, 편위 속에 이미 정위가 존재하고 있음을 알려주는 데 그 초점이 있다 할 것이다. 곧 정위(깨달음)가 다른 세계에 존재하는 것이 아니라 내가 발 딛고 살고 있는 이 현상 세계에 존재한다. 따라서 정위가 깃들인 편위 속에서 정위를 발견해야지, 다른 세계를 좇지 말라고 가르치고 있는 것이다. 『십현담요해』에서 김시습이 밝히는 이러한 편중정의 가르침을 들여다보자.

> 본래의 몸을 돌려서 모든 성현의 지위에 들어가지 않는 것을 본색인(本色人)이 행하는 곳이라고 이른다. 여기에 이르면 정위에 머물지 않고 그 몸도 선택하지 않으며, 즉시 다른 생명들 속으로 들어가서 털 뒤집어쓰고 뿔 달고 쟁기를 끌고 당기지만 일찍이 다른 생각은 없게 된다. 그래서 이르셨다. 일체의 물건들과 비교하여도 같지 않으며, 온갖 지혜의 힘으로 논의하여도 이룰 수 없다. 완전히 초월하여 그림자와 자취가 없

으며, 예와 지금의 기연에 떨어지지 않는다. 대지와 산하가 모두 자기인 것이고, 삼라만상이 모두 한 빛이어서 시방세계가 해탈의 문 아닌 것이 없다.92)

인용문에서 '본색인'은 본래 인간의 모습으로 되돌아온 존재, 깨달은 자를 뜻한다. 그 본색인은 높은 곳에 앉아 있는 성현의 위치를 거부하고 이류(異類)들 속으로 파고들어간다. 왜냐하면 뭇 생명과 그 생명들이 꿈틀대는 대지와 산하, 삼라만상이 본래 부처이기 때문이다. "흔히 많은 사람들은 부정적 사고를 가지고 현상이 최고라고 하지 않고 진리의 본체인 무(無)의 세계가 절대적 최고의 세계로 보기가 쉬운데 설잠(雪岑)은 오히려 그러한 생각을 뒤집어 엎은 셈이 되는 것이다."93)라는 한종만의 주장은 김시습의 현실 긍정의 논리를 잘 설명해준다.

위 그림의 왼편에 나타나고 있는 '신위(臣位)'는 조산본적(曹山本寂)이 창안한 「군신오위(君臣五位)」의 표현인데, 신하의 지위로 현상 세계에서 진리를 깨달음을 표현하고 있다고 하겠다. '방위(方位)'는 「참동계」에서 밝힌 것을 바탕으로 한 「단하자순선사오위서(丹霞子淳禪師五位序)」에서 밝히고 있는 "현황지후 방위자타(玄黃之後 方位自他)"에서 '방위'를 말하는 것이다. 이 방위와 관련하여 김시습은 "하늘과 땅 사이에 산과 내, 해와 달, 그리고 공(空)과 색(色), 사람과 사물이 무릇 모습이 아름답고 운명으로 주어진 것이 비록 뿌리처럼 잘고, 진딧물처럼 작은 것이라 하더라도 이에서 벗어날 수 없는 것이니 이것이 있음으로써 변화를 이루고 귀신이 행하는 바인 것이다."94)라고 주석을 달고 있다. 「이생규장전」이

---

92) 『十玄談要解』, 「廻機」, "轉却本來身 不入諸聖位 名爲本色人行履處 到這裏 不居正位 不擇其身 却入異類 披毛戴角 牽犁拽耙 曾無異念 故云 一切物類 此況不齊 千般智力 計較不成 全超無影迹 不墮古今機 大地山河都是自己 森羅萬象 皆同一色."(민영규 교록, 앞의 책, 265쪽. ; 이창섭·최철환 역, 앞의 책, 294~295쪽.)
93) 한종만, 「김시습의 화엄·선 사상」, 『한국 불교사상의 전개』, 민족사, 1998, 345쪽.

보여주는 남녀 사이의 애정도, 인간과 귀신의 만남도, 전쟁과 이산이라는 거대한 시련도 모두 현상계인 편위에 있는 것이며, 참된 깨달음을 뜻하는 정위도 그 속에서 비롯된다는 '편중정' 사상을 잘 드러내준다 하겠다.

그리고 '조생(朝生)'은 석상경제(石霜慶諸)의 「왕자오위(王子五位)」에서 "어떤 것이 조생왕자인가/ 평민의 신분으로 보위에 오르는 것으로/ 그것은 곧 왕실이 아니었음을 가리킨다."95)라고 하여 '편중정'을 시적 비유로 표현할 때 나온 말이다. 평민의 신분이란 편위를 말하는 것이요, 보위란 정위를 가리키고, 왕실은 다른 세계를 뜻한다고 볼 수 있다. 따라서 편위 속에 이미 정위가 있다는 것을 알려준다. 「이생규장전」의 세계와 같다 하겠다.

결국 「이생규장전」은 사랑과 이별, 그리고 전쟁이 가져다주는 이산과 살육 등의 현실계 속에서 진정한 깨달음을 얻어나가는 이생의 삶을 그리고 있는 소설이라 하지 않을 수 없다. 이러한 서사구조에는 정편오위 가운데 편중정 사상을 그 사상적 배경으로 삼고 있음을 알 수 있다.

3. 「醉遊浮碧亭記」와 正中來

『금오신화』의 세 번째 작품인 「취유부벽정기」는 평양에서 개성인 홍생(洪生)이 술에 취하여 탄식하다 비몽사몽(非夢似夢)간에 선녀 기씨녀

---

94) 『曹洞五位要解』, 「丹霞子淳禪師(洞山)五位序」, "天地之間 山川日月 空色人物 凡麗於形 墮御數 雖根荄之微 蟻蠓之細 莫逃乎此 此所以成變化 而行鬼神也." (민영규 교록, 앞의 책, 421쪽.)
95) 『人天眼目』권3(『大正藏』48, 316쪽.), "如何是誕生王子 霜云 白衣爲足輔 直指禁庭中"(김호귀, 『묵조선연구』, 민족사, 2001, 270~271, 재인용)

(箕氏女)를 만나 세속 삶의 무상(無常)을 노래하고 그녀를 잊지 못해 죽었다는 전기소설(傳奇小說)이다. 앞선 두 작품이 여귀(女鬼)와의 교환(交驩)이 중요 모티프로 사용되는 것과 달리, 기씨녀라는 선녀(仙女)를 등장시켜 인간사의 무상(無常)을 함께 느끼고 꿈을 깨는 몽유(夢遊) 구조를 취한 작품이다.

「취유부벽정기」는 연구자들에게 작품 전반에 나타나고 있는 도선적(道仙的) 경향 때문에 신선을 지향하는 작자의 의식이 투영된 작품으로 이해되거나96), 기씨녀가 말하는 왕위 찬탈의 역사에 주목하여 이해되어 왔다. 창작 배경으로서 역사에 주목한 경우는 세조의 단종 폐위에 대한 비판97) 또는 고려 유민의 저항 의식98) 등을 반영한 작품으로 이해되었다.99) 조선의 역사와 연결지은 후자의 연구들 역시 작품 내적으로 신선 지향적이라는 것에 대해 수긍하지 않는 경우는 없는 것으로 보인다. 작품이 시종일관 드러내는 신선과 관련된 소재들이나, 주인공이 신선이 되었으리라 짐작하게 하는 결말 처리는 작자가 도선적 지향을 한껏 드러낸

---

96) 최남선, 「金鰲新話解題」, 『啓明』19호, 1927.
　　　金台俊, 『增補朝鮮小說史』, 學藝社, 1933, 61쪽.
　　　김기동, 「金鰲新話의 硏究」, 『동양학』제5집, 단국대학교, 1975.
　　　이상택, 「〈醉遊浮碧亭記〉의 道家的 文化意識」, 『韓國古典小說의 探求』, 중앙출판사, 1981.
　　　최삼룡, 『朝鮮 初期 小說의 道仙思想』, 형설출판사, 1982, 142~164쪽.
　　　설중환, 「〈金鰲新話〉論」, 『韓國古典小說論』, 새문사, 1990, 134~135쪽.
97) 이가원, 「金鰲新話解題」, 『金鰲新話』, 通文館, 1959.
　　　정주동, 『梅月堂金時習硏究』, 신아사, 1965.
　　　이재수, 「金鰲新話考」, 『韓國小說硏究』, 형설출판사, 1969.
　　　이재호, 「金鰲新話攷」, 『金鰲新話』, 과학사, 1980.
98) 임형택, 「현실주의적 세계관과 금오신화」, 『국문학연구』13, 서울대 국문학회, 1971.
99) 최근 대부분의 연구자들은 「취유부벽정기」의 주제 의식을 이와 같은 두 방향의 연구 성과를 종합하여 이해하고 있는 것으로 보인다. 예컨대 문상기(「금오신화론」, 『부산한문학연구』제6집, 부산한문학회, 1991.)는 위의 두 경향을 통합하여 살폈으며, 다른 연구자들은 이에 대한 별다른 異論을 펼친 적이 없는 것으로 보인다.

작품으로 이해할 만했다. 그런데 문제는 작자 김시습이 작품 이외의 저술이나 시 작품 따위에서 가졌던 태도가 「취유부벽정기」와 일치하는가 하는 점이다. 나아가 『금오신화』 내의 다른 작품의 지향과 맺게 되는 관계도 문젯거리라 할 것이다. 이제 이러한 문제를 풀어나가 보도록 하자.

「취유부벽정기」는 홍생이 술에 취하여 탄식하다 비몽사몽간에 선녀 기씨녀를 만난 후 세속 삶의 무상(無常)을 느끼고, 그녀를 그리워하다 죽었다는 이야기이다. 작품은 이처럼 단순한 서사적 줄거리를 지니는데, 그 내용을 보면 신녀(神女)가 등장하고, 주인공이 세속을 버리고 신선이 되었다는〔遇仙屍解〕 점에서 작자의 도선 지향의 사상이 투영된 작품으로 보게 한다. "홍생이 느낀 바 비감이나 선계 지향적 의도는 바로 작가 자신의 것으로 해석될 수 있는 여지가 여기에 있는 것으로 생각된다. 김시습 자신이 추악한 현실을 떠나서 방외적 세계로 지향하여 그 자신의 세계를 위한 새로운 가치 창조를 위해 노력한 삶의 태도는 작중의 홍생의 승천과 같은 맥락에서 해설될 수 있으리라고 본다."[100]라고 문상기는 주장한다. 그런데 문제는 이렇게 보는 데서부터 시작한다. "이 소설의 세계인 선녀와의 신우(神遇), 인생을 부정한 선계로의 승화가 실은 현실 도피 사상의 소산이라는 결론에 도달한다."고 볼 수 있으며, "이러한 현실 도피는 그의 현실주의적인 자세와 상반된다. 그 자신이 한때 신선사상에도 심취했고, 곧잘 회고조의 시를 썼던 태도와 연관되는데, 한 인간의 모순되는 측면이었다고 하겠다. 즉 「취유기」는 작가의 정신적인 편력과정의 한 이정표인 셈이다."[101]라는 임형택의 작품 비평이 가해지게 된다. 작자가 현실을 강조하는 의식을 지닌 존재였는데, 어찌해서 신선이 되고자 하는 욕망을 「취유부벽정기」를 통해 드러냈는가 하는 문제

---

100) 문상기, 앞의 글, 27쪽.
101) 임형택, 앞의 글, 43쪽.

가 다가서는 것이다. 그것을 과연 현실도피이며, 정신적 편력, 갈등으로 보는 것이 합당한 것일까? 실상 「남염부주지」에서는 현실도피와 상반되게 이계(異界)와 이류(異類)를 거부하면서 현실 개혁의 방향을 제시하고 있는데, 한 소설집 내에서 이렇게 다른 주제 의식을 드러내는 것을 그처럼 정신적 갈등으로 보는 것으로 해석을 끝낼 수 있을까? 그것은 기일원론적 사상가임을 주장하기 위해 작품 전체의 체재를 고려하지 않고 편의주의적으로 해석하고, 그 밖의 사상이 개입되었을 여지를 남겨놓지 않은 것은 아닐까?

그런데 그가 쓴 논설류에서도 신선은 결코 긍정의 대상이 아닌 것으로 나타나고 있다. 김시습은 「용호(龍虎)」라는 글의 첫 부분에서 어떤 사람이 용호로 수련하면 신선이 될 수 있는가를 묻자 "비록 지극한 이치는 아니나 이런 징험이 있었다."[102]라고 답하고 있다. 그리고 호흡법을 중심으로 하여 장생(長生)하고 초탈하는 술법을 장황하게 말한다. 만일 여기까지만 읽는다면 독자는 김시습이 신선지술을 믿고 있었던 것이라 여기게 될 것이다. 그런데 그런 이야기에 덧붙인 다음과 같은 진술은 신선지술의 허황됨을 밝히고 있다.

> 비록 그렇기는 하지만 수요장단(壽夭長短)은 저절로 운수가 정해져 천명(天命)에 매인 것이니, 어찌 생명을 훔쳐서 편안할 수 있겠는가? 진실로 오래 보기를 소나무 교목처럼 한다면, 이것은 하늘을 어기고 명을 알지 못한다고 이를 것이다. 주회암(朱晦庵-朱熹)의 시에 '표표히 신선의 짝을 배워서 세상을 떠나 구름 사이에 있네. 현명(玄命)의 신비를 훔쳐 열고서, 생사의 관문에 몰래 들어가 금정(金鼎)에 용호를 사리고 3년간 신선을 기른다. 칼 모서리〔刀圭〕를 한 입 물면 대낮에 날개가 난다고? 나도 발 벗고 따라가 하려면 어려울 건 없겠지. 다만 두려운 건 천

---

102) 金時習, 『梅月堂集』권17, 「雜著-龍虎」, "雖非至理　有是驗也."

리(天理)를 어기는 것. 생명을 훔치고서 그 누가 편안할까?'라고 하였고, 『주역』의 계사(繫辭)에서 공부자(孔夫子)는 '성인이 역(易)을 지어 능히 천지의 도를 두루 엮어 내었으니, 이런 까닭으로 어둡고 밝은 연고를 알며, 처음을 연구하고 마지막을 따져서 사생(死生)의 설을 알며, 정기가 물건이 되고 유혼(遊魂)이 변화가 되는 까닭에 귀신의 정을 알며, 모양이 천지와 서로 바슷하므로 어긋나지 아니하며, 지혜는 만물에 두루 미치고 도는 천하를 건지므로 지나치지 아니하며, 널리 행하여도 흐르지 아니하며, 천도(天道)를 즐기고 천명을 알므로 근심하지 아니한다.'라고 하였다. 그러니 성인이 역을 지은 것은 천지를 범주로 싸고 만물을 곡진하게 성취시키며, 길흉의 이치를 밝히고 생사의 변화를 드러내고자 한 것일 뿐이다. 어찌 가히 이 생 이외에 다시 다른 생을 훔칠 것인가?103)

김시습은 「용호」에서 "이 생 이외에 다시 다른 생을 훔칠 것인가?"라는 마지막 표현을 통해서 생사를 초월한 신선은 있을 수 없다고 확고히 말하고 있다. 이밖에도 작자는 "귀하고 천함과 오래 살고 일찍 죽는 것은 하늘의 명(命)에 매여 있다."104)라고 하여 불생불멸의 신선술에 대해 부정적으로 인식하였고, "운명을 점치는 것은 곧 경계하고 삼가며 미리 염려하는 길이요, 한번 훔치고 도망하는 술법을 기약함은 아닌 것이다."105)라고 하여 점술법을 절대화하는 것도 경계하였다. 그가 평소 시

---

103) 金時習, 『梅月堂集』권17, 「雜著-龍虎」, "雖然壽夭長短 自有定數關於天命 豈可偸生而可安 苟能久視如松喬 謂之違天不知命也 朱晦庵詩曰 飄飄學仙侶 遺世在雲間 遊啓玄命秘 竊當生死關 金鼎蟠龍虎 三年養神丹 刀圭一入口 白日生羽翰 我欲往從之 脫屣諒非難 但恐逆天理 偸生詎能安 易之繫辭 孔夫子曰 聖人作易 能彌綸天地之道 仰以觀於天文 俯以察於地理 是故 知幽明之故 原始及終 知死生之說 靜氣爲物 遊魂爲變 故知鬼神之情狀 與天地相似 故不違 智周乎萬物而道濟天下 故不過 旁行而不流 樂天知命 故不憂 然則聖人之作易也 所以範圍天地 曲成萬類 明吉凶之理 彰生死之變而 已安可此生之外 復倫他生乎."
104) 金時習, 『梅月堂集』권17, 「雜著-天形」, "且貴賤壽夭命係乎天."
105) 金時習, 『梅月堂集』권17, 「雜著-弭災」, "夫如是則卜命者 乃戒謹預慮之道 非一期偸逭之術."

작(詩作)을 통해 보였던 신선적 풍모가 있다 하겠으나, 어디까지나 시적 수사에 가까운 것이지 그 자체가 그의 사상이라 단정 지어 말하기는 어려울 것이다. 이와 같은 논설이나, 현실주의적 색채가 농후한『금오신화』의 다른 작품들과 연계지어 살펴더라도「취유부벽정기」를 단순히 신선이 되고 싶은 작자의 무의식적 욕망을 표현한 것으로만 볼 수 없게 한다. 그렇다면 어떻게 해석해야 하는가?

우선 떠오르는 것이 당대 사회의 우의적 표현으로 이해해왔던 기존의 주장을 받아들이는 방식이다. 홍생이 부벽루에서 읊은 '맥수서리지탄(麥秀黍離之歎)'의 회고적 시 등을 바탕으로 고려 왕조가 무너지고 조선 왕조가 들어서는 가운데 고려 유민의 저항 의식을 담아낸 작품으로 이해하든가[106], 작자 생존 당시 세조의 왕위 찬탈 문제를 서사화한 작품으로 이해하든가[107], 그도 아니면 단군·기자·동명왕이나 목멱(木覓)·자부(紫府)·창규(蒼虯) 등의 도가적 신성문화 요인 등을 들면서 기존의 사대적 유가 사관을 비판하고 자기비하의 위축된 민족사관의 극복을 주장하였다[108]는 등의 이해가 가능할 것이다. 그러나 이러한 이해가 작품 외적 사실들과 결부된 문학사회학적 접근으로는 타당할지 모르나, 그것들은 부분적 진실을 담보할 뿐 작품을 관류(貫流)하고 있다고 볼 수는 없으리라.

그렇다면「취유부벽정기」전체를 통어(通御)하고 있는 주된 정서는 무엇인가? 아무래도 무상(無常)의 정서라 하지 않을 수 없다. 이는 특히 삽입시의 형태에서 두드러지게 나타나고 있다. 홍생과 기씨녀는 각각 7수씩 총 14수의 시를 읊고 있다. 삽입시의 비중이 높게 나타나는데, 작품들이 보여주는 시적 경지가 매우 높다. 그래서 "오로지「취유부벽정기」

---

106) 임형택, 앞의 글, 40쪽.
107) 앞서 살핀 대부분의 논문들이 이러한 주장을 펼치고 있다.
108) 이상택, 앞의 글, 157~166쪽.

한 편은 문장은 구양수와 소식이요, 시는 두보의 충분(忠憤)과 허혼·유우석의 문체를 지니고 있으니, 실로 압권이다."109)라거나, "「취유부벽정기」는 즐거우면서 음란하지 않고 슬퍼하되 과도하지 않으니 시인의 뜻을 얻었다."110)라는 평가처럼 「취유부벽정기」는 19세기 일본인들로 하여금 시적 경지에 탄복하게 만들기도 했다. 그런데 그 삽입시들은 하나같이 역사 회고를 통해 등장인물의 내면에 형성된 맥수지탄(麥秀之嘆)과 인생무상을 주제화한 것들이다. 이러한 차원에서 본다면 단군, 기자조선으로부터 이어지는 역사를 회고함으로써 등장인물들은 비루한 티끌세상에 대한 집착을 완전히 벗어버린 경지를 보여주고 있다 하겠다. 이와 같은 정서는 도선(道仙) 사상이나 불교 사상과 밀접한 관련을 맺고 있는 것이라 볼 수 있는데, 앞서 살폈듯 도선 사상은 작가의 철학 사상과 일정한 거리를 두고 있는 것으로 보아 불교 사상과의 연관성에 주목해볼 필요가 있겠다.

다시금 작품을 들여다보자. 주인공 홍생은 평양이라는 역사적 공간 속에서 술에 취하여 인간사의 무상함을 느끼고 시 여섯 수를 짓는다. 그의 시는 족히 깊은 구렁에 잠긴 교룡을 춤추게 하고, 홀로 배를 탄 과부도 울릴 만한 것이었다.111)

> 동산에 달 뜰 때 까막까치 날아가고
> 밤 깊어 찬 이슬이 옷자락 적시는구나.
> 천 년의 문물과 의관이 다 사라져
> 산하는 만고에 같아도 성곽은 변하였네.

---

109) 白賁道人 蒲生重章, 「梅月堂金鰲新話跋」(1884년 『大塚本 金鰲新話 跋』, 아세아문화사 영인, 1973, 135쪽.), "而獨如醉遊浮碧亭記一片 其文則歐蘇 而詩則老杜之忠憤 而許渾劉禹錫之筆墨也 實是爲壓卷."
110) 위의 책, 5쪽, "浮碧亭記 則樂而不淫 哀而不傷 得風人之旨."
111) 「醉遊浮碧亭記」, "足以舞幽壑之潛蛟 泣孤舟之嫠婦也."

> 동명성왕이 조천(朝天)해 돌아오지 않으니
> 영락한 세상 누구에게 맡길지 한가히 말한다.
> 황금 수레도 기린마도 자취는 사라졌고
> 연로에 풀 우거지고 스님 홀로 돌아간다.112)

젊고 잘 생긴 얼굴에 부잣집 자제이기도 한 홍생은 세속의 흥겨움을 맛보다 어느덧 역사를 회고하며 무상감에 젖는다. 그것은 "기자가 고국 은나라의 옛터에 보리만 우거진 것을 보고 탄식하였던 것과 같은 탄식〔麥秀殷墟之嘆〕"이었다. 위의 시처럼, 기린마(麒麟馬)를 타고 하늘나라에 조회(朝會)하러 떠난 동명성왕은 돌아오지 않고, 요란하게 행차하던 임금의 수레가 다니던 연로〔輦路〕에는 잡초가 무성하다. 그 사이로 홀로 돌아가는 스님의 모습이 엿보인다. 화려했던 길에 이제 홀로 돌아가는 '스님', 그 존재가 다름 아닌 깨달음을 얻은 자의 모습이 아닐 수 없다. 흥망성쇠를 거듭하는 인간사의 무상(無常)을 절절하게 느끼는 자인 홍생이 지은 시 속에 그려진 '스님'은 전국을 떠돌며 만행을 벌였던 작자의 모습과도 겹친다.

주인공 홍생은 인간 세상이 덧없음을 느낀 자인데, 더 나아가 그의 의식은 은나라 임금의 후손이자 기씨의 딸까지 불러낸다. 그런데 그녀는 그의 의식이 불러낸 환(幻)이다. 그러나 이 때만 하더라도 그는 그것을 의식하지 못한다. 그녀는 온갖 문물제도를 정비하고 천여 년을 지내온 종사(宗社)가 필부의 손에 무너지는 비운을 맞이하고 죽기만 기다리다가 신선이 되어 천상에 머무는 존재이다. 기씨녀는 '하루살이 세상〔蜉蝣〕'과 같은 인간 세계를 내려다보다 고향에 내려와 조상님 산소에 배알하고 시

---

112) 「醉遊浮碧亭記」, "月出東山烏鵲飛 / 夜深寒露襲人衣 / 千年文物衣冠盡 / 萬古山下城郭非 / 聖帝朝天今不返 / 閑談落世竟誰依 / 金轝麟馬無行迹 / 輦路草荒僧獨歸."

읊는 소리에 홍생을 찾아왔다고 한다. 음식과 술을 홍생과 나누는 그녀
역시 시를 통해 허망한 인간사를 노래한다.

> 선경은 하늘과 땅 광활한데
> 티끌세상 세월만 빨라.
> 옛 궁궐엔 벼와 기장의 이삭 패고
> 들 사당에는 가래나무 뽕나무 얽혀 있다.
> 꽃다운 향내는 깨진 빗돌에 남았고
> 흥망사는 하늘의 백구(白鷗)에게나 물어보리.
> 달〔纖阿〕은 기울었다 다시 차건만
> 흙덩이 세상살이는 그저 하루살이.
> 행궁의 전각은 승려들 절이 되고
> 옛 왕은 호구에 묻혔다.
> 반딧불은 휘장 너머에서 작게 반짝이고
> 도깨비불은 숲 곁에서 으스스하도다.
> 옛 일을 조문하자니 눈물이 쏟아지고
> 지금 시대를 슬퍼하니 절로 수심 일어나네.
> 단군 옛터는 목멱산에 남았고
> 기자의 도읍은 물길만 남았을 뿐.113)

　　무상한 세월 속에 드러나는 티끌세상의 허망한 모습을 노래했다. 그
리고 지금 시대를 슬퍼하니 걱정스럽다고 했다. 기씨녀가 전하는 것은
앞서 살폈듯 반존화론적(反尊華論的) 민족주의라든가 세조의 왕위찬탈에
대한 비판, 전조(前朝) 유민(遺民)의 저항 의식 등 당대 현실에 대한 우
의적 비판으로 볼 수도 있다. 그러나 작품 자체가 노리는 바는 그런 당

---

113)「醉遊浮碧亭記」, "仙境乾坤闊 / 塵間甲子遒 / 故宮禾黍穗 / 野廟梓桑樛 / 芳
　　臭遺殘碣 / 興亡問泛鷗 / 纖阿常仄滿 / 累塊幾蜉蝣 / 行殿爲僧舍 / 前王葬虎
　　丘 / 螢燐隔幔小 / 鬼火傍林幽 / 弔古多垂淚 / 傷今自買憂 / 檀君餘木覓 / 箕
　　邑只溝婁."

대의 문제를 넘어서서, 티끌세상의 덧없음을 주인공 홍생이 절절히 느끼
게 하는 장치로서 기능한다.

홍생은 기씨녀와 이렇듯 현실을 초탈한 깨달음의 경지를 함께 노래
했다. 그런데 그것은 "꿈과 같되 꿈이 아니요, 참인 듯하면서 참이 아니
었다.〔似夢非夢 似眞非眞〕"라고 했다. 결국 그것은 홍생 자신이 환상
속에 만들어낸 깨달음의 세계였다. 그래서 "양대에서 운우의 정은 한바
탕 꿈/ 여느 때야 옥소의 팔찌를 다시 보랴./ 무정한 강 물결조차도/ 오
열하며 이별의 강기슭을 따라 간다."114)라고 홍생은 시를 읊는다.

홍생은 이미 티끌세상의 덧없음을 깨달은 존재였는데, 이처럼 부벽
정에서 몽환으로 빠져들어 기씨녀를 만남으로써 그 깨달음을 심화시켜
나갔던 것이다. 이는 "무(無) 속에 티끌세상 벗어날 길이 있으니/ 지금
성주(聖主)의 휘(諱)를 저촉하지 않기만 하면/ 그래도 전조에 혀 끊긴 사
람보다는 낫겠지."115)라고 동산 양개가 말한 정편오위의 '정중래' 사상
을 그대로 보여주고 있는 것이라 볼 수 있다. 세속을 벗어나는 깨달음의
경지가 곧 홍생의 꿈이라 표현되는 의식계까지 치고 들어가 더욱 확고하
게 드러냈으니, 그것이 정중래의 경지인 것이다.

그런데 홍생은 꿈을 깬 후 여인을 연모하다 병이 들었고, 다시금 꿈
속에서 옥황상제 휘하의 종사관으로 삼았다는 말을 듣는다. 그리고 그는
목욕재계하고 조용히 세상을 떠난다. 세상 사람들은 그가 신선이 되었다
고 믿는다. 그러나 작가가 신선의 존재를 믿지 않았음을 우리는 앞서 살
폈다. 그런 그가 신선의 삶을 긍정했다면 문제가 아닐 수 없다. 앞서 살
핀 두 작품이 이계(異界)의 존재를 부정하면서 의식이 만들어낸 허상(虛

---

114) 「醉遊浮碧亭記」, "雲雨陽臺一夢間 何年重見玉簫環 江波縱是無情物 嗚咽哀鳴
　　下別灣."
115) 洞山良价, 『曹洞錄』(백련선서간행회 역, 『曹洞錄』, 장경각, 불기2533, 83쪽.),
　　"無中有路隔塵埃 但能不觸當今諱 也勝前朝斷舌才."

相)임을 작품 내에 드러냈는데, 「취유부벽정기」가 신선이라는 이류(異類)를 긍정한 것이라면 사상적 일관성이 없는 것이다.

> 향을 피우고 땅을 소제한 뒤뜰에 자리를 펴게 하였다. 그리고 턱을 괴고 잠깐 누웠다. 그러더니 갑자기 세상을 떠났다. 이날은 곧 구월 보름이었다. 염습을 하고 빈소에 안치한 지 오륙일이 지났어도 홍생의 얼굴빛은 조금도 변하지 않았다. 사람들은 그가 신선을 만나서 육체를 버리고 신선이 된 것이라고 말하였다.116)

홍생이 죽는 장면은 참으로 깔끔하고 편안하며, 해탈한 자의 모습이다. 부처의 열반 장면을 떠오르게 한다. 왜냐하면 홍생은 원래 불성(佛性)을 지닌 존재였으며, 그런 불성을 깨달은 자가 돌아가는 것이니 부처님의 열반과 다를 바 없다. 홍생이 기씨녀를 연모하다 병에 걸리고, 다시 꿈을 꾼 후 행한 죽음의 의식은 생사(生死)를 초월한 자의 모습이다. 작가는 그렇게 깨달은 자도 육체적으로 소멸하고 사라질 수밖에 없음을 대미로 장식함으로써, 더욱 더 강렬한 무상(無常)의 진리를 전달했던 것이다. 결국 선화(仙化)는 깨달음을 비유적으로 표현한 것일 수 있다.

이와 같이 홍생이 세계를 구성하는 것이 허망한 것일 수밖에 없음, 곧 본체를 이해하는 과정은 정편오위의 '정중래(正中來)'의 원리와 맥이 닿아 있다. 「취유부벽정기」는 진여(眞如) 본체〔正〕의 의미를 이해하고, 현상〔偏〕의 허망함을 파악해야 한다는 '정중래'의 가르침을 그대로 보여 주고 있는 작품이다. 홍생과 기씨녀가 서로 한민족의 역사를 회고하며 그것의 허망함을 깨닫는 것은 홍생이 만들어낸 환(幻), 공(空)에서 비롯되었다. 술에 취하여 사몽비몽(似夢非夢)의 의식 세계에서 홍생이 천변만

---

116) 「醉遊浮碧亭記」, "焚香掃地 蒲席于庭 支頤暫臥 奄然而逝 即九月望日也 殯之數日 顔色不變 人以爲遇 仙屍解云."

화하는 인간들의 비극적 삶의 허망함을 깨닫도록 「취유부벽정기」는 잘 조직해 놓았다. 홍생의 깨달음은 실제로 현상계가 아닌 본체 속에서 획득된 것이었다. 그래서 편이 없는 주관적 깨달음을 뜻하는 '정중래'로 표현될 수 있다.

제목 역시 이러한 정중래의 경지를 그대로 투영해 놓은 것이다. 술에 취하여 부벽정(浮碧亭)이라는 곳에서 놀고 있는 모습은 깨달은 자가 해인(海印)의 바다에서 깨달음의 기쁨을 만끽하고 있는 것이다. 곧 「취유부벽정기」라는 제목은 법성진여(法性眞如)의 경지에서 놀고 있는 면모를 드러냈다고 하겠다.

동산(洞山)은 정편오위에서 '정중래(正中來)'를 '온전한 본체가 곧 현상이다〔全體卽用〕.'라고 표현하였다. 이에 대한 주석에서 김시습은 다음과 같이 말했다.

전(全)은 완전히 구비되었음이요, 체(體)는 존귀한 자리이니 곧 현상에 나아가는 묘문(妙門)이다.……없음〔無〕에도 집착하지 않는데, 어찌 있음〔有〕에 떨어지겠는가? 유무(有無)에 앉지 않고, 홀로서 의지함이 없음을 말함이니 이를 존귀한 자리라 일컫는 것이다. 의지하지 않으므로 곳곳에서 저것을 만나니, 이를 묘문(妙門)이라 말한다. 텅 빈 왕의 전각 위에 새 소리가 끊어지고 꽃과 풀이 다리 주변에 자라나니 옷을 추켜올리고 홀로 걸어가니 여기저기에 서로 건넘이 없어서 동서로 왕래하는 것이다. 그 속에 이르러서는 준순주(浚巡酒)을 짓고 경각화(頃刻花)를 피우며, 털을 뒤집어쓰고 뿔을 머리에 쓰며, 힘든 일에 종사하는 사람이 되고, 가슴을 드러내놓고 맨발인 채로 밝은 고을에서 돈을 구걸하며, 위아래로 눈물을 흘려야 한다.……강에 비바람 부는데 고깃배에서 잠을 자는 것이다.117)

---

117) 『曹洞五位要解』, "全完具也 體尊貴位也 卽就用妙門也 ……不著於無 奚墮於有 有無不坐 塊然無寄 是之謂貴位 由其無寄也故 處處逢渠 夫是之謂妙門 空王殿

‘정중래’는 유무(有無)에 집착하지 않고, 의지함도 없으며, 현상이니 본체니 하는 분별(分別)마저 놓아버린 존귀한 자리이다. 조산본적(曹山本寂)은 “정중래는 연(緣)을 빌리지 않는다. 약산유엄이 말하기를 ‘나는 아직까지 말하지 않은 일구(一句)가 있다.’라고 말했다.”118) 하고 표현했는데, 어떤 언설로도 표현이 되지 않는 것 그것이 바로 ‘정중래’이다. 순수한 정위만 존재하므로 연(緣)을 빌리지 않고 진리를 드러내는 것이 정중래이다.119) 곧 편위(偏位)를 통하지 않고 정위(正位) 자체만으로 깨달음을 얻는 것이다. 『십현담요해』에서는 다음과 같은 비유적 표현으로 ‘정중래’를 나타냈다.

> 요긴한 곳〔關捩子〕을 한번 돌리면 영롱하게 완연히 변화하여 티끌의 기연〔塵機〕에서 완전히 벗어나 한 지혜에도 막히지 않고 종횡으로나 역순으로나 막히고 걸림이 없다. 그렇다면 어떠한 것이 현기(玄機)인가? 어제는 술에 취하여 사람을 꾸짖고 오늘 저녁에는 향을 피우고 예경하네.120)

티끌의 기연에서 완전히 벗어나 어디에도 막히지 않고, 걸리지 않는 경지가 곧 ‘정중래’라는 것이다. 술에 취하여 사람을 꾸짖을 때에도, 향을 피우고 예경할 때에도 변함없는 그것이 바로 ‘정중래’의 경지라는 것이다.121) 「취유부벽정기」의 홍생은 순수하게 자신의 의식 세계에서 깨

上 知音頓絶 芳草橋邊 褰衣獨步 彼此沒交涉 東西任往來 到這裏 可謂造浚巡酒 開頃刻花 披毛戴角 服勞爲人 露胸跣足 乞錢明州 上涌下淚…一江風雨宿漁舟.”(민영규 교록, 앞의 책, 407~408쪽.)

118) 『解釋洞山五位顯決』, “正中來者 不兼緣 如藥山曰 我有一句者”(大正藏, 541쪽.)

119) 김호귀, 『묵조선 연구』, 민족사, 2001, 107쪽.

120) 『十玄談要解』, 「玄機」, “一轉關捩子 玲玲瓏瓏宛宛轉轉 逈出塵機 不守一智 縱橫逆順 無有隔碍 且道 如何是玄機 昨日醉酒罵人 今夕燒香作禮.”(민영규 교록, 위의 책, 312쪽.)

달음을 얻었다고 볼 수 있다. 객관적이며 물리적인 세계와 부딪치는 가운데 얻어진 깨달음과는 그 성격을 달리한다고 말할 수 있다. 자신의 내면을 철저하게 살피는, 즉 주관 세계를 궁구하여 얻은 것이다. 이렇게 말해놓고 보면, 객관 현실에서 비롯되지 않는 주관이란 있을 수 없지 않은가, 하고 문제를 제기할 이가 있으리라. 물론 홍생이나 기씨녀가 벌이는 공(空)에 대한 의식은 현상적 세계와 아무런 관련이 없는 것이 아니다. 단군·기자를 비롯한 한민족의 역사나 생사와 번뇌에 골몰하는 인간사를 전체적으로 조감하는 가운데 얻어진 것이라는 점에서 편위를 통괄(統括)하고 있는 개념의 공(空)이요, 정위(正位)이다. 그래서 정중래는 속이 까만 원(◉)으로 표현되는 것이다. 현상이라는 편위(偏位, ○) 위에 본체라는 정위(正位, ●)가 자리 잡은 모습이다. 홍생이 기씨녀와 부벽정에서 행한 담화는 한민족사, 일반 인간사에 얽힌 편위가 바탕이로되, 그것을 기반으로 도드라져 나온 결론은 무상이요 공일 수밖에 없는 정위였던 것이다. 그런데 그런 정위를 치고 들어가고, 치고 들어가는 모습이 홍생에게서 나타나고 있다. 이는 다음과 같은 작자의 표현을 들여다보게 한다.

> 무릇 공부하는 사람은 주장자를 비스듬히 집어 들고 취모검(吹毛劍)을 거꾸로 잡고, 어금니는 칼나무〔劍樹〕처럼 뾰족이 하고 입은 피화분〔血盆〕같이 시뻘겋게 하여, 부처와 조사의 성명(性命)을 한 칼로 잘라버린다 하더라도 오히려 둔한 자라 하겠거늘, 하물며 허공을 잡아 더듬으려고 생각과 기틀을 모두 멈추는 자들이야 어찌 하겠느냐? 그래서 말

---

121) 조기영(「김시습의 〈山居集句〉에 나타난 시세계」, 『東洋古典硏究』14, 동양고전학회, 2000.)은 김시습의 〈산거집구〉에 드러난 선사상을 밝히고 있다. 그런데 『십현담요해』의 이 부분을 오위 가운데 '偏中正'에 해당한다고 보았다.(102쪽.) 바로 앞 단락의 내용만 살펴보더라도 이는 '正中來'를 표현하는 것임을 알 수 있다.

하였다.

　"산에 오르려거든 오로지 정상까지 오르고, 바다에 들어가려면 반드시 바닥까지 내려가라."122)

　김시습은 산에 오르고, 바다에 들어가되 반드시 그 극단까지 들어가야 진정한 깨달음의 자리라고 말하고 있다. 홍생이 부벽정 밑에서 여섯 수의 시로 맥수지탄을 노래하고, 다시금 선녀인 기씨녀와 만나—물론 그것은 홍생의 의식이 만들어낸 것이다.—고금 역사의 흥망성쇠를 통해 그 탄식의 깊이를 더하고, 마침내는 그렇게 깨달아 범접할 수 없는 경지를 획득한 것—선화(仙化)한 것으로 비유되었다.—이다. 정중래는 이렇듯 깨달음 자체라 할 수 있으며, 여기에 이르기 위해 수행이 뒤따라야 하고, 여기에 이르고 나서야 실천을 행할 수 있는 정편오위의 핵심 자리라 볼 수 있을 것이다. 그래서 김시습은 그러한 '정중래'의 경지 속에서 "털 뒤집어쓰고 뿔 단 소〔披毛戴角〕"가 되어야 한다고 말하고 있다. 다른 생명들로 몸을 돌려 하화중생(下化衆生)의 보살행(菩薩行)을 행할 수 있는 경지가 이 '정중래'에서부터 비롯된다고 보기 때문이다.123) 이렇듯 실천적 방향과 연결지어 그것을 설명하고 있는 면모는 철저하게 현실 중심의 면모를 잘 드러내주는 대목이다.

　한편, 「취유부벽정기」는 서사 구조를 편성하면서 유·불·도의 사상

---

122)『十玄談要解』,「達本」,"大凡學人 橫拈拄杖 倒握吹毛 牙如劍樹 口似血盆 佛祖性命 一切載斷 猶是鈍漢 況掠虛模空 佇思停機 所以道 登山須到頂 入海須到底."(민영규 교록, 앞의 책, 286쪽. ; 최철환 역, 앞의 책, 260쪽.)

123) 최귀묵(「曹洞五位와 유불 교섭」, 『인문과학연구』5, 가톨릭대학교인문과학연구소, 2000, 53쪽.)은 "깨달았다면 중생의 세계로 몸을 돌이켜야 한다는 것"이 正中來의 취지라 했다. 그러나 정중래는 정위 자체만으로 궁구하여 깨달음을 얻는 경지를 말하고, 그것이 있으므로 이제 중생의 세계로 몸을 돌이킬 수 있는 필수 조건이 갖추어지는 것임을 잘못 이해하였다. 정중래가 下化衆生으로까지 나아간 모습을 표현한 것은 아니다.

을 아우른 정편오위의 '정중래' 구조를 활용했던 것으로 보인다. 작자가 밝힌 '정중래'의 구조는 —물론 이전부터 내려온 전통에 기반을 둔 것이다.— 주렴계(周濂溪)가 밝힌 「태극도설」의 음양오권(陰陽五圈)과 위백양(魏伯陽)의 「참동계(參同契)」에 비유해 구조화하였다. 이를 바탕으로 「취유부벽정기」와 연결하여 그 사항들을 그림으로 나타내보면 다음과 같다.

正中來 ≡≡ ≡≡ 君視位 自 ◉ 末生	본체〔正〕 ●陰(━ ━)	홍생의 의식	진공(眞空) (仙化)	醉 遊 浮 碧 亭 記
	⇧ 乾道成男 (홍생) ○ 坤道成女 : 홍망사〔偏〕 (기씨녀)			
	본체〔正〕 ●陰(━ ━)	홍생의 의식	공(空)	

앞 작품들의 분석에서와 마찬가지로 정과 편은 ●음(陰, ━ ━)과 ○양(陽, ━)으로 나타내는데, 이는 다시 여성과 남성으로 나타낸다. 이는 역시 그 구조적 유사성에 초점을 맞춰야지 명구에 구애돼서는 안 된다. '정중래'는 「태극도설」의 건도성남(乾道成男)·곤도성녀(坤道成女)와 관련을 맺는 것이다.124) 「취유부벽정기」에 등장하는 홍생과 기씨녀의 등장은 이러한 음양 개념을 활용함으로써 나타났다는 것을 짐작할 수 있다. "무극의 참됨과 음양오행의 정수가 오묘하게 합하여 응축되면 건도는 남성이 되고, 곤도는 여성이 된다."125)라는 주렴계의 표현이나, "건남곤녀(乾男坤女)는 기화자(氣化者)로 각각 하나의 성질을 갖고 남녀가 하나의

---

124) 김시습은 『조동오위요해』에서 구체적인 그림을 통해 나타내고 있다. 이는 김시습의 사상을 논하는 장에서 자세히 다루었으므로 여기서는 생략한다.

125) 周濂溪, 「太極圖說」, "無極之眞 二五之精 妙合而凝 乾道成男 坤道成女."

태극이다.”126)라는 주자(朱子)의 표현이 「취유부벽정기」의 두 주인공으로 나타났다고 볼 수 있는 것이다.

「취유부벽정기」가 사상적 기반으로 삼은 ‘정중래’는 역(易)에서 대과괘(大過卦, ䷛)로 나타난다. 대과괘는 초효(初爻)와 상효(上爻)가 음(⚋)으로 정위(正位)를 드러내주고 있고, 그 사이의 네 효(爻)가 모두 양(⚊)으로 편위(偏位)를 드러내주고 있다. 괘는 하괘(下卦)로부터 상괘(上卦)로 이행하므로 곧 공(空)에서 비롯된 만상(萬相)이 여러 과정을 거쳐 결국 진공으로 돌아감을 보여준다. 정위(正位)에서 정위(正位)로 가는 꼴이다. 이는 「취유부벽정기」에서 술에 취하여 꿈이라는 의식이 만들어낸 허상〔正〕 속에서 인간의 역사〔偏〕를 두루 살피고 깨달음〔正〕을 얻음을 표현하는 것으로 구조화되었다고 하겠다. 그림의 가운데 부분에서 공(空)에서 나아가 진공(眞空)이 된 것으로 표현한 것이 바로 이러한 점을 드러내주는 것이다. 다시 말하면 「취유부벽정기」에서 홍생이 꿈을 꾸기 전에 이미 인생사의 무상감을 느끼다가, 꿈을 통해 진정한 공을 획득했음을 나름대로 표현해본 것이다. 그리고 괄호 속에 ‘선화(仙化)’라 한 것은 앞서 설명했듯이 진정한 공을 깨달았음을 상징적으로 처리한 것이다. 진공(眞空)은 이미 깨달았다고 하는 의식마저도 부정함으로써 얻어지는 세계라 볼 수 있다. 세속에 대한 부정 의식을 지닌 홍생이 꿈을 깨고 나서 기씨녀라는 선녀를 그리며 병들어 있는 모습은 일종의 법집(法執)이라 볼 수 있는데, 조용히 죽음을 준비하여 신선이 되는 모습은 그러한 법집마저 놓아버린 진공이라 말하지 않을 수 없다.

김시습은 친절하게도 이와 같은 경지에 이르기 위하여 부단히 노력하되, 그것이 다른 데서 찾을 바 아님을 다음과 같이 말하였다.

---

126) 『曹洞五位要解』, 「周子太極圖」, “乾男坤女 以氣化者言也 各一其性 而男女一太極也.”(민영규 교록, 앞의 책, 418쪽.)

찾으려 하여도 얻을 수 없는 소식은 완연한 무심이다. 그러나 한결같
이 정을 잊고 생각을 끊으면 나아가지 못할까 두렵다. 그러므로 모름지
기 일이란 무사(無事) 속에 있음을 알아야 비로소 얻게 된다.[127]

공을 찾고 무심을 찾고 하는 등의 구도 행각이 정과 생각이 없어진
상태가 아니라고 했다. 일〔事〕은 일이 없는 것〔無事〕 속에 있다. 김시습
은 현상적 세계가 의식 속에 존재하니 정과 생각을 끊지 않음 속에서 무
심을 찾아야 한다고 일러주고 있다.

그림의 왼편에 나타나고 있는 '군시위(君視位)'는 조산본적(曹山本寂)
이 창안한 「군신오위(君臣五位)」의 표현인데, 임금의 지위에서 바라보는
지위이니 공(空)을 깨달았음을 비유적으로 밝힌 것이다. '자(自)'는 「참동
계」에서 밝힌 것을 바탕으로 한 「단하자순선사오위서(丹霞子淳禪師五位
序)」에서 "대저 흑과 백이 나누어지지 않으니 저것과 이것이 되기 어렵
더니 현(玄)하고 황(黃)한 후에 방(方)이 되고 위(位)가 되며 자(自)가 되
며 타(他)가 된다."[128] 라고 할 때 나타나는 것이다. '타(他)'가 삼라만상
(森羅萬象)을 뜻하는 것임에 비해 '자(自)'는 심신(心身)을 뜻하는 것으로
김시습은 주석을 달고 있는데, 이 또한 「남염부주지」가 대사회적 차원의
실천행을 중요하게 여김에 대비되게 「취유부벽정기」는 스스로 깨달음을
얻는 경지를 드러내주고 있음을 알려주는 것이다. 그리고 '말생(末生)'은
석상경제(石霜慶諸)의 「왕자오위(王子五位)」에서 "어떤 것이 말생 왕자인
가?/ 수행을 통하여 귀인이 되는 것이나 / 점차 존귀성을 잃어간다."[129]

---

127) 『十玄談要解』, 「心印」, "模索不得底消息 宛是無心 然一向忘情絶慮 懼落空去不
能進 步須知事 在無事裏始得."(민영규 교록, 위의 책, 319쪽.)
128) 『曹洞五位要解』, 「丹霞子淳禪師(洞山)五位序」, "夫黑白未分 難爲彼此 玄黃之
後 方位自他."(민영규 교록, 위의 책, 422~423쪽.)
129) 『人天眼目』권3(『大正藏』48, 316쪽.), "如何是末生王子 霜云 修途方覺貴 漸進
不知尊."(김호귀, 『묵조선연구』, 민족사, 2001, 270~271, 재인용)

라고 하여 '정중래'를 시적 비유로 표현할 때 나온 말이다. "수행을 통해 귀인이 된다"는 것 역시 「취유부벽정기」의 내용을 드러내주는 것이라 볼 수 있으며, 뒤의 "점차 존귀성을 잃어간다."는 것은 정위(正位)에만 머물며 현실 세계로 나아가지 않으면 그 존귀성을 잃을 수밖에 없음을 표현한 것으로 보인다.

　　결국 「취유부벽정기」는 세속의 덧없음을 깨달은 홍생이 자신의 의식세계를 철저히 파고들어 진정한 깨달음의 지위를 획득해나가는 과정을 그린 소설이라 할 수 있다. 그 의식 세계에서 벌어지는 꿈이라는 서사적 장치 속에 기자의 딸을 등장시켜 맥수지탄의 시와 조선의 역사를 대화하게 하고, 꿈을 깨고 난 후의 주인공으로 하여금 더욱 강렬한 기씨녀에 대한 그리움과 현실 부정 의식으로 몸살을 앓게 만든다. 그리고 끝내는 진공(眞空)의 깨달음을 암시하는 선화(仙化)로써 작품의 대미를 장식하였다. 이는 곧 티끌세상에 대한 부정 의식을 깊이 파고들어 진정한 깨달음을 얻는다는 정편오위 가운데 정중래의 사유체계를 그대로 투영하고 있는 구도라 아니할 수 없다.

4. 「南炎浮洲志」와 偏中至

　　『금오신화』의 네 번째 작품인 「남염부주지」는 일리론(一理論)을 주장하는 박생(朴生)이 꿈속에서 남염부주(南炎浮洲)의 염라왕을 만나 불교, 유교, 귀신, 이상적 치국관 등의 문제를 문답하고 있는 작품이다. 「남염부주지」는 비현실적 세계에 빠져 현실을 도외시하는 당대 사회를 비판적으로 인식하던 박생이, 그가 부정하던 비현실적 공간인 남염부주를 여행하는 꿈을 꾸고 염라왕이 된다는 구조를 취한 작품이다. 이러한 서사

구조는 박생이 주장하는 '일리론'과 주인공 박생과 염왕에 대한 해석, '남염부주'라는 공간에 대한 해석, 주인공이 부정하던 세계에서 현실을 강조하는 자신의 사상을 확고히 한다는 역설적 구조에 대한 해석 등을 문제화하게 하였다. 이제 이러한 문제점들을 중심으로 살펴보되, 기존의 논의를 고려하여 「남염부주지」를 고찰해 보도록 하겠다.

우선 주인공 박생은 작품 초반부터 스스로를 유학자라고 자부하고 있다. 그렇지만 그는 과거 시험에 낙방하여 자신의 뜻을 펼 기회를 얻을 수 없어 늘 불만이면서도 언제나 의기가 높고 씩씩했다. 그런 의기는 현실 사회가 겪고 있는 온갖 미신에 문제를 제기하는 데 이르고, 승려나 무격(巫覡)이 말하는 귀신설(鬼神說)이 허황됨을 『주역』의 「계사전(繫辭傳)」을 참고한 '일리론(一理論)'을 작성함으로써 논파하려 한다.

> 나는 일찍이 천하의 리(理)는 오로지 하나일 뿐이라고 들었다. 하나란 무엇인가? 두 이치가 아니란 뜻이다. 리란 무엇인가? 성(性)일 따름이다. 성이란 무엇인가? 하늘이 인간에게 명한 것이다. 하늘은 음양과 오행으로 만물을 화생(化生)하는데, 기(氣)로써 형(形)을 이루면, 리도 거기에 품부(稟賦)되는 것이다. 이른바 리란 일용 사물에서 각각 조리를 가지는 것이다. 부자의 사이를 두고 말하면 친함을 다하고, 군신의 사이를 두고 말하면 의를 다함이다. 부부와 장유(長幼)의 사이에 이르기까지 각기 마땅히 행해야 할 길이 있다. 이것이 이른바 도로서 리가 우리 마음에 구비된 것이다. 이 리를 따르면 어디를 가더라도 편안하지 않음이 없고, 이 리를 거슬러서 성을 어기면 재앙이 미친다. 궁리진성은 이 리를 궁구하는 일이요, 격물치지도 이 리에 이르러가는 것이다. 대개 사람은 태어나면서부터 이 마음을 가지지 않음이 없고, 또 이 성을 갖추지 않음이 없다. 그리고 천하의 사물에도 또한 이 리가 없음이 없다. …(중략)… 이로부터 추론해 가면 천하와 국가도 모두 이에 포괄되고 귀신에 질정되도 의혹이 없으며, 고금을 두루 경력해도 추락하지 않을 것이다.

유학자가 할 일은 여기에서 그칠 따름이다.130)

박생의 '일리론'은 일찍이 주희(朱熹, 1130~1200)의 '일리론'을 그대로 따른 것으로 보인다. 주희는 "우주 간에는 하나의 리뿐이다. 하늘은 그것을 얻어서 하늘이 되고 땅은 그것을 얻어서 땅이 된다. 천지 사이에 생존하는 모든 것들도 각각 그것을 얻어 성(性)으로 삼는다."131)라고 했고, 리의 범주에서 '인의예지'를 중요하게 생각했다. 주인공 박생이 밝힌 '일리론'의 구절들은 주희의 성리학적 담론을 차용하였으되 그 논리적 흐름은 결코 다르지 않은 것이다.

이렇게 주인공이 유학자임을 강조하는 작품 첫머리의 서사는 몽중 세계에서 행해지는 염왕과의 대화 내용과 결부되면서 작품을 유학자의 입장에서 불교를 비판한 소설이라 평가하게 하였다. "박생이 염라대왕과 문답하는 가운데 유교와 불교를 서로 대조함으로써 불교의 윤회응보, 귀신류를 부인하고 불교의 허무를 자인하여 결국에는 유교사상으로 귀착하게 된다."132)라고 김광순은 주장했다. "염왕을 통해서 염왕이나 저승의 존재를 부정하고, 제왕을 통해서 제왕의 횡포를 거부하자는 것이다."133)라고 조동일은 주장하면서, 그러한 사상이 유교의 기일원론(氣

---

130) 「南炎浮洲志」, "常聞 天下之理 一而已矣 一者何 無二致也 理者何 性而已矣 性者何 天地所命也 天以陰陽五行 化生萬物 氣以成形 理亦賦焉 所謂理者 於日用事物上 各有條理 語父子則極其親 語君臣則極其義 以至夫婦長幼 莫不各有當行之路 是則所謂道 而理之具於吾心者也 循其理 則無適而不安 逆其理而拂性 則菑逮 窮理盡性 究此者也 格物致知 格此者也 蓋人之生 莫不有是心 亦莫不具是性 而天下之物 亦莫不有是理…(中略)… 以是而推之 天下國家 無不包括 無不該合 參諸天地而不悖 質諸鬼神而不惑 歷之古今而不墮 儒者之事 止於此而已矣."

131) 『朱熹集』, 권70, 「續大紀」, "宇宙之間 一理而已 天得之而爲天 地得之而爲地 而凡生於天地之間者 又各得之以爲性."

132) 김광순, 『韓國古小說史』, 국학자료원, 2001, 174쪽.

133) 조동일, 『한국소설의 이론』, 지식산업사, 1977, 236쪽.

一元論)에 따른 역설이라고 하여 이기이원론(理氣二元論)의 허위성을 밝힌 소설이라 했다. 대체로 연구자들은 ‘불교’ 또는 ‘유교’라는 어휘가 불러일으키는 의미망 속에서 유교로써 불교를 비판했다고 보거나, 아니면 좀더 나아가 성리학 내에서의 사상 투쟁적 성격의 작품이라는 것을 밝혀 보이고 싶어 했다.

그렇지만 실상 작품은 그리 단순한 구도로 읽힐 수 없는 여러 장치들을 서사의 문맥 속에 숨기고 있다. 유교의 정치적 이념을 표방하고 나선 조선 사회에서 불교는 유학자들에게 비판의 대상이요, 심지어 말살해야 할 그릇된 종교였다. 그런데 「남염부주지」가 보여주는 입장은 세속적 불교의 폐단을 시정해야 한다는 입장인 것이지, 사상적으로 불교가 그릇되었다고 보는 것은 아닌 듯이 보인다. 주인공 박생은 “성품이 순후하여 스님과도 사귀었는데, 마치 한유가 태전과 사귀고 유종원이 손상인과 사귄 것과 같았다.”134)라고 작품은 서술했다. 김시습는 유학자가 스님과 사귀는 것에 대해 고승들의 입장에서 유학자들을 도에 들어가게 하기 위해 행했던 일들이라고 밝힌 바 있다. 그런 주장을 펼치는 가운데 한유와 태전의 사귐에 대해서도 말했다.

예전의 고승들이 혹은 불광(佛光)을 위하여 청하는 데 나가고, 혹은 담소하면서 교유하고, 혹은 익살로 탄복하게 하고, 혹은 시와 예로써 달래고 혹은 의혹을 변론하여 회유하고, 혹은 시의 법식으로 벗하였는데, 모두가 은근하게 꾀어들어서 도에 들어가게 함이니, 어찌 시류를 타는 무리들과 같이 질탕하게 방랑하면서 물결에 드날리고 풍랑을 일으키려 함이었겠는가? …(중략)… 공(한유)이 묻기를, “옛날 고승은 죽고 살고 하는 즈음에 당하여도 모두가 웃고 이야기하면서 지나쳐버리니, 무슨 도로 이렇게 되는가?”라고 하였다. 그(태전)가 말하기를, “선정(禪定)과 지

---

134) 「南炎浮洲志」, “與浮屠交 如韓之顚 柳之巽者.”

혜의 힘이다."라고 하였다. 또 묻기를, "지금 고요하여 아무것도 없으니 어째서인가?" 하니, 중이 웃으면서 말하기를, "옛사람은 생각마다 항상 선정과 지혜 가운데 있었으니, 죽음에 당하여 어찌 마음이 어지러울 수 있겠는가?" 하니, 공이 깜짝 놀라 스스로도 모르게 무릎을 꿇었던 것이다. 또 그 사람됨과 그 덕과 그 경지와 그 말이 이와 같이 존엄하고, 이와 같이 한아(閑雅)하였으니, 목석이나 도깨비라도 믿고 감복하지 않을 수 없었을 것인데, 하물며 옛것을 좋아하고 박식하고 전아(典雅)하며 심성과 천리(天理)에 통달한 두 분과 같은 이야 말할 것이 있겠는가?[135]

작자는 이처럼 유학자였던 한유(韓愈)가 태전(太顚) 스님과의 사귐을 말했다. 그것은 시류를 타는 무리들의 사귐이 아닌 선정과 지혜의 가르침에 대한 설복에 따른 것이었다. 이러한 배경을 통해서 본다면 「남염부주지」가 전하는 박생과 스님들과의 교유(交遊)는 단순한 사귐이 아닌 도를 깨달아가는 노정으로서의 의미를 갖는 것이 아닌가 여겨진다. 그리고 그것은 진리 자체를 얻기 위한 노정인 것이지 불교와 유교 이념의 우열을 가리는 데 초점이 두어져 있는 것은 아니었다. 염왕은 그런 박생에게 참된 가르침을 전달하는 역할을 수행하는 존재라 하겠는데, 결국 작자의 사상은 박생의 의구심을 하나하나 풀어주는 과정을 통해 드러난다. 염왕은 박생이 품은 의심에 대해 다음과 같은 말을 한다.

주공과 공자의 가르침은 정도를 써서 사도를 물리친 것이고, 구담의

---

135) 金時習, 『梅月堂集』권16, 「雜著-仁愛」, "或爲佛光而赴請 或爲談笑而交遊 或以 諛諂而伏之 或以詩禮而誘之 或辯惑而柔之 或式而友之 皆馴致優柔而入於道也 豈與流輩放浪跌宕 揚波激浪而爲哉…(中略)…古之高僧 臨生死之際 類皆談笑 脫去 何道致之耶 曰 定慧力耳 又問曰 今乃寂寥無有 何哉 僧笑曰 古之人 念念 常在定慧 臨終安得亂 今之人 念念常在散亂 臨終安得定 公大驚 不自知膝之屈 且之人也 之德也 之境也 之辯也 旣有如此其尊嚴 如此其閑雅 雖木石石夔罔 安 得不信服 況好古博雅 通達性理如二公者哉."

법은 사도를 써서 사도를 물리친 것이지요. 정도로 사도를 물리쳤으므로
주공과 공자의 말씀은 정직하였고, 사도로 사도를 물리쳤으므로 구담의
말은 황탄(荒誕)하였습니다. 정직하므로 주공과 공자의 말씀은 군자가
따르기 쉽고, 황탄하기 때문에 구담의 말은 소인이 믿기 쉬운 것입니다.
그렇지만 **지극한 경지에 이르러서는 모두 군자와 소인들로 하여금 결**
국 올바른 이치로 돌아가게 하려는 것이었습니다. 결코 세상 사람들을
현혹시키고 속여 이단의 도리로 잘못되게 하려는 것이 아니었습니다.(강
조-필자)136)

염왕의 표현에 나오다시피, 유교와 불교는 언설의 방식이 정(正)·사
(邪)의 차이가 존재하지만 결국 올바른 이치로 군자와 소인을 이끌기 위
한 것이라는 점에서 다르지 않다. 근원으로 돌아가면 인간을 참되게 이
끌 수 있는데, 유학자들과 불자들이 그 근원에서 멀어져 온갖 분란을 일
으키고 있다고 본다.137) 만일 조선 초 지배 세력이었던 유학자라면 이
와 같은 표현을 할 수 없었으리라. 정도전의 「불씨잡변」이 표방하는 성
리학적 이념과 같은 경우 불교는 타도의 대상이지 포용의 대상일 수는
없었다. 한편 강조점을 어디에 두느냐에 따라 유학자들 내에서도 참으로
다양한 사상들이 명멸했고, 불교 내에서도 대중을 깨달음으로 이끄는 방
편이 다양했다. 이런 사정을 놓고 볼 때 결국 「남염부주지」를 유학자의
입장에서 불교를 비판한 소설이라 보는, 두루뭉술한 주제의 파악은 많은
문제점을 안고 있는 것이다.

---

136) 「南炎浮洲志」, "周孔之敎 以正去邪 瞿曇之法 設邪去邪 以正去邪 故其言正直
　　 以邪去邪 故其言荒誕 正直 故君子易從 荒誕 故小人易信 其極致 則皆使君子小
　　 人 從歸於正理 未嘗惑世誣民 以異道悞之也."
137) 김기동(「금오신화의 연구」, 『동양학』제5집, 단국대학교, 1975, 193쪽.)은 "종국
　　 의 목적은 정도에 나아가게 하는 데 있으며, 그것을 목적한 공자나 석가는 다 동
　　 일한 성인으로 보고 있다는 것은, 儒佛調和論을 내세우고 있는 발언이라고도 하
　　 겠다."라고 표현하였다.

한편, 박생이 남염부주에서 염왕과 문답함으로써 기일원론적 사유 체계를 확고히 한 듯이 여기기도 하는데, 그것이 성리학적 사유에 따른 사상일진대 꿈을 깨고 난 후 주인공의 모습은 유학자로서 기대되는 면모를 갖추지 못했다는 점이 문제시된다. 그는 눈을 뜨고 나서 죽을 것을 예견하고 날마다 집안일을 정리하는 데 몰두한다. 그리고 몇 달 뒤 병을 얻어 죽음을 맞이한다. 의사와 무당을 사절하고 그는 세상을 떠났고, 근처 이웃 사람들의 꿈에 나타난 신인은 박생이 염라왕이 될 것이라 알려준다.138) 이는 모순된 현실을 바로잡으려는 유학자의 실천적 모습이라 보기 어렵다. 박생이란 존재는 현실 개혁의 방향을 제시하고는 그런 주장을 하는 것만이 자신의 역할인 양 유유히 사라져갔다. 염라왕이 되었다는 처리 역시 기일원론의 사유 체계로는 용납될 수 없는 것이다. 초반에 박생이 지녔던 사상이 꿈을 통해 다른 차원으로 변화했음을 단적으로 보여주는 것이다. 이를 '충격적인 역설'이라 보는 것은 작자의 궁극적 의도를 읽어내고 있지 못하는 것은 아닐까? 박생의 모습은 앞서 보았던, 태전 스님이 고승의 죽음에 대해 말한 내용을 환기시킨다. 죽음에 당하여 선정(禪定)과 지혜의 힘으로 마음이 어지럽지 않은 모습, 그것이 박생이 죽음을 맞이하는 모습과 매우 닮아 있음을 우리는 짐작할 수 있다.

이 모든 것들을 고려할 때, 「남염부주지」가 보여주는 사상적 경향은 다시금 들여다보아야 한다. 우선, 작자의 허구적 대리인이라 할 박생이나 염왕은, 다양한 유불의 사상들 가운데서 현실 속 백성들을 그릇된 방향으로 이끄는 것들에 대해 비판적 입장을 취했다고 보는 것이 합당할 것이다.

서술자는 주인공이 참된 유학자임을 의심치 않도록 작품의 첫머리를

---

138) 「南炎浮洲志」, "開目視之 書冊抛床 燈花明滅 生感訝良久 自念將死 日以處置 家事爲懷 數月有疾 料必不起 却醫巫而逝 其將化之夕 夢神人告於四鄰曰 汝鄰 家某公 將爲閻羅王者 云."

통해 밝혔다. 작품 첫머리에서 서술자가 박생을 통해 드러내는 참된 유학자란 다음과 같은 면모를 지닌 존재였다. 첫째, 참된 유학자란 하늘과 땅은 하나의 음양일 뿐이니 천당지옥의 설은 그릇된 것으로 보아야 하는 존재이다.[139] 둘째, 참된 유학자는 하나인 리(理)가 성(性)이며, 천명(天命)이로되 만물을 화생(化生)하게 하는 것이며, 기(氣)를 지닌 형상에는 그 하나인 리가 품부(稟賦)되어 있음을 알아야 하는 존재이다. 셋째, 참된 유학자는 인의예지를 실천하고, 궁리진성(窮理盡性)·격물치지(格物致知)를 통해 리에 이르러야 하는 존재이다. 넷째, 일리론을 바탕으로 걸림이 없이 현실에 참여하는 존재이다.

그런데 참된 유학자가 지녀야 할 이와 같은 사상을 지닌 박생은 현실 속에서 소외된 존재일 수밖에 없었다. 승보시(陞補試)를 보아 태학관에 올랐지만 과거 시험에 합격하지 못하여[140] 자신의 사상을 온전하게 펼칠 수 없었기 때문이다. 작자는 참된 유학자임에도 등용되지 못하는 박생을 내세움으로써 유학자라 자처하면서 당대 사회를 지배하던 자들을 향한 비판의 칼날을 세우려 했던 것이라 볼 수 있다. 단종을 폐위시키고, 정계의 원로라 할 황인보·김종서, 그리고 안평대군과 사육신들을 살해하면서 세조는 왕권을 차지한 상황이었다. 그것은 참된 유학자가 이상으로 내건 위민(爲民)의 정치, 왕도의 정치가 실현되지 못하는 상황이었다.[141] 15세나 연상인 서거정에게 '강중아'라고 서슴없이 부르고, 재

---

139) 「南炎浮洲志」, "天下一陰陽耳 那有天地之外 更有天地 必詖辭也."
140) 「南炎浮洲志」, "常補大學館 不得登一試 常怏怏有憾."
141) 설성경(「15세기형 창작단편 남염부주지에 나타난 정치이념의 형상화」, 『한국 고전 소설의 본질』, 국학자료원, 1991, 86~89쪽.)은 상황 변화 속에서도 변하지 않는 중용, 주역의 원리가 「남염부주지」에 작용하고 있다고 보고, 나아가 조동오위(曹洞五位)가 불교적인 시각에서 왕도정치론을 현실주의적인 시각에서 풀어가는 활선(活禪)의 논리로 이끌어가고 있다면서, 이전처럼 「남염부주지」를 세조에 대한 풍자의 작품으로만 볼 것이 아니라 세조를 염왕으로 이해할 필요가 있다고 주장하였다. 세조의 부름에 김시습이 찾아가 찬시를 짓는다든가 지속적 회유와

상 정창손에게 "그만 해먹어라."라고 소리쳤다는 일화를 비롯하여142), "명교(유교)를 포기하고 불교로 탈바꿈하여 병든 것도 같고 미친 것도 같이 하였다."143)라는 이산해(李山海)의 표현은 정도(正道)를 표방하면서도 정도를 걷지 못하는 당대 유학자들에 대한 작자의 비판 의식을 확인하게 하는 대목이다. 그리고 염왕의 다음과 같은 표현은 유학자라 자처하는 당대 지배 세력에 대한 비판 의식을 잘 드러낸다.

> 나라를 다스리는 이는 백성을 폭압하거나 위협해서는 안 될 것입니다. 백성들이 비록 두려워하여 따르는 것 같지만 내심으로는 거스를 뜻을 품고 있어, 날이 가고 달이 가 마침내 두꺼운 얼음이 얼 듯 큰 앙화가 일어날 것입니다. 덕망 있는 사람은 권력을 써 왕위에 올라서는 안 됩니다. 하늘이 비록 거듭해 간곡하게 말하지 않을지라도 행사(行事)로써 보여 처음부터 끝까지 일관되게 하니, 상제(上帝)의 명은 실로 지엄합니다. 대개 나라라는 것은 백성들의 나라이고 명(命)이라는 것은 하늘의 명입니다. 하늘의 명이 떠나버리고 민심이 등진다면 왕이 비록 몸을 보전하고자 한들 어찌 그럴 수 있겠습니까?144)

권고에 따른 정치 참여에 정신적 갈등을 보였다는 점에서 그런 주장의 타당성을 입증하려 했다. 중용, 주역의 원리나 조동오위의 시각이 작용하고 있다는 그의 인식은 탁월한 식견임에 틀림없다. 그러나 그렇다고 해서 세조를 염왕으로 이해해야 한다는 것은 이치에 맞지 않는 것으로 보인다. 실제 그는 세조의 회유에도 불구하고 끝까지 현실 정치에 참여한 인물이 아니었으며, 세조를 찬양한 것이 선승(禪僧)으로서 불경 번역 사업에 대한 따른 찬양일 뿐이었기 때문이다. 그리고 세조의 왕위 찬탈 소식에 출가를 한 점이나, 사육신의 초혼 제사를 지냈던 일 등의 측면, 나아가 깨달음을 얻은 선승으로서 현실 정치에 발을 붙이는 것 자체를 꺼렸다는 것을 그의 문집 곳곳에서 확인할 수 있다는 점 등에서 그와 같은 주장은 다시 한 번 살펴보아야 할 것이다.

142) 李珥, 「金時習傳」, 『梅月堂集』부록 권2.
143) 李山海, 「梅月堂集序」, 『梅月堂集』卷首.
144) 「南炎浮洲志」, "有國者 不可以暴劫民 民雖若瞿瞿以從 內懷悖逆 積日至月 則 堅冰之禍起矣 有德者 不可以力進位 天雖不諄諄以語 示以行事 自始至終 而上 帝之命嚴矣 蓋國者 民之國 命者 天之命也 天命已去 民心已離 則雖欲保身 將 何爲哉."

염왕은 폭압적인 정치로 백성을 도탄에 빠뜨려서는 안 되고, 왕도(王道)가 민심(民心)에서 비롯되니 항상 애민의 정치를 해야 한다고 했다. 박생은 이에 덧붙여 간신들이 들끓게 되는 것도 윗사람이 백성을 위협하고 위엄을 부리기를 좋아하기 때문이라고 한다.145) 수양대군의 왕위 찬탈을 지켜보았고, 전국을 만행하며 도탄에 빠진 민중의 참상을 목격했던 작자는 「남염부주지」를 통해 절의의 정치, 애민의 정치가 실현되어야 함을 드러내고 있는 것이다. 염왕과 박생의 대화를 통해 드러내는 참된 유학자가 지향하는 이상적 국가는 당대 현실의 지배 세력들이 구현하지 못하고 있던 세계이다. 유학자의 이상과 현실의 괴리를 유학자 박생을 통해 여실하게 보여주고 있는 것이다.

한편 박생이 벌이는 염왕과의 대화는 현실 세계 밖에 또 다른 세계를 상정하는 그릇된 믿음이 국가를 어지럽히고 있음을 보여준다. 귀신에 대한 인식, 세속 불교의 지옥·시왕·윤회 등의 관념이 그릇되게 이해되어 현실을 어지럽히고 있음이 두 등장인물의 문답을 통해 여실하게 밝혀진다. 시왕에게 제사지내는 일에 대해 언급하고 있는 대목을 보자.

> 부처에게 재를 올리고 시왕을 제사지내는 일은 아주 허황됩니다. 더구나 재란 것은 정결히 한다는 뜻이니, 정결하지 못한 것을 위하여 재를 올려 그것을 정결하게 만드는 일을 말합니다. 그런데 부처란 청정함을 말하는 것이요, 왕이란 존엄함을 일컫는 것입니다. 왕이 수레를 요구하고 금을 요구하는 일은 『춘추』에서 폄하되었고, 불공에서 돈을 사용하고 비단을 사용한 일은 한나라와 위나라 때에 시작된 것입니다. 어찌 청정한 신이면서 세상 인간의 공양을 받으며, 존엄한 왕이면서 죄인의 뇌물을 받으며, 저승의 귀신이면서 세간의 형벌을 풀어줄 리 있겠습니까?146)

---

145) 「南炎浮洲志」, "姦臣蜂起 大亂屢作 而上之人 脅威爲善 以釣名 其能安乎."

　　박생이 사십구재를 비롯하여 제사지내는 현실을 말하며 그 문제에
대해 묻자 염왕은 부처나 시왕에게 제사지내는 일이 잘못이라고 했다.
왜냐하면 원래 부처와 왕이란 청정하고 존엄한 존재로 재물을 멀리하기
때문이다. 그런 그들에게 온갖 재물을 바치며 복을 비는 일이 잘못이라
는 입장이다. 인용한 서술 속에서도 직감할 수 있듯이, 염왕과 박생의
대화를 통해 보여주는 비판은 불교 자체라기보다는 기존의 세속화된 불
교에 대한 것이라 할 수 있다. 불교가 청정함이나 존엄함을 지향해야 하
는 것인데, 그 궁극적 지향을 놓쳐버린 불사(佛事)들은 온갖 폐단을 불
러오고 있다고 보는 것이다. 실제 당대 왕실이나 귀족들, 나아가 서민들
에 이르기까지 행해지던 세속화된 불사들은 많은 문제점을 갖고 있었다.
유교적 정치 이념을 내걸기는 하였으나 왕실에서는 가뭄과 같은 천재지
변이나, 사자(死者)에 대한 추복(追福), 무병장수 등과 관련된 불사(佛事)
들을 끊임없이 행하였다.147) 세조가 운수천인도량(雲水千人道場)을 원각
사(圓覺寺)에서 베풀었을 때, 김시습은 스스로 절 뒷간에 빠져 미친 척하
여 쫓겨나왔다는 사건을 윤춘년은 전하고 있다.148) 이러한 일화는 왕실
이 세속적 불사에 매달리는 것에 대한 김시습의 거부 의사를 잘 드러내
주는 것이다. 그와 같은 세속적 불사들은 조선 초 정치·사회적으로는
유교 이념을 내세웠지만 개인적 차원의 불교 신앙은 그대로 인정하는 이
원 구조 체계에 따른 비롯된 결과였다.149) 민간에서는 세금과 부역을

---

146) 「南炎浮洲志」, "至於齋佛祀王之事 則尤誕矣 且齋者 潔淨之義 所以齊不齊 而
　　致其齊也 佛者 淸潔之稱 王者 尊嚴之號 求車求金 貶於春秋 用金用絹 始於漢
　　魏 那有以淸淨之神 而享世人供養 以王者之尊 受罪人賄絡 以幽冥之鬼 而縱世
　　間刑罰乎."
147) 서윤길, 「조선조 밀교사상의 전개」, 『한국밀교사상사연구』, 불광출판부, 1995,
　　411~458쪽.
148) 尹春年, 「梅月堂先生傳」, "世祖嘗設雲水千人道場于圓覺寺 諸僧咸曰 此會上不
　　可無雪岑 上遂命召之 旣至 自投於寺厠中 諸僧以爲病狂黜之."
149) 이만, 「조선 초기 불교계의 상황과 諺解經典의 성격」, 『불교문화연구』3, 영취불

피하기 위해 승려가 되는 이들도 많아 사회적 폐단이 극심했던 것으로 보인다. 「남염부주지」의 시간적 배경으로 제시된 성화초(成火初, 세조 10년 경) 즈음인 세조 13년(1467)에 호패법이 실시되었으며 14300명이 출가했는데, 10년 지나는 사이 출가한 자가 50~60만 명에 달하였으며150), 산중에도 10여만 명의 승려가 있으니 백성의 반이 놀고먹는 자들이라고 하였다.151) 「남염부주지」에서 염왕과 박생의 대화를 통해 제시되는 비판은 이러한 당대 현실의 문제를 깊게 파고들어 그 폐단을 시정해야 함을 역설하고 있는 것이다.

한편, 당대 성리학계의 신진사류(新進士類)는 고려 말 이래 끊임없이 불교 억압 운동을 조선조까지 이어가던 상황이었다. 그런데 그들의 억압이 미신적 불교를 극복하자는 차원을 넘어서서, 불교에 대한 오해와 편견을 바탕으로 불교의 씨를 말리려는 데까지 나아가고 있는 상황이었으니, 선승(禪僧)이었던 작자의 처지에서 그들의 그릇된 인식을 바로잡아야 한다는 생각을 하지 않을 수 없었으리라. 그리하여 앞서 살펴보았듯, 「남염부주지」는 주공과 공자의 가르침이 궁극적 지향의 측면에서는 서로 배척할 바가 아니며, 세속화된 불교를 바로잡고 도탄에 빠진 백성들을 구제하는 일이 그 무엇보다 중요함을 보여주었던 것이라 볼 수 있다. 결국 작자는 유학자들이 박생과 염왕의 대화를 통해 드러내는 바를 실천함으로써 이러저러한 부정적 사회 현실을 바로잡을 수 있으며, 불교에 대해서도 포용의 정책을 실시해야 함을 은근히 주문하고 있었던 것이다.

그렇다면 이러한 주제의 도출은 어떻게 가능했던 것일까? 박생이 편친 '일리론'의 배경이 되는 주희의 리일분수(理一分殊)는 이정의 천리론을

교문화연구원, 1992, 47쪽.
150) 『성종실록』권68, 성종 7년 6월 5일 병자조.(金宗直의 제자 玄碩圭의 상소에 나와 있다.)
151) 『성종실록』권55, 성종 6년 5월 13일 신유조.

계승한 것이기도 하지만 불교 이론을 차용한 것이기도 하다. 그는 "비록 하나의 리를 가지고 있지만 결국 모두 하나의 리에서 나온 것일 뿐이다.……석씨가 '하늘에 떠 있는 하나의 달은 일체의 물에 두루 비치고, 일체의 물에 비치는 달은 하늘에 떠 있는 하나의 달에 통섭된다.'라고 하였으니 불교에서도 이러한 도리를 엿볼 수 있다."152)라고 표현하였다. 리가 내포하고 있는 것은 다르나 주희가 말하는 리가 불교의 리를 차용했던 것임을 엿볼 수 있게 하는 대목이다.153)

박생이 주희의 '리'를 끌어다 일리론을 주장했는데, 그 논리를 따져보면 앞 장에서 살핀 화엄의 법성(法性)과 관련된 "일중일체 다중일(一中一切 多中一), 일즉일체 다즉일(一卽一切 多卽一)"의 논법과 유사하다. "하나의 법이 있음으로써 일체가 있는 것이요, 일체가 있음으로써 곧 하나의 법이 있다."154)라는 김시습의 해석과 같은 논리가 박생의 일리론에도 통하고 있는 것이다. 곧 절대적 진리인 본체가 달리 존재하는 것이 아니라, 일체의 현상적 존재를 두루 꿰뚫고 있다는 것이다. 만상(萬相)의 현상 자체가 본체 자체인 것이라는 것이다. 따라서 박생이 주장하는 일리론의 논법과 유사성을 갖는다고 할 수 있다. 즉, 김시습은 화엄의 법성 개념에서 말하는 본체의 의미나 주희의 '일리론'이 그 논법에서 다르지 않다고 여겼던 것으로 보인다. 그것은 곧 유불을 회통(會通)하는 입장이었다. 그에 따라 김시습은 조선 초 사회의 주류 사상으로 대두된 성리학을 긍정적으로 수용하면서, 궁극적 지향의 지점에서는 유불이 결코 다를 수 없음을 「남염부주지」를 통해 보여주려 했던 것으로 추정된다. 염왕이 주공과 공자에 대해 펼친 주장은 이를 단적으로 보여주는 것

---

152) 『朱子語類』, "然雖各自有一箇理 又却同出於一箇理爾 ……釋氏云 一月普現一切水 一切水月一月攝 這是那釋氏也窺見得這些道理."
153) 張立文 주편, 안유경 옮김, 『理의 철학』, 예문서원, 2004, 229~233쪽.
154) 『大華嚴法界圖序』, "故以有一法 故卽有一切 以有一切 故卽有一法."

이다. 그런데 이러한 논리의 저변에는 계속해서 살피고 있는 김시습의 선사상, 그 가운데서도 정편오위 사상이 자리하고 있는 것으로 추정된다. 이제 그와 관련하여 살펴보도록 하자.

그러나 「남염부주지」는 소설이지 논설이 아니다. 논설적 문체가 흩어져 있지만 그런 작가의 취지는 거대한 서사적 흐름 속에 용해되어 있다. 이제 그 흐름을 살펴보는데, 먼저 남염부주라는 공간을 어떻게 이해할 것인가가 문제로 다가선다.

박생은 '일리론'을 내세워 천지가 하나의 음양일 뿐이므로 또 다른 천지라 할 천당·지옥, 귀신을 말하는 것은 잘못이라 생각한다. 그렇지만 작품 초반의 박생은 왜 그런 허망한 말과 생각들이 생겨나서 사회적 폐단을 야기하게 되었는지 확고하게 살피지는 못한 상태였다고 볼 수 있다. 그 폐단의 원인을 규명하고, 폐단을 시정할 수 있는 방향의 설정은 남염부주(南炎浮洲)을 찾아들고서야 가능했다고 말할 수 있다. 남염부주는 박생이 잠을 자다가 홀연히 이른 곳이었다. 천지 바깥의 세계에 이른 것이라 볼 수 있으니 박생의 사상이 파탄이 나는 순간처럼 보인다. 그런데 그곳을 다스리는 염마(閻魔)를 만나 세상의 부조리를 꼬집고, 허탄(虛誕)한 이론들을 논파하는 데 이르면 그의 주장이 더욱 확고해지는 듯 보이는데, 여전히 문제는 그런 대화를 나누는 세계가 주인공이 존재하지 않는다고 주장하는 남염부주라는 점이다. 그렇다면 남염부주는 어떤 곳인가?

문득 한 나라에 이르니 곧 바다 속의 한 섬이었다. 그 땅에는 초목도, 모래와 자갈도 없었고, 발에 밟히는 것은 모두 구리 아니면 쇠였다. 낮에는 거센 불길이 하늘까지 뻗쳐 땅덩이가 녹아내린다. 밤이 되면 찬 바람이 서쪽에서 불어와 사람의 살갗과 뼈를 쑤셔대니, 몸에 부딪히는 장애를 견딜 수 없었다. 또 쇠로 된 벼랑이 성처럼 서서 바닷가를 따라 이

어져 있었다.…(중략)…성 가운데 사는 백성들은 쇠로 집을 지어 살았
다. 그래서 낮에는 불에 데어 문드러지고 밤에는 얼어붙어 갈라지고는
하였다. 그들은 그저 아침과 저녁에만 구물구물 움직여서는 웃고 이야기
하는 모습이었다. 그렇다고 그다지 괴로워하지도 않는 듯했다.155)

남염부주는 바다 속 섬으로, 추위와 더위가 밤낮을 번갈아가며 극심
하게 몸을 괴롭히는 공간이다. 이곳에 이른 박생은 문지기에게 세상 물
정 모르는 유학도로 영관(靈官, 仙官)을 모독했으니 그 죄를 용서해 달라
고 말한다. 박생은 그가 이른 그곳을 그 자신이 부정했던 이계(異界)라
고 생각했던 것이다. 그리고 작품의 종반에 이르러 염왕이 박생에게 왕
위를 선양하는 제(制)에서도 다음과 같이 남염부주는 표현되었다.

염부주는 실로 풍토병으로 괴로움을 겪는 곳으로, 우왕(禹王)의 족적
이 이르지 못하고, 목왕(穆王)의 준마도 이르지 못하는 곳이다. 붉은 구
름이 해를 가리고 독한 안개가 하늘을 뒤덮었다. 목이 마르면 김이 오르
는 구리쇠 물을 마셔야만 하고, 배가 고프면 불길에 녹은 쇠를 먹어야
한다. 그러니 야차나 나찰이 아니라면 발을 디딜 수 없고, 이매(魑魅)와
망량(魍魎) 같은 도깨비들이 아니라면 기운을 마음대로 펼 수 없다. 뜨
거운 불의 성은 천리에 뻗어 있고, 철로 된 산악은 만 겹이나 된다. 백성
들의 풍속은 드세고 사납기 때문에 정직한 사람이 아니라면 그들의 간사
함을 판단할 수 없다. 그리고 땅의 형세는 요철이 심해 험준하므로 신령
하고 위엄 있는 사람이 아니라면 그들을 교화할 수 없다.156)

---

155) 「南炎浮洲志」, "忽到一國 乃洋海中 一島嶼也 其地無草木沙礫 所履非銅則鐵也
　　晝則烈焰亘天 大地融冶 夜則凄風自西 砭人肌骨 吒波不勝 又有鐵崖如城 緣于海
　　濱 只有一鐵門宏壯 關鍵甚固…(中略)-其中居民 以鐵爲室 晝則焦爛 夜則凍裂
　　唯朝暮蠢蠢 似有笑語之狀 而亦不甚苦也."
156) 「南炎浮洲志」, "炎洲之域 實是瘴癘之鄕 禹跡之所不到 穆駿之所未窮 彤雲蔽日
　　毒霧障天 渴飮赫赫之洋銅 飢餐烘烘之融鐵 非夜叉羅刹 無以措其足 魑魅魍魎
　　莫能肆其氣 火城千里 鐵嶽萬重 民俗强悍 非正直 無以辨其姦 地勢凹隆 非神威

두 인용문에 나타난 남염부주는 박생이 부정했던 이계(異界)가 아닐 수 없다. 그래서 조동일은 「남염부주지」를 "박생이 저승에 가서 염왕을 만났기 때문에 저승·염왕·귀신 등을 더욱 확실하게 부정할 수 있게 되었다는 역설을 만들었다."[157]라고 하여 남염부주를 역설적 서사 장치로서의 저승이라 보았다. 그리고 이대영은 "천당·지옥설을 부정하면서 염부주의 존재를 상정한 것을 논리적 모순으로 본다면, 그러한 논리적 모순을 감행하는 이유는 현실에 대한 알레고리에 기인한다고 볼 수 있다."[158]라고 하여, 남염부주가 저승을 말하되 현실을 말하기 위한 장치로 기능하는 것이라 보았다. 그러면서 그는 '염마왕을 통해 염마왕과 저승의 존재를 거부한' 것은 역설로 전체적 구도와 상충하므로 독자로 하여금 명확한 의미 파악을 어렵게 만들고 있다고 하였다.[159] 대부분의 연구자들은 남염부주를 지옥의 다른 표현이면서 현실 비판의 서사적 장치로서의 의미에 초점을 맞춰왔다.

그런데 남염부주가 불교적인 의미와 관련을 맺고 있다는 점에 대해서는 많은 이들이 주목하지 않았던 것으로 보인다. 그나마 정주동과 엄기주의 논의가 있어 남염부주의 불교적 의미를 엿보게 한다. 정주동은 우리가 사는 염부(贍部)의 딴 이름으로 '부섬(浮剡), 염부(琰浮), 염부(閻浮)'라는 말이 있는 것으로 보아 염부주(炎浮洲)는 섬부주(贍部洲)의 잘못된 표기가 아닌가 하고 추측하면서도, "地獄을 두고 炎浮라고 쓴 것은 찾아볼 수 없지마는 불꽃이 타오르는 무서운 地獄相을 實感있게 드러내기 위하여 時習이 일부러 炎浮라고 創作한 것이다."[160]라고 보았다. 그

不可旋其化."
157) 조동일, 「15세기 鬼神論과 귀신이야기의 변모」, 앞의 책, 178쪽.
158) 이대영, 「金鰲新話의 서사방식 연구」, 연세대학교 박사학위논문, 2001, 108쪽.
159) 위의 논문, 109쪽.
160) 정주동, 앞의 책, 685쪽.

196 제1부 『금오신화』의 연구

는 '염부주'를 현실을 드러내는 '섬부주'의 잘못된 표기라 추정하면서도 지옥상을 실감 있게 보여주고 있다고 보았다. 이러한 정주동의 언급을 확대하여 살펴본 엄기주는 오형근의 논문161)을 바탕으로 사주(四洲) 가운데 남섬부주(南贍部洲)가 있으며, 일명 염부제(閻浮提)라고 하여 우리가 살고 있는 세계를 일컫는다는 것을 살폈다. 그러면서 그는 앞선 인용문들에 나타나는 남염부주의 모습이 "인도(人道)가 어긋나고 천도(天道)가 어긋나 천지자연의 조화까지 깨진 데 대해 전혀 자각이 없는 상태의 인간들을 묘사한 것이다. 난세(亂世)에 살면서도 난세(亂世)인 줄을 자각 못하는 우중(愚衆)을 우의(寓意)한 것"162)라는 적실한 판단을 보여주었다. 천지 만물의 조화가 깨져버린 현실 세계가 남염부주이고, 그런 곳에서 밤과 낮에 이어지는 추위와 더위로 고통을 당하면서도 웃고 이야기하고 괴로워하지 않는 인간들을 우중(愚衆)이라 보았다.

  정주동은 '섬부주'의 오기(誤記)로 '염부주(炎浮洲)'라 했다고 보았지만, '염부주(炎浮洲)'는 범어 'Jamuu-dvida'의 한역(漢譯)으로 '염부제(閻浮提)·염주(炎洲)·염부주(閻浮洲)·섬부주(贍浮洲, 剡浮洲)' 등으로 기록되어온 것이므로 오기(誤記)가 아니다. 그리고 이 염부제는 처음에는 인도의 땅을 가리켰지만 나중에는 인간 세계를 일컫게 되었다.163) 조선조 숭유·억불과 상관없이 행해졌던 기우행사에서 사상·교학적 근거가 된 『대운륜청우경(大雲輪請雨經)』164)에는 「남염부주지」에 그려진 염부주와 매우 흡사하게 말세의 염부주가 다음과 같이 나타나기도 한다.

---

161) 오형근, 『불교의 영혼과 윤회관』, 불교사상사, 1978, 295~304쪽.
162) 엄기주, 「南炎浮洲志의 寓意性」, 『고소설의 사적 전개와 문학적 지향』, 보고사, 2000, 82~84쪽.
163) 吉祥 편저, 『佛敎大辭典』, 弘法院, 2001, 1758~1760쪽.
164) 태종조에 12회 세종조에 31회의 기우재 행사가 있었는데, 이 행사의 기반이 된 것이 밀교 경전 『大雲輪請雨經』이었다.(서윤길, 『한국밀교사상사연구』, 불광출판부, 446~458쪽.)

지금과 같이 미래의 말세에는 염부주에 가뭄이 들어 비가 내리지 않
는 곳에서 이 다라니를 지송하면 당장에 비가 내린다. 기근이 든 악한
세상, 질병의 창궐, 법도에 어긋난 투쟁인들에 의한 공포, 요괴한 별에
의한 변괴와 재해가 계속 이어지는 등, 이와 같이 한량없는 고뇌가 부처
님의 위신력의 가지에 의해 모두 제지되고 소멸될 수 있다.165)

가뭄이나 천재지변의 상황일 때 『대운륜청우경』을 지송하면 부처님
의 위신력으로 고뇌를 소멸할 수 있다고 했다. 여기서 말하는 염부주는
바로 현실 세계를 말하고 있는 것이다. 이로 보더라도 「남염부주지」의
염부주는 천지만물의 조화가 깨져버린 현실을 빗대어 말하고 있음을 알
수 있다.

그리고 이와 관련하여 김시습은 『대화엄일승법계도주』와 『십현담요
해』에도 밝히고 있으니, 먼저 『십현담요해』의 표현을 들여다보자.

참되다면 허망하지 않을 것이고, 깨끗하다면 더럽혀지지 않을 것이다.
둥글고 밝아 걸림이 없고, 밝아 허공과 같으니, 이러한 경계 안에서는
잠깐 한 생각이라도 내면 염부제 속에서는 천생만겁을 지내게 될 것이
다. 그러므로 우두 법융 선사가 지한 선사에게 이르기를 "한 티끌이 날아
서 하늘을 가리고, 한 겨자씨가 떨어져 땅을 덮는다."라고 하였다. 염부
제는 번역하면 승금(勝金)이란 뜻이다.166)

염부제는 승금의 뜻이라 했는데, 한용운은 "염부제는 한자로 승금이

---

165) 『大雲輪請雨經』, "今於未來末世之時 於瞻部州亢旱不降雨處 誦此陀羅尼 卽當
降雨 飢饉惡世多饒疾疫 非法鬪爭人 民恐怖 妖星變怪災害相續 有如是等無量
苦惱 以佛威神加持皆得除滅."(『新修藏經』19, 488b. ; 서윤길, 위의 책, 446~
447쪽, 재인용).

166) 『十玄談要解』, "眞則不妄 浮則不染 圓明無碍 了了如空 於此界中 瞥生一念 閻
浮提裏 千生万劫 故牛頭融 謂智閑云 一塵飛而翳天 一芥墮而覆地 閻浮此云勝
金."(민영규 교주, 288~289쪽.)

라고 번역하는데, 즉 우리가 사는 세계를 이른 말"167)이라고 하였다. 결국 박생이 찾은 염부주는 다름 아닌 고통스런 현실 속 인간들의 삶을 비유적으로 표현해 놓고 있는, 하룻밤 꿈이라는, 그의 의식계에 존재하는 것이라 말할 수 있다. 그런 공간 속에서 현실 사회의 문제점들을 비판적 대화의 형식으로 드러내 놓았던 것이다. 『대화엄일승법계도서』에서 부처님의 해인삼매(海印三昧)를 표현한 대목에도 염부제에 대한 언급이 있으니 다음과 같다.

> 참된 성품 가운데에서 이치를 나타내고 일을 나타내는 것이 비록 여러 가지 있지만, 그 자기의 성품을 찾으면 마침내 얻을 수가 없는 것이다. 그러한즉 부처와 중생이란 참 성품 가운데의 빛이며 그림자여서, 부처를 가히 이룰 것이 없고, 중생을 가히 제도할 것이 없어서 다만 하나의 참 성품일 것이다. 마치 염부제의 바다 가운데 있는 염부의 산이나 하수나 땅덩이나 풀이나 나무의 총림들이 그 실체를 추구하여 보아도 마침내 얻을 수가 없는 것과 같다. 즉 산이나 하수의 색상들이 곧 큰 바다의 빛이요 그림자여서, 성품을 가히 볼 수가 없고 상을 가히 취할 것이 없어서 오직 하나의 큰 바다뿐이듯 열 부처의 안으로 증득한 것도 다만 이와 같은 것이다.168)

'다만 하나의 참 성품'만이 존재하는 해인정(海印定)을 표현한 것이다. 참 성품을 깨달은 가운데서는 부처와 중생이 다르지 않음을 밝혔으며, 염부제 곧 현실계에 존재한다고 여기는 산이나 하수, 땅덩이나 풀, 나무의 총림이라는 것이 큰 바다의 빛과 그림자일 따름임을 밝힌 것이

---

167) 『十玄談要解』「演教」(이창섭·최철환 옮김, 앞의 책, 257쪽.)
168) 『大華嚴法界圖序』, "於眞性中顯理顯事 縱有多端 推其自性 了不可得 則佛與衆生 乃眞性中之光影 無佛可成 無生可度 但一眞性而已 如閻浮海中 所謂閻浮山河大地草木叢林 推其實體 了不可得 則山河色相 乃大海之光影 無性可見 無相可取 惟一大海而已 十佛內證 只如是耳."

다. 정편오위 사상의 개념에서 본다면, 큰 바다는 정위(正位)를 뜻하고, 빛과 그림자는 편위(偏位)가 될 것이다. 정위와 편위가 분리되지 않은, 현상계를 두루 감싸는 본체의 세계를 해인정으로 표현하고 있다. 달리 말하면, 현실 바깥에 본체가 존재하는 것이 아니라 우리가 몸담고 살고 있는 지금, 여기 현현하는 염부(현실)의 산과 물에 본체가 있으며 그것이 부처가 증득한 것일 따름이라는 것이다. 결국 남염부주는 온갖 인연이 있으며 현상이 존재하는 현실에 해당한다.

그러한 현실 세계를 빗댄 남염부주에서 염왕과 박생의 대화가 오갔던 것이다. 「남염부주지」는 이처럼 현실〔偏〕의 온갖 그릇된 부분을 바로잡아 백성들을 살기 좋게 만드는 것을 말하고 있다. 그것은 정편오위의 '편중지(偏中至)'의 면모를 그대로 드러낸 것이다. 앞서 살폈던 「취유부벽정기」가 벌어지고 있는 현실의 문제를 거론하지 않고, 그러한 현실이 무상하다는 정위(正位)만을 추구하는 모습을 보여주었다면, 「남염부주지」는 현실을 상징하는 남염부주〔偏位〕라는 공간에서 그릇된 사상들이 판을 치는 작자 당대의 현실〔偏位〕의 개혁적 방향을 추구해들어갔던 것이다. 염왕과 박생의 대화에서는 인생이 무상(無常)하다든가 하는 공(空)·환(幻)의 영역에 속하는 정위(正位)에 대해서는 이야기하지 않는다. 철저한 현실 중심적 논의를 펼쳐 나감으로써 부정적 현실을 개혁하려는 의지를 「남염부주지」는 보여주었던 것이다. 김시습은 「남염부주지」를 통해 이렇듯 '편중지'의 가르침을 매우 친절하게 드러내 보여주었던 것으로 보이는데, 그와 관련된 김시습의 진술을 들여다보자.

> 하늘은 하늘이고, 땅은 땅이며, 큰 것은 큰 것이고 작은 것은 작은 것이며, 짧은 것은 짧고 긴 것은 길며 꽃은 꽃이고 풀은 풀로서 각각 제 형상을 드러낸다. 형상(形狀)을 왕성하게 하는 것은 마음의 본체이니 본체가 아닌 것으로써 본체가 된 것이니, 사물이 모두 본체이며 현상〔用〕이

아닌 것으로 현상이 된 것으로 모두가 현상이다.[169]

동산의 "모든 현상이 곧 진성이라〔全用卽眞〕"는 '편중지(偏中至)'에 대해 김시습이 주석을 단 부분이다. 현상즉본체의 법성진여인 현실을 철저히 궁구하여 진리의 절대 경지에 이른 모습, 그것이 편중지인 것이다. 그것은 음양이기(陰陽二氣)만이 풀무질하는 현상적 세계가 존재하고, 그것에는 늘 변함없이 리(理)가 편재한다는 주희의 성리학과 여러 모로 닮아 있음이 사실이다. 성리학 사상과 정편오위의 편중지 사상은 이런 점에서 유사성을 가지며, 이를 착목한 작자 김시습은 「남염부주지」를 통해 그런 유사성을 활용한 현실 사회 문제의 개혁을 주장했던 것이다.

한편 박생이 남염부주를 여행한 것은 몽환(夢幻)으로 처리되고 있는데[170], 이러한 처리는 김시습의 선사상적 사유가 그대로 서사화된 것이라 볼 수 있다. 몽환으로 처리한 것은 남염부주라는 본체를 함장(含藏)한 현상이라고 하는 것도 역시 공(空)임을 밝힌 것이다. 즉, 현실을 낳고 있는 것은 다름 아닌 마음이다. 그리고 그 마음은 본래 공(空)이니 본체〔體〕를 담고 있는 그릇이다. 따라서 마음에서 현현하는 현실이 남염부주이고, 그런 남염부주는 본체가 현현된 현실인 것이다. 본체가 곧 현상이요, 현상 속에 본체가 드리워진 세계가 남염부주라는 공간이다. 그래서 편중지는 속이 하얀 원(○)으로 표현되는 것이다. 본체라는 정위(正位, ●) 위에 현상이라는 편위(偏位, ○)가 자리 잡은 모습이다. 박생이 행한 남염부주 여행은 '꿈'이라는 공환(空幻)의 정위(正位)에서 행해진 것이로되, 그 정위의 자리에서 염왕과 행한 문답은 당대 현실의 문제를 철저하게 묘파(描破)해놓은 결정체가 자리 잡고 있는 형국인 것이다.

---

169) 『曹洞五位要解』, "天天地地大大小小短短長長花花草草　各逞形狀　此心之眞體 非體爲體 物物皆體 非用爲用 頭頭全用."(민영규 교록, 앞의 책, 405쪽.)
170) 「南炎浮洲志」, "驚起而覺 乃一夢也."

또 달리 본다면 그 '꿈'은 결국 현실의 문제를 깨달았다 하더라도 그 자리에 머물러 있어서는 안 되고, 다시 현실로 뛰어들어야 함을 말한 것이라 볼 수 있다. "마치 어떤 사람이 침상에서 잠들었을 적에 꿈속에서는 30여 개의 역을 돌아다녔으나 꿈을 깬 뒤에는 바야흐로 조금도 움직이지 않고 침상에 있음을 아는 것"171)이라고 김시습은 『법계도주』에서 말하고 있다. 본래의 법성(法性)에서 온갖 인연 연기에 의해 벌어진 현상, 그것이 결국 도달하는 곳은 예부터 움직이지 않은 법성진여의 자리이다. 작자는 이렇게 사려 깊게 깨달은 자로 있지만 말고 진리가 가득한 현실로 돌아와야 함을 강조하였다. 이런 꿈의 서사화는 「취유부벽정기」나 뒤에 보게 될 「용궁부연록」에도 나타나는데, 이 모두가 현실로의 복귀를 강조하는 김시습의 선불교적 현실주의 사고가 구조화시킨 것이라 볼 수 있다. 이러한 점은 「남염부주지」를 해석하는 데 성리학 사상과 일정한 거리를 두게 하는 지점이다.

그리고 정편오위 사상의 측면에서 이러한 편중지의 경지에서부터 대중을 위한 교화가 펼쳐진다고 본다. 환성지안(喚惺志安)은 편중지(偏中至)를 사문이류(沙門異類)의 가르침과 연결되는 것이라 말한다.172) 이러한 점과 관련하여 결말의 처리 방식이 상징하고 있는 바를 추리할 수 있다. 박생은 꿈을 통해 새로운 깨달음을 얻게 되었으며, 이제 그는 염라왕의 자리를 선양(禪讓)하게 되는 것으로 서사화되고 있다. 「남염부주지」의 결말은 '박생이 죽었다'라는 물리적 변화에 초점을 맞추고 있는 것이 아니라, 상징적으로 처리되고 있는 남염부주라는 현실의 왕이 되었음을 강조하고 있는 것이다. 이는 어디까지나 정편오위의 편중지 사상을 기반으로 했을 때 자연스럽게 해석이 가능한 지점이다. '남염부주'라는 세계는

---

171) 『大華嚴法界圖序』, "如有人在床入睡夢中 回行三十余餘驛 覺後 方知不動在床."
172) 한종만, 『韓國曹洞禪史』, 불교영상, 1998, 218쪽.

선적 사유에서 궁극적으로는 환몽의 세계인 현실이다. 정위가 함께하는 편위의 세계, 현상즉본체의 현실이다. 그런 세계로 박생이 떠났다는 것이니, 이는 편중지의 깨달음을 얻은 자가 현실로 들어가 교화행을 펼치게 되었음을 말한다. 모순에 찬 당대 현실을 바로잡기 위해 깨달은 자 박생이 현실로 복귀하고 있는 것이다. "털을 입고 뿔을 얹고 사람을 위해서 수고로움을 다한다."173)라고 김시습이 언급한 ─ 물론 이전부터 이야기되던 것이지만 ─ 편중지의 경지에 도달한 자가 박생이다. 결국 「남염부주지」는 현실을 상징하는 남염부주의 왕이 되어 깨달음을 현실 속에 구현하기 위해 싸워 나가는 이류중행(異類中行)의 인물로 거듭남을 이와 같은 결말 처리로 드러냈던 것이라 볼 수 있다.

한편 「남염부주지」는 서사의 구조를 편성(編成)하면서 유·불·도의 사상을 아우른 정편오위의 '편중지' 구조를 활용했던 것으로 보인다. 김시습이 밝힌 '편중지'는 주렴계(周濂溪)가 밝힌 「태극도설」의 음양오권(陰陽五圈)과 위백양(魏伯陽)의 「참동계(參同契)」를 비유해 구조화했다. 이를 바탕으로 작품을 그림으로 나타낼 수 있다.

정과 편은 ●음(陰, ▬ ▬), ○양(陽, ▬)으로 나타낸다. 역시 그 구조적 유사성에 초점을 맞춰야지 명구에 구애돼서는 안 된다. 편중지는 역(易)에서 중부괘(中孚卦, ䷼)로 나타나는데, 초효(初爻)와 2효, 5효와 상효가 양(▬)으로 편위(偏位)를 드러내고, 그 사이의 두 효(爻)가 음(▬ ▬)으로 정위(正位)를 드러낸다. 괘는 하괘(下卦)로부터 상괘(上卦)로 이행하니 곧 현상의 편위에서 시작해 여러 과정을 거쳐 결국 편위로 돌아감을 보여준다. 이는 「남염부주지」에서 남염부주라는 현실을 빗댄 세계에서 박생과 염왕이 모순에 찬 당대 현실을 바로잡을 방도를 세워나가는 방향성과 합치된다. 곧 편위의 문제를 해결해 나가는 면모를 보여주는 이런

---

173) 『曹洞五位要解』, "披毛藏覺 服勞爲人"(민영규 교록, 앞의 책, 405쪽.)

구도에 기반을 두고 「남염부주지」는 지옥·천당·귀신의 설을 부정하고,
유·불이 그 방편은 달라도 지향하는 바가 같으니 배척하지 말고 화합해
야 하며, 애민(愛民)의 정치를 실현해야 함을 보여주었다. 그리고 그러한
실천 방향은 염왕이 박생에게 왕좌를 선양(禪讓)하는 형태로도 나타냈음
을 알 수 있다.

偏中至 ☷ ☷ 臣向君 他 ○ 化生	현상〔偏〕	○ 陽(—)	南炎浮洲(현실비유)	현실문제 해결 (禪讓)	南炎浮洲志
⇧	萬物 君:염왕	◯		化生 臣:박생	
	현상〔偏〕	○ 陽(—)	南炎浮洲(현실비유)	현실문제 고민	

위 그림에서 보여주는바, 편중지 사상은 주렴계의 「태극도설」에서
만물화생(萬物化生)으로 나타난다. 남성적인 것과 여성적인 것이 서로 감
응하여 만물을 낳고 낳아 변화가 무궁해지는 것이다.[174] 주희는 형태를
갖추는 것으로서, 사물 하나하나가 성(性)으로 만물이 하나의 태극[175]
이라고 하였다. 「남염부주지」에 제시된 현실 개혁의 방안은 「태극도설」
에서 표현하는 현상 만물의 화생(化生)을 의미하는 것과 합치된다. 성리
학적 사유와도 연계되는 면모가 여기에 있다.

그런데 앞서 살펴 본 작품들과 달리 「남염부주지」에는 음양을 나타
내던 여성과 남성이 등장하지 않는다. 대신에 염왕과 박생이라는 군신

---

174) 周濂溪, 「太極圖說」, "乾道成男 坤道成女 二氣交感 化生萬物."
175) 『曹洞五位要解』, "萬物化生 以形化者言也 各一其性 而萬物一太極也."(민영규
　　　교록, 앞의 책, 418쪽.)

(君臣)의 만남이 나타난다. 작가는 「남염부주지」의 등장인물을 설정하면서 조산본적(曹山本寂, 840~901)이 창안한 「군신오위(君臣五位)」의 '신향군(臣向君)'을 활용했던 것이다. 신(臣)인 박생과 군(君)인 염왕의 만남은 충신(忠臣)이 성군(聖君)에게 현실 사회의 모순을 혁파해야 함을 간언하고 있는 모습을 보여주는 것으로 나타났다. 그것은 군왕이 담당해야 할 역할 또는 깨달은 자가 나아가야 할 방향성을 설정하기 위해 활용한 군신오위의 '모티프'였던 것이다.176)

결국 「남염부주지」는 미신적 세계를 거부하고, 도탄에 빠진 민중의 삶을 개혁하는 등 당대 현실의 문제 해결 방안을 제시하려 한 소설이다. 그런 주제의 서사화는 남염부주라는 현실 비유의 공간을 설정하고, 그곳에서 박생과 염왕이라는 두 인물의 대화를 통해 그려내었다. 그리고 그것은 정편오위의 편중지 사상을 기반으로 한 서사 구도 속에 오롯이 담겼다.

5. 「龍宮赴宴錄」과 兼中到

『금오신화』의 다섯 번째 작품인 「용궁부연록」은 고려 때 문사 한생(韓生)이 용왕의 초청을 받아 용궁에 들어가서, 그의 딸을 위해 짓는 별당의 상량문을 지어주고 융숭한 용궁의 대접을 받는 꿈을 다룬 전기소설이자 몽유소설이다.

지금까지 연구자들은 「용궁부연록」을 대체로 세종 시대의 우의(寓意)로 보면서 작가가 꿈꾸던 이상 세계를 그린 것으로 보아왔다. 이가

---

176) 「참동계」를 바탕으로 한 동산의 「오위서」에 나타나는 표현으로는 '他'를 뜻하는 것으로 나타나는데, 이는 앞서 「취유부벽정기」에 언급했으니 여기에서는 줄인다.

원177)과 이재수178)는 주인공 한생을 김시습 자신을 가탁한 것으로 보았으며, 정주동179)은 삼교(三敎) 사상이 혼합되어 있는 것으로 보았다. 그리고 최근 정환국은 『금오신화』 다섯 작품의 흐름이 이 「용궁부연록」의 세계를 지향하는 방향으로 체계 있게 짜인 것으로 보았다. 그러면서 「용궁부연록」이 왕의 선정을 축하하는 축제가 벌어진 자리로 '부동이화(不同而和)'의 이상적 세계를 그렸다고 평가하였다.180) 이처럼 대부분의 연구들은 「용궁부연록」을 작자가 열망하는 세종 대와 같은 이상적 세계를 그리는 작품으로 이해하려 했지만, 이 소설이 구체적으로 어떤 사상을 배경으로 하고 있는지에 대해서는 뚜렷한 입장을 밝히지 않았다. 이제부터 필자는 기존의 논의들을 살펴보면서 「용궁부연록」이 담아내려 한 주제가 무엇인지, 그리고 어떤 사상적 배경에 따른 구도화가 이루어진 것인지를 살피고자 한다.

우선, 주인공 한생에 대해 살펴보도록 하자. 한생은 젊어서부터 글을 잘하여 조정에까지 이름이 알려진 문사였다.181) 일반적으로 전기소설이 지니는 고독한 존재와는 성격을 달리하는 인물이다. 한생은 문사로서 심지어 용궁에까지 알려진다.182) 그런 유명한 한생 앞에 낭관 둘이 공중에서 내려와 신룡이 모셔 오라고 했다고 엎드려 말한다. 그리고 준마〔駿足〕를 타고 구름 위를 날아 용궁을 찾아가게 된다. 현실계뿐만 아니라 이계(異界)에까지 문사로 알려진 인물이었으니 『금오신화』의 다른 작품들과는 성격을 달리한다고 보아야 한다.

---

177) 이가원, 「金鰲新話解題」, 『金鰲新話』, 通文館, 1959, 27쪽.
178) 이재수, 앞의 글, 259~260쪽.
179) 정주동, 앞의 책, 722쪽.
180) 정환국, 「≪금오신화≫와 ≪전등신화≫의 지향과 구현화 원리」, 『초기소설사의 형성과정과 그 저변』, 소명출판, 2005.
181) 「龍宮赴宴錄」, "前朝有韓生者 少而能文 著於朝政 以文士稱之."
182) 「龍宮赴宴錄」, "神王曰 久望令聞 仰屈尊儀 幸毋見訝."

그런데 박희병은 『금오신화』가 보여주는 예술적 특성을 '고독과 초월의 형식화'라고 하였다. 김시습이 현실에서 겪었을 소외와 분리, 격절이 무의식적으로 화합, 결합, 통일 등으로 나타났다고 보았다.[183] 탁견이 아닐 수 없다. 그러나 그 고독은 「만복사저포기」, 「이생규장전」에서는 갈애(渴愛)가 일으킨 것이요, 「남염부주지」에서는 과거에 합격하지 못하고 자신의 사상을 나눌 사람이 없으므로 생겨나는 것이라 말할 수 있다. 그런데 「취유부벽정기」는 인생의 무상감에서 비롯된 고독이요, 현실적 삶의 불만 때문에 생겨난 것이 아니다. 「용궁부연록」에서는 결코 고독한 존재였다고 말할 구체적 서술은 나타나지 않는다. 한생은 현실적으로 문사로 조정에 알려졌고, 용궁에까지 알려져 환대를 받고 있기 때문이다. 조동일도 「용궁부연록」을 "주인공 한생이 자기가 사는 세상에서 인정받지 못하고, 있지도 않는 별세계에서 능력을 크게 발휘했다."고 표현했는데[184], 결코 그렇지 않은 것을 다른 작품들과 함께 설명하기 위하여 인정받지 못하는 고독한 존재로 만들어버린 것은 아닌가 의심스럽다. 심유적불의 인간으로 관계(官界)에 진출하지 못했다는 점 때문에 김시습을 고독한 방외인으로 판단하고, 『금오신화』가 작가의 불우함을 고독한 주인공들을 등장시켜 표현했다고 보는 입장은 다시 생각해보아야 할 문제이다. 앞서 살펴본 것으로 알 수 있듯, 『금오신화』는 단순히 작가 개인의 사적인 불우나 고독을 표현하기 위해 창작된 작품이라 볼 수 없다. 그리고 「용궁부연록」이나 「취유부벽정기」는 고독이 존재하지 않거나 고독의 성격이 차원을 달리하는 것이라 보아야 한다.

한생이 찾아간 용궁은 풍운의 변화를 일으키는 용왕과 거북·잉어·

---

[183] 박희병, 「≪금오신화≫의 소설미학」, 『한국전기소설의 미학』, 돌베개, 1997, 216~228쪽.

[184] 조동일, 「15세기 鬼神論과 귀신이야기의 변모」, 『한국의 문학사와 철학사』, 지식산업사, 1996, 178쪽.

나무귀신·산도깨비·조강신·낙하신·벽란신·총각들·곽개사·현선생·나무돌 도깨비·산림의 정괴 등의 이류(異類)들이 함께 어우러지는 공간이요, 옥처럼 아름다운 꽃과 나무, 금모래·금 담장·푸른 유리벽돌 등으로 장식되고, 칠보가 가득한 공간이었다. 그러나 그것들은 결국 몽(夢)이며 환(幻)이었다. 한생의 의식이 만들어낸 세계요, 정편오위에서 말하는 정위(正位)에 해당한다.

한편 그가 찾아든 용궁이 자리하고 있는 공간은 참으로 묘한 위치라 하지 않을 수 없다. 용궁은 송도의 천마산 속 연못〔龍秋〕인 박연〔瓢淵〕 속에 존재하는 세계이다. 천마산은 높이 허공에 뻗치어 있는 곳185)이니, 현실〔偏〕에 발을 딛고 허공〔正〕까지 이어지는 신성과 범속을 함께 아우르는 연꽃과 같은 세계가 천마산이라 볼 수 있다. 그리고 그곳에 박연이라는 연못이 있어 좁고 깊으며, 물이 넘쳐흘러 폭포를 이루게 하고, 진작부터 신령한 이물이 산다는 기록이 있으며, 해마다 국가에서 희생을 바치고 제사를 지내는 곳이었다.186) 곧 용궁은 이 세상 밖에 존재하는 것이 아니라, 현실 속 특정한 공간에 뚫려 있는 공간이다. 「남염부주지」에서 비판하는, 현실계 밖에 따로 존재하는 지옥·천당과 같은 세계가 아니라 현실계에서 희생을 바치고 제사를 지내며 이물의 감응을 기대하는 공간이다. 곧 인간의 세계와 상호 교통하는 현실적 공간이요, 정편오위의 편위(偏位)에 해당하는 공간이라 말할 수 있다. 결국 용궁은 정위(正位)와 편위(偏位)가 함께하는 공간이니, 현상즉본체의 법성진여의 공간을 상정해놓고 있다고 볼 수 있다. 그런 공간 속에서 용왕은 한생을 극진히 맞이한다.

---

185) 「龍宮赴宴錄」, "松都有天磨山 其山高揷而峭秀 故曰天磨."
186) 「龍宮赴宴錄」, "名曰 瓢淵 窄而深 不知其幾丈 溢而爲瀑 可百餘丈 景槩淸麗 遊僧過客 必於此而觀覽焉 夙著異靈 載諸傳記 國家歲時 以牧牢祀之."

"아래 땅에 사는 어리석은 이 사람은 달갑게 초목과 함께 썩을 터인데, 어찌하여 감히 신령한 분의 위엄을 더럽히고 외람되게 융숭한 대접을 받을 수 있겠습니까?"

그러자 용왕이 말했다.

"저는 선생의 명성을 들은 지 오래되었습니다. 높은 위의(威儀)를 굽혀주시다니 영광입니다. 부디 의아하게 생각지 마십시오."

마침내 용왕은 손을 흔들며 읍(揖)하여 공경의 뜻을 표하고 앉기를 청하였다. 한생은 서너 번 사양하다가 자리에 올랐다.187)

한생은 자신을 낮추어 대접에 감사함을 말하고, 용왕은 한생을 밑의 사람으로 하대하지 않고 공경하여 대한다. 그리고 용왕은 한생의 이름이 삼한에 드러났고 재주가 모든 대가 가운데 최고라 하여 초빙했으니, 딸을 시집보낼 '가회각(佳會閣)'이라는 별채를 짓는 데 상량문을 지어달라고 한다. 군(君)이 신하를 극진히도 높이고 있는 구도이다. 이에 한생 또한 상량문에서 군으로서의 덕화(德化)가 펼쳐지기를 간절히 바라는 심정을 담아 다음과 같이 표현한다.

공주는 시집가는 집의 가족과 화합하고 가문과 화합해 복록을 만년토록 누릴 것이요, 부부가 화락해 금실이 좋아 제실(帝室) 자손이 억대에 번성하리라. 그로써 용왕님은 풍운의 변화를 바탕으로 삼아 영원히 조화옹의 공덕을 보조하리라. 높은 하늘에 있거나 아래 연못에 있으면서 아랫사람들의 갈망을 구제할 것이며, 물에 잠기거나 하늘로 뛰어올라 상제의 어진 마음을 돋우리라. 높이 튀어 올라 건곤이 위로 쾌함을 얻고, 위엄과 덕은 먼 곳이나 가까운 곳 할 것 없이 두루 감화시키리.188)

---

187) 「龍宮赴宴錄」, "下土愚人 甘與草木同腐 安得干冒神威 濫勝寵接 神王曰 久望令聞 仰屈尊儀 幸毋見訝 遂揮手揖坐 生三讓而登."
188) 「龍宮赴宴錄」, "宜室宜家 享胡福於萬年 鼓琴鼓瑟 毓金枝於億世 用資風雲之變 永補造化之功 在天在淵 蘇下民之渴望 或潛或躍 祐上帝之仁心 騰驁快於乾坤

가족과 가문의 화합, 부부의 화락, 제실 자손의 번성이라는 가정 내의 평안이 이어지기를 바라면서, 백성의 갈망을 구제하고 위엄과 덕이 두루 미치는 국가 내의 평안이 함께하기를 바란다고 했다. 안팎으로 평안하여 요순의 태평세월이 이어지기를 간절히 바라고 있다. 임금의 덕화가 온 천하에 미치기를 신하된 자가 바라고 있는 것이다.

이처럼 군신이 화합하고 있는 모습은 정편오위의 다른 표현인 조산본적의 오위군신(五位君臣)에서 밝히는 겸중도(兼中到, 兼帶)의 면모와 같다.

"임금은 정위이며, 신하는 편위이다. 신하가 임금에게 향하는 것은 편중정이며, 임금이 신하를 살피는 것은 정중편이다. 임금과 신하의 도가 합하는 것은 겸대(兼帶)라고 한다."

그 스님이 물었다.

"무엇이 임금입니까?"

"오묘한 덕은 세상에 드높고 밝아 허공에 환하다."

"무엇이 신하입니까?"

"신령한 기틀로 성인의 도를 널리 펴고, 진실한 지혜로 뭇 생령을 이롭게 한다."……(중략)……

"무엇이 임금과 신하의 도가 합하는 것입니까?"

"뒤섞여 안팎이 없고, 녹아져 상하가 공평하다."

스님께서 말씀하셨다.

"임금과 신하, 편위와 정위로써 말한다면 중(中)을 범하려고 하지 않는다. 그러므로 신하는 임금을 지칭하는데 감히 배척해서 말하지 않는다 함이 이것이다. 이것이 우리 법문의 요점이다."189)

威德洽乎遐邇."

189) 『曹山錄-五家語錄』, "…君位正位　臣位偏位　臣向君是偏中正　君是臣是正中偏　君臣道合是兼帶　語僧問　如何是君　師云　妙德尊寰宇　高明朗太虛　云　如何是臣　師云　靈機弘聖道　眞智利羣生……如何是君臣道合　師云　渾然　無內外和融　上下

겸대는 임금과 신하가 서로를 배척하지 않고 화합하여, 덕화가 펼쳐지고 뭇 생령들을 환하게 하는 것과 같은 것이라 했다. 유교의 군신 관계에 빗대어 임금은 폭군의 정치를 하지 않고, 신하는 하극상(下剋上)을 하지 않아 화합하는 것, 그와 같은 것이 겸대라고 표현하고 있다. 이는 당대 사회의 심각한 권력 다툼을 지켜보았던 김시습이 현실을 향한 정치적 발언을 겸대의 사상을 투영한 「용궁부연록」을 통해 우의적으로 드러낸 것이라 볼 수도 있겠다.

그리고 이어서 벌어지는 온갖 이류(異類)들의 춤사위와 태평곡은 만휘군상이 어우러진 모습이 아닐 수 없다. 그곳에는 거북과 잉어와 같은 축생, 나무귀신과 도깨비 같은 귀신, 풍우를 다스리는 조강신·낙하신·벽란신, 게다가 총각들까지 더하여 이류(異類)들의 잔치가 한바탕 벌어진다.190) 용궁 잔치의 풍경은 바로 '겸중도(兼中到)'에서 말하는 자유자재하며 이류중행(異類中行)하는 경지 그대로이다.

> 여래께서 방편의 힘으로 한 성(城)을 화작(化作)하여 모든 피곤한 무리들을 이끌면서 그들에게 이르시기를 "이제 이 큰 성은 그 가운데서 쉴 만한 곳이니, 만약 이 성에 들어간다면 기분 좋게 안온함을 얻을 것이다. 그리고 만약 앞으로 더 나아가면 보배가 있는 곳에 갈 수 있을 것이다." 라고 하였다. 이것은 여래께서 방편으로 열반을 설정하여 하열(下劣)한 사람들을 대한 것이지 실제로 열반이라는 쉴 만한 장소가 있었던 것은 아니다. 그래서 "위태롭고 위태롭다. 오래 머물 곳이 못되는구나."라고 하였다. 이 글귀는 열반에 머물지 않는 것을 말한 것이다. 그래서 "시끄러운 저잣거리에서 서로 만나듯 정한 기약이 없다."라고 한 것은 또한 나

平 師又云 以君臣 偏正言者 不欲犯中 故 臣稱君 不敢斥言是也 此吾法宗要." (『曹洞錄』, 장경각, 佛紀2536, 재판, 98~99쪽(原文), 159~160(譯文).)

190) 이가원(「金鰲新話解題」, 『金鰲新話』, 通文館, 1959, 27쪽.)은 한생을 김시습의 자전적 면모를 드러낸 것으로 보았다. 예컨대 神王은 그를 칭찬했던 世宗을, 龍女는 文宗과 端宗을 빗댄 표현이라고 보는 것이다.

고 죽는 두 끝에도 머물지 않고, 중도(中道)의 어느 집에도 머물지 않는 것을 말한 것이다. 그래서 회기(廻機)라 한 것이다. 그렇다면 어느 곳을 향하여 몸을 편안하게 하겠는가? 좁고 누추한 거리엔 금빛 말 탈 수 없기에 이류(異類)들로 다니면서 다시 윤회한다.[191]

생사이변(生死二邊)에도 머물지 않고, 정위(正位)와 편위(偏位)에도 머물지 않으며, 그렇게 강조하던 중도(中道), 곧 겸대(兼帶)에도 머물지 말아야 한다고 김시습은 말한다. 그것이 연기(緣起)이든 공(空)이든 그 어떤 집착도 벗어버려야 한다. 이류(異類)들이 다니는 좁고 누추한 거리로 다니는 경지는 겸대(兼帶)의 지위이니 그것마저도 벗어나야 되는 것이다.

한생은 몸이 하늘로 올라 날아가는 것처럼 느꼈다. 뒤로는 바람 소리와 물소리만이 들리는데, 한참 동안 끊어지지 않았다. 이윽고 소리가 그쳤다. 한생이 눈을 떠보았다. 그런데 그의 몸은 평소에 머물던 거실에 드러누워 있을 따름이었다. 한생은 문밖을 나왔다. 바라보니 큰 별들이 성글게 떠 있고 아침이 밝아오고 있었다. 닭은 세 번이나 홰를 쳤다. 벌써 오경(五更)이었다. 급히 자신의 품속을 더듬었다. 야광주(夜光珠)와 하얀 비단이었다. 한생은 비단으로 감싼 상자에 그 물건들을 간직하고는 진귀한 보배로 여겨 남들에게는 보여주지 않았다. 그 뒤 한생은 세상의 명리(名利)를 생각지 않고 명산(名山)에 들어갔는데, 어디서 세상을 마쳤는지 알 길이 없다.[192]

---

191) 『十玄談要解』, 「轉位」, "以方便力 化作一城 導諸疲衆 而告之言 今此大城 可於中止 若入是城 快得安隱 若能前至寶所 亦可得去 是知如來 權設涅槃 以待下劣 非實有涅槃 可以體歇之場 故危也 危不可久住也 上句 不住涅槃也 下句 言不住尊貴位 故鬧市相逢 無有定期 言亦不住生死 二邊不住 中道那栖 所以回機也 恁麼則向什麼處安身 陋巷不騎金色馬行於異類 且輪回,"(민영규 교록, 앞의 책, 272쪽./ 이창섭·최철환 역, 앞의 책, 283쪽.)

192) 「龍宮赴宴錄」, "恰似登空 唯聞風水聲 移時不絶 聲止開目 但偃臥居室而已 生

 한생은 꿈을 꾸었던 것이다. 용궁은 한생의 꿈속에서 찾아갔던 것인데, 용궁에서 선물로 받아 품었던 야광주와 비단이 품에 있었다고 했다. 꿈과 현실을 연결하는 장치로 야광주와 비단이 사용되었다. 이는 「조신전」의 꿈속에서 아들을 파묻었던 데서 출토된 미륵석불과 같이 꿈과 현실을 연결하는 매개체이다. 곧 이 물건들은 현실이니 꿈이니 하는 인간의 일상 세계와는 다른 차원의 것이다. 물질적인 것이 아니라 환상(幻相)과 현실(現實)을 관통하는 존귀한 정위(正位)를 빗댄 표현이 아닐 수 없다.

 동산(洞山)이 "옥봉과 금난도 밝혀 말하려〔分疎〕해도 할 수 없다. 〔玉鳳金鸞分疎不下〕"라는 겸중도의 표현에 김시습은 다음과 같이 주를 달았다.

 금옥(金玉)은 무정이로되 광휘(光輝)가 있으니 세간의 보배요, 난봉은 유정이로되 아름다운 광채가 있으니 세간에서 상서로운 것이니, 정위(正位)의 존귀함을 비유한 것이다.[193]

 한생은 그 보배들을 타인들에게 보여주지 않았다고 했는데, 실제로 보여줄 수가 없는 깨달음인 것이다. 그 깨달음은 깨달음이라는 말도 놓아버린, 말로 표현할 수 없는 자유자재한 경지를 표현하고 있는 것이다.

 바람 멎어 강이 비단결 같고
 비가 개니 산이 저물려 하네.
 양 언덕은 갈대로 덮였는데

出戶視之 大星初稀 東方向明 鷄三鳴而更五點矣 急探其懷而視之 則珠綃在焉 生藏之巾箱 以爲至寶 不肯示人 其後 生不以利名爲懷 入名山 不知所終."
193) 『曹洞五位要解』, "金玉無情 而有光輝 世之寶也 鸞鳳有情 而有文彩 世之瑞也 喩正位尊貴也."(민영규 교록, 앞의 책, 402쪽.)

　　달 밝아서 그 빛깔 하얗구나.194)

　　바람 멎고 비가 개어 강과 산이 제 모습 드러낸다. 온갖 분별심을 모두 놓아버리니 강이 강이요, 산이 산이라는 것이다. 그리고 달빛이나 갈대나 하얀 빛깔로 한빛〔一色〕이되 갈대는 갈대, 달은 달인 경지를 표현해 놓았다. 어디에도 걸림이 없는 야광주를 지니고 현실 속에서 숨을 쉬며 살아가는 것을 김시습은 그와 같이 표현해놓은 것이다. 그러나 그것은 언어로 표현할 수 없는 것이라고만 표현된다. 이러한 경지를 표현하기 위해 한생의 꿈과 현실, 정편(正偏)을 초월한 구슬과 비단이 사용되었다고 볼 수 있다.

　　그리고 "명산에 들어갔는데 어디서 세상을 마쳤는지 모른다(入名山 不知所終)."는 표현은 앞서 살핀 「만복사저포기」의 결말 처리와 동일하다. 역시 참된 깨달음을 얻은 자가 행하는 자유자재한 삶의 모습을 이렇게 표현하고 있는 것이다. 그것은 다음과 같은 평상심으로 살아가는 자유인의 모습이라 할 것이다.

　　　　깊은 계곡에 봄이 와 맑은 물 흐르는데
　　　　지팡이를 짚고서 낚시터를 거니네.
　　　　좋을시고 일 없이 태평한 나그네여.
　　　　멱라수만 반드시 맑다고는 못하리.195)

　　한편 「용궁부연록」은 서사의 구조를 편성(編成)하면서 유·불·도의 사상을 아우른 정편오위의 '편중도' 구조를 활용했던 것으로 보인다. 김

---

194) 『曹洞五位要解』, "風靜江如絹 雨晴山欲暮 兩岸夾蘆花 明月光暑暑."(민영규 교
　　　록, 위의 책, 401쪽.)
195) 金時習, 『梅月堂別集』권3, 「四浮山十六題-平常」, "春來幽谷水冷冷 策杖優遊傍
　　　釣汀 好是太平無事客 汨羅未必獨醒醒."

시습이 밝힌 '편중도'는 주렴계(周濂溪)가 밝힌 「태극도설」의 음양오권(陰陽五圈)과 위백양(魏伯陽)의 「참동계(參同契)」를 비유해 구조화했다. 이를 바탕으로 작품을 그림으로 나타낼 수 있다.

偏中到 ☷ ☷ 君臣道合 黑白未分 ● 內生	본체〔正〕	● 陰(— —)	용궁〔異界〕		龍宮赴宴錄
	太	◯	極		
		君：용왕	臣：한생		
	현상〔偏〕	○ 陽(—)	용궁(이상적 현실)	宴會(異類의 어우러짐)	
	⇩				
	正偏을 초월한 삶〔妙用〕(入山)				

정과 편은 ●음(陰, — —), ○양(陽, —)으로 나타낸다. 역시 그 구조적 유사성에 초점을 맞춰야지 명구에 구애돼서는 안 된다. 편중지는 역(易)에서 중리괘(重離卦, ☲)로 나타난다. 중리괘는 두 양효(—) 사이에 음효(— —)를 2효에 둔 이괘(離卦, ☲)를 겹쳐 만들었다. 괘는 하괘(下卦)로부터 상괘(上卦)로 이행하므로 곧 현상의 편위(偏位)에서 시작해 정위(正位)를 거쳐 편위(偏位)로 돌아가는 것을 반복한다. 그러면서 어느 자리에도 머물지 않고 자유자재로 오가는 것을 나타낸다. 이런 자유자재한 경지를 작자 김시습이 표현하고 있는 글을 잠깐 살펴보자.

동산 선사가 말하였다.
"기연(機緣)이 지위를 벗어나지 못하면, 독 바다에 떨어진다."
그러니 모름지기 이런 소식을 바로 버릴 줄 알면, 금시조(金翅鳥)가

허공으로 날아올라 마음대로 날갯짓을 하여도 떨어지지 않듯이, 비록 공
(空)한 데 의지하여 놀더라도, 공에 의거하지 않고 또한 공에 구애되지
도 않는다.196)

동산은 마음이 어느 한 자리만 고집하면 독이 퍼진 바다에 떨어져
죽는다고 했다. 그래서 깨달음을 얻었다 하더라도 그 깨달음에 집착하지
않고, 금시조가 허공을 자유롭게 날 듯 자유자재한 삶을 살아가야 한다
고 했다. 바로 「용궁부연록」에서 자신의 지위에 얽매이지 않고 온갖 이
류들과 더불어 즐기고, 임금과 신하가 화합하는 세계를 위해 자유자재한
움직임을 보이는 한생의 모습을 떠올려보게 된다.
　현실 속 한생이 찾아간 용궁은 군신(君臣)과 이류(異類)들이 더불어
즐기는 잔치의 공간이다. 용궁은 환상(幻相)의 공간이니 정위(正位)의 세
계이다. 그런데 그 용궁은 지상에 연결된 천마산 속의 박연이라는 연못
에 있는 공간으로 현실과 동떨어진 세계가 아님을 구조화하고, 군신화합
과 이류중행이라는 이상적 현실세계를 그려내었다. 김시습은 「용궁부연
록」을 창작하면서 「군신오위(君臣五位)」의 '군신도합(君臣道合)'을 활용해
주요 등장인물을 설정했다. 그리하여 용궁은 편위(偏位)로서의 성격도
함께 갖는다. 결국 용궁은 편위나 정위, 어느 한쪽에 집착하거나 머물지
않고, 자유자재로 왕래하는 겸대(兼帶)의 자리이다.
　그렇지만 그런 공간을 찾아갔던 것이 다시금 꿈이었음을 서술하여
그런 법성진여의 경지마저도 부정하고, 현실 속에서 살아가는 한생을 그
린다. 그리고 한생이 용궁에서 가져온 야광주와 비단을 숨기고 살아가는
모습을 그려 넣었다. 그럼으로써 정위를 잃지 않고 법성진여의 현실 속

---

196) 『十玄談要解』, 「轉位」, "洞山云 機不離位 墮在毒海 知有那邊消息 便須捨却 如
　　金翅鳥 飛騰虛空 自在翶翔 而不墮落 雖依空以戲 而不據空 亦不爲空之所拘
　　碍.'"(민영규 교록, 앞의 책, 161쪽.; 이창섭·최철환 역, 앞의 책, 280쪽.)

을 자유자재하게 살아가는 존재로 그렸다. 그것을 묘용(妙用)이라 표현할 수 있을 것이다.

그림 중앙에 나타냈듯, 김시습은 주렴계의 「태극도설」에서의 태극(太極)을 편중도와 연결하였다. 주희는 이 태극을 가리켜 "무극(無極)이면서 태극(太極)이라는 것이니 동(動)하여 양(陽)이 되고 정(靜)하여 음이 되는 바의 본체(本體)인 것이다. 그러나 음양을 여의는 것이 아니니 음양에 즉하여 본체가 음양을 여의지 않는다."197)라고 하였다. 음양이라는 기(氣)의 양의(兩儀)에 무극이라는 본체가 함께한다는 것이니, 편중도와 유사한 의미가 없지 않다. 하지만 깊이 들어가면 의미가 동일하다 볼 수 없다.

그림의 왼편에 나타나고 있는 '군신도합(君臣道合)'은 조산본적(曹山本寂)이 창안한 「군신오위(君臣五位)」의 표현으로 임금과 신하가 화합하는 지위와 같은 것으로 「용궁부연록」 서사 전개의 기본 구도를 형성하게 했다. 이에 대해서는 앞선 논의가 있었다. '흑백미분(黑白未分)'은 「참동계」에서 밝힌 것을 바탕으로 한 「단하자순선사오위서(丹霞子淳禪師五位序)」의 표현으로, 김시습이 그에 대해 "대개 도(道)는 언설(言說)을 용납하지 못하니, 겨우 말이 있으면 모두 제이의(第二義)에 떨어지는 것이다. 그러므로 정암(淨岩)이 이르되, '조짐이 없으니 누가 주인인가? 고요하고 고요한 전체는 일찍이 이지러지지 않는다.'라 했다."198)라고 주석을 달고 있다. 오직 경험에 의해서만 얻어질 수 있는 것이며, 말을 떠난 것이 바로 도라는 것을 '흑백미분'은 나타내고 있는 것이다.

---

197) 『曹洞五位要解』, "無極而太極也 所以動而陽 靜而陰之本體也 然非有以離乎陰陽也 卽陰陽而指其本體 不離陰陽而爲言耳.'(민영규 교록, 앞의 책, 420쪽.)

198) 『曹洞五位要解』, 「丹霞子淳禪師(洞山)五位序」, "盖以道不容言 纔涉有言 皆落第二義 故淨岩道 朕兆未生 誰是主 寥寥全體 不曾虧."(민영규 교록, 위의 책, 423쪽.)

그리고 '내생(內生)'은 석상경제(石霜慶諸)의 「왕자오위(王子五位)」에서 "어떤 것이 내생 왕자인가?/ 장중하여 시비를 벌이지 않고 / 궁궐에 안주하니 시원한 바람이로다."199)라고 하여 '겸중도'를 시적 비유로 표현할 때 나온 말이다. 「용궁부연록」이 표현하고자 하는 자유자재의 경지를 이 역시도 잘 표현해준다 하겠다.

결국 「용궁부연록」은 한생이 용궁의 잔치 찾아들어 즐기는 꿈을 통해 군신이 화합하고 이류(異類)가 더불어 살아가는 이상적인 세계를 그렸고, 꿈에서 깨어 자유자재하게 살아가는 이의 모습을 간략하게 그린 작품이다. 작자는 이런 이상적 세계를 구조화하는 데 「군신오위(君臣五位)」의 '군신도합(君臣道合)' 등을 비롯한 정편오위의 '겸중도(겸대)' 사상을 기반으로 하였다.

지금까지 김시습이 저술한 불교 전적들을 중심으로 들여다보고, 거기에 나타나는 사상을 바탕으로 『금오신화』를 살펴보았다. 그 결과 『금오신화』는 철저하게 선사상(禪思想), 특히 정편오위(正偏五位)의 사유체계를 바탕으로 짜여진 소설집이라 말하지 않을 수 없다. 한 치의 흐트러짐도 없이 정편오위가 놓인 순서에 맞추어 작품들을 배치하고 있음을 확인해 볼 수 있었다. 정편오위(正偏五位) 사상과 『금오신화』의 관계는 단순한 소재나 주제 차원을 넘어서서 아주 밀착되어 있음을 확인할 수 있었다. 지금까지 전개한 논의를 바탕으로 간략하게 서사구조를 옮겨보면 다음과 같이 표현해볼 수 있다.

---

199) 『人天眼目』권3(『大正藏』48, 316쪽.), "如何是內生王子 霜云 重幃休勝負 金殿臥淸風."(김호귀, 『묵조선연구』, 민족사, 2001, 270~271, 재인용)

만복사 저포기	正中偏 ◐	본체〔正〕에서 연기(緣起)에 의해 현상〔偏〕이 출현함을 보여주고 있다. 양생이 만복사·무덤 속(空/正)에서 <u>渴愛와 生死(心)</u> 문제로 <u>鬼女(空)</u>와 사랑하고 이별(緣起/偏)을 한 후 <u>현실로 복귀(偏)함</u>. 이때의 현실은 깨달은 자의 모습이다.
이생 규장전	偏中正 ◑	현상〔偏〕을 통해 본체〔正〕가 출현함을 보여주고 있다. 이생이 최랑을 <u>사랑하여 갈등을 겪고, 전쟁으로 가족을 잃는 등 현실의 고통〔偏〕</u>을 통해 <u>인간의 삶이 幻夢임을 깨달음〔正〕</u>. 이때 깨달음은 죽음을 통해 드러내었다.
취유 부벽정기	正中來 ◉	본체〔正〕에서 본체〔正〕로 나아감을 보여준다. 홍생·기씨녀가 천상〔空/正〕에서 <u>지나간 역사(空/正)</u>를 밝혀 <u>크게 깨달음〔眞空〕</u>. <u>현실 개입 없이 홍생 스스로〔心, 自〕 깨달았다.</u> 이때 깨달음은 선화(仙化)로 나타냈다.
남염 부주지	偏中至 ○	현상〔偏〕에서 현상〔偏〕으로 나아감을 보여준다. <u>남염부주〔正〕</u>라는 현실을 빗댄 세계〔偏〕에서 박생과 염왕이 <u>모순에 찬 당대 현실〔他〕을 바로잡을 방도를 깨달아 현실로 나감〔偏〕</u>. 현실로 나아갔음은 염왕이 된 것으로 처리하였다.
용궁 부연록	偏中到 ●	본체·현상〔正·偏─兼〕을 초월하여 자유자재한 삶을 삶〔到〕. 한생이 <u>용궁(正·偏─兼)</u>에서 <u>이류(異類)</u>들과 잔치를 즐기고〔兼帶〕, 꿈(心)에서 깨어 <u>자유자재한 삶(到)</u>을 삶. <u>야광주와 비단</u>은 정위(正位)를 비유하고 있는 것이다.

제 4 장

『금오신화』의 서사적 특징

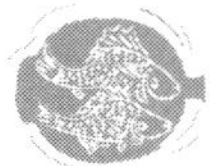

　　『금오신화』에 대한 기존의 연구는 작자의 사상이 반영된 작품으로 파악해 보려는 경향이 중심을 이루어왔다. 성리학, 도선, 불교 등의 사상이 작품에 반영되었다고 보았던 것이다. 작품이 작자의 사상을 구현하는 것은 당연하다 하겠으나, 앞선 김시습 사상에 대한 연구사 검토에서 살폈던 것처럼, 기존의 연구들은 특정 사상에 대한 이해를 바탕으로 부분적 사실들을 『금오신화』에서 확인해 주는 것이었다. 작자의 사상 전반을 아우르면서 그런 사상들을 회통(會通)하고 있는 면모를 발견했던 적은 없었던 것으로 안다. 어떤 하나를 주장하면 다른 부분에서 문제를 일으키는 꼴이었다. 예컨대 성리학의 기일원론으로 『금오신화』를 이해하려 할 때, 「남염부주지」의 박생이 세운 일리론(一理論)이 "기본발상은 기일원론이라 하겠으나, 사상이 확고하지 않아 논리 전개가 미진하여 주리론에서 중요시하는 윤리설을 거기다 연결시켰다."는 군색한 설명을 덧붙이거나, 기일원론적 사고구조가 명실상부하지 않아서 귀신과 사랑을 나누고 꿈에 별세계에 다녀오는 것으로 당면한 고민을 충격적으로 표현했다고 주장하기도 하였다.[1] 그래서 작품과 사상 간의 불일치를 해결하기 위해서는 '사상 환원주의'를 지양하고, 장르관습에 따라 작품이 구현하고 있는 사상과 실제 사상 사이의 긴장이 어떻게 조성되는지를 해명하는 연구가 이루어져야 한다는 비판을 받게 되었다.[2]

　　작품 자체가 보여주는 특성을 우선시하느냐, 아니면 작가의 사상을 먼저 살핀 후 작품을 해석하느냐 하는 것은 순서의 문제일 따름이다. 전자는 꼼꼼한 텍스트 읽기를 통해 작품의 실상을 정밀하게 표현할 수는 있으나 그것을 통해 그런 표현을 왜 하고 있는지, 창작자의 사상을 짚어내기란 쉽지 않은 일이다. 후자는 작가의 사상을 잘못 파악하는 순간 엉뚱한 작품 해석을 낳게 되는 문제가 발생한다. 특히 전자의 경우 작가의 사상에 대한 면밀한 검토가 뒷받침되지 않고 기존의 사상 논의만을 참고로 할 때 작품의 이해는 후자와 크게 달라진다고 볼 수 없다. 많은 연구자들의 『금오신화』 이해는 근본적으로 기일원론만이 작가의 중심 사상이라는 견해에 지배를 받은 결과 논쟁을 거듭해왔다고 말할 수 있다. 그것은 정치한 논의를 가능하게 했지만, 실상 김시습이 써 놓은 다양한 텍스트들을 전체적으로 조망하고 얻어낸 사상에 대한 이해로써 작품을 들여다본 것이 아니었으므로 분란의 여지를 항상 남기고 있는 것이었다. 그런 상황 속에서 새로운 탈출구는 기존에 눈여겨보지 않았던, 또는 전

---

1) 조동일, 「15세기 鬼神論과 귀신이야기의 변모」, 『한국의 문학사와 철학사』, 지식산업사, 1996, 166~180쪽. 「남염부주지」가 기일원론을 확고히 드러내지 못했다는 주장은 임형택(「현실주의적 세계관과 금오신화」, 『국문학연구』 13, 서울대국문학연구회, 1971.)이 먼저 했다.
2) 박희병, 「≪金鰲新話≫의 小說美學」, 『韓國 傳奇小說의 美學』, 돌베개, 1997, 230쪽.

체적으로 조망하지 못했던 것들을 들여다보는 것이다.

　이제는 앞서 살핀 작품들의 이해를 통해 얻은 사항들을 종합적으로 검토해볼 차례이다. 작품의 서사적 특질을 환상과 현실, 生死와 사랑, 이계(異界)와 이류(異類) 등의 문제를 중심으로 살펴보도록 하겠다.

1. 환상과 현실의 서사화

　『금오신화』를 현실주의 소설이라 주장한 지는 꽤 오랜 시간이 지났다. 임형택은 기일원론적으로 우주만물의 생성변화를 설명하여 사물과 인간에 대한 객관적 인식을 드러내는 것을 현실주의라고 하였고, 그에 기반을 두고 「남염부주지」는 미신들과 정치적·사회적 불합리를 비판하고 이념 갈등을 그리면서 현실을 개조하려 했다는 점에서 현실주의라 하였다. 그리고 「만복사저포기」·「이생규장전」은 인간의 삶을 중시하면서 인간성을 긍정한다는 점에서 현실주의 소설로 보았다. 그렇지만 「취유부벽정기」는 현실 도피적인 신선사상을 보여주므로 현실주의에서 크게 후퇴한 작품이라 보고, 「용궁부연록」은 현실주의적인 면이 없다고 판단했는지 다루지 않았다.[3] 『금오신화』를 이해하기 전에 기일원론만이 현실주의적이고, "道家의 現實逃避的 隱遁思想, 佛教의 現實否定的인 人生姿勢, 迷信的 世界觀"[4]이라는 편견을 지닌 상태에서 내린 결론이니 그런 주장을 하게 된 것이다. 앞선 작품 분석에서 알 수 있었듯 「이생규장

---

3) 임형택, 「현실주의적 세계관과 금오신화」, 『국문학연구』13, 서울대국문학연구회, 1971.

4) 위의 글, 160쪽. 그는 여기서 현실주의를 일정한 역사적 개념의 명사가 아니라 도가의 현실도피적 은둔사상, 불교의 현실 부정적 인생 자세와 미신적 세계관 등에 대한 상대적 개념이라고 말했다. 이는 도가와 불교가 표현하는 현실을 정확히 파악하지 않고 내린 단정이다.

전」과 「만복사저포기」는 편중정(偏中正)과 정중편(正中偏)을 구조화한 작품이어서 현실에 기반한 서술이 나타나게 되고, 「남염부주지」는 편중지(偏中至), 편위(偏位)에서 편위(偏位)로 나아가는, 즉 철저하게 현실의 문제를 파고들어 해결책을 찾아내어 깨달음을 얻는 것이므로 겉으로 보기에 현실주의적 성격이 강할 수밖에 없었던 것이다.

앞서 살폈듯 선불교는 눈에 성성하게 보이는 이 현실을 매우 중요하게 생각하지, 저승과 같은 또 다른 세계를 상정하는 것을 거부한다. 이러한 입장을 가진 선승(禪僧)이었으므로 당연히 미신적이며, 혹세무민하는 기존의 불교계의 행태를 부정했던 것이다. 이런 사실을 염두에 두지 않고 모든 불교적 사유나 현실 인식이 그런 것처럼 속단한 결과는 『금오신화』를 현실주의라 하면서도 「만복사저포기」·「이생규장전」·「남염부주지」만을 근거로 삼고, 나머지 두 작품은 질이 떨어지는 것으로 치부하는 잘못을 범하였다. 왜 그렇게 현실성이 뒤떨어지게 된 것인지를 깊이 파고들기보다는 단순히 사상의 불철저성으로 치부해버림으로써 본격적인 문제를 피해갔던 것이다. 왜 귀신과 신선, 저승과 천당을 거부하고, 애민(愛民)과 선정(善政), 유·불·도 조화를 강조하는지 그 근원을 파고들지 못했기 때문이다. 『금오신화』는 앞장에서 살폈던 현실주의적 선불교의 논리가 그대로 반영되어 나온 소설집이다. 이제 『금오신화』를 바탕으로 하여 환상과 현실의 관계, 그 가운데서 특히 강조되는 현실을 살펴보도록 하겠다.

『금오신화』의 창작에 배경을 이루고 있는 정편오위의 정편을 다른 말로 표현해 쉽게 이해하려 하면, 앞서 살펴보았듯 정(正)은 공(空) 또는 환상(幻相)으로, 편(偏)은 현상(現相) 또는 현실(現實)로 표현할 수 있다. 그래서 다시 한번 『금오신화』의 작품들을 보면, 「만복사저포기」는 '정중편'이어서 환상적인 세계 속에서 현실적인 세계가 펼쳐지는 소설이요,

「이생규장전」은 '편중정'이어서 현실적인 세계 속에서 벌어진 환상적인 사건을 다룬 소설이라 말할 수 있다. 그리고 「취유부벽정기」는 '정중래'이니 환상적인 공간에서 환상적인 사건들이 벌어지는 소설이요, 「남염부주지」는 '편중지'이니 현실적인 문제들을 깊게 파고든 소설이요, 「용궁부연록」은 '편중도'이니 현실과 환상을 아우르면서 이류가 어우러진 화합의 세계를 그린 소설이 된다. 물론 이것은 환상과 현실의 의미를 보기 쉽게 단순화한 결과이다. 심대한 뜻을 말하지 않더라도 대체로 이와 같은 표현이 서서화된 양상에서 크게 벗어나지 않는다. 그렇다면 김시습에게 환상, 현실이란 어떤 의미인가? 왜 환상을 말하는 것인가?

환상의 개념은 대승불교의 연기법과 관련지어 설명되는 것이다. 대승불교는 모든 존재가 다른 것에 의지하여 일어난다는 연기(緣起 pratīya-samutpāda)를 근본 사상으로 내세운다. 대승불교를 크게 드날린 용수(龍樹 Nāgārjuna)는 모든 것은 "발생하지도 않고 소멸하지도 않으며 상주하지도 않고 단멸(斷滅)하지도 않으며 같지도 않고 다르지도 않으며 오지도 않고 가지도 않"5)는다고 말하며 그 이유를 연기 때문이라 한다. 그리고 용수는 "모든 법의 자성(自性)은 연(緣) 속에 있지 않으며, 자성이 있지 않으니 타성도 있지 않네."6)라고 말한다. 만일 어떤 존재가 실재한다면 자성(自性)을 가지고 자존(自存)해야 한다. 그러나 경험 세계에서 자존하는 것은 아무것도 없다. 감각이나 의식 그 무엇도 자존하지 않는다. 눈이 있어야 색깔을 볼 수 있고, 색깔이 있어야 눈으로 볼 수 있다. 의식의 상태를 떠난 자아(自我)란 있을 수 없으며, 행위와 느낌 그리고 사유에 앞서 존재하는 자아도 있을 수 없다. 그래서 세계는 자성(自性)

---

5) 龍樹, 鳩摩羅什 譯, 『中論』, 「觀因緣」品, 第一, "不生亦不滅 不常亦不斷 不一亦不異 不來亦不出."
6) 龍樹, 鳩摩羅什 譯, 『中論』, 「觀因緣」品, 第一, "如諸法自性 不在於緣中 以無自性 故 他性亦復無."

이 없는 온갖 속성과 관계들의 체계일 뿐이다. 실재하는 구체적이거나 개별적인 것은 아무것도 없다. 모두 연기에 따른 것일 뿐이다. 이러한 연기의 법칙을 공(空 śūnyatā)이라고 말한다. 이때 공이란 무(無)를 뜻하거나 속성이 없는 공허(空虛)를 말하는 것이 아니다.7)

이처럼 일체가 연기(緣起) 곧 공(空)의 성질을 갖고 있으므로 대승불교는 모든 사물이나 현상을 가명[假名, prajñapti]이며, 환(幻)이요, 몽(夢)이라 말하는 것이다. "어떤 것이 제법(諸法)의 실상인가. 일체법이 무구(無垢)한 것이니 모든 것은 성(性)이 공(空)하여 나도 없고 중생도 없으며, 환과 같고, 꿈과 같고, 울림과 같고, 그림자와 같으며, 불꽃과 같은 것이다."8) "일체의 법은 꿈, 환상, 물거품, 그림자와 같으며, 이슬과 번개와도 같으니 마땅히 이와 같이 바라보아야 한다."9) 공, 연기를 바탕으로 대승불교의 환상(幻)이 출현하고 있는 것이다.

김시습은 이러한 공 또는 환상과 연기의 관계를 『대화엄법계도서』의 첫머리에서 "대저 큰 화엄(華嚴)의 화장법계(華藏法界)라는 것은 허공(虛空)으로써 체(體)를 삼고, 법계(法界)로써 용(用)을 삼으며, 일체의 곳에 두루 한 것으로써 부처를 삼고, 연기(緣起)의 법체(法體)로써 대중의 모임을 삼아서 원만한 수다라교(修多羅敎)를 말하였다."10)라고 진술하고

---

7) 히로사치야, 강기희 역, 『소승 대승』, 민족사, 1990, 270-272쪽 참조.
　라다크리슈난, 이거룡 역, 『인도철학사Ⅱ』, 한길사, 525-540쪽 참조.
　고익진(『한국의 불교사상』, 동국대학교출판부, 1987, 123쪽.)은 용수가 말하는 공의 측면을 '①일체법이 공이라는 것(śūnyatā)과 ②그 이유(空因緣 śūnyatāprayojana)와 ③공하기에 오히려 일체법이 성립케 된다는 것(空義 śūnyatārtha)'이라고 말한다.
8) 鳩摩羅什 譯, 『小品般若經』 卷10,(『大正新修大藏經』8, 580·b쪽), "何等是諸法實相 佛說一切法無垢 何以故 一切法性空 一切法無我無衆生 一切如幻如夢如響如影如炎."
9) 鳩摩羅什 譯, 『金剛經』 "一切有爲法 如夢幻泡影 如露亦如電 應作如是觀."
10)『大華嚴法界圖序』, "夫大華嚴法界者 以虛空爲體 以法界爲用 以遍一切處爲佛 以緣起法體爲衆 會說圓滿修多羅."

있다. 우리가 실재한다고 생각하는 그 모든 것들이 스스로 존재할 수 없으며 서로가 서로의 인(因)과 연(緣)에 의해 이루어지는 가상이요 공(空)일 따름이라는 연기법(緣起法)을 밝힌 것이다.

「만복사저포기」와 「이생규장전」은 그러한 공(환상)과 연기(현실)의 관계를 그대로 드러내고 있는 소설들이다. 「만복사저포기」에서 환상의 세계는 음계로서의 귀신, 텅 빈 만복사, 무덤 속 등으로 정적(靜寂)과 죽음의 이미지를 환기하면서 존재한다. 그리고 만복사 법당의 '부처(佛)', 그것은 주인공으로 하여금 갑자기 몽매해져 한 생각을 낳고 분별심을 낳아 온갖 연기에 의해 사건을 발생시키도록 함으로써 깨달음에 이르게 하는 역할을 담당한다. 법당에 있는 부처이니 그것은 불상(佛像)인가? 저포놀이를 하는 것은 불상이 아니다. 어찌 쇠붙이나 돌덩어리가 인간과 함께 놀 수 있단 말인가? 그것은 다름 아닌 주인공 양생 자신인 것이다. 퇴락한 만복사 법당에 덩그러니 앉아 조용히 참선을 하던 양생이 부처이다. 부처인 그가 갑자기 한 생각을 일으킨 것이다. 부처였던 존재가 한 생각을 일으킴으로써 빚어내는 온갖 연기, 그것이 바로 환상(幻相)이다. 환상의 원인은 사랑에 대한 욕망이다. 부모도 없이 노총각으로 젊음이 사그라지고 있던 그에게 사랑에 대한 욕망이 찾아든 것이다. 그렇게 하여 여귀와 3년인지 3일인지 분간할 수 없는 사랑과 이별, 그리고 왜적에게 죽임을 당한 여인의 장례식이 나타난다. 그것은 환상(幻相)이다. 공(空)·환(幻) 속에 등장한 현상이요 현실이다.

김시습은 그렇게 환상적 세계 속에 벌어진 현실을 이야기함으로써 무엇을 노린 것일까? 독자들을 향해 있는 그의 목소리는 이것이다. 우리가 살고 있는 이 세계의 사랑과 이별, 삶과 죽음, 그것들을 지배하고 있는 절대 진리는 공이요 환상이라는 것이다. 그것이 '정중편'이라는 사상이 말하고자 하는 바이기도 하고, 「만복사저포기」가 구조화하여 보여주고 있는 바이기도 하다. 환상을 주로 서사화함으로써 그런 주제 의식을 불러일으키려 한 것이다. 현실의 비극을 말함으로써 당대 사회에 대한 우의적 비판을 말하는 것이 아닌가 하고 생각할 수 있겠으나, 「만복사저포기」 전체를 관통하고 있는 것은 그런 현실의 발생 원인인 공(空)의 의미를 말하고 현실적 삶의 비극을 벗어나야 한다는 가르침을 전달하고자 하는 욕망을 지녔던 것으로 보인다.

「만복사저포기」의 마지막 표현은 되짚어보아야 할 대목이다. 저승으로 떠났던 여인이 공중에서 윤회의 굴레를 벗어나도록 하라고 했는데, 양생은 왜 지리산으로 들어가 약초를 캐고, '마친 바를 알 수 없다.(不知所終)'라고 한 것인가? 그것은 바로 정중편에서 말하는 경지를 그렇게 표현했던 것이다. 김시습은 정중편의 경지를 "허(虛)인 것은 유(有)와 무(無)가 아니며 명(明)이라는 것은 색(色)과 공(空)을 넘어선 것이다. 허(虛)이니 인연(因緣)에 의지할 바가 아니며 명(明)인즉 육근(六根)과 육경(六境)에 구애받지 않는다. 허(虛)인즉 만유(萬有)를 용납하고 명(明)인즉 본래 고요함에 사무친다."[11]라고 표현하였다. 양생은 사랑하고, 이별한 후 떠나간 그녀에게 집착하여 제문을 지으며 잊지 못해 인생을 비관하고 슬퍼한다. 그러다 언뜻 깨달은 것이다. 그것은 여인이 말한 윤회의 굴레를 벗어나는 길이다. 그 길은 다름 아닌 만유를 용납하고 고요함에 사무치는 것이다. 그런 경지를 작가는 입산(入山)과 부지소종(不知所終)으로 드러냈던 것이다. 정중편이니, 도달하게 되는 지점이 편(偏), 곧 현실이다. 그런데 그 편은 깨달은 이후에 원점으로 돌아온 현실이다.

「이생규장전」은 환상이 아닌 현실을 중심으로 이야기한다. 「만복사저포기」에서 선택했던 환상의 서사를 이번에는 우리가 보고 듣고 느끼

---

11) 『曹洞五位要解』, "虛則緣塵無所依 明則根境不能碍 虛則可以納萬有 明則可以冥本寂."(민영규 교록, 앞의 책, 418쪽.)

고, 존재한다고 생각하는 현실을 선택한다. 이제 김시습이 선택한 방법은 실재(實在)한다고 여기면서 살아가고 있는 현실을 그려주면서 그것이 결국 무상(無常)한 것일 수밖에 없음을 이야기하는 것이다. 그것이 곧 편중정의 원리이고, 앞선 「만복사저포기」와 짝을 이루어 범부(凡夫)의 삶이 빚어내는 결과들을 보여주게 되는 것이다.

그래서 작가는 가장 아리따운 청춘남녀가 겪는 파란만장한 이야기를 선택했다. 현실이라는 것도 마찬가지 연기법이 그대로 적용된다. 꽃이 핀 동산에 담요 자리를 펴고 꽃을 머리에 꽂은 최랑과 대담하게 담을 넘어 들어간 이생이 시를 주고받고, 대낮처럼 밝혀 놓은 등잔불 밑에서의 사랑은 극도의 즐거움을 선사한다. 그런데 이생의 아버지는 그런 무절제한 사랑을 용납하지 않고, 상사병에 걸린 최랑이 시름시름 앓는 이유를 안 부모는 혼례를 치르기를 간청한다. 매파의 오고 감이 있고 겨우 결혼을 하고, 이생이 장원급제하지만 다시 찾아온 것은 살육의 전쟁이었다. 그리고 잔인한 죽음의 현장이 그려지고, 간절한 그리움은 이생의 의식 속에 최랑의 환신을 불러온다. 하지만 그것도 잠시 이별로 더욱 강렬한 고독이 엄습한다. 그리고 병이 들어 세상을 떠난다. 「이생규장전」에 그려진 현실은 비극적인 것이었으며, 이생으로 하여금 삶이 환몽(幻夢) 같은 것임을 느끼게 함으로써 작품은 끝을 맺는다. 그러한 깨달음은 실상 이생뿐만 아니라 독자들을 향한 작가의 메시지인 것이다. 현실이 빚어내는 온갖 고통과 번뇌는 독자들로 하여금 현실에 대한 집착을 벗어버리라는 생각을 전달하고 있는 것이다.

그리고 그 죽음은 단순한 죽음이 아니다. 온갖 연기의 삶 속을 헤매던 자가 집착을 놓아버린 깨달음의 상태, 그것이 죽음이라는 것으로 표현된 것이라 보아야 온당할 것이다. 온갖 인연으로 만들어진 현상들이니, 그런 현상이 없고 움직임이 없는 상태가 편중정이라고 표현하였다.

깨달음의 상태를 작품은 죽음이라는 표현으로 드러냈던 것이다. 앞서 본 「만복사저포기」가 정중편이라서 편(偏), 즉 깨달은 자의 현실적 움직임으로 결구를 맺은 방식과는 대조적으로, 「이생규장전」은 곧 편중정이니, 결국 도달점은 정(正), 공(空)한 지점으로 죽음이라는 서사적 결구로 끝을 맺었다고 하겠다.

이렇게 환상과 현실을 적절하게 안배하여 축조하던 방식은 「취유부벽정기」와 「남염부주지」에서 극단적 방향으로 치닫는다. 「취유부벽정기」에서는 환상을 극단적으로 끌고 가는데, 수천 년의 역사를 조망하는 시공 초월의 시야를 확보하는 방식으로 이루어진다.12) 「이생규장전」이 한 인간의 생애를 그리는 것으로 개체적 존재로서의 인간이 일반적으로 겪는 고통을 소설화함에 비해, 「취유부벽정기」는 인류의 역사 자체를 문제 삼는 것으로까지 진전하는 것이다. 그것은 역사와 현실을 바라보는 거시적이며 미시적인 시각 모두를 『금오신화』가 취하고 있음을 보여주는 것이다. 기씨녀가 전하는 기자가 필부의 손에 패전해 종사(宗社)를 잃었던 역사를 서술하는 데서는 세조의 왕위 찬탈이나 고려의 패망에 대한 안타까움을 숨기지 않았던 작가의 역사의식이 반영되고 있기도 하다.13) 그렇게 거시적·미시적인 역사의 조감을 통해 도달하고 있는 지점은 홍생의 의식 세계에서 벌어진 몽환(夢幻)의 세계라는 깨달음이다. 이때의 깨달음은 자각에 의한 것이요, 개념적 공(空)의 차원을 넘어선 진공(眞空)의 영역이라 말할 수 있다. 그런데 정중래와 연결지어 볼 때 천상의 기씨녀와 만난 후 꿈을 깬 순간이 그러한 진공의 경지인지, 아니면 다시

---

12) 역사는 인간의 삶의 영역이니 현실이요, 편위(偏位)에 속한다고 말할 수 있다. 그런데 정중래를 환상에서 환상으로 나아가는 것이라 본다면 그 구도가 문제되는 것처럼 보일 것이다. 그렇지만 여기서의 천상계 자체는 환상의 공간이지만 거기에서 이루어지는 대화는 현실의 문제여서 정중래의 정위(正位)가 편위(偏位)와 절연된 것이 아닌 편위를 함장한 것임을 알아야 한다.

13) 이종찬, 앞의 글, 204~206쪽.

천상의 미인이 꿈속에 나타나 휘하의 종사관으로 삼는다는 전갈을 듣고서 죽음을 준비할 때가 진공의 경지인지 구분이 잘 안 간다. 김시습은 '정중래'와 관련하여 "찾으려 하여도 얻을 수 없는 소식은 완연한 무심이다. 그러나 한결같이 정을 잊고 생각을 끊으면 나아가지 못할까 두렵다. 그러므로 모름지기 일이란 무사(無事) 속에 있음을 알아야 비로소 얻게 된다."14)라고 말했다. 진공은 공에 대한 집착마저 놓아버리고 아무런 일없음 속에 나아간 경지를 가리킨다. 홍생이 꿈을 깬 후 다시금 기씨녀를 잊지 못하여 너무도 우울하고 답답하여 안절부절못하더니 끝내 병에 걸려 눕게 된다. 이 모습은 아직 진공의 상태까지 이르지 못하고 여전히 현실에 대한 집착, 기씨녀에 대한 집착이 남아 있어 생겨난 일이다. 그러던 그가 다시금 꿈을 꾸고 난 후 편안하게 부처님이 열반에 들 듯 죽음을 맞이한다. 다시금 꿈을 꾸고 난 후의 모습이 진공의 상태요, 무사(無事) 속에 놓인 상태였던 것이다. 그러한 일 없음은 '죽음'이라는 것으로 표현되고 있는 것이다. '죽음'은 기존의 몽환적 삶과의 단절을 의미하는 것이다. 이로써 주인공 홍생은 타인들을 위한 이류중행(異類中行)의 상황을 펼칠 수 있게 되었다고 하겠다. 작가는 그러한 주인공의 모습을 신선 세계로 나아간 것처럼 표현했다. 곧 정위(正位)로써 깨달음을 보이기 위해 이웃 사람들의 입을 빌려 선화(仙化)했다고 표현했다. 환상적 서사를 통해 진공을 깨닫게 되는 과정을 김시습은 이처럼 주도면밀하게 그려냈다고 하겠다.

「남염부주지」는 현실의 문제를 치열하게 밝혀내는 데 초점이 모아졌다. 남염부주라는 공간을 설정하여 그곳에서 현실의 문제들이 논의되고 해결의 방향이 모색된다. 그런데 앞에서 필자는 이곳 염부주가 염라대왕이 다스리는 저승이기도 하면서 현실이기도 하다고 했다. 작가나 등장인

---

14) 『十玄談要解』, '心印'.(이창섭·최철환 옮김, 앞의 책, 199쪽.)

물 박생이나 염부주와 같은 다른 세계가 존재하지 않는다고 그렇게 말하면서도 염부주를 상정하고, 마지막에 가서는 염왕이 되는 것처럼 대미를 장식해 놓았으니 이리저리 의견이 분분할 수밖에 없다. 기일원론적 사유로만 들여다보면 이해 못할 노릇이다. 이 지점에서는 불교에서의 환상과 언어의 관계에 대한 인식이 해결의 열쇠가 된다.

일찍이 용수는 "모든 법들의 실상에는 마음의 작용과 언설(言說)이 끊어져 있네. 발생하지도 않고 소멸하지도 않아 적멸해서 열반과 같네."15)라고 했다. 인간의 언어는 차별을 전제로 하기 때문에 인간의 언어로 표현할 수 있는 것은 경험적 진리인 속제뿐이다. 절대적 진리는 분별하지 않는 지혜(無分別智)로써만 가능한데, 인간의 언어는 분별에 따른 것이므로 절대적 진리를 표현할 수 없다. 그렇다면 절대적 진리에 다가서려면 어떻게 해야 되는가? "만약 속제에 의지하지 않는다면 절대적 진리를 얻지 못하네. 절대적 진리를 얻지 못하면 열반을 얻지 못하네."16) 이 지점에서 분별하지 않는 지혜인 반야(般若)의 지혜를 닦는 육바라밀(六波羅密)의 실천이 나오고, 불교문학 발생의 근거가 마련된다. 불교문학은 무명(無明)에 사로잡힌 대중들로 하여금 공(空) 또는 환상을 이해시키기 위한 방편이면서, 진리에 다가서게 하는 세속적 표현인 것이다. 언어는 방편이며, 소설도 방편이며, 정편오위도 방편이며, 화엄도 방편이며, 성리학도 방편이며, 도교도 방편이다.

김시습은 『전등신화』를 읽고 나서도 교화와 감동을 위해서는 괴이하거나 허탄해도 좋다고 했다. 그런 입장에서 염왕을 등장시키고, 저승을 이야기하는 것이 하등 문제가 될 것이 없다. 오히려 문제는 현실 자체에 있기 때문이다. 「남염부주지」에서 상정된 염부주는 현실을 표현하기 위

---

15) 龍樹, 鳩摩羅什 譯, 『中論』, 「觀法」品, 第七, "諸法實相者 心行言語斷 無生亦無滅 寂滅如涅槃."
16) 위의 책, 「觀四諦」品, 第十, "若不依俗諦 不得第一義 不得第一義 則不得涅槃."

해 끌어다 사용한 것이다. 당대 현실을 우회적으로 말하면서 대중들의
흥미를 자극하고, 나아가 어떤 교훈을 전달하는 데 소설만한 방편이 없
다. 『전등신화』의 허탄한 이야기가 던져준 충격은 아마도 『금오신화』의
소설 창작에 직접적인 영향을 주었을 것이다.17) 그리고 「남염부주지」에
서 당대 현실이 얼마나 부조리하고 문제가 많은지 꿈의 형식을 빌어 말
했던 것이다. 그렇지만 결코 이 작품이 다른 작품들에 비해 서사적 골격
을 잘 갖춘 작품이냐 하면 그렇지 않다. 서사적 골격에 우수함이 있다기
보다는 오히려 문대(問對)라는 한문학 산문의 문체를 계승하여 발전시킨
면모가 눈에 뜨인다. 기존의 문체를 잘 계승하여 소설에 수용함으로써
작품을 한껏 흥미롭게 만들어놓고 있다고 하겠다.18)

　다시 염왕이 박생에게 자신의 자리를 선양(禪讓)하고 있는 문제로 돌
아가 보자. 이는 「남염부주지」가 현실을 끝까지 치고 올라간 '겸중지'의
사상을 드러내고 있기 때문에 가능한 상상이라고 볼 수 있다. 김시습은
'겸중지'의 경지에서 "털을 입고 뿔을 얹고 사람을 위해서 수고로움을 다
한다."19)라고 하여 깨달은 자는 소가 되어 사람들을 위해 교화를 펼쳐
야 한다고 말한다. 모순에 찬 당대 현실을 바로잡을 방도를 파악해냈으

---

17) 박희병(「≪금오신화≫ 창작의 연원과 배경」, 『한국전기소설의 미학』, 돌베개,
　　1997.)은 『금오신화』가 받은 영향과 관련하여 『전등신화』를 어떻게 읽었는가를
　　살폈다. 거기에서 그는 『전등신화』의 다양한 한문학 문체, 풍류기화 유희골계적
　　측면, 문학의 교훈적 기능과 감동적 효과, 심미적 가치, 평소 심중에 쌓인 불평불
　　만의 표출 등을 읽어내고 있었던 사실을 알 수 있으며, 그만한 소설의 인식이 『금
　　오신화』 창작에 영향을 끼쳤던 점이 있다고 했다.
18) 박희병, 위의 글, 183~184쪽. 이외에도 『금오신화』는 詩詞와 더불어 傳, 記事,
　　山水記, 論, 假傳, 祭文, 制, 上樑文, 祝文 등 당시까지 발전해 온 한문학 산문
　　문체를 수용하고 있음을 박희병은 자세하게 밝히고 있다. 『매월당집』의 다양한 문
　　체들의 양상은 이를 잘 보여주고 있으며, 그러한 문체들이 그대로 『금오신화』에도
　　나타나고 있는 면모를 생각해 볼 수 있다. 이 글에서는 이러한 문제를 자세히 다루
　　지 못했다.
19) 『曹洞五位要解』, "披毛藏覺 服勞爲人"(민영규 교록, 앞의 책, 405쪽.)

니, 다음으로 해야 할 일은 이류중행(異類中行)인 것이다. 그렇다면 어디로 가야 하는가? 현실로 가야 한다. 그런데 「남염부주지」에서 현실 세계는 비유적으로 표현된 염부주이니, 죽어서 찾아갈 곳이 바로 그곳인 것이다. 방편으로서의 언어를 활용했는데, 방편을 현실적 논설과 혼동하여 파악한다면 깨우침을 주기 위해 말한 지옥이 진짜 있는 것으로 착각하는 일과 같아진다. 이처럼 작가는 철저하게 방편인 소설을 소설 문법 내에서 읽어내기를 요구하고 있는 것이다. 이를 두고 현실주의이긴 하나 한계를 지닌 현실주의였다고 보는 것은 잘못이다.

환상과 현실을 결합한 세계의 극치를 보여주는 작품이 「용궁부연록」이다. 용궁은 지상계와 천상계를 함께 아우르는 공간으로 제시되었다. 「취유부벽정기」가 정(正)을 말하기 위해 천상계를 설정하고, 「남염부주지」가 편(偏)을 말하기 위해 지하계를 설정한 것이었다면, 「용궁부연록」에서의 용궁은 인간들이 사는 땅과 연결되면서 허공에 꽂혀 있는 천마산이라는 곳의 중간 즈음, 박연이라는 연못 속에 있는 세계이다. 참으로 놀라운 발상이라 하지 않을 수 없다. 환상의 세계와 현실의 세계 어디에도 집착하지 않는 겸대(兼帶)를 표현하기 위한 공간 설정이라 말하지 않을 수 없다. 그런 공간 속에서 왕과 신하, 인간과 동물들이 모두 어우러져 잔치를 벌인다. 작가가 소망하는 현실이 바로 이것이다. 이류중행(異類中行)하여 온 나라가 어우러진 평안한 세상이 「용궁부연록」에 잘 그려졌던 것이다.

그런데 이러한 모습은 궁극적으로 도달할 지점이 아니다. 겸중도(겸대)에 대한 집착도 벗어나야 하는 것이다. 그래서 한생은 현실로 복귀하는 것으로 처리된다. 용궁에서 받은 야광주와 비단이 용궁과 현실을 연결한다. 이것은 환상과 현실을 관통하는 존귀한 정위를 비유한 것이다. 그 정위는 깨달음이라는 말도 놓아버린, 말로 표현할 수 없는 자유자재한 경지를 표현하고 있는 것이다.

　『금오신화』는 이처럼 정과 편, 환상과 현실을 구조화함으로써 정편오위의 가르침을 전달하고 있다. 그가 표명하고 있는 현실주의는 다름 아닌 선불교, 그 중에서도 정편오위를 기반으로 한 현실 이해에서 비롯된 것이며, 그러한 가르침을 방편이라 할 수 있는 환상과 현실의 사건들을 적절히 서사화한『금오신화』라는 소설로 풀어놓았다. 뚜렷한 상징성과 의미가 담긴 소재들과 서사구조는 이를 잘 말해준다고 하겠다.

2. 生死와 사랑

　『금오신화』는 생사(生死)의 문제를 다루었다. 김시습은 현실주의적 선불교의 차원에서 등장인물들의 생사관을 비판적으로 들여다보았다고 말할 수 있다. 『금오신화』 가운데 「만복사저포기」, 「이생규장전」, 「취유부벽정기」를 중심으로 살펴보자. 먼저, 「만복사저포기」의 주인공 양생은 일찍 부모를 여의고, 장가도 들지 못한 불우한 처지의 젊은이로 생에 대한 절망감에 빠져 있는 인물이다. 그랬던 그가 그 절망감에서 벗어나게 되는 것은 왜적에게 죽임을 당하고 살아서 맺지 못한 애정을 성취코자 빌던 여귀(女鬼)와의 만남에서이다. 그들은 이미 퇴락한 만복사(萬福寺)에서, 여귀의 시체를 가매장했던 곳에서 사랑을 나눈다. 양계(陽界)라기보다 음계(陰界)의 세계가 절대적인 것으로 나타나 생을 부정하고 사를 긍정하는 것으로 보인다. 「취유부벽정기」에 등장하는 주인공 홍생(洪生)은 젊고 잘 생겼으며 글도 잘 짓는 인물이었다. 그런데 그는 술에 취하여 부벽정 밑에서 놀다가 선녀인 기씨(箕氏)의 딸을 만나 현실적 생의 허무를 노래한다. 조선의 덧없는 역사를 이야기하며, "선경은 하늘과 땅이 광활한데, 티끌세상은 세월만 빠르다."20)라고 노래한다. 작품은 우울하고 침울한 현생(現生)에 대한 노래로 채워진다. 그런 하룻밤 여행은 홍생으로 하여금 여인을 연모하다 몸져눕게 만든다. 「만복사저포기」와 마찬가지로 홍생은 현실을 부정하고 선계(仙界)를 생각했다. 「이생규장전」은 이생과 최 처녀가 자유연애를 통해 금슬지락(琴瑟之樂)을 즐기는 것으로 작품의 많은 부분을 할애하고 있다. 그런데 결말부에 이르러 홍건적의 난을 맞아 여인은 죽고, 이생은 귀신으로 나타난 그녀와 문을 닫아걸고는 사랑을 나누다 끝내는 이별을 맞는다. 양계(陽界)의 삶이 중요하게 서사화되고, 음계(陰界)의 삶이 상대적으로 미약하게 그려진다. 생의 즐거움이 사라진 상황에서 이생은 삶의 의미를 찾을 수 없어 병을 얻어 죽음을 맞는다. 이생은 생을 긍정하고 사를 부정했다. 결국, 「만복사저포기」와 「취유부벽정기」의 주인공은 생을 부정하고 내생(來生)을 기약하는 면모를 보여준다. 그런데 「이생규장전」에 그려진 생사에 대한 주인공의 인식은 현실만을 긍정하고 내생을 부정한다는 점에서 이 두 작품과 대조적이다.

　이에 대하여, 「이생규장전」에서 인간의 행복은 현세에 있는 것으로 보았기 때문에 '현실주의적 사고'를 드러내고, 「만복사저포기」에서는 여귀가 죽어서도 원했던 것이 '인간적 욕망의 실현이며 현실적인 인생을 이루고자 하는 것'이었으므로 '현실주의적 자세'를 일관되게 유지하고 있다고 이해되기도 하였다.21) 「이생규장전」에 대해서는 대부분의 연구자가 동의를 하면서도 「만복사저포기」의 결말의 의미에 대해서는 서로 다른 의견들이 제시되었다. 즉 「만복사저포기」의 결말에 대해 불교에 대한 회의 내지 비판으로 보거나22) 도선적 지향으로23), 또는 '무상관, 인연

---

20) 「醉遊浮碧亭記」, '仙境乾坤闊, 塵間甲子遒.'
21) 임형택, 앞의 글, 1971, 35쪽.
22) 김일렬, 「금오신화 고찰」, 『조선전기의 언어와 문학』, 형설출판사, 1982.

사상, 윤회사상, 정토사상'으로24), '초세주의적이고 불교적인'25) 것으로
이해되기도 한다. 그런데 엄격하게 따진다면 앞의 해석에서 드러나듯
「이생규장전」에서 주인공은 생을 긍정하고 사를 부정하고 있으며, 「만복
사저포기」나 「취유부벽정기」에서는 주인공이 사를 긍정하고 생을 부정
하고 있음을 보여준다. 「이생규장전」의 이생이 현실의 즐거움을 추구하
다 그것이 사라졌을 때 생의 의미를 잃어버리고, 「만복사저포기」는 현실
의 생이 불우하여 내생이나 윤회라는 사후를 추구하는 것처럼 그려지며,
「취유부벽정기」는 물질적 풍요가 주어졌는데도 선녀와의 만남을 못 잊
어 선계를 추구한다.

　그런데 실제 김시습은 생사의 어느 한쪽을 긍정하고 있다기보다는
선불교적 현실주의의 입장에서 이러한 주인공들의 생사 인식을 비판하
는 입장을 유지했다고 말할 수 있다. 연구자들은 이러한 점을 간과하고
주인공들이 애착을 갖는 부분이 곧 작품의 주제를 형성하고 있는 것으로
이해했다. 김시습은 의상 스님의 "생사와 열반이 항상 함께 화합한다〔生
死涅槃常共和〕"26)라는 말을 인용했다. 또한 "환하게 밝아 신령스러워
두 눈이 두 눈을 대하는 것 같다. 어찌 생사가 가고 옴이라는 분별이 있
겠는가?"27)라고 하여 생사의 집착을 버리면 그것이 열반이라는 인식을
보여주고 있다.28) 본각(本覺) 사상, 즉 사계절이 순환하고, 유정(有情),
무정(無情)에 통하는 자성(自性)으로서의 본체, 곧 우주 법계의 근본 본

---

23) 최삼룡, 『한국초기소설의 道仙思想』, 형설출판사, 1982.
24) 정주동, 앞의 책, 498쪽.
25) 김용덕, 「萬福寺樗蒲記의 작품세계」, 『고전소설의 이해』, 문학비평사, 1991.
26) 金時習, 『梅月堂別集』권3, 「大華嚴法界圖序-生死涅槃常共和」, '若論生死, 卽是
　　普賢境界. 若論涅槃, 卽是縛輪廻. 且道. 涅槃與輪廻, 相去幾何. 無明實性卽佛
　　性, 幻化空身法身.'
27) 『華嚴經釋題』, '昭昭靈靈 明明了了 兩眼對兩眼 何會有生死去來.'
28) 한종만, 앞의 책, 315쪽.

체인 진여의 리체(理體)로서 생사를 바라본다면 생사는 본각의 묘유(妙有)일 따름이다. 『법화경』「방편품(方便品)」에서 "법주와 법위로서 세간의 상에 상주한다〔是法住法位 世間相常住〕."라고 한 말과 통하는 것이다. "하나의 색상이나 하나의 향기가 참모습 아닌 것이 없다."29)라는 그의 표현대로 생과 사도 절대적 의미를 지닌 상(相)이라 하겠다. 결국 생사불이(生死不二)의 관점을 지니고, 생을 긍정하고 사를 긍정함으로써 생사에 대한 집착을 벗어날 수 있다고 보는 것이다. 그런데 그러한 김시습의 입장과는 달리 작품 속의 인물들은 모두가 생과 사를 별개의 것〔生死二〕이라 인식하고 현세의 생을 긍정하거나(「이생규장전」) 내세의 생을 긍정한다(「만복사저포기」·「취유부벽정기」). 작가는 이러한 주인공들의 그릇된 인식을 우의적으로 비판하려 했던 것이다. 생사에 대한 주인공들의 인식을 비판하는 것을 의식한 듯한 그의 시를 「사부산십육제(四浮山十六題)-사중활(死中活)」과 「사부산십육제(四浮山十六題)-활중사(活中死)」30)에서 확인할 수 있다.

물론 「남염부주지」와 「용궁부연록」은 주인공들이 겪는 모든 일들이 꿈속에서 이루어지는 것으로 취급하여 생사불이의 서사적 구조화를 이루었다고 말할 수 있다. 그것은 인간 의식의 작용에 의한 것으로 취급되고 있다. 이렇듯 생사가 다르다고 보고 생 또는 사 어느 하나에 집착하는 문제적 인간을 『금오신화』는 보여주었다. 그리고 『금오신화』는 그러한 인간이 결국 고해(苦海)를 건너 이르게 되는 깨달음의 경지를 정편오위 사상을 바탕으로 드러냈다고 하겠다.

한편 「만복사저포기」, 「이생규장전」, 「취유부벽정기」에 등장하는 주인공들의 생사이(生死二)의 세계 인식에는 다름 아닌 사랑에 대한 열망

---

29) 金時習, 『妙法蓮華經別讚』, 「方便品讚曰」, '一色一香, 無非實相.'
30) 金時習, 『梅月堂別集)』권3.

이 깔려 있었다. 김시습은 보시를 행하는 이유를 "대개 사람의 마음은 탐욕에 길들면 교만함이 생기기 때문에 마음을 바치기를 권하고, 생사에 골몰하면 근심과 분노가 생기기 때문에 몸을 바치기를 권한다."[31]라고 했다. 이생은 현실적인 생활에서나 여귀로 돌아온 부인과의 생활에서도 사랑을 절대시했다. 생의 의미는 오직 애욕뿐이었다. 여인을 장례지내고 병을 얻어 세상을 떠나는 것은 애욕을 채울 수 없는 상황에서 당연한 결과이다. 양생이 아내를 얻고자 하여 귀녀를 만나고, 애욕은 귀계(鬼界)에서 충족되지만 끝내는 약초를 캐며 살다가 어찌 되었는지 알 수 없었다고 했다. 홍생은 부잣집 자제로 한가위를 맞아 친구들과 함께 여자를 꾀고 술도 잘 마시는 방탕한 면모를 보이며 "천고 흥망사가 한스러워 못 견디겠다."라고 노래하던 젊은이로, 현실의 덧없음을 함께 노래했던 선녀가 사라지자 그녀를 연모해 죽음을 맞는다. 이러한 구도는 『원각경』에서 말하는 "탐욕은 갈애로 인하여 생하고 목숨은 탐욕으로 인하여 있는지라,……애욕은 원인이요 목숨을 사랑함은 결과이다."[32]라 한 것과 같다. 갈애가 탐욕을 낳고, 탐욕은 생사 집착을 낳는 것이다. 김시습은 세 작품을 통해 이러한 인간 현실의 근본 문제인 탐욕을 꼬집고 있었던 것이다.

이렇게만 본다면 「만복사저포기」와 「이생규장전」, 「취유부벽정기」는 불교적 교리의 결과물로만 여기는 것이라 비판하는 이들도 있을 것이다. 사실 등장인물들의 애정은 김시습의 시선에 '비난'보다는 오히려 '측은함'으로 다가섰을 것이라는 생각을 갖게 한다. 왜적의 침탈에 의해 미혼으로 죽은 여인이나(「만복사저포기」), 홍건적의 난에 도적에게 죽임을 당한 최씨녀(「이생규장전」)의 애달픈 이야기는 현실적 생의 비극성을 여실하게

---

31) 金時習, 『梅月堂集』권16, 「雜著-隋文 第九」.
32) 大唐罽賓三藏佛陀多羅 譯, 『大方廣圓覺修多羅了義經』, 「彌勒菩薩章第五」, '欲因愛生命因欲有. …愛欲爲因.'

보여주고 있기 때문이다. 독자들로 하여금 등장인물들의 삶은 애달프고 안타까운 심정을 유발하게 한다. 또한 「취유부벽정기」의 등장인물들이 직접 현실적 고통을 겪지는 않았지만, 그들의 입을 빌려 이야기되는 현실 속 인간들은 부질없는 티끌의 세계, 적막한 세계에서 헤매고 있다. 따라서 김시습은 그들의 삶을 사랑의 집착이 빚어낸 비극으로, 한편으로는 고통으로 일그러진 현실을 살아야 했던 그들에 대한 측은함으로 인식했던 것이다. 세 작품 속에 드러난 김시습의 선불교적 생사 인식에 따른 등장인물 '비판'의 배경에는 인간적 측면의 '측은함'이라는 정서가 도사리고 있다.

　『금오신화』에 드러난 생사나 갈애의 문제를 극복한 주인공들의 모습은 정편오위 사상과 결합하여 다양한 결말 처리 방식으로 나타나게 되었다.

작　품	결　말	상징성
만복사저포기 (正中偏)	入智異山採藥, <u>不知所終</u>	緣起의 삶을 놓아버린 覺者가 현실에서 자유자재한 삶을 삶〔偏位〕.
이생규장전 (偏中正)	得病 數月而卒	因緣의 현상이 없고 不動覺의 상태를 상징하는 죽음〔正位〕.
취유부벽정기 (正中來)	人以爲遇仙屍解云	몽환적 삶과 단절하고 이류중행(沙門異類)을 암시하는 仙化〔正位〕.
남염부주지 (偏中至)	將爲閻羅王者云	모순의 현실을 해결하기 위해 현실(염부주)로 나아가 왕이 됨〔偏位〕.
용궁부연록 (偏中到)	入名山 <u>不知所終</u>	정위를 잃지 않고 法性眞如의 현실 속에서 자유자재하게 삶을 삶〔偏位〕

　작품들은 생사나 갈애로 고통을 겪다가 결국 그런 집착에 따른 고통

을 벗어난 경지를 죽음을 맞이하거나 부지소종(不知所終)한 것으로 처리하여 드러냈다. 그런데 그러한 처리는 정편오위의 깨달음의 정도를 드러내는 표현이다.

정편오위에 맞추어 편위(偏位)로 끝마치는 작품은 현실적인 결말 처리를 통해 깨달은 자〔覺者〕의 모습으로 형상화되었다. 「남염부주지」는 현실을 상징해주는 염부주의 왕이 되는 것으로 처리하여 깨달은 바를 바탕으로 구체적 현실 속에서 이류중행(異類中行)하는 인물로 거듭남을 상징하게 하였다. 그리고 정위(正位)로 끝마치는 작품은 환상적인 결말 처리를 통해 깨달은 자의 면모로 거듭났음을 의미하게 했다. 「이생규장전」은 부동지(不動智)를 지닌 인물로 거듭남을 죽음이라 표현했고, 「취유부벽정기」는 몽환적 삶과 단절하고 이류중행(沙門異類)을 암시하는 선화(仙化)로 표현하였다. 『금오신화』는 이처럼 생사나 갈애의 문제를 극복하거나, 자유자재한 깨달음의 경지를 드러내는 데 정편오위의 원리에 맞게 위와 같은 결말 처리를 보여주었다.

3. 異界・異類와 공간 구조

『금오신화』의 서사방식은 기존의 불교계 전기소설이 취했던 것과 다른 점이 있다. 나려시대의 불교계 전기소설이라 할 수 있는 「백월산양성성도기(白月山兩聖成道記)」, 「조신전(調信傳)」, 「김현감호(金現感虎)」, 「왕랑반혼전(王郎返魂傳)」에 등장하는 인물들은 부정적 현실을 타파하고 오도(悟道) 또는 성불(成佛), 정토왕생이라는 '질적 상승'을 꾀하고 있다. 즉 이전의 불교계 전기소설들은 현실 초월의 세계로서의 오도(悟道)나 성불(成佛), 정토왕생이 서사텍스트 내에 그대로 드러남에 비해 정편오위 사상을 드러내고 있는 『금오신화』는 그런 세계가 구체화되지 않는다.

「백월산양성성도기」에 나타나는 부득과 박박이 관음보살의 화신에 의해 미륵불과 미타불로 변화하거나, 「왕랑반혼전」에 나타나는, 실재로 인식되는 명부로의 여행 따위는 나타나지 않는다. 「조신전」처럼 관음보살의 가피력으로 조신이 꿈을 통해 깨달음을 얻고 정토사를 짓고 선업〔白業〕을 쌓는 불교적 실천을 했다거나, 「김현감호」처럼 『범망경』을 강하여 범의 저승길을 인도하고, 호원사를 창건했다는 등의 서술을 하지 않는다. 이러한 결구 맺음은 생의 밖에 또 다른 생이 있으니 현실의 온갖 욕망을 저버려야 하며, 불교 신앙에 매진해야 한다는 의미로 읽히게 한다. 곧 인간의 생을 공적(空寂)에 매어 둠으로써 현실을 부정할 여지가 있다고 판단했으므로 그런 불교적 상승의 서사화는 꺼렸다고 하겠다. 또한 김시습이 말하는 선불교 역시 그런 입장을 거부한다.

김시습은 부처가 『반야경』을 통해 공(空)을 이야기했으나, 다시 공에 집착할 것을 염려해 "『법화경』과 『열반경』에 이르러 앞의 공과 유의 방편을 버리고 일승(一乘)의 묘법(妙法)을 이루게 하셨다. 이제야 사부대중이 공과 유의 희론(戱論)을 모두 버리고 다같이 원융한 법성(法性)의 바다로 들어가게 되었다."[33]라고 했다. 이러한 인식 아래 그는 『금오신화』를 창작하면서 기존의 불교계 전기소설들에 나타나는 현실에서 벗어난 불보살들의 영험을 절대화하거나, 현실에서 벗어난 생을 이야기하는 불교적 결구를 거부했다. 『금오신화』는 생 밖의 세계가 실재한다고 보지 않는다. 그것은 어디까지나 인간 의식이 만들어낸 생 속의 저승이요, 음계라고 인식된다. 실상 이생이나 양생의 여귀와의 만남도 현실 속에서 이루어진 것이요, 홍생이 선녀를 만난 것도 취중에 이루어진다. 홍생은 선녀와 헤어진 후 "그것은 꿈도 아니고 생시도 아니며, 참인 듯하면서

---

33) 『十玄談要解』「演敎」(이창섭 · 최철환 옮김, 위의 책, 249쪽.)

참이 아니다.〔似夢非夢 似眞非眞〕"라고 생각한다. 바로 앞에서 살핀 세 작품은 말할 것도 없고 「남염부주지」에서도 박생의 염부주 여행은 꿈이요, 「용궁부연록」에서도 한생의 용궁 여행도 거실에서 꾼 꿈일 뿐이다. 실재처럼 느껴지는 인간 의식의 '내면 풍경'을 그리고 있는 것이다. 이것이 기존의 불교계 전기소설이 보여주는 세계와 다른 측면이다. '선불교적 현실주의'를 바탕으로 내가 발 딛고 사는 세계에 성불도 있고 정토왕생도 있다고 여겼기 때문이다. 외양간과 마구간, 지옥 어느 곳이 화장세계 아닌 곳이 없으며, 그것은 현실에 발 딛고 살며 천변만화하는 인간의 의식이 지어내는 세계이니 생 이외의 생 때문에 두려워하지 말라는 것이다. '지금' '여기'에 살라는 것이다. 이를 일러 '선불교적 현실주의'라 할 수 있는 것이다. 『금오신화』는 그런 사상을 바탕으로 기존의 불교설화의 서사기법을 일신했던 것이다. 이는 귀신이나 신선, 염부주, 용궁을 소설화의 핵심적 소재로 활용함으로써 이루어냈다.

귀신의 문제를 보자. 대사(大祀)・중사(中祀)・소사(小祀)라는 국가적 제사를 지냈던 조선에서 귀신의 존재 여부는 조선 성리학의 핵심적 논쟁거리였다. 그래서 성리학의 리기론에 입각하여 남효온, 서경덕, 이황, 이이 등은 자연 철학적 성격보다는 종교적 성격을 내포하는 귀신론을 펼쳤다.34) 그런데 김시습은 「귀신설」에서 "의식이 있으면 귀신이 있는 것이니, 의식의 지극함은 성의 참이다. 귀신이란 천도(天道)로서 성(誠)의 묘용(妙用)이요, 귀신으로 삼는 것은 인도(人道)로써 정성을 다하는 것이 겉으로 드러나는 것이다. 그러므로 성(誠)이 없으면 물(物)의 존재도 없다."35)라고 말했다. 또한 석경당이 진에서 말한 것이나 대들보에서 휘파람이 불었다는 것과 같은 것은 사특한 기로 사람의 마음이 미혹함이

---

34) 김현, 「鬼神-자연 철학에서 추구한 종교성」, 『조선유학의 개념들』, 예문서원, 2002.
35) 金時習, 『梅月堂集』권4, 「鬼神說」.

감응되어 부른 것이라 보았다. 그러면서 지극히 잘 다스려지는 세상과 지극한 사람의 분수에는 귀신의 변이 있을 수 없다고 했다.36) 또한 이런 입장은 오이를 밟고 두꺼비인 줄 알고, 시냇물 소리를 귀신의 울음소리로 알았다는 것을 들어 없는 귀신을 사람들이 두려워한다고 김시습이 말했다는 이야기에서도 드러난다.37) 게다가 「남염부주지」를 보면 왕의 말에 천지에 제사를 지내는 것은 음양 조화를 존경하는 것이며, 산천에 제사를 지내는 것은 기화의 오르내림에 보답하는 것이며, 조상께 흠향하는 일은 은혜를 보답하기 위한 것이며, 여섯 신에게 제사를 지내는 것은 재앙을 면하기 위한 것이라 했다. 그런데 천지·산천·조상·여섯 신에게 형체와 성질이 있어 인간에 재앙과 복을 가하는 것은 아니며, 다만 사람들이 제사를 지내면 귀신이 임하는 것 같을 따름이라 하여 귀신을 부정했다. 그는 귀신이란 인간의 의식에 의해 만들어지는 것이라는 것을 확고히 했던 것이다.

그런데 「남염부주지」를 보면 왕의 말 중에 "귀란 구부러짐이요, 신이란 폄이오. 따라서 굽혔다 펼 줄 아는 것이 조화의 신이오. 이에 비해, 굽히되 펼 줄 모르는 것은 답답하게 맺힌 요귀들이라오."38)라고 하여 요귀를 인정하는 것처럼 보인다. 답답하게 맺힌 것은 사람과 동물에 뒤섞여 원망을 품고서 형체를 지니고, 그 외에 산의 요물 소(魈), 물의 요물 역(魊), 수석(水石)의 괴물 용망상(龍罔象), 목석의 귀물 기망량(夔魍魎), 여(厲)·마(魔)·요(妖)·매(魅) 등의 요귀를 말했다. 이 때문에 원귀만은 인정한 것처럼 해석될 소지가 있다. 그러나 이전의 왕의 말에 귀신이 임하는 것처럼 느껴질 뿐 실제로는 없다는 것을 명확히 한 상태에

---

36) 위의 글.
37) 南孝溫, 『秋江集』권3, 「鬼神論」.
38) 金時習, 「南炎浮洲志」, '鬼者屈也. 神者伸也. 屈而伸者, 造化之神也. 屈而不伸者, 乃鬱結之妖也.'

서 나온 말이므로 이 또한 인간의 의식이 만들어낸 허상으로, 인간들이 의식하는 바를 언급한 것에 다름 아닌 것이다. 또한 「귀신」에서 『현중기(玄中記)』의 말이라 하여, 산악의 신은 구렁이나 뱀일 것이며, 강과 바다의 신이란 남생이나 거북, 물고기, 자라일 것이라는 등 온갖 귀신을 만들어 모두 신이라 칭하면서 만백성을 놀라게 하고 두렵게 하니 해괴한 일이라 하였다.39) 이는 요귀를 인정했다기보다는 인간의 그릇된 의식이 만들어낸 것이 요귀임을 명확히 하고 있는 것이다. 곧 「만복사저포기」와 「이생규장전」의 귀신은 생사에 대한 그릇된 인식의 비판을 위해, 그리고 정편오위의 정중편과 편중정 사상을 드러내기 위한 방편적 의미를 지녔던 것이다. 이런 전후 사정을 감안하지 않고 김시습이 요귀 중 원귀만은 인정해 「만복사저포기」·「이생규장전」·「취유부벽정기」를 창작하는 데 기반이 되었다고 보는 것40)은 잘못된 것이다.

「취유부벽정기」에 등장하는 신선의 세계 역시 언뜻 보기에는 그것을 긍정하는 것처럼 보인다. 선녀를 신선의 세계로 이끌었던 항아는 이렇게 말한다. "아랫 세상의 선경은 아무리 복된 땅이라 해도 모두 티끌에 불과하지. 청명에 올라와 흰 난새를 타고 붉은 계수나무에서 맑은 향기를 따고 벽락에서 차가운 달빛을 몸에 두르며, 백옥경에서 즐겁게 놀고 은하수에서 헤엄치는 즐거움만 하겠어?"41) 망국의 한과 허무한 인생을 그리는 작품 속 한시들은 신선의 삶을 긍정하는 것으로 읽게끔 한다. 그래서 이는 작자가 지닌 현실적 삶의 고독감이나 허무의 초월 의지를 반영하는 것으로 이해되곤 한다.42) 그러나 실상 김시습은 "죽고 사는 것은

---

39) 金時習, 『梅月堂集』권3, 「雜著-鬼神」.
40) 조동일, 「15세기 鬼神論과 귀신이야기의 변모」, 위의 책, 175쪽.
41) 金時習, 「醉遊浮碧亭記」, '下土仙境, 雖云福地, 皆是風塵. 豈如履靑冥, 驂白鸞, 挹淸香於丹桂, 服寒光於碧落, 遨遊玉京, 游泳銀河之勝也?'
42) 김광순(『한국고소설사』, 국학자료원, 2001, 173~174쪽.)은 '허탈감에 젖어 있는 현실의 동봉이 무의식적으로 허무를 이기고 영원의 세계로 나아가고자 하는 욕구

명(命)에 있어, 오래 살고 일찍 죽는 것이 기한이 있다."라고 하여 불생불멸의 신선술에 대해 부정적으로 인식하고, "운명을 점치는 것은 곧 경계하고 삼가며 미리 염려하는 길"일 뿐임을 명확히 했다.43) 이런 사상을 지닌 김시습이 신선의 삶을 긍정했다고 보는 것은 문제가 있다. 오히려 그런 신선의 세계를 욕망하는 것이 허망한 일임을 인식하지 못하는 사람들을 향해 비판적인 입장을 취했다고 보는 것이 옳으며, 「취유부벽정기」에서는 그런 신선의 세계를 활용하여 정편오위의 정중래 사상을 방편으로 활용했던 것이다.

「남염부주지」는 박생의 꿈속에 염부주(炎浮洲)를 제시하였다. 박생은 이단(異端)의 설을 믿을 수 없다고 하며 일리론(一理論)을 써 자신을 경계했던 이인데, 꿈속에서 그는 이단의 염부주를 찾았던 것이다. 여기에 제시된 염부주는 초목도 없고, 모래와 자갈도 없으며, 구리나 쇠만이 밟히며, 낮에는 거센 불길이 하늘까지 뻗쳐 땅덩이가 녹고, 밤이면 찬 바람이 사람의 살갗과 뼈를 쑤셔대는 바닷가를 따라 쇠로 된 벼랑의 공간이다. 그곳은 풍토병이 유행하고, 목이 마르면 구리쇳물을 마셔야 하고, 배가 고프면 불에 녹는 쇳덩이를 먹어야 하며, 야차와 나찰·이매(魑魅)·망량(魍魎) 같은 도깨비가 기운을 펴고, 백성들의 풍속이 드세고 사나운 곳이다. 이는 불교에서 말하는 염부제(閻浮提)와 유사한 곳인데44), 염왕은 "하늘의 남쪽에 있으므로 남염부주라고 부르오. 염부(炎浮)라는 것은 불꽃이 활활 타서 늘 허공에 떠 있기 때문이다."라고 말한다. 이단을 부정하던 이가 이단에서 설하는 염왕이 될 것이라는 꿈을 꾸게 된 것이다. 그리고 그 꿈속에서는 이단인 불교가 저지른 해악을 문제 삼고 있었으니 역설적이라 하지 않을 수 없다. 그러나 염부주는 실상 우리가 살

____

를 표현한 작품'으로 이해한다.
43) 金時習, 『梅月堂集』권3, 「雜著-天形」「雜著-弭災」.
44) 아함경류나 『法苑珠林』 등에 염부주와 지옥에 대한 이야기가 많이 서술되어 있다.

고 있는 세계의 방편적 표현이라 할 수 있다. 김시습 자신도 '염부제는 번역하면 승금(勝金)'이라 했고, 한용운은 "염부제는 한자로 승금이라고 번역하는데, 즉 우리가 사는 세계를 이른 말"45)이라 했다. 그가 들여다 본 염부제란 고통스런 현실 속 인간들의 삶을 비유적으로 표현해 놓고 있는, 박생의 의식계에 존재하는 것이다. 그런 공간 속에서 현실 사회의 문제점들을 비판적 대화의 형식으로 드러내 놓았던 것이다. 이렇게 하여 현실 사회를 상징하는 염부제라는 세계를 활용하여 정편오위의 편중지 의 경지를 드러냈던 것이다.

「용궁부연록」에서 용궁 역시 꿈속 세계인데, 이류(異類)들이 함께 어 우러져 노래하는 공간이다. 한생이 뛰어난 글재주를 갖고 있어 초청받아 상량문을 써 주는데, 그 내용을 보면 이무기와 악어, 조개, 거북과 잉어, 귀신, 산도깨비 등이 함께 어우러짐을 말한다. 그 후 곽개사(郭介士)라 칭하는 게, 현선생(玄先生)이라는 거북, 나무·돌의 도깨비, 조강신, 낙 하신, 벽란신, 용왕 등이 기쁨의 노래를 부른다. 용궁은 그야말로 흥겨 운 잔치 분위기다. "털 뒤집어 쓰고 뿔 달고 저자로 온다〔被毛戴角入塵 來〕"라는 '이류중행(異類中行)'의 선불교 사상과 연관을 맺으면서46), 온 갖 만물들이 어우러진 일색(一色)의 경지를 드러낸 것이라 볼 수 있다. 「용궁부연록」의 용궁은 그가 꿈꿔왔던 만물간의 사랑이 충만한 현실 공 간이 우의적으로 드러난 세계라 하겠으며, 이는 정편오위 중 겸중도의 경지를 드러내고 있다고 하겠다.

『금오신화』의 서사적 특징을 확인할 수 있는 또 다른 점이 공간구조 와 관련된 부분이다. 우선 공간구조를 그림으로 나타내보면 다음과 같다.

---

45) 『十玄談要解』「演敎」(이창섭·최철환 옮김, 위의 책, 257쪽.)
46) 『十玄談要解』「迴機」(이창섭·최철환 옮김, 위의 책, 292~293쪽.)

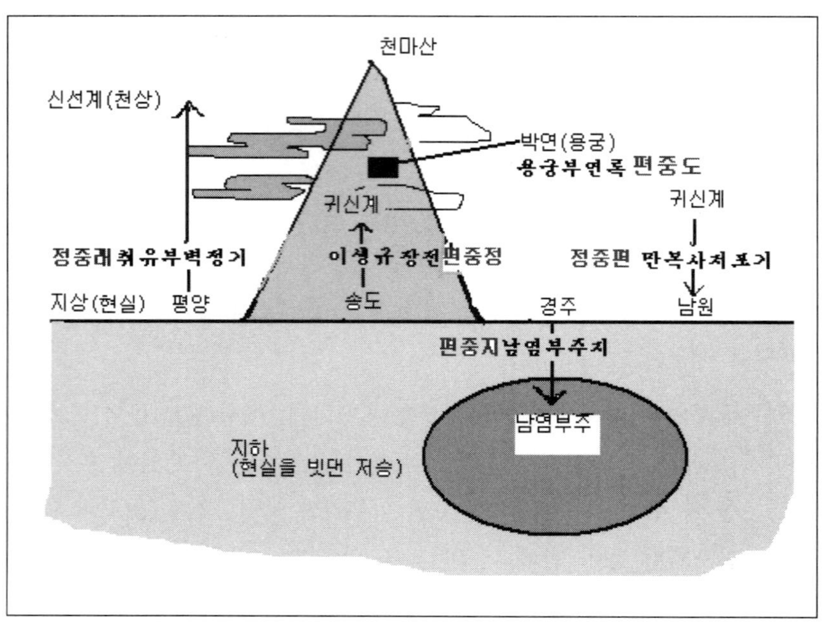

위에 보이는 것처럼 『금오신화』는 정편오위 사상의 구조를 바탕으로 공간을 구성하고 있다.

「만복사저포기」는 정중편에 맞추어 공간이 구조화되어 있다. 정위는 공계(空界)로 작품 속에서 귀신과 텅 빈 사찰, 무덤 속, 꿈과 같은 것을 가리킨다. 편위는 현실계로서 작품 속에서 양생과 귀녀의 만남과 사랑, 그리고 이별 등이 존재하는 인간의 세계를 가리키게 된다. 그래서 「만복사저포기」의 공간 구조는 공계에 현실계가 존재함을 드러내는 형태를 띠게 된다. 신성하고 조용한 공간인 만복사 법당에서 양생이 저포놀이를 함으로써 비롯된 인귀교환(人鬼交驩)의 서사는 귀신의 세계에서 지상의 세계로의 공간 이동을 통해 드러났다. 또한 이 작품은 서사 진행의 시간적 배경을 살펴보면 밤에서 아침으로 변화하고 있음을 보게 되는데, 이 또한 정중편의 원리에 맞춘 것이라 볼 수 있다. "삼경 초야 달 밝기 전〔三更初夜月明前〕"47)으로 나타내는 정중편 사상을 빗댄 시간적 배경 또한 「만복사저포기」에 그대로 나타난다고 볼 수 있으니, 그것은 어둠이 내린 가운데서 명계(冥界)의 여인과 만난다는 것으로 나타나고 있다.

「이생규장전」은 「만복사저포기」와 정반대로 편중정에 맞추어 공간이 구조화되어 있다. 편위는 사랑과 이별, 전쟁 등이 존재하는 지상의 현실적 공간이 되고, 정위는 공계(空界)이니 귀신이 된 아내와의 만나는 꿈의 세계요 귀신계가 된다. 온갖 희로애락이 뒤섞인 현실계에서 삶을 살아나가던 주인공 이생이 아내를 잃고 귀신이 된 아내를 만나 사랑을 나누는 구조를 이 작품은 취하고 있으니, 현실적 공간에서 귀신계로 나아가는 공간 구조를 취했다. 또한 이 작품은 서사 진행의 시간적 배경도 밝음의 현실계에서 어둠의 명계로 이동하고 있는 것이라 볼 수 있다. 이는 양(○)에서 음(●)으로 이동하는 편중정 사상에 잘 맞아떨어지는 구조이다.

「취유부벽정기」는 평양의 부벽정이라는, 지상에서 올라간 공간에서 더욱 공중〔空, 正位〕으로 솟구쳐 올라 신선계〔正位〕까지 상승하는 공간 구조를 이루고 있다. 이는 정위에서 더욱 더 공고한 정위를 체득하는 경지를 나타내는 정중래 사상에 기반을 두고 공간이 구조화된 결과이다. 인생무상을 깨달은 자 홍생이 꿈속 세계라는 공계에서 선녀라는 천상적 존재를 만나 더욱 강렬한 무상감을 느끼게 됨을 나타내고 있는 것이다. 시간적으로도 어둠이 깔린 가운데서 주인공이 술에 취하여 경험한 세계로 표현해 놓았는데, 그 역시도 어둠이라는 공계에서 벌어진 것을 고려한 작자의 서사적 전략이었던 것이다.

「남염부주지」는 「취유부벽정기」와 정반대로 편중지에 맞추어 공간이

---

47) 洞山良价, 『曹洞錄』(백련선서간행회 역, 『曹洞錄』, 장경각, 불기2533, 83쪽.)

구조화되었다. 이 작품은 현실 속에서 깨달음을 얻은 자인 박생이 현실을 빗댄 염부주라는 지하계－넓은 바다 가운데 있는 하나의 섬으로 표현되어 있지만, 그 내용은 염라대왕이 다스린다는 지하계라 이야기되는 명부(冥府)이다.－로 향하고 있는 서사 구조를 취하고 있다. 이는 지상의 현실적 공간(偏位)에서 더욱 지하(偏位)로 하강하는 공간 구조를 취하고 있는 것이다.

마지막으로 「용궁부연록」은 지상과 천상을 연결하는 천마산을 설정하고 중간 즈음에 박연이라는 용궁을 설정해 정편(正偏)을 겸대(兼帶)하는 공간 구조를 취하고 있다. 주인공 한생은 현실 속에서 문사로 이름난 이로 지상적 존재라 하겠는데, 공계이자 정위의 세계인 용궁에까지 명성이 자자한 존재이다. 그래서 작자는 군신오위(君臣五位)에서 군신을 상징하는 용왕과 박연이 화합하고, 이류(異類)들이 어우러져 잔치를 벌이는 용궁은 천상과 지상 사이를 매개하는 공간에 위치시켜 놓았던 것이다. 겸대가 바로 정위와 편위 어느 한쪽에 치우침없는 자유자재한 각자(覺者)의 세계를 말하는 것이니, 그와 같은 공간 배치가 매우 적절했다고 말하지 않을 수 없다.

김시습은 『금오신화』를 창작하면서 이처럼 공간 배경을 정편오위 사상과 연계지어 매우 짜임새 있게 구성했다.

김시습의 『금오신화』는 이처럼 선사상 가운데 조동종지(曹洞宗旨)인 정편오위(正偏五位) 사상을 근간으로 하여, 조산본적의 군신오위(君臣五位) 사상, 의상의 화엄사상, 성리학과 도교의 음양오행 사상 등을 수용하면서 구조화된 작품이다. 이는 일찍이 김시습이 『십현담요해』·『조동오위요해』·『화엄법계도주』·『화엄석제』 등을 서술하면서 밝힌 현실주의적 선불교, 나아가 『매월당집』의 각종 논설이나 시문에 드러난 사상적 면모들을 모두 포괄하고 있는 것이라 하겠다. 앞에서 밝힌 '풍류기화(風

流奇話)'는 다름 아닌 불법의 오묘한 이치를 담은 기이한 이야기를 뜻했다고 할 수 있겠으며, 『전등신화』를 읽고서 세상의 교화와 감동을 위해 괴이하거나 허탄해도 좋다고 했던 평가는 『금오신화』에도 그대로 적용될 수 있는 것이겠다.

『금오신화』는 정과 편, 환상과 현실을 구조화함으로써 정편오위의 가르침을 전달하고 있다. 그가 표명하고 있는 현실주의는 다름 아닌 선불교, 그 중에서도 정편오위를 기반으로 한 현실 이해에서 비롯된 것이며, 그러한 가르침을 방편이라 할 수 있는 환상과 현실의 사건들을 적절히 서사화한 『금오신화』라는 소설로 풀어놓았던 것이다.

그리고 『금오신화』는 생사가 다르다고 보고 생 또는 사 어느 하나에 집착하는 문제적 인간을 비판적으로 서사화하고, 그러한 인간이 결국 고해(苦海)를 건너 이르게 되는 깨달음의 경지를 정편오위 사상을 바탕으로 한 서사화로써 드러냈다. 또한 『금오신화』는 현실주의적 선사상에 기반을 두고 기존의 서사기법을 일신하되 귀신·신선·염부주·용궁 등 이계(異界)와 이류(異類)를 절절히 활용하여 창작된 전기소설이라 하겠다.

제 5 장

『금오신화』의 선사상적 기원

이 글에서 필자는 김시습(金時習)의 『금오신화(金鰲新話)』가 정편오위(正偏五位)라는 선사상(禪思想)을 바탕으로 창작된 소설임을 밝히려 했다. 나려시대에 형성된 「조신전」·「김현감호」·「백월산양성성도기」의 서사적 전통을 잇는 『금오신화』는 설잠(雪岑) 김시습의 선사상을 세련되게 구조화하여 한국 고소설사의 새로운 장을 열었음을 밝히는 작업을 수행한 결과는 다음과 같다.

2장에서 『금오신화』 분석을 위한 예비적 고찰을 시도했는데, 그 결과는 세 가지로 요약할 수 있다. 첫째, 김시습의 선사상의 근원이 되는 조동선 사상이 신라 말 고려 초에 이미 중국으로부터 전래되었음을 확인할 수 있었다. 신라 하대 초기에 전래되었던 홍주종계 선사상이 개인주의적 성향이 강했던 데 비해 신라 하대 후기에 들어온 조동선 사상은 대사회적 교화행을 강조하고 있어 나말여초 불교계 전기소설과 관련이 있음을 알 수 있었다. 신라 말 고려 초의 「조신전」, 「김현감호」, 「백월산 양성 성도기」와 같은 불교계 전기소설들은 이러한 선 사상의 영향 아래 서사적 편폭의 확장과 사상의 심화 과정에서 형성되었던 것으로 보인다. 나말여초는 중앙 왕실의 타락과 지방 호족의 성장, 후삼국 성립과 고려 건국으로 이어지던 시기로, 고통스런 삶을 살아야만 했던 당대 민중의 삶을 목도하고, 그러한 현실을 개혁하고자 분투했던 선사들의 사상은 이와 같은 소설들 속에 구현되어 한국 고소설사의 첫 시기를 장식했던 것이다. 그리고 이러한 서사문학적 전통은 『금오신화』의 사상과 맥이 닿아 있다.

다음으로는 김시습의 사상에 대한 조선시대 유자들의 주장을 크게 두 가지 방향으로 살폈다. 하나는 마음은 유자였지만 시대가 용납하지 않았으므로 승려의 자취를 지닐 수밖에 없었던 '심유적불'의 인간이었다는 것, 또 다른 하나는 자유자재한 선승이었다는 것이다. 초기에 쓰인 이자의 전기적 서술만 하더라도 선승으로서의 김시습을 유자로서의 의식이 존재했던 인물로 서술하고자 하던 것이, 율곡 이이로 이어지면서 확고한 '심유적불'의 인간으로 김시습을 그리게 되었다. 그 맞은편에 당대 유자들에 의해 비난받았던 윤춘년이 있어서 김시습을 선승적 풍모로 그려내고 있었다. 이러한 두 입장 간의 대립은 현재까지도 그대로 이어졌다고 하겠다.

다음으로 김시습의 사상에 대한 종합적 고찰을 시도하여 현상즉본체(現象卽本體)라는 화엄적 세계 인식을 바탕으로 나아간 현실주의적 선사상을 지닌 존재였음을 밝혔다. 그것은 법성원융〔眞性〕의 경지에서 바라다본 중도적 실천법이자 현실 수용의 입장이다. 그리고 김시습은 그러한 선불교적 현실주의의 입장 속에서 조선조 초기에 조동선을 받아들이고,

『십현담요해』와 『조동오위요해』를 저술하였다. 이들 저술은 나말여초 수미산문을 잇는 일연의 『중편조동오위』에 이어 조선조 초의 조동선의 흐름을 보여주었다. 그리고 이러한 사상을 바탕으로 그는 법성진여인 이 현실을 바르게 인식하고, 중생을 구제하는 길에 유·불·도 그 어떤 것도 방편이 아닐 수 없다고 인식했다.

3장에서 필자는 김시습의 『금오신화』가 선사상 가운데 조동종지(曹洞宗旨)인 정편오위(正偏五位) 사상을 근간으로 하여 구조화된 작품임을 밝혔다. 이는 일찍이 김시습이 『십현담요해』·『조동오위요해』·『화엄법계도주』·『화엄석제』 등을 서술하면서 밝힌 현실주의적 선불교, 나아가 『매월당집』의 각종 논설이나 시문에서 드러난 사상적 면모들을 모두 포괄하고 있는 것이라 하겠다. '풍류기화(風流奇話)'는 다름 아닌 불법의 오묘한 이치를 담은 기이한 이야기를 뜻했다고 할 수 있겠으며, 『전등신화』를 읽고서 세상의 교화와 감동을 위해 괴이하거나 허탄해도 좋다고 했던 평가는 『금오신화』에도 그대로 적용될 수 있는 것이었다. 조산본적의 군신오위(君臣五位) 사상, 의상의 화엄사상, 성리학과 도교의 음양오행 사상 등을 수용하고 있는 김시습의 정편오위 사상은 소설집 『금오신화』의 각 편의 주제와 서사 구조에 직접적인 영향을 끼치고 있었다. 각 편의 주제와 서사 구조에 대한 연구의 결과를 정리하면 아래와 같다.

「만복사저포기」는 본래 부처인 양생이라는 존재가 애욕을 일으켜 인간사의 고통을 당하고, 다시 본래의 모습을 되찾아 유유자적한 삶을 산다는 내용을 담은 소설이라 할 수 있다. 인간들이 겪는 다툼과 고통은 실상 본래 자신이 부처임을 깨닫는 데서 해소될 수 있는 것임을 여실하게 보여주고 있는 소설이다. 이는 정편오위 가운데 정중편의 경지를 그 사상적 배경으로 삼아 보여주고 있는 것이다.

「이생규장전」은 사랑과 이별, 그리고 전쟁이 가져다주는 이산과 살육 등이 벌어지는 현실계 속에서 진정한 깨달음을 얻어나가는 이생의 삶을 그리고 있는 소설이다. 현실에서 벌어지는 전쟁의 체험이나 사랑의 비극 등은 바로 깨달음을 얻어나가는 과정이라 볼 수 있다. 이러한 서사구조에 현상 속에서 본체를 깨닫는다는 편중정 사상이 배경을 이루고 있음을 확인할 수 있었다.

「취유부벽정기」는 세속의 덧없음을 깨달은 홍생이 자신의 의식 세계를 철저히 파고들어 진정한 깨달음의 지위를 획득해나가는 과정을 그린 소설이다. 그 의식 세계는 꿈이라는 장치 속에는 기자의 딸을 등장시켜 서로 주고받는 맥수지탄의 시와 조선의 역사가 그려지고 있으며, 꿈을 깨고 난 후에는 더욱 더 강렬한 그리움과 현실 부정 의식으로 몸살을 앓는다. 그렇지만 끝내는 진공(眞空)의 깨달음을 암시하는 선화(仙化)의 모습을 작품은 그려냈다. 이는 티끌세상에 대한 부정 의식을 지속하여 진정한 깨달음을 얻는다는 정편오위의 정중래 사상을 그대로 투영하고 있는 것이었다.

「남염부주지」는 미신적 세계를 거부하고, 도탄에 빠진 민중의 삶을 개혁하는 등 당대 현실의 문제 해결 방안을 제시하려 한 소설이다. 그런 주제의 서사화는 남염부주라는 현실 비유의 공간을 설정하고, 그곳에서 박생과 염왕이라는 두 인물의 대화를 통해 그려내었다. 그리고 그것은 정편오위의 겸중지 사상을 기반으로 한 서사 구도 속에 오롯이 담겼다.

「용궁부연록」은 한생이 용궁의 잔치에 찾아들어 즐기는 꿈을 통해 군신이 화합하고 이류(異類)가 더불어 살아가는 이상적인 세계를 그렸고, 꿈에서 깨어 자유자재하게 살아가는 이의 모습을 간략하게 그린 작품이다. 작자는 이런 이상적 세계를 구조화하는 데 「군신오위(君臣五位)」의 '군신도합(君臣道合)' 등을 비롯한 정편오위의 '겸중도(겸대)' 사상을 기반으로 하였다.

이와 같은 연구 결과는 『금오신화』가 철저하게 선사상(禪思想), 특히 정편오위(正偏五位) 사상을 형상화한 소설이라 말하지 않을 수 없게 한다. 작자는 한 치의 흐트러짐도 없이 정편오위가 놓인 순서에 맞추어 작품들을 배치하고 있었다. 정편오위(正偏五位) 사상과 『금오신화』의 관계는 단순한 소재나 주제 차원을 넘어서서 아주 밀착되어 있음을 확인할 수 있었다.

4장에서 필자는 3장의 연구결과들을 바탕으로 하여 『금오신화』의 서사기법과 선사상의 상관성에 주목하여 살폈다. 그 결과 『금오신화』는 정과 편, 환상과 현실을 구조화함으로써 정편오위의 가르침을 전달하고 있음을 확인할 수 있었다. 그가 표명하고 있는 현실주의는 다름 아닌 선불교, 그 중에서도 정편오위를 기반으로 한 현실 이해에서 비롯된 것이며, 그러한 가르침을 방편이라 할 수 있는 환상과 현실의 사건들을 적절히 서사화한 『금오신화』라는 소설로 풀어놓았음을 알 수 있었다.

그리고 『금오신화』는 생사가 다르다고 보고 생 또는 사 어느 하나에 집착하는 문제적 인간을 비판적으로 서사화하고, 그러한 인간이 결국 고해(苦海)를 건너 이르게 되는 깨달음의 경지를 정편오위 사상을 바탕으로 하여 서사화했음을 확인할 수 있었다.

또한 『금오신화』는 현실주의적 선사상에 기반을 두고 기존의 서사기법을 일신하되 귀신·신선·염부주·용궁 등 이계(異界)와 이류(異類)를 적절히 활용하여 창작된 전기소설임을 밝혔다. 그리고 『금오신화』가 보여주는 공간 구조는 정편오위 사상의 구도를 반영하여 짜인 것임을 확인할 수 있었다. 「만복사저포기」는 「이생규장전」과 짝을 이루어 지상계와 귀신계 사이를 오고 가는 공간 구조를 이루었고, 「취유부벽정기」와 「남염부주지」는 천상계로 향하는 상승 구조와 지하계로 향하는 하강 구조가 공간의 구조를 형성하고 있으며, 「용궁부연록」은 천상과 지상을 연결하는 천마산의 용궁을 설정하여 겸대의 경지를 공간적으로 표현하고 있다. 이러한 연구 결과는 여태껏 논쟁으로 치달았던 『금오신화』의 사상이 기일원론이 아니며, 현실주의적 선사상 중에서 정편오위 사상임을 확고히 드러내준다고 하겠다.

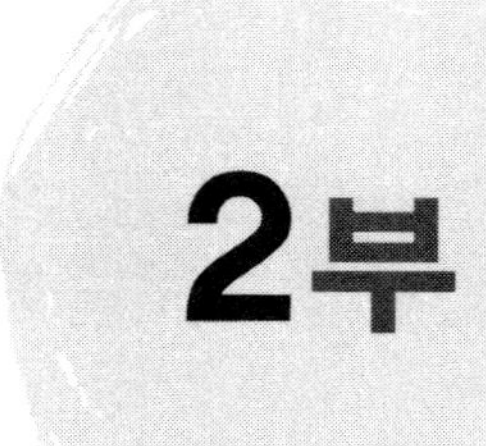

2부

한국소설의 기원과 불교

제 1 장

불교계 전기(傳奇)소설 연구 서설

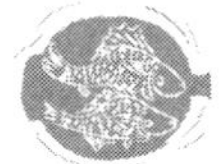

1. 머리말

　한국고소설의 형성에 대한 기존의 연구 경향은 크게 두 갈래로 나뉜다. 한 편은 '불교소설'이라는 명칭 아래 변문(變文)의 수용에 따른 사적 전개를 밝히려는 경향이고, 다른 한 편은 당(唐) 전기(傳奇)의 유입에 따라 나말여초(羅末麗初)에 전기소설이 형성되고 전개되었음을 밝히는 경향이다. 동일한 서사 텍스트에 대해 이렇듯 다른 접근이 있어왔다.

　필자가 생각하기에 전자의 논의는 실제적인 증거물, 즉 속강(俗講)의 구체적 증거를 다양하게 확보하지 못한 가운데1) 중국의 사정과 견주어

---

1) 圓仁의 『入唐求法巡禮行記』 권2에 나온 중국의 적산(赤山) 법화원(法花院)에서 행해진 신라승의 강경의식, 『朴通事諺解』의 기록에 나온 우란분재(盂蘭盆齋)의 설법과 관련된 기록이 속강과 관련된 직접적 기록이 있다. 그밖에 원효나 균여와 같은 강사들에 의해, 또는 연등회와 팔관회와 같은 축재 때에 속강이 행해졌으리라 추정한다.(사재동, 「불교계 서사문학의 연구-≪석가여래십지수행기≫를 중심으로-」(『어

정황적으로 '변문' 또는 '강창문학(講唱文學)'이 있었으리라 추정하면서 서사 텍스트들을 해석해 왔다는 문제점이 있으며, 후자의 논의 역시 '전기'의 서사적 특성에 매달리고 『금오신화』라는 문제작을 기준으로 소설사를 구성하려는 욕망 때문에 텍스트의 실상, 곧 불교적 성격을 외면하려 했다는 문제점이 있다.2) 서사 텍스트의 실상은 특정 장르, 곧 변문이나 전기 등의 서사적 특성만을 지닌 것은 아니다. 한국고소설은 그러한 장르의 서사적 특성을 수용하되, 한국의 사회문화적 상황에 걸맞은 새로운 서사텍스트를 산출했기 때문이다.

필자는 기존의 연구들을 살펴보면서 소설사의 구성에서 중요한 문젯거리라 할 '불교계 전기소설'에 대해 관심을 갖게 되었다. 그래서 이 글에서 필자는 기존의 논의를 살피면서, 형성기 전기소설의 특성, 불교계 전기소설의 전변(轉變) 등을 개괄적으로 살피려 한다. 이는 필자가 불교소설의 형성과 전개에 대해 펼치는 일련의 연구 과정3)과 연계되어 있는 서설(序說) 성격의 글임을 먼저 밝혀 두는 바이다.

문연구』 12, 어문연구회, 1983) 그런데, 아쉬운 점은 그와 같은 것들이 문학사회학적 배경 설명에 그치고, 실제적인 소설의 형성과 내적 변모를 설명하지 못한다는 한계를 갖는다는 점이다.

2) 전기소설의 형성과 관련해 많은 이들의 연구가 있었다. 박희병의 『韓國傳奇小說의 美學』(돌베개, 1997)은 중요한 연구 결과물이라 말할 수 있겠다.

3) 필자의 선행연구로 『원효설화의 美學』(불교춘추사, 1999)에서의 '관음보살과의 만남' 부분과 「〈調信傳〉의 구조와 형성 배경」(『한국문학연구』 20(동국대 한국문학연구소, 1998), 「觀音說話의 상상력과 소설발생의 문제-羅麗時代 觀音說話의 형성과 전개-」(『白鹿語文』 16, 백록어문학회, 2000), 「≪安樂國太子經≫의 新異本」(『한국문학연구』23, 동국대 한국문학연구소, 2000), 「≪안락국태자경≫과 〈이공본풀이〉의 전승 관계」(『불교어문논집』 6, 한국불교어문학회, 2001 ; 『불교문학과 불교언어』, 이회, 2002.), 「〈王郎返魂傳〉의 傳承 硏究」(『불교어문논집』 7, 한국불교어문학회, 2002), 「金時習의 선불교적 현실주의와 ≪金鰲新話≫」(『한국문학연구』 26, 동국대 한국문학연구소, 2003)가 있다.

2. 불교계 전기소설 이해의 전제

1) 전기소설의 기본 성격

한국 전기소설에 대한 논의 중에서 불교계 전기소설이라 언급되는 작품들이 여럿 있다. 나려시대(羅麗時代)의 것으로는 「조신전(調信傳)」, 「백월산양성성도기(白月山兩聖成道記)」, 「김현감호(金現感虎)」, 「연화부인(蓮花夫人)」, 「왕랑반혼전(王郎返魂傳)」 등이 있고, 조선 시대의 작품으로는 「만복사저포기(萬福寺摴蒲記)」, 「남염부주지(南炎浮洲志)」, 「부설전(浮雪傳)」, 「최척전(崔陟傳)」 등이 최근에 거론되었다.4) 여기에 「안락국태자전(安樂國太子傳)」, 「설공찬전(薛公瓚傳)」, 「구운몽(九雲夢)」, 「삼생록(三生錄)」, 『삼설기(三說記)』, 『삼한습유(三韓拾遺)』, 중국소설의 영향으로 형성된 「제마무전(諸馬武傳)」이나 「당태종전(唐太宗傳)」 등도 불교계 전기소설 여부를 고려해 보아야 하며, 소설성에 의심이 가긴 하지만 최근 밝혀진 「보덕각시전(普德閣氏傳)」과 「명학동지전(明學同知傳)」5)도 이에 포함시켜 살펴볼 수 있으리라. 이들을 모두 불교계 전기소설로 규정할 수

---

4) 전기소설의 서사적 특징을 어떻게 규명하느냐에 따라 다양한 작품들이 거론되고 있는 실정이다. 나려시대의 작품 중에는 이외에도 「최치원(崔致遠)」도 불교와 관련을 맺는 전기소설이라고 박희병 선생(「羅麗時代의 傳奇小說」, 『韓國傳奇小說의 미학』, 157쪽)은 언급하고 있다. 고려대학교에서 1997년도부터 시작된 『한국한문소설총간』 작업의 일환으로 1차분 6권 중 제1권에 포함되는 전기소설로 19작품을 제시하고 있는데(고려대 민족문화연구원, 『東아시아文學 속에서의 韓國漢文小說 硏究』, 월인, 2002, 30쪽), 그 중에서 나려시대의 소설로는 6작품이 나와 있으며, 그 가운데 5작품이 모두 불교적 전기소설이라 할 수 있다. 조선시대 작품 중에서 「구운몽」을 비롯하여 「육미당기」나 「삼생록」 등도 전기소설에 포함될 여지가 없지 않다. 여기서는 고려대학교에서 제시한 한문 전기소설로 제시하는 작품 중에서 조선시대 소설로는 3작품만을 우선 들었다.

5) 김승호, 「사찰연기설화의 소설적 조명-소위 〈朋學同知傳〉과 〈普德閣氏傳〉을 중심으로-」, 『고소설연구』 13집, 한국고소설학회, 2002.

있는가 하는 문제는 전기소설의 서사적 특성을 무엇이라 규정하느냐에 달려 있다. 그러나 전기소설에 대한 논란이 계속되는 가운데 공통의 결론을 도출하기란 그리 쉬운 일이 아니다.

예컨대, 전기소설의 첫째 조건으로 '분위기를 중시하는 감각적이며 화려한 문어체의 한문으로 쓰여진 것'[6]만을 말한다면, 위에서 국문 번역본만 남아있는 「설공찬전」이나 국문소설인 「구운몽」, 「삼생록」, 「제마무전」, 「당태종전」,[7] 그리고 사찰연기설화와 관련해 그리 유려하지 못한 문체로 쓰여진 「보덕각시전」과 「명학동지전」은 제외될 것이다. 그러나 만일 남아 있는 우리나라의 전기소설들이 대부분 '현실계와 비현실계의 교섭을 중심으로 하고 있다는 점'[8]을 가장 중요한 서사적 징표로 보고, 반드시 유려한 문어체 한문으로 쓰여야 한다는 원칙을 접는다면 위에 제시된 모든 작품들을 불교와 관련된 전기소설이라 일단 가정해 볼 수 있다. 이는 일찍이 김기동 선생이 비현실적이고 비과학적인 환몽이나, 천상, 명부(冥府), 용궁 등에서 전개되는 기이한 사건을 다룬 소설을 전기소설이라 했던 것의 다른 표현이라 볼 수 있다.[9] 그리고, '전기소설은 사계층(士階層) 문인지식인(文人知識人)들이 자신의 지우(知遇)와 인정(認定)에 대한 욕망을 주인공이 지기(知己), 지음(知音)을 만나는 형식을 통하여 형상적으로 표현하는 장르'[10]라고 정의한다면, 불승이나 재가신

---

6) 박희병, 「한국고전소설의 발생 및 발전단계를 둘러싼 몇몇 문제에 대하여」, 『관악어문연구』 17, 서울대 국문과, 1992 ; 『한국전기소설의 미학』, 돌베개, 1997, 61쪽.
7) 박용식(「당태종전(唐太宗傳) 해제」, 『금방울전, 김원전, 남윤전, 당태종전, 이화전, 최항전』, 고려대민족문화연구소, 1995)은 「당태종전」은 당 나라 태종 이세민이 주인공인 전기소설(傳奇小說)이다.'라며 해제의 글을 시작한다.
8) 김종철, 「高麗傳奇小說의 발생과 그 행방에 대한 再論」, 『韓國敍事文學史의 研究』 III, 중앙문화사, 1995, 911쪽.
9) 김기동, 『韓國古典小說研究』, 敎學研究社, 1983, 5쪽.
10) 윤재민, 「韓國 漢文小說의 유형론」, 『東아시아文學 속에서의 韓國漢文小說 研究』, 월인, 2002, 77~79쪽.

도가 대중포교의 문학적 방편으로 형성·전개시킨 불교소설들을 전기소설이라 말할 수 없게 된다. 「왕랑반혼전」을 상대역 여인에게서 사랑받는 주인공 유형인 '애정류 전기소설'이며, 그 중심 주제가 '남녀간 애정의 성취'라고 말하는 것11)은 작품의 주제를 엉뚱한 방향으로 끌고 가는 것이다. '정법비방자(正法誹謗者)도 염불을 통해 극락에 왕생할 수 있다'는 불교적 주제12)와 '애정 성취'라는 세속적 욕망이 어떻게 동일하게 읽혀질 수 있단 말인가? 이처럼 전기소설의 서사적 특성에 대한 다른 이해는 작품 선택에서부터 문제를 일으키게 된다.

필자는, 소재나 구조의 측면, 곧 현실계와 비현실계의 넘나듦이라는 측면과, 작가나 주인공의 현실 사회에 대한 태도라는 측면을 전기소설 규정에서 핵심적 요소로 삼아야 하리라고 본다. 두 측면이 조화를 이룬 작품일 때 전기소설로 인정할 수 있으리라고 본다. 그런 점에서 나말여초(9~11세기)에 전기소설이 성립했음을 밝혔던 임형택의 논의를 재음미해볼 필요가 있다. 임형택은 「최치원」, 「김현감호」, 「조신전」을 당대(唐代) 전기(傳奇)와 『금오신화』에 비견될 작품으로 보면서, 그 작품들이 신라 말 이래 심화된 신분갈등과 사회적 모순이 비유적이며 상징적인 의미로 해석 가능한 비현실적 모티프를 활용해 소설화한 것이라 했다. 그리고, 육두품(六頭品)이나 이들의 후예인 고려 초의 문인들이 주된 창작층이며, 경주를 중심으로 한 성시(城市)의 번성, 당과의 교류에 의한 전기문학 향유, 높은 수준의 한문학 등이 전기소설의 창작을 가능하게 했다고 보았다.13) 그의 주장에서 현실 사회를 바라보는 태도나 그러한 태도를 소설화하는 방식은 전기소설이 갖는 제일의 조건이 아닌가 한다. 현

---

11) 윤재민의 앞의 글에서 「왕랑반혼전」을 애정류 전기소설이라 말하고 있지만, 이는 작품의 의도를 왜곡한 것이다.

12) 오대혁, 「〈왕랑반혼전〉의 전승 연구」, 『불교어문논집』 7, 한국불교어문학회, 2002.

13) 임형택, 「羅末麗初의 傳奇文學」, 『韓國漢文學研究』 5, 한국한문학연구회, 1981 ; 『한국문학사의 시각』, 창비, 1984, 재수록.

실에 대한 비판적 인식은 정치적으로 소외된 지식인들 내에서 일어났고, 그들의 소외나 고독감이 환상적 세계에 빗댄 소설로 나타났을 것임은 말할 것도 없다.14) 전기소설의 대표작이라 할 『금오신화』가 보여주는 소설미학이 이를 단적으로 보여주고 있다고 하겠다.15)

이러한 조건을 만족시키는 작품들을 '전기(傳奇)'라 볼 수 있으며, 이는 우리 고전문학사에서 또 다른 허구적 서사(fictional narrative)인 '우언(寓言)'과 다르며, '전(傳)'과 '잡록(雜錄)'이라는 경험적 서사(empirical narrative)와도 다른 기록서사문학의 한 영역을 담당하게 되었던 것이라 볼 수 있다. 그러나 그 서사양식들은 각기 다르게만 성장·발전해 온 것은 아니며, 장르들 간에 서로 영향을 주고받으며 새로운 서사양식을 개발하고, 시대에 부응하는 서사물들을 양산해 내기도 했다. 고려 후기 가전(仮傳)에서 전(傳)과 우언의 장르복합이 일어나고, 조선전기 몽유록(夢遊錄)에서 전기(傳奇)와 우언의 결합이 이루어졌다.16) 나말여초(羅末麗

---

14) 그런데 문체의 면을 전기소설 판가름의 중요한 잣대로 들이대는 것은 변화의 양상을 바르게 드러내지 못할 것이라 본다. 물론 다른 계열의 한문소설이나 단순한 설화의 기록, 설화에 약간의 윤색을 가했을 정도의 문체와는 다른 독특한 문체를 전기소설이 갖고 있다는 점은 수긍하지만, 반드시 '분위기를 중시하는 감각적이며 화려한 문어체의 한문'이며, '종종 서정적 경사를 보여주며, 시적 응결과 압축미를 드러내기도' 하고, '문식을 중시하기에 대구나 고사를 곧잘 구사한다.'고 단정짓는 것(각주 6)은 문제가 있을 수 있다. 그런 문체를 지닌 작품도 있겠지만, 화려하거나 감각적이지는 못하나 여기에 말한 전기소설의 중요 요건을 갖춘 작품이 없을 수 없기 때문이다. 「왕랑반혼전」이나 「안락국태자전」의 경우 감각적이며 화려한 문어체의 한문을 썼다고 말할 수 없으니 전기소설에서 제외해야 할 것이며, 국문으로 쓰여진 작품들은 원칙적으로 제외해야 한다. 하지만, 전기소설이 지니고 있던 서사관습은 국문으로도 계속 이어지면서 「구운몽」, 「삼생록」, 「제마무전」, 「당태종전」 등에 그 흔적을 남겼다고 보아야 할 것이다. 나려시대 전기소설, 특히 『금오신화』에 나타나던 화려한 문식의 형태를 너무 의식하여, 전기소설이 갖는 ① 현실사회를 바라보는 비판적 태도, ② 그러한 태도를 소설화하는 방식의 요건을 등한히 하는 것은 온당하지 않다고 본다.

15) 박희병의 「≪金鰲新話≫의 小說美學」(『한국전기소설의 미학』, 돌베개, 1997)은 전기소설의 이러한 특징을 잘 드러내 주고 있다고 하겠다.

16) 장효현의 「傳奇小說 연구의 성과와 과제」(『민족문화연구』 28, 고려대민족문화연

初)에 형성된 전기소설이라는 「조신전」 역시 전기소설적 특성과 함께 전
(傳)계통의 승전(僧傳)이나, 변문적인 요소, 사찰연기적 요소가 모두 결
합되어 나타남을 확인할 수 있다.17)

그래서 우리는 일차적으로 광의의 전기를 상정하고, 그 안에서 역사
적 변화에 상응하는 전기소설의 서사관습의 변화 등을 살펴야 함을 알
수 있다. 협애한 개념으로 전기소설의 장르를 설정함으로써 여타 서사장
르와의 차별성이나 전기소설만의 독특한 서사적 특징의 변화상을 드러
내지 못한다면 우리가 의도하는 한국 서사문학의 체계적 인식은 공염불
이 되고 말 것이다. 전기소설이 갖추어야 할 기본적 요건을 이처럼 상정
해 놓고, 다시 우리는 불교적 전기소설의 문제로 되돌아가 보자.

2) 전기소설의 창작층

우선, 전기소설의 형성과 관련해 떠오르는 문제는 『수이전(殊異傳)』
을 의식하면서 제시한 육두품, 고려 초 문인들이라는 전기소설 창작층에
대한 부분이다. 최치원, 박인량(朴寅亮), 또는 김척명(金陟明) 등을 구체
적인 창작자로 상정하면서 얻어진 결론이다. 골품제(骨品制)라는 신분제
사회에서 재주가 뛰어났던 당 유학생이었으면서도 자신의 능력을 충분

구소, 1995, 24쪽)에서 R. Scholes & R. Kellog, 『The Nature of Narrative』
(New York : Oxford University press, 1977)을 참조해 한국 기록서사문학
을 이렇게 분류해 놓았다. 그는 〈최치원〉을 통해 볼 수 있듯 전설적 소재에 작가의
문식이 가미되어 성립된 '傳奇'와 〈화왕계〉를 통해 볼 수 있듯 다른 고사나 사물의
일을 가탁하여 작가의 사상을 담은 '우언' 등이 허구적 서사로 계속 이어졌고, 인물
의 생애를 가계와 행적과 평결의 단계로 이루어진 형식에 담아 기록하는 '전'과 인
물의 일화나 작가의 신변잡사 등을 집록한 '잡록' 등이 경험적 서사로 이어져갔던
것으로 봤다. 이러한 네 서사 양식이 독자적으로 발전하기도 하고, 서로 결합하기
도 하면서 이어져간 것이라고 했다.

17) 오대혁, 「〈조신전〉의 구조와 형성배경」, 『한국문학연구』 20, 한국문학연구소, 1998.

히 발휘하지 못했던 최치원의 소외감 같은 것이 전기소설을 창작하게 했다는 것이다.

『삼국사기』를 들여다보면, 신라 말 사회에서 정치적으로 소외된 문인들에 얽힌 이야기를 단편적으로 발견하게 된다. 당 유학생이었던 최언휘(崔彦撝)는 설정규(薛廷珪) 고시하에 급제하고, 42세에 환국해 집사시랑서서원학사의 직위에 올랐다가 고려 개국 때에는 한림원대학사평장사에 이르렀지만, 문인으로 열전에 이름만 올라 있는 거인(巨仁)[18]은 진성왕(眞聖王, 887~897) 때에 시정을 비방하는 글을 조정의 길에 게시하였다는 죄명으로 죽음을 목전에 두었다가 살아난 사건(888년 2월)이 있었다. 게시된 글을 보고 어떤 자가 왕에게 하는 말이 "이는 반드시 뜻을 얻지 못한 문인의 소행일 것이니, 대야주(大耶州)에 숨은 자 거인일 것입니다.〔此必文人不得志者所爲 殆是大耶州隱者巨仁耶〕"라고 하였다.[19] 이 사건은 뜻을 가진 문인으로 중용되지 못하고 참소를 당했던 바를 전하고 있다. 거인과 같은 이들이 전기소설을 창작했을 개연성을 역사적 사실들은 미력하나마 전해주고 있는 것이다. 「최치원」에 드러나는 이국의 말단 지방관리로 살아가야 했던 주인공을 통해 형상화된 고독감은 신라 시대 신분제도 때문에 고통을 받아야 했던 지식인의 고독감을 우의적으로 표현한 것이라 볼 수 있다.

그런데 당시의 지식인이라면, 그들 외에도 당에 유학을 다녀와서는 타락한 불교계를 혁신하고 싶어 했던 비판적 승려계층을 고려해 볼 수도 있지 않을까? 당 소종(昭宗, 888~904)이 중흥할 무렵의 신라는 전쟁으로 죽고, 흉년으로 죽은 시체가 들판에 별처럼 널려 있었다고 최치원은

---

18) 『三國史記』 列傳 第六, '崔彦撝 年十八入唐遊學 禮部侍郎薛廷珪下及第 四十二還國 爲執事侍郎瑞書院學事 及太祖開國入朝 任至翰林院大學士平章事…(中略)…朴仁範 元傑 巨仁 金雲卿 金垂訓輩 雖僅有文字傳者 而史失行事 不得立傳.'
19) 『삼국사기』, 新羅本紀 第十一, 〈眞聖王〉.

전하고 있다.[20] 그런 시기에 왕실과 귀족들은 수많은 절과 불상과 종을 만들며 현세의 복을 기원하고 있었다. 신문왕(神文王, 681~692)은 백률사(栢栗寺) 창건(691) 때 밭을 하사하였고, 경덕왕(景德王, 742~765)은 민장사에 많은 토지와 비단을 보내는 등 신라 말 왕실이나 귀족들은 민중의 삶을 고려치 않고 개인의 복만을 빌려 했던 것이다. 어용으로 전락한 화엄학을 닦는 승려들은 그런 현실의 문제를 고려치 않고 평민 위에 군림하려 하였다. 그런 상황에서 821년에 당나라에서 귀국한 도의(道義)는 선의 무위법(無爲法)을 설파했지만 호응을 얻지 못했고, 신라 불교의 타락이 극에 달해 끝내 설악산으로 들어갔다. 그의 뒤를 이은 이들이 보림사(寶林寺)에서 선풍을 드날리며 불교 개혁에 앞장섰다. 신라말엽 도의를 비롯하여 체징(體澄, 804~880), 홍척(洪陟), 혜소(彗昭, 774~850), 혜철(惠哲, 791~861), 현욱(玄昱, 787~868), 도윤(道允, 800~868), 무염(無染, 800~888) 등의 선사들이 귀국 후 교종계에 비해 보잘것없는 대접을 받으면서 현실을 개탄하고 불교혁신을 꿈꾸었다.[21] 이와 같은 승려 계층이 당나라 유학길에 전기소설을 접하게 되고, 당 전기의 서사양식을 빌어 자신의 처지를 드러냈을 가능성도 배제할 수는 없다.

「조신전」에 등장하는 조신은 지금의 경기도 백룡산(白龍山) 밑에 있던 세달사(世達寺)에서 명주(溟州) 날리군(捺李郡) 장원의 관리인으로 보내진다. 거기에서 그가 느꼈을 고독감이나 고달픈 일상에서 뜻을 가졌지만 펴지 못했던 나말여초 승려계층의 면모를 우리는 우의적(寓意的)으로 읽어낼 수도 있지 않을까. 어떤 이는 선승이 무슨 글을 쓰겠느냐, 하고 의아해 할 터이지만, 일연 선사가『삼국유사』를 편찬했다는 사실을 떠올

---

20) 『韓國金石遺文』, 「海印寺妙吉祥塔記」, '唐十九帝, 中興之際, 兵兒二災, 西歇東來, 惡中惡者, 無處無也. 餓殍戰死, 原野星排.'
21) 이이화, 『역사 속의 한국불교』, 역사비평사, 2002, 94~104쪽 참조.
　　김영태, 『韓國佛敎史 槪說』, 經書院, 1986, 102~107쪽 참조.

려 보면 납득이 가지 않는 것도 아닐 것이다.

그리고 『궁원집(窮原集)』에 실렸다가 『불설아미타경』과 함께 실렸던 (1304년, 忠烈王 30년) 「왕랑반혼전」도 전하는 주제로 보아 승려나 재가 신자(在家信子)의 지음이라 말하지 않을 수 없다. 그런데 「왕랑반혼전」이 앞서 말한 전기소설의 특징이라 거론한 '신분갈등과 사회적 모순'을 문제화한 작품이라 볼 수 있는가, 하고 의심할 이도 있겠다. '사찰계통에서 불교의 전교를 위해 작성된 불교소설'이며, '염불·극락왕생을 주제로 하여 거기에 본 소설의 골격구조인 환생담(還生譚)을 개입시킨 것'이라는 주장22)이 일반적인 연구 결과이므로 그런 의심은 당연한 듯 보인다. 그런데 작품에 드러나는 불교사상을 깊숙이 파헤쳐 보면, 「왕랑반혼전」은 기존의 정토 왕생 관련 서사물들과 달리 새로운 주제, 곧 살생과 살인 등 오역죄(五逆罪)를 범하지 않았더라도 정법(正法)을 비방한 자는 결코 왕생할 수 없다는 경전의 내용을 부정하고, 참회하고 회심한다면 누구나 왕생할 수 있다는 것을 강조하고 있다. 이는 원효나 의적이 일찍이 주장했던 사상이기도 하다.23) 정토사상가들 사이에서 논쟁거리였던 이 문제는, 원(元) 간섭기에 불교가 귀족화되고 변질되어가는 사회 상황에서 혁신적이며 실천적인 방향을 제시하려 한 「왕랑반혼전」을 탄생시켰던 것이다. 운묵무기(雲默無寄)는 불교계의 변질을 바라보며 당대를 말법시대(末法時代)로 인식하고 민중에게 미타념(彌陀念)이라는 실천적 정토신앙을 제시하기도 하고, 「석가여래행적송(釋迦如來行蹟頌)」을 지어(天曆 3년, 1330) 어린이를 계몽하기도 했다.24) 「왕랑반혼전」은 이런 운묵과 같은

---

22) 정규복, 「〈王郞返魂傳〉의 원전과 형성-高麗本의 출현을 중심으로-」, 『古小說研究』 2집, 한국고소설학회, 1997.

23) 오대혁, 「〈왕랑반혼전〉의 전승 연구」, 『불교어문논집』 7, 한국불교어문학회, 2002, 230~231쪽.

24) 김형우, 「元 간섭기 고려불교계의 동향」, 『한국불교사의 재조명』, 불교시대사, 1994, 246쪽 참조. 운묵에 대해 백련사 사문 기(豈)가 쓴 〈석가여래행적송〉 발

승려계층이나 재가신자에 의해 지어졌을 것이며, 고려 후기 귀족화된 불교계의 혼란한 시대 상황 속에서 기존의 교리적 엄격성을 거부하고 가난하고 힘겹게 살아가는 민중도 미타염불만 한다면 정토의 세계를 꿈꿀 수 있다는 혁신적인 사상을 소설화한 것이다.

결국, 형성기 전기소설의 창작층에는 현실 비판적이며 정치적으로 소외된 신라말 육두품 계층이나 고려 초 사계층(土階層)뿐만 아니라, 시대의 아픔을 뼈저리게 느끼며 현실 개혁의 의지를 불교적 측면에서 이루고자 했던 승려계층이나 재가신자들도 포함되어야 마땅하다. 물론, 최치원이나 고려시대 선비들 대부분은 친불교적 성향을 지녔던 점을 감안하기도 해야 하겠다. 이런 점을 염두에 두어야만 조선시대까지 이어진 불교계 전기소설의 창작층을 설명할 수 있는 것이다.

3. 불교계 전기소설의 형성기반과 전개양상

1) 불교계 전기소설의 형성기반

나려시대의 전기소설이 불교적 성격을 갖는 것은 형성기의 작품들이 불교영험설화의 바탕 위에서 출발했기 때문이다. 전기소설이 당나라에

문에는 '학문이 일가의 문의(文義)를 통달하여 선석(選席)에서 상상과(上上科)로 급제하여 굴암주지(窟嵓住持)의 직책을 얻어 이름이 날리게 되었으나, 하루 아침에 헌신짝처럼 포기해버렸다. 이내 금강산 오대산 등지의 명산승지에 노닐어 마침내 시흥산(始興山)의 탁일암(卓一庵)에 머물러 경을 외우고 미타념(彌陀念)을 하며 불화를 그리고, 불경을 서사하는 일로 날을 보내기 20여 년이었다.'고 하였다. (『韓國佛敎全書』, 第6冊.) 이처럼 당시 사회의 모순을 목도하면서, 굴암사의 주지도 마다하고 염불공덕을 통해 현실의 고통을 극복하도록 민중을 이끌었던 이가 운묵이었던 것이다.

서 유입되기 전에 신라에는 이미 불교경전과 불교영험설화, 승전 등이
들어와 성행하였다. 도교가 성행하여 도교적 성격의 전기 창작이 활발했
던 당나라25)와 달리 나려시대는 불교 중심의 사상적 경향을 밟고 있었
던 까닭에 전기소설 창작에도 그런 사상적 경향을 드러내게 되었던
것이다.

　　이미 필자가 밝혔듯이,26) 불경이 유입되고 신라 말부터 공식적인
사신 왕래가 빈번했으며, 유학생이나 승려, 상인 등의 교류가 끊임없이
이어지면서 지괴(志怪)나 전기, 불교영험설화가 유입되었다. 7세기 후반
에 활동한 의적의 『법화경집험기』는 『동하삼보감동록(東夏三寶感動錄)』을
비롯한 문헌들에서 불교영험설화를 수용했는데, 습주(濕州)의 담운선사
(曇韻禪師)에 얽힌 이야기를 의적 자신이 직접 채록했음을 밝히고 있
다.27) 백제인으로 석발정(釋發正)의 이야기를 정관(貞觀) 13년(639)에

---

25) 정범진(「唐 傳奇의 範疇와 分類의 問題」, 『大東文化硏究』 12, 성균관대학교,
　　1978, 93쪽)은 불교와 도교의 선교적(宣敎的) 측면 때문에 전기가 도불(道佛)의
　　성격을 갖는다고 보았다. 그러나 전인초(『唐代小說硏究』, 연세대학교출판부, 2000,
　　55~61쪽)는 당대 전기가 흥성하게 된 원인으로, 첫째, 정치적 배경으로 과거의
　　엄격한 시행과 진사취관 제도의 시행을 들었고, 둘째, 문학적 배경으로 고문운동
　　의 영향을 들었으며, 셋째, 종교적 배경으로 도가사상의 영향을 들었고, 넷째, 사
　　회적 배경으로 수공업과 상업의 발달과 국제 무역의 번성으로 자연스럽게 시민 계
　　층이 형성되었음을 들었다. 이중 셋째 요인으로, 불교보다는 도가사상과 관련해
　　보아야 함을 애써 강조한다. 불교는 오히려 변문에 기반을 이루고 있다고 보았다.
　　사재동(「불교계 서사문학의 연구」, 『어문연구』 12, 어문연구회, 1983)은 변문류
　　의 유입과 그에 따른 불교소설의 전개를 내세웠다. 그러나 일반적인 변문류의 작
　　품으로 불교계 서사물들을 대하는 데에는 실제의 근거자료가 부족한 상황인 것을
　　부정하지 않을 수 없다. 『목련전』 계통이나 『석가여래십지수행기』, 『안락국태자경』
　　계통은 변문적 상황을 고려해 볼 수 있지만, 나머지 모든 설화나 소설들을 변문류
　　로 묶기에는 한계가 있는 것으로 보인다. 특히, 불교계 전기소설에서 변문적 성향
　　을 끄집어내기란 쉽지 않다.
26) 오대혁, 「관음설화의 상상력과 소설발생의 문제」, 앞의 책.
27) 義寂 撰, 『法華經集驗記』 卷下, 〈釋曇韻〉. '나는 일찍이 습주에 있었는데, 그곳에
　　담운선사가 있었다. 그는 정주 사람으로 나이가 70세였다. 수나라 말년에 나라가
　　어지러워졌을 때, 웅석의 비간산에 살면서 항상 『법화경』을 독송하였다. 그리고

쓰인 『관세음응험기(觀世音應驗記)』에서 인용했고, 그 외에도 인덕(鱗德) 원년(664)에 쓰인 『집신주삼보기(集神州三寶記)』, 『금강반야영험기(金剛般若靈驗記)』, 『요집(要集)』, 『고승전(高僧傳)』이 출전으로 나와 있다.28) 의적이 당나라와 국내를 넘나들면서 여러 문헌의 불교영험설화들을 받아들인 사실을 알 수 있다. 또한, 『구당서(舊唐書)』「장천(張薦)」에 나오는 「유선굴(遊仙窟)」의 작자 장작(張鷟, 660?~740)에 대한 기록에는 그의 글을 신라나 일본 등 동이(東夷)의 나라들이 대단히 중요하게 여겨 사신을 보내어 입조(入朝)할 때면 많은 돈을 주고 그의 글을 사 가니 그의 명성이 대단했음을 전하고 있다.29) 실제 그의 작품은 일본에서 크게 유행

이 경을 베껴 쓰고자 하였으나, 뜻을 같이하는 사람이 없었다. 이렇게 여러 해를 지났는데, 홀연히 한 서생이 나타나 말하였다. "스님이 하고자 하시는 일은 몸가짐이 정결한 경지와 계합하면 곧 행할 수 있습니다." 이튿날 새벽 밥을 먹고 목욕 후에 옷을 갈아입고 팔계를 받은 후, 청정한 방에 들어가 입 안에 단향을 머금고 향을 사르고 깃발을 걸어 놓고 적연히 베껴 쓰는 임무에 착수하여, 날이 저물어서야 쉬었다. 낮이나 밤이나 법답게 행동하고, 한 번도 권태를 느끼지 아니하였다. 그리하여 마침내 경을 다 베껴 쓰고 법답게 받들어 스님에게 바쳤다. 그가 절을 떠나자 서로 전송하며 절문 밖으로 나갔다. 잠깐 사이에 사람이 보이지 아니하였다. 그리하여 붓 지나간 자리를 비추어 보니, 하나같이 정법과 같았다. 담운은 이를 수지 독송하면서 일곱 겹으로 싸서 끈으로 묶어 놓고, 한 겹을 읽을 때마다 두 번씩 향수로 손을 씻었는데, 잠시도 이를 그만두는 일이 없었다. 그 후, 도적의 침입을 만나, 상자에 그 경을 담아서 높은 바위 위에 안치하였다. 여러 해가 지나 도적의 소요가 그쳐서 이 경을 찾아보았으나 보이지 아니하였다. 당황하여 사방을 찾았으나, 보이지 않다가 바위 밑에서 찾았다. 상자와 보자기는 모두 썩어 문드러졌는데, 경은 예전과 같이 선명하였다. 나는 정관 11년에 그것을 보았다.(余曾於隰州有曇禪師 定州人 行年七十 隋末喪亂 隱于雄石比干山 常誦法華經 欲寫此經 無人同志 如此積年 忽有書生 無何而至云 所欲 契潔淨 並能行之 於卽 淸旦食訖入浴着淨衣受八戒入淨室 口含檀香 燒香懸旛 寂然任寫 至暮方憩 日夜如法 曾不告倦 及經寫了 如法親奉 相送出門 斯須不見 少愈管淮 一如正法 韻 受持讀之 七重裹結 一重二度 香水洗手 初無暫癈 後畢賊刀 箱盛其經 置高巖上 經年賊靜 方尋不見 周慞 窮不見 乃於巖下獲之 箱巾糜爛 撥朽見經 如舊鮮好 余以貞觀十一年 親自見之.)'

28) 김상현, 「일본에 現傳하는 신라 義寂의 ≪法華經集驗記≫」, 『佛敎史硏究』 창간호, 중앙승가대학교 불교사학연구소, 1996. ： 太田晶二郎, 「東京大學圖書館藏 法華經集驗記 解題」, 『法華經集驗記』, 昭和 56年(1981).

해 무라사키 시키부〔紫式部〕의 『겐지 모노가타리〔源氏物語〕』에 큰 영향을 주었으며,30) 「최치원」에도 인물들의 성격이나 삽입시가 비슷하여 국내에도 영향을 미쳤음을 보여준다.31)

결국, 유사(有司)와 명관(明觀)에 의해 진흥왕 재위 26년(565), 곧 6세기에 불경 1,700여 권이 국내에 유입되었는데,32) 불경 속의 수많은 불교설화들이 국내에 유포될 수 있는 계기를 여기서 확인해 볼 수 있거니와, 『법화경집험기』와 「유선굴」을 통해서는 불교영험설화나 전기의 국내 유입이 7세기를 전후한 시기에 있었음을 구체적으로 확인할 수 있게 한다. 물론 당 전기와 불교영험설화의 유입은 곧 지괴(志怪)를 포함한 문헌의 유입으로 나타났을 것이며, 승전의 유입33) 또한 있었다고 보아야 한다.

나말여초 전기소설의 성립은 이처럼 다양한 서사양식들이 복합적으로 작용하여 나타났다. 이때의 전기소설은 외래의 서사양식에다 이미 기반을 다지고 있었던 불교영험설화와 고유 설화들을 원천으로 삼았다. 특히, 불교적 사유구조를 지닌 승려계층을 포함한 지식인층은 당의 전기소설 양식을 수용하면서도 불교적 주제를 드러내는 불교계 전기소설의 창작을 활발히 해 냈다. 「조신전」이나 「김현감호」, 「백월산양성성도기」는 말할 것도 없고, 「최치원」도 아래와 같이 주인공이 시를 읊고는 여러 사찰을 돌며 운둔하다 생을 마쳤다고 하여 불교적으로 결구를 맺었다.

---

29) 『舊唐書』〈張薦〉, '新羅日本東夷諸藩－冫, 尤重其文, 遣使入朝, 必重出金貝購其文, 其才名遠播如此.'

30) 劉開榮, 『唐代小說硏究』, 臺北, 臺灣商務印書館, 159쪽.(전인초, 앞의 책, 123쪽 재인용)

31) 조수학, 「최치원전의 소설성」, 『영남어문학』 2, 영남어문학회, 1975.

32) 覺訓, 『海東高僧傳』 卷2, 〈覺德·明觀〉條.

33) 金大問의 〈高僧傳〉(702)이나, 최치원의 승전들.(〈普德傳〉, 〈義湘傳〉, 〈法藏和尙傳〉, 〈釋利貞傳〉 등)

浮世榮華夢中夢　　　뜬세상의 영화로움 꿈속의 꿈이니
白雲深處好安身　　　흰 구름 깊은 곳에 안신(安身)이 좋도다.

　유사한 구조를 지녔다는 당 전기 「유선굴」의 경우, '신선을 보고자
하나 보이지 않고 넓은 하늘과 땅만이 내 마음 아시리. 신선을 그리워하
나 얻을 수 없도다! 십랑을 찾고 또 찾아도 소식 아는 이 없네. 듣고 싶
구나! 마음 어지러워도. 다시 보고 싶구나! 내 마음 쓰라려도.'34)라고
맺었다. 도교적 결구를 맺고 있으며, 「최치원」이 보여주는 이별의 초극
은 보여주지 않는다.

　나말여초 전기소설을 단순히 '민중적 사유의 문화적 표현인 설화'라
는 식으로 설화와 대비해 이해하려는 것은 잘못된 생각이다.35) 그 설화
의 영역이 대단히 복잡하게 얽혀 있으며, 그 중에서도 나말여초 전기소
설을 형성하는 데 직접적인 영향력을 행사했던 불교영험설화의 존재를
간과하는 문제점을 안고 있기 때문이다. 한국의 전기소설이 탄생할 때,
상층 지식인들이 민중적이며 토착적인 정서가 깃들어 있는 설화들을 수
용함으로써 '민중적 삶의 현실과 작자의 문제의식'을 드러냈다고 설명하
는 것은 '언어·문화적 요인'으로서 충분히 가능하겠지만,36) 서사 장르
의 혁신이 어떻게 가능했는지를 모두 드러내지는 못한다. 「설씨녀」와
「온달」이 민중적 설화를 수용해 민중적 사유와 정서, 원망을 직접 표출

---

34) 「遊仙窟」, '思神仙兮不可得, 覓十娘兮斷知聞. 欲文此兮腸亦亂, 更見此兮惱余心.'

35) 박희병은 「나려시대의 전기소설」(『한국전기소설의 미학』, 돌베개, 1997, 134〜
　　135쪽)에서 '전기소설이 설화가 변형·가공되고 설화에 문식(文飾)이 가해지는
　　과정을 통해 창작되었다'고 하면서, '민중의 문학이라 할 설화가 지배층의 일원인
　　육두품 출신 문인의 문제의식과 목적의식이 서로 결합됨으로써 설화도 아니고 지
　　배층의 기존의 산문 양식도 아닌 새로운 형태의 문학이 성립될 수 있었던 것'이라
　　했다. 이는 설화를 대단히 단순하게 사고한 결과이다. 육조의 지괴(志怪)가 전기
　　로 성장하듯이, 설화에서 전기가 나왔다고 표현하고 싶은 것이다.

36) 박희병, 위의 글.

했다고 표현할 수는 있어도, 나머지 불교계 전기소설들까지 그러한 구도
를 가지고 해석하기는 어렵게 되어 있다. 곧, 불교영험설화라는 것이 따
지고 보면 통치자와 귀족 계급에 의해 정치적으로 이용되기도 하였고,
귀족화된 불교에 대해 비판적 거리를 유지하려 했던 승려계층이나 재가
신자에 의해서도 이용되었고, 또한 민중에 의해서도 폭압적 현실을 뚫고
갈 신앙의 구체적 형상으로 이해되기도 했기 때문이다.

> 이미 장성하자 사냥하기를 좋아했다. 하루는 토함산에 올라가 곰 한
> 마리를 잡고는 산 밑 마을에서 잤다. 꿈에 곰이 변해서 귀신이 되어 시
> 비를 걸며 말했다. "네 어찌 나를 죽였느냐? 내가 환생하여 너를 잡아먹
> 겠다." 대성이 두려워서 용서해 달라고 청하니, 귀신은 "네가 나를 위하
> 여 절을 세워 주겠느냐?"라고 말했다. 대성은 그러겠다고 약속했다. 꿈
> 을 깨자 땀이 흘러 자리를 적시었다. 그 후로는 들에서 사냥하는 것을
> 금하고 곰을 잡은 자리에 곰을 위해서 장수사를 세웠다. 그로 인해 마음
> 에 감동되는 바가 있어 자비의 원이 더욱 더해 갔다. 이에 이승의 양친
> 을 위해 불국사를 세우고, 신림(神琳)과 표훈(表訓) 두 성사를 청하여
> 각각 거주케 했다. 아름답고 큰 불상을 설치하여 부모의 양육한 수고를
> 갚았으니 한몸으로 전세와 현세의 두 부모에게 효도한 것은 옛적에도 또
> 한 드문 일이었다. 착한 보시의 영험을 가히 믿지 않겠는가.37)

김대성이 장수사와 불국사를 세우기 위해 얼마나 많은 민중들을 동
원했겠는가. 신문왕 대에 있었던 통치자와 귀족들이 기복을 위해 불사를
수행하고, 사찰을 유지하기 위해 민중의 끊임없는 물질적 보시를 필요로

---

37) 『三國遺事』 卷5, 〈大城孝二世父母〉 條, '旣壯 好遊獵 一日登吐含山 捕一熊 宿
　　山下村 夢熊變爲鬼訟曰 汝何殺我 我還啖汝 城怖　請容赦 鬼曰能爲我創佛寺乎
　　城誓之曰喏 旣覺 汗流被蓐 自後禁原野 爲熊創長壽寺於其捕地 因而情有所感 悲
　　願增篤 乃爲現生二親 創佛國寺 爲前世爺孃創石佛寺 請神琳 表訓二聖師各住焉
　　茂張像設 且酬鞠養之勞 以一身孝二世父母 古亦罕聞 善施之驗 可不信乎.'

했으므로 위와 같은 불교영험설화는 정치적으로 매우 유용했을 것이다. 이는 '향전(鄕傳)'에 실린 것이다. 그와는 달리 절 안에 있는 '고전(古傳)'은 향전처럼 감동적인 설화라기보다는 매우 간략하며 사실을 전달하는 것에 그친다.

> 경덕왕 때에 대상(大相) 대성이 천보 10년 신묘에 불국사를 짓기 시작했다. 혜공왕 때를 거쳐 대력 9년 갑인 12월 11일에 대성이 죽으니, 나라에서 이를 완성시켰다. 처음에 유가교의 고승 항마를 청해다 이 절에 거주하게 했고, 이를 계승해서 지금에 이르렀다.[38]

요컨대 '김대성 설화'는 대상의 지위로 불국사를 죽을 때까지 짓다가 다 짓지 못한 것을 국가가 나서서 완성했던 역사적 사실을 흥미로운 효행담과 불교영험담 등으로 창작해 유포시킨 설화라 볼 수 있다. 이처럼 불교영험설화는 다양한 계층의 이해와 결부되어 있으므로 '민중적 설화'라고 단정짓는 것은 잘못이며, 어쨌든 불교영험설화를 바탕삼아 그것이 지닌 서사 관습을 일신하면서 불교계 전기소설이 출현할 수 있었다고 보아야 한다.

2) 불교계 전기소설의 특징과 전개 양상

불교계 전기소설은 어떤 목적으로 출현한 것일까? 앞서의 논의에서는 전기소설의 창작 계기를 거론하면서 현실 사회에서 소외된 승려를 비롯한 지식인 계층이 전기(傳奇) 형식을 빌어 자신의 처지를 드러내고,

---

[38] 『삼국유사』 권5, 〈대성효이세부모〉조, '景德王代 大相大城以天寶十年辛卯始創佛
國寺 歷惠恭世 以大歷九年甲寅十二月二日大城卒 國家乃畢成之 初請瑜伽大德
降魔住此寺 繼之至于今.'

현실 사회에 대한 문제 제기를 시도했다고 했다. 그런데 '전기소설' 앞에 '불교계'라는 수식어를 붙이는 순간 창작의 목적은 불교 사상에 기반을 둔 포교(布敎)적 차원, 방편적(方便的) 차원과 매우 밀접한 관련성을 맺게 되며, 이는 불교계 전기소설이 지닌 고유한 특징을 세밀하게 드러내는 것이라 판단하기 쉽다. 일체 중생의 근기가 성숙하지 못하기 때문에 불교의 가르침을 전달하기 위한 방편〔우파야, Upāya〕으로 소설이 이용되었다는 것은, 소설이 지닌 자율성이나 독자성을 침해하는 듯한 해석이라는 느낌을 준다.

필자는 불교계 전기소설이 그러한 방편적 차원에서, 수동적으로 이용되었던 서사양식이라 보지 않는다. 곧 교시적(敎示的)이며 권위주의적인 불교와 서사물의 '행복한 만남'은 불교계 전기소설에 이르러 종언을 고하기 시작했으며, 그것은 곧 불교적 사유가 내재화되고 더 나아가 그러한 사유를 바탕으로 독창적이며 합리적인 현실 인식이 가능해졌을 때 불교계 전기소설이 출현했다는 것을 의미한다. 달리 말해, 불교 교리를 주체적으로 이해하고, 현실 사회를 비판적 안목으로 들여다볼 수 있었던 지식인 계층에 의해 불교계 전기소설은 출현할 수 있었던 것이다.

예컨대, 「백월산양성성도기」의 바탕이 되었으리라 추측되는 「우족관문」은 『법화경』「화성유」품의 설화를 활용하여 창작된 작품이라 판단되며, 『법화경』의 대승불교 사상을 구현하기 위한 방편적 기능으로 재편된 작품이었다.39) 그런데 「백월산양성성도기」에 이르러서는 기존의 서사방식을 이용하면서 당대 현실의 문제를 비판적으로 인식한 창작이 이루어졌음을 알 수 있다. 「왕랑반혼전」의 경우, 불교 경전들 간에 어긋나게 나타나는 '정법비방자'에 대한 문제를 주체적으로 받아들인 의적이나 원효(元曉) 등의 주장을 수용하여 왕실불교의 폐단을 지적하면서 누구나

---

39) 제2부 제4장에 자세한 연구 결과를 밝혀놓고 있다.

극락왕생할 수 있다는 입장을 표명하는 작품이었음을 알 수 있다.40)

그렇다고 형성 초기에 나타나는 불교계 전기소설이 방편적 기능을 완전히 해소하면서 서사적 독창성이나 합리성을 획득했다고 단언하기는 어렵다. 기존의 불교설화로는 해결하지 못했던 현실 사회의 문제나 깨달음을 추구해 나가는 진지한 인간의 모습을 흥미롭게 서사화하는 것은 쉽지 않은 일이었기 때문이다.

그러나 불교계 전기소설 창작자들은 불교 경전이나 교리의 기본적인 이해를 바탕으로 당대인들의 삶을 예리하게 관찰함으로써 사부대중을 이끌 수 있는 불교적 텍스트를 창작하는 데 온 힘을 기울였다. 불교의 기원이나 변화의 노정이 경전에 대한 새로운 해석이나 혁신적 실천 운동의 맥락에서 이어졌던 것처럼, 불교계 전기소설도 한국인의 성정(性情)에 다가서려는 몸부림을 끊임없이 시도했다.

예를 들어, 중국 선종의 법맥 중에서 백장(百丈)과 남전(南泉)의 사상은 400여 년 동안 사라졌다가 일연선사의 『중편조동오위(重編曹洞五位)』(1260)로, 다시 설잠(雪岑) 김시습의 『조동오위요해(曹洞五位要解)』(1493)로 이어졌는데,41) 그들은 한국문학의 정수라 할 『삼국유사』와 『금오신화』를 탄생시켰으며, 거기에는 「백월산양성성도기」, 「김현감호」, 「조신전」, 「만복사저포기」, 「남염부주지」와 같은 불교계 전기소설이 수록되고 있음을 확인하게 된다. 물론 앞의 세 작품은 일연의 창작이라 말할 수는 없지만, 일연의 편찬 의도를 짐작하게 하는 대목이라 하겠다.42) 어쨌든

---

40) 오대혁, 「〈왕랑반혼전〉의 전승 연구」, 앞의 책.
41) 민영규, 『四川講壇』, 도서출판 又半, 1994.(민족사, 1997, 122~124쪽.)
　　이창섭, 최철환 옮김, 『중편조동오위(重編曹洞五位)』, 대한불교진흥원, 2002.
42) 민영규(위의 책) 선생은 선종의 역사를 서술하면서 "백장은 '一日不作이면 一日不食'이라는 대명제를 외쳤고 남전은 '소가 되고 말이 되라, 밭을 갈고 짐을 지라' 질타하던 異類中行의 대명제"라는 출가승으로서의 자각이 일연의 마소가 먹는 꼴을 가리키는 菇草를 들어 설명하는 菇草禪으로, 다시 김시습의 『조동오위요해』로 이

그들은 조동종 계통의 선불교 사상을 거머쥐고 남들은 거들떠보지도 않
던 민간의 이야기들을 수습해 '궁극의 문제'를 치밀하게 파고 들어갔다.
현실과 잇닿은 문제의식을 갖고 자신과 당대인들의 삶을 눈여겨보는 가
운데 그들은 『삼국유사』와 『금오신화』라는 서사 텍스트들을 편찬하고
창작했던 것이다.

그런데 많은 연구자들은 이러한 사실들을 뒤로 한 채 불교계 서사물
들을 단순히 불교 교리적 차원과 관련시킴으로써 '만족스런 미소'를 짓거
나, 창작자의 의식 밑바닥에 흐르는 불교적 사상을 무시한 채 수준 이하
의 종교서사물이라 폄하하는 잘못을 저지르지는 않았는가를 반성해 보
아야 한다. '포교'의 성격이 전혀 없었다고 말할 수는 없겠지만, 그 이전
에 철두철미한 현실인식을 바탕으로 실천 방안을 강구하면서 창작된 작
품들이 한국의 불교계 전기소설이라 하겠다. 불교계 전기소설이 갖는 첫
번째 특징으로 나는 이 점을 강조하고 싶다.

두 번째, 불교계 전기소설은 이 땅의 사람들이 불교적 소재를 활용
하여 무엇을 가장 중요한 문제로 생각했는지를 잘 드러내 주고 있다. 불
교계 전기소설은 모티프를 중심으로 크게 두 갈래로 분류가 가능한데,
하나는 관음보살을 모티프로 한 소설이요, 또 하나는 명부(冥府)를 모티
프로 한 소설이다. 아래에 목록을 제시해 본다.

A. 〈명부 모티프의 불교계 전기소설〉

① 「김현감호」		나말여초
② 「왕랑반혼전」		1304년 이전
③ 『금오신화』		김시습(1435~1493)

어졌다고 말한다. 김지견 선생은 '경초'는 一草五味의 五味子, 곧 曹洞位를 비유
한 표현으로 '치초(荎草)'의 잘못으로 보았다(「일연의 ≪중편조동오위≫ 역주」,
『九山禪門 8, 수미산문과 조동종』, 불교영상회보사, 1996, 336~337쪽.)

④ 「설공찬전」   채 수(蔡壽, 1449~1515)
⑤ 「삼생록」   조선후기
⑥ 「당태종전」   조선후기
⑦ 「제마무전」   18C말~19C
⑧ 「명학동지전」   혼원(混元, 1853~1889)
⑨ 「삼사횡입황천기」   19C

B. 〈관음 모티프의 불교계 전기소설〉
① 「백월산양성성도기」   나말여초
② 「조신전」   나말여초
③ 「부설전」   영허(暎虛, 1541~1609)
④ 「최척전」   조위한(趙緯韓, 1558~1649)
⑤ 「구운몽」   김만중(1637~1692)
⑥ 「사씨남정기」   김만중(1637~1692)
⑦ 「보덕각시전」   부림자(1854년 경)

이 작품들 모두를 불교계 전기소설로 다룰 수 있는지는 더 많은 논
의가 필요하다. 작품상의 서사적 편차가 적지 않기 때문이다.[43] 아무튼
불교계 전기소설이라 일컬을 수 있는 작품들을 위와 같이 두 유형으로
분류해 볼 수 있다. 먼저 제시한 '명부 모티프의 불교계 전기소설'은 생

---

43) 「명학동지전」과 「보덕각시전」은 사찰 연기설화로 언급될 수 있으며, 「당태종전」이
   나 「제마무전」은 원작을 번안한 성격이 짙다. 또한 김만중의 「구운몽」과 「사씨남
   정기」 역시 일반적으로 전기소설의 영역에 포함시키지 않는 작품들이다. 그런데,
   필자의 생각으로는 이 작품들을 불교계 전기소설의 영역에서 다룰 때 작품 창작의
   기원이나 구조, 주제의 친연성이 확인되는 것으로 보인다. 그리고 조선 후기에 이
   르러서 불교계 전기소설의 서사관습이나 특성이 변모되어 간 흔적을 확인한다는
   차원에서도 이들을 불교적 전기소설로 다룰 필요가 있다. 필자는 최근 「김시습의
   선불교적 현실주의와 ≪금오신화≫」(앞의 책)이라는 논문을 통해서『금오신화』전
   체를 '선불교적 현실주의' 작품으로 이해할 수 있다고 주장했다. 여기서는 두 작품
   만을 들었을 뿐이다.

사(生死)의 문제를 깊이 있게 다룬 작품들이며, 뒤에 제시한 '관음 모티프의 불교계 전기소설'은 깨달음의 문제를 중요한 문제로 삼고 있는 작품들이다. 이를 간단히 줄여 '명부형 소설', '관음형 소설'이라 하자.

'명부형 소설'들은 저승과 관련된 서사물들을 가리키는 것이다. 불교에서는 사부대중을 대상으로 하여 윤회의 세계를 제천(諸天), 인도(人道), 아수라(阿修羅), 귀신(鬼神), 축생(畜生), 지옥(地獄) 등의 육도(六道)로 설명하고, 또한 그러한 세계로의 윤회를 결정하는 명부(冥府)라는 곳을 설정한다. A-①은 축생을, A-③은 귀신과 명부를, 나머지 A-②④, ⑤, ⑥, ⑦, ⑧, ⑨는 '명부'를 중요한 서사적 모티프로 상정하고 있다. 일반적으로 윤회의 세계를 그린 것은 불교적 관점에서 선인선과(善因善果), 악인악과(惡因惡果)를 보여줌으로써 이승에서의 선행을 권장하려는 의도를 가진 것이다.

이 명부에 대한 설정은 불교의 정토왕생(淨土往生) 사상과 깊은 관련을 맺고 있지만, 불교 사상가들 사이에서 상이한 시각들이 존재했듯 소설화 과정에서도 일반적인 영험설화와는 다른 면모를 보이기도 한다. 예컨대 고려시대에 창작된 「왕랑반혼전」은 염라대왕이 있는 명부를 상정하고, 거기에서 왕사궤가 염불 때문에 환생할 수 있게 된다는 내용인데, 이는 정법을 비방하면 반드시 지옥에 떨어진다는 경전이나 일반적인 불교영험설화의 구성과 달리 나타난다.44)

그리고 『금오신화』에 이르러서는 기존의 불교계 전기소설과는 다른 혁신적 사상과 서사 기법을 드러내게 된다. 필자는 이를 김시습이 선불교적 현실주의 사상을 기반으로, 기존의 불교영험설화나 불교계 전기소설들이 드러내는 현실 초월의 서사화를 극복하고 귀신·신선·염부주·용궁이라는 이류(異類)·이계(異界)가 인간의 의식 세계에 똬리를 튼 허

---

44) 오대혁, 「〈왕랑반혼전〉의 전승 연구」, 앞의 책.

구적 세계임을 분명히 드러낸 것이라고 본다. 물론, 그러한 비판적 인식의 소설화는 기존의 명부 관련 서사물들의 서사관습을 수용하면서도 변화를 시도함으로써 가능했다.45)

그에 비해 채수의 「설공찬전」은 『금오신화』에 보이는 새로운 사상적 입장을 견지했다기보다는 기존 명부 관련 서사물의 서사관습을 그대로 활용하면서, 권력 집단을 신랄하게 비판하는 모습을 보인 작품이다. 공침의 몸을 빌려 저승 경험을 전하는 서사 형식은 7세기 무렵 의적의 『법화경집험기』에서부터 보이는 것으로,46) 저승에 대한 서사관습을 수용하면서 지상에서 임금을 지냈어도 반역하여 집권하였으면 지옥에 떨어진다는 공찬의 말을 통해 왕권을 모독하고, 유교 국가에서 불교의 윤회화복 사상을 설파함으로써 작가는 탄압을 받아야 했다.47)

그 후 18~19C 경에 이르면 문화의 소시민적·대중적 수요를 기반으로 「삼생록」·「당태종전」·「제마무전」·「삼사횡입황천기」가 유행하게 되며, 사찰을 기반으로 연기설화적 성격을 띤 혼원(混元)의 「명학동지전」도 나타나게 된다. 이때는 대중성을 기반으로 전대의 명부 모티프를 지닌 불교계 전기소설의 서사관습을 활용하는 단계라 하겠는데, 현실 비판적 목소리는 많이 사라졌다고 볼 수 있다.48)

'관음형 소설'들은 깨달음을 문제로 삼았다. 관음보살을 모티프로 한 설화들이 어떤 보살설화보다 다양하게 전승되어 왔는데,49) 그러한 배경

---

45) 필자는 최근 「김시습의 선불교적 현실주의와 『금오신화』」(앞의 책)에서 김시습의 사상을 '선불교적 현실주의'라 규정하고, 그것이 어떻게 『금오신화』에 구현되었는지를 논하였다. 이에 대한 자세한 논의는 그 논문으로 미룬다.

46) 의적 찬, 앞의 책, 「崔義起」, 죽은 최의기의 부인이 素玉이라는 노비의 몸에 의지해 이야기를 전하고 있다.

47) 이복규, 『설공찬전, 주석과 관련자료』, 시인사, 1997, 18~26쪽.

48) 정토왕생의 문제를 비롯한 본격적인 논의는 다음 기회로 미룬다.

49) 『법화경』의 「관세음보살보문」품이 독립 경전으로 유통될 정도였고, 그 외의 『화엄경』, 『반야심경』, 정토 경전들이 모두 관음보살을 중요하게 언급하고 있는 가운데,

속에서 나려시대 불교계 전기소설로 「백월산양성성도기」와 「조신전」이 창작되었으며, 이후 조선시대 들어서 걸출한 작품으로 「부설전」이, 다시 「최척전」과 「사씨남정기」가 탄생했다. 사찰연기설화와 관련해서는 「보덕각시전」이 쓰여져 19세기를 장식하게 된다.

나려시대에 창작된 작품으로 「백월산양성성도기」는 진정한 깨달음이란 무엇인지를 두 스님의 행위를 통해 밀도 있게 드러내고 있는데, 단순히 관음보살의 영험으로 깨달음을 얻을 수 있었다는 데 초점을 두기보다는 주위의 평범한 수도자가 곧 미륵불이요, 미타불이라는 사상을 드러냄으로써 귀족화된 왕실 불교를 비판하는 현실주의적 색채를 아로새겼다.[50]

「조신전」의 경우는 '관음보살이 번뇌에 빠진 중생을 제도해 준다'는 불교 사상을 바탕으로 삼아 '세속적인 애욕의 허망함'을 드러내고 있다. 주인공 조신은 그러한 불교적 깨달음을 얻어 자신이 지닌 모든 재산을 털어 정토사를 건립하고 있다.[51]

조선시대에 들어서는 지방의 한 선사였던 영허에 의해 「부설전」이 쓰여 한국 소설사에서 공백기로 남아있는 16세기를 아름답게 빛내고 있다. 「부설전」은 승전(僧傳)의 서사 관습을 일신하며, 재가신자(在家信者)의 성도(成道) 가능성을 흥미롭게 소설화한 작품인데, 일찍이 천태산인(天台山人)이 『조선소설사』에서 언급한 이래 여러 학자들에 의해 연구된 작품이다.[52]

관음보살은 오랜 세월 동안 한국인의 불교 신앙에 적잖은 영향을 끼쳐 왔다.

50) 이에 대한 논의는 다음 기회로 미룬다.

51) 오대혁, 「〈조신전〉의 구조와 형성배경」(앞의 책)에서 자세하게 논했다.

52) 「부설전」을 개별적으로 다룬 주요 논문을 살피면 다음과 같다. 김태준, 『조선소설사』, 학예사, 1939, 42쪽 ; 황패강, 「〈浮雪傳〉研究」, 『新羅佛敎說話研究』, 일지사, 1975 ; 김영태, 「〈浮雪傳〉의 原本과 그 作者에 대하여」, 『韓國佛敎學』 1집, 1975 ; 김승호, 「16세기 승려작가 暎虛 및 〈浮雪傳〉의 소설사적 의의」, 『古

  이후 「최척전」, 「구운몽」, 「사씨남정기」와 같은 대작들이 관음보살 관련 서사물의 서사관습을 계승 발전시키면서 홍미롭고 짜임새 있게 창작되었다. 그리고 고려시대의 회정 스님을 주 서술 대상으로 하여, 고구려의 보덕스님의 역사가 깃든 보덕굴과 연계해 19세기에 부림자(芙林子) 보욱(保郁)은 「보덕굴사적습유록」을 쓴다. 이 글은 다시 「보덕굴연혁」에 이르러 좀더 소설적인 체계를 갖추려 한 흔적이 엿보인다. 소설성에서 문제가 없지 않으나, 조선후기에 불교계 전기소설의 흔적을 확인할 수 있는 한문 단편소설로 다루는 데 의의가 없지 않다. 이 작품을 일찍이 천태산인이 「보덕각시전」이라 지칭한 이후, 그 실체가 최근에 밝혀졌다.53) 모두가 깨달음을 문제로 삼고 있는 불교계 전기소설이라 하겠는데, 깨달음이 결코 단순하지만은 않다. '무엇이 깨달음이며, 그 깨달음은 어떤 실천적 방안을 필요로 하는가?'라는 다양한 문제의식이 나려시대부터 불교계 전기소설을 통해 끊임없이 이어져왔음을 이렇게 확인하게 된다.

4. 맺음말

  한국의 고소설 형성에 대한 논의는 필연적으로 불교와 떼어 놓고 생각할 수 없다. 현전하는 고소설 작품 목록의 첫머리를 '불교계' 서사 텍스트들이 장식하고 있기 때문이다. 그러나 한국의 고소설 연구자들은 그

  小說硏究』 11집, 2001. 그런데 이들 논문들에서 드러낸 작품의 실상에 대한 불교적 해석상에 몇 가지 문제점이 발견된다. 이를 비판적으로 검토하여 필자는 최근 「〈浮雪傳〉의 창작연원과 소설사적 의의」(『語文硏究』) 47, 어문연구학회, 2005, 4)라는 논문을 발표하였다.
53) 김승호, 앞의 논문(2002).

'불교계'라는 점을 두고 어떻게 처리해야 할 것인지 난감해 하고 있는 형국이다. 왜냐하면 '불교계'의 의미를 파악하기 위해서는 '불교'라는 종교, 즉 그것이 담고 있는 방대한 사유체계와 그것의 형상적 언어 사이의 관계를 깊게 파고들어가야 하기 때문이다. 마치 당대에는 보잘 것 없고 형편없어 보이던 소설가가 후대에 가서야 그 전위성을 인정받는 경우와 같이, 한국의 고소설 형성기의 작품들은 깊은 불교적 사유를 체화한 연구자들의 시각에서 재평가될 것이 틀림없다. 서사 문법에만 초점을 맞추고, 그러한 서사 문법을 창안케 한 사상적 기반을 도외시하거나 피상적 접근으로 소설 형성기의 작품을 논하는 것은 우리가 지양해야 할 연구 태도가 아닐까? 이 글은 이러한 문제의식을 지닌 채 한국의 고소설 중에서 불교계 전기소설이라 언급되곤 하는 작품들을 개괄적으로 다루었다.

이 글은 먼저 불교계 전기소설을 다루기 위해 전제되어야 할 문제를 살폈다. 그 과정에서 필자는 한국의 전기소설을 현실계와 비현실계를 넘나드는 소재나 구조를 지니면서, 작가나 주인공이 현실 사회에 대한 비판적 인식이 소설화된 것들을 광의적으로 일컬어야 한다고 주장했다. 그리고 기존에는 전기소설 창작층을 현실 비판적이며 정치적으로 소외된 신라말의 육두품(六頭品) 계층이나 고려 초 선비 계층이라 했는데, 필자는 여기에 시대의 아픔을 뼈저리게 느끼며 현실 개혁의 의지를 불교적 측면에서 이루고자 한 승려계층이나 재가신자들도 포함해야 한다고 보았다.

다음으로 이 글은 불교계 전기소설의 형성기반과 전개양상을 살폈다. 그 과정에서 필자는 나려시대 전기소설이 불교적 성격을 지니게 된 것은 유학생이나 승려들이 중국을 왕래하면서 전래한 수많은 불경, 불교설화집, 지괴(志怪)·전기(傳奇) 등이 영향을 끼쳤기 때문이라고 했다.

그리고 필자는 그런 서사물들이 유입과 함께 불교영험설화가 전기소설 형성의 직접적 계기가 되었을 것으로 보았다.

그리고 마지막으로 필자는 교시적(敎示的)이며 권위주의적인 불교와 서사물이 만남으로써 형성되고 발전된 불교영험설화가 끝나는 지점에 불교계 전기소설의 출현이 있었다고 했다. 곧 불교적 사유가 내재화되고 그러한 사유를 바탕으로 독창적이며 합리적인 현실 인식이 가능해지고, 서사 기법의 혁신을 꾀하려 들었던 순간에 불교계 전기소설이 출현할 수 있었다는 것이다. 그런 바탕 아래 명부와 관음보살을 주된 모티프로 삼는 불교계 전기소설들이 형성되고 전개되었다고 하고, 개괄적인 흐름을 보여주었다.

이 글은 많은 문제점을 안은 서설 성격의 글이다. 모쪼록 많은 이들의 격려와 비판이 있기를 기대한다.

제 2 장

觀音說話의 상상력과 소설발생의 문제
- 羅麗時代 觀音說話의 형성과 전개 -

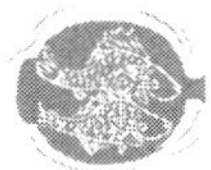

1. 머리말

관음설화(觀音說話)는 현실적 삶의 고통에 휩싸인 중생의 구복(求福)과 깨달음[悟道]의 문제를 관음과 관련해 제기하고 있는 서사물들이다. 문수(文殊), 보현(普賢), 허공장(虛空藏), 지장(地藏), 대세지보살(大勢至菩薩) 등과 함께 관음보살은 대승불교(大乘佛敎)에서 부처가 되기 위해 수행하는 자들이나 복을 구하는 이들에게 이상적 존재로 인식되어 불교계 서사문학에 많은 영향을 끼치면서 형상화된 존재인 것이다.[1]

---

[1] 이 글은 신라·고려시대에 산출된 관음과 관련된 서사물(narrative)들이 대부분 서사문학 장르 중 설화에 소속시킬 수 있는 것으로 여겨 〈관음설화〉라 범칭해 다루려 한다. 한국 서사문학사의 전개, 특히 소설 발생의 계기를 유형 분석 부분에서 살피게 될 터인데, 거기에서 서사적 편폭의 차이를 들어 설화에서 소설로 이행해 가는 단계의 형태가 어떤 것일 수 있는지 언급하게 될 것이다.

『화엄경(華嚴經)』에서 보살(菩薩)은 '자신의 이익을 구하지 아니하며, 다만 일체중생(一切衆生)을 구호(救護)하기를 바라며, 일체중생을 이익되게 하는'2) 존재라 이야기된다. 하화중생(下化衆生)을 통해 상구보리(上求菩提)를 성취하려는 보살들에 대한 신앙은 불교 신자들의 삶에 매우 가깝게 다가서 그에 대한 찬미의 노래와 영험담들을 유통케 하였다. 그 가운데 관음보살은 한국인들의 신앙생활과 매우 친밀한 관계를 맺으면서 인간의 욕망과 삶의 진리를 고뇌케 하는 중요한 서사적 모티프로 기능해 왔다. 관음과 관련된 서사물들은 불전(佛典)과 위경(僞經), 창작설화(創作說話)에 이르는 다양한 형태를 통해 한반도에 전해졌으며, 그 영향 아래 새로운 서사물들을 낳았다. 예컨대, 『법화경(法華經)』과 같은 대승경전(大乘經典)에 전개된 관음의 형상은 『고왕관세음경(高王觀世音經)』과 같은 위경을 낳았고, 동아시아 전역에 걸쳐 관음보살과 관련된 수많은 창작 서사물들을 유통케 만들었다. 신라·고려시대 불교신앙의 양상을 흥미롭게 드러내는 『삼국유사(三國遺事)』를 보더라도 다른 보살들의 설화가 한두 편 실려 있음에 비해 유독 관음설화만은 스무 편 가량이 실렸다. 이후에도 관음보살의 형상은 불교설화로써 구비 또는 문헌으로 끊임없이 전승되었고, 소설문학에도 적지 않은 영향을 끼쳐온 것으로 보인다.

한국문학연구자들은 신라·고려 시대의 서사문학사를 다루면서 다음과 같은 몇 가지 관점을 견지해 왔던 것으로 보인다. 그 첫 번째 관점은 당대의 서사물들을 조선시대 소설 이전 단계의 것으로 해석하려는 의도 아래 '설화단계(說話段階)'의 작품으로 파악하는 것이다. 두 번째의 관점은 「최치원전(崔致遠傳)」·「조신전(調信傳)」 등 몇 편의 작품을 거론하면서 그것들을 '전기(傳奇)의 전변(轉變) 과정이 존재하는 단계'의 작품으로 규정하려는 것이다. 또 다른 관점은 중국 '변문(變文)'과의 상관성 속에서

---

2) 『華嚴經』 제11권.(『大正新修大藏經』 권9, p.466.)

설명하려는 것이다. 그런데 이러한 일련의 논의들은 한국 서사문학사를 단일한 서사 장르의 연속으로 재단함으로써 문학 작품이 산출된 역사적 시공간의 '구체적인 전체'를 안일하게 구성하려 한다는 문제를 안고 있는 것으로 여겨진다.3) 이제는 나려 시대 서사문학이 지닌 다층적 면모를 드러내는 가운데 그 '중추'를 드러내는 연구가 뒤따라야 할 것으로 보인다. 그런 점에서 신라·고려시대의 관음설화에 대한 연구는 한국 불교설화 형성 과정이나 서사문학사 전개 문제 등과 관련해 중요한 의의를 갖는다.4)

신라·고려시대의 관음설화는 대부분 『삼국유사』에 전한다. 거기에는 「조신전(調信傳)」·「백월산양성성도기(白月山兩聖成道記)」 등 서사문학사에서 장르나 문학적 특성 등의 측면에서 논쟁을 불러일으킨 작품들을 포함한다. 따라서 관음설화 연구는 한국인의 불교신앙과 사상, 소설발생의 한 계기를 살펴볼 수 있게 한다는 점에서 세밀한 검토를 요한다.

이 글은 먼저 신라·고려시대 관음설화의 형성배경에 대해 살필 것이다. 여기서 관음보살과 관계된 불경·영험설화의 유통이 중국과 우리나라에서 어떻게 진행되었는지 밝혀질 것이다. 다음으로는 『삼국유사』를 중심으로 신라·고려시대의 관음설화의 전개양상을 네 유형으로 살피면서 형상화 방식을 문제삼고, 그것이 후대 서사문학에 끼친 영향을 간략하게 언급하려 한다. 이를 통해 우리는 관음설화를 비롯한 불교계

---

3) 拙稿, 「調信傳의 구조와 형성배경」, 『한국문학연구』 20집, 한국문학연구소, 1998.
4) 인권환(「新羅 觀音說話의 樣相과 意味」, 『新羅文化』 6, 신라문화연구소, 1989.; 『韓國佛敎文學硏究』, 고려대출판부, 1999.)은 彌勒, 文殊, 普賢 보살 설화보다 관음설화가 가장 많은 비중으로 『삼국유사』에 나타남을 강조하면서 그 양상을 도표로써 드러내고 관음보살에 의지해 현재의 괴로움을 벗어보고자 한 민중의식이 작용한 결과라 분석했다. 그리고 김영태는 『삼국시대불교신앙연구』(불광출판부, 1990, pp. 193~245.) '여섯째편. 觀音信仰'에서 불교사상 및 신앙적 측면에서 삼국시대 관음신앙의 전개를 살폈다. 이 글은 두 분의 연구에 힘입은 바 크다.

서사가 지니는 구조상의 특징이나 문학사적 의의를 되새겨볼 수 있을 것이다.

2. 관음설화의 상상력과 형성배경

구술사회(oral-society)의 전통 속에서 끊임없이 형성되고 변용(變容)되어간 구복(求福)과 깨달음의 안내자가 곧 보살이라는 존재였다. 보살의 이념과 초인간적 형상은 '규범화(規範化)'와 '중심화(中心化)'를 낳는 경전(經典)이라는 곳에 안착되었으며, 이후 그 불경에서의 보살의 역할과 형상을 바탕으로 하여 그것은 보다 다양한 문헌 또는 구비물에 전형화된 모습으로 출현하게 되었다. 보살의 수효는 더욱 늘어나 무엇이 최초의 보살인지 확인할 수조차 없는 상황에 이르게 되었다.

관음보살 역시『법화경(法華經)』·『화엄경(華嚴經)』 등의 불경들 속에 등장해 초인간적 형상으로써 신앙자들에게 읽혔고, 그 불경의 내용을 바탕으로 구복과 깨달음의 안내자라는 전형적 존재로 위경(僞經)과 관음영험설화(觀音靈驗說話) 등의 서사물에 등장하게 되었다. 그 결과 관음보살은 육관음(六觀音)과 함께 삼십삼체관음(三十三體觀音)이라는 다신(多身)의 형상을 드러내게 되었다.[5] 이런 현상을 문학적 개념으로 말한다면 양식화(stylization)[6] 또는 문학적 관습(convention)[7]에 따른 서사 경향이라 할 수 있을 것이다. 즉, 관음보살과 관련된 서사물들은 당대인들의 '일반적 언어의식', 그리고 그에 대한 '주체의 언어의식'이 결합되어 특수한 강조 패턴을 만들어냈던 것이다. 우리의 경우, 나려 시대에 구원을

---

5) 楊白衣 編,『佛菩薩의 本籍』, 性法 譯, 韓國出版文化公社, 1984, pp.77~115.
6) 바흐찐, 전승희 등 역,『장편소설과 민중언어』, 창작과비평사, 1988, p.185.
7) 노드롭 프라이,『비평의 해부』, 한길사, 1993(12쇄), pp.135~148.

바라는 사부대중의 일반적 언어의식, 그리고 고통받는 사부대중의 구원을 관음보살에게서 찾을 수 있으리라는 서사주체의 의식이 결합함으로써 당대의 삶을 일정 정도 반영하는 관음설화의 양식화가 이루어졌던 것이다. 이는 일반적으로 모티프라고 불리는 주제상(소재적 측면 포함)의 양식화, 즉 '수행자의 깨달음 또는 복을 구하는 중생을 구제하는 존재로 관음보살이 반복 출현하는 것'이라 이해할 수 있을 것이다. 물론 이러한 현상을 살피는 데는 육조(六朝)와 당(唐)의 지괴(志怪)·전기(傳奇), 송(宋)·원(元)의 수필·설화, 그리고 불경·영험담의 영향이 고려되어야 할 것이다. 우리는 여기서 관음과 관련해 '불경(佛經) → 위경(僞經) → 영험설화(靈驗說話)'로 이어지는 '관음설화의 양식화' 과정을 개략적으로 확인해 보도록 하자.

관음을 이야기하는 불경은 중국에서 약 3세기 경부터 번역되기 시작했다. 『법화경』 계통, 『불설십일면관음신구경(佛說十一面觀音神呪經)』과 같은 밀교(密敎) 계통, 그리고 『화엄경』, 『무량수경(無量壽經)』, 『관무량수경(觀無量壽經)』, 『관세음보살수기경(觀世音菩薩授記經)』 등 불경의 번역·유통이 그것이다.8) 이들 불경들에 나타난 관음의 형상을 대표해 『관음경(觀音經)』이라는 독립 불경 형태로 유통되었던 『법화경』의 「관세음보살보문품(觀世音菩薩普門品)」을 살펴보자.

보문품은 왕사성 영취산에서 석가세존이 무진의보살의 질문에 답하는 형식을 취하고 있다. '한량없는 백천만억 중생이 모든 괴로움을 받을 적에, 이 관세음보살의 이름을 듣고 일심으로 관세음보살을 부르면, 관세음보살은 관기음성(觀其音聲)하여 모두 해탈하게 한다'9)는 것을 전제한 후 석가 세존은 '장애극복'과 '화현(化現)의 형상'을 매우 구체적으로

---

8) 김영태, 위의 글, pp.193~245.
9) 若有無量百千萬億衆生 受諸苦惱 聞是觀世音菩薩 一心稱名觀世音菩薩 卽時觀其音聲 皆得解脫.

제시한다. 중생의 장애는 큰불·큰물·표류·위해·악귀·속박·도둑·
음욕(淫慾)·성냄〔瞋恚〕·어리석음·무자녀(無子女) 등이다. 이 장애는 관
음의 이름을 부르거나 생각하고 공경하면 극복될 수 있는 것으로 제시된
다. 관음화현의 형상은 불신(佛身), 벽지불신(辟支佛身), 성문신(聲聞身) 등
33應身으로 드러난다. 묘한 신통의 힘을 고루 갖추어 지혜의 방편으로
등장하는 응신은 육도중생(六度衆生)이 생사윤회(生死輪廻)의 고통을 벗
어나도록 도와주기 위한 모습이다.

그런데 여기서 장애극복과 화현의 형상은 두 측면에서 읽혀질 수 있
다. 우선 문면에 드러난 표면적 의미에 집착하는 것이다. 즉, 장애극복
의 내용이 관음보살의 영험이적 그 자체로만 받아들여지는 경우이다. 불
교적 이치를 탐구하고 깨달음에 관심을 두기보다 현실적 고난을 주술(呪
術)에 의존해 극복해 보려는 기복신앙에 젖은 당대인들에게 관음보살이
절대적 의지처로 인식되는 것이다. 많은 관음영험담의 창작은 이러한 불
경의 표면적 이해를 바탕으로 이루어졌다. 그러나 관음의 영험은 불교적
진리의 또 다른 표현으로 이해되기도 한다. 예컨대 '큰불의 장애 극복'은
보는 것을 돌이켜 자성(自性)을 회복하고 공(空)을 깨달으라는 것이
다.10) 결국 보문품에 드러난 관음은 근기가 약한 일반 대중에게 절대자
의 형상으로, 교리를 깊이 연구하는 이들에게는 불교사상의 비유적 표현
으로 읽히는 '개방성'을 지니고 있었다. 이처럼 관음 관련 불경에는 '관음
화현의 상상력'을 발동시키는 '개방적 모티프들'로 충만해 있었다.

이러한 관음을 이야기하는 불경들을 바탕으로 『고왕관세음경(高王觀
世音經)』·『관세음십대원경(觀世音十大願經)』·『관세음보살왕생정토본연경(觀
世音菩薩往生淨土本緣經)』 등 위경들이 생산되었으며, 『광세음응험기(光世

---

10) 『首楞嚴經』 第6卷, '知見旋復 令諸衆生 設入大火 火不能燒'(한길로 법사 주해,
  『수능엄경』, 보연각, 1982, pp.525~526 참조.)

音應驗記)』·『법원주림(法苑珠林)』·『견관세음응험기(繫觀世音應驗記)』 등 영험설화집이 육조(六朝) 이래로 중국에서 유행하게 된다. 『관세음보살 왕생정토본연경』은 관세음보살이 극락세계로부터 영산회상(靈山會上)에 와서 자신의 본연(本緣)을 이야기한 것이다.[11] 장나(長那)라는 장자가 부인을 얻어서 조리(早離)·속리(速離) 두 아들을 두었는데, 일찍 부인과 사별하고 재취를 해야 했다. 그런데 계모는 비정한 인물로 장나가 장사 를 떠난 사이에 두 아들을 무인도에다 버려 두고 돌아와 버린다. 버려진 형제는 굶주림에 시달려 죽음이 목전에 이르자 보살이 되겠다는 서원(誓 願)을 세우고 쓸쓸히 저승으로 떠나간다. 한편 장사를 떠났다 돌아온 장 나는 사라진 두 아들을 찾아 헤맨다. 가까스로 그가 찾아낸 것은 무인도 에 쓸쓸히 남아 있는 두 아들의 유골과 서원의 글뿐이었다. 그는 전생의 업에 의한 비극이라 여기고, 오백대원(五百大願)을 세운 후 두 아들을 따 른다. 이러한 줄거리로 이어지는 본연경(本緣經)은 장나를 석가모니불(釋 迦牟尼佛), 조리를 관세음보살, 속리를 대세지보살의 본생 인연이라며 결 구를 맺는다. 여기서 두 아들이 세운 서원은 『법화경』 보문품의 내용과 같다. 이처럼 불경의 내용에서 '여백'으로 남는 부분을 확장해 흥미롭게 불보살의 본연을 서사화하고 있는 것이 '위경'인 것이다.

　한편 관음보살의 영험설화는 관음과 관련된 불경 자체의 영험성이나 관음의 신통력을 구체적 현실 공간으로 끌어들이기도 하였다. 『광세음응 험기』에는 모두 7편의 영험설화가 실려 전하는데, 낙양의 신도였던 장 사(長舒)가 『광세음경』을 독송함으로써 화재를 면하였다는 따위의 이야 기들이다.[12] 이 이야기는 『법화경』에서 '관세음보살의 이름을 지니는 이는 설사 큰불에 들어가더라도 불이 능히 태우지 못하나니, 이 보살의

---

11) 『卍續藏經』 卷 87, 288장.
12) 傅亮, 『光世音應驗記』(唐道世, 『法苑珠林』23, 獎導篇 15.; 『大正新修大藏經』 53, p.459.)

위엄과 신령스러움 때문'13)이라 한 대목을 바탕으로 허구화된 것이다. 또 다른 다음의 이야기 역시 『법화경』 보문품에서 '큰물에 떠내려가더라도 그 이름을 부르면 곧 얕은 곳에 닿게 된다'14)는 서술을 바탕으로 구성된 것이다.

> ㉠ 송나라 스님 축혜경은 관능인으로 관음경을 독송하며 열심히 수행했다.
> ㉡ 원가(元嘉) 12년(435) 형양에 살다 홍수를 못견뎌 노산행 배를 탔다.
> ㉢ 갑자기 폭풍우가 밀려왔고, 사람들은 간신히 피신했다.
> ㉣ 그는 혼자서 배 안에 남아 있게 되었다.
> ㉤ 당황한 그는 정신을 가다듬고 정성을 다해 『광세음경』을 읽었다.
> ㉥ 홀연히 배가 언덕 위에 닿았다.
> ㉦ 사람들이 말하길 수십 명의 장정들이 배를 끌고 언덕으로 오더라 했다.15)

불경에서의 간략한 관음원력(觀音願力)의 서술은 독자들의 상상력을 자극함으로써 초현실적인 '관음본연'을 설파하는 '위경'과 관음의 영험이적·신통력을 이야기하는 '영험설화'를 낳게 했던 것이다.16) 불경의 내용을 그대로 떠받들면서 영험 이적을 통해 사부대중의 관음보살 신앙을

---

13) 若有持是觀世音菩薩名者 設入大火 火不能燒 由是菩薩威神力.
14) 若爲大水所漂 稱其名號 即得淺處
15) 傅亮, 『光世音應驗記』(『大正新修大藏經』 53, p.459.)
16) 『고왕광세음경』 영험담에는 孫敬德이라는 자가 이 불경을 암송해 망나니의 거듭되는 칼날에도 목숨을 잃지 않는 환술이 나타나고 있다.(道宣, 『續高僧傳』, 卷29 「周鄴州大像寺 釋僧明」條.) 이처럼 대부분의 영험설화는 志怪的 성격이 드러난다. 그리고 후에 당 傳奇에는 불교의 선교적 측면이 있는 작품들이 등장하기도 한다. 즉 〈위경〉 및 〈영험설화〉의 창작에 중국문학사의 지괴·전기 등의 서사양식이 개입하고 있음을 알 수 있다.(정범진, 「唐 傳奇의 範疇와 分類의 問題」, 『大東文化研究』12, 성균관대, 1978.)

공고히 하려는 의도를 지닌 서사물들이 이와 같은 이야기들인 것이다. 정전(canon)으로서의 신성성과 규범·기준으로서의 성격을 절대 침해하지 않으면서 불경의 내용을 확장·허구화한 이런 서사물들은 홍교(弘敎)에 중요한 역할을 떠맡았다.

나려시대 관음설화의 형성 배경에는 이러한 관음 관련 불경과 중국의 영험설화 등의 영향이 있었으리라 추측된다. 진흥왕 재위 26년(565)에 유사(有司)와 명관(明觀)이 가지고 들어온 불경이 1700여권에 이르렀으며17), 통일 신라 시대에 이르러 불교 경전에 대한 주석서가 지어졌고, 고려조에 들어서 아홉 차례에 걸친 장경(藏經) 수입·간행이 이어졌다.18) 불경 유입과 더불어 신라 말부터 공식적 사신 왕래가 빈번했으며, 유학생·승려·상인 등의 교류가 끊임없이 이어지는 가운데 지괴(志怪)·전기(傳奇)나 불교영험설화의 유입 또한 이어졌으리라 추측된다.

최근 국내에 소개된 일본 동경대학 도서관 소장본인『법화경집험기(法華經輯驗記)』상·하 2권은 7세기 후반에 활동한 신라승 의적(義寂)이 찬술한 것으로, 불교영험설화 전래의 모습을 확인케 하고 있다.19) 이 문헌은『법화경』의 지송(持頌)·전사(轉寫) 등을 통해 얻는 복덕에 얽힌 영험설화들을『동하삼보감동록(東夏三寶感動錄)』을 비롯한 문헌들에서 발췌하기도 하고, 습주(濕州)의 담운선사(曇韻禪師)에 얽힌 이야기를 의적 자신이 직접 채록하였음을 밝히고 있기도 있다. 권하(卷下)의 병서(幷序)

---

17) 覺訓,『海東高僧傳』卷2,「覺德·明觀」條.

18) 鄭舜謨,「高麗初雕大藏經 및 八萬大藏經의 성립과 의의」,『韓國佛敎史의 再照明』, 불교신문사, 1994.

19) 太田晶二郎,「寂法師의 法華經集驗記는 現存한다」,『日本歷史』390號, 1980; 貴重古典籍刊行會,『東京大學圖書館藏 法華經集驗記 解題』, 1981; 金相鉉, 「日本에 現傳하는 新羅 義寂의『法華經集驗記』」,『佛敎史硏究』창간호, 1996, 中央僧伽大學校 佛敎史學硏究所, 1996; 金相鉉,『신라의 사상과 문화』, 一志社, 1999, pp.335~337.

를 비롯하여 31편의 설화를 싣고 있는 이 영험기는 불교영험설화의 한반도 전래를 알려주는 최초의 문헌으로 의의가 깊다 할 것이다. 이에 대한 자세한 주석 및 연구 논문은 나와 있지 않으나 조만간에 그에 대한 연구가 활기차게 이루어지리라 여겨진다. 그리고『구당서(舊唐書)』「장천전(張薦傳)」에「유선굴(遊仙窟)」의 작자 장작(張鷟, 660?~740?)과 관련해 신라·일본인들이 그의 글을 중히 여겨 입조(入朝)할 때면 많은 돈을 들여 그 글을 사갔다는 기사가 실렸다.20) 이로 보아 불교계 서사물의 유입이 일찍부터 있어왔고, 지괴·전기의 유입이 나말 무렵에 이루어졌으리라 추측된다. 이러한 서사물들의 영향 아래 지괴·전기의 형상화 방식이 일정 부분 작용한 불교계 서사물들이 창작·유통되었던 것으로 여겨진다. 21) 관음설화 역시 이러한 불교계 서사물들의 창작·유통 과정에서 한국인들의 신앙 생활과 밀접한 연관을 맺으며 다채롭게 나타나게 되었으며, 나려시대 서사문학사 전개의 중추적 역할을 담당했던 것으로 보인다.

『삼국유사(三國遺事)』, 『해동고승전(海東高僧傳)』, 『법화영험전(法華靈驗傳)』 등 현전하는 문헌들에서 참고 또는 인용하고 있는 서사물들은 중국의 승전(僧傳), 전기(傳奇), 영험설화들의 영향을 많이 받고 있음을 볼

---

20) 박희병, 「羅麗時代의 傳奇小說」, 『한국전기소설의 미학』, 돌베개, 1977, p.126 참조.

21) 필자는 나려시대의 주된 서사양식은 불교계 서사였고, 지괴·전기의 형상화 방식이 일정부분 작용하고 있었던 것으로 취급해야 한다고 생각한다. 만일 중세기 동아시아 서사양식의 보편성을 고려해 전기로 취급한다 하더라도 한국의 전기소설은 불교적 모티프와 불교계 서사양식(위경, 불교영험설화, 고승설화, 승전 등)이 중심을 이룬 것으로 취급하는 것이 타당하다고 본다. 한국에서는 나려시대에 중국처럼 불교·도교의 사상적 대결 국면 없이 불교가 계급·계층을 초월한 지배적 이념으로 자리매김하고 있었다. 그런 까닭에 중국의 전기 문학 작품의 유입에도 한국적 전기 작품은 불교적 성향을 저변에 깔고 유통되어 전기 작품으로 거론되는 「호원」·「백월산양성성도기」·「조신전」 등의 작품을 낳았던 것으로 보인다. 이에 대해서는 필자의 「조신전」에 대한 연구(각주3, pp.357~362.)에서 그 사태의 정황을 간략하게 다룬 바 있다.

수 있다. 『법화영험전』은 『현응록(現應錄)』·『홍찬전(弘贊傳)』·『송고승전(宋高僧傳)』·『태평광기(太平廣記)』·『영서집(靈瑞集)』·『법원주림(法苑珠林)』 등 중국 문헌에서 100편 가량의 불교영험설화를 수용하고 있다. 그리고 우리 문헌으로는『해동법화전홍록(海東法華傳弘錄)』에서 11편, 『해동고승전』에서 1편을 수용했다. 이렇듯 불경과 영험설화의 영향에 힘입어 관음설화의 유통 또한 활발히 이루어졌던 것이다. 그 유통을 담당했던 집단은 사원의 승려는 물론이요 법화사(法華社)와 같은 종교단체, 왕실, 일반 민중 등에 걸쳐 있었다. 사서(史書)에 등장하는 왕실의『법화경』신앙 활동이나 관음상, 관음전, 관음송, 관음포 등 불상·불전(佛殿)·물명·지명 등의 존재22)는 관음설화의 유통 정도를 가늠하게 한다.

3. 관음설화의 서사유형

나려 시대에 창작된 관음설화는 『삼국유사』와 『법화영험전』에 실려 전한다. 『삼국유사』에는 21편의 관음설화가 실려 있고,23) 『법화영험전』에는 『삼국유사』의 관음설화 2편이 커다란 변개 없이 실렸다.24) 이외

---

22) 『고려사절요』만을 보더라도 의종 5년 신미에 '침향목으로 관음상을 조각하게 하여 내전에 두었다.' 했고, 공민왕 19년 여름 4월에 '影殿에 관음전을 지었'고, 6월에 '관음전의 제3층에 대들보를 올리다가 눌려서 죽은 자가 26명'이라는 등의 기사가 등장한다. 또한, 남해에는 관음포라는 포구명이 있었으며(『고려사절요』 신우 9년.), 몽고 침입기에는 몽고가 낙산의 관음송 위에서 나는 물을 요구했다고 했다. (『고려사절요』 원종 순효대왕 9년 11월).

23) 권2 기이 「文虎王法敏」條에 1편, 권3 탑상 편 「三所觀音衆生寺」條에 5편, 「栢栗寺」條 1편, 「敏藏寺」條 1편, 「南白月二聖努肹夫得怛怛朴朴」條 1편, 「芬皇寺千手大悲盲兒得眼」條 1편, 「洛山二大聖觀音正趣調信」條 4편, 「臺山五萬眞身」條 1편, 「溟州五臺山寶叱徒太子傳記」條 1편, 「臺山月精寺五類聖衆」條에 1편, 권4 의해 편 「慈藏定律」條에 1편, 권5 감통 편 「郁面婢念佛西昇」條에 1편, 「廣德嚴莊」條 1편, 「憬興遇聖」條 1편.

에도 후대의 문헌전승물이 있고 구비전승 또한 지속된 경우가 있지만, 대체로 『삼국유사』의 관음설화가 나려 시대 전체 문헌설화의 기저를 이룬다 해도 틀리지 않을 것으로 보인다.

이 설화들을 보면 '중국 배경'의 설화가 1편, '신라 배경'의 설화가 16편, '고려 배경'의 설화가 4편으로 나타난다.25) 그런데, 이 설화들을 대하면서 빠지기 쉬운 오류는 '신라를 배경'으로 한 것이면 곧 '신라 관음설화'라는 등식을 세우는 것이다. 현재에 채록되는 구비설화들이 신라를 배경으로 했다 하더라도 현재의 설화로 취급하듯, 중국 또는 신라를 배경으로 했다 하더라도 그것이 전승 당시의 사회·문화적 상황을 배경으로 문헌 또는 구비로 유전되다 『삼국유사』에 정착하게 된 것으로 파악해야 옳을 것이다. 그러므로 이 관음설화를 적층성(積層性)·민중성(民衆性)을 기반으로 전승되다 '13세기에 문헌 정착된 나려시대의 설화'라 하는 표현이 적확할 것이다.

어쨌든 이들 관음설화는 『삼국유사』에 정착되기까지 꽤 다양한 전승 과정을 거쳐왔던 것으로 보인다. 이들 설화가 나려시대에 유통된 과정을 〈중생사(衆生寺) 관음영험설화〉 5편에 보이는 기록이나, 〈경흥(憬興) 치병(治病) 설화〉, 〈보개(寶開) 아들의 무사귀환(無事歸還) 설화〉를 중심으로 살펴보자.

중생사 관음상과 관련해 일연은, '신라고전운(新羅古傳云)'이라 하여 중국 화공이 관음의 가피(加被)를 입고 관음상을 신라에 전해준 내력을

---

24) 「敏藏寺」條의 이야기가 『법화영험전』 卷下에 「黑風吹其船舫」로 실렸고, 「憬興遇聖」條의 이야기가 「顯比丘尼身」이란 제목으로 실렸다.

25) 인권환(위의 글)은 「대산오만진신」, 「명주오대산보질도태자전기」, 「욱면비념불서승」을 단순한 관음화현의 기록일뿐이라 설화로 볼 수 없다고 했다. 그렇다면 '仁容寺관음도량 설치'를 말하고 있는 「문호왕법민」조의 서술이 더욱 단순 기록이며 설화적 서술이라 볼 수 없음에도 〈관음설화〉라 취급하고 있다. 관음화현을 말하는 것 자체가 관음을 모티프로 취하고 있는 설화임을 드러내는 것이므로 위 세 설화 또한 관음설화로 취급하는 것이 온당하다고 필자는 생각한다.

이야기 한 후, "나라 사람이 모두 이(중생사 관음상)를 우러러 공경하고 기도하여 복을 얻음을 다 기록할 수 없다"라고 하였다.26) 또한 미혹하여 문자를 해득하지 못하던 중생사의 점숭(占崇)이라는 승려가 관음의 가피로 소문(疏文)을 죽죽 읽어 내려갔다는 이야기를 서술하면서 "그 당시 점숭과 같이 살던 처사 김인부(金仁夫)는 이 이야기를 고을의 노인들에게 전해주고 그것을 전기(傳記)에 적었다"27)라고 했다. 이 두 기록을 통해 '관음상'을 모신 사찰이면 관음의 가피력과 관련한 설화가 승속(僧俗), 문헌·구비 사이에서 넘나들고 있었던 사정을 알려준다. 또한 관음영험설화 대부분이 사찰에 모셔진 관음상과 결부되어 있었음 또한 확인케 한다.

〈경흥 치병 설화〉는 『삼국유사』와 함께 『법화영험전』 제14단 보문품에 「현비구니신(顯比丘尼身)」이란 제목으로 실렸는데, 부기(附記)된 내용을 보니 '출해동고승전 제오(出海東高僧傳 第五)'라 하였다. 13세기 초 각훈(覺訓)이 저술한 『해동고승전』은 2권의 유통(流通) 편만이 남아 있는데, 이 기록으로 하여 5권 이상이 존재했을 것이며, 고승들의 행적과도 관련해 승전의 형태에도 관음설화가 출현하고 있었음을 알려 준다. 「욱면비념불서승」조에서 관음보살의 현신으로 팔진(八珍)이 이야기되었던 것은 '향전(鄕傳)'이 아닌 '승전(僧傳)'이며, 「낙산이대성」조의 관음 친견(親見)과 관계하여 의상·원효가 결부되고 있어 승전(또는 고승설화)에 관음보살과 관련한 이야기가 많이 개입되고 있었던 상황을 시사해준다.

〈보개 아들의 무사귀환 설화〉는 다른 영험설화에 비해 여러 문헌을 통해 전승 유포되고 있었다. 『삼국유사』뿐만 아니라 『수이전(殊異傳)』(『태평통재(太平通載)』에 의해 확인)에도 실렸으며, 13세기 말 『법화영험전』에 「흑풍취기선방(黑風吹其船舫)」이라 하여 실려 전하는데, 요원(了圓)은 거

---

26) 一然, 『三國遺事』, 塔像, 「三所觀音 衆生寺」條, '新羅古傳云……因成此寺大悲像 國人瞻仰 禳禱獲福 不可勝記.'
27) 一然, 위의 글, '當時與崇同住者 處士金仁夫 傳諸鄕老 筆之于傳.'

기에 「민장사기(敏藏寺記)」와 「계림고기(鷄林古記)」, 천인(天因)이 4권으로 편찬한 「해동법화전홍록(海東法華傳弘錄)」을 부기(附記)하고 있다.28) 지금까지 『수이전』 일문(逸文)으로 보개 이야기를 살펴면서 『법화영험전』의 기록을 언급해오지 않았는데29) 앞으로는 이 사실을 덧붙여야 할 것임을 말해주며, 사지(寺誌)의 관음설화가 홍교 목적의 설화집에 올라 문헌전승의 과정을 거쳐왔음 또한 확인시켜 준다.

이러한 유통의 과정을 거치며 『삼국유사』에 실리게 된 관음설화의 창작자들은 크게 '중생의 구복(求福)'과 '깨달음'의 문제를 제기하는 것으로 보인다.

앞선 문제는 천신숭배, 산악숭배, 정령사상, 무격사상 등 우리 민족 고유의 신앙이 지니고 있었던 기복적(祈福的) 성격이 불교의 전래와 함께 그 대상을 관음으로 치환시킨 형태로 여겨진다. 물적 풍요와 장수, 행복, 재앙의 방비 따위의 인간의 현세적 욕망은 일반대중이 애초부터 지녔던 것이며, 그것이 불교융성과 함께 기존의 신을 뒤로 한 채 더욱 영험성이 높다고 알려진 관음이라는 절대자를 희구하게 하였다. 이때 관음은 종교로서의 불교와는 일정한 거리를 두고 있는 존재였으며, 합리적·논리적 사유를 구축하지 못한 일반대중에게 매력적인 신앙대상이었다. 그런데 이러한 유형의 설화 형성 요인으로 관음 관계 불경과 중국 관음영험설화가 가세하였을 것임은 물론이다.

'보개 아들의 무사귀환 설화'의 줄거리를 보면, 바다로 장사를 떠난 보개의 아들 장춘(長春)이 태풍을 만나 오나라에 표류해 들어가 종살이를 하다가 비구로 화신(化身)한 관음보살을 따라 고향으로 돌아왔다고 했다.30) 이는 『법화경』 보문품의 한 구절을 바탕으로 하여 허구화한 것

─────────

28) 了圓, 『法華靈驗傳』 下(동국대학교 불전간행위원회, 『韓國佛敎全書 6』, 동국대출판부, 1982, p.565.)
29) 김현양 외 공역, 『譯註 殊異傳 逸文』, 박이정, 1996.

이다. 즉, "만일 백천만억 중생이 금·은·유리·자거·마노·산호·호박·진주 등 보배를 구하려고 큰 바다에 들어갔다가 흑풍이 그 배를 몰아 나찰들의 나라에 닿았을 적에, 그 가운데 한 사람이라도 관세음보살의 이름을 부르는 이가 있으면 모두 나찰로 인한 고난에서 벗어나게 되나니"[31]라는 보문품의 서술을 바탕으로 한 것이다. 이와 같은 관음설화 형태를 서사구조적 측면에서 유형화해본다면 〈①대중의 ②부정적 현실 타개에 대한 기원을 ③관음이 방편으로써(化現) ④성취시켜준다〉는 것으로 정리해 볼 수 있다.

설화수록條項	영험 내용	장애 주체	장애극복행위	化現 형상	관음상
文虎王法敏	감옥에서 풀려남	金仁問	기원	*	*
三所觀音 衆生寺	죽음을 면함	畫工	*	*	십일면관음상
	아들을 낳음(육아)	崔殷諴(崔承老)	기원	*	〃
	대중들이 시주	僧 性泰	기원	비구	〃
	화재를 면함	관음상	*	*	〃
	유식해짐	僧 占崇	기원	*	〃
栢栗寺	포로에서 풀려남	夫禮郎과 양친	양친의 기원	비구	정관음상
敏藏寺	水難을 면함	長春과 寶開	보개의 기원	비구	〃
洛山二大聖	화재를 면함	관음상	*	*	〃
芬皇寺千手大悲	눈을 다시 얻음	希明과 아이	희명의 기원	*	천수관음상
慈藏定律	아들을 낳음	자장의 부모	기원	*	〃
憬興遇聖	질병이 나음	경흥	*	비구니	십일면관음상

관음영험설화의 내용은 죽음을 면하게 하거나 질병을 낳게 하는 등

---

30) 一然, 『三國遺事』, 卷3 塔像, 「敏藏寺」條.
31) 『法華經』「觀世音菩薩普門」品, '若有百千萬億衆生 爲求金銀琉璃硨磲瑪瑙珊瑚琥珀眞珠等寶 入於大海 假使黑風吹其船舫 漂墮羅刹鬼國 其中若有乃至一人 稱觀世音菩薩名者 是諸人等 皆得解脫羅刹之難.'

관음 관계 불경이나 중국의 창작 영험담에서 이미 이야기되던 것들이다. 이미 마련된 서사양식을 활용해 나려 시대 일반대중의 욕망과 신앙을 드러내려 했다. 현실에서 벌어지는 일상적 삶의 고난에서부터 죽음이라는 절체절명의 위기까지, 일반대중의 모든 고난을 관음의 가피력으로 극복했다는 서사유형이다.

따라서 관음이라는 초현실적 존재가 벌이는 영험에 서사적 지향이 있고, 관음 관계 불경에서 마련된 모티프를 활용한 단순 서사구조를 띤다. '경흥 치병 설화'처럼 병의 발병 요인에 대한 서술을 통해 불교적 의미를 높이고자 의도한 경우도 보이지만, 직접화법에 의한 교리적 언설이므로 오히려 설화적 흥미를 감퇴시키는 요인이 되고 있다.32) 결국 이러한 유형은 단순 서사구조를 지닌 설화 단계의 작품들이라 할 것이다.

그런데 이러한 설화가 어떤 관음설화의 유형보다 소설 작품 창작에 많은 기여를 하여왔다. 일반대중의 '기원'은 '관음의 초현실적 능력'을 불러와 '부정적 현실의 문제를 해결'하여 준다는 이 유형은 그 대중적 속성으로 인하여 후대에 가장 많이 유포되었던 것으로 보인다.

예컨대, 조선시대 이성계의 조부인 도조(度祖)의 탄생에 관음의 영험이 끼쳤다는 득남설화에서부터33), 소설 「사씨남정기(謝氏南征記)」에서 관음화상을 통해 사소저와 유연수가 결연을 성취하고, 사씨가 투신 자살을 하려 할 때 관음보살의 계시로 묘혜가 구해낸 것, 유연수가 귀양살이

---

32) 了圓, 『法華靈驗傳』卷下, 「顯比丘尼身」, '新羅憬興國師 住京師三郎寺 病久不瘳 有一尼請看 門人引視之 尼曰 師雖悟大法 合四大爲身 豈能無病 病有四種 從四大生 一曰身病 風黃痰熱爲主 二曰心病 顚狂昏亂爲主 三曰客病 刀杖所傷 動作過勞爲主 四曰俱有病 飢渴寒暑苦樂憂喜爲主 其餘品類展轉相因 一大不調 百病俱起 今師之病 非藥石所療 若觀戲謔事則理矣 於是作十一樣面而舞之 師視詭譎之態 頗歡悅 不知 病之去也 尼出師使跡之 入南花寺佛殿而隱 其所持竹杖 在十一面觀音像前.'
33) 『太祖實錄』卷1, 「太祖 元年 八月 庚申」條.

하면서 죽어갈 때 청량수를 주어 완쾌 시킨 것 등 관음영험 모티프가 전체 구성에 중요한 기능을 담당하고 있다. 그리고 「최척전(崔陟傳)」에서 만복사(萬福寺) 장육불(丈六佛)에게 기도하여 아들 몽석(夢釋)을 낳고 그 부처가 전쟁의 와중에 그 아들을 길렀다는 삽화가 있는데, 이는 위에 제시한 최승로의 탄생·성장에 중생사 관음상이 가피를 내렸다는 설화의 변이(變移)이며, 그 부처가 현몽(現夢)함으로써 위기의 순간을 극복할 수 있었다는 삽화들 또한 다름 아닌 관음보살 화신의 상상력이 작용한 것으로 볼 수 있다. 이외에도 이러한 관음설화 유형은 현전 구비설화에 흔하게 나타나고 있는 것으로 여겨지는데, 일반대중에게 가장 가깝게 다가섰던 서사구조 유형이라 할 것이다.

다음으로 '깨달음'을 문제삼고 있는 관음설화를 살펴보자. 깨달음은 불교 본연의 문제로, 대승불교에서는 세속에 머무는 신자일지라도 깨달음을 구하는 자라면 누구나 보살로서 부처가 될 수 있다는 사실을 애써 강조한다. 관음보살의 영험을 모티프로 하되, '깨달음'이라는 불교적 진리를 추구하고 있는 관음설화는 세 유형으로 구분해 볼 수 있다.

그 첫 번째 유형은 〈①고승이 ②관음 친견을 기원하여 ③관음이 방편으로써 ④성취(또는 실패)하게 한다〉는 서사구조를 보이는 형태이다. 이 또한 관음 관계 불경에서 설해진 이야기를 모티프로 취하고 있긴 하지만, 그 서사성이 앞서 본 '중생 구복'의 문제 유형보다 뛰어나다. 이 유형에 속하는 작품으로 「낙산이대성」의 〈의상의 관음친견설화〉와 〈원효와 관음송설화〉, 「보질도태자전」을 들 수 있다. 앞의 두 설화는 고승설화라 할 수 있고, 뒤의 것은 고승전의 서사구조를 취한 작품이다.

그런데 등장인물들은 모두 관음을 친견해 깨달음을 얻고자 한다는 서원을 세우고 수행한다는 공통점을 지닌다. 이는 관음이 응신(應身)한 것을 본다는 것이다. 앞서 살핀 중생으로 나타나는 관음의 화신(化身)이 수행이 낮거나 인간 이외의 존재 앞에 화현(化現)하는 것인 데 비해, 응신은 수행이 높은 자 앞에 관음의 형상으로 화현하는 것을 말한다. 곧 의상·원효·보질도는 아라한과를 증득(證得)한 상태의 승려들로 등장해 관음의 응신을 친견코자 한 것이다.

의상·원효의 설화는 범일(梵日) 설화와 함께 고본(古本)에 실렸던 것이다. 의상은 재계(齋戒)한 지 7일만에 용중(龍衆)·천중(天衆) 팔부시종(八部侍從)의 안내로 관음굴(觀音窟)에 들어가 수정염주를 취하고, 동해 용에게서 여의보주를 받고 나와서는 또 7일 동안 재계해 백의(白衣) 관음보살의 응신을 친견한 후 마침내 낙산사를 창건하였다 했다. 그에 비해 원효는 백의(白衣)의 여인에게 희롱삼아 벼를 달라 하고, 개짐을 빠는 여인네가 건네준 물을 더럽다 하여 쏟아버리고 냇물을 떠 마신다. 그 때 파랑새가 나타나 "제호도 마다시는 화상이여(休醍醐和尙)"34)라며 날아가니 신 한 짝이 벗겨져 있었고, 낙산사로 들어가 관음보살상 밑을 보니 전에 보았던 신 한 짝이 벗어져 있었다고 했다. 『화엄경』 입법계품에서 "보살은 이와 같이 만나기 어려우니 오직 몸과 말과 뜻에 허물이 없는 이라야 그 형상을 보고 그 변재를 들으며 온갖 시간에 항상 앞에 나타난다"라 하고 있는데, 원효의 행위는 허물이 있는 것, 즉 비속과 귀천

---

34) 대부분의 번역서들은 '休醍醐和尙'을 '제호스님은 가지 마십시오'라고 해석한다. 그런데 여기서 '제호'는 원래 牛酪 위에 엉긴 기름 모양의 맛이 썩 좋은 액체를 말하던 것이 바뀌어 '불법의 묘리'를 뜻한다. 앞서의 뜻으로 '휴제호화상'을 '달콤한 것만을 좋는 스님은 가지 마십시오.'라고 해석하는 것(김영수, 「佛敎說話의 土着化 樣相 考察」, 황패강선생정년퇴임논문집, p.257.)은 문제가 있다. 그리고 '휴제호화상'을 '불법의 묘리를 다 깨친 화상은 가지 마십시오'라 해석할 수도 있다. 그러나 후반부에서 관음굴에 들어가 眞容을 보려 했으나 풍랑이 일어 들어가지 못했다는 서술로 보아 원효의 修行位階가 아직 응신을 대하기에는 부족하다는 것을 말하는 것이 적당한 것으로 보인다. 따라서 金大隱의 번역(『觀音聖典 제2편』, 삼장원, 1992, p.189.)처럼 '제호를 싫다고 하는 화상'이라 한다면 정확한 의미 전달이 가능할 것이다.

의 분별신(分別心)을 일으킨 것이었다. 결국, 의상과 원효의 관음친견과 결부된 두 이야기는 아무리 이름난 고승대덕이라 해도 몸과 말과 뜻에 허물이 있다면 관음진신이 본 모습을 드러내지 않으니, 수행 정진하라는 불교적 깨우침을 그 주제로 하고 있다.35) 고승설화 속에서 이처럼 관음은 더욱 큰 깨우침을 낳게 하는 구원자로 등장했던 것이다.

　「보질도태자전」은 「대산오만진신」조와 「명주오대산보질도태자전기」에 실린 보질도 태자의 수행과 득도를 말하고 있는 일종의 승전이다. 오대산이라는 불연적 공간을 설정하고 그 불국의 세계를 장엄하게 형상화하고 있는 작품이다. 보질도(또는 寶川)는 맹렬한 수행을 통해 관음을 비롯한 5만 보살을 친견하고, 마침내는 50년 동안 수행해 보살의 지위로 상승하고 있다. 태자라는 신분으로 구도자의 길을 걷는 보질도의 행적은 붓다의 삶과 매우 유사한 구조를 지니고 있다. 물론 보질도의 출가 결행의 계기나 고행의 흔적은 세밀하고 흥미롭게 그려져 있지 않으나 붓다가 세속적 군주의 자리를 버리고 '정신적 군주'의 길을 걸었다는 점에서 근본적인 유사성을 지닌다. 태자가 정신적 군주로 변화하는 과정을 보면 '세속적 군주의 거부 → 수행과 오만 보살에 대한 의례 → 불경의 지송(持誦) → 보살로의 상승'이라는 궤도를 걷고 있다. 「보질도태자전」은 보질도 태자가 불·보살이라는 신적 존재로 상승해 나가는 과정을 불교적 상징과 비유의 간략한 서술들로써 붓다의 생애를 염두에 둔 승전을 구성하려 했던 것으로 보인다. 그러나 주인공이 수행 과정에서 겪었어야 할 내적 갈등의 정황이나 태자로 왕위를 이어야 함에도 승려로서의 길을 걸어가야 하는 과정에서 빚어졌을 갈등양상이 뚜렷하게 살아나지 못했다.

　이러한 서사유형은 승전의 일반적 서사구조와 맞닿아 있다는 데 서사문학사적 의의가 있다. 그리고 이와 유사한 후대의 문학적 형상화로는

---

35) 졸고, 「원효설화의 구조와 의미」, 『불교어문논집』 2집, 1997, pp.366~371.

강화도 보문사(普門寺)의 창건주라고 이야기되는 〈회정(懷正)스님의 관음영험담〉36)이 있다. 천수주력(千手呪力)으로 관음보살 친견을 지성으로 발원해 해명곡(解明谷)의 문수보살의 화신인 몰골옹(沒骨翁)과 보현보살의 화신인 해명방(解明方), 그리고 관음보살의 화신인 해명방의 딸과 차례로 만나고, 파랑새〔觀音鳥〕로 변신해 날아간 곳을 뒤쫓아 가 관음을 친견하고 관자재보덕굴(觀自在普德窟)을 발견한다는 줄거리이다. 의상·원효의 설화가 많은 영향을 끼치고 있음을 알 수 있다.

그 두 번째 유형은 〈①수행자의 ②맹렬한 성도(成道) 기원을 ③관음의 방편으로써 ④성취시켜준다〉는 서사구조를 지닌 것이다. 이 유형에는 「백월산양성성도기」와 「광덕·엄장전」을 들 수 있다. 여기서 '맹렬한 성도 기원'과 '관음의 방편'은 지금까지 보아온 관음설화 유형에 비해 매우 흥미롭고 짜임새 있게 구성되어 한껏 소설적이다.

「광덕·엄장전」은 향가 「원왕생가(願往生歌)」의 부대설화로 연구되어 왔다. 그 줄거리를 보자. 광덕과 엄장이 서방정토를 희구하는 사문(寺門)들로 광덕이 일심으로 아미타불을 염하고 십육관(十六觀)을 닦음으로써 서방으로 간다. 엄장은 광덕의 처와 함께 그의 유해를 거두고 함께 거처하게 되어 통정코자 한다. 그런데 관음보살의 화신인 광덕의 처가 광덕의 수행 과정을 이야기하며 엄한 깨우침을 주어 엄장 또한 성불한다. 일종의 광덕과 엄장의 성불담이라 할 수 있는데, 이야기의 핵심은 엄장과 광덕처 사이에서 벌어진 갈등의 상황이다. 광덕의 아내로 화신한 관음보살은 색욕(色慾)으로 수행을 접어버리려는 엄장을 호되게 꾸짖어 세속적 욕망을 여의도록 만들었다. 앞선 유형들보다 그 갈등의 양상이 매우 구체화되고, 수행자가 겪게되는 인간적 갈등을 형상화함으로써 문학적 감

---

36) 『楡岾寺本末寺誌』「普德屈事蹟拾遺錄」·「普德屈沿革」(『普門寺』, 사찰문화연구원, 1996, pp.105~108 참조.)

동을 자아낸다. 또한 이전의 유형들이 관음의 초현실성이 서사의 지향점인데 반해 광덕이 "신 삼는 것을 직업으로 삼으며 처자를 데리고 살았다"[37]는 서술이나 삽관법(鍤觀法)으로 수행했다는 등 삶의 구체적 정황이 그려져 현실성을 드러내고 있다. 마지막 서술에서 "그 부인은 즉 분황사의 종이니 대개 관음보살 십구응신의 하나였다"[38]라고 하여 관음보살과 관련짓고 있을 따름이다. 분황사의 종이 광덕과 엄장이라는 수행자를 도와 성도케 하는 데 일조하였다는 이야기를 불교적으로 의미화하기 위해 천한 신분의 여인네가 관음보살이었다는 서술을 덧붙인 것이라 볼 수 있다. 신을 삼으며 사는 일상인이나 성도자가 다르지 않으며, 분황사의 종이 관음보살일 수 있다는 성속일여(聖俗一如)의 세계를 「광덕·엄장전」은 흥미롭게 서사화했던 것이다.

「백월산양성성도기」 역시 도반(道伴)인 노힐부득(努肹夫得)과 달달박박(怛怛朴朴)의 수행 경쟁담이며, 성도담이라 할 수 있다. 이 작품은 한시를 삽입하고, 등장인물들이 화신한 관음보살을 대하면서 겪는 심리적 갈등, 사건 전개의 개연성이나 묘사가 소설에 가깝다. 그리고 주제면에서 앞선 작품이 보여주었던, 널리 알려진 불교 교리의 재진술을 넘어서 대승적 깨달음과 실천이란 무엇인지에 대해 깊이 따지고 있다는 점에서 문제작이라 할 만하다. 소승에서 계율은 출가자들만을 통제하는 데 초점이 두어져 있어 형식주의적 경향이 존재하는데 비하여 대승불교(大乘佛敎)에서는 보살계사상(菩薩戒思想)으로 '실천적 이타행(利他行)'이 강조된다. 대승보살계에서는 어떤 죄를 저질렀느냐보다는 행위 주체의 더러움과 깨끗함〔汚淨〕에 역점을 둔다. 그 결과 파계인 듯 보이는 행위가 사실은 순박하고 깨끗한 자비심에서 생겨난 것일 수 있어 대승 정신의 발현

---

37) 蒲鞋爲業 挾妻子而居.
38) 其婦乃芬皇寺之婢 蓋十九應身之一德.

으로 이해되기도 한다. 예컨대, 불상생계(不殺生戒)는 절대 죽이지 않는 것으로 소승률(小乘律)에서는 이해되는데, 대승률(大乘律)에서는 상황에 따라 살생 또한 가능할 수 있는 것이라 한다.39) 「백월산양성성도기」는 그러한 대승보살계 사상을 흥미롭게 드러내 보인 것이다.

미타불을 성심껏 구하던 박박 앞에 해가 뉘엿뉘엿 저물 무렵에 나타난 스무살 무렵의 아리따운 여인은 암자에서 자고 가기를 청한다. 그러나 그는 "절은 깨끗해야 하는 것이니 그대가 가까이 올 곳이 아니요. 어서 다른 데로 가고 여기에서 지체하지 마시오"라며 거절한다. 다시 그 여인은 부득 앞에 나타나 어디서 왔느냐는 질문에 "고요하고 맑기가 태허(太虛)와 같은데 어찌 오고 감이 있겠습니까. 다만 어진 선비가 바라는 뜻이 깊고 덕행이 높고 굳다는 말을 듣고 장차 도와서 보리를 이루고자 해서일 뿐입니다"라고 답한다. 부득은 "여자와 함께 있을 곳이 아니지만 중생을 따르는 것도 보살행의 하나일 것"이라며 맞아들인다. 그리고서 부득은 그 여인의 출산을 도와주고 목욕까지 시켜주며, 마침내는 그 자신도 그 물에 목욕을 하여 미륵불이 된다. 마침내 그 여인은 대보리(大菩提)를 이루게끔 도와준 관음보살의 화신이라 소개된다.40) 길을 잃고 밤길을 헤매는 여인에게 도움을 준 노힐부득은 대승보살계를 실천한 것이며, 달달박박의 소승적 계율사상에 얽매인 삶은 문제가 있는 것이다.

관음설화 중에서 주제의 심화는 「백월산양성성도기」에 와서야 이루어지고 있다. 이 이야기는 『향전(鄕傳)』에도 실려 있었던 것인데, 그 문학성이 인정되어 「백월산양성성도기」라는 제목 아래 독립적으로 유통되었다. 문체나 서사 기법이 매우 뛰어났기 때문이라 하겠는데, 이야기의 결말에서 두 인물이 미륵불·미타불로 성불하는 모습을 그리고 있어 앞

---

39) 鄭柄朝, 「圓光의 菩薩戒思想」, 『古代 韓國佛敎 敎學 硏究』, 민족사, 1989, pp. 244-245.
40) 一然, 『三國遺事』, 卷3 塔像, 「南白月二聖努肹夫得怛怛朴朴」條.

장에서 보았던 '위경적 경향'을 느낄 수 있다. 즉, 성불담이면서도 한편으로는 미륵불과 미타불의 '본생인연담'의 서술처럼 보이기도 한다는 것이다.

따라서 후대에 나온 석가모니와 아미타불, 그리고 원앙부인으로 나오는 관음의 고행역정을 통한 본생의 성불담인 「안락국전(安樂國傳)」과 유사성이 있는 서사 유형을 여기에서 발견할 수 있다. 그리고 색욕의 문제라든가 보살계사상의 주제적 측면, 그리고 성도의 형상화와 관련해서는 「부설전(浮雪傳)」과의 관련성 또한 발견된다.

마지막 유형은 〈①대중의 ②세속적 욕망 기원을 ③관음이 방편으로써 ④여의게한다〉는 서사구조를 지닌 것으로, 「조신전(調信傳)」이 이에 속한다. 이에 대해서는 필자가 자세한 연구를 시도한 바 있으므로 그 내용을 간략하게 정리해 서술하고자 한다.41)

이 작품은 일연이 '독차전(讀此傳)~'이라 서술한 것으로 보아 약간의 변화가 동반되었을지 모르나, 원래의 작품에 매우 가까운 것으로 여겨지는 독립 작품이었던 것으로 추정된다. 전체적인 줄거리는 장원(莊園)의 관리였던 승려 조신이 명주 날리군 태수 김흔(金昕)의 딸을 사모하다 꿈을 꾸었는데, 고해(苦海)의 인생 역정을 겪고서 꿈을 깨어 깊은 불심으로 정토사(淨土寺)를 건립했다는 것이다. 전체 서사구조를 형성하는 데 중요한 구실을 하는 모티프는 관음보살의 영험성이고, 부차적 모티프들로는 현실계(夢遊 以前)와 비현실계(夢中)에 걸쳐 있는 '신분을 초월한 사랑'과 비현실계에만 나타나는 '신라말엽 유랑민들의 고통스런 삶', 현실계(夢遊 以後)에서의 석미륵(石彌勒)·정토사 연기(緣起)라 하겠다. 관음보살의 영험에 의해 꿈 속 경험은 현실적 욕망(渴愛)의 충족이 아닌 무상(無常)을 느끼게 함으로써, 조신으로 하여금 세속적 욕망의 헛됨을 깨

---

41) 각주3).

닫게 하고 있는 것이 중심 구조이다. 꿈 속 세계의 여인은 관음의 화현이라 볼 수 있다.

그런데 이러한 관음영험에 의한 불교적 진리의 깨달음을 짜임새 있게 형상화했다는 데 이 작품의 우수성이 있는 것은 아니다. 꿈 속 세계로 그려지는 신라 말엽 유랑민들의 일반적 삶의 고단함을 매우 현실적으로 그려내고 있다는 점이다. 기아와 전쟁으로 죽은 시체가 들판에 별처럼 널려 있었다는 최치원의 보고[42]에서 알 수 있는 현실세계를, 「조신전」은 굶어 죽은 아이를 묻으며 통곡하는 장면이나 걸식하던 딸이 개에게 물려 울부짖자 목이 메도록 우는 조신 부부의 장면 등 구체적·극적 장면제시를 통해 드러냈다. 즉, 「조신전」은 꿈과 현실이 다르지 않다는 불교적 인식론과 세속적 욕망의 허망함이라는 불교적 윤리의식에 입각해 관음보살 모티프를 끌어들여 창작했지만, 신분적 불평등이나 민중의 고통스런 삶을 여실하게 드러내려 한 점에서 그 소설사적 의의는 남다르다.

이 「조신전」의 유형을 계승하고 있는 작품으로는 김시습의 「만복사저포기」와 김만중의 「구운몽」을 상정할 수 있으리라 본다. 양생이 만복사의 부처와 저포내기를 해 배필을 얻게 해달라고 기원한다. 양생은 여귀(女鬼)와 인연을 맺어 성적 욕망을 충족시키고, 결국에는 본능적 욕망과 물질이 모두 허망함을 깨닫는다는 것이 「만복사저포기」의 내용이다. 「구운몽」 역시 꿈과 현실의 이중구조를 통해 무상의 주제를 밀도 있게 그림으로써 「조신전」의 서사적 폭의 확장이나 주제의식의 심화가 이루어졌다고 말할 수 있다. 세 작품 모두 관음의 직접적인 화신의 모습이 그려지지 않지만, 그것이 깨달음의 안내자인 관음과 같은 불보살의 영험을 서사구조의 기초로 삼는다는 점에서 유사성이 확인된다.

---

42) 『韓國金石遺文』, 「海印寺妙吉祥塔記」, '餓殍戰死 原野星排.'

4. 소설발생의 문제-결론에 대신하여

관음화현의 상상력은 불경이나 위경, 관음영험설화로의 전변 과정을 거치면서 매우 흥미로운 서사물들을 양산해 냈다. 특히 한반도에서 관음이라는 보살의 출현은 네 유형의 관음설화를 창작하게 하였음을 확인할 수 있었다. 그리고 그러한 유형들이 후대의 고소설과 매우 밀접한 관계를 유지하고 있음을 간략하게나마 살펴보았다.

그러한 서사적 전통은 우리 한국인들의 관음사상과 미의식이 작용함으로써 만들어진 결과라 하겠는데, 일반적으로『금오신화(金鰲新話)』를 기점으로 논하는 고소설 발생의 문제에서 관음설화의 전변(轉變) 과정이 소설로의 이행과정을 드러내고 있음을 확인할 수 있었다. 즉, 구복(求福)을 문제삼는 관음영험설화에서 세 유형으로 살핀 깨달음[悟道]을 문제삼는 관음설화까지의 서사적 편폭은 소설로의 이행과정을 여실히 드러내고도 남는다. 이 유형들을 다시 한 번 정리하면 아래와 같다.

> A:①대중의 ②부정적 현실 타개에 대한 기원을 ③관음이 방편으로써 (化現) ④성취시켜준다
> B:①고승이 ②관음 친견을 기원하여 ③관음이 방편으로써 ④성취(또는 실패)하게 한다
> C:①수행자의 ②맹렬한 성도(成道) 기원을 ③관음이 방편으로써 ④성취시켜준다
> D:①대중의 ②세속적 욕망 기원을 ③관음이 방편으로써 ④여의게한다

대중의 구복(求福) 성취를 문제삼는 A유형은 '기원→성취'라는 단순 구조를 지닌 채 불교에 귀의하게끔 만드는 '관음보살의 영험이적담(靈驗

異蹟談)'이라 할 수 있는 것이다. 이러한 유형은 현실적 장애나 복덕(福德)을 절대자에게 의지해 보려는 민중의 주력관념(呪力觀念)이 투영된 것이라 하겠는데, 가장 많이 유포되고 많은 소설 속의 삽화로 활용되어 왔다. 그런데 서술자가 불교적 현실 인식을 드러내면서, 깨달음의 문제를 주제화하고 있는 B~D까지의 세 유형은 한층 소설적 형태에 가까워져 가고 있다. 그 중 B는 고승(高僧)이라는 역사적이며 뛰어난 존재를 앞세워 관음보살의 신통력과 그 고승의 덕성을 포폄(褒貶)하는 성격을 드러내며, C는 맹렬한 성도 기원을 통한 불보살(佛菩薩)로의 상승을 말하는 종교적 신비감을 자아내게 하며, D는 등장인물의 욕망이 이전과는 달리 부정적·세속적인 문제로 인간 생애의 근본적 고통을 여실하게 확인함으로써 깨달음을 얻는 이야기이다. 여기서 C는 '종교적 성격'을 한껏 드러내면서 그 서술기법에 있어서 '소설적 성격'을 많이 내포하고 있으며, D는 '종교적 성격'을 일정 정도 벗어나면서 현실 문제의 심각한 접근을 시도함과 동시에 서술기법 또한 뛰어나다.

일반적으로 설화(說話), 전기(傳奇)소설(小說), 변문(變文) 등 어느 하나의 하위서사장르에 귀속시키려 하는 나려 시대의 작품들 가운데 관음과 관련된 서사물들은 이처럼 다양한 유형과 서사적 편폭에서의 차이를 드러내고 있다. 그것은 소설 발생의 문제에 있어서 중요하게 논구되어야 할 점이며, 일정한 개념상의 합의와 그 서사물들에 대한 올바른 자리매김을 요구하고 있는 것으로 판단된다. 또한 관음설화가 구체적으로 어떻게 고소설에 영향을 끼치고 있는지에 대한 소설 미학적 접근 또한 차분히 이루어져야 할 것이다.

제 3 장

불교문학의 환상성과 사찰연기설화

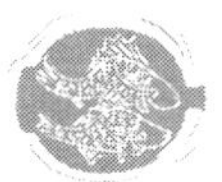

1. 머리말

한국문학사에서 불교문학은 오랜 전통을 지니고 있지만 그것이 지닌 문학적 원리에 대한 심도 있는 연구는 아직도 미진하다. 이는 서구의 문학 이론에 뿌리를 둔 불교문학 텍스트의 고찰에 만족한 데서 비롯된 결과이며, 불교 문학 텍스트의 형성에 직접적인 영향을 끼친 불교의 사유 방식이나 형상화 방식에 대한 통찰을 바탕으로 이론을 추출하지 못했기 때문이 아닐까. 불교문학 텍스트를 대하면서 서구문학의 일반론만을 가지고 이해하는 것은 합당하지 않다. 불교에 대한 초보적 수준의 이해, 체화되지 못한 피상적 이해로 문학 연구자들이 불교문학 연구를 모두 끝낸 것처럼 여유를 부리지나 않았는지 반성하게 된다.

이 글은 불교의 환상성을 다루고 있다. 20세기 들어 국내외의 수많은 학자들이 미메시스의 대립 개념으로 환상을 논하고 이론화하는 작업이 이어졌다. 그 과정에서 불교의 환상 개념이 기존의 이론들과 커다란 차이점이 있음을 간과하고 있었다. 불교계에서는 일찌감치 '환(幻)', '환상(幻想)', '몽환(夢幻)' 등의 용어를 써 가면서, 현실계마저 환상이라 주장했고 그에 기반을 둔 문학 창작도 지속적으로 행해졌다. 불교적 사유 속에서 '환상'은 현실을 이해하는 방식이었으며, 진리를 드러내는 또 다른 표현이었다 해도 지나친 말이 아니다.

불교문학에 드러나는 환상 또는 환상성에 대한 이해는 불교문학 전반에 작용하는 근본 원리를 파악하는 데 매우 유용한 것이라고 필자는 생각한다. 이 글은 이에 대한 연구를 미약하나마 시론적으로 접근하고 있다. 그리고 그 논의를 바탕으로 사찰연기설화를 구체적 분석대상으로 삼았다. 사찰의 창건이나 중창과 관련해 전해지는 연기설화들이 어떻게 환상적 이야기를 전개하며, 그것들이 지향하는 바가 무엇인지를 환상의 문제와 관련지어 살피고 있는 것이다. 한국의 모든 사찰연기설화를 다루지는 못하지만 대체적인 윤곽을 이 글을 통해 확인할 수 있을 것이다.

2. 불교문학의 환상성

1) 불교의 환상

대승불교에서 모든 현상은 '거짓[仮]이요 환상[幻]'이라 말한다. 실재(實在)한다고 알고 있는 것을 거짓 또는 환상이라 하니 납득하기 어렵다. 지금 우리가 사용하고 있는 환상(幻想, 幻像) 또는 'fantasy'의 개념과도 불교의 환상[幻]은 일정한 거리를 두고 있는 것으로 여겨진다.[1]

---

1) '幻'에 대하여 『中文大辭典』(中華學術院印行, 中華民國 74년)은 ① 속이다[相詐惑

현실과 대립되는 개념으로 환상을 보는 것을 불교에서는 거부하기 때문
이다. 환상을 이해하려 불교 문적을 뒤적여 몇 가지 진술을 끌어온다고
불교의 환상 개념이 정립되지도 않는다.2) 불교의 환상은 대승불교의 핵
심 개념들과의 관계 속에서 그 의미가 파악될 개념이기 때문이다.

대승불교는 모든 존재가 다른 것에 의지하여 일어난다는 연기(緣起,
pratīya-samutpāda)를 근본 사상으로 내세운다. 대승불교를 크게 드날린
용수(龍樹, Nāgārjuna)는 모든 것은 "발생하지도 않고 소멸하지도 않으며
상주하지도 않고 단멸(斷滅)하지도 않으며 같지도 않고 다르지도 않으며
오지도 않고 가지도 않"3)는다고 말하며 그 이유를 연기 때문이라 한다.
그리고 용수는 "모든 법의 자성(自性)은 연(緣) 속에 있지 않으며, 자성
이 있지 않으니 타성도 있지 않네."4)라고 말한다. 만일 어떤 존재가 실
재한다면 자성(自性)을 가지고 자존(自存)해야 한다. 그러나 경험 세계에
서 자존하는 것은 아무것도 없다. 감각이나 의식 그 무엇도 자존하지 않

也), ② 모양이 바뀌다〔化爲幻〕 ③ 거짓 모습〔仮象〕 ④ 요술〔妖術也〕 ⑤ 현혹하다
〔與眩通〕 ⑥ 지음〔古作云〕 등의 뜻으로 풀이했다.

임지룡(「환상성의 언어적 양상과 인지적 해석」, 『국어국문학』 137, 국어국문학회,
2004. 9)은 사전류들을 살펴 '환상성'을 "사실적·현실적·구체적·객관적·물리적
인 대상의 인식에 대립되는 허구적·가상적·추상적·주관적·심리적인 대상 인식
의 작용방식'이라고 규정하고 있다.
2) 이승수(「서사에서 환상 여성의 인접성과 그 의미」, 『한국고전여성문학연구』 2, 월
인, 2001, 139~140쪽)는 『원각경』을 통해 '모든 존재가 幻임을 인식하고 궁극적
으로 거기에서 벗어나는 것을 覺이라고 한다'고 살폈고, 牧隱의 〈幻菴記〉나 〈구운
몽〉, 『금강경』 등을 통해 '정리하면 幻은 존재론적으로 有와 無 사이에 있는 것으로,
순간적이지만 실존하는 세계이다.……空을 기준으로 볼 때는 현세의 삶이 幻이지만,
현세의 삶을 기준으로 할 때는 꿈〔夢〕과 같은 것이 바로 幻인 것이다.'라고 이해하였
다. 그의 분석은 幻의 쓰임을 찾아 정리하고 있지만 불교 또는 불교문학이 말하는
幻의 개념을 잘 드러내지는 못한 것으로 판단된다.
3) 龍樹, 鳩摩羅什 譯, 『中論』, 「觀因緣」 品, 第一, "不生亦不滅 不常亦不斷 不一亦
不異 不來亦不出."
4) 용수, 구마라습 역, 『중론』, 「관인연」 품, 제1, "如諸法自性 不在於緣中 以無自性故
他性亦復無"

는다. 눈이 있어야 색깔을 볼 수 있고, 색깔이 있어야 눈으로 볼 수 있다. 의식의 상태를 떠난 자아(自我)란 있을 수 없으며, 행위와 느낌 그리고 사유에 앞서 존재하는 자아도 있을 수 없다. 그래서 세계는 자성(自性)이 없는 온갖 속성과 관계들의 체계일 뿐이다. 실재하는 구체적이거나 개별적인 것은 아무것도 없다. 모두 연기에 따른 것일 뿐이다. 이러한 연기의 법칙을 공(空, śūnyatā)이라고 말한다. 이때 공이란 무(無)를 뜻하거나 속성이 없는 공허(空虛)를 말하는 것이 아니다.5)

이처럼 일체가 연기(緣起) 곧 공(空)의 성질을 갖고 있으므로 대승불교는 모든 사물이나 현상을 가명(仮名, prajñapti)이며, 환(幻)이요, 몽(夢)이라 말하는 것이다. "어떤 것이 제법(諸法)의 실상인가. 일체법이 무구(無垢)한 것이니 모든 것은 성(性)이 공(空)하여 나도 없고 중생도 없으며, 환과 같고, 꿈과 같고, 울림과 같고, 그림자와 같으며, 불꽃과 같은 것이다."6) "일체의 법은 꿈, 환상, 물거품, 그림자와 같으며, 이슬과 번개와도 같으니 마땅히 이와 같이 바라보아야 한다."7) 공, 연기를 바탕으로 대승불교의 환상(幻)이 출현하고 있는 것이다.

> 환상인 줄 알면 곧 여읜 것이라 더 방편 지을 것이 없고 환상을 여의면 곧 깨친 것이니 또한 닦아 갈 것도 없다. – 마음은 요술쟁이다. 몸은

---

5) 히로사치야, 강기희 역, 『소승 대승』, 민족사, 1990, 270~272쪽 참조.
   라다크리슈난, 이거룡 역, 『인도철학사Ⅱ』, 한길사, 525~540쪽 참조.
   고익진(『한국의 불교사상』, 동국대학교출판부, 1987, 123쪽)은 용수가 말하는 공의 측면을 '①일체법이 공이라는 것(śūnyatā)과 ②그 이유(空因緣, śūnyatāprayojana)와 ③공하기에 오히려 일체법이 성립케 된다는 것(空義, śūnyatārtha)'이라고 말한다.
6) 구마라습 역, 『小品般若經』 卷10(『大正新修大藏經』 8, 580·b쪽), "何等是諸法實相 佛說一切法無垢 何以故 一切法性空 一切法無我無衆生 一切如幻如夢如響如影如炎."
7) 구마라습 역, 『金剛經』, "一切有爲法 如夢幻泡影 如露亦如電 應作如是觀."

> 환상의 성이고 세계는 환상의 옷이며, 이름과 형상은 환상의 밥이다. 마음을 내고 생각을 일으키는 것, 거짓이다 참이다 하는 것, 그 어느 것 하나도 환상 아닌 것이 없다. 시작도 없는 아득한 환상 같은 무명이 모두 본마음에서 나온 것이다. 환상은 실체가 없어 허공의 꽃과 같으므로, 환상이 없어지면 그 자리가 곧 부동지다. 꿈에 병이 나서 의사를 찾던 사람이 잠을 깨면 근심이 사라지듯, 모든 것이 환상인 줄 아는 사람 또한 그러하다.[8]

서산대사 역시 대승불교의 공관(空觀)의 입장에서 환상을 말하고 있다. 그는 공관을 바탕으로 모든 만물이 자성(自性)이 없으므로 환상이라 하는 것이다. 그 환상을 깨버리고 부동지(不動知)의 자리에 든 것을 '깨침'이라 했다. 그러나 겉으로만 보면 번연히 보이는 사물이나 현상을 환상이라 하는 것처럼 보이게 한다.

그래서 환상은 조선의 수많은 유학자들에게 불교를 탄압하는 구실이 되었다. 정도전은 「불씨잡변」에서 "거짓〔仮〕이라는 것은 일시적인 것으로 천만 년 오래 갈 수 없는 것이며 환상〔幻〕이라고 하는 것은 한 사람을 속일 수 있어도 천만 사람을 믿게 할 수는 없는 것인데, 오래된 천지나 항상 생겨나는 만물을 거짓〔仮〕이라 하고 환상〔幻〕이라 하니 이는 어떻게 된 말인가?"[9] 라고 비난을 서슴지 않았다. 이러한 비난이 고려시대까지 있었던 불교적 폐단을 바로잡으면서 유교적 이상 국가를 꿈꾼 데서 비롯된 주장이라 하더라도 그는 실로 공(空)에 대한 편협한 이해를 바탕으로 그런 주장을 했던 것이다. 왜냐하면 제법(諸法)의 실상은 세간

---

8) 西山, 『禪家龜鑑』, "知幻卽離 不作方便 離幻卽覺 亦無漸次 – 心爲幻師也 身爲幻城也 世界幻衣也 名相幻食也 至於起心動念 言妄言眞 無非幻也 又無始幻無明 皆從覺心生 幻幻如空花幻滅 名不動 故夢瘡求醫者 寤來無方便 知幻者 亦如是."

9) 鄭道傳, 『佛氏雜辯』, 「佛氏眞仮之辨」, "且仮者 可暫於一時 而不可久於千萬世 幻者 可欺於一人 而不可信於千萬人 而以天地之常久 萬物之常生 謂之仮且幻 抑何說歟."

에서 불변의 자성(自性)과 존재성(存在性)이 없이 연생(緣生)·연멸(緣滅)하는, 즉 연기(緣起)에 바탕을 둔 상태에서 절대 진리의 개념을 공(空)이라 말하는 것이기 때문이다. 대승불교는 이러한 진리를 대중에게 가르치려 했던 것이다.

일찍이 용수는 이러한 공에 대한 문제제기가 있을 것임을 『중론송』에서 예견하여 "만일 네가 모든 존재가 실재한다고 보고 있다면 너는 인연 없이 존재하는 것을 보고 있는 것이다."라고 표현하고, "여러 인연으로 생겨난 것〔緣起한 것〕을 가리켜 우리는 모두 공(空)하다고 말한다. 그러므로 또한 그것은 가명(仮名)으로 그렇게 부른 것이요, 또한 여기에 중도(中道)의 뜻이 있다."10)라는 유명한 게송을 읊었다. 중도라 함은 인연에 의해 생긴 것이 반드시 있는 것도 아니고, 공이라 하더라도 반드시 공이 아닌 공유불이(空有不二)라는 천태 혜문(慧文)의 해석11)으로 이어졌다. 주자(朱子) 역시 불교가 왜 존재를 공(空)이라 주장하는가를 살피지 못한 한계를 지녔고,12) 그에 많이 의지한 정도전을 비롯한 조선의 유학자들도 똑같은 한계를 노정하고 있었던 것이다.

그런데 이러한 불교의 공 또는 환상의 의미는 일반인들이 쉽게 이해할 성질의 것이 아니다. 왜냐하면 우리가 살아가고 있는 생생한 실재를 환상이라 해서는 살아갈 수 없기 때문이다. 그것은 허무주의이기 때문이다. 용수는 이런 문제를 해결하기 위해 이제설(二諦說)을 말한다. 그는 절대적 진리를 뜻하는 진제(眞諦, 勝義諦, 第一義諦, paramārtha satya)와 경험적 진리를 뜻하는 속제(俗諦, 世俗諦, 第二義諦 samvaharasatya)라는 두 진리를 상정했다.13) 이를 통해 공이며 환상이라 하여 현실을 부정함

---

10) 용수, 『中論頌』〔필자는 황산덕 번역(『世界의 大思想 31』, 휘문출판사, 1984, 74
~75쪽)을 참조하였다.〕
11) 志磐, 『佛祖統紀』(『大正藏』, 49, 178下.)
12) 윤영해, 『주자의 선불교비판 연구』, 민족사, 2000, 346쪽.

으로써 빚어지는 절대적 허무주의와 현실 생활 간의 모순을 해소하려 했다.

여기서 절대적 진리라 할 공의 세계는 인간의 언어로써 표현될 수 없는 것이다. "모든 법들의 실상에는 마음의 작용과 언설(言說)이 끊어져 있네. 발생하지도 않고 소멸하지도 않아 적멸해서 열반과 같네."14) 인간의 언어는 차별을 전제로 하기 때문에 인간의 언어로 표현할 수 있는 것은 경험적 진리인 속제뿐이다. 절대적 진리는 분별하지 않는 지혜(無分別智)로써만 가능한데, 인간의 언어는 분별에 따른 것이므로 절대적 진리를 표현할 수 없다.

그렇다면 절대적 진리에 다가서려면 어떻게 해야 되는가? "만약 속제에 의지하지 않는다면 절대적 진리를 얻지 못하네. 절대적 진리를 얻지 못하면 열반을 얻지 못하네."15) 이 지점에서 분별하지 않는 지혜인 반야(般若)의 지혜를 닦는 육바라밀(六波羅密)의 실천이 나오고, 불교문학 발생의 근거가 마련된다. 이타적(利他的) 종교인 대승불교는 사부대중을 절대적 진리로 이끌기 위해 보시·지계·인욕·정진·선정·지혜 등의 실천법을 제시하며 끊임없이 수행해 나가라고 한다. 그리고 경전이나 문학 텍스트를 이용해 다양한 근기에 접근하려는 노력이 뒤따르게 되었다고 하겠다. 그러한 참선, 염불, 경전, 문학 텍스트 등을 가리켜 불교에서는 방편(方便)이라 한다. 그러한 논리 속에서 불교문학은 무명(無明)에 사로잡힌 대중들로 하여금 공(空) 또는 환상을 이해시키기 위한 방편이면서, 진리에 다가서게 하는 세속적 표현인 것이다.

---

13) 용수, 구마라습 역, 『중론』, 「觀四諦」 品, 第二十四, "諸佛依二諦 爲衆生說法 一 以世俗諦 二第一義諦."
14) 용수, 위의 책, 「觀法」 品, 제7, "諸法實相者 心行言語斷 無生亦無滅 寂滅如涅槃."
15) 용수, 앞의 책, 「관사체」 品, 제10, "若不依俗諦 不得第一義 不得第一義 則不得涅槃."

2) 불교문학의 환상

불교문학은 대중을 절대적 진리에 이르게 하기 위한 방편이다. 불교문학이 사용하는 언어는 세속제(世俗諦)에 따른다. 모든 존재의 현상적인 모습(相)과 가유성(假有性)을 사회에서는 언어적 논리에 기반을 두고 있는데, 이것이 세속제이다. 불교의 절대적 진리인 승의제(勝義諦)로 대중을 이끌기 위해 이 언어를 사용해야 하고, 거짓이며 환상인 현실을 대중에게 쉽고 흥미로우며 미적으로 형상화하여 보여주는 데에 불교문학의 목적이 있게 된다. 모든 존재의 실상과 진실을 논서(論書)를 통해서도 보여주지만, 한편으로는 시와 서사 텍스트를 통해서도 표현하는 것이다.

그렇다면 불교문학을 창작하는 자는 절대적 진리를 깨달은 자만이 가능하지 않을까? 그렇지 않다. 창작자는 끊임없이 반야바라밀다(般若波羅蜜多 prajñāpāramitā)를 추구해 나가는 과정 속에 있는 존재이며, 문학적 형상화는 이미 세속의 언어 논리에 따른 것이므로 절대적 진리 자체일 수 없다. 불교문학은 수행의 과정을 보여줄 뿐이며, 진리에 다가서는 방편일 뿐이다. 절대적 진리에 다가서기 위해 세속의 언어를 사용한다고 하더라도, 그것은 언어와 묘사를 초월한 세계이기 때문이다.

불교문학이 추구하는 것은 절대적 진리일 수 있으나, 그러한 진리의 추구는 일반적으로 두 방향을 갖는다고 볼 수 있다. 그 하나는 세속적 현실을 긍정하는 방향이요, 다른 하나는 세속적 현실을 부정하는 방향이다. 불교문학은 세속계에서 절대화된 가치와 인식 세계를 부정함으로써, 또는 반야의 지혜를 바탕으로 지속적인 육바라밀의 실천을 긍정함으로써 불교의 교훈을 미적으로 전달한다. 단순화하면 '부정'과 '긍정'의 미적 형상화가 불교문학이다. 이 부정과 긍정은 각각 존재하는 것 같지만 대부분 결합되어 나타나곤 한다.

첫 번째, 불교문학은 반야의 지혜를 통한 바라밀(波羅蜜)을 형상화하려 한다. 반야(般若)는 지혜를 말한다. 언제나 어리석지 않고 항상 지혜를 행하는 것을 반야행이라 한다.16) 보시·지계·인욕·정진·선정 등의 바라밀은 반드시 지혜바라밀을 그 바탕으로 해야 하는데, 이때의 지혜는 좋고 나쁨 등이 존재하는 분별지(分別智)라 할 것이다. 그러나 반야의 지혜는 무분별지(無分別智)요, 대승불교에서 추구하는 지혜이며, 공(空)한 지혜요, 궁극의 지혜다.17) 지혜가 없이 바라밀을 행하다가는 좋지 않은 일이 발생할 수 있다. "보살이 탐욕과 진에와 사견 등 갖가지 번뇌에 머물면서 공덕의 뿌리를 심는 것"18)은 지혜 없는 방편 수행이다. 불교문학은 이러한 반야의 지혜를 바탕으로 절대적 진리를 찾는 수행을 계속 해 나가야 함을 형상화한다. 이는 물론 현실 부정의 논리인 공을 바탕으로 한 수행을 말하는 것이다. 예컨대 구슬을 먹은 거위를 살린 비구의 이야기와 같은 것이다. 잠시 머물던 집에서 거위가 집 주인의 구슬을 삼켜 버렸는데, 주인은 그 구슬을 비구가 훔쳤다면서 비구를 닦아세운다. 이때 비구는 사실을 말하면 거위를 죽여 살생계를 범하게 되고, 거짓말을 하면 망어계를 범하게 되는 상황이었다. 비구는 거위가 구슬을 삼켰음을 주인이 스스로 알 때까지 아무 말도 하지 않고 모진 고초를 견디어낸다.19) 인욕바라밀(忍辱波羅蜜)을 지혜롭게 실천하는 방식에 대해 이 설화는 말하고 있다.

---

16) 惠能, 『六祖壇經』, 3장, 〈般若〉, "般若是智惠 一切時中 念念不愚 常行智惠 名般若行."
17) 히로사치야, 앞의 책, 279~280쪽.
18) 구마라습 역, 『維摩詰所說經』, 「文殊師利問疾」 品, "謂菩薩 住貪欲瞋恚邪見等諸煩惱 而植衆德本 是名無慧方便縛"
19) 용수, 『大莊嚴論經』 卷11.

원하노니 나는 세세생생에
언제나 반야에서 물러나지 않고서
저 본사(本師)처럼 용맹스런 의지와
저 비로자나처럼 큰 각과(覺果)와
저 문수처럼 큰 지혜와
저 보현처럼 광대한 행과
저 지장처럼 한없는 몸과
저 관음처럼 삼십이 응신(應身)으로
시방 세계의 어디에나 나타나
모든 중생들을 무위(無爲)에 들게 하며
내 이름 듣는 이는 삼도(三途)를 면하고
내 얼굴 보는 이는 해탈을 얻게 하며
이렇게 항사겁(恒沙劫)을 교화한 뒤에
필경에는 부처도 중생도 없게 하리
원컨대 모든 천룡 팔부 신장님
나를 보호하기 위해 내 몸을 떠나지 않아
어떤 어려움에서도 어려움 없게 하여
이런 큰 발원을 성취하게 하소서[20]

나옹 화상이 지은 「발원」이라는 시이다. 반야의 지혜로써 수많은 부처님들과 같이 어디에나 나타나 모든 중생을 교화한 후 마침내는 공(空)으로 들게 해 달라는 큰 발원이다. 이타적 삶을 걷는 보살의 발원이 아닐 수 없다. 자신을 완성함과 동시에 대중을 절대 진리로 이끌고자 하는

---

20) 懶翁, 〈發願〉, "願我世世生生處 常於般若不退轉 如彼本師勇猛志 如彼舍那大覺果 如彼文殊大智慧 如彼普賢光大行 如彼地藏無邊身 如彼觀音三十應 十方世界無不現 普令衆生入無爲 聞我名者免三途 見我形者得解脫 如是教化恒沙劫 畢竟無佛及衆生 願諸千龍八部神 爲我擁護不難身 於諸難處無諸難 如是大願能成就."(김달진 역주, 『한가로운 도인의 길-懶翁和尙法語集』, 세계사, 1992, 205~207쪽.)

바라밀의 모습이 그대로 투영된 시이다.

이외에도 한국의 서사문학에서 「심청전」은 보시바라밀(布施波羅蜜)과 관련하여 소설화된 작품이라 볼 수 있으며, 「구운몽」은 지계바라밀(持戒波羅蜜)과 정진바라밀(精進波羅蜜) 등과 관련된 작품이라 볼 수 있다. 또한 수많은 불교설화나 불교 시들이 이러한 문제들을 끊임없이 형상화하고 있다고 하겠다.

두 번째, 불교문학은 일반적으로 세속의 진리를 절대화하는 것들에 대한 전복적(顚覆的) 사고의 형상화로 나타난다. 인간 이성에 의해 만들어졌으며, 문자적으로 은폐해버린 경험적 진리를 깨는 일을 불교문학은 수행한다. 나아가 전복적 사고의 문학적 형상화는 공(空)을 절대화하는 것까지도 부정한다.21) 이때 전복적 사고의 형상화 방식은 '환상'인 세속의 현실과 비현실을 모두 문제 삼는다.

> 형상 없는 가운데서 몸 태어남이
> 요술처럼 온갖 형상 나는 듯하네.
> 허깨비 마음과 식(識), 본래 없으니
> 죄와 복 모두 공(空)하여 머물 곳 없네.22)

> 일으킨 모든 착한 법 본래 허깨비요
> 짓는 모든 악한 법 모두 허깨비라.
> 몸은 거품 같고, 마음은 바람 같아서

---

21) 육조 혜능은 "마음의 양은 넓고 커서 마치 허공과 같습니다. 그러나 빈 마음(空心)으로 앉아 있지 마십시오. 그러면 곧 무기공(無記空)에 떨어질 것입니다."(혜능, 앞의 책, "心量廣大 猶如虛空 莫空心坐 卽落無記空.")라고 말했다. 무기공이란 적(寂)·차(遮)·적적(寂寂)·진공(眞空)에 집착하여 지혜의 작용이 결여된 상태를 말한다.(김윤수 역주, 『육조단경 읽기』, 마고북스, 2003, 187~189쪽.) 절대 진리에 집착만 하면서 마음을 쓰지 않는 禪病을 지적하는 것이다.

22) 淨修禪師文㑨登, 『祖堂集』卷1, "身從無相中受生 喻如幻出諸形像 幻人心識本來空 罪福皆空無所住."

허깨비가 내는 것, 근거도 진실도 없어라.23)

　　석가모니불을 비롯한 과거칠불에서부터 당말(唐末) 오대(五代)까지의
선사들의 행적이나 게송 등을 담은 『조당집』에서 왕족이었던 비바시불
(毘婆尸佛)과 시기불(尸棄佛)을 기린 게송이다. 허깨비라 번역되는 ‘幻’을
구절마다 쓰면서 몸과 의식, 선악 등이 자성(自性) 없이 공(空)할 따름임
을 두 게송은 노래하고 있다. 또한 선시(禪詩)가 보이는 역설적 논리도
경험적 진리가 거짓이며 환상임을 드러내기 위한 것이라 볼 수 있다.

　　　원효가 여러 불경들의 주석과 해석을 하면서 매양 (혜공)법사에게 와
　　서 의심나는 것도 묻고 가끔 농담도 하였다. 하루는 두 사람이 시냇가에
　　서 고기를 잡아먹고 돌바닥 위에 똥을 누었는데 공이 이것을 가리키면서
　　장난말로 “너는 똥을 누고 나는 고기를 누었다!”고 하였으므로 따라서 절
　　이름을 오어사(吾魚寺)라 하였다. 어떤 사람은 이것을 원효 대사의 말이
　　라고 하는데 이는 틀린 말이다. 세간에서는 이 시내를 잘못 불러 모의천
　　(芼矣川)이라고 한다.24)

　　혜공은 천진공(天眞公)의 집 품팔이 노파의 아들로 미천한 계급에 속
했다. 그런데 그는 종기로 죽어가는 천진공을 구하고, 천진공이 생각한
매를 일찌감치 가져다주는 등 경이로운 인간이었다. 천진공은 마침내 자
신의 하인인 혜공에게 머리를 조아려 도사(導師)가 되어 줄 것을 빈다.
곧 혜공 설화는 계급적 귀천이 엄연히 존재했던 당시 현실을 비판하고
있는 것이다. 그리고 인용은 성사(聖師)라 알려진 원효가 물고기를 잡아

---

23) 위의 책, “起諸善法本是幻 造諸惡業亦是幻 身如聚沫心如風 幻出無根無實性.”
24) 一然, 『三國遺事』, 「二惠同塵」條, ‘元曉撰諸經疏 每就師質疑 或相調戲 一日二公
　　沿溪掇魚蝦而啖之 放便於石上 公指之戲曰 汝屎吾魚 故因名吾魚寺 或人以此爲
　　曉師之語 濫也 鄕俗訛曰芼矣川’

먹고는 혜공과 함께 엉덩이를 드러내고 똥을 누는 해학적인 장면을 연출하고, 성사가 눈 똥은 똥으로 끝나지만 사회에서 미천하다 여기는 혜공이 눈 똥은 물고기가 된다고 말하여 사회적 귀천이 뒤집혀짐을 말한다.[25] 곧 혜공 설화는 경험적 진리라 할 귀천·성속·미추·생사 등의 분별이 모두가 망집(妄執)이며 환상〔幻〕일 뿐이라는 것을 절묘하게 드러내고 있는 것이다. 이 설화는 당대의 사람들이 절대적 진리라 판단하는 세속 현실이 공이요, 환상임을 말하려는 현실 전복적 사고가 밑바탕에 깔려 있다.

나아가 불교문학은 우리가 비현실적이라고 여기는 것, 곧 세속에서 환상이라고 판단하는 모티프들을 적극 활용하여 절대적 진리에 다가서려 한다. 예컨대, 이규보는 「왕륜사장육금상영험수습기」에서 다음과 같은 표현으로 불교문학이 보이는 환상의 성격을 말하기도 했다.

> 여러 불보살의 신통(神通)한 방편은 변화가 자유자재하여 가능한 것도 없고 불가능한 것도 없으며, 또한 눈에 보이는 빛깔과 형상에서 찾을 수도 없는 것이다. 그렇다면 그 광명과 영험이 드러나지 않는 것은 드러내지 않아서가 아니라 잠깐 그 작용을 감추었기 때문이다. 때로는 기틀에 감응하여 그 영험을 나타내는 것처럼 느껴지는데, 이는 자연스레 방편이 드러나는 바로서 대개의 사람에게는 잗다란 일이다. 그러나 세상 사람들의 평범한 눈으로 본다면 그것이 어찌 놀랍고 또 신기하게 여겨져서 신앙심을 더욱 두텁게 하지 않겠는가. 성실한 신앙심이 두터워지면 부처는 문득 이에 감응할 것이니, 그리하여 그 신령한 감응은 또 더욱 드러날 것이다. 이것이 세상에서 어느 절 어느 불상은 매우 영험이 있다고 소란하게 전파되는 것일 뿐이다.[26]

---

25) 오대혁, 『원효설화의 美學』, 불교춘추사, 1999, 138~142쪽.
26) 李奎報, 「王輪寺丈六金像靈驗收拾記」(『東文選』 67권), "雖然諸佛菩薩之於神通 方便 遊戲自在 無可無不可 亦不可以色相求之者也 然則其不顯光靈 非不爲也 姑

　불보살의 신통이란 것은 눈으로 보이는 것이 아니라 기틀에 따라 그 영험을 나타내는 것처럼 느끼는 것이라고 했다. '응기부감(應機赴感)'이라 하여 중생이나 수행자에 따라서는 그 영험을 느낄 수 있다는 것이다. 하지만 그것은 지극히 잗다란 일에 불과하며, 그러한 일이 확대 재생산되어 사찰이나 불상의 영험 설화가 유포되고 있음을 말하고 있다. 이규보는 불교계 서사물들이 보여주는 환상적인 이야기들을 사실과 다르다 하여 버려야 할 것이라 하지 않고 대중을 이끌기 위한 방편이면 수용할 수 있다는 입장을 취했던 것이다. 대승불교의 방편적 차원과 결부되어 세속에서 말하는 환상적 모티프들이 적극 활용되었던 것이다. 그래서 참선과 염불 등을 통한 불보살 응현(應現), 저승·용궁·천상 등의 이계(異界), 축생과 귀신 등의 이류(異類), 고승의 이적(異蹟), 꿈 등 실로 다양한 불교적 모티프들이 문학 속에 등장하게 되었다.

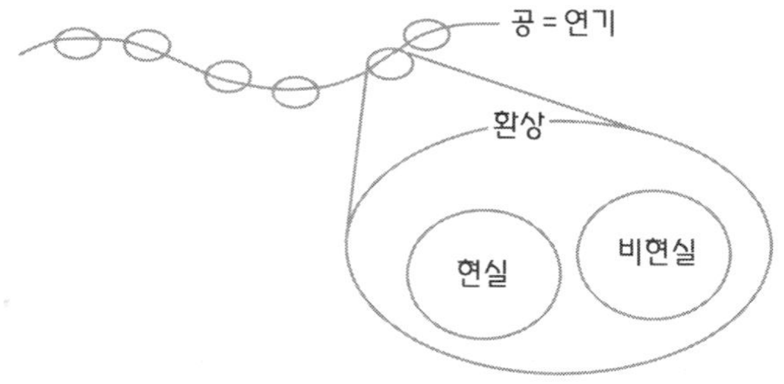

　지금까지의 논의를 정리해 보면 위와 같은 불교문학의 모습을 생각해 볼 수 있겠다. 위 그림에서 세속제(世俗諦)의 시각에서 현실이라 판단하거나 비현실이라 판단하는 것은 모두 환상임을 드러내고 있다. 비현실

藏其用而已矣 若時乎應機赴感 有以顯其靈應 是亦自然方便所示 而盖至人之細也 然以世之凡眼見之 則安得不驚駭且異 而篤生精信之心耶 精信之心篤 則佛輒應之 而其靈應又益顯矣 是世所譁傳某寺某佛像 有大靈驗者之類是已."

은 세속적 시각에서 환상이라 표현하기도 하는 것이로되, 불교의 환상 개념과 동일하게 쓰일 수 없으므로 비현실이라는 용어를 써서 나타내었다.

위와 같이 나타낼 수 있는 불교문학의 환상은 가시적 현실만을 중시하고 불교의 환상이 뜻하는 바를 이해하려들지 않았던 대부분의 유학자들에게는 도저히 용납되지 않았던 것으로 보인다.[27) 유가(儒家)는 현실을 금과옥조로 여기면서 불교계 서사문학을 비롯한 비현실적인 모티프들을 많이 등장시키는 문학에 대해 극도의 거부감을 드러내곤 했다. 그들은 '술이부작(述而不作)'이나 '자불언괴력난신(子不言怪力亂神)'이라는 서술 태도를 떠올리면서 서사문학 가운데서는 '경험적 서사'인 전(傳)이나 잡록(雜錄) 등의 서사문학을 중심에 두고 '허구적 서사'인 전기(傳奇)나 우언(寓言) 등을 정통 서사 양식에서 배제하곤 했다. 나아가 허구성을 그 본질로 삼는 소설문학에 대해 유학자들은 여러 이유를 들어 배격하였다. 심성 수양에 방해가 되고, 역사적 사실과 멀며, 지배층에 대한 비판을 담고 있으며, 문체가 천박하다는 등의 이유를 들어 독서를 금지하거나 책을 불태우는 등의 행위까지 서슴지 않았다.[28) 허구적이며 비현실적인 것은 현실을 있는 그대로 보지 않는 것으로 여겼다. 그러나 불교문학은 그들이 중요하게 여긴 현실뿐만 아니라 비현실적인 것들도 모두 환

---

27) 한국불교어문학회 학술 발표회(2004. 11. 19)에서 질의를 해 주신 조현설 선생님이 유가들도 괴력난신을 현실 비판이나 교훈을 위해 활용했음을 말씀하셨다. 그 구체적인 예로 김시습, 신광한, 김안로, 김만중 등을 들었다. 이에 대해 필자는 김시습이나 김만중은 유가로만 볼 수 없으며, 그들의 불교적 성향을 감안한다면 구체적 예로써 부적절함을 말씀드렸다. 그리고 이 부분은 대부분의 유가들이 가졌던 서사문학에 대한 사고를 말했던 것이며, 앞선 논의들을 통해 불교문학이 드러내는 환상에 대해서는 자세하게 밝혀 놓았으니, 질의에 대해서는 어느 정도 답변이 되었으리라 본다. 토론을 해 주신 덕분에 깊이 있는 논문을 쓰기 위해 노력하게 되었음을 머리 숙여 감사드린다.

28) 최운식, 「조선시대의 소설관」, 『한국 고소설 연구』, 보고사, 2001(2판3쇄).

상으로 여겼다. 세속의 현실 속에서 비현실적인 것마저도 연기성(緣起性)을 지닌 채 천변만화하되 궁극적으로는 공(空)일 수밖에 없다는 생각을 했기 때문이다.

서구에서도 아리스토텔레스 이후 철학자들이나 기독교도들은 '미메시스'의 전통을 무심히 지속시키면서 문학적 비현실을 거짓말로 폄하해 왔다. 하지만 그들 역시 비현실적 사건을 다루지 않은 것은 아니며, 오히려 기독교를 전파하기 위해 수많은 '환상 문학'을 양산하고 있었다. 동서양의 주류 사상은 이렇듯 사실주의적 입장을 표방하면서 적당히 비현실적 모티프들을 이용해 왔다고 하겠다. 최근에는 이러한 전통에 대해 비판하면서 '환상'을 문학 본래의 충동이며, '등치적 리얼리티로부의 일탈'로 규정하는 '환상 문학론'이 문학 논의의 지형도를 바꾸고 있는 상황이다.29) 그런데 그들은 위 그림에서 불교문학에서 환상이라 여기는 세속의 세계를 현실과 비현실로 이원화하고, 그 비현실을 '환상'이라 말한다. 물론 토도로프 이후 로즈메리 젝슨이나 캐스린 흄과 같은 이들에 의해 '환상성'에 대한 깊이 있는 연구가 진척되었고, 그에 기반한 국내의 논의가 있지만30) 이들은 하나같이 문학 텍스트 내에 표현된 세계가 현실인가 비현실인가 여부를 따지고 비현실을 환상으로 다룬다는 점에서 불교문학의 환상 개념과는 근본적 차이를 지닌다.

지금까지 살핀 바를 통해 우리는 불교, 불교문학의 환상이 지닌 특

---

29) 캐스린 흄, 한창엽 옮김, 『환상과 미메시스』, 푸른나무, 2000, 33~66쪽.
30) 토도로프, 이기우 역, 『상징의 이론』, 한국문화사, 1995 ; 캐스린 흄, 위의 책 ; 로즈메리 잭슨, 서강여성문학연구회 옮김, 『환상성-전복의 문학』, 문학동네, 2001 ; 서강여성문학연구회, 『한국문학과 환상성』, 예림기획, 2001.
제47회 전국 국어국문학 학술대회 발표(2004. 6. 5)에 '문학유형 고찰 : 환상성'이라는 주제로 논문 발표가 있었고 이는 『국어국문학』 137호(2004. 9. 30)에 다시 실렸다. 임지룡, 「환상성의 언어적 양상과 인지적 해석」 ; 김성룡, 「우연성과 환상성」 ; 김경수, 「현대소설의 전개와 환상성」 등이 그것이다.

성을 대체적으로 확인할 수 있었다. 불교(대승불교)와 불교문학은 절대적 진리[勝義諦]와 세속적 진리[世俗諦]의 원리를 바탕으로 '환상'을 활용한다고 볼 수 있다. '불교문학'은 세속에서 절대화된 가치와 인식 세계를 부정함으로써, 또는 반야의 지혜를 바탕으로 지속적인 육바라밀의 실천을 긍정함으로써 불교의 교훈을 미적으로 전달하는 '환상의 문학'이다.

3. 사찰연기설화의 환상성

한반도에 불교가 전래되던 6세기 "절과 절이 별처럼 벌여 있고 탑과 탑이 기러기처럼 줄을 지었다. 법당을 세우고 범종도 달아 용상(龍象)의 스님들은 천하의 복된 밭이 되고 대승·소승 불법은 서울의 자애로운 구름이 되었다."31)고 표현할 정도로 수많은 사찰이 창건되었고, 이후에도 창사(創寺)와 폐사(閉寺)는 계속됐다. 『삼국유사』에서 사찰연기설화가 주로 서사화되어32) 지금까지도 문헌과 구비로 전승된다. 사찰을 중심으로 하여 한반도는 사찰연기설화로 충만케 되었던 것이다. 이러한 점을 생각할 때 사찰연기설화는 한국에서 불교계 서사문학, 나아가 불교문학을 대표할 만한 영역이라 할 것이다. 또한 사찰연기설화는 사찰의 영험을 강조하고 불교 교리를 흥미롭게 구조화하면서 불교문학의 환상성을 잘 드러내는 서사물로서 문학사적 의의가 높다 하겠다. 여기에서는 앞서 살핀 불교문학의 환상성을 바탕으로 사찰연기설화의 환상성을 고찰하려 한다.

---

31) 일연, 앞의 책, 권3 興法, 「原宗興法」조, "寺寺星張, 塔塔鴈行, 竪法幢, 懸梵鏡, 龍象釋徒, 爲寰中之福田, 大小乘法, 爲京國之慈雲."
32) 장덕순(『한국설화문학연구』, 서울대출판부, 1978)은 『삼국유사』에서 불교설화를 따로 설정하고 115편의 불교 전설 가운데 69편이 사원연기전설이라고 유형 분류하였다.

1) 역사와 환상

사찰연기설화는 일차적으로 사찰의 역사를 드러내려는 목적으로 이야기되거나 문헌에 기록되었다. 그러나 대승불교는 차별을 전제로 하는 언어 행위를 절대화하는 것을 거부했으며, 나아가 역사에 대한 인식도 유교의 입장과는 일정한 거리를 두었던 것으로 보인다. 이에 대해 사찰연기설화를 몇 편 살펴보고 어떻게 다른지를 들여다보자.

한반도의 역사는 불교와 유교가 화합과 경쟁, 대립의 관계를 끊임없이 이어왔고, 그로 인해 사찰의 내력을 이야기하는 설화들에서도 서술상의 편차를 드러낼 수밖에 없었다. 석대암연기설화를 기록한 민지의 「보개산석대사적기」(1307)를 보면 비현실적인 사건 전개에 대한 견해 차이가 엿보인다.

옛 기록에 말하기를, 옛날에 사냥꾼 순석 등 두 사람이 있었는데, 금 돼지 한 마리를 쏘았더니 화살에 맞은 상처에서 선혈이 땅에 뚝뚝 떨어졌고 돼지는 환희봉을 향해 달아났다. 산을 올라 쫓았더니 돼지가 멈춘 곳에 이르러 살펴보니 금 돼지는 보이지 않고, 다만 석상이 샘터 안에 묻혀서 얼굴 부분만 비쭉이 드러났고 몸체는 아직 숨겨져 있었는데, 왼쪽 어깨에 쏘아 맞춘 화살촉이 박혀 있었다. 두 사람이 크게 놀라 즉시 화살촉을 뽑고 석상의 몸을 꺼내고자 했지만 몸은 태산과 같이 움직이지 않았다. 두 사람이 더욱 놀라 서원을 세워 말했다. "대성인께서 우리들을 불쌍하게 여기셔서 제도하고 해탈시키고자 하여 이런 신이한 변신을 보이신 것이다. 만약 내일 샘물가 바위에 나와 앉아 있다면 우리들은 마땅히 출가하여 도를 닦을 일일 것이다." 그리고 물러났는데, 다음날 와서 보니 상이 바위 위에 올라 앉아 있었다. 두 사람은 곧바로 당나라 개원 8년 임신년(720)에 출가하고, 그 무리 삼백여 명을 이끌고 이 사찰을 창건하였다 …(중략)…

재상 나공이 이 산에 와서 진위를 가리고자 그 고적이 남았는지 물었다. 스님이 대답했다. "고적은 없고 다만 전설이 이와 같을 뿐입니다." 공이 말했다. "그렇다면 후세에 무엇을 가지고 믿을 수 있겠는가!" 그날 밤에 모습이 천왕 같이 생긴 신인이 나타나서 화를 내며 꾸짖어 말했다. "너는 어떤 사람이기에 진위를 구별하려고 하느냐? 이곳은 네가 머물 수 있는 곳이 아니니 당장 내려가도록 하라!" 공이 이에 너무나 두려워서 그날 밤으로 내달려 산 아래 심원사로 내려와 묵었다. 그밖에 여러 가지 신이한 일들은 이루 다 쓸 수 없을 정도다.

오호라! 여러 부처와 보살들이 크나큰 자비로 본체를 삼으셔서 일체의 몸으로 현신하신 것도 모두 중생을 제도하고 해탈케 하기 위한 큰 권도요 방편이고, 오직 우리 대성께서 사냥꾼을 위해서 돼지 몸으로 현신하신 것도 또한 이와 같다.[33]

사냥꾼이었던 순석 일행은 살생을 일삼는 사람들이었다. 곧 그는 악업을 계속 쌓던 인물이었다. 금 돼지라 생각하고 쏜 화살은 샘터 안에 있던 지장 석상의 어깨를 맞추었고, 다음날 그들의 소원대로 석상은 바위 위에 앉아 있었다. 그들은 놀라워하며 출가의 약속을 지키고 석대사를 창건했다고 했다. 악업을 쌓던 인물이 비현실적인 사건을 경험함으로써 개심하고 수도의 공간을 건설했다는 설화이다. 비현실적이며 신비로

---

33) 閔　漬,「寶盖山石臺事蹟記」, 임종욱 역,『佛教語文論集』3, 한국불교어문학회, 1998, 275~281쪽, "古記云 昔有獵士順碩等二人 射一今猪則所射之穴 鮮血點地 而從歡喜之去 上追至望其所止之處 則不見金猪 但見石像 在泉源中 而頭面已出 其身尙隱 左肩中有所射之箭故 二人 大驚 卽拔其箭 而因欲出其體 則體不動 如泰山 二人愕然 但立誓云 大聖旣已哀憐我等 爲欲度脫 現此神變 若明日 出坐泉邊之石上 我等當出家修道已 而退 翌日 來見之 像出坐于石上 二人卽出家于唐開元八年壬申 率其徒三百餘人 創是蘭若…(中略)…宰相羅公到此山 欲辨眞僞 而問其古蹟 僧曰 古蹟無 而但傳說如是耳 公曰 然則後世 何足信哉 卽於其夜 現見神人 狀若天王者 怒叱曰 汝何人 欲辨眞僞也 此地非汝所可留處 宜速下去 公於是大懼 而其夜步出 下至深源寺宿焉 其餘種種靈異之事 不可勝記也 於戲 諸佛菩薩 以大慈悲 爲體 現一切身者 皆爲度脫衆生之大權方便 唯我大聖 爲獵士 現猪身者 亦如是也."

운 이적(異蹟)은 사찰의 역사로써, 대중의 회심(回心)을 불러일으키는 방편으로써 기록되고 있는 것이다. 민지는 불교적 시각에서 비현실적 사건의 역사화를 긍정했다. 그런데 이 비현실적 사건에 대해 유자로 보이는 재상 나공은 그 진위를 가리려 들었다. 이에 신인이 꿈에 나타나 불호령을 내렸다고 했다. 「석대암 연기설화」는 비현실적 사건에 대한 유교와 불교의 다른 태도를 드러낸다.

유교와 불교의 역사 인식이 전승의 과정에서 팽팽히 맞섰던 사찰연기설화로는 자추사(刺楸寺, 지금의 栢栗寺)와 대왕흥륜사(大王興輪寺) 창사설화가 있다. 이 설화는 이차돈(異次頓)의 순교를 다루면서 신라 불교의 기원을 다룬 까닭에 여러 전승 이본으로 존재한다. 이본으로는 김대문(金大問)의 『계림잡전(鷄林雜傳)』(702~737), 『향전(鄕傳)』, 남간사(南澗寺) 일념(一念)의 「촉향분예불결사문(觸香墳禮佛結社文)」(806~820), 『백률사석당기(慶州栢栗寺石幢記)』(818), 각훈(覺訓)의 『해동고승전(海東高僧傳)』(1215), 「도리사아도화상사적비(桃李寺阿度和尙事蹟碑)」(1639) 등이 있다.

여기서 『계림잡전』은 『삼국사기』에 다시 실려 전한다. 여기에서 법흥왕은 불교를 일으키려고 반대하는 신하들을 눌러야 했다. 이때 흥불에 찬성하던 이차돈이 자신을 희생시켜 달라고 청했다. 처형 직전에 이차돈은 "나는 불법을 위해 형을 받기로 하였다. 만약에 불법이 신령스러움이 있다면 반드시 이상한 일이 있을 것이다."라고 말했다. 그런데 잘린 목에서 젖빛의 피가 용솟음쳐 나왔고, 이를 본 신하들이 다시는 불법 시행에 반대하지 않았다고 했다.34) 자추사와 흥륜사의 창건과 관련하여 직

---

34) 金富軾, 『三國史記』卷 1, 新羅本紀 4, 「法興王」條, "十五年 肇行佛法…(中略)… 王亦欲興佛敎 群臣不信 喋喋騰口舌 王難之 近臣異次頓(或云處道)奏曰 請斬小臣 以定衆議 王曰 本欲興道 而殺不辜非也 答曰 若道之得行 臣雖死無憾王 於是 召群臣問之 僉曰 今見僧徒 童頭異服 議論奇詭 而非常道 今若縱之 恐有後悔 臣等雖卽重罪 不敢奉詔 異次頓獨曰 今群臣之言非也 夫有非常之人 然後有非常之事 今聞佛敎淵奧 恐不可不信 王曰 衆人之信 牢不可破 汝獨異言 不能兩從 遂下

접적 진술은 보이지 않고, 젖빛의 피가 솟아올랐다는 비현실적 사건이 계기가 되어 불교가 공인되었음을 간략하게 밝혔다. 『계림잡전』에 실린 신이한 사건을 춘추필법(春秋筆法)을 앞세웠을 김부식이 수용하면서도 불교 공인의 이유를 '젖빛의 피'가 계기가 되었다고 서술했다. 김부식은 불교 공인의 핵심 사건이라 할 이와 같은 비현실적 사건을 배제한 채 역사 서술을 할 수 없었던 모양이다. 그렇지만 그 외에 불교적 의미를 부여하거나 다른 비현실적 사건을 서술하지는 않았다. 곧 역사적 현실성에 역점을 두었던 것이다.

그에 비해 원화(元和) 년간(806~820)에 남간사(南澗寺) 일념(一念)의 「촉향분예불결사문(觸香墳禮佛結社文)」에는 자세한 내막을 비현실적 사건을 가미하면서 역사적 서사물로 재구조화하려 한 흔적이 남았다. 법흥대왕(法興大王)과 이차돈의 대화는 고사를 인용하면서 충신과 자애로운 임금의 상을 확인시켜 준다. 신하들의 반대에 22세의 젊은 사인(舍人) 이차돈이 거짓으로 말씀을 전했다고 하여 자신의 목을 베어 왕의 말을 어기지 못하도록 하라고 충언한다. 이에 왕은 처음에는 거부하다가 그의 뜻을 따라 그를 죽인다. 그런데 목을 가르는 순간에 대한 서술은 앞선 김부식의 서술과 대조된다.

옥리(獄吏)가 그의 목을 베자, 흰 젖이 한 길이나 솟아올랐으며 하늘은 사방이 어두워 저녁의 빛을 감추고 땅이 진동하고 비가 뚝뚝 떨어졌다. 임금은 슬퍼하여 눈물이 곤룡포(袞龍袍)를 적시고 재상들은 근심하여 진땀이 선면(蟬冕)에까지 흘렀다. 감천(甘泉)이 갑자기 말라서 물고기와 자라가 다투어 뛰고 곧은 나무가 저절로 부러져서 원숭이들이 떼

吏將誅之 異次頓臨死曰 我爲法就刑 佛若有神 吾死必有異事 及斬之 血從斷處湧 色白如乳 衆怪之 不復非毀佛事(此據金大文鷄林雜傳所記書之 與韓奈麻金用行 所撰我道和尙碑所錄(恐與字之誤) 殊異)十六年 下令禁殺生."

지어 울었다. 춘궁(春宮)에서 말고삐를 나란히 하고 놀던 동무들은 피눈물을 흘리면서 서로 돌아보고 월정(月庭)에서 소매를 마주하던 친구들은 창자가 끊어지는 듯한 이별을 애석해 하여 관(棺)을 쳐다보고 우는 소리는 마치 부모를 잃은 것과 같았다. …(중략)…내인(內人)들은 이를 슬퍼하여 좋은 땅을 가려서 난야(蘭若)를 세우고 이름을 자추사(刺楸寺)라고 했다. 이로부터 집집마다 부처를 받들면 반드시 대대로 영화를 얻게 되고, 사람마다 불도를 행하면 마땅히 불교의 이익을 얻게 되었다.[35]

목을 베는 순간 흰 젖이 한 길이나 솟아오르고, 산천과 뭇짐승이 슬픔에 겨워 온갖 변고를 일으키는 사건이 발생했다. 불법을 일으키는 데 결정적 구실을 한 이차돈의 희생을 비현실적 사건으로 서술함으로써 설화는 불교사적 의의를 한껏 드높일 수 있었다. 그렇지만 그것은 세속 현실의 비극이다. 분별 의식과 아집으로 충만한 자들 때문에 빚어진 희생이었기 때문이다.

그리고 그의 명복을 빌기 위한 원찰인 자추사를 창건했으며, 이후 대왕흥륜사의 창건 이야기도 덧붙였다. 「촉향분예불결사문」은 『삼국사기』보다 역사적 사실에 비현실적 색채를 더욱 짙게 입히고 있는 것이다. 『삼국유사』의 협주에 나타나는 『향전(鄕傳)』의 기록에서는 이차돈의 "머리가 날아가서 금강산 꼭대기에 떨어졌다"[36]라고 했으며, 머리가 날아가 떨어진 자리에 장사지냈는데, 그곳에 자추사를 창건했음을 밝혔다. 이로 보아 『향전』이 「촉향분예불결사문」보다 더욱 비현실적인 색채가 농후했다. 그리고 역사 기록의 사실성을 의식한 일념은 흰 젖이 솟아오

---

35) 일연, 『삼국유사』, 권3, 「原宗興法厭髑滅身」조, "獄吏斬之 白乳湧出一丈 天四黯黲 斜景爲之晦明 地六震動 雨花爲之飄落 聖人哀戚 沾悲淚於龍衣 冢宰憂傷 流輕汗於蟬冕 甘泉忽渴 魚鼈爭躍 直木先折 猿猱群鳴 春宮連鑣之侶 泣血相顧 月庭交袖之朋 斷腸惜別 望柩聞聲 如喪考妣…(중략)…人人哀之 卜勝地 造蘭若 名曰刺楸寺 於是家家作禮 必獲世榮 人人行道 當曉法利."
36) 일연, 앞의 책, "卽金剛山也 傳云 頭飛落處 因葬其地 今不言何也."

른 정도로 그 신이함을 마무리했음을 알 수 있다. 「백률사석당기」는 「촉향분예불결사문」을 그대로 수용한 형태이고, 『해동고승전』은 기존의 사료들을 끌어다 더욱 짜임새 있으며, 비현실적으로 처리하려 노력하고 있다.

결국 불교계는 사찰 창건과 불교 공인의 기원을 역사적으로 자리매김하는 서사물을 서술하면서 비현실적 사건을 적극 끌어들였던 것이다. 이는 유가의 역사 서술 방식과는 일정한 거리를 둔 것이다. 그렇다면 왜 이런 차이점이 발생하게 된 것인가?

동아시아에서는 『춘추(春秋)』를 역사 서술의 전범으로 여겼다. 사마천(司馬遷)의 『사기(史記)』나 동아시아의 역사서들은 대부분 이를 계승한 글쓰기를 시도했다. 『춘추』는 나타난 현상을 통하여 그 숨은 이치를 알게 한다는 서술 방식을 선택하면서, 허구적이며 비현실적인 이야기는 배척했다.37) 그리고 그 배경에는 유교 이념에 따른 포폄(褒貶)의 기능이 숨겨져 있었다. 천자는 말할 것도 없고 제후들도 "각각 나라를 창건하면 자기 나라의 역사서를 가지고 선행을 현창(顯彰)하고 악행을 반성케 하여 좋은 풍속과 성명(聲名)을 확립"38)하려 했는데, 그 선행과 악행의 기준은 다분히 통치 질서 확립을 위한 것이었다.

그에 비해 불교에서는 수많은 업(業, karman)들의 상관성 속에서 발생하는 것을 연기(緣起)라 하였고, 그 연기가 곧바로 역사를 의미하는 것으로 이해되었다고 볼 수 있다. 불교에서는 "모든 번뇌와 업, 짓는 자와 과보는 모두 환영이나 꿈과 같고 신기루와 같고 메아리와 같네."39)

---

37) 김태준, 「동아시아적 글쓰기의 전통론 시고」, 『동악어문논집』 36집, 동악어문학회, 2000.
38) 劉勰, 『文心雕龍』, 卷4, 「史傳」 第16, "各有國史 彰善癉惡 樹之風聲."
39) 용수, 구마라습 역, 『중론』, 「觀業」 品 第三十三, "諸煩惱及業 作者及果報 皆如幻與夢 如炎亦如嚮."

라고 한다. 곧 수많은 업들에 의해 맺어진 과보(果報)를 세속의 언어로 엮어놓은 것, 그것이 역사인 것이다. 그런데 그 역사는 궁극적으로 공(空)하기 때문에 환상이다. 따라서 대승불교에서는 세속 인간들의 업연(業緣)에 따른 과보(果報)를 역사로 서술하되 자성(自性)이 없는 세속의 인간관계를 비판하면서 절대적 진리에 다가서게 하려는 의도가 끼어들게 되었다. 석대암 연기설화나 대왕흥륜사 연기설화는 이러한 불교의 역사관이 잘 투영되어 나타난 예이다. 불교에서 말하는 환상적, 비현실적 사건들은 사찰연기설화와 같은 역사적 서술에 자아와 자성에 대한 집착이 빚어낸 부정적 결과를 드러내고, 대중으로 하여금 불교의 절대적 진리에 다가서게 하려는 의도가 숨겨져 있다.

2) 환상적 서사 전개의 양상

사찰연기설화는 역사이면서 불교의 교훈을 미적으로 서사화하는 양식이다. 앞 장에서도 살폈지만 불교문학은 세속에서 모든 절대화된 가치와 인식 세계를 부정한다. 세속에서 현실 또는 비현실이라 인식되는 그 모든 사건을 부정하면서 공(空), 환상의 진리를 환기시킨다. 그리고 반야의 지혜를 바탕으로 지속적인 육바라밀의 실천을 긍정하는 방향이 제시된다. 전자를 '부정의 문학적 형상화'로 후자를 '긍정의 문학적 형상화'라 표현할 수 있을 것이다. 이러한 불교문학의 특성을 사찰연기설화라고 크게 다를 수 없다. 여기서는 사찰연기설화에서 보여주는 환상의 서사화 양상을 짚어보자.

1) 우선 '부정'을 통해 절대적 진리에 접근하도록 하는 방식이 있다. 이에는 크게 두 유형이 있다. ㉠ 현실적 사건들을 통해 부정하거나, ㉡

비현실적 사건들을 통해 부정하는 방식이다. 우선 현실적 사건들을 주로
다룬 사찰연기설화들을 살펴보자.

현실적 사건을 주로 다룬 전승물들은 대부분 짧은 서술이거나 유자
들에 의한 서술의 경우에 많다. 예컨대 "옛날 단월가에 천녀·용녀라는
두 딸이 있었는데, 그 부모가 두 딸을 위해 절을 짓고 천룡사라 했다."[40]
와 같이 어떤 비현실적 사건이 언급됨이 없이 이야기되는 경우이다. 또
한 현실에서 벌어진 사실적 사건들이 창사의 기원이 된 경우로서 사대부
들의 기문(記文)에 자주 나타난다.[41] 또한 『동국여지승람』의 설화들은
'허구가 아닌 사실에 부합되는 정보단위들'로 구성된 '사실적 기술' 형태
를 취하는 경우가 많다.[42] 이러한 서사 유형은 수많은 사찰연기설화들
이 즐겨 사용했던 비현실적 사건 서술을 거부하거나 현실성에 경도된 유
가들의 진술에 흔한 형태라 하겠다. 그렇지만 현실에서 벌어질 수 있는
사건을 사찰연기설화로 삼았다 하더라도 불교의 절대적 진리로 대중을
이끌고자 하는 문제작이 없을 수 없다.

대웅전 건립의 都片手가 공사 중에 우연히 마을의 어느 여인을 알게
되었다. 그는 곧 깊은 사랑에 빠져 공사 중에도 틈틈이 그 여인을 만나
사랑을 속삭여 왔다. 그리하여 役事로 인해 그가 받는 노임은 그때마다
그 女人에게 모두 갖다 주었다. 그러던 중 세월은 흘러 어느덧 대웅전

---

40) 일연, 『삼국유사』, 권3, 「天龍寺」조, "昔有檀越 有二女 曰天女龍女 二親爲二女創
寺因名之."
41) 李穀의 「高麗國江陵府艶陽禪寺重興記」(『동문선』 권70)에는 성균사예(成均司藝)
박징(朴澄)이 영해(寧海) 군수가 되어 와서 인사하며 말하는 가운데 어머니의 장
례를 마치고 명복을 빌기 위해 염양이라는 절 자리를 얻어 부처님을 모시는 전각
과 스님이 거처하는 당, 성승(聖僧)이 거처하는 집을 지었다는 이야기를 전하고
있다. 이와 같은 사대부들의 기문은 『동문선』에 대단히 많다.
42) 김승호, 「寺刹 事蹟의 설화 수용 양상과 그 의미」, 『한국불교학결집대회논집』 下,
한국불교학결집대회 조직위원회, 2002, 5, 622~624쪽.

建立佛事도 거의 마무리 단계에 이르게 되었고, 건물만 완공되면 都片手는 마을의 그 여인과 오붓하게 새 생활을 차릴 각오가 되어 있었다. 그러나 그 사이 여인은 마음이 변해 도편수가 모아다 준 돈을 모두 가지고 멀리 다른 곳으로 자취를 감추어 버렸다.

사랑에 실망한 도편수는 참으로 살맛이 없었다. 그러나 다시 마음을 고쳐먹고 법당을 짓기 시작했다. 지난날의 그 사랑이 다시 증오로 변해 갔다. 법당의 기둥 위에 그 여인의 모습을 조각해 넣고, 무거운 지붕을 받들게 했다. 이렇게 도편수는 자기를 배신한 그 女人에게 법당의 지붕을 받치고 있는 고통을 줌으로써 수백 년 동안 내려오면서 배신한 여인에 대한 복수를 하는 것이라 한다.43)

전등사 중창 때 조성된 것으로 보이는 대웅보전 네 귀퉁이의 인물 조각상을 두고 전해지는 설화이다. 불사(佛事)를 행하면서 몸을 더럽히고 애욕에 불탔던 도편수가 사랑에 배신을 당하고, 여인에 대한 복수심으로 그 인물상을 대웅보전에 만들었다는 설화이다. 사랑을 속삭일 때 그 여인에 대해 가졌던 믿음, 그것은 허망하기 이를 데 없는 것이었다. 설화의 '여백'에는 사랑이 실재하며, 영원할 것이라는 도편수의 믿음이 망상이었다는 설화 구연자의 의식이 놓여 있다. 또한 배신한 여인에 대한 복수심으로 완성한 법당 지붕을 받친 고통스런 여인의 형상은 사찰의 성스러움을 파괴해 버린다. 사찰의 성스러움이 고해(苦海)를 헤엄치는 범부들을 멀리하는 것이라면 대승불교의 이념과 배치된다. 전등사 대웅보전의 중창 불사를 행한 자나 이러한 연기설화를 창작한 자는 공이며 환상일 수밖에 없는 세속 현실을 낭만적이며 비극적으로 잘 형상화하고 있다. 이 사찰연기설화는 세속 현실의 사실적 표현을 통해 이룩할 수 있는 불교문학의 환상성을 잘 보여주고 있는 것이다.

---

43) 韓國佛敎硏究院, 『傳燈寺』, 一志社, 1978, 69쪽.

비현실적 사건들을 통해 절대화된 것을 부정하는 방식을 선택하는 사찰연기설화는 문학성을 한껏 드러낸다. 고승이나 불보살이 등장하는 이야기, 저승, 용궁, 천상 등의 비현실적 공간에서 벌어지는 이야기, 염불을 통해 불보살들을 친견했다는 이야기 등 다양하게 전개된다. 이러한 비현실적인 사건의 전개는 아래와 같이 여섯 유형으로 정리할 수 있다.

비현실적 사건의 유형	
㉠ 몽조(夢兆) : 현몽(現夢) 따른 창건	㉣ 이류(異類) : 축생, 귀신, 신장 등
㉡ 이적(異蹟) : 고승의 이적 등	㉤ 이계(異界) : 저승, 용궁, 천상 등
㉢ 화현(化現) : 일상적 체험의 의미화	㉥ 응현(應現) : 신비체험(참선, 염불 등)

꿈이 창사(創寺)의 인연이 되었음을 말하는 연기설화들이 있다. 꿈은 일상 세계에서 체험할 수 없는 사건이 벌어질 수 있는 공간이다. 충주시의 '백운암 창사 설화'는 19세기 말엽을 배경으로 하고 있는데, 명성황후에 얽힌 일화와 관련된다. 임오군란의 와중에 대궐을 빠져나온 명성황후는 여러 집을 거쳐 충주 노은에 있는 국망산(國望山) 아래에 피신해 있게 된다. 이때 파평 윤씨계의 한 무당이 서울에서 좋은 소식이 있어 환궁할 것이라 예언했고, 그 예언대로 궁궐에 다시 돌아간 명성황후는 무당 윤씨를 불러 소원을 들어주겠다고 했다. 윤씨는 어느 날 꿈에 부처님이 나타나 자신이 살 집을 지어달라는 말을 듣고는 명성황후에게 절을 지을 소원을 말했고, 억정사(億政寺) 절터에 방치된 철불을 모셔다 백운암을 창건하게 되었다고 했다.44) 무업(巫業)을 일삼던 윤씨가 꿈속에서 부처를 만나 불교에 귀의하게 되었다는 설화이다. 명성황후의 미래를 점칠 정도의 신통력을 가진 무당이 자신의 업을 부정하고 불교에 귀의한

---

44) 편집부 편, 『전통사찰총서』 권10, 사찰문화연구원, 1998, 131~132쪽.

것이다. 소설적 성격을 강하게 갖는 '정토사연기설화'인 「조신전」도 애욕으로 갈등하던 조신이 꿈을 통해 깨달음을 얻고 정토사를 건립했다는 이야기이다. 여기서 꿈은 현실적 욕망의 충족이 아닌 욕망의 무상(無常)을 말하기 위한 장치로 기능한다.[45]

고승들의 이적(異蹟)을 모티프로 삼는 사찰연기설화들이 또 하나의 유형을 이룬다. 불교의 이적 모티프들은 겉으로 보아서는 허무맹랑한 거짓처럼 보인다. 그렇지만 그것이 던져주는 충격적인 신비로움이나 영험성은 사람들을 매료시키고, 내부에 신실한 의미를 내장하고 있는 경우가 많다. 그리고 그러한 이적 모티프들은 불교적 상징이나 의미를 대중이 이해하기 쉽게 변형해 놓고 있어 그 의미를 자세히 살펴야 한다. 아래의 설화를 보자.

> 칠불사(七佛寺)는 안주(安州) 성 밖에 있다. 수(隋)나라 병사가 침입해 강 언덕에 진을 치고 강을 건너려 하는데 배가 없었다. 이때 갑자기 7명의 스님이 나타나, 6명의 스님이 발목 바지를 걷고 강에 들어가 걸어 건너는 것이었다. 수나라 군사들이 이 모습을 보고 강물이 깊지 않다고 생각하고, 일제히 지휘하여 강을 걸어 건너라고 명령을 내렸다. 이렇게 해 수나라 군사들은 모두 강에 빠져 죽었다. 그래서 여기에 칠불사를 짓고 일곱 개의 돌에 부처를 새겨 모셨다.[46]

국가의 안위와 관련한 '칠불사 창건연기'로, 스님들이 깊은 강물을 걸어 건너는 걸 보여주어 수나라 군사들을 강물에 빠뜨려 죽인 것이 사찰 창건의 인연이라 했다. 이는 호국불교적 성격의 창사담이라 할 수도 있겠지만, '칠불'이라는 사찰 이름이 연상시킨 민간 창작의 설화로 볼 가능

45) 오대혁, 「〈調信傳〉의 구조와 형성배경」, 『한국문학연구』 20집, 한국문학연구소, 1998, 378쪽.
46) 『新增東國輿地勝覽』 卷 52, 〈安州〉.

성이 높다. 그런데 6명의 스님만이 강을 건너갔다는 점은 이상하지 않
은가? 칠불이란 석존 이전의 비바시불(毘婆尸佛), 시기불(尸棄佛), 비사
부불(毘舍浮佛), 구류손불(拘留孫佛), 구나함모니불(拘那含牟尼佛), 가섭불
(迦葉佛)에다 석가모니불을 더한 명칭이다.47) 곧 강물을 건너간 6명의
스님은 석가 이전의 부처님들이요, 남은 1명의 스님은 석가모니불로 현
세의 부처님이라는 뜻을 또한 내포한다. 곧 일곱의 부처님들이 스님들로
화현(化現)하여 국가를 지켜주었다는 매우 불교적인 의미가 숨겨져 있다.

　이외에도 고승들의 이적과 관련된 사찰연기설화는 참으로 많다. 원
효와 관련되어 창건된 사찰연기설화만 하더라도 전국에 걸쳐서 90여 편
이나 된다. 그 가운데 '도량사 창건연기'는 불교적 상징이 끼어들면서 해
석상의 어려움을 겪게 하는 설화이다.48) 사복 어머니의 장례를 치르는
장면에서 풀포기를 뽑았을 때 나타나는 칠보로 장식된 누각이 있는 지하
세계는 바로 연화장세계를 뜻한다. 연화장세계는 원효와 사복의 대화에
드러나듯 태어남과 죽음의 괴로움을 벗어난 세계, 열반(涅槃)이다. 전생
에 암소였다가 현생에 인간으로 태어난 사복의 어머니가 열반에 들었다
는 것은 생사윤회의 구속을 벗어나 열반했다고 말하고 있는 것이다.49)
이처럼 도량사연기설화는 원효와 사복이라는 고승을 등장시켜 비현실적
사건을 제시함으로써 부정적 세속의 집착에서 벗어난 연화장의 세계를
제시한다.

　불보살의 화현(化現)을 통해 절대적 진리를 구현하려는 유형이 있다.
예컨대 '내소사 중창연기설화'는 화공 또는 목수로 등장하는 관음보살의
현신(現身)에 따른 중창담(重創譚)이다. 설화를 보면 앞부분에는 사미승

---

47) 『法華經』, 「五百弟子授記品」(『大正藏』 9권, 25下), 『虛空藏菩薩問七佛陀羅尼
　　 呪經』(『大正藏』 21권, 561下).
48) 일연, 『삼국유사』, 권4, 「蛇福不言」조.
49) 오대혁, 『원효설화의 美學』, 불교춘추사, 1999, 135쪽.

이 장난을 쳐서 법당 안의 목침 하나가 빠져 있게 된 사연을 들려주고는 다음과 같은 이야기를 덧붙였다.

> 어느 날 한 화공이 찾아와 단청을 해주겠다고 하면서 조건을 하나 달았다. 100일 동안 누구도 건물 안을 들여다보아서는 안 된다는 것이었다. 그래서 선사와 목수는 교대로 그 건물 앞에서 누구도 얼씬 못하게 지켰다. 99일이 지나도록 인기척도 없고 먹을 것도 안 들어가니 사미승이 궁금하였다. 그래서 목수가 지키고 있을 때에 사미승은 주지스님이 부른다고 거짓말하고 기어이 들여다보았다. 안에서 하얀 새가 입에 붓을 물고 날갯짓에서는 화려한 물감을 만들어내면서 그림을 그리고 있었다. 이에 놀란 사미승은 자세히 보고자 문을 살짝 열었다. 그러자 삐걱 하는 소리가 나고 놀란 새는 그만 날아가버리고 말았다. 단청을 완성하지 못한 것이다. 그래서 대웅전 안에 좌우 한 쌍으로 그려져야 할 그림이 좌측 창방 위에 바탕면만 그려져 있고, 내용은 그려져 있지 않다. 그 새는 觀音鳥라 한다. 지금도 새벽녘에 새 울음소리가 나는데 그 새가 관음조라 한다. 목수나 관음조는 모두가 觀音菩薩이 현신한 것이라 한다.[50]

관음보살이 목수로, 파랑새가 관음조로 현신(現身)하여 대웅보전을 중창했다고 했다. 낙산사 관련 설화에서 원효가 개짐 빠는 여인에게 희롱을 하자 파랑새〔靑鳥〕가 관음보살의 현신을 몰라본다고 말하며 날아갔다는 설화를 연상시킨다.[51] 그리고 「광덕엄장」에서 엄장을 깨달음으로 인도한 광덕의 아내가 다름 아닌 관음보살이었다는 마지막 진술을 또한 떠올리게 한다.[52] 곧 이 설화는 기존 불교설화의 모티프들을 적절히 활용하면서 사찰 중창의 경이로움을 드러내고, 관음 성지로서의 성격을

---

50) 韓國古美術硏究所, 『美術史學誌』 3집, 2000, 244쪽, 유사한 설화가 같은 책, 263쪽에 실려 있다.
51) 일연, 『삼국유사』, 권3, 「洛山二大聖觀音正趣調信」 조.
52) 일연, 『삼국유사』, 권5, 「廣德嚴莊」 조.

드러내려 했다. 위 작품은 서사의 마지막에 가서 현실계에서 벌어진 사건이 실제로는 불보살이 화현하여 벌인 일이라고 불교적 의미를 부여한다. 화공이 등장해 백 일 동안 누구도 건물 안을 들여다보지 말라는 금기와 결국 하루를 채우지 못하고 그 금기를 어긴다는 모티프는 흔히 들어왔던 것이다. 그런데 들여다본 순간 드러나는 벌어진 비현실적 사건은 경이롭다. 하얀 새(靑鳥로 나타나기도 함)가 붓을 물고 날갯짓으로 화려한 물감을 만들어내며 그림을 그린다는 것은 일상에서는 있을 수 없는 사건임에 틀림없다. 그런데 그러한 경이적 사건 이후 설화는 관음조와 관음보살의 현신이었음을 강조함으로써 불보살의 영험으로 사찰이 창건되었다고 한다. 설화 창작자는 승려로 또는 범부로, 아니면 새의 모습으로 부처와 보살은 온 세상에 가득하다고 말하고 싶었던 것이다. 불보살이 사찰의 대웅전에 있고, 불화 속에 존재한다고 믿는 사람들에게 새 한 마리가 부처일 수 있다고 말하는 것이다. 이 유형의 모티프는 조선후기에 소설적 특징까지 드러내는 「보덕각시전(普德角氏傳)」이라 알려진 '보덕굴 연기설화'53)의 창작에도 영향을 끼쳤던 것으로 보인다.

　사찰연기설화에서 이계(異界)가 등장하는 유형과 이류(異類)가 등장하는 유형은 뒤섞여 나타나곤 한다. 이러한 형태로 낙산사 창건연기설화를 들 수 있다. 이 설화에서 의상은 재계(齋戒)한 지 7일 만에 용중(龍衆)과 천중(天衆) 등 팔부시종(八部侍從)을 따라 굴속에 들어가고, 동해용에게서 여의보주(如意寶珠)를 받고, 마침내는 관음보살을 친견하고는 낙산사를 창건했다고 했다.54) 고승이라 알려진 이도 보살을 친견하기 위해 끊임없이 수행을 했던 것이다. 고승이 따로 있고 범부가 따로 있을 수 없다. 낙산사 연기설화는 비현실적 세계가 주조를 이루면서 고승으로

---

53) 「普德窟事蹟拾遺錄」(權相老, 『韓國寺刹全書』上, 「普德窟」 條)
54) 일연, 『삼국유사』, 권3, 「낙산이대성관음정취조신」조.

서의 의상의 면모와 관음성지로서의 낙산사가 서사화되었다. 그리고 「금광사본기(金光寺本紀)」에는 명랑이 당나라에 건너가 도를 배우고 돌아오는데 바다의 용궁에 가서 비법을 전하고, 황금 천 냥을 보시 받아 땅 밑을 잠행해 자기 집 우물 밑으로 솟아올랐다고 했다. 그리고서는 자기 집을 희사해 절을 만들고 황금으로 탑과 불상을 장식하여 금광사라 했다고 한다.55) 세속인들에게 이상적 공간으로 여겨지곤 하는 용궁도 불법이 미치지 못해 명랑이 전했다. 신인종(神印宗)의 시조라 하는 명랑의 이인적 면모를 드러내면서, 용궁을 교화의 대상지로 설정하고 금광사가 매우 영험한 불도량임을 드러냈다. 이처럼 이계와 이류를 사찰연기설화에 등장시킨 것은 물론 불경류에 등장하는 다양한 불교적 모티프에 기인한 바가 크다. 그것은 물론 비현실적인 세계이지만 중생을 깨달음으로 이끌기 위한 불도량의 신성성과 영험성을 뒷받침하는 서사물로서 그 의의를 지닌다. 그리고 다음의 '종덕사(宗德寺) 연기설화'는 지상과 천상, 석불로의 변신 등 흥미로운 이야기로 가득하다.

옛날 백두산에 도승이 있었는데, 그는 도가 깊어 길흉사를 알고 산짐승들까지 다스렸다. 수많은 사람들이 그를 찾아와 배우고자 했다. 어느 날은 두 아들을 데리고 온 견우가 직녀를 만날 방도를 그에게 물었고, 그는 칠월 칠석날 은하수를 타고 올라가 만나는 방법을 일러주었다. 천왕이 그 소식을 듣고 대노했던 다음날 도승은 사라졌다. 아무리 찾아도 도승은 없었다. 중들은 흩어지고, 수백년의 세월이 흘렀다. 백두산 부근에 살던 한 농부가 정월 초하룻날 밤에 꿈속에서 하얀 수염을 기른 도사가 중얼거리는 소리를 들었다. 꿈 이야기에 늙은이들은 옛날 도승이 지상에 내려오는가 보다고 했다. 농부는 장년들과 함께 백두산 천활봉에 도승이 앉아 계신 모습을 보았다. 도승은 석불이 되어 있었다. 그들은

---

55) 일연, 『삼국유사』, 권5, 「明朗神印」조.

옛 절터에 석불의 혼이 들어올 수 있도록 팔각집을 짓고 면마다 문을 내
었고, 이름을 종덕사라 하였다.(필자 요약)56)

백두산의 도승은 인간의 길흉사를 모두 알았고, 산짐승들이 악행을
저지르면 벌을 내리는 초인적 존재였다. 그런데 그는 천왕에게 벌을 받
는다. 절대적 진리를 추구하는 승려가 세속 중생들 위에 군림하는 것은
잘못된 일이기 때문이다. 수백년의 세월 동안 종적을 감춘 그가 석불이
되어 나타나기까지의 기간은 과거의 업을 씻고자 하는 참회와 정진의 시
간이었던 것이라 하겠다. 견우와 직녀 설화가 끼어들어 전해지는 '종덕
사 연기설화'는 시공을 초월한 비현실적 사건의 제시를 통해 이와 같은
가르침을 전하고 있는 것이다.

마지막으로 비현실적 사건을 제시하는 유형은 불보살들이 응현한 후
불도량이 창건되었다는 설화들이다. 앞서 살핀 '낙산사 연기설화'가 이에
포함되다. 보천(寶川) 태자가 오대산에서 불보살들을 친견하면서 수많은
불도량을 창건한 이야기57)는 만다라(曼陀羅)의 비현실적 세계를 잘 보
여주는 설화이다. 오대산이라는 불연적 공간을 설정하고 그 불국의 세계
를 장엄하게 형상화했다. 보천 태자가 오대산으로 숨어들던 당시는 정신
왕(淨神王)의 아우가 왕과 왕위를 다투던 시기였다. 형제간에 국가 권력
을 두고 다투는 혼란한 시대에 보천은 출가를 결행했던 것이다. 그가 출
가를 결행 이유나 고행의 흔적은 세밀하게 서사화되지 않았지만 세속적
군주의 자리를 버리고 '정신적 군주'의 길을 걸어가고 있는 그의 모습은
흡사 붓다의 생애를 연상케 한다. 곧 붓다를 염두에 둔 승전(僧傳)을 구
성할 목적으로 쓰인 설화였던 것으로도 짐작된다.58) 부처님은 중생 교

---

56) 리천관 최룡관 수집정리, 『백두산전설』, 연변인민출판사, 1989.(정재호 외, 『白頭
　　山 說話 研究』, 고려대학교 민족문화연구소, 1992, 396~398쪽 부분 요약)
57) 일연, 『삼국유사』, 권3, 「臺山五萬眞身」條.

화를 위해 교화대상에 맞춰 변화한 몸을 나타내는데, 응신(應身)은 깨달은 이에게나 나타난다. 부처님의 응신은 실상 수행자 자신의 망심(妄心)에서 비롯된 것이지 결코 마음 밖에서 따라 온 것이 아니라는 『기신론(起信論)』의 내용을 떠올려 본다면, 보천이나 의상 앞에 불보살이 응현했다는 것은 그들이 불보살의 경지에 들었음을 표현한 것이라 볼 수 있다. 끊임없는 수행을 통해 얻어진 깨달음의 경지를 이들 설화들은 얼핏 보여준다.

2) 사찰연기설화에서 '긍정의 문학적 형상화'는 반야의 지혜를 바탕으로 지속적인 육바라밀의 실천을 긍정하는 방향이다. 그런데 앞서 본 설화들 대부분 육바라밀의 실천이 드러나고 있음을 알 수 있다. 보천이나 의상의 용맹정진의 모습이나 조신의 정토사 건립 등 대부분의 사찰연기설화는 세속적 진리의 절대성을 부정하는 가운데 그 해결책으로 육바라밀의 방향을 제시하곤 했던 것이다. 곧 '부정과 긍정의 종합적 제시'가 사찰연기설화의 주된 서술 방식이라 해도 좋겠다.

> 장육전(丈六殿) 중건의 대원(大願)을 발한 계파대사(桂波大師)는 100명의 기도승들을 시봉(侍奉)하는 공양주를 자원했다. 그는 자신의 직위나 도덕을 돌아보지 않고 온갖 정성을 다하여 밥 짓고 물 길으며 청정한 마음으로 대중스님들을 공양했다. 100일 기도가 끝나던 회향일(廻向日), 노장스님이나 기도자들 꿈에 하얀 노인(문수보살)이 나타나 화주승(化主僧)을 뽑으려면 물 묻은 손으로 밀가루를 만져도 손에 묻지 않는 사람이어야 한다고 말했다. 모든 대중에게 물 묻은 손으로 밀가루를 만지게 했는데 계파스님만이 밀가루가 묻지 않았다. 대중들은 모두 계파스

---

58) 오대혁, 「觀音說話의 상상력과 소설발생의 문제」, 『白鹿語文』 16집, 백록어문학회, 2000, 105~106쪽.

님에게 삼배하고 화주의 중임(重任)을 맡겼다. 계파스님은 수행만 해 왔으므로 걱정이 앞섰는데 대웅전에 정좌해 부처님께 기도했다. 밤중에 한 노인이 나타나 아침에 길을 떠나 제일 먼저 만나는 사람에게 시주를 권하라 했다. 다음날 화주책(化主冊)을 품고 산문을 내려가다 만난 이는 동구 밖 대밭에 살며 절에서 식은 밥을 얻어가던 노파였다. 스님은 걱정스러워하면서도 노파에게 시주를 청원하고 계속 절했다. 노인은 계파스님의 정성에 감동하여 "이 몸이 죽어 왕궁에 태어나서 큰 불사를 이룩하오리니, 부디 문수대성은 가피를 내리소서."라고 말하고 큰 늪에 몸을 던졌다. 스님은 자신 때문에 사람이 죽었다는 사실에 놀라 도망쳐서는 5~6년을 걸식하며 돌아다녔다. 한양성의 창덕궁 앞에 이르자 서성이던 어린 공주가 계파스님을 반갑게 대하며 매달렸다. 공주가 태어나면서부터 꼭 쥐고 있던 손을 스님이 만지자 펴졌다. 손바닥에는 '丈六殿'이라 씌어 있었다. 숙종대왕(肅宗大王)은 자초지종을 모두 듣고 감격해 장육전 건립의 대원을 발하였다. 장육전이 건립되자 왕이 사액(賜額)을 내려 각황전(覺皇殿)이라 했다.(필자 요약)[59]

화엄사 장육전 중건설화는 시공을 초월한 보시바라밀(布施波羅蜜)의 실천을 낭만적으로 그리고 있다. 육바라밀 가운데 처음에 드는 것이 보시바라밀이다. 일여(一如)의 『대명삼장법수(大明三藏法數)』(1419)에는 음식시(飮食施)를 하품시(下品施), 진보시(珍寶施)를 중품시(中品施), 신명시(身命施)를 상품시(上品施)라 했다. 이 가운데 보시의 참된 경지는 생명을 제공하는 데까지 이르러야 한다는 사신시(捨身施)이다.[60] 계파스님의 간곡한 권선(勸善)에 노파는 목숨을 던지는 보시를 행했다. 대밭에 살며 식은 밥이나 얻어 먹던 노파의 죽음은 끝이 아니요 새로운 삶의 과정일 따름이었다. 그가 세운 서원이 공주의 몸으로 태어나게 했고, 끝내

---

59) 화엄사 주지 明煓 스님 구술(한국불교연구원, 『華嚴寺』, 一志社, 1976, 89~90쪽)
60) 황패강, 『新羅佛敎說話硏究』, 일지사, 1975, 137쪽.

그 뜻을 이룰 수 있었다는 것이다. 대승보살행은 이타행(利他行)이다. 100인의 기도를 위해 자신의 직위나 도덕을 돌보지 않은 계파대사의 행이나 노파의 행 모두 이타적 삶의 모습을 보인 것이다. '관음사연기설화'나 「심청전」도 이러한 보시바라밀의 서사화라는 측면에서 유사성을 갖는다.

보리사(菩提寺) 연기설화는 '부정과 긍정의 종합적 제시'의 면모를 잘 보여준다. 『향전(鄕傳)』과 『승전(僧傳)』에 실렸던 욱면의 이야기는 『삼국유사』에 실려 전한다.61) 아간(阿干) 귀진(貴珍)은 미타사(彌陀寺)를 세우고 서방정토를 구하는 계를 만들어 정진했는데, 욱면은 그의 집 계집종으로 치열하게 염불을 했다. 여성이면서 미천한 종의 신분이었으니 절 마당에서라도 염불하는 모습은 주인에게 좋게 보일 리 없었다. 그래서 주인은 늘 그녀에게 곡식 두 섬을 주어 하룻저녁에 다 찧으라고 명령했다. 하지만 그녀는 초저녁에 다 찧어 놓고 또다시 절에 가 염불하기를 밤낮으로 게을리 하지 않았다. 어떤 날은 뜰의 좌우에 말뚝을 세워 놓고 두 손바닥을 뚫고는 거기에 노끈을 꿰어 말뚝 위에 매어 합장하고 좌우로 흔들며 격려했다.62) 그런 모습에 하늘은 그녀에게 당에 들어가 염불하라고 하였으며, 마당에서만 염불하던 욱면은 법당에서 정진하여 마침

---

61) 일연, 『삼국유사』, 권5, 「郁面婢念佛西昇」조.

62) "庭之左右 堅立長橛 以繩穿貫兩掌 繫於橛上 合掌左右 遊之激勵焉."에 대한 해석을 두고 의견이 분분하다. 이재호는 "뜰의 좌우에 긴 말뚝을 세워놓고 두 손바닥을 뚫어 노끈으로 꿰어 말뚝 위에 매고는 합장하며 좌우로 이를 흔들어 스스로 격려했다."(이재호 역, 『三國遺事』 下, 光文出版社, 1967, 283~284쪽)라고 하였고, 조동일은 주인이 "두 손바닥을 좌우의 말뚝에다 따로따로 매서 합장을 하지 못하게 했다는 뜻이다.……그랬는데도 욱면은 좌우로 묶인 두 손을 합장하고, 합장한 손을 흔들며 스스로 격려를 했다는 뜻이겠다."(조동일, 『삼국시대 설화의 뜻풀이』, 집문당, 1990, 252쪽.)라고 보았다. 손바닥을 뚫어 노끈을 꿰어 넣은 것이 욱면 스스로 한 일인지, 아니면 주인이 강압적으로 한 것인지는 문면만으로 명확치 않다.

내 연화대에 앉아 큰 광명을 발하다 가버렸다. '서승(西昇)'곧 극락왕생을 하게 된 것이다. 이것이『향전』에 전하던 욱면의 이야기이다.

골품제를 바탕으로 출신 성분의 높고 낮음에 따른 특권과 제약이 따랐던 신라 사회에서 17관등 중 6위인 아간의 위치에 있던 귀진은 사람들을 모아 불도를 닦으면서도 계집종이라 하여 욱면을 핍박하였다. 평등의 이념을 지녀야 할 불교도로서 그릇된 모습을 보인 것이다.63) 신분제 사회의 최하층 여성이 겪어야 할 현실적 고통이 서사화된 것이다. 그러면서 한편으로는 고통을 감수하며 염불 정진한 계집종이 마침내는 대들보를 뚫고 올라 부처의 몸으로 연화대 위에 앉았다는 비현실적인 장면으로 마무리하였다. 신분적 제약이 존재했던 당대 현실에 대한 비판적 사고가 비현실적 사건을 통해 드러난 것이다.

『승전』은 여기에 전생윤회(轉生輪廻)의 서사화를 통해 시공간의 확대와 불교적 의미화를 기했다. 욱면은 전생에 도를 닦던 무리에서 계(戒)를 얻지 못해 축생도(畜生道)에 떨어져 부석사의 소가 되었고, 불경을 싣고 다닌 업(業)으로 다시 계집종으로 태어났다고 했다. 그런 그가 하가산(下柯山)에 갔다가 꿈에 감응하여 불도를 닦게 되었다고 했다. 그리고『향전』의 이야기처럼 염불을 통해 대들보를 뚫고 올라가는 이적을 그렸다. 그런데『승전』에서는 욱면이 하늘로 올라서는 소백산에 이르러 신한 짝을 떨어뜨린 곳과 육신을 버린 산 밑에다 보리사를 지었다고 했다. 귀진도 집을 희사해 법왕사를 지었다고 했다.『향전』에는 나타나지 않는 창사 사실이『승전』에는 나타난다. 사찰 창건을 서술하기 위해『향전』의

---

63) 김상현은「신라 中古期 불교사상의 사회적 의의」(『신라의 사상과 문화』, 일지사, 1999)에서 "신라사회는 골품제도로 규제되고 있었지만, 적어도 불교 교단 안에서는 평등의 이념이 실현되고 있었다. 일찍이 인도에서 이미 그랬듯이, 신라에서도 신분이 출가에 장애가 되지 않았던 것이다. 진골귀족으로부터 노비에 이르기까지, 남녀의 구별도 없이 누구나 승려가 될 수 있었다."(290쪽)는 주장을 논증하고 있다.

이야기에 불교적 의미화를 시도했다고 볼 수 있다. 현실의 신분제가 절대적인 것이 아니라 현세에서 어떤 업을 닦느냐에 따라 보응이 달라질 수 있음을 '불교도→소→계집종 → 극락왕생자'라는 전생윤회의 서사화를 통해 드러냈던 것이다. '보리사 연기설화'는 비현실적 사건을 서사화함으로써 절대화된 신분제 사회를 비판하면서 불교 수행을 강조하고 있다. 이외에도 수많은 사찰연기설화들이 반야의 지혜를 바탕으로 한 육바라밀의 실천을 강조한다.

4. 맺음말

　불교문학에서 환상성을 이해하는 것은 대단히 중요하다. 불교문학의 환상은 불교가 말하고자 하는 진리에 도달하기 위한 방편이며, 문학적 형상화의 방식이기도 하기 때문이다. 이 글은 그러한 환상을 이론적으로 정립하고, 사찰연기설화의 환상성을 고찰하기 위해 쓰였다.

　필자는 이 글에서 대승불교에서 말하는 환상의 개념을 자세하게 살펴, 불교문학의 환상 개념을 추출했다. 불교의 공성(空性)과 연기성(緣起性)에 의해 환상의 개념이 도출된다. 세속의 현실에서 현실로 인식하든 비현실로 인식하든 일체는 자성(自性)이 없는 까닭에 공이며 연기이고, 환상이다. 불교의 환상은 현실과 비현실을 포함한 일체의 것이 지니는 성질을 표현하는 절대적 진리의 또 다른 표현이다. 불교문학은 절대적 진리를 추구한다. 그런데 그러한 진리 추구는 일반적으로 두 방향으로 나타난다. 세속적 현실을 긍정하는 방향과 부정하는 방향이 그것이다. 불교문학은 세속에서 절대화된 가치와 인식 세계를 부정함으로써, 또는 반야의 지혜를 바탕으로 지속적인 육바라밀의 실천을 긍정함으로써 불교의 교훈을 미적으로 전달한다.

이 글은 불교문학의 환상성과 관련하여 사찰연기설화가 지니는 서사적 특징을 살폈다. 사찰연기설화는 일차적으로 사찰의 역사를 드러내려 하지만 비현실적 사건들을 배제하려 하지 않는다. 불교계는 연기성을 역사 인식의 방법으로 선택하되 그마저도 공성을 지녔음을 드러내기 위해 비현실적 사건들을 적극 수용했다. 다음으로 사찰연기설화의 서사적 전개의 양상을 살폈다. 사찰연기설화들은 세속에서 현실 또는 비현실이라 인식되는 모든 사건을 부정하면서 공(空), 환상의 진리를 환기시키거나, 반야의 지혜를 바탕으로 지속적인 육바라밀의 실천을 긍정하는 방향으로 서사적 전개가 이루어진다. '부정'을 통한 절대적 진리 추구의 방향은 다시 현실적 사건을 통해 부정하거나 비현실적 사건을 통해 부정하는 방식으로 나누어진다. 이에서 비현실적 사건의 제시는 몽조(夢兆), 이적(異蹟), 화현(化現), 이류(異類), 이계(異界), 응현(應現), 화현(化現) 등의 유형으로 나타난다. 그리고 '긍정'을 통한 절대적 진리 추구의 방향이라 할 육바라밀의 실천과 관련된 설화들은 '부정'을 통한 진리 추구와 함께 나타나는 경우가 많다.

제 4 장

나말여초 傳奇小說의 형성 문제
- 불교계 전기소설을 중심으로

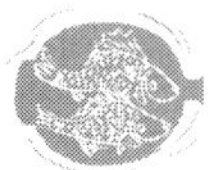

1. 문제제기

나려시대 서사문학사에서 고소설 형성과 관련된 문제는 많은 연구자들에게 지속적인 논란거리이다. 전기소설(傳奇小說)의 발생시기와 배경 문제, 설화와 소설 장르의 변별성 문제, 문학사의 인식 문제 등에 이르기까지 연구자들은 다양한 의견을 개진해왔고 그 결과 많은 성과를 얻은 것이 사실이다. 필자 역시 그 동안의 연구 결과를 통해 나말여초에 전기소설이 발생했다는 주장에 동조하는 입장에 있다. 그런데 필자는 그러한 논의 과정에서 연구자들이 소설성 여부를 놓고 거론하고 있는 작품들의 창작 배경과 관련해 한계를 드러내고 있는 점이 있다고 생각한다. 물론 「최치원(崔致遠)」의 경우는 창작 배경에 대한 연구를 심도 있게 거듭해오고 있지만, 소설성 여부를 두고 논의가 거듭되는 불교계 전기소설인

「조신전(調信傳)」, 「김현감호(金現感虎)」, 「백월산양성성도기(白月山兩聖聖
道記)」 등의 형성 배경에 대한 연구는 아직도 미진한 감이 없지 않다. 예
컨대 「백월산양성성도기」는 전기소설의 양식을 수용하면서 불교적 해탈
의 문제를 다룬 전기소설로 보려는 입장과 전기소설이 아니라 단지 불교
의 영험을 다룬 설화일 뿐이라는 입장이 팽팽히 맞서고 있는 상황이
다.1) 그런데 문제는 그 논의들이 전기소설 여부를 떠나 그 해탈이나 영
험이 당대 불교사상이나 불교계 서사물과 어떤 상관성을 갖는지를 정치
(精緻)하게 논의하지 않는다는 점이다. 문면에 드러나는 작품의 장르적
특성도 중요하지만, 서사 텍스트의 발생 배경에 도사린 사상이나 그와
관련된 다양한 서사문학적 영향에 대한 심화된 논의를 이끌어내는 일 또
한 중요한 것이다.

　　그런 점에서 나말여초 불교계 전기소설이 어떤 서사적 전통에서 형
성된 것인지에 대한 점검이 필요하다. 곧 국내적으로는 설화에서 전기소
설로의 발전, 대외적으로는 당 전기소설의 영향이라는 구도로만 볼 수
없는 부분이 있다는 것이다. 필자의 생각으로는 「조신전」, 「김현감호」,
「백월산양성성도기」의 경우 당 전기의 영향보다는 국내에 유입된 불교
영험설화의 서사적 확장에 따라 형성된 면모가 더 두드러진 것으로 보
인다.

　　당 전기의 유입이 곧바로 전기소설의 창작을 가능하게 했다고는 말
할 수 없다. 이전부터 구비나 문헌으로 유통되던 설화들이 좀 더 세련된

---

1) 박희병은 「羅麗時代의 傳奇小說」(『韓國傳奇小說의 美學』, 돌베개, 1997, 157쪽.)
　　은 「백월산양성성도기」가 '불교적 해탈의 문제를 전기소설의 형식으로 다루었는데,
　　비록 당 전기소설이 다양한 작품 세계를 뽐내고는 있으나 이런 제재, 이런 문제의식
　　을 보여주는 작품은 갖고 있지 못하다.'고 하면서 전기소설로 인정하지만, 김종철은
　　「高麗 傳奇小說의 발생과 그 행방에 대한 再論」(『한국서사문학사의 연구』, 중앙문
　　화사, 1994, 889~890쪽.)에서 구성의 치밀함에도 불구하고 궁극적으로는 불교의
　　영험설화에 속한다고 보았다.

서사물들로 변전되고, 여기에 당 전기의 독서 체험이 한국의 전기소설을 창작하게 만들었다고 보는 것이 타당할 것이다. 그런데 불교계 전기소설이라 할 「조신전」, 「김현감호」, 「백월산양성성도기」의 형성에 직접적인 영향을 끼친 서사물들을 들자면 이미 유입되어 있던 불경, 불교영험설화, 고승설화, 승전 등의 서사물이라 보아야 할 것이다. 당 전기가 곧바로 영향을 끼쳤다고 보는 것은 당대의 서사문학적 상황을 고려치 못한 단견이 아닐 수 없다.

진흥왕 재위 26년(565) 유사(有司)와 명관(明觀)이 가지고 들어온 불경이 1700여권에 이르렀다고 하며2), 일찍이 원효, 의상을 비롯한 민중 속으로 파고든 불교는 다양한 불교설화를 유포해나갔다.3) 그리고 나말여초 117명에 이르는 유학승들이 당에서 불법을 배워 와 통일 신라 이후의 오교(五敎)의 발전과 선문(禪門)의 성립 등에 영향을 끼치는 과정4) 속에서 새로운 불교설화들이 유입되고 새롭게 창작되었을 것이다. 일본 동경대학 도서관 소장본인 『법화경집험기(法華經集驗記)』상·하권은 7세기 후반에 활동한 신라승 의적(義寂)이 찬술한 불교영험설화집으로 중국의 불교영험설화의 한반도 전래를 알려주는 최고(最古)의 불교설화집이라 할 것이다.5) 그리고 『구당서(舊唐書)』의 「장천전(張薦傳)」에는 「유선굴(遊仙窟)」의 작자 장작(張鷟, 660?~740?)과 관련하여 신라·일본인들

---

2) 覺訓, 『海東高僧傳』卷2, 「覺德·明觀」條.

3) 애장왕대(800~808)에 지어진 원효의 비문인 「高仙寺誓幢和尙碑文」(허흥식 편, 『韓國金石文-古代』, 아세아문화사, 1984.)에는 당나라 聖善寺의 화재를 진압했다는 등의 불교영험설화들이 나타나고 있다.

4) 김영두, 「나말여초의 조동선」, 『조동선학논총』1, 불교춘추사, 2004, 127~128쪽.

5) 太田晶二郎, 「寂法師의 法華經集驗記는 現存한다」, 『日本歷史』390號, 1980. ; 貴重古典籍刊行會, 『東京大學圖書館藏 法華經集驗記 解題』, 1981. ; 金相鉉, 「日本에 現傳하는 新羅 義寂의 法華經集驗記」, 『佛敎史 硏究』創刊號, 中央僧家大學校 佛敎史硏究所, 1996. ; 金相鉉, 『신라의 사상과 문화』, 一志社, 1999, 335~337쪽.

이 그의 글을 중히 여겨 입조(入朝)할 때면 많은 돈을 들여 그 글을 사갔
다는 기사가 실려 있다.6) 그리고 「윤포묘지(尹誧墓誌)」에 의하면 윤포
(1063~1154)가 금(金) 황통(皇統) 6년(1146)에 「태평광기섭요시(太平廣
記攝要詩)」를 지었다7)는 것으로 보아 일찍이 당의 전기소설집인 『태평
광기』가 유통되었음을 알려준다. 이로 보아 불교계 서사물이 일찍부터
있어 왔고, 거기에 중국의 지괴·전기의 유입에 따라 불교계 전기소설이
출현하게 되었을 것이라고 추정할 수 있다.

　　그렇다면 불교계 전기소설이라 거론되는 세 작품은 구체적으로 어떤
형성 경로를 갖고 있는 것일까? 서사문학적 전통의 측면에서 본다면 「조
신전」과 「백월산양성성도기」는 관음설화, 「김현감호」는 전생(轉生) 설화
를 불교화하는 과정에서 전기소설의 서사기법이 덧보태져 소설적 면모
를 갖추었던 것으로 보인다. 이 글은 나말여초 불교계 전기소설의 형성
배경으로서 이러한 불교설화의 소설적 확장이 어떻게 이루어졌는지에
대해 자세하게 고찰하고자 한다.

2. 觀音설화의 확장과 「백월산양성성도기」, 「조신전」의 형성

1) 관음설화의 전개 양상

　　「조신전」과 「백월산양성성도기」를 낳는 데 기반이 된 관음설화는 불
경과 위경(僞經), 영험설화집 속에서 일찍부터 서사화되었다. 『법화경』

---

6) 박희병, 「나려시대의 전기소설」, 『한국전기소설의 미학』, 돌베개, 1997, 126쪽.
7) 「尹誧墓誌」(朝鮮總督府, 『朝鮮金石總覽』, 1919, 371쪽.; 장효현, 「傳奇小說 연
　구의 성과와 과제」, 『민족문화연구』28, 고려대 민족문화연구소, 1995, 7쪽 참조.),
　'於大金皇統六年 纂太平廣記攝要詩一百首'

과 같은 불교경전, 『고왕관세음경』과 같은 위경, 『광세음응험기』와 같은 관음영험설화집들이 그것이다.8) 불경에 등장하는 관음보살은 구복과 깨달음의 안내자로 점차 구체적 현실 공간에 출현하는 존재로 서사화되어 나갔다. 『법화경』 보문품에서 '큰물에 떠내려가더라도 그 이름을 부르면 곧 얕은 곳에 닿게 된다.'9)는 간략한 서술은 풍랑을 만났을 때 관음보살의 가피로 살아났다는 『광세음응험기』10)의 이야기와 같은 관음영험설화들을 만들어내게 했던 것이다. 국내에서도 불경과 영험설화집들의 유입과 승려들의 포교 활동에 따라 관음의 가피와 관련된 설화가 승속(僧俗), 문헌, 구비 사이를 넘나들며 다양한 형태로 전승되었다. 『삼국유사』에는 관음과 관련하여 21편의 서사물11)이 존재하는데, 그 가운데 「조신전」과 「백월산양성성도기」가 들어 있음을 확인해볼 수 있다. 이들 서사물들을 '행위주체, 욕구, 매개자, 결과'를 기준으로 서사유형을 살펴보면 아래와 같다.

〔가〕 ① 대중의 ② 부정적 현실 타개의 기원을 ③ 관음이 방편으로써
④ 성취시켜줌

---

8) 『法華經』, 『佛說十一面觀音神呪經』, 『華嚴經』, 『無量壽經』, 『觀無量壽經』, 『觀世音菩薩授記經』 등의 경전이 일찍이 국내로 유입되었다. 그리고 『高王觀世音經』, 『觀世音十大願經』, 『觀世音菩薩往生淨土本緣經』 등의 위경과 『光世音應驗記』, 『繫觀世音應驗記』 등의 영험설화집이 중국에서 유행해 국내로도 유입되었던 것으로 보인다. (김영태, 『삼국시대불교신앙연구』, 불광출판부, 1990, 193~245쪽, 참조.)

9) 『法華經』, 「觀世音菩薩普門」品, '若爲大水所漂 稱其名號 卽得淺處.'

10) 『광세음응험기』에는 모두 7편의 영험설화가 실려 관세음보살의 가피를 구체적 사건으로 드러냈다.

11) 卷2 紀異 「文虎王法閔」條에 1편, 卷3 塔像 「三所觀音衆生寺」條에 5편, 「栢栗寺」條에 1편, 「敏藏寺」條에 1편, 「南白月二聖努肹夫得怛怛朴朴」條에 1편, 「芬皇寺千手大悲盲兒得眼」條에 1편, 「洛山二大聖觀音正趣調信」條에 4편, 「臺山五萬眞身」條에 1편, 「溟州五臺山寶叱徒太子傳記」條에 1편, 「臺山月精寺五類聖衆」條에 1편, 卷4 義解 「慈藏定律」條에 1편, 卷5 感通 「郁面婢念佛西昇」條에 1편, 「廣德嚴莊」條에 1편, 「憬興遇聖」條에 1편.

〔나〕① 고승이 ② 관음 친견을 기원하여 ③ 관음이 방편으로써 ④ 성
　　　취/실패하게 함
〔다〕① 수행자의 ② 맹렬한 성도(成道) 기원을 ③ 관음이 방편으로
　　　④ 성취시켜줌
〔라〕① 대중의 ② 세속적 욕망 기원을 ③ 관음이 방편으로써 ④ 여의
　　　게 함

〔가〕유형에는 관음이 죽음을 면하게 했다거나 질병을 낳게 하는 등 관음 관계 불경이나 중국의 영험설화에서 이미 서사화되던 설화들이 속한다. 21편의 서사물 중에서 12편이 이에 속한다.[12] 예컨대 보개(寶開)의 아들 장춘(長春)이 바다로 장사를 떠났다가 태풍을 만나 오나라에 표류해 들어가 종살이를 하게 되었는데, 비구로 화신한 관음보살을 따라 고향으로 돌아왔다[13]는 것과 같은 이야기이다. 이 설화는 『법화경』의 "만일 백 천만 억 중생이 금·은·유리·자거·마노·산호·호박·진주 등 보배를 구하려고 큰 바다에 들어갔다가 흑풍이 그 배를 몰아 나찰들의 나라에 닿았을 적에 그 가운데 한 사람이라도 관세음보살의 이름을 부르는 이가 있으면 모두 나찰로 인한 고난에서 벗어나게 되나니."[14]라는 서술을 바탕으로 한 것이다. 이처럼 이 유형은 관음이라는 초현실적 존재가 벌이는 영험이적에 서사적 지향이 있다. 관음 관계 경전에서 마련된 모티프를 활용해 대중의 관음신앙을 이끌려는 의도가 있다.

---

12) 「文虎王法閔」條 1편(감옥에서 풀려남), 「三所觀音衆生寺」條 5편(죽음 면함, 아들 낳음, 대중들의 시주, 화재를 면함, 유식해짐), 「栢栗寺」條 1편(포로에서 풀려남), 「敏藏寺」條 1편(水難을 면함), 「芬皇寺千手大悲盲兒得眼」條에 1편(눈을 다시 얻음), 「洛山二大聖觀音正趣調信」條 1편(화재를 면함), 「慈藏定律」條 1편(아들을 낳음), 「憬興遇聖」條 1편(질병이 나음).

13) 一然, 『三國遺事』卷3 塔像, 「敏藏寺」條.

14) 『法華經』, 「觀世音菩薩普門」品, '若有百千萬億衆生　爲求金銀琉璃硨磲瑪瑙珊瑚琥珀眞珠等寶　入於大海　假使黑風吹其船舫　漂墮羅刹鬼國　其中若有乃至一人　稱觀世音菩薩名者　是諸人等　皆得解脫羅刹之難.'

〔나〕~〔라〕의 유형은 단순히 복을 구해 성취하는 〔가〕 유형과 달리 '깨달음'을 문제화한 서사물들이다. 여기서 행위 주체가 고승으로 나타나는 〔나〕 유형에는 「낙산이대성」에 실린 '의상의 관음 친견 설화'와 '원효와 관음송 설화', 그리고 「보질도 태자전」(「대산오만진신」조와 「명주오대산보질도태자전기」조와 같은 내용이다.)이 속한다. 이 설화들은 고승으로 알려진 이들이 모두 관음을 친견해 깨달음을 얻고자 한다는 서원을 세우고 수행한다는 공통점이 있다. 의상·원효·보질도는 아라한과를 증득(證得)한 상태들로 등장해 관음의 응신을 친견코자 한 것이다. 〔가〕가 관음보살의 초현실성에 초점을 두고 있다면, 〔나〕는 고승의 깨달음을 관음보살과 관련시키고 있는 것이다.

〔다〕 유형에 「광덕·엄장」·「욱면비념불서승」·「백월산양성성도기」가 있고, 〔라〕 유형에 「조신전」이 있다. 관음 관련 서사들 가운데 문제작들이 모두 모여 있다. 이 가운데 「욱면비념불서승」은 관음보살의 현신이라 이야기되는 동량(棟梁) 팔진(八珍)이 주관하는 미타회에서 계를 지키지 못한 이의 전생윤회(轉生輪回)의 삶을 서사화한 것이다. 욱면의 이야기는 『건봉사본말사지(乾鳳寺本末寺志)』의 내용을 참고해 본다면, 원래 미타만일회(彌陀萬一會)를 개최하며 두타승 31명을 육신승화(肉身昇化)시키고 향도(香徒) 961명을 해탈시켜 서방정토로 가게 한 동량 팔진 곧 발징(發徵)15)의 승전(僧傳) 속에 들어 있던 것으로 추측된다. 『삼국유사』에는 『향전(鄕傳)』과 『승전(僧傳)』에 실렸던 것으로 기록되어 있다.16) 이 이야기에서 관음은 서사 진행의 중심 역할을 맡지 못하지만 〔다〕의 서사유형에 가깝다고 하겠다. 『향전』에 전하는 욱면은 계집종이면서도 온갖 고초를 이겨내며 치열하게 염불하여 서승(西昇)했다는 이야기이다.

---

15) 『乾鳳寺史蹟』(韓龍雲 編, 『乾鳳寺及乾鳳寺末寺史蹟』, 1928, 39~40쪽.)
16) 一然, 『三國遺事』, 卷5, 「郁面婢念佛西昇」條.

이 설화가 갖는 의의는 행위의 주체가 미천한 계급 출신의 여성이 극락
왕생할 수 있었다는 점을 다루었다는 점이다. 골품제를 바탕으로 출신
성분의 높고 낮음에 따른 특권과 제약이 따랐던 신라 사회에서, 17관등
중 6위인 아간의 위치에 있던 귀진은 사람들을 모아 불도를 닦으면서도
계집종이라 하여 욱면을 핍박하였다. 평등의 이념을 지녀야 할 불교도로
서 그릇된 모습을 보인 것이다.17) 신분제 사회의 최하층 여성이 겪어야
할 현실적 고통이 서사화되었다. 그러면서 한편으로는 고통을 감수하며
염불 정진한 계집종이 마침내는 부처의 몸으로 연화대 위에 앉았다는 이
야기를 통해 이 설화는 신분적 제약이 존재했던 당대 현실에 대한 비판
적 사고를 드러냈다.

『승전』은 여기에 전생윤회(轉生輪廻)의 서사화를 통해 시공간의 확대
와 불교적 의미화를 기했다. 욱면은 전생에 도를 닦던 무리에서 계(戒)
를 얻지 못해 축생도(畜生道)에 떨어져 부석사의 소가 되었고, 불경을 실
고 다닌 업(業)으로 다시 계집종으로 태어났다고 했다. 그런 그가 하가
산(下柯山)에 갔다가 꿈에 감응해 불도를 닦게 되었다고 했다. 그리고『향
전』의 이야기처럼 염불을 통해 대들보를 뚫고 올라가는 이적을 그리고,
『향전』에는 나타나지 않는 보리사(菩提寺)의 창사 사실을『승전』에는 실
었다. 사찰 창건을 서술하기 위해『향전』의 이야기에 불교적 의미화를
시도했다고 볼 수 있다. 현실의 신분제가 절대적인 것이 아니라 현세에
서 어떤 업을 닦느냐에 따라 보응이 달라질 수 있음을 '불교도→소→계
집종→극락왕생자'라는 전생윤회의 서사화를 통해 드러냈다.18) 〔가〕와
〔나〕 유형보다 훨씬 더 〔다〕 유형의 욱면 설화가 현실 사회의 모순을 홍

---

17) 김상현은「신라 中古期 불교사상의 사회적 의의」,『신라의 사상과 문화』, 일지사,
    1999, 290쪽.
18) 오대혁,「불교문학의 환상성과 사찰연기설화」,『佛教語文論集』9, 한국불교어문학
    회, 2004, 37~39쪽.

미롭게 서사화하고 있음을 알 수 있다. 이 점은 포교를 위해 불경의 내용에 기반을 두고 초현실적 사건을 서사화한 앞선 유형의 불교영험담과는 일정한 거리를 두게 하는 근거가 된다. 그렇지만 등장인물과 배경을 감각적으로 묘사나 시의 삽입과 같은 일반적인 전기소설의 문체와는 거리가 있는 설화적 서술 형태에 머물렀다.

「광덕엄장」[19]은 구복적이며 초현실적인 관음설화와는 다르다. 광덕은 신 삼는 것을 업으로 하며 처자를 데리고 살았고, 삽관법으로 수행했다고 하여 삶의 구체적 정황이 짧게나마 서술된다. 성적 욕망을 잠재우지 못한 엄장이 친구 광덕의 아내를 범하려다 호된 꾸지람을 듣고 수행에 전념하게 되는데, 이는 남녀간 애정의 문제를 다루는 애정류 전기소설과도 관련이 있으며, 성도(成道)를 본격적으로 다루고 있는 「백월산양성성도기」나 조선시대의 「부설전」과도 관련을 지을 수 있게 한다. 뿐만 아니라 분황사의 종이라는 미천한 존재가 관음보살일 수 있다는 성속일여(聖俗一如)의 사상을 드러냈고, 한국 정토교에서 중요하게 인식되어 온 법장비구의 사십팔원(四十八願) 가운데 이십원(二十願)의 사상을 지니고 있어 「안락국태자전」과도 연결된다.[20] 이런 몇 가지 점들을 고려하면 소설성이 느껴진다. 그러나 등장인물의 갈등이나 문체가 다른 전기소설에 비해 매우 미약하게 나타나며 현실에 대한 묘사도 안일하게 처리되었다는 문제점이 있다. 그렇지만 불교영험설화가 지니는 영험성의 강조에서 좀 더 진척된 서사 형태를 취했다는 점은 인정해야 할 것이다.

---

19) 一然, 『三國遺事』 卷 第5 神呪, 「廣德嚴莊」條.
20) 오대혁, 「≪안락국태자경≫과 〈이공본풀이〉의 전승 관계」, 『불교문학과 불교언어』, 이회, 2002.

2) 「백월산양성성도기」의 창작 경위와 소설성

〔다〕 유형의 작품 중에서 「백월산양성성도기」는 관음설화의 서사 전통을 이어나가면서도 서사적 편폭이나 내용의 심화를 통해 소설성을 느끼게 하는 작품이다. 그런데 「백월산양성성도기」는 학자들 사이에서 그 소설성 여부를 두고 논란이 되는 작품이다. 일찍이 김종철은 불교영험설화의 서사관습을 말하면서 불교 전기소설을 논하였다. 그는 박희병의 주장을 반박하는 가운데 「조신전」과 「김현감호」는 전기소설로 인정할 수 있지만, 「백월산양성성도기」는 전기소설로 인정할 수 없다고 했다.21) 그 가름의 중요한 기준으로 그는 '인생의 본질에 대한 하나의 판단'22)이라는 기준점을 제시하였다. 이에 준하여 그는 「백월산양성성도기」가 "불교에서의 깨달음은 어떻게 달성되는가를 보이는 것일 뿐만 아니라 관음보살의 신이한 행적을 드러내는 영험담"이라 했고, 「조신전」은 "불교의 영험과 가르침을 말하고자 한 것이 아니라 삶에 대한 일반론적 접근을 했을 뿐"23)이므로 전기소설이라 했다. 그런데 「백월산양성성도기」가 불교적 영험을 드러내는 데 초점을 둔 작품인가는 여전히 의문이다.

우선 그의 논의가 간과하고 있는 것은 '관음보살의 신이한 행적을 드러내는 영험담'이 일반적으로 지니는 서사적 특성에 대한 부분이다. 불교영험설화는 "진실하고 간절한 신앙생활이나 기도를 통해 나타나는 영묘하고 신이한 불보살의 감응이나 증험"24)이라고 말할 수 있으며, 일반적으로 불교경전에 설해진 내용을 확장하면서 단순한 서사구조를 띤다.

---

21) 각주 1).
22) 김종철, 위의 글, 902쪽.
23) 김종철, 위의 글, 889~903쪽.
24) 박찬두, 「영험담-허구의 거부와 존재론적 특성」, 『불교문학연구입문』, 동화출판공사, 1991.

물론 편차가 존재하지만 앞서 살핀 〔가〕 유형의 작품들이 대표적인 불교 영험설화의 모습이라 할 것이다. 〔나〕와 〔다〕 유형은 설화의 서술 형태를 취하고는 있으나 단순히 영험담으로서만 의미를 갖는 것이 아니라 당대 사회에 대한 비판적 접근을 시도하고 있다는 점에서 의미가 있다. 그렇지만 그것들은 서사 전개방식이 결코 설화적 면모를 완전히 벗어났다고는 말할 수 없다. 그에 비해 「백월산양성성도기」는 불교경전을 바탕으로 한 설화적 확장에 머물고 만 것이 아니라, 서사 전개방식의 혁신적 면모에다 당대의 사회적, 종교적 현실을 반영하는 혁신적 불교 사상을 드러냈다는 점에서 소설성이 확보되고 있다. 이에 대한 자세한 검증을 관련 서사물을 통해 살펴보도록 하자.

「백월산양성성도기」의 형성과 관련을 맺는 서사물로는 13세기 말에 편찬된 『법화영험전(法華靈驗傳)』 제4단 「화성유(化城喩)」품에 실린 「우족관문이편탈업구(羽族慣聞而便脫業軀)25)」가 있다. 일찍이 김종철은 「우족관문이편탈업구」는 '꿩이 사람이 되다' 계통의 불교설화인데, 이러한 설화들의 영향 아래 「백월산양성성도기」가 창작된 것으로 보았다.26) 「백월산양성성도기」가 불교영험설화에 불과하다는 것을 해명하기 위해 찾은 서사물이되 작품의 형성을 추론하게 하는 단서가 숨어 있는 것으로 보인다. 원래 「우족관문이편탈업구」(앞으로는 「우족관문」이라 줄여 쓴다.)는 『현응록(現應錄)』과 「법화사비(法華寺碑)」에 실렸던 것이 『법화영험전』에 재수록된 것이다. 「우족관문」의 서사구조를 보면 「백월산양성성도기」와 매우 유사하여 영향 관계가 있었으리라 추정하게 한다. 『현응록』은 남송(南宋. 1127-1279)의 종효(宗曉) 스님이 편찬한 것인데, 동진(東晉) 의희(義熙) 13년(417)에 창건된 법화사(法華寺) 창건 연기를 기록해 놓은 「법

---

25) 了圓, 『法華靈驗傳』 第4段, 「化城喩」品, 「羽族慣聞而便脫業軀」(『韓國佛教全書 6』, 동국대출판부, 1982.)
26) 김종철, 위의 글, 889쪽.

「화사비」의 것을 옮겨 놓았던 것이며, 이를 다시 국내에서 요원(了圓)이 『법화영험전』에 수록했던 것이다. 5세기부터 13세기까지의 사이에 이 텍스트가 유통되었음을 알 수 있으며, 그 사이에 「우족관문」이 「백월산 양성성도기」의 창작에 영향을 끼치지 않았을까 추측케 한다.

　　그렇다면 「우족관문」은 「백월산양성성도기」와 어떤 점에서 유사한가? 먼저 「우족관문」이 관련을 맺는 『법화경』의 「화성유」품을 보자. 여기에는 도성(都城)에 있던 16명의 왕자가 동자로 출가해 사미가 되고, 『법화경』을 통달하고는 결국 동방에서 부처가 되었다는 이야기를 방편으로써 설하고 있다. '왕자 → 동자 → 사미 →『법화경』통달 → 부처'라는 이야기의 흐름을 보여준다. 그리고 「우족관문」은 법지(法志) 스님이 독송하는 『법화경』을 열심히 들은 꿩이 죽었다가 다시 태어나, 일곱 살에 출가해 담익(曇翼)이란 법명으로 『법화경』을 수지·독송하며 사방을 유력해 다니다 진망산에서 오로지 『법화경』만을 12년 간 계속 외우니 어느 날 보현보살이 여인으로 화신하여 그를 시험한다는 이야기이다. 결국 화신한 보현보살은 물속의 달과 같은 마음을 한 담익을 더럽힐 수 없다며 사라지고, 보현보살이 사라진 그곳에 법화사를 창건했다고 했다. '꿩 → 동자 → 사미 →『법화경』통달 → 보현보살의 화현 → 법화사 창건'이라는 이야기의 흐름을 보여준다. 「백월산양성성도기」에는 노힐부득과 달달박박이라는 두 인물이 등장하는데, 그들은 수도를 하던 도중에 아리따운 여인으로 화신한 관음보살로부터 도력을 시험받게 되고, 마침내는 미륵불과 무량수불로 성도하게 된다. 그리고 백월산 남사가 창건되고, 미륵존상·아미타불상을 만든 내력이 서술된다.

　　「백월산양성성도기」에는 「우족관문」에 보이는 꿩에서 인간으로 환생하는 부분이 없고, '두 수행자 → 미륵·미타불 경례하고 염송함 → 관음보살 화현 → 성도와 남사 창건, 불상 조성'이라는 구도를 보인다. 그런데 위의 인용을 통해 「백월산양성성도기」가 남사와 미륵존상, 아미타불상이 조성되면서 창작되었을 가능성을 보여주고 있으며, 이는 「우족관문」과 같은 이야기를 기반으로 했던 것이라 추측하게 한다.

서사구조를 통해 '㉠『법화경』「화성유」품 → ㉡「우족관문」→ ㉢「백월산양성성도기」'로의 영향 관계를 짐작할 수는 있는데, 그렇다면 사상적 측면이나 세밀한 표현 면에서 어떻게 같고 다른가? ㉡을 ㉠의 구체적 영험으로 표현한 데는 나름의 이유가 있다. ㉠에서는 '세간에서 이승(二乘)으로는 열반을 얻을 수 없고, 오직 일불승(一佛乘)으로만 열반을 얻을 수 있느니라.'27)라고 했다. 곧 ㉡은 ㉠의 서사구조를 받아 안으면서, 전생이 꿩이었던 담익이 성문승(聲聞乘), 연각승(緣覺乘)이라는 소승의 위치에 머물러 있을까 걱정스러워 보현보살이 방편으로써 성불의 기별〔授記作佛〕을 주었다고 말함으로써, ㉠의 사상은 ㉡의 서사물을 통해 구체화되었던 것이다. 그런데 ㉢에 이르러서는 단순히 그러한 법화사상을 드러내는 것으로 끝을 맺지 않고, 당대의 불교 신앙상의 변화를 반영하면서 민중적 시각을 유지하였다. 관음이 여인으로 화현하여 나타난 것을 북암에서 수도하던 박박이 소승적 계율에 얽매여 머물 수 없다 하고, 남암에서 수도하던 부득은 대승적 보살계 사상으로 받아들인다. 박박은 미타불을, 부득은 미륵불을 성심껏 구했는데, 미륵불을 구한 부득이 먼저 성도하고 박박은 나중에야 성도할 수 있게 된다. 이는 미타불신앙보다 미륵불신앙이 혁신적 사상으로 받아들여졌던 760년 무렵의 사회상을 보여주고 있는 것이다. 물론 '미륵선화(彌勒仙花)'를 통해 6세기 무렵에 국가이익적인 면에서 미륵신앙을 받아들였으며 국가적인 성격을 강하게 띠고 있었는데28), 8세기에 이르러서는 신라인들이 현신성불(現身成佛)

---

27) 『法華經』, 「化城喩」品, '世間 無有二乘 而得滅度 唯一佛乘 得滅度耳.'
28) 一然, 『三國遺事』 卷4, 「彌勒仙花未尸郎眞慈師」條.

의 미륵신앙을 지니게 되었음을 이 작품은 보여주는 것이다.29) 그리고 두 주인공은 고승에 의해 계를 받거나, 선지식을 찾거나 만행을 하지 않았다. 그들은 모두 처자를 데리고 절에 들어가 시주를 받음도 없이 스스로 생계를 꾸리면서 수도하였다. 「백월산양성성도기」는 그런 인물들이 바로 미륵불이요, 미타불이라 한 것이다. 이런 사상은 당대 사회에서 가히 혁명적인 것이며, 이런 인식을 통해 귀족화되고 왕실을 위해 존재하는 불교 사상의 일대 혁신을 꿈꾸었던 것이라 하겠다. 『법화경』「화성유」품이나 「우족관문」과 다른 사상성을 우리는 여기에서 확인할 수 있다.

게다가 「백월산양성성도기」는 서사기법적 측면에서도 소설성을 획득하고 있다고 말할 수 있다. 우선 등장하는 인물들에 대한 서술에서 내면적 갈등의 모습은 매우 섬세하게 처리된다. 회진암(懷眞庵), 유리광사(琉璃光寺)에서 처자를 데리고 살면서 산업(産業)을 경영하고 서로 왕래하며 방외지지(方外之志)를 폐하지 않고 살던, 두 주인공은 무상(無常)을 느껴 세속을 버리고 '무상(無上)의 도'를 깨치려 한다. 그렇게 하여 그들은 각각 '돌무더기로 지은 방〔磊房〕'과 '판잣집으로 지은 방〔板房〕'에서 수도하는데, 관음보살의 화신인 아리따운 여인이 내방하였을 때 겪는 내적 갈등은 참으로 흥미롭게 서술된다. 그리고 산길을 헤매는 여인을 재워주고, 아이를 받아주고, 목욕까지 시켜주는 노힐부득이, 지계(持戒)만을 앞세워 여인을 멀리한 달달박박보다 더 빨리 성불하게 되었다는 실로 파격적인 결말을 이끈다. 이러한 파격이 있기에 소설적 창의성이나 사상성이 뛰어나다 할 것이다. 이외에도 전기소설이 일반적으로 취한다고 할 수 있는 등장인물의 서정을 드러내는 삽입시의 사용이나 문식(文飾)의 가미 등은 서사기법적 측면에서 전기소설의 특성을 잘 보여주는 징표라 하겠다. 그리고 이는 이전의 불교영험설화에는 존재하지 않았던 수준을 보여

---

29) 김영태, 「미륵신앙」, 『삼국시대 불교신앙 연구』, 불광출판부, 1990.

준다. 관음이 여인으로 화현하여 깨달음을 이끄는 「광덕엄장」에 비해서
도 좀더 세련된 서사성을 획득하였다. 「백월산양성성도기」는 또한 성도
가 어떻게 이루어질 수 있는가를 문제화하면서 애정을 문제화한 16세기
영허(暎虛)가 창작한 「부설전」[30]과 소설사적 맥이 닿아 있는 전기소설
이라 볼 수 있다.

3) 「조신전」의 창작 경위와 소설성

〔라〕 유형에 속하는 작품인 「조신전」 역시 관음설화의 확장과 전기
소설의 서사기법이 융합된 불교계 전기소설이다. 「조신전」은 '관음보살
이 번뇌에 빠진 중생을 제도해 준다'는 불교 교리를 바탕으로 삼아 '세속
적인 애욕(愛慾)의 허망함'을 드러내고 있다. 그렇지만 그렇게 관음영험
에 따른 불교적 진리의 깨달음을 짜임새 있게 형상화했다는 데 그 우수
성이 있는 것은 아니다. 승려의 신분임에도 김흔의 딸에 홀려 관음보살
에게 그 여자와 관계 맺기를 기도하는 조신이라는 주인공은 문제적이다.
「백월산양성성도기」나 「부설전」의 주인공들처럼 성도를 위한 치열한 수
행도 없고, 여인이 시집을 가버리자 불당 앞에서 관음보살을 원망하며
날이 저물 때까지 하염없이 눈물을 흘리는 범부이다. 그런 문제적 인간
이기에 소설은 더욱 흥미를 자아낸다. 그리고 그런 애욕이 꿈을 꾸게 하
는데, 그 꿈속 세계가 신라 말엽 유랑민들의 고통을 매우 현실적으로 그
려내고 있다는 점이 이 소설이 갖는 우수성이다. 기아와 전쟁으로 죽은
시체가 들판에 별처럼 널려 있었다는 최치원의 보고[31]에서 알 수 있는

---

30) 오대혁, 「〈浮雪傳〉의 창작연원과 소설사적 의의」, 『語文研究』47, 어문연구학회,
    2005, 228~258쪽.
31) 崔致遠, 「海印寺妙吉祥塔記」, '餓殍戰骸原野星排.'(허흥식편, 『韓國金石全文』,
    亞細亞文化社, 1984, 234쪽.)

당대 현실을, 「조신전」은 굶주려 죽은 아이를 묻으며 통곡하는 장면이나 걸식하던 딸이 개에게 물려 울부짖자 목이 메도록 우는 조신 부부의 장면 등 사실적이며 극적인 장면 제시를 통해 드러내었다.

　「조신전」은 서사기법적 측면에서 몽유구조를 취하고 있다. 이런 구조를 취하게 된 것을 두 가지 방향에서 생각해 볼 수 있다. 하나는 당시 불교계 내의 꿈에 대한 인식이다. 당나라 종밀(宗密:780~841)이 쓴 「원인론(原因論)」에는 "꿈을 꿀 때는 꿈속의 생각하는 주체와 꿈속에 나타난 사물이 각각 인식 주체와 보이는 대상으로서의 차별을 갖는 듯하지만, 이치에 의거할 때 두 가지가 모두 허망한 것으로, 전혀 존재하는 것이 아님을 알 수 있다. 모든 식(識) 또한 그와 같아서 모두가 여러 인연을 빌려서 그것에 의탁해 존재하는 것이니 자성적 실체가 있지 않기 때문이다."32)라고 말했다. 신라 말에 유행했던 유식학(唯識學)에서도 "이 모든 의식들이 전변하여 분별하고 분별되는바, 이 때문에 저 실상은 다 없는 것이다. 그러므로 일체는 유식이라고 한다."33)라고 말한다. 이러한 불교계의 꿈이나 의식에 대한 인식이 「조신전」의 꿈과 연결되어 있다고 볼 수 있다. 잠들어 있는 세상 사람들은 꿈에서와 같이 행동한다. 그는 존재하지 않는 대상을 보면서도, 깨어나지 못하는 한 그 대상이 존재하지 않는다는 것을 정확히 알지 못한다. 여기서 '깨어남'은 무엇을 말하겠는가? 사람들은 꿈속 세계와 같은 허망한 대상을 실체로 파악하는 잘못된 분별력을 지니고 살아가고 있으며, 그것을 정확히 인식하는 것이 '깨어남'이다. 조신이 꾼 꿈은 진리를 깨닫기 전 상태, 즉 애욕(愛慾)에 사로잡혀 그 대상이 허상임을 알지 못함으로써 겪게 되는 것이다. 꿈을 꾸고 있는 상태의 조신에게 꿈속 세계는 실재하는 것으로 인식된다. 그러다

---

32) 宗密, 『原人論』, '夢時則夢想夢物 似能見所見之殊 據理則同一虛妄 都無所有 諸識亦爾 以皆假託衆緣 無自性故.'(『대정장』45, 709쪽.)
33) 世親, 『唯識三十頌』 第17訟 '是諸識轉變 分別所分別 由此彼皆無 故一切唯識).'

조신이 꿈을 깸으로써 허상임을 깨닫게 되며, 그 순간 꿈 이전에 지녔던 애욕이 허망한 것이었음을 깨달아 불교적 수행에 정진한다. 「구운몽」에서 성진이 꿈속 체험이 현실적 욕망을 충족시키는 것으로 처리한 까닭에 말미에 육관대사를 출현시켜야 호접몽(胡蝶夢) 고사를 말하며 공(空) 사상을 설파하는 장치를 마련해야 했다. 그에 비해 「조신전」은 꿈속 세계를 고통스럽게 서술함으로써 그런 장치를 필요로 하지 않았고, 오히려 승려와 태수 딸의 결합이라는 신분을 초월한 사랑이 결코 이루어질 수 없으며, 유랑걸식을 하며 떠돌아야 했던 나말여초 민중의 생활상을 생생하게 그려 넣어 꿈 이후의 불교적 수행을 한결 자연스럽게 만들고 있다.

몽유구조를 취하게 된 또 다른 이유를 들어보면 당 전기소설의 영향을 들 수 있다. 즉 당 전기소설인 심기제(沈旣濟. ? ~800)의 「침중기(枕中記)」를 생각해 볼 수 있다. 이 작품 역시 주인공 노생(盧生)이 온갖 부귀영화를 누리는 것으로 형상화하였다. 「침중기」가 당대에 만연했던 출세지상주의에 대한 경계를 노생의 화려한 꿈속 체험을 통해 보여주려 했다면[34], 「조신전」은 애욕도 생로병사로 점철된 인생 앞에 허망한 것일 수밖에 없다는 불교적 주제를 고통스런 꿈속 체험을 통해 드러내고 있는 것이다. 그러면서 「조신전」은 나말여초 억압적 신분제도와 민란·전쟁으로 인한 유민의 발생 등 혼란한 사회상을 조신 일가의 궁핍한 삶의 여정을 통해 환유적(換喩的)으로 그려냈던 것이다. 그런 점에서 「침중기」보다 「조신전」이 보여준 소설적 성취가 더욱 복합적이며, 현실적이며, 철학적이라 할 수 있다.

---

34) 全寅初, 『唐代 小說 研究』, 연세대학교 출판부, 2000, 224~225쪽.

3. 轉生설화의 불교화와 「김현감호」의 형성

1) 전생설화의 전개 양상

생사의 문제, 저승에 대한 인식 문제는 불교가 동아시아에 들어올 무렵 새롭게 이해되기 시작했다. '자불어괴력난신(子不語怪力亂神)'이라는 『논어』 술이(述而) 편의 진술은 공자 이래로 귀신이나 저승에 대한 이야기를 거부하게 했고, 진·한(秦·漢) 시대에 들어서는 불로장생의 신선을 상정하면서 현실 이외의 사후 세계를 생각하는 일이 드물었다. 그러다 위진남북조 시대에 들어와 진시황(秦始皇) 이래 신선이 되려는 것이 허망하며, 불교가 유입되어 사후 세계에 대한 동경과 초자연적인 존재의 등장을 기대하게 된다. 이 무렵 사람들은 유교의 속박에서 벗어나면서 거론조차 꺼리던 선(仙)·귀(鬼)·신(神)·요(妖)가 등장하는 수많은 지괴(志怪)류 서사를 생산하게 되었으며, 그 자리에 전생윤회(轉生輪廻)의 불교적 사유체계가 자리하기에 이른다.

간보(干寶. 279?~336)의 『수신기(搜神記)』는 민간의 전설들을 채록하여 민중의 이상과 염원을 반영한 작품집으로 불교 전래 이전의 지괴류를 잘 드러내주는 것으로 평가된다. 예컨대, 『수신기』 권4에 등장하는 태산군(泰山郡) 태생인 '호모반(胡母班)' 이야기에는 태산부군(泰山府君)이라는 사자(死者)의 영혼을 불러들이는 신, 황하를 다스리는 하백(河伯), 토지신의 하나인 사공 등이 등장한다.[35] 위(魏) 조비(曹조. 220~226)가 찬한 『열리전(列異傳)』에는 태산 신의 편지를 천제에게 잘 전달해 죽은 지 3년이 지난 아내를 환생하게 했다는 이야기가 전한다.[36] 신선의 이야

---

35) 干寶, 『搜神記』 卷4.

36) 曹조, 『列異傳』(『太平廣記』 卷375.)

기와 함께, 명부를 다스리는 존재가 있어서 인간의 수명을 관장하고, 형
벌을 내리는 등의 일을 한다는 이야기가 이른 시기부터 전해 내려오고
있었던 것이다. 이런 이야기가 불교의 유입에 따라 명부를 불교적으로
체계화한 『불설예수시왕생칠경(佛說豫修十王生七經)』37)이라는 위경이 당
나라 장천(藏川)에 의해 찬술되기도 하고, 670년 도세(道世)가 찬술한
『법원주림』에서와 같이 전생윤회의 세계를 불교적 시각으로 서사화한
것들을 기록하는 경향도 나타나게 된다. 『법원주림』 육도편(六道篇)은
제천(諸天)·인도(人道)·아수라(阿修羅)·귀신(鬼神)·축생(畜生)·지옥
(地獄) 등 불교 경전에 등장하는 육도에 대한 서술을 간명하게 전하면서
불교적 시각으로 재편된 서사물들을 감응연(感應緣)이라 하여 서술하고
있다. 지옥부(地獄部) 감응연 첫머리에는 진(晉)나라 조태거사(趙泰居士)
의 저승 여행이 등장한다. 이전과 달리 지옥의 모습은 더욱 생생하게 그
려지는데 이는 불교 경전의 내용을 서술하고 있는 것이며, 그 체험을 통
해 불법을 받들고 계율을 잘 지킴으로써 즐거운 과보를 받는다는 것을
깨닫고 수명이 30년 남아 있어 되살아났다고 했다.38) 불교의 인과응보
사상을 전하면서, 이승에서 불법을 받들고 선업(善業)을 많이 쌓으라는
사상을 기존 저승설화들을 변형시켜 드러냈던 것이다.

　이러한 서사 전통은 국내로도 이어져 7세기 의적(義寂)에 의해 찬술
된 『법화경집험기(法華經集驗記)』로도 이어졌으며, 명부설화로도 이어졌
다. 『삼국유사』의 선율(善律)이 명부에 다녀 온 이야기39)는 남조(南朝)
송(宋. 420~479) 유의경(劉義慶)이 찬한 『유명록(幽冥錄)』에 실린 「진양
고사(陳良故事)」40)의 서사구조와 매우 유사하여 영향 관계가 있었으리

---

37) 藏川, 『佛說豫修十王生七經』(崇禎後九十一年四月日　全羅左道求禮縣　智異山華
　　嚴寺開刊, 동국대도서관소장본.)
38) 道世, 『法苑珠林』第7卷(『한글대장경 법원주림』1, 255~258쪽.)
39) 一然, 『三國遺事』卷5, 感通, 「善律還生」條.

라 추정되며, 민간설화가 불교설화로 변화했던 정황을 짐작하게 한다. 「진양고사」는 주인공이 명부에서 환생할 때 저승에 온 친구를 만나 그의 부탁을 듣고, 되살아나서는 그 부탁대로 해 주어 괴이한 일이 없었다는 이야기인데, 불교적 색채는 발견되지 않는다. 「선율환생」에서는 선율이 돌아오는 도중에 여자 하나가 울면서 고향에 돌아가거든 자신의 부모에게 금강사에서 빼앗은 논을 돌려주고, 불등(佛燈)에 불을 켜고, 두고 온 베를 팔아 경폭(經幅)으로 쓰게 해 달라고 부탁한다. 선율은 죽은 지 10일 만에 무덤 속에서 소리쳐 살아나게 되며, 그 여자가 말한 대로 했다. 「선율환생」은 「진양고사」의 명부 체험의 서사 구조를 그대로 차용하되, 불교적인 내용으로 바꿔 놓았다. 그와 같은 구도로 전생윤회(轉生輪廻) 또는 명부 체험의 불교설화들이 탄생하게 되었던 것이며, 그와 같은 데서 발견되는 서사관습을 계승하여 불교 전기소설인 「김현감호」나 「왕랑반혼전」이 탄생할 수 있었다고 하겠다.

2) 「김현감호」의 창작 경위와 소설성

「김현감호」는 그러한 전생윤회를 다룬 설화 가운데 축생도의 세계를 그린 서사물의 확장 과정에서 출현했다고 말할 수 있다. 범이 사람으로 둔갑하는 이야기는 일찍이 『수신기』에 보이고,[41] 「김현감호」와 같이 여인의 몸으로 화한 호랑이와의 사랑 이야기는 당나라 설용약(薛用弱)이 목종(穆宗) 장경 년간(長慶年間. 821~824)에 저술한 『집이기(集異記)』에

---

40) 『幽冥錄』의 「陳良故事」는 『山海經』 卷378에 인용되어 잇다.
41) 『搜神記』卷12, ‘江漢之域 有貙人 其先 廩君之苗裔也 能化爲虎 長沙所屬蠻縣東 高居民 欖發 明日 衆人共往格之 見一亭長 赤幘大冠 在欖中坐 因問 君何以入此 中 亭長大怒曰 昨忽被縣召 夜避不雨 遂誤入此中 急出我 曰 君見召 不當有文書 耶 卽出懷中召文書 於是卽出之 尋視乃化爲虎 上山走 或云 貙虎化爲人 好着紫 葛衣 其足無踵 虎有五指者 皆是貙.).’

도 전한다.42)

　『집이기』의 이야기는『양양부부·외편(襄陽府部·外編)』에 특별한 제
목 없이 '호피정(虎皮井)의 유래'를 말하면서 실려 전하는데, 지명 등을
달리한 정도일 뿐이다.43) 필자가 직접 확인할 수 있었던 '호피정 유래'
의 내용을 옮겨보면 이렇다. 당나라 개원(開元) 연간(713~741) 최생(崔
生)이 과거를 보기 위해 와불사(臥佛寺) 앞을 지나다 그 절에서 하룻밤을
묵는다. 그런데 호랑이 한 마리가 나타나더니 절로 들어와 털가죽을 벗
으니 여인으로 변했다. 그러고는 최생에게 다가와 하룻밤을 보냈는데,
최생은 호랑이가 벗어 놓은 털가죽을 우물 속으로 던져버렸다. 여인은
털가죽을 찾지 못해 그를 따라가야 했다. 최생은 현위(縣尉), 현윤(縣尹)
을 역임하면서 호녀(虎女)와의 사이에 두 자식을 둔다. 관직을 사임하고
고향으로 돌아오다 와불사 앞에서 옛일을 말하다가 호랑이 털가죽을 우
물 속에 던져 넣은 일을 말하게 되고, 아내의 부탁으로 그 털가죽을 꺼
내 주니 아내는 그것을 뒤집어쓴다. 그녀는 호랑이로 변해 크게 울부짖
고 두 자식을 돌아보며 떠나갔고, 후세에 와불사의 우물을 '호피정'이라
부르게 되었다.44)

　이 설화와 유사한 작품으로는『태평광기(太平廣記)』권 429에 전하
는 「신도징(申屠澄)」이 있다. 이 작품은『삼국유사』에 「김현감호」와 함
께 실렸다. 이외에『태평광기』권 427의 「천보선인(天寶選人)」, 권 433
의 「최도(崔韜)」는『집이기』설화의 직접적인 전승물로 파악된다. 「김현

---

42) 中華民國 吳曾祺 撰,『舊小說』乙集 3에 수록.
43) 伊藤淸司, 박광순 옮김,『중국의 신화와 전설』, 넥서스, 2000, 280~281쪽.
44) '開元中 有崔生 應擧 過襄陽臥佛寺 適天暮 因投宿焉 見一虎 入寺脫皮變一美婦
　　人 就崔願侍枕席崔眠之 見一皮在井邊 遂投井中 婦人覓皮不得 隨崔至京 授縣尉
　　歷縣尹 凡六年生兩子 後還官 復過前寺 崔意相隨日久無他虞 告故婦人欣然 令取
　　皮 皮故無恙 因披之 仍成一虎 大吼同顧二子而去 後人 因題其井爲虎皮井.'(『古
　　今圖書集成』職方典 卷1158. 재인용.)

감호」는 김현이라는 낭군(郎君)이 호녀(虎女)와 홍륜사(興輪寺)에서 하룻밤 정을 맺고는, 만류하는 그녀의 뒤를 따라갔다고 했다. 그 후 호녀는 오빠 호랑이들의 죄를 대신 받기 위해 사나운 호랑이로 성안의 사람들을 해치게 되었고, 왕이 그 호랑이를 잡는 자에게 벼슬을 준다고 하여 김현이 그렇게 하여 벼슬을 살게 된다. 마침내는 호원사(虎願寺)라는 절을 짓고 『범망경(梵網經)』을 강(講)해 범의 저승길을 인도했다고 했다.

「김현감호」를 '호피정 유래'와 비교해 보면, 호랑이가 아리따운 여인으로 변신한 것이며, 절에서 정을 통했다는 점이 너무나 유사한 구도를 보여준다. 「선녀와 나무꾼」 설화와의 연관성도 생각하게 하는, '호피정 유래'는 8~9세기 무렵 구전 또는 문헌으로 「김현감호」의 창작에 영향을 끼쳤으리라 추정된다. 그런데 '호피정 유래'는 지괴(志怪)라 하겠는데[45], 그것의 영향을 받았으리라 추정되는 「김현감호」는 서사 기법이 좀더 세련됐고, 불교적 사상을 잘 융화시켜 불교 전기소설로서의 면모를 갖추게 되었던 것으로 보인다.

「김현감호」의 후반부를 차지하고 있는 '이물(異物) 퇴치' 모티프는 현장(玄奘) 법사의 『서국행기(西國行記)』의 '인축(人畜)의 교잉괴(交孕怪)'에도 보인다. 남인도의 어떤 국왕이 이웃 나라의 여자를 맞이했다가 길일에 돌려보냈는데, 길에서 사자를 만나 시녀들은 모두 도망가 버린다. 사자는 그녀를 업고 산골로 들어가 먹여 살린다. 여러 해가 지나 아들을 낳았는데, 형상은 사람이되 성질과 종자는 축생이었다. 아들이 20세가 되어 어머니에게 자신의 정체를 묻고, 도망갈 틈을 엿보다가 어미를 업고 마을로 내려온다. 사자왕은 처자를 찾을 수 없자 울부짖으며 사람과 생물들을 사납게 해치고 죽인다. 왕은 사냥꾼을 놓고 직접 나서기도 하

---

45) 『집이기』에서 전기소설 작품은 「徐佐卿」(권1), 「蔡少霞」(권1), 「王維」(권2)이다.(전인초, 위의 책, 108쪽.)

여 사자를 잡으려 했지만 그리 안 되었고, 그 사자를 잡는 자에게 포상
하겠다고 영을 내린다. 아들은 어머니의 만류에도 불구하고 아버지인 사
자를 죽이러 나서겠다고 한다. 아들은 "사람과 짐승은 무리가 다른데 거
기 무슨 예의가 있겠습니까?"라며 칼을 뽑아 들고 사자가 있는 숲으로
간다. 아비 사자는 아들을 보고 순순히 엎드린다. 사자는 아들의 칼을
맞고서도 덤벼들지 않고 고통을 참으며 죽어간다. 왕은 사자의 아들에게
서 그때까지의 사정을 자세히 듣고, 아비를 해치는 자가 친족도 아닌 사
람들에게 어떤 해를 끼칠지 모른다며 귀양을 보내버린다.46) 인간과 동
물 간의 통정, 사람들을 해치는 사자, 사자를 잡기 위해 포상을 약속하
는 왕, 포악한 사자가 오히려 자식을 위해 죽어가는 모습은 「김현감호」
가 취하고 있는 서사 구성요소들과 많은 유사성이 발견된다.

「김현감호」는 이처럼 다양한 서사물들을 배경으로 나말여초에 창작
되었던 것이다. 국내에서 이 작품은 처음에 『수이전(殊異傳)』에 수록되
었고, 다시 『보한집(補閑集)』의 「호어(虎語)」, 『삼국유사』의 「김현감호」,
『대동운부군옥(大東韻府群玉)』의 「호원(虎願)」으로 전승되었다.47) 이 중
에서 『삼국유사』의 「김현감호」가 원본에 가까운 것으로 추정된다.48)

지금까지 「김현감호」에 대한 해석은 다양하다. 첫째 견해는 전기소
설이 보여주는 현실 비판적 성격과 결부하여, 호랑이라는 이물(異物)이
사랑하는 사람을 위하여 희생하고, 거기에 보답하는 평민의 은혜를 보여

---

46) 道世, 『法苑珠林』 第6卷, 六道篇, 畜生部 感應緣.(『한글대장경 법원주림』1, 222
 ~224쪽.)
47) 임재해, 「화소체계에 따른 김현감호설화의 유형적 이해」, 『영남어문학』13, 1986.
48) 임재해(위의 책, 1992, 373쪽.)는 일연이 『수이전』의 이야기를 그대로 옮겨 실었
 는데, 일연 자신이 나타내고자 하는 뜻이 독자들에게 제대로 전달될 가능성이 없
 다고 생각되어, 신도징 설화를 함께 실어 논평하는 글을 이야기의 말미에 덧붙였
 다고 했다. 그러나 김광순(『한국고소설사』, 국학자료원, 2001, 138쪽.)은 『수이
 전』 원작이 민간신앙적, 무속적, 도교적 성격의 작품을 일연이 호원사 연기로 재창
 작했다고 보았다.

줌으로써 짐승보다 못한 당시 왕족의 비인간적 작태를 비판하는 것으로 보는 것이다. 여기서 애정갈등은 인간 생활의 현실적 모순을 반영하는 것으로 본다.49) 그리고 그것은 「김현감호」의 소설성을 드러내는 가장 중요한 징표로 이해된다. 한편 불교 경전에 나타난 지은보은사상(知恩報恩思想), 영험사상(靈驗思想), 윤회사상(輪廻思想)에 따라 「김현감호」를 분석한 경우도 있다.50) 그리고 흥륜사라는 공간적 배경이나 복회의 성격, 호원사의 연기 등을 불교적 요소라 인정하면서도 그것은 배경이고 소재이지 작자의 서술의식을 볼 수 없고 오히려 민간 신앙적 내지는 무속적 도교적 성격이 짙은 작품인데 일연이 의도적으로 자신의 작의를 가미해 기록했을 것이라며 불교적 사상에 따른 주장을 비판하기도 한다.51)

그렇다면 「김현감호」가 드러내는 주제란 도대체 무엇일까? 일차적으로 「김현감호」가 기존의 이물과의 교유(交遊)를 드러낸 서사문학적 전통을 수용했다는 것을 인정해야 할 것이다. '호피정 유래'나 '인축의 교잉기'와 같은 작품이 이미 존재해 다양하게 유통되었던 상황에서 「김현감호」는 출현했다. 인간과 호랑이 사이의 교합이나 호랑이의 변신 모티프는 당시에 흔한 이야기였는데, 이는 중국의 지괴(志怪) 형태에서부터 비롯된 것이다. '호피정 유래'나 「신도징」에 보이는 호랑이는 인연을 맺었던 인간과의 정을 내팽개치고 야생으로 되돌아갔다고 했다. 이때의 호랑이는 '야생성'을 소유한 존재로 인간과 교유했지만 결코 어울릴 수 없었던 이류(異類)였음을 말한 것이다.

이러한 불교 유입 이전의 사고에 육도라는 불교적 세계 인식이 가해졌고, 축생에 대한 불교적 의미화가 시도되었다. 『업보차별경(業報差別

---

49) 임형택, 「羅末麗初의 傳奇文學」, 『한국문학사의 시각』, 창작과비평사, 1984, 92쪽.
50) 김영만, 「金現感虎說話에 나타난 佛教思想考」, 『국어국문학』18, 부산대 국어국문학과, 1982.
51) 김광순, 위의 책, 137~138쪽.

經)』에는 축생이 되는 것은 10업에 따른 과보(果報)로, 몸·입·뜻으로 악행을 저지르거나, 탐욕·분노·어리석음으로 악행을 저지르거나, 또는 중생을 꾸짖거나 괴롭히거나, 더러운 물건을 보시하거나 삿된 음행을 행하는 것에서 비롯된다고 했다. 그리고 불교는 그 축생들마저도 생사윤회의 사슬을 끝낼 수 있도록 참회하라 외치고, 사나운 형상을 버리고 슬기의 수명으로 장엄하게 하리라고도 한다.52) 그래서 꿩이 8년 간 스님의 『법화경』 독송과 강설을 듣고 사람으로 태어나고53), 불경을 싣고 다니던 암소가 사복의 어머니로 태어났다가 연화장 세계로 가고54), 염불만일회(萬日會)의 일을 맡아보던 이가 계(戒)를 얻지 못해 축생도에 떨어져 부석사의 소가 되었다.55) 축생은 결코 인간에 미치지 못하는 부정적이며 천한 대상으로 취급되는 것이 아니라, 나고 죽음의 윤회 속에서 나 역시도 그와 같이 될 수 있으며, 축생도 인간으로 전생(轉生)하여 해탈의 길로 들어설 수 있는 존재로 인식되었던 것이다. 불교가 동북아로 들어올 때, 이미 축생에 대해 널리 유포된 신괴(神怪)한 이야기들은 불교가 표방하는 육도윤회의 사상이나 축생에 대한 인식을 전파하기에 훌륭한 방편이었던 것이다.

짐승이 사람이 되고, 사람이 짐승이 된다는 것은 미분화된 '야생적 사고체계'에서나 용인되는 것이다. 그런데 불교는 그러한 야생의 사고체계를 불교적 세계 인식의 바탕으로 활용함으로써 불교가 노리는 모든 생명체에 대한 평등 의식이나 불살생 등의 대원칙을 설명할 수 있었던 것이다. 이런 상황 속에서 나말여초에 「김현감호」가 창작되었던 것이다. 호랑이가 사람으로 변하여 인간과 정을 통하는 것은 무속적·도교적일

---

52) 『한글대장경 법원주림』, 206~211쪽.
53) 宋 宗曉, 『玆應錄』. 『戒殺類』. 『法華靈驗傳』上 , 第8段 「安樂行」品, 「野鷄轉報」.
54) 一然, 『三國遺事』 卷4, 「蛇福不言」條.
55) 一然, 『三國遺事』 卷5, 「郁面婢念佛西昇」條.

수 있으나, 그 호녀(虎女)가 오빠 호랑이들의 악업을 대신 갚으면서 사랑하는 사람을 위해 지푸라기와 같이 목숨을 바칠 줄 아는 것은 불교적 사유에 기반을 둘 때 자연스러운 서사 형태라 하지 않을 수 없다.

그리고 「최치원」이나 『금오신화』와 같은 완벽한 수준의 소설성을 갖추었다고 말할 수는 없으나, 전기소설이 일반적으로 취하는 애정 문제의 서사화, 문식의 가미, 비판적 현실 인식 등은 「김현감호」의 소설성을 드러내는 측면이라 하겠다. 게다가 그 형성 과정에서 보았듯 일반적인 전생윤회의 설화나 지괴·전기의 서사 형태를 활용해 새로운 주제 사상을 드러내고 있다. 이러한 점에서 「김현감호」는 「백월산양성성도기」, 「조신전」과 같이 불교설화의 서사적 확장과 당 전기의 영향 아래 형성된 나말여초의 불교계 전기소설이라 볼 수 있게 한다.

4. 맺음말

지금까지 여러 학자들은 「조신전」, 「김현감호」, 「백월산양성성도기」 등이 나말여초에 형성된 불교계 전기소설이라 주장해왔다. 그런데 이 작품들이 과연 어떤 과정을 통해 형성된 것인지, 즉 서사문학적 전통이나 사상적 배경에 대해 깊이 있는 연구를 수행하지는 못했던 것이 사실이다. 이 글은 이러한 문제를 풀어내는 작업을 수행하였다.

나말여초 불교계 전기소설이 당 전기의 영향에 의해 곧바로 창작되었다는 것은 당대의 서사문학적 상황을 고려하지 못한 견해이다. 이미 불경, 불교영험설화 등 불교계 서사물들이 유통되고 있었으며, 여기에 중국의 지괴·전기 등이 영향을 끼쳐 불교계 전기소설이 출현했다고 보아야 한다. 이 글은 이러한 주장을 뒷받침하기 위해 더욱 자세한 논의를 펼쳤다.

이 글은 먼저 「백월산양성성도기」와 「조신전」이 관음설화의 서사적 전통을 이어나가면서 서사적 편폭이나 내용의 심화를 통해 소설성을 획득해나간 작품임을 밝혔다. 「백월산양성성도기」는 관음의 영험설화를 벗어나 소설성을 획득하였는데, 5세기~13세기 사이에 국내에서 유통된 『법화경』「화성유」품의 내용을 배경으로 서사화된 「우족관문이편탈업구」와 같은 서사물에 영향을 받아 창작된 불교계 전기소설이다. 작품의 내용은 평범한 인물들이 관음보살의 도움으로 미륵불, 미타불로 성불하였다는 것으로, 당대 사회에 있어서 가히 혁명적인 사상을 드러낸 것이었다. 「조신전」은 관음보살이 번뇌에 빠진 중생을 제도해준다는 불교 교리를 바탕으로 세속적 애욕의 허망함을 드러낸 작품이다. 그러나 그렇게 관음설화의 확장이라는 점에 소설사적 의의가 있는 것은 아니다. 이 작품은 몽유구조를 취하면서 기아와 전쟁으로 떠돌아야만 했던 나말여초 유랑민의 삶을 사실적이며 극적으로 그렸다는 점에 그 우수성이 있다.

다음으로 이 글은 「김현감호」가 국내외의 전생윤회의 서사물들의 서사관습을 계승하면서 불교적 의미를 부여한 불교계 전기소설임을 밝혔다. 이 작품의 창작에는 『집이기』의 '호피정 유래'와 같은 축생의 세계를 그린 서사물들이 영향을 끼쳤으리라 보았으며, 그 과정에서 불교적 의미화 작업이 수행되었음을 밝혔다.

제 5 장

김시습의 선불교적 현실주의와 『금오신화』

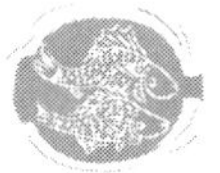

1. 머리말

서사 텍스트가 지닌 배경이나 구현된 형식, 내용을 연구하는 데 사상적 접근은 매우 중요한 방식이다. 사상은 서사 텍스트의 전 영역을 지배하는 경우가 많기 때문이다. 최근에 필자 또한 한국의 서사문학을 연구하면서 서사 텍스트에 대한 사상적 접근을 바탕으로 소설 미학적 접근을 시도하고 있다. 필자가 불교계 서사문학을 주로 다루어왔기 때문이기도 하겠지만, 기존의 문학 연구가들이 사상적 접근을 뛰어난 몇 학자들의 연구에 기대거나 비판은 하면서도 뚜렷한 대안적 입론을 세우지 못하는 경우를 종종 보아왔기 때문에 어떤 이들에게는 무모하게 보일 수도 있는 사상적 접근 방식으로 서사 텍스트를 들여다보게 되었던 것 같다. 그런 과정에서 김시습의 『금오신화』를 들여다보게 되었다. 너무나 많은 연구자들의 노고가 묻어 있는 김시습과 『금오신화』에 얽힌 논문들[1]을 대하면서 필자는 힘겨운 씨름을 해야 했다. 그 과정에서 김시습과 『금오신화』에 대한 문학 사상적 접근 가운데 결여된 측면이 있음을 찾아 새롭게 조명할 필요를 느꼈다.

　최근 『금오신화』의 창작 연원에 대한 소설 미학적 접근을 정밀하게 진행한 박희병은 일찍이 '나려시대의 전기소설의 전통이 계승·발전되는 과정에 『금오신화』가 창작되어 한국 전기소설의 질적 비약이 이루어졌다.'[2]고 주장한 적이 있다. 기원이라 말할 수 있는 작품으로 그는 '설화가 아닌' '전기소설 「최치원」과 「조신전」'을 들었다. 설득력 있는 주장이다. 그러면서 자세한 『금오신화』에 대한 미학적 접근을 시도함으로써 고전소설 연구의 시야를 넓혀주었다. 그런데 최근 고려시대의 소설로 밝혀진 「왕랑반혼전」의 계승에 대한 언급이 없으며, 김시습의 불교적 세계관, 창작 당시의 사회적 배경 등에 대한 유기적 연구가 뒷받침되지 않아

---

1) 주요 논저들을 들면 아래와 같다.
　정주동, 『매월당 김시습 연구』, 민족문화사, 1961.
　임형택, 「현실주의적 세계관과 금오신화」, 『국문학연구』 13, 서울대학교 국문학연구회, 1971.
　김기동, 「금오신화의 연구」, 『동양학』 5, 단국대학교, 1975.
　조동일, 「초기 소설의 성립과 초기 소설의 유형적 특징」, 『한국소설의 이론』, 지식산업사, 1977.
　설중환, 「금오신화의 신연구」, 고대박사논문, 1983. ; 『금오신화의 연구』, 고려대 민족문화연구소, 1989.
　강진옥, 「금오신화와 만남의 문제」, 『고전소설 연구의 방향』, 새문사, 1985.
　안동준, 「김시습 문학사상 연구」, 한국정신문화연구원 한국학대학원박사논문, 1994.
　박희병, 『전기소설의 미학』, 돌베개, 1997.
　최용철, 「금오신화 조선간본의 발굴과 그 의미」, 『중국소설연구회보』 39, 중국소설연구회, 1999.
　최귀묵, 『김시습의 사상과 글쓰기』, 소명출판, 2001.
　박일용, 「≪금오신화≫와 ≪전등신화≫에 나타난 애정모티프의 형상화방식과 그 의미」, 『동아시아문학 속에서의 한국한문소설연구』, 월인, 2002.
2) 박희병, 「≪金鰲新話≫ 創作의 淵源과 背景」, 『韓國傳奇小說의 美學』, 돌베개, 1997, 175쪽.

많은 아쉬움이 남았다.

　　필자의 생각으로는『금오신화』의 서사 기법이나 주제, 사상적 측면에서의 혁신은 결코 갑작스럽게 나타난 것이 아니다. 여기에는 전기소설의 서사기법적 전통뿐만 아니라 김시습의 불교사상이 영향을 끼치고 있는 것으로 여겨진다. 필자는 그의 선불교 사상에 초점을 두어 기존 논의를 비판적으로 검토하고, 새로운 견해를 밝혀보려 한다. 그런 다음 그러한 사상적 경향이 어떻게『금오신화』에 영향을 끼치고 있는지를 살필 것이다.

2.『금오신화』창작의 사상적 배경

　　(1) 김시습이『금오신화』를 창작한 시기는 천룡사(天龍寺) 부근에 금오산실(金鰲山室)을 짓고 정착했던 1465~1468년 무렵으로 추정된다. 이 시기를 중심으로 전후의 행적을 살펴보자. 이 시기 이전에 그는 신동으로 알려진 가운데 온갖 유교 경전을 섭렵했는데, 어려서 부모를 잃고 단종의 양위 사실을 전해 듣고는 방외인으로 전국을 유람해 다녔다. 그 과정에서 그는 선종계 사찰들을 중심으로 떠돌면서 「유관서록(遊關西錄)」·「유관동록(遊關東錄)」·「유호남록(遊湖南錄)」 등을 남겨 놓았다. 또한 그는『원각경(圓覺經)』과『묘법연화경』과 같은 불교경전을 직접 대했고,『묘법연화경』을 선적(禪的)으로 해석해『묘법연화경찬』을 쓰기도 했다. 그리고 원각사 낙성회에 참여했다가 돌아오면서는 효령대군(孝寧大君, 1396~1486)이 준 하사금으로『맹자대전』,『성리대전』,『자치통감』,『노자』를 구입한 후 금오산실로 돌아왔다.3) 이러한 그의 행적이『금오신

---

3) 심경호의『김시습평전』(돌배게, 2003)은 김시습의 전 생애를 자세하게 다루고 있다.

화』창작의 배경이 되었을 것임은 당연한 일인데, 거기에는 유불의 뒤섞임이 많아 그의 사상적 기반을 확정짓기에 어려움이 따랐다.

김시습의 사상을 논하면서 제일 먼저 풀어야 할 것은 이기론의 문제이다. 국문학계의 선학들은 김시습의 철학사상을 '기일원론(氣一元論)' 또는 '일원론적 주기론(一元論的 主氣論)'이라 주장해 오고 있다.4) 그 가운데 조동일의 주장을 보자. 그는 주돈이(周敦頤)가 「태극도설(太極圖說)」에서 '무극이 태극(無極而太極)'이라 한 것은 '무극에서 태극이 이루어지고 태극이 음양을 낳는다는 견해'를 밝힌 것인데, 이는 '대개 천지 만물이 있기 전에 필경 태극이 먼저 있어서 천지만물의 리가 그 가운데 혼연히 갖추어져 있다.'5)라는 정도전의 주장과 맞닿아 있다고 했다. 그런데 김시습은 그와 달리 '태극이 무극이다. 태극은 본래 무극이다. 태극은 음양이고, 음양은 태극이다.'6)라 하여, '리(理)가 무극에 갖추어져 있어 태극에서 발동한다는 견해를 부정하고, 리(理)는 기(氣)에 선행하여 존재하는 것이 아니고 기의 대립적 운동 자체의 원리일 뿐이라는 점을 분명히 한'7) 것이라고 조동일은 해석했다. 그러면서 이를 일러 '일원론적 주기론'이라 했다.

서경덕(徐敬德)의 사상을 일러 '기일원론'이라 한다. 서경덕에게 리란 '기 운동에 내재하는 법칙성으로서의 조리의 성격'을 지니며, '기외무리(氣外無理)를 강조하고 있다'라고 보기 때문이다.8) 조동일의 주장대로라

---

4) '기일원론'으로 본 것은 임형택(「현실주의적 세계관과 금오신화」, 『국문학연구』 13, 서울대학교 국문학연구회, 1971)이었고, 조동일(『한국소설의 이론』, 지식산업사, 1977)은 '일원론적 주기론'이라 했다.
5) 鄭道傳, 「佛氏眞仮之辨」, 『三峰集』 9.
6) 金時習, 「太極說」, '太極者無極也 太極本無極也 太極陰陽也 陰陽太極也.'
7) 조동일, 앞의 책, 210~211쪽.
8) 장원목, 「조선전기 성리학 전토에서의 리와 기」, 『한국유학과 리기철학』, 예문서원, 2000, 69쪽.

면 서경덕의 사상은 김시습의 사상과 다를 바 없다. 그런데 조동일이 지적하는 주돈이의 '태극도설'과 김시습의 '성리(性理)'는 크게 다르지 않다. 주돈이는 '무극이 태극〔無極而太極〕'이라 하면서도 '태극은 본래 무극〔太極本無極〕'9)이라고도 했다. 그에게 태극이 우주 만물의 본원으로 인식된 측면이 있기는 하나, 무극을 리(理)로 본 것은 아니다. 무극은 주돈이의 『통서(通書)』에 등장하지 않았다가 송(宋) 초 도교의 영향을 받아 「태극도설」에 새롭게 등장해, 도교의 '유생어무(有生於無)'라는 사고가 영향을 끼친 것으로 본다. 그에 비해 주희는 무극을 태극에 대한 형용어로 이해했을 뿐이다.10) 조동일의 주장처럼 '천지만물의 추뉴(樞紐)이며 근저(根底)인 리(理)가 무극에 갖추어져 있어 태극에서 발동한다.'11)라고 보는 것은 무극에 대한 잘못된 해석이다.

또한 김시습은 여러 곳에서 서경덕과는 다른 리에 대한 표현을 하고 있다는 점에 주의를 기울여야 한다. 김시습은 '성과 리는 두 가지가 아니다. 선유(先儒)의 말에, 성(性)이 곧 리이니, 하늘이 준 바요, 사람이 받는 바로서 참다운 이치가 내 마음에 갖추어진 것이라 했다'면서 '처음부터 나에게는 물체가 있는 것이 아니고, 다만 인·의·예·지가 혼연하게 있는데, 그것은 지극히 선하여 악이라고는 조금도 없어서 요순 같은 이나 길 가는 보통 사람이나 처음에는 조금도 다름이 없는 것이다.'라고 하였다.12) 또한 같은 글에서 '명덕(明德)이란 사람이 하늘로부터 얻은 바 허령(虛靈)하여 어둡지 않은 것으로서, 모든 리를 갖추고 있어 온갖 일에 응할 수 있는 것'이라는 『대학장구(大學章句)』의 말을 인용하면서,

---

9) 『周子全書』, 「太極圖說」.
10) 김근호, 「太極 - 우주 만물의 기원」, 『조선유학의 개념들』, 예문서원, 2002, 참조.
11) 조동일, 앞의 책, 210쪽.
12) 김시습, 『梅月堂集』 권17, 「雜著-性理 第三」, '性與理都無兩般. 先儒云, 性卽理也. 天所命人所受, 而實理之具於吾心者也. 盖初非有物, 但是仁義禮智之在我渾然. 至善未嘗有惡, 堯舜塗人, 初無少異.'

'무릇 원·형·이·정(元亨利貞)은 하늘의 덕이요, 인·의·예·지는 성의 덕이니, 하늘은 네 가지 덕으로써 능히 운행을 하여 쉬지 아니하고 만물을 변화 육성하는 것이다. 그러므로 군자는 이것을 체득하여 내 몸에서 얻으면 나에게 있는 성이 선하지 아니함이 없고, 물건에 미치는 덕이 정성스럽지 아니함이 없는 것이다. 그러므로 속에 있는 것을 리라 하고, 마음에서 얻는 것을 덕이라 하고, 사물에서 발하는 것을 행이라 한다.'13)라고 하였다. 그리고 '음양의 시종을 언어와 형적(形迹)으로 말할 수는 없다. 그러나 천지가 만물을 생생하는 도리를 일러 망령됨이 없다〔無妄〕고 한 데 지나지 않으니, 그것은 오직 실리(實理)일 따름인 것이다.'14)라고 하였다. 또한 '저 추위와 더위가 왕래하고 일월이 교대로 밝으며 밤낮이 오가는 도리는 곧 리(理)가 저절로 그러한 것이다.'15)라고도 하였다. 천지만물의 변화에는 법칙이자 원리라고 할 리가 있음을 말하고 있으며, 마음에 내재하는 인·의·예·지를 성의 덕이라 하여 '온갖 일에 응할 수 있게 하는' 것이라 언급하고 있다. 물론 리를 절대화했다고 단정지을 수는 없으나 '진리', '법칙', '원리'로서의 리를 언급하고 있다는 점에서 기일원론, 또는 일원론적 주기론이라 말하기 어렵다. 이기를 엄격하게 구분하는 정도전의 철학사상과 비교해 보았을 때나, 상대적 차이에 입각해서 기일원론이니 일원론적 주기론이니 하는 주장을 할 수 있을 것이다.16) 그러므로 '정해져 있는 당위나 이치인 리가 없고 모든

---

13) 김시습, 같은 글, '明德者人之所得乎. 虛靈不昧, 以具衆理, 而應萬事者也. 夫元亨利貞, 天之德, 仁義禮智, 性之德也. 天以四德, 能運行不息, 化育萬類. 故君子體之, 以得於吾己, 則性之在我者, 無有不善. 德之及物者, 無有不誠. 故云, 存諸中之謂理, 得之心之謂德, 發於事之謂行.'

14) 김시습, 같은 책 권20, 「生死說」, '陰陽之始終, 不可以語言形迹. 稱然天地生生之道, 不過曰無妄, 惟實理而已.'

15) 김시습, 같은 책 권20, 「鬼神說」, '夫寒暑往來, 日月代明, 晝夜之道, 則此理之自然之.'

16) 김형찬(「존재와 규범의 기본 개념」, 『조선유학의 개념들』, 예문서원, 2002)은 '성

현상이나 사물은 하나의 기라 음양으로 나누어져 대립하면서 운동해서 이루어진다는 기일원론'을 김시습이 주장하고, '그런 사고구조에 맞게 자아와 세계의 대결을 나타내는 소설을 마련'17)하였다는 조동일의 주장은 문제점을 안고 있는 것이다.18) 결국 김시습의 사상을 이기론으로 설명하기에는 어려움이 있으며, 소설 발생을 기일원론, 또는 일원론적 주기론에서 찾는 것도 재론되어야 한다.

　(2) 김시습의 일관된 사상을 리기론만으로 풀 수 없다. 따라서 그의 저술들에 현상적으로 드러나는 일관된 사고를 먼저 살펴볼 필요가 있다. 그런 관점에서 보면, 모든 연구자들이 인정하듯 김시습의 사상은 '현실주의'와 관련을 맺고 있음을 알 수 있다. 임형택은 일찍이 '김시습의 불교사상은 그 미신적인 측면과 현실을 부정하는 위에서 개인적으로 종교적인 구원을 바라는 데 반대하고 합리적이고, 현실주의적으로, 그리고 애민사상으로 해석한 것이었다. 이러한 기본적인 입장 때문에 교종에 대

　리학에서 말하는 리와 기는 '서로 혼동될 수 없는'(不相雜) 관계일 뿐 아니라 '서로 떨어질 수도 없는'(不相離) 관계라는 점에서 그 자립성에 한계가 있을 수밖에 없다.'라고 하면서, '성리학의 리기론은 리와 기 중 어느 한족에 비중을 두어 설명할 수는 있어도 기본적으로 한 개념을 다른 하나의 개념으로 환원시키기는 대단히 곤란하다.'라고 한다. 그러면서 일원론의 엄밀한 기준을 적용할 때, '기의 작용을 조종하고 주재하는 리의 역할을 유난히 강조하는' 기정진(奇正鎭)의 리기론을 '이일원론화(理一元論化)'로, 리를 기의 작용을 형용하는 용어로 간주하는 임성주(任聖周)의 리기론을 '기일원론화(氣一元論化)'라고 했다. 이런 논의에 바탕을 두면 '기일원론' 또는 '일원론적 주기론'이라 말하는 데 문제가 있다.

17) 조동일, 「15세기 鬼神論과 귀신이야기의 변모」, 『한국의 문학사와 철학사』, 지식 산업사, 179쪽.

18) 기일원론에 대한 비판은 김명호(「金時習의 文學과 性理學思想」, 『한국학보』 35 집, 일지사, 1984)에 의해서도 이루어졌다. 그는 김시습의 사상이 주희에 와서 집대성된 이기이원론적(理氣二元論的) 성리학 사상의 영향을 깊이 받은 흔적을 「태극설」을 통해 확인할 수 있다 했고, 「생사설」과 「신귀설」이 불교사상 비판에 의도가 있었다고 봤다. 기일원론에 대한 부정은 타당하다지만, 세 논설만으로 '이기이원론'이라 단정 짓는 데는 문제가 있다.

해서는 보다 비판적이었고 선종을 지지했으며, 또 실은 선을 다분히 성리학적으로 해석했다.'19)라고 주장했다. 이러한 결론을 이끌기 위해 그는 「애물의(愛物義)」·「애민의(愛民義)」·「생재설(生財說)」, 그리고 한시를 통해서 민본·애민사상을 확인하고, 「송규(松桂)」·「인주(人主)」·「수문(隋文)」·「양무(梁武)」·「위주(魏主)」 등을 통해서는 불교사상에 대한 현실주의적 해석을 가했다고 했다. 그가 말한 '기일원론'의 타당성을 문제 삼는다 하더라도, 그가 파악해 낸 김시습의 현실주의적 세계 인식은 결코 부정할 수 없는 사실이다. 그런데 문제는 이 현실주의적 세계 인식이 김시습의 불교 사상을 관통하고 있었다는 점에 우리는 눈을 돌렸어야 했다.

> 일진법계(一眞法界)는 무변세계(無邊世界)를 함께 거두어 있으며, 십종현문(十種玄門)은 무량법문(無量法門)을 총섭(總攝)하고 있다. 사(事)이면서 리(理)이며, 성(性)이면서 상(相)이며, 속(俗)이면서 진(眞)이며, 인(因)이면서 과(果)이며, 주(主)이면서 반(伴)이며, 범(凡)이면서 성(聖)이며, 정(正)이면서 의(依)이며, 다(多)이면서 일(一)이다.20)

> 외양간이나 마구간, 술집이나 기생방, 지옥 등이 한 곳도 화장세계가 아님이 없다. 이 마음을 깨치지 못하면 모두가 달라지며 이 마음을 깨치면 체(體)와 용(用)이 하나가 된다.21)

『화엄경석제』에 등장하는 인용에서, 앞의 것은 참된 법계가 멀리 있

---

19) 임형택, 앞의 글, 17~18쪽.
20) 金知見 編, 『大華嚴一乘法界圖註幷序(華嚴經釋題)』, '一眞法界 無邊世界以俱收 十宗玄門 無量法門而總攝 卽事卽理 卽性卽相 卽俗卽眞 卽因卽果 卽主卽伴 卽凡卽聖 卽正卽依 卽多卽一.'
21) 위의 책, '牛欄馬廏酒肆淫坊劍樹刀山鑊湯爐炭等 無一處不是華藏海也. 此心未了 則各相萬殊此心旣了則體用一致.'

는 것이 아니라 현상 세계 자체에 있음을 말하고 있는 것이다. 이는 이원적 구별을 배격하고 일원적 관점을 보여준다. 뒤 인용은 종래의 불교논리가 '체(體)와 용(用)의 논리에 고착되어 있기에 법신(法身)과 화신(化身)의 구별을 지어 현실세계에서 화신은 볼 줄 알아도 현실세계에서 법신을 찾기 어려웠던 것'을 비판하면서 '체용일치(體用一致)'를 역설한 것이다. 이러한 '현실 긍정론'은 그가 지은 『법계도주』나 『십현담요해』에서도 나타난다.22) 일찍이 그는 회암사에서 선불교의 핵심을 담고 있는 『원각경』을 읽었으며,23) 천태종의 소의경전을 선적으로 해석한 『묘법연화경찬』이나 조동종의 종지를 해설한 『십현담요해』, 화엄사상을 선불교와 관련시킨 『대화엄일승법계도주병서』와 『화엄경석제』 등을 지으면서 지속적으로 선불교적 현실 긍정의 논리를 폈다.

> 만약 생사(生死)를 논한다면 곧 이것은 보현보살의 경계인 것이요, 만일 열반을 논한다면 곧 이것은 윤회에 헤매는 중생인 것이다. 그렇다면 말하여 보라. (부처의) 열반과 (중생의) 윤회는 서로 거리가 얼마나 되는가? 무명의 참성품이 곧 부처의 성품이고, 환화(幻化)의 빈 몸이 곧 법신이다.24)

생사윤회의 세계나 열반의 세계가 다름이 없다. 부처와 중생이 다르지 않다. '모든 세계의 시작하고 마치고 생기고 멸하고 앞서고 뒤지고 있고 없고 모이고 흩어지고 일어나고 그침이 생각 생각 상속하여 순환

---

22) 한종만, 「김시습의 화엄·선사상」, 『韓國佛敎思想의 展開』, 민족사, 1998, 313~316쪽.

23) 김시습, 『매월당집』 권10, 「檜巖寺」, 「指空衣鉢」, 「懶翁衣鉢」, 「看圓覺經」.

24) 김시습, 『매월당별집』 권3, 「大華嚴法界圖序−生死涅槃常共和」, '若論生死, 即是普賢境界. 若論涅槃, 即是縛輪廻. 且道. 涅槃與輪廻, 相去幾何. 無明實性即佛性, 幻化空身法身.'

왕복함에 갖가지로 집착하고 버리는 것이 다 윤회'이며, '생사와 열반은 한가지로 일어나고 멸하거니와, 묘각이 두렷이 비춤에는 꽃도 가림도 여윈다.'라는 『원각경』의 표현25)이 여기에는 도사리고 있다. 이는 또한 『원각경』에서 '네 인연〔四緣. 곧 四大〕이 임시 화합해서 망령되이 육근(六根. 眼耳鼻舌身意)이 있으니, 육근과 사대가 안팎으로 합쳐 이루거늘 허망하게도 인연기운〔緣氣. 육근이 외계를 상대하는 것〕이 그 가운데 쌓여서 인연의 모습이 있는 듯하게 되니 가명으로 마음이라 하느니라. 선남자여, 이 허망한 마음은 만일 육진(六塵. 色聲香味觸法)이 없으면 있을 수 없으며, 사대가 분해되면 티끌〔塵〕도 얻을 수 없으니, 그 가운데 인연과 티끌이 각각 흩어져 없어지면 마침내 반연하는 마음도 볼 수 없게 되느니라.'라고 말한 생사에 대한 인식에 바탕을 두고 한 말이겠다. '산승의 염주 위에 십종현문(十種玄門)이 열려 있고, 염주 아래에 일진법계(一眞法界)가 드러나 있다'26)라고 김시습은 말한다. 현실 세계를 벗어난 세계에 진리가 있는 것이 아니라, 지금 여기 마음이라는 거짓이름을 갖고 살아가는 '현실 세계'에, '살아있는 인간 자신'에게 있음을 말한다. 우리는 이러한 그의 사상을 선불교적 현실주의라 명명할 수 있을 것이다.

> 이른바 부처의 도라고 하는 것은 굳건한 마음을 발하고 결단성 있고 열렬한 뜻을 일으켜서 지극한 자비심으로 몸을 닦고 실상(實相)으로써 물을 맞이하여 삶과 죽음을 영영 끊어버리고서도 항상 살고 죽는 마당에 처해 있으며, 이미 번뇌를 버리고서도 항상 번뇌의 지경에 서식해 있는 것이다. 혹은 윤왕(輪王)이 되고 혹은 장자(長者)가 되어, 인연에 따라

---

25) 大唐罽賓三藏佛陀多羅 譯, 『大方廣圓覺修多羅了義經』, 「金剛藏菩薩 第4」, '一切世界 始終生滅 前後有無 聚散起止 念念相續 循環往復 種種取捨 皆是輪廻… 生死涅槃 同於起滅 妙覺圓照 離於花翳'.
26) 김지견 편, 앞의 책, '山僧, 數珠頭上, 十種玄門分也. 數珠下, 一眞法戒現了也.'

만물을 제도하여 넓은 이익이 무궁한 것이다.[27]

삶과 죽음을 영영 끊어버린 깨달은 경지에서 항상 살고 죽는 마당에 놓여 있어야 하는 것이 바로 김시습이 말하는 선불교적 현실주의인 것이다.

그런데 그의 선불교적 현실주의는 진리의 본체라 하는 무(無) 또는 공(空)의 절대화를 부정한다. 공(空)에 대하여 그는 '금시조가 허공으로 날아올라 마음대로 날갯짓을 하여도 떨어지지 않듯이, 비록 空한 데에 의지하여 유희(遊戲)하더라도, 공에 의거하지 않고 또한 공에 구애되지도 않는다.'[28]라고 말하여 진공, 본체에만 머물 수 없는 인간의 삶을 역설하고 있다. 또한 '손님과 주인이 서로 응해야 하며, 임금과 신하가 서로 만나야 함〔賓主雍和 君臣際會〕'을 말하는데, 이는 주인이라는 본체적 견지와 손님이라는 현실적 견지가 차별이 없는 조화 속에서 현실이 이끌어져야 한다는 것이다.[29]

이러한 선불교적 현실주의에 입각하여 김시습은 성리학을 수용하였다. 그래서 그는 선불교에서 본체를 절대화하지 않듯이, 성리학의 '태극설'이나 '리기론'을 끌어들였지만, 다른 성리학자들처럼 물리적인 리(理)를 도덕적인 리의 차원으로 끌어들여 '절대화'하는 것을 거부한다. 리를 끌어들일 수는 있어도 그것은 어디까지나 방편(方便)으로서의 의미만 지닐 따름이기 때문이다. 그는 성리 개념을 설명하다가 '석씨(釋氏)가 작용을 논한 것은 다 기로 하여 리를 빼 놓은 것'[30]이라 했다. 유교에서는

---

27) 김시습, 『매월당집』 권16, 「雜著-扶世 第五」.
28) 「十玄談要解」, '金翅鳥飛騰虛空, 自在翶翔而不墮落, 雖依空以戲而不據空, 亦不 爲空之所拘礙.'(大東文化研究院 발행, 『梅月堂全集』, 407쪽)(이창섭·최철환 옮 김, 『중편조동오위』, 대한불교진흥원, 280쪽)
29) 한종만, 앞의 글, 340~341쪽 참조.
30) 김시습, 『매월당집』 권17, 「잡저-성리 제3」, '釋氏之作用, 皆以氣而遺其理.'

불교가 '작용을 본성으로 본다(作用是性)'고 비판하는데, 그것은 석씨가 리를 빼버렸기 때문이라는 것이다. 성리학에서 말하는 규범이자 원리인 리의 파악은 끊임없는 생각과 분별을 요구하게 되며, 선불교에서 원융무구(圓融無垢)를 말하면서 '리에 대한 의식은 리에 대한 집착을 완전히 떨치지 못하고 이치를 깨우치는 데 장애가 되니 철저하게 없애버리라는'[31] 리장설(理障說)을 김시습은 의식했던 것이다. 그의 행적 속에 등장하는 『원각경』에도 이 리장설은 등장한다.

> 무엇이 두 가지 장애인가? 하나는 리장(理障)이니 바른 지견(知見)을 장애하는 것이요, 다른 하나는 사장(事障)이니 모든 생사를 상속함이니라. 무엇이 오성(五性)인가? 선남자여, 만약 두 가지 장애를 단멸치 못하면 성불하지 못한 것이라 한다. 만약 모든 중생들이 영원히 탐욕을 버리되 먼저 사장은 제했으나 이장을 끊지 못하면 단지 성문·연각에 능히 깨달아 들어감이요, 능히 보살의 경계에 머무르지 못하느니라.[32]

바른 지견을 방해하는 리장을 말하고 있다. 선불교와 유학의 리는 동일하다 볼 수는 없다. 유학은 정리(定理), 천리(天理)를 규정해 두고 그것을 실천하게 하는 것이라면, 선은 그 이치〔理〕를 규명하느라고 원각(圓覺) 얻기를 저버리는 것을 거부한다. 유학은 실천의 근거인 리를 저버릴 수 없고, 선은 원각 없는 자아와 사회의 변혁은 허위라고 보는 것이다. 강조점이 다르니 둘 사이의 관계는 대립되는 듯하다. 여말선초에 벌어진 유불논쟁은 이 지점에 서 있는 것이다. 억불숭유의 기치를 내건

---

31) 아라키 켄고, 김석근 역, 『불교와 양명학』, 서광사, 1993, 64쪽.
32) 대당계빈삼장불타다라 역, 『대방광원각수다라요의경』, 「彌勒菩薩章 第五」, '云何二障, 一者理障, 礙正知見. 二者事障, 續諸生死. 云何五性, 善男子, 若此二障, 未得斷滅, 名未成佛. 若諸衆生, 永捨貪欲, 先除事障, 未斷理障, 但能悟入聲聞緣覺. 未能顯住菩薩境界.'

조선 초에 정도전이 중심이 되어 배불론이 전개되었고, 그에 대해 기화(己和)의 『현정론(顯正論)』이나 저자가 분명치 않은 『유석질의론(儒釋質疑論)』은 유·불·도의 원리적 동일성을 말하기도 하고 한편으로는 우월론을 들면서 대응해 나갔던 것이다.33) 성리학자들은 끊임없이 성리학적 리(理) 개념에 빠져 불교가 그것을 저버린다고 비판하면서 공존의 틀을, 현실 사회의 실제적인 문제를 도외시하는 상황34) 속에서 김시습은 선불교적 현실주의의 입장에 서서 유불의 관계를 대립이 아닌 공존의 관계로 보려 했으며, 성리학적으로 절대화된 리를 방편적으로 이용하려 했다.

불교의 근본 뜻은 자애를 우선으로 삼는 것이니, 임금 된 자로 하여금 백성을 사랑할 바를 알게 하고, 아비 된 자로 하여금 자식을 사랑할 바를 알게 하고, 남편 된 자로 하여금 아내를 사랑할 바를 알게 하여, 위로는 그릇되고 어긋난 정치가 없게 하고, 아래로는 죽이고 반역하는 생각을 버리게 함으로써, 천하의 사람으로 하여금 다 편안하고 무사하게 살면서 농사와 누에치기를 힘쓰고, 처자를 기르고, 어른을 공경하고, 어린 이를 보살피게 하는 것이다. 그러므로 비록 인(仁)이니 의(義)니 하는 말은 없으나 죽이지 않고 도둑질하지 않는다는 깨우침이 이미 인과 의의 자취를 드러낸 것이니, 왕실을 복되게 돕고 백성을 길이 편안하게 하는 공이 또한 더할 바 없는 것이다.35)

---

33) 박해당, 「조선 전기의 호불론과 삼교론」, 『자료와 해설 한국의 철학사상』, 예문서원, 2001.

34) 유불의 조화를 꾀하였다는 입장은 정주동(『매월당 김시습 연구』, 민족문화사, 1961, 315~322쪽)에 의해서 일찍이 제기되었다. 그는 '유불의 조화를 꾀하여 불교의 존재성을 합리화하는 데' 있었음을 명확히 했다. 또한 '선의 이치가 수시 수처 變에 응하는 中庸의 이치와 다름이 없음을 말하였다'라고 했다. 탁견이라 말하지 않을 수 없다. 그런데 이러한 유불의 조화론은 선불교적 현실주의의 궤 안에 놓여 있는 것이라 하겠다.

35) 김시습, 『매월당집』 권16, 〈雜著-松桂 第四〉.

자애와 인의를 전혀 다른 것이 아니라 했다. 모두가 현실 사회의 왕과 백성이, 아비와 자식이, 남편과 아내가 현실 속에서 편안하게 살아가도록 하는 것이니 다를 바가 없다고 한다. 이러한 그의 사상은 「인군의(人君義)」, 「인신의(人臣義)」, 「애민의(愛民義)」에서 좀더 구체화되고, 나아가 만물을 사랑하는 도리가 「애물의(愛物義)」로 나타나기에 이른다.36) 현실 속 모든 이들이 편안하게 살게 만드는 데 불교도 유교도, 거기에서 말하는 자애도 방편이요, 인의도 방편인 것이다. 그 모든 것은 그가 '달을 실은 배가 동쪽 서쪽 기슭에 부딪치지 않는 것은 오직 뱃사공의 마음 씀이 좋은 줄을 믿어야 한다.'37)고 말하는 방편의 의미를 지녔던 것이다.

다음으로 선불교적 현실주의의 관점에서 그는 기존 불교의 미신적 요소를 타파해야 한다고 주장한다. 이는 불교가 지니는 방편적 성격을 이해하지 못한 사람들에 의해 그릇된 방향으로 나아갔기 때문이라고 그는 생각한다. 역시 방편적 성격을 곡해한 것을 문제로 삼았던 것이다.

> 불교에서 말하는 가르침은 방편과 진실을 병행하는 것이며, 선(禪)은 순수하게 진실함을 가리킨다. 천겁수행(千劫修行), 삼세인연과 의정이보(依正二報), 천당지옥을 말한 것들은 모두가 사실이 아닌 것을 설정하여 사람으로 하여금 깨닫게 한 것인데, 따져보면 철이 없는 아이를 달래기 위하여 단풍잎을 주면서 돈이라고 하고 어린이의 울음을 멈추게 하려고 귀신이다 호랑이다 하면서 겁을 주는 것과 마찬가지이다. 그리고 신통력이다 변화를 부린다 하는 것도 아이를 희롱하면서 울음을 멈추게 하기 위하여 허수아비를 만들어 채붕놀이를 하는 것과 같은 것이다. 그래서 십이인연에 대한 비유를 말한 것들도 모두가 부처의 진실한 마음에서 말한 것은 아니다. 그러므로 이것은 이치를 통달한 이에게는 웃음거리가 되며, 부처 자신도 말하기를, "녹야원에서부터 발제하(拔提河)에 이르기

---

36) 김시습, 『매월당집』권20.
37) 김시습, 『매월당별집』권1, 『妙法蓮華經別讚』, '月船不把東西岸, 須信篙人用意良.'

까지 이 두 곳 중간에서 일찍이 한 자도 말한 것이 없으며, 다만 기의(機宜)만을 곡진하게 따랐을 뿐이다."라고 하였다.[38]

천겁수행, 삼세인연, 의정이보, 천당지옥 등의 말은 사실이 아닌 것을 통해 깨닫게 하려는 방편이라 했다. 그런데 그러한 방편을 진실이라 착각함으로써 미신적 요소가 불교를 흩으러놓았다고 보는 것이다. 그는 양무제에 대해 말하면서도 다음과 같은 진술을 한다.

불교에서 화복은 인과응보가 있고, 저승에 이익이 있다는 말이 있음을 보고, 부모의 은혜를 추후에라도 보답하고 인민을 교화하여 이롭게 하려고 불교를 토론하여 그 종지를 궁구하고 길이 재를 올리고 몸을 바치는 등 이르지 않은 것이 없었으니, 그 뜻인즉 한결같았다. 그러나 아깝게도 그 형식과 방편에 치우쳐 참다운 뜻을 탐구하지 못하였으니, 부처가 마음 쓴 근원을 크게 잃어버린 것이다. 그러면 부처의 뜻이란 어떻게 하는 것인가? 크게 깨닫고 능히 인하며, 세상을 응하게 하고 중생을 교화한다.[39]

그는 양무제가 부처의 본뜻을 이해하지 못하고, 형식과 방편에만 치우친 것이 문제라 하였다. 그러면서 인(仁)하여 세상을 응하게 하고 중생을 교화하는 것이 본래 부처의 뜻임을 강조한다. 「남염부주지」에서도

---

38) 김시습, 『매월당속집』 권1, 「釋性理經義與異端」, ‘佛屠家教, 是方便權實竝行, 禪是直指純是實語. 如千劫修行, 及三世因緣, 與依正二報, 天堂地獄, 竝是虛設, 今人惑吾, 畢竟誘兒黃葉, 怖兒鬼虎. 乃至神通變化, 亦是與兒, 戲謔止啼作鬼儡棚戲耳. 是故十二部因緣, 譬喻等事, 皆非佛眞實心中所說. 故達理者, 所詆笑, 亦自云, 自從鹿野苑, 從至拔提河, 於是二中間, 未會說一字, 但曲順機宜耳.’
39) 김시습, 『매월당집』 권16, 「雜著-梁武 第六」, ‘觀釋教, 有禍福報應, 利益幽冥之說, 擬欲追報親息, 化利人民, 討論佛教, 窮其宗趣, 長齋捨身, 無所不至其, 志則專矣. 惜乎, 其溺於筌蹄, 而不究眞趣, 大失覺皇用心之源也. 則覺皇之志, 則如何. 大覺能仁, 應世化生.’

매우 구체적으로 불교의 폐단을 지적하는 대목이 있다.

> "저는 언젠가 불교도에게서 이런 말을 들었습니다. '하늘 위에는 천당
> 이라는 쾌락의 곳이 있고 땅 밑에는 지옥이라는 고통의 곳이 있다. 그리
> 고 지옥에는 명부의 시왕을 배치하여 십팔지옥의 죄수를 국문한다.'라고.
> 과연 그런 일이 있습니까? 또 사람이 죽은 지 칠일이 되면, 부처님께 공
> 양드리고 재를 베풀어 그 혼을 천도하고, 왕께 정성을 드리며 종이돈을
> 태워 지은 죄를 대속한다고 합니다. 그렇다면 간사하고 포악한 사람들도
> 왕께서는 너그러이 용서하신단 말입니까?" / 왕은 몹시 놀라면서 말하였
> 다. / "그런 말을 나는 들은 적이 없소. 옛 사람이 말하기를, '한번 음이
> 되고 한번 양이 되는 것을 도(道)라 하고', '한번 열리고 한번 닫히는 것
> 을 변(變)이라 하며', '낳고 또 낳음을 역(易)이라 하고', '허위가 없음〔無
> 妄〕을 성(誠)이라 한다.'라고 하였소. 이와 같다면 어찌 건곤의 바깥에
> 다시 건곤이 있으며, 천지의 바깥에 다시 천지가 있겠소?"[40]

천당과 지옥, 명부와 시왕, 십팔지옥, 천도재(遷度齋) 등을 문제 삼는
다. 또는 염왕의 목소리를 빌려 '부처에게 재를 올리고 시왕을 제사지내
는 일은 아주 허황되다'[41]고 말하고, '이승에서 죽고 저승에서 산다는
뜻'의 윤회에 대해 '정령이 흩어지지 않았을 때에는 윤회가 있을 것 같지
만, 시간이 오래 되면 정령이 흩어져서 소멸되고 마오.'[42]라고 말하기
도 한다. 이처럼 김시습은 미신적 불사(佛事)나 이야기들을 비판적 입장

---

40) 김시습,『매월당외집』권1,「南炎浮洲志」, '僕嘗聞於爲佛者之徒, 有曰, 天上有天
　　堂快樂處, 地下有地獄苦楚處, 列冥府十王, 鞫十八地獄, 有諸. 且人死七日之後,
　　供佛設齋, 以薦其魂, 祀王燒錢, 以贖其罪, 姦暴之人, 王可寬宥否. 王驚愕曰,
　　是非吾所聞. 古人云, 一陰一陽之謂道, 一闢一闔之謂變. 生生之謂易, 無妄之謂
　　誠. 夫如是, 則豈有乾坤之外, 復有乾坤, 天地之外, 更有天地乎.'
41) 김시습, 앞의 글, '至於齋佛祀王之事, 則尤誕矣.'
42) 김시습, 앞의 글, '輪回不已, 死此生彼之義, 可聞否. 曰, 精靈未散, 則似有輪回,
　　然久則散而消耗矣.'

에서 바라보고 있었던 것이다.

세 번째로 그의 선불교적 현실주의는 불교의 탄압 국면에서 선불교를 옹호하는 입장을 취하게 했다. 잠시 그의 행적을 들여다보자. 대부분의 연구자들은 김시습이 금오산에서 나와 상경해 벼슬을 하려 했다고 추측한다. '왕위를 찬탈한 세조의 조정에는 설 수 없지만, 현군의 자질을 지니고 있다는 새 왕의 조정에서는 벼슬 못할 이유가 없다고 생각하였으리라.'[43]는 추정이다. 그리고 '경전을 다시 공부하면서 과거에 대비하여 논변류의 문체를 연마했던 듯하다.'[44]고 추정하기도 한다. 하지만 김시습이 1471년(성종 2, 신묘) 봄에 서울로 올라와 1472년(성종 3, 임진) 가을에 성동에 있는 수락산 폭천(瀑泉) 부근에 터를 잡기 전인, 1471년 1월 1일은 불교 압제정책을 규정한 『경국대전』 3권이 발표되던 날이었음을[45] 염두에 둔다면 그와 같은 추정은 문제점이 없지 않다. 상경의 이유가 벼슬살이에 있었다고 단정 지을 근거는 명확치 않으며, 오히려 『경국대전』의 발표는 선사로 이름났던 김시습이 설 자리를 좁히는 조처였다. 따라서 김시습은 불교를 탄압만 해서는 안 되며 유교와 선불교가 공존할 수 있어야 한다는 선불교 옹호의 논변류를 작성했다고 보아야 옳을 것이다. 이전의 『원각경』 독서의 기록이나 『묘법연화경』을 선적으로 해

---

43) 심경호, 앞의 책, 288쪽.

44) 심경호, 앞의 책, 300쪽.

45) 1471년에 발표된 『경국대전』의 불교 관련 법문은 '출가하려면 재물을 국가에 내고 국가 기관인 예조에서 공인해야 승려가 될 수 있었다. 또 국가에서 공인한 승려의 수는 3년에 60명으로 제한하였다. 자격증 또는 면허증이 있어야 개업할 수 있는 것과 다름이 없다. 주지도 국가에서 임명하였고 사암은 새로 짓는 것이 금지되었으며 보수공사도 임금의 재가를 받아야 한다. 승려는 통행과 거주의 자유가 제한되었으며 여자 신도는 절에 올라가지도 못하게 하였고 시주도 금지되었다. 더욱이 길거리에서 죽은 사람의 장례에 올리는 불공 또는 초혼의식마저 금지되었다. 만일 이대로만 시행된다면 불교는 명맥조차 유지하기 어려울 것이요 승려들은 굶어죽을 판이다. 너무 가혹한 규정이었다.'(이이화, 『역사 속의 한국 불교』, 역사비평사, 285쪽.)

석했던 행적, 이후 조동선(曹洞禪)을 밝히는『십현담요해』, 의상의『일승법계도합시일인(一乘法界圖合詩一印)』을 주해한『일승법계도주병서』, 그리고『화엄석제』등을 지었던 행적에 나타나는 일관된 선승으로서의 면모를 우리는 거시적 안목으로 들여다보아야 한다.

그는 성즉리(性卽理)라고 말하면서도, 한편으로는 성리학과 다른 선불교의 심성 개념을 거론하고, 유불이 다를 수 없으며, 궁극적으로는 모순으로 가득 찬 현실을 타파할 길을 함께 모색해야 한다는 입장이었다.

하늘이란 지극히 성대한 기운[氣]이 쌓인 것으로서 이치[理]가 나오는 곳이다. 먼 곳에서 보면 새파랗기는 하지만 이것이 어찌 물체가 있는 것이겠는가? 그런데 북인(北人)들은 가한(可汗)이라고 부른다. 이것은 하늘을 형체로 말할 때는 하늘이라 하고, 주재(主宰)로 말할 때는 상제(上帝)라 하며, 성정(性情)으로 말할 때는 건(乾)이라 하고, 묘용(妙用)으로 말할 때는 신(神)이라고 말한 것임을 몰라서이다. 불교에서 말한 마음[心]과 성품[性]도 그와 같아서 다만 허령적조(虛靈寂照)한 것을 가리켜 마음, 혹은 성품이라고 한다. 그래서 "마음은 공허한 것이요[心空], 성품은 공허한 것이다[性空]."라 할 뿐이다. 이는 성품의 작용이 감정이며, 이 감정은 중절(中節)을 지켜야 하고, 마음의 작용이 뜻이며, 이 뜻은 성실해야 한다는 것을 어찌 알겠는가? 그래서 그들이 내세우는 것과 추구하는 것은 반드시 심의(心意), 정식(情識), 사량(思量), 복탁(卜度) 등을 완전히 제거하고, 유무가 아니고 없는 것도 아니며, 진실도 없고 허망함도 없는 것, 즉 궁극적으로 기량(伎倆)도 없는 경지에 도달해야만 비로소 도를 깨달았다고 한다. 그런데 그 근원을 추구해 보면 성학(聖學)에서 말한 "사심(邪心)을 버리고 본연으로 돌아가라. 인욕(人欲)이 완전히 정화되면 천리가 유행한다."라고 한 것에 불과한 것이다. 그밖에 무슨 기괴하고 허탄한 것으로서, 사람이 알 수 없고 사람이 할 수 없는 것이 있겠는가? 결국은 나에게 고유한 것만 다할 뿐이다.46)

___

46) 김시습,『매월당속집』권1,「잡설-석성리경의여이단」, '天者氣之至誠, 而理之所自

하늘은 리기(理氣)가 나오는 곳이라 하며, '상제, 건, 묘용, 신'의 명
칭을 갖는 허상이라 했다. 그러한 하늘의 원리는 심성과 같다고 했다.
불교에서는 '허령적조'하고 공(空)한 심성(心性)의 작용에 의해 뜻과 감정
이 드러나는데, 뜻은 성실하고 감정은 중절을 지켜야 한다고 했다. 그러
면서 심의, 정식, 사량, 복탁 등을 제거하고, 분별심(分別心) 없는 경지
를 깨달음이라 했다. 그런데 그런 경지는 그 근원이 유교의 '극기복례(克
己復禮)', '인욕정진(人欲淨盡)'에 의한 천리(天理) 유행 상태와 다름없다고
했다. 결국 유불이 추구하는 바가 같다는 것이다.

또한 방외인이 담박한 삶을 추구하니 근심할 것이 없지 않느냐는 물
음에 선정에 들어서는 생각하고 닦으며 고요히 생각하는 상태라 답하기
도 하고,47) 고승이 죽음을 당하여도 마음이 안정될 수 있는 이유가 선
정과 지혜의 힘이라고 한유(韓愈)의 일화를 들어 말하기도 한다.48) 선
(禪)을 말하면서 『중용(中庸)』과 『논어(論語)』의 논의와 같은 것임을 주
장하기도 한다.49) 이와 같은 논법으로 김시습은 잘못하면 명맥조차 끊
기게 된 선불교를 살려내려 안간힘을 썼던 것이다. 결국 김시습의 사상
은 성리학을 수용하고 선불교를 옹호하는 입장인 것이다.

 出者. 據遠而視之,, 蒼蒼然, 豈有物乎. 天者氣之至誠, 而理之所自出者. 據遠而
 視之,, 蒼蒼然, 豈有物乎. 然而北人指呼爲可汗, 豈知, 以形體言之謂之天, 以主
 宰言之謂之帝, 以性情言之謂之乾, 以妙用言之謂之神者乎. 浮屠氏所言心性亦
 然, 但指虛靈寂照者, 或謂之心, 或謂之性. 故云心空性空而已. 豈知性發爲情,
 情須中節, 心發爲意, 意須誠實. 故其所言, 其所爲必撥去心意情識思量卜度, 到
 不是有無非無眞無虛無, 窮極至沒伎倆境界, 方謂之悟道. 要其源則不過聖學, 所
 謂克己復禮, 而己人欲淨盡, 天理流行而已. 豈有他奇怪虛誕, 人所不能知, 人所
 不能爲者. 盡吾之所固有耳.'
47) 김시습, 『매월당집』 권16, 「雜著-無思 第一」, '夫世人稱, 禪是禪定安閑之意, 未
　　知禪字, 乃思修静慮之稱.'
48) 김시습, 『매월당집』 권16, 「雜著-仁愛 第十」, '古之高僧臨生死之際類, 皆談笑
　　脫去何道之耶. 曰定慧力耳.'
49) 김시습, 『매월당속집』 권1, 「잡설-석성리경의여이단」.

지금까지의 논의를 정리해 보면, 김시습은 기존의 불교사상을 비판하고, 민본·애민사상을 구현하며, 성리학을 수용하고, 선불교를 옹호하는 모습을 보여주었는데, 이는 곧 '선불교적 현실주의'에 기반을 둔 것이었다. 그가 성리학을 수용한 것도 현실을 바로잡는 방편으로서 의의가 있었던 것이며, 선불교를 옹호하면서 윤회와 인연, 천당과 지옥의 설을 비판한 것도 결국 현실 사회의 모순을 바로잡고자 하는 데에 있었던 것이다.

3. 『금오신화』의 선불교적 현실주의

김시습은 금오산에서 '이상한 것〔異寓意〕'을 기술하여 석실(石室)에 간직하고는 '후세에 반드시 나를 알 사람이 있을 것이다.'라고 말했다고 한다.[50] 그 이상한 것을 『금오신화』라 하겠는데, '풍류스런 기이한 말 자세하게 찾아내오〔風流奇話細搜尋〕'라는 구절로 『금오신화』 창작의 의의를 표현했다.[51] '풍류기화'가 의미하는 바가 무엇인지 독자들로 하여금 잘 찾아내라고 하였다. 그의 의도대로 후인들은 『금오신화』에 대한 각양각색의 논의를 펼치고 있는 상황이다. 그는 일찍이 『금오신화』 창작에 영향을 끼친 『전등신화(剪燈新話)』를 읽고서 '말이 세상의 교화에 관계되면 괴이해도 무방하고, 일이 사람을 감동시키면 허탄해도 기쁘니라.'[52]라고 말했다. 『금오신화』 역시 그러한 '교화' 또는 '감동'을 자아내는 방편으로서의 의미를 지녔던 것이리라. 『금오신화』가 보여주는 이계

---

50) 『龍泉談寂記』, '退入金鰲山, 著書藏石室, 曰後世必有知岑者. 大抵述異寓意.'
51) 『매월당시집』 권6, 「題金鰲新話」.
52) 『매월당시집』 권4, 「題剪燈新話」, '語關世敎怪不妨, 事涉感人誕可喜.'

(異界)와 이류(異類) 또한 그런 의미망 속에 있음을 우리는 충분히 짐작해 볼 수 있다. 용궁과 신선, 귀신이 보여주는 세계는 현실과 동떨어진 괴이하고 이상스런 세계인데, 흥미로운 이야기를 방편으로 삼아 독자들로 하여금 무언가를 느끼라고 했던 것이다. 그가 말하고자 했던 것은 도대체 무엇일까? 『금오신화』의 작품들은 모두가 생(生)과 사(死), 현실과 이계(異界)·이류(異類)의 대립 구조를 취한다는 점을 가장 커다란 특징으로 하고 있다. 이러한 문제들은 교묘하게 교직되어 다섯 작품 모두가 일정한 주제 아래 묶이도록 짜여져 있는 것으로 여겨진다. 필자는 이 점을 중심으로 『금오신화』의 사상과 서사적 구도를 풀어보고자 하는데, 처음에는 생사의 문제를 다음에는 서사기법적 측면을 다루면서 이계·이류의 문제를 다루려 한다.

(1) 생사(生死)의 문제를 먼저 살펴보자. 『금오신화』의 작품들 대부분이 이 생사의 문제를 다루었다고 볼 수 있는데, 「만복사저포기」, 「이생규장전」, 「취유부벽정기」를 중심으로 살펴보자.

먼저, 「만복사저포기」의 주인공 양생은 일찍 부모를 여의고, 장가도 들지 못한 불우한 처지의 젊은이로 생에 대한 절망감에 빠져 있는 인물이다. 그랬던 그가 그 절망감에서 벗어나게 되는 것은 왜적에게 죽임을 당하고 살아서 맺지 못한 애정을 성취코자 빌던 여귀(女鬼)와의 만남에서이다. 그들은 이미 퇴락한 만복사(萬福寺)에서, 여귀의 시체를 가매장했던 곳에서 사랑을 나눈다. 양계(陽界)라기보다 음계(陰界)의 세계가 절대적인 것으로 나타나 생을 부정하고 사를 긍정하는 것으로 보인다. 그리고 결말에 이르러 여인은 다른 나라에서 남자의 몸으로 다시 태어났으며, 양생에게도 정업(淨業)을 닦아 윤회의 굴레를 벗어나라 외친다. 그런데 양생은 결혼도 하지 않고 지리산에서 약초를 캐다 어떻게 생을 마쳤는지 알지 못한다고 하여, 현실을 부정하고 사후를 기약한 삶을 살았던 것처럼 매듭지었다. 「취유부벽정기」에 등장하는 주인공 홍생(洪生)은 젊고 잘 생겼으며 글도 잘 짓는 인물이었다. 그런데 그는 술에 취하여 부벽정 밑에서 놀다가 선녀인 기씨(箕氏)의 딸을 만나 현실적 생의 허무를 노래한다. 조선의 덧없는 역사를 이야기하며, '선경은 하늘과 땅이 광활한데, 티끌세상은 세월만 빠르다'[53]라고 노래한다. 작품은 우울하고 침울한 현생에 대한 노래로 채워진다. 그런 하룻밤 여행은 홍생으로 하여금 여인을 연모하다 몸져눕게 만들고, 선계를 생각하면서 생을 마감하게 한다. 「만복사저포기」와 마찬가지로 홍생은 현실을 부정하고 선계라는 사후를 기약하는 것이다. 「이생규장전」은 이생과 최 처녀가 자유연애를 통해 금슬지락(琴瑟之樂)을 즐기는 것으로 작품의 많은 부분을 할애하고 있다. 그런데 결말 부에 이르러 홍건적의 난을 맞아 여인은 죽고, 이생은 귀신으로 나타난 그녀와 문을 닫아걸고는 사랑을 나누다 끝내는 이별을 맞는다. 양계(陽界)의 삶이 중요하게 서사화되고, 음계(陰界)의 삶이 상대적으로 미약하게 그려진다. 생의 즐거움이 사라진 상황에서 이생은 삶의 의미를 찾을 수 없어 병을 얻어 죽음을 맞는다. 이생은 생을 긍정하고 사를 부정했던 것이다. 결국, 「만복사저포기」와 「취유부벽정기」의 주인공은 생을 부정하고 내생(來生)을 기약하면서 생을 마감한다는 점에서 유사하다. 그런데 「이생규장전」에 그려진 생사에 대한 주인공의 인식은 현실만을 긍정하고 내생을 부정한다는 점에서 이 두 작품과 대조적이다.

이에 대하여, 「이생규장전」에서 인간의 행복은 현세에 있는 것으로 보았기 때문에 '현실주의적 사고'를 드러내고, 「만복사저포기」에서는 여귀가 죽어서도 원했던 것이 '인간적 욕망의 실현이며 현실적인 인생을

---

53) '仙境乾坤闊, 塵間甲子遒.'

이루고자 하는 것'이었으므로 '현실주의적 자세'를 일관되게 유지하고 있다고 이해되기도 하였다.54) 「이생규장전」에 대해서는 대부분의 연구자가 동의를 하면서도 「만복사저포기」의 결말의 의미에 대해서는 서로 다른 의견들이 제시되었다. 즉 「만복사저포기」의 결말에 대해 불교에 대한 회의 내지 비판으로 보거나55) 도선적 지향으로,56) 또는 '무상관, 인연사상, 윤회사상, 정토사상'으로,57) '초세주의적이고 불교적인'58) 것으로 이해되기도 한다. 그런데 엄격하게 따진다면 앞의 해석에서 드러나듯 「이생규장전」에서 주인공은 생을 긍정하고 사를 부정하고 있으며, 「만복사저포기」나 「취유부벽정기」에서는 주인공이 사를 긍정하고 생을 부정하고 있음을 보여준다. 「이생규장전」의 이생이 현실의 즐거움을 추구하다 그것이 사라졌을 때 생의 의미를 잃어버리고, 「만복사저포기」는 현실의 생이 불우하여 내생이나 윤회라는 사후를 추구하는 것처럼 그려지며, 「취유부벽정기」는 물질적 풍요가 주어졌는데도 선녀와의 만남을 못 잊어 선계를 추구한다.

그런데 실제 김시습은 생사의 어느 한쪽을 긍정하고 있다기보다는 선불교적 현실주의의 입장에서 이러한 주인공들의 생사 인식을 비판하고 있었다. 연구자들은 이러한 점을 간과하고 주인공들이 애착을 갖는 부분이 곧 작품의 주제를 형성하고 있는 것으로 이해했다. 앞 장에서 살펴보았듯 작자는 '생사와 열반이 항상 함께 화합한다〔生死涅槃常共和〕'59)라고 했다. 또한 '환하게 밝아 신령스러워 두 눈이 두 눈을 대하는 것 같다. 어찌 생사가 가고 옴이라는 분별이 있겠는가?'60)라고 하여

---

54) 임형택, 앞의 글, 1971, 35쪽.
55) 김일렬, 「금오신화 고찰」, 『조선전기의 언어와 문학』, 형설출판사, 1982.
56) 최삼룡, 『한국초기소설의 道仙思想』, 형설출판사, 1982.
57) 정주동, 앞의 책, 498쪽.
58) 김용덕, 「萬福寺樗蒲記의 작품세계」, 『고전소설의 이해』, 문학비평사, 1991.
59) 각주 24)

생사의 집착을 버리면 그것이 열반이라는 인식을 보여주고 있다.61) 본
각(本覺) 사상, 즉 사계절이 순환하고, 유정(有情), 무정(無情)에 통하는
자성(自性)으로서의 본체, 곧 우주 법계의 근본 본체인 진여의 리체(理
體)로서 생사를 바라본다면 생사는 본각의 묘유(妙有)일 따름이다. 그래
서『법화경』「방편품(方便品)」에서 '법주와 법위로서 세간의 상에 상주한
다〔是法住法位 世間相常住〕.'고 한 말과 통하는 것이다. '하나의 색상이
나 하나의 향기가 참모습 아닌 것이 없다'62)는 그의 표현대로 생과 사
도 절대적 의미를 지닌 상(相)이라 하겠다. 결국 생사불이「生死不二」의
관점을 지니고, 생을 긍정하고 사를 긍정함으로써 생사에 대한 집착을
벗어날 수 있다고 보는 것이다. 그런데 그러한 김시습의 입장과는 달리
작품 속의 인물들은 모두가 생과 사를 별개의 것〔生死二〕이라 인식하고
현세의 생을 긍정하거나(「이생규장전」) 내세의 생을 긍정한다(「만복사저포
기」·「취유부벽정기」). 작가는 이러한 주인공들의 그릇된 인식을 우의적으
로 비판하려 했던 것이다.63) 물론 「남염부주지」와 「용궁부연록」은 주인
공들이 겪는 모든 일들이 꿈속에서 이루어지는 것으로 취급하여 생사불
이의 서사적 구조화를 이루었다고 말할 수 있다. 그것은 인간 의식의 작
용에 의한 것으로 취급하고 있는데, 이에 대해서는 뒷부분에 더 자세히
언급하게 될 것이다.

　그런데 「만복사저포기」, 「이생규장전」, 「취유부벽정기」에 등장하는
주인공들의 생사이(生死二)의 세계 인식에는 다름 아닌 '갈애(渴愛)'가 깔
려 있었다. 김시습은 보시를 행하는 이유를 '대개 사람의 마음은 탐욕

---

60)『華嚴經釋題』, '昭昭靈靈 明明了了 兩眼對兩眼 何會有生死去來.'
61) 한종만, 앞의 책, 315쪽.
62) 김시습,『묘법연화경별찬』, 「方便品讚曰」, '一色一香, 無非實相.'
63) 생사에 대한 주인공들의 인식을 비판하는 것을 의식한 듯한 그의 시를『매월당별
　　집』권3, 「四浮山十六題-死中活」과 「四浮山十六題-活中死」에서 확인할 수 있다.

에 길들면 교만함이 생기기 때문에 마음을 바치기를 권하고, 생사에 골몰하면 근심과 분노가 생기기 때문에 몸을 바치기를 권한다.'64)라고 했다. 이생은 현실적인 생활에서나 여귀로 돌아온 부인과의 생활에서도 사랑을 절대시했다. 생의 의미는 오직 애욕뿐이었다. 여인을 장례 지내고 병을 얻어 세상을 떠나는 것은 애욕을 채울 수 없는 상황에서 당연한 결과이다. 양생이 아내를 얻고자 하여 귀녀를 만나고, 애욕은 귀계(鬼界)에서 충족되지만 끝내는 약초를 캐며 살다가 어찌 되었는지 알 수 없었다고 했다. 홍생은 부잣집 자제로 한가위를 맞아 친구들과 함께 여자를 꾀고 술도 잘 마시는 방탕한 면모를 보이며 '천고 흥망사가 한스러워 못 견디겠다.'라고 노래하던 젊은이로, 현실의 덧없음을 함께 노래했던 선녀가 사라지자 그녀를 연모해 죽음을 맞는다. 이러한 구도는『원각경』에서 말하는 '탐욕은 갈애로 인하여 생하고 목숨은 탐욕으로 인하여 있는지라, … 애욕은 원인이요 목숨을 사랑함은 결과이다.'65)라 한 것과 같다. 갈애가 탐욕을 낳고, 탐욕은 생사 집착을 낳는 것이다. 김시습은 세 작품을 통해 이러한 인간 현실의 근본 문제인 탐욕을 꼬집고 있었던 것이다.

이렇게만 본다면 「만복사저포기」와 「이생규장전」, 「취유부벽정기」는 불교적 교리의 결과물로만 여기는 것이라 비판하는 이들도 있을 것이다. 사실 등장인물들의 애정은 김시습의 시선에 '비난'보다는 오히려 '측은함'으로 다가섰을 것이라는 생각을 갖게 한다. 왜적의 침탈에 의해 미혼으로 죽은 여인이나(「만복사저포기」), 홍건적의 난에 도적에게 죽임을 당한 최씨녀(「이생규장전」)의 애달픈 이야기는 현실적 생의 비극성을 여실하게 보여주고 있기 때문이다. 독자들로 하여금 등장인물들의 삶은 애달프고

---

64) 김시습,『매월당집』권16, 「雜著 – 隋文 第九」.
65) 대당계빈삼장불타다라 역,『대방광원각수다라료의경』, 「미륵보살장 제5」, '欲因愛生命因欲有…愛欲爲因.'

안타까운 심정을 유발하게 한다. 또한 「취유부벽정기」의 등장인물들이 직접 현실적 고통을 겪지는 않았지만, 그들의 입을 빌려 이야기되는 현실 속 인간들은 부질없는 티끌의 세계, 적막한 세계에서 헤매고 있다. 따라서 김시습은 그들의 삶을 사랑의 집착이 빚어낸 비극으로, 한편으로는 고통으로 일그러진 현실을 살아야 했던 그들에 대한 측은함으로 인식했던 것이다. 세 작품 속에 드러난 김시습의 선불교적 생사 인식에 따른 등장인물 '비판'의 배경에는 인간적 측면의 '측은함'이라는 정서가 도사리고 있다.

(2) 한편, 『금오신화』의 서사방식은 기존의 불교적 전기소설이 취했던 것과 다른 점이 있다. 나려시대의 불교적 전기소설이라 할 수 있는 「백월산양성성도기(白月山兩聖成道記)」, 「조신전(調信傳)」, 「김현감호(金現感虎)」, 「왕랑반혼전(王郎返魂傳)」에 등장하는 인물들은 부정적 현실을 타파하고 오도(悟道) 또는 성불(成佛), 정토왕생이라는 '질적 상승'을 꾀하고 있다.66) 즉 이전의 불교적 전기소설들은 현실 초월의 세계로서의 오도(悟道)나 성불(成佛), 정토왕생이 서사텍스트 내에 그대로 드러남에 비해 두 작품은 그런 세계가 구체화되지 않는다. 「백월산양성성도기」에 나타나는 부득과 박박이 관음보살의 화신에 의해 미륵불과 미타불로 변화하거나, 「왕랑반혼전」에 나타나는, 실재로 인식되는 명부로의 여행 따위는 나타나지 않는다. 「조신전」처럼 관음보살의 가피력으로 조신이 꿈을 통해 깨달음을 얻고 정토사를 짓고 선업[白業]을 쌓는 불교적 실천을 했다거나, 「김현감호」처럼 『범망경』을 강하여 범의 저승길을 인도하

---

66) 필자의 연구에 의하면 「김현감호」는 '축생에서 범부로, 다시 고관'으로 변신을 거듭하고, 「조신전」은 '범부에서 성자'로, 「백월산양성성도기〉는 '범부에서 불신'으로, 「왕랑반혼전」은 '범부에서 극락왕생자'로 질적 변신을 꾀한다. 이에 대한 자세한 논의는 다음 기회로 미룬다.

고, 호원사를 창건했다는 등의 서술을 하지 않는다. 이러한 결구는 생의 밖에 또 다른 생이 있으니 현실의 온갖 욕망을 저버려야 하며, 불교 신앙에 매진해야 한다는 의미로 읽히게 한다. 곧 인간의 생을 공적(空寂)에 매어 둠으로써 현실을 부정할 여지가 있는 것이다.

김시습은 부처가『반야경』을 통해 공(空)을 이야기했으나, 다시 공에 집착할 것을 염려해 '『법화경』과『열반경』에 이르러 앞의 공과 유의 방편을 버리고 일승(一乘)의 묘법(妙法)을 이루게 하셨다. 이제야 사부대중이 공과 유의 희론(戱論)을 모두 버리고 다같이 원융한 법성(法性)의 바다로 들어가게 되었다.'67)라고 했다. 이러한 인식 아래 그는『금오신화』를 창작하면서 기존의 불교적 전기소설들에 나타나는 현실에서 벗어난 불보살들의 영험을 절대화하거나, 현실에서 벗어난 생을 이야기하는 불교적 결구를 거부했다.『금오신화』는 생 밖의 세계가 실재한다고 보지 않는다. 그것은 어디까지나 인간 의식이 만들어낸 생 속의 저승이요, 음계라고 인식된다. 실상 이생이나 양생의 여귀와의 만남도 현실 속에서 이루어진 것이요, 홍생이 선녀를 만난 것도 취중에 이루어진다. 홍생은 선녀와 헤어진 후 '그것은 꿈도 아니고 생시도 아니며, 참인 듯하면서 참이 아니다.〔似夢非夢 似眞非眞〕'라고 생각한다. 위에서 살핀 세 작품은 말할 것도 없이「남염부주지」에서도 박생의 염부주 여행은 꿈이요,「용궁부연록」에서도 한생의 용궁 여행도 거실에서 꾼 꿈일 뿐이다. 실재처럼 느껴지는 인간 의식의 '내면 풍경'을 그리고 있는 것이다. 이것이 기존의 불교적 전기소설이 보여주는 세계와 다른 측면이다. 앞장에서 설명한 '선불교적 현실주의'를 바탕으로 내가 발 딛고 사는 세계에 성불도 있고 정토왕생도 있다고 여겼다. 외양간과 마구간, 지옥 어느 곳이 화장세계 아닌 곳이 없으며, 그것은 현실에 발 딛고 살며 천변만화하는 인간

---

67)『십현담요해』,「演敎」(이창섭·최철환 옮김, 앞의 책, 249쪽.)

의 의식이 지어내는 세계이니 생 이외의 생 때문에 두려워하지 말라는 것이다. '지금' '여기'에 살라는 것이다. 이를 일러 '선불교적 현실주의'라 할 수 있는 것이다. 『금오신화』는 그런 사상을 바탕으로 기존의 불교적 전기소설의 서사기법을 일신했던 것이다. 이는 귀신이나 신선, 염부주, 용궁을 소설화의 핵심적 소재로 활용함으로써 이루어냈다.

귀신의 문제를 보자. 대사(大祀)·중사(中祀)·소사(小祀)라는 국가적 제사를 지냈던 조선에서 귀신의 존재 여부는 조선 성리학의 핵심적 논쟁거리였다. 그래서 성리학의 리기론에 입각하여 남효온, 서경덕, 이황, 이이 등은 자연 철학적 성격보다는 종교적 성격을 내포하는 귀신론을 펼쳤다.68) 그런데 김시습은 「귀신설」에서 '의식이 있으면 귀신이 있는 것이니, 의식의 지극함은 성의 참이다. 귀신이란 천도(天道)로서 성(誠)의 묘용(妙用)이요, 귀신으로 삼는 것은 인도(人道)로써 정성을 다하는 것이 겉으로 드러나는 것이다. 그러므로 성(誠)이 없으면 물(物)의 존재도 없다.'69)라고 말했다. 또한 석경당이 진에서 말한 것이나 대들보에서 휘파람을 불었다는 것과 같은 것은 사특한 기로 사람의 마음이 미혹함이 감응되어 부른 것이라 보았다. 그러면서 지극히 잘 다스려지는 세상과 지극한 사람의 분수에는 귀신의 변이 있을 수 없다고 했다.70) 또한 이런 입장은 오이를 밟고 두꺼비인 줄 알고, 시냇물 소리를 귀신의 울음소리로 알았다는 것을 들어 없는 귀신을 사람들이 두려워한다고 김시습이 말했다는 이야기에서도 드러난다.71) 게다가 「남염부주지」를 보면 왕의 말에 천지에 제사를 지내는 것은 음양 조화를 존경하는 것이며, 산천에 제사를 지내는 것은 기화의 오르내림에 보답하는 것이며, 조상께 흠향하

---

68) 김현, 「鬼神-자연 철학에서 추구한 종교성」, 『조선유학의 개념들』, 예문서원, 2002.
69) 김시습, 『매월당집』 권4, 「귀신설」.
70) 김시습, 위의 글.
71) 南孝溫, 『秋江集』 권3, 「鬼神論」.

는 일은 은혜를 보답하기 위한 것이며, 여섯 신에게 제사를 지내는 것은 재앙을 면하기 위한 것이라 했다. 그런데 천지·산천·조상·여섯 신에게 형체와 성질이 있어 인간에 재앙과 복을 가하는 것은 아니며, 다만 사람들이 제사를 지내면 귀신이 임하는 것 같을 따름이라 하여 귀신을 부정했다. 그는 귀신이란 인간의 의식에 의해 만들어지는 것이라는 것을 확고히 했던 것이다.

그런데 「남염부주지」를 보면 왕의 말 중에 '귀란 구부러짐이요, 신이란 폄이오. 따라서 굽혔다 펼 줄 아는 것이 조화의 신이오. 이에 비해, 굽히되 펼 줄 모르는 것은 답답하게 맺힌 요귀들이라오.'[72]라고 하여 요귀를 인정하는 것처럼 보인다. 답답하게 맺힌 것은 사람과 동물에 뒤섞여 원망을 품고서 형체를 지니고, 그 외에 산의 요물 소(魈), 물의 요물 역(魊), 수석(水石)의 괴물 용망상(龍罔象), 목석의 귀물 기망량(蘷魍魎), 여(厲)·마(魔)·요(妖)·매(魅) 등의 요귀를 말했다. 이 때문에 원귀만은 인정한 것처럼 해석될 소지가 있다. 그러나 이전의 왕의 말에 귀신이 임하는 것처럼 느껴질 뿐 실제로는 없다는 것을 명확히 한 상태에서 나온 말이므로 이 또한 인간의 의식이 만들어낸 허상으로, 인간들이 의식하는 바를 언급한 것에 다름 아닌 것이다. 또한 「귀신」에서 『현중기(玄中記)』의 말이라 하여, 산악의 신은 구렁이나 뱀일 것이며, 강과 바다의 신이란 남생이나 거북, 물고기, 자라일 것이라는 등 온갖 귀신을 만들어 모두 신이라 칭하면서 만백성을 놀라게 하고 두렵게 하니 해괴한 일이라 하였다.[73] 이는 요귀를 인정했다기보다는 인간의 그릇된 의식이 만들어낸 것이 요귀임을 명확히 하고 있는 것이다. 곧 「만복사저포기」와 「이생규장전」의 귀신은 생사에 대한 그릇된 인식의 비판을 위해 쓰인 방

---

72) 김시습, 「남염부주지」, '鬼者屈也. 神者伸也. 屈而伸者, 造化之神也. 屈而不伸者, 乃鬱結之妖也.'
73) 김시습, 『매월당집』 권3, 「雜著-鬼神」.

편으로서의 의미를 지녔던 것이다. 이런 전후 사정을 감안하지 않고 김시습이 요귀 중 원귀만은 인정해 「만복사저포기」·「이생규장전」·「취유부벽정기」를 창작하는 데 기반이 되었다고 보는 것74)은 잘못된 것이다.

「취유부벽정기」에 등장하는 신선의 세계 역시 언뜻 보기에는 그것을 긍정하는 것처럼 보인다. 선녀를 신선의 세계로 이끌었던 항아는 이렇게 말한다. '아랫 세상의 선경은 아무리 복된 땅이라 해도 모두 티끌에 불과하지. 청명에 올라와 흰 난새를 참마로 부려 수레를 몰면서 붉은 계수나무에서 맑은 향기를 따고 벽락에서 차가운 달빛을 몸에 두르며, 백옥경에서 즐겁게 놀고 은하수에서 헤엄치는 즐거움만 하겠어?'75) 망국의 한과 허무한 인생을 그리는 작품 속 한시들은 신선의 삶을 긍정하는 것으로 읽게끔 한다. 그래서 이는 작자가 지닌 현실적 삶의 고독감이나 허무의 초월 의지를 반영하는 것으로 이해되곤 한다.76) 그러나 실상 김시습은 '죽고 사는 것은 명(命)에 있어, 오래 살고 일찍 죽는 것이 기한이 있다.'라고 하여 불생불멸의 신선술에 대해 부정적으로 인식하고, '운명을 점치는 것은 곧 경계하고 삼가며 미리 염려하는 길'일 뿐임을 명확히 했다.77) 이런 사상을 지닌 김시습이 신선의 삶을 긍정했다고 보는 것은 문제가 있다. 오히려 그런 신선의 세계를 욕망하는 것이 허망한 일임을 인식하지 못하는 사람들을 향해 비판적인 입장을 취했다고 보는 것이 옳다.

「남염부주지」는 박생의 꿈속에 염부주(炎浮洲)를 제시하였다. 박생은

---

74) 조동일, 「15세기 鬼神論과 귀신이야기의 변모」, 앞의 책, 175쪽.
75) 김시습, 「醉遊浮碧亭記」, '下土仙境, 雖云福地, 皆是風塵. 豈如履靑冥驂白鸞, 挹淸香於丹桂, 服寒光於碧落, 遨遊玉京, 游泳銀河之勝也?'
76) 김광순(『한국고소설사』, 국학자료원, 2001, 173~174쪽)은 '허탈감에 젖어 있는 현실의 동봉이 무의식적으로 허무를 이기고 영원의 세계로 나아가고자 하는 욕구를 표현한 작품'으로 이해한다.
77) 김시습, 『매월당집』 권3, 「雜著-天形」, 「雜著-弭災」.

이단(異端)의 설을 믿을 수 없다고 하며 일리론(一理論)을 써 자신을 경계했던 이인데, 꿈속에서 그는 이단의 염부주를 찾았던 것이다. 여기에 제시된 염부주는 초목도 없고, 모래와 자갈도 없으며, 구리나 쇠만이 밟히며, 낮에는 거센 불길이 하늘까지 뻗쳐 땅덩이가 녹고, 밤이면 찬 바람이 사람의 살갖과 뼈를 쑤셔대는 바닷가를 따라 쇠로 된 벼랑의 공간이다. 그곳은 풍토병이 유행하고, 목이 마르면 구리쇳물을 마셔야 하고, 배가 고프면 불에 녹는 쇳덩이를 먹어야 하며, 야차와 나찰·이매(魑魅)·망량(魍魎) 같은 도깨비가 기운을 펴고, 백성들의 풍속이 드세고 사나운 곳이다. 불교에서 말하는 염부제(閻浮提)와 유사한 곳인데,78) 염왕은 '하늘의 남쪽에 있으므로 남염부주라고 부르오. 염부(炎浮)라는 것은 불꽃이 활활 타서 늘 허공에 떠 있기 때문'이라고 말한다. 이단을 부정하던 이가 이단에서 설하는 염왕이 될 것이라는 꿈을 꾸게 된 것이다. 그리고 그 꿈속에서는 이단인 불교가 저지른 해악을 문제 삼고 있었으니 역설적이라 하지 않을 수 없다. 염부주는 실상 우리가 살고 있는 세계의 방편적 표현이라 할 수 있다. 김시습 자신도 '염부제는 번역하면 승금(勝金)'이라 했고, 한용운은 '염부제는 한자로 승금이라고 번역하는데, 즉 우리가 사는 세계를 이른 말'79)이라 했다. 그가 들여다본 염부제란 고통스런 현실 속 인간들의 삶을 비유적으로 표현해 놓고 있는, 박생의 의식계에 존재하는 것이다. 그런 공간 속에서 현실 사회의 문제점들을 비판적 대화의 형식으로 드러내 놓았던 것이다. 그런데 박생이 염왕이 될 것이라는 사실을 긍정했다면 일리론을 거부하고 이단을 긍정하게 되는 꼴이요, 염왕이 될 것을 부정했다면 일리론을 여전히 지키며 이단을 부정하는 것이 된다. 박생은 꿈에서 깨었을 때 어떻게 했는가? '박생은 한

---

78) 아함경류나 『法苑珠林』 등에 염부주와 지옥에 대한 이야기가 많이 서술되어 있다.
79) 『십현담요해』, 「연교」(이창섭·최철환 옮김, 앞의 책, 257쪽.)

참동안 감격하기도 하고 의아해 하기도 하였다. 그러다가 스스로 생각하기를 이제 곧 죽으려나보다 하였다. 그래서 그는 날마다 집안일을 정리하는 데 몰두하였다. 몇 달 뒤에 박생은 병을 얻었다. 그는 스스로 필경 다시는 일어나지 못하리라는 것을 알았다.'80)라고 서술된다. 결국 일리론을 부정하고, 자신의 의식이 만들어낸 의식계인 꿈 속 세계를 긍정한 꼴이다. 근처 이웃의 사람들 역시 꿈속에서 신인이 나타나 박생이 염라왕이 될 것이라 말했다고들 떠들어댄다. 현실의 허탄한 모든 문제를 꿈 속이라는 의식계에서 비판하고서도 박생은 결국 염왕이 될 것임을 믿고 준비했다. 김시습은 「남염부주지」에서 지식인이나 민중의 어리석음을 염부주를 모티프로 삼아 선불교적 현실주의의 입장에서 이렇게 비판했던 것이다.

「용궁부연록」에서 용궁 역시 꿈속 세계인데, 이류(異類)들이 함께 어우러져 노래하는 공간이다. 한생이 뛰어난 글재주를 갖고 있어 초청받아 상량문을 써 주는데, 그 내용을 보면 이무기와 악어, 조개, 거북과 잉어, 귀신, 산도깨비 등이 함께 어우러짐을 말한다. 그후 곽개사(郭介士)라 칭하는 게, 현선생(玄先生)이라는 거북, 나무·돌의 도깨비, 조강신, 낙하신, 벽란신, 용왕 등이 기쁨의 노래를 부른다. 용궁은 그야말로 흥겨운 잔치 분위기다. '털 뒤집어 쓰고 뿔 달고 저자로 온다〔被毛戴角入廛來〕'라는 '이류중행(異類中行)'의 선불교 사상과 연관을 맺으면서,81) 온갖 만물들이 어우러진 일색(一色)의 경지를 드러낸 것이라 볼 수 있다. 「용궁부연록」의 용궁은 그가 꿈꿔왔던 만물간의 사랑이 충만한 현실 공간이 우의적으로 드러난 세계라 하겠다.

---

80) 김시습, 「취유부벽정기」.
81) 『십현담요해』, 「迴機」(이창섭·최철환 옮김, 앞의 책, 292~293쪽)

4. 맺음말

　이 글은 김시습의『금오신화』창작의 사상적 배경으로 '선불교적 현실주의'를 살피고, 그 사상이 작품에 어떻게 투영되었는지를 들여다보았다.

　김시습의 사상은 성리학의 '기일원론' 또는 '일원론적 주기론'으로만 이해되어서는 안 된다. 물론 성리학의 영향이 적지 않으나, 그는 현실 긍정의 논리를 선불교적 사유를 통해 이룩했으며, 이를 바탕으로 유·불의 관계가 대립이 아닌 공존의 관계여야 함을 역설했고, 기존 불교의 미신적 요소를 타파하면서 선불교 옹호론을 펼쳤다. 이러한 사상적 면모를 그가 읽었던『원각경』이나, 선불교 사상을 직접적으로 드러낸『묘법연화경찬』·『십현담요해』·『대화엄일승법계도주병서』·『화엄경석제』, 그리고「잡저」의 여러 논설들을 통해 확인할 수 있었다.

　선불교를 공적(空寂)의 사상으로만 이해하고 있는 이들이 있을 터인데, 실은 인간을 비롯한 삼라만상의 존재와 실상을 철저하게 궁구함으로써 실천의 방향을 추구해나가는 사상이라 볼 수 있으며, 김시습은 성리학자들의 득세와 불교 탄압의 국면 속에서 유·불의 화합과 공존을 주장하고, 타락한 불교를 혁신하며, 더불어 살아가는 사회를 이루고자 했다. 그러한 그를 가리켜 이이(李珥)는 '심유적불(心儒跡佛)'이라 평가하여 얼핏 보면 그의 선불교적 현실 인식을 가로막은 것처럼 보인다.82) 그러나 깊이 생각해보면 이이의 그러한 언급이 없었다면 그의 행적이나 선불교 관련 서적들이 온전하게 전해지기나 했을는지 의심스럽다. 어쩌면 이이가 방외인이자 미치광이이면서 '심유적불'의 인간으로 김시습을 평가함으로써 급진적인 유학자들에 의해 '요승(妖僧)'이라 지목되고 사라져버릴

---

82) 李　珥,「金時習傳」,『매월당집』권1.

뻔한 그의 문적(文籍)들이 그나마 살아남게 된 것이라 볼 수도 있으니, 이이의 남다른 정치적 배려가 있었던 것이라 보는 것은 지나친 억측일까?

김시습의 선불교적 현실주의 사상은 『금오신화』에 잘 반영되어 있다. 지금까지의 연구 경향을 보면, 다섯 작품을 일관된 사상으로 꿰는 일이 어려웠다. 「만복사저포기」는 불교 사상으로, 「취유부벽정기」는 신선 사상으로 해석하는 것과 같이 개별 작품의 실상을 중요시하고, 그 작품들 사이의 연관성은 논외로 했던 것이 사실이다. 이는 또한 그의 사상적 기반과도 부합하지 않는 문제점을 갖고 있었다. 그런데 이 글에서 주장하는바 선불교적 현실주의 사상으로『금오신화』를 들여다보면 하나같이 일관된 사상과 서사기법의 혁신을 파악해 볼 수 있다. 김시습은 선불교적 현실주의를 바탕으로『금오신화』에 등장하는 인물들의 생사 인식의 한계점을 비판적으로 서사화했고, 기존의 불교적 전기소설들이 드러내는 현실 초월의 서사화를 극복하고 귀신·신선·염부주·용궁이라는 이류(異類)·이계(異界)가 인간의 의식 세계에 똬리를 튼 허구적 세계임을 분명히 드러냈다. 이렇게 함으로써 현실의 모순을 극복하여 삼라만상이 어우러진 세상을 꿈꾸었던 것이다.

❚ 참고문헌

■ 기본자료

一 然, 『三國遺事』(『韓國佛敎全書』卷6./이민수 역, 『三國遺事』, 을유문화사, 1983.)
『殊異傳』(김현양 지음, 『수이전일문』, 박이정, 1996.)
金時習, 『金鰲新話』(최용철, 『금오신화의 판본』, 국학자료원, 2003./ 심경호 역, 『금오
　　　　신화』, 홍익출판사: 2000.)
＿＿＿, 『梅月堂全集』(성균관대학교 대동문화연구원, 1973./『국역 매월당집 3』, 세종
　　　　대왕기념사업회, 1978.)
＿＿＿, 『曹洞五位要解』(민영규 교록, 『梅月堂學術論叢-그 文學과 思想』, 강원대학교인
　　　　문과학연구소, 1988./이창섭·최철환 역, 『중편조동오위』, 대한불교진흥원,
　　　　2002.)
＿＿＿, 『大華嚴一乘法界圖註幷序』(김지견, 『大華嚴一乘法界圖註幷序-金時習의 禪과 華
　　　　嚴-』, 대한전통불교연구원, 1983.)
＿＿＿, 『大華嚴法界圖序』(『梅月堂別集』卷之三.)
＿＿＿, 『蓮經別讚』(『韓國佛敎全書』卷7, 289쪽.)
白賁道人 蒲生重章, 「梅月堂金鰲新話跋」(1884년『大塚本 金鰲新話 跋』, 아세아문화사 영
　　　　인, 1973, 135쪽.

「高仙寺誓幢和尙碑文」(허흥식 편, 『韓國金石文-古代』, 아세아문화사, 1984.)
「尹誧墓誌」(朝鮮總督府, 『朝鮮金石總覽』, 1919, 371쪽.)
『乾鳳寺史蹟』(韓龍雲 編, 『乾鳳寺及乾鳳寺末寺史蹟』, 1928.)
『景德傳燈錄』 29권.(『대정신수대장경』51권.)
『古今圖書集成』 職方典 卷1158.
『廣弘明集』
『老子』
『大東野乘』

『孟子』

『明宗實錄』

『法華經』

『山海經』

『宣祖實錄』

『肅宗實錄』

『人證道歌』上.

『莊子』

『正祖實錄』

『曹洞錄』(장경각, 佛紀2536.)

『華嚴經』

覺　訓, 『海東高僧傳』

干　寶, 『搜神記』

鳩摩羅什 譯, 『金剛經』

權相老, 「浮雪行蹟」, 『朝鮮佛敎略史』, 신문관, 1917.

金　穎, 「長興寶林寺普照國師彰聖塔碑」(『朝鮮金石總覽』上, 1919, 62쪽.)

金富植, 『三國史記』

金安老, 「稗林」, 『龍泉談寂記』上(『한국시화총편1』, 동서문화원영인, 413쪽.)

南孝溫, 『秋江集』

曇水, 『人天寶鑑』

大唐罽賓三藏佛陀多羅 譯, 『大方廣圓覺修多羅了義經』

道　世, 『法苑珠林』第6卷, 六道篇, 畜生部 感應緣.(『한글대장경 법원주림』1, 동국대역경
　　　　원)

了　圓, 『法華靈驗傳』(『韓國佛敎全書 6』, 동국대출판부, 1982.)

未　詳, 「海州光照寺 眞澈大師寶月乘空搭碑」(『朝鮮金石總覽』上, 127~128쪽.)

徐巨正, 「送印上人詩序」, 『四佳集』권4.

世　親, 『唯識三十誦』

龍樹, 鳩摩羅什 譯, 『中論』

雲巖曇晟, 「寶鏡三昧」(『人天眼目』卷之三, 『卍續藏經』第 113冊, 872쪽.)

李　荇, 『新增東國輿地勝覽』卷34 「佛宇」條.

李夢游, 「聞慶鳳岩寺 靜眞大師圓悟塔碑」(『朝鮮金石總覽』上, 199쪽.)

藏　川, 『佛說豫修十王生七經』(崇禎後九十一年四月日 全羅左道求禮縣 智異山華嚴寺開刊, 동국대도서관소장본.).

丁若鏞, 「大東禪敎攷」, 1823.(『韓國佛敎全書』 卷10, 韓國佛敎全書編纂委員會, 1989: 505~514쪽.).

曹　丕, 『列異傳』(『太平廣記』卷375.)

宗　密, 『原人論』(『대정장』45.)

朱　熹, 「太極圖說」(『周子全書』)

知　訥, 『圓頓成佛論』(『韓國佛敎全書』卷4)

采　永, 『西域中華海東佛祖源流』,1764.(『韓國佛敎全書』卷10, 韓國佛敎全書編纂委員會, 1989.).

崔致遠, 「保寧聖住寺朗慧和尙白月葆光塔碑」(허흥식, 『韓國金石全文』, 亞細亞文化社, 1984, 212~223쪽.)

______, 「海印寺妙吉祥塔記」(허흥식 편, 『韓國金石全文』, 亞細亞文化社, 1984, 234쪽.)

慧　皎, 『高僧傳』

休　靜, 『淸虛堂集』(『韓國佛敎全書』 卷7, 韓國佛敎全書編纂委員會, 1997.)

______, 朴敬勛 譯註, 『청허당집』, 東國譯經院, 1993.

■ 연구논저(단행본)

고익진, 『한국의 불교사상』, 동국대학교출판부, 1987.

貴重古典籍刊行會, 『東京大學圖書館藏 法華經集驗記 解題』, 1981.

김광순, 『한국고소설사』, 국학자료원, 2001.

김기동, 『한국고대소설개론』, 대창문화사, 1956.

김득만·장윤수, 『중국 철학의 이해』, 예문서원, 2000.

김상현, 『신라의 사상과 문화』, 一志社, 1999.

김승호, 『한국승전문학의 연구』, 민족사, 1992.

______, 『한국사찰연기설화의 연구』, 동국대학교출판부, 2005.

김영태, 『삼국시대불교신앙연구』, 불광출판부, 1990.

______, 『西山大師의 生涯와 思想』, 博英社, 1975.

김춘택, 『우리나라 고전소설사』, 한길사, 1993.

金台俊, 『增補朝鮮小說史』, 學藝社, 1939.(박희병 교주, 『조선소설사』, 한길사, 1990.)

______, 『한국문학의 동아시아적 시각 2』, 집문당, 2000.

김현룡, 『한국소설설화비교연구』, 일지사, 1966.

김호귀, 『묵조선연구』, 민족사, 2001.

라다크리슈난, 이거룡 역, 『인도철학사Ⅱ』, 한길사.

리차드 팔머, 이한우 옮김, 『해석학이란 무엇인가』, 문예출판사, 1978.

박성의, 『한국고대소설사』, 일신사, 1958.

박일용, 『조선시대의 애정소설』, 집문당 1993.

박희병, 『韓國傳奇小說의 美學』, 돌베개, 1997.

불교전기문화연구소 편, 『구산선문-수미산문과 조동선』, 불교영상, 1996.

사재동, 『불교계 서사문학의 연구』, 박이정, 1996.

설중환, 『금오신화 연구』, 고대출판부, 1983.

소재영, 『고소설통론』, 이우출판사, 1983.

신기형, 『한국소설발달사』, 창문사, 1960.

심경호, 『김시습 평전』, 돌베개, 2003.

아라키 켄고, 김석근 역, 『불교와 양명학』, 서광사, 1993.

오대혁, 『원효 설화의 美學』, 불교춘추사, 1999.

유정일, 『기재기이 연구』, 경인문화사, 2005.

伊藤淸司, 박광순 옮김, 『중국의 신화와 전설』, 넥서스, 2000.

이이화, 『역사 속의 한국 불교』, 역사비평사, 2002.

張立文, 안유경 옮김, 『理의 철학』, 예문서원, 2004.

______, 김교빈 외 역, 『기의 철학』, 예문서원, 2004(재판).

全寅初, 『唐代 小說 硏究』, 연세대학교 출판부, 2000.

전해주, 『義相華嚴思想史硏究』, 민족사, 1993.

정주동, 『梅月堂 金時習 硏究』, 신아사, 1965.

정환국, 『초기 소설사의 형성과정과 그 저변』, 소명출판, 2005.

조동일, 『한국소설의 이론』, 지식산업사, 1977.

宗 浩, 『臨濟禪 硏究』, 경서원, 1996.

주왕산, 『조선고대소설사』, 정음사, 1950.

中文大辭典編纂委員會, 『中文大辭典』10권, 중국문화대학출판부, 中華民國74년.

차용주, 『한국한문소설사』, 아세아문화사, 1989.

최귀묵, 『김시습의 사상과 글쓰기』, 소명출판, 2001.

坪井俊映, 韓普光 譯, 『淨土敎槪論』, 如來藏, 1984.

馮友蘭 저, 박성규 역, 『중국철학사』하, 까치, 1999,

한영환, 『전등신화와 금오신화의 구성비교연구』, 개문사, 1975.

한종만, 『한국조동선사』, 불교영상, 1998.

황패강, 『新羅佛敎說話硏究』, 일지사, 1975.

히로사치야, 강기희 역, 『소승 대승』, 민족사, 1990.

G. Lukács, The Aesthetics of György Lukács, 김태경 역, 『루카치 美學批評』, 한
    밭사, 1984,

■ 연구논문

경일남, 「〈부설전〉에 나타난 게송의 양상과 기능」, 『불교문화연구』2, 한국불교문화학회,
    2003.

_____, 「〈부설전〉의 인물대립 의미와 작가의식」, 『어문연구』, 어문연구학회, 2000.

김 현, 「鬼神-자연 철학에서 추구한 종교성」, 『조선유학의 개념들』, 예문서원, 2002.

김갑진, 「금오신화연구」, 한남대 석사학위논문, 1986.

김광순, 「김현감호에 대하여」, 『한국의 철학』16, 경북대 퇴계연구소, 1988.

김근호, 「太極 - 우주 만물의 기원」, 『조선유학의 개념들』, 예문서원, 2002.

김기동, 「金鰲新話의 硏究」, 『東洋學』제5집, 단국대학교, 1975.

김두경, 「김시습과 금오신화에 나타난 사상연구」, 고려대 교육대학원 석사논문, 1976.

김명순, 「금오신화의 비극성」, 『우전 신호열선생 고희기념논집』, 창작과 비평사, 1983.

김명호, 「김시습의 문학과 성리학 사상」, 『한국학보』35, 일지사, 1984.

김상일, 「율곡이이의 선체험과 그 시세계」, 『한국문학연구』24, 한국문학연구소, 2001.

김상현, 「신라 中古期 불교사상의 사회적 의의」, 『신라의 사상과 문화』, 일지사, 1999.

_____, 「日本에 現傳하는 新羅 義寂의 法華經集驗記」, 『佛敎史 硏究』創刊號, 中央僧家

大學校 佛敎史硏究所, 1996.

______, 「日本에 現傳하는 新羅 義寂의 法華經集驗記」, 『佛敎史 硏究』創刊號, 中央僧家
　　大學校 佛敎史硏究所, 1996.

김승호, 「16세기 승려작가 暎虛 및 「浮雪傳」의 소설사적 의의」, 『고소설연구』11, 한국고
　　소설학회, 2001.

김영두, 「나말여초의 조동선」, 『조동선학논총』1, 불교춘추사, 2004.

김영만, 「金現感虎說話에 나타난 佛敎思想考」, 『국어국문학』18, 부산대 국어국문학과,
　　1982.

김용덕, 「萬福寺樗蒲記의 작품세계」, 『고전소설의 이해』, 문학비평사, 1991.

김일렬, 「금오신화 고찰」, 『조선전기의 언어와 문학』, 형설출판사, 1976.

김종철, 「高麗 傳奇小說의 발생과 그 행방에 대한 再論」, 『한국서사문학사의 연구』, 중앙
　　문화사, 1994.

김지견, 「沙門 雪岑의 華嚴과 禪의 世界」, 『梅月堂學術論叢-그 文學과 思想』, 강원대학교
　　인문과학연구소, 1988.

김창진, 「금오신화의 순환구조 연구」, 경희대석사학위논문, 1982.

김태준, 「한·일 전기소설의 관련양상」, 『한국문학의 동아시아적 시각 2』, 집문당, 2000.

______, 「동아시아에서 신의 존재 - 〈사생귀신론〉의 향방을 중심으로 -」, 『동양학』31,
　　단국대학교 동양학연구소, 2001.

김형찬, 「존재와 규범의 기본 개념」, 『조선유학의 개념들』, 예문서원, 2002.

김혜숙, 「이생규장전, 그 우의와 내막」, 『울산어문논집』3집, 1987.

문상기, 「금오신화론」, 『부산한문학연구』제6집, 부산한문학회, 1991.

민병수, 「김시습론」, 『한국문학작가론』, 형설출판사, 1977.

민영규, 「김시습의 조동오위설」, 『대동문화연구』13, 성균관대학교 대동문화연구원,
　　1979.

박성의, 「동봉 김시습과 금오신화」, 『한국고대소설발달사』, 일신사, 1958.

박일용, 「《금오신화》와 《전등신화》에 나타난 애정 모티프의 형상화방식과 그 의미」,
　　『東아시아文學 속에서의 韓國漢文小說 硏究』, 月印, 2002.

박찬두, 「영험담-허구의 거부와 존재론적 특성」, 『불교문학연구입문-산문편』, 동화출판
　　공사, 1991.

박태상, 「금오신화에 나타난 매월당의 세계관과 애정관」, 『한국방송통신대 논문집』20,

한국방송통신대, 1995.

박해당, 「조선 전기의 호불론과 삼교론」, 『자료와 해설 한국의 철학사상』, 예문서원, 2001.

박희병, 「≪金鰲新話≫의 小說美學」, 『한국전기소설의 미학』, 돌베개, 1997.

_____, 「羅麗時代의 傳奇小說」, 『한국전기소설의 미학』, 돌베개, 1997.

서경수, 「김시습의 불교사상」, 『한국철학사』중, 한국철학회, 동명사, 1987.

서윤길, 「조선조 밀교사상의 전개」, 『한국밀교사상사연구』, 불광출판부, 1995.

설성경, 「이생규장전의 구조와 의미」, 『고소설의 구조와 의미』, 새문사, 1986.

_____, 「15세기형 창작단편 남염부주지에 나타난 정치이념의 형상화」, 『한국 고전 소설의 본질』, 국학자료원, 1991.

설중환, 「금오신화의 신연구」, 고려대학교 대학원 박사학위논문, 1983.

_____, 「금오신화의 삽입시 연구시론」, 『논문집』1, 전주 우석여대, 1980.

_____, 「만복사저포기와 불교」, 『석헌정규복교수환력기념논총』, 고려대 국문학연구회, 1987.

_____, 「〈金鰲新話〉論」, 『韓國古典小說論』, 새문사, 1990.

소인호, 「≪금오신화≫연구의 성과와 전망」, 『고소설연구사』, 도서출판 월인, 2002.

소재영, 「금오신화와 허균의 소설」, 『한국소설사』, 현대문학사, 1990.

_____, 「金鰲新話의 文學的 價値」, 『한국 고소설의 조명』, 아세아문화사, 1992.

송화섭, 「변산반도의 관음신앙」, 『지방사와 지방문화』5권 2호, 역사문화학회, 2002.

신규선, 「금오신화 연구」, 강원대 석사학위 논문」, 1992.

심재석 역, 「광조사 진철대사 보월승공탑비」, 『譯註 羅末麗初金石文』下, 혜안, 1996.

안동준, 「김시습의 문학사상에 대한 연구사적 검토」, 『南冥學研究』18, 경상대학교 남명학연구소, 2004,

_____, 「매월당 김시습의 성리학적 사유와 소설미학」, 『조선시대의 사상과 문화』, 집문당, 2003.

안창수, 「금오신화의 의미구조와 작가의식」, 『영남어문학』26, 영남어문학회, 1984.

양은용, 「淸寒子 金時習의 丹學修練과 道敎思想」, 『梅月堂學術論叢-그 文學과 思想』, 강원대학교인문과학연구소, 1988.

양은용, 「淸寒子 金時習의 丹學修練과 道敎思想」, 『梅月堂學術論叢-그 文學과 思想』, 강원대학교인문과학연구소, 1988.

오대혁, 「≪안락국태자경≫과 〈이공본풀이〉의 전승 관계」, 『불교 문학과 불교 언어』, 이회, 2002.

______, 「〈浮雪傳〉의 창작연원과 소설사적 의의」, 『語文研究』47, 어문연구학회, 2005.

______, 「김시습의 선불교적 현실주의와 금오신화」, 『한국문학연구』26, 동국대 한국문학연구소, 2003.

______, 「불교적 傳奇小說 연구 序說」, 『佛敎語文論集』8, 한국불교어문학회, 2003.

______, 「불교문학의 환상성과 사찰연기설화」, 『佛敎語文論集』9, 한국불교어문학회, 2004.

______, 「나말여초 전기소설의 형성 문제」, 『한국어문학연구』46집, 한국어문학연구학회, 2006.

오춘택, 「〈쌍녀분기〉와 〈최치원〉의 작자」, 『국어국문학』139, 국어국문학회, 2005.

윤경희, 「〈이생규장전〉의 구조적 연구」, 『古小說研究』, 한국고소설학회, 1997.

윤재민, 「韓國 漢文小說의 유형론」, 『東아시아文學 속에서의 韓國漢文小說 研究』, 월인, 2002.

이가원, 「金鰲新話解題」, 『金鰲新話』, 通文館, 1959.

이금희, 「만복사저포기에 나타난 사랑」, 『숙명여대 어문논집』4, 숙명여대, 1994.

이덕진, 「고려 선불교의 성립과 전개」, 『자료와 해설 한국의 철학 사상』, 예문서원, 2001.

이 만, 「조선 초기 불교계의 상황과 諺解經典의 성격」, 『불교문화연구』3, 영취불교문화연구원, 1992.

이복규, 「〈설공찬전〉 국문본의 발견 경위와 의의」, 『설공찬전-주석과 관련자료』, 시인사, 1997.

이봉춘, 「불교계의 동향」, 『한국사 31·조선 중기의 사회와 문화』, 국사편찬위원회, 1998.

이상택, 「한국 도교문학의 현실인식문제」, 『한국문화』7, 서울대학교 한국문화연구소, 1986.

이석래, 「금오신화는 전등신화의 모방인가」, 『한국문학사의 쟁점』, 집문당, 1986.

이인재 역, 「봉암사 정진대사 원오탑비」, 『譯註 羅末麗初金石文』下, 혜안, 1996.

이재수, 「金鰲新話考」, 『韓國小說研究』, 형설출판사, 1969.

이재호, 「金鰲新話攷」, 『金鰲新話』, 과학사, 1980.

이종찬, 「梅月堂의 文學世界」, 『梅月堂學術論叢─그 文學과 思想』, 강원대학교인문과학연구소, 1988.

이학주, 「東아시아 傳奇小說의 淵源과 傳播」, 『고전산문교육의 이론』, 집문당, 2000.

이혜순, 「금오신화에 나타난 인귀교구소설의 유형적 고찰」, 『이숭녕선생 고희기념논총』, 1977.

임재해, 「화소체계에 따른 김현감호설화의 유형적 이해」, 『영남어문학』13, 1986.

임형택, 「나말여초의 전기문학」, 『한국한문학연구』5, 한국한문학연구회, 1981.

_____, 「매월당의 방외인적 성격과 사상」, 『한국문학의 시각』, 창작과비평사, 1984.

장효현, 「傳奇小說 연구의 성과와 과제」, 『민족문화연구』28, 고려대 민족문화연구소, 1995.

전해주, 「≪大華嚴一乘法界圖註≫ 上의 性起觀」, 『義相華嚴思想史硏究』, 민족사, 1993.
한종만, 「김시습의 화엄·선사상」, 『한국불교사상의 전개』, 민족사, 1998.

전혜경, 「≪金鰲新話≫(韓), ≪剪燈新話≫(中)와 비교를 통해 본 베트남의 ≪傳奇漫錄≫」, 『고전산문교육의 이론』, 집문당, 2000.

鄭光均, 「西山休靜의 禪淨觀 硏究」, 동국대학교 선학과 석사학위논문, 1999.

정규복, 「금오신화의 내각문고본 해제」, 『인문논집』24, 고려대문과대, 1979.

정병욱, 「金時習硏究」, 『서울대학교논문집─인문사회과학편』7집, 1958.

鄭宇洪, 「浮雪의 畜妻成道」, 『韓國佛教史話』, 經書院, 1965.

정학성, 「전기소설의 문제」, 『한국문학연구입문』, 지식산업사, 1982.

조기영, 「김시습의 〈山居集句〉에 나타난 시세계」, 『東洋古典硏究』14, 동양고전학회, 2000.

조동일, 「소설의 성립과 초기소설의 유형적 특징」, 『한국학논집』3, 계명대 한국학연구소, 1975.

_____, 「15세기 鬼神論과 귀신이야기의 변모」, 『한국의 문학사와 철학사』, 지식산업사, 1996.

지준모, 「전기소설의 효시는 신라에 있다─조신전을 해부함」, 『어문학』32, 한국어문학회, 1975.

진경환, 「김시습과 '心儒跡佛'의 문제」, 『어문논집』40집, 안암어문학회, 1999.

진상원, 「매월당 김시습의 생애와 사상」, 부산대대학원 석사논문, 1993.

차용주, 「김현감호 설화 연구」, 『청주사대 논문집』7, 청주사대, 1978.

蔡楨朱, 「周易이 魏氏參同契 曹洞五位 및 太極圖形成過程에 미친 影響에 關한 考察」, 『石堂論叢』6, 동아대학교 석당학술연구장려회, 1981.

최귀묵, 「김시습 글쓰기 방법의 사상적 근거 연구」, 서울대학교 박사논문, 1997.

최남선, 「금오신화해제」, 『계명』19, 계명구락부, 1927.

최삼룡, 「금오신화의 구조적 특질-기괴를 중심으로-」, 『국어문학』21, 전북대, 1980.

______, 「한국 전기소설의 도선사상 연구-김시습과 허균의 소설을 중심으로-」, 고려대학교 대학원 박사학위 논문, 1981.

최용철, 「≪金鰲新話≫朝鮮刊本의 發掘과 版本에 관한 考察」, 『고전산문교육의 이론』, 집문당, 2000.

太田晶二郎, 「寂法師의 法華經集驗記는 現存한다」, 『日本歷史』390號, 1980.

한영환, 「금오신화의 소설사적 의의」, 『논문집』24, 성신여대, 1987.

한종만, 「조선시대의 조동선」, 『한국조동선사』, 불교영상, 1998.

______, 「조선시대의 조동선의 흐름」, 『曹洞禪學論叢』1집, 불교춘추사, 2004.

허원기, 「異類中行 思想의 敍事文學的 意味」, 『한국어문학연구』42, 한국어문학연구학회, 2004.

황인규, 「청한설잠의 승려로서의 불교계 활동과 교유인물」, 『한국불교학』40, 한국불교학회, 2005.

황패강, 「불교전기·불교설화의 전개 과정과 고소설」, 『고소설사의 제문제』, 집문당, 1993.

▎ 참고문헌 2부

■ 기본자료

「高仙寺誓幢和尚碑文」(허흥식 편,『韓國金石文-古代』, 아세아문화사, 1984.)

「尹誧墓誌」(朝鮮總督府,『朝鮮金石總覽』, 1919, 371쪽.)

覺訓,『海東高僧傳』

干寶,『搜神記』

『乾鳳寺史蹟』(韓龍雲 編,『乾鳳寺及乾鳳寺末寺史蹟』, 1928, 39~40쪽.

『古今圖書集成』職方典 卷1158.

道世,『法苑珠林』第7卷(『한글대장경 법원주림』1, 255~258쪽.)

了圓,『法華靈驗傳』(『韓國佛敎全書 6』, 동국대출판부, 1982.)

『法華經』

世親,『唯識三十誦』

一然,『三國遺事』

藏川,『佛說像修十王生七經』(崇禎後九十一年四月日　全羅左道求禮縣　智異山華嚴寺開刊, 동국대도서관소장본.)

曹丕,『列異傳』(『太平廣記』卷375.)

宗密,『原人論』(『대정장』45, 709쪽.)

崔致遠,「海印寺妙吉祥塔記」, '餓殍戰骸原野星排.'(허흥식편,『韓國金石全文』, 亞細亞文化社, 1984, 234쪽.)

■ 연구논저

강진옥,「금오신화와 만남의 문제」,『고전소설 연구의 방향』, 새문사, 1985.

貴重古典籍刊行會,『東京大學圖書館藏 法華經集驗記 解題』, 1981.

김광순,『한국고소설사』, 국학자료원, 2001.

김기동, 「금오신화의 연구」, 『동양학』 5, 단국대학교, 1975.

김기동, 『韓國古典小說研究』, 敎學研究社, 1983.

김상현, 「신라 中古期 불교사상의 사회적 의의」, 『신라의 사상과 문화』, 일지사, 1999.

______, 「일본에 現傳하는 신라 義寂의 ≪法華經集驗記≫」, 『佛敎史研究』 창간호, 중앙승
　　　가대학교 불교사학연구소, 1996.

김상현, 「日本에 現傳하는 新羅 義寂의 法華經集驗記」, 『佛敎史 硏究』 創刊號, 中央僧家
　　　大學校 佛敎史硏究所, 1996.

______, 『신라의 사상과 문화』, 一志社, 1999.

김승호, 「사찰연기설화의 소설적 조명-소위 〈朋學同知傳〉과 〈普德閣氏傳〉을 중심으로-」,
　　　『고소설연구』 13집, 한국고소설학회, 2002.

김영두, 「나말여초의 조동선」, 『조동선학논총』1, 불교춘추사, 2004.

김영만, 「金現感虎說話에 나타난 佛敎思想考」, 『국어국문학』18, 부산대 국어국문학과,
　　　1982.

김영태, 『삼국시대불교신앙연구』, 불광출판부, 1990.

______, 『韓國佛敎史 槪說』, 經書院, 1986.

김용덕, 「萬福寺樗蒲記의 작품세계」, 『고전소설의 이해』, 문학비평사, 1991.

김일렬, 「금오신화 고찰」, 『조선전기의 언어와 문학』, 형설출판사, 1982.

김종철, 「高麗 傳奇小說의 발생과 그 행방에 대한 再論」, 『한국서사문학사의 연구』, 중앙
　　　문화사, 1994.

김현양 외 공역, 『譯註 殊異傳 逸文』, 박이정, 1996.

김형우, 「元 간섭기 고려불교계의 동향」, 『한국불교사의 재조명』, 불교시대사, 1994.

노드롭 프라이, 『비평의 해부』, 한길사, 1993(12쇄).

민영규, 『四川講壇』, 도서출판 又半, 1994.(민족사, 1997, 122~124쪽)

바흐찐, 전승희 등 역, 『장편소설과 민중언어』, 창작과비평사, 1988.

박일용, 「≪금오신화≫와 ≪전등신화≫에 나타난 애정모티프의 형상화방식과 그 의미」,
　　　『동아시아문학 속에서의 한국한문소설연구』, 월인, 2002.

박찬두, 「영험담-허구의 거부와 존재론적 특성」, 『불교문학연구입문』, 동화출판공사,
　　　1991.

박희병, 「≪金鰲新話≫ 創作의 淵源과 背景」, 『韓國傳奇小說의 美學』, 돌베개, 1997.

______, 「羅麗時代의 傳奇小說」, 『韓國傳奇小說의 美學』, 돌베개, 1997.

박희병, 『전기소설의 미학』, 돌베개, 1997.

설중환, 「금오신화의 신연구」, 고대박사논문, 1983. ; 『금오신화의 연구』, 고려대 민족
　　　문화연구소, 1989.

안동준, 「김시습 문학사상 연구」, 한국정신문화연구원 한국학대학원박사논문, 1994.

楊白衣 編, 『佛菩薩의 本籍』, 性法 譯, 韓國出版文化公社, 1984, pp.77~115.

오대혁, 「〈浮雪傳〉의 창작연원과 소설사적 의의」, 『語文硏究』47, 어문연구학회, 2005.

＿＿＿, 「〈왕랑반혼전〉의 전승 연구」, 『불교어문논집』 7, 한국불교어문학회, 2002, 23
　　　0~231쪽.

＿＿＿, 「〈왕랑반혼전〉의 전승 연구」, 『불교어문논집』 7, 한국불교어문학회, 2002.

＿＿＿, 「〈조신전〉의 구조와 형성배경」, 『한국문학연구』 20, 한국문학연구소, 1998.

＿＿＿, 「≪안락국태자경≫과 〈이공본풀이〉의 전승 관계」, 『불교문학과 불교언어』, 이
　　　회, 2002.

＿＿＿, 「불교문학의 환상성과 사찰연기설화」, 『佛教語文論集』9, 한국불교어문학회,
　　　2004.

＿＿＿, 『원효설화의 美學』, 불교춘추사, 1999.

윤영해, 『주자의 선불교비판 연구』, 민족사, 2000.

윤재민, 「韓國 漢文小說의 유형론」, 『東아시아文學 속에서의 韓國漢文小說 研究』, 월인,
　　　2002.

伊藤淸司, 박광순 옮김, 『중국의 신화와 전설』, 넥서스, 2000.

이복규, 『설공찬전, 주석과 관련자료』, 시인사, 1997.

이이화, 『역사 속의 한국불교』, 역사비평사, 2002.

임재해, 「화소체계에 따른 김현감호설화의 유형적 이해」, 『영남어문학』13, 1986.

임형택, 「羅末麗初의 傳奇文學」, 『한국문학사의 시각』, 창작과비평사, 1984.

＿＿＿, 「현실주의적 세계관과 금오신화」, 『국문학연구』 13, 서울대학교 국문학연구회,
　　　1971.

장원목, 「조선전기 성리학 전토에서의 리와 기」, 『한국유학과 리기철학』, 예문서원,
　　　2000.

장효현, 「傳奇小說 연구의 성과와 과제」, 『민족문화연구』28, 고려대 민족문화연구소,
　　　1995.

全寅初, 『唐代 小說 研究』, 연세대학교 출판부, 2000.

정규복, 「〈王郎返魂傳〉의 원전과 형성-高麗本의 출현을 중심으로-」, 『古小說研究』 2집, 한국고소설학회, 1997.

정주동, 『매월당 김시습 연구』, 민족문화사, 1961.

조동일, 「초기 소설의 성립과 초기 소설의 유형적 특징」, 『한국소설의 이론』, 지식산업사, 1977.

조수학, 「최치원전의 소설성」, 『영남어문학』 2, 영남어문학회, 1975.

최귀묵, 『김시습의 사상과 글쓰기』, 소명출판, 2001.

최삼룡, 『한국초기소설의 道仙思想』, 형설출판사, 1982.

최용철, 「금오신화 조선간본의 발굴과 그 의미」, 『중국소설연구회보』 39, 중국소설연구회, 1999.

최운식, 「조선시대의 소설관」, 『한국 고소설 연구』, 보고사, 2001(2판3쇄).

캐스린 흄, 한창엽 옮김, 『환상과 미메시스』, 푸른나무, 2000.

太田晶二郎, 「寂法師의 法華經集驗記는 現存한다」, 『日本歷史』390號, 1980.

황패강, 『新羅佛敎說話研究』, 일지사, 1975.

▌ 찾아보기

ㄱ

가명〔假名, prajñapti〕 224
가지산파(迦智山波) 50
가회각(佳會閣) 208
각훈(覺訓) 332
간보(干寶) 370
「원각경」 77
강창문학(講唱文學) 260
개방적 모티프들 292
거인(巨仁) 266
건도성남(乾道成男) 177
『건봉사본말사지(乾鳳寺本末寺志)』 359
검산도 51
『겐지 모노가타리〔源氏物語〕』 272
『견관세음응험기(繫觀世音應驗記)』 292
결말 처리 방식 238
겸대(兼帶) 210, 215, 232
겸중도(兼中到, 兼帶) 97, 209, 212
겸중지(兼中至) 96
『경국대전』 397
경덕왕(景德王) 267
경유(慶猷) 54
경험적 서사(empirical narrative) 264, 327
〈경흥(憬興) 치병(治病) 설화〉 298, 299, 302
「계림고기(鷄林古記)」 300

『계림잡전(鷄林雜傳)』 332
「계인설(契仁說)」 22
계파스님 347
고독감 264
고독과 초월의 형식화 206
고승 399
고승들의 이적(異蹟) 340
고승설화 305
『고승전(高僧傳)』 271
『고왕관세음경(高王觀世音經)』 288, 292
고전(古傳) 275
곤도성녀(坤道成女) 177
골품제 349, 360
공(空 śūnyatā) 224
공(환상)과 연기(현실)의 관계 225
공간구조 245
공유불이(空有不二) 318
『관무량수경(觀無量壽經)』 291
관세음보살(觀世音菩薩) 293
「관세음보살보문품(觀世音菩薩普門品)」 291
「관세음보살수기경(觀世音菩薩授記經)」 291
『관세음보살왕생본연경(觀世音菩薩往生淨土本緣經)』 292
『관세음보살왕생정토본연경』 293

저 · 자 · 소 · 개

오 대 혁

제주에서 출생해 고등학교까지 다님 ｜ 동국대학교 국어국문학과 졸업·동국대학원 석사, 문학박사 ｜ 동국대학교, 광운대학교, 서울여자간호대학 강사 역임 ｜ 現 동국대학교 국어국문학과 강사 ｜ 시인

▶ 주요저서

「우리 古典 우리 판소리」(공저, 한샘, 1994) 「원효설화의 미학」(불교춘추사, 1999) ｜「원효, 그의 위대한 생애」(공저, 불교춘추사, 1999) ｜「우리 역사 인물 전승」1, 2(공저, 집문당) ｜「설화와 역사」(공저, 집문당, 2000) ｜「안락국태자경과 이공본풀이의 전승 관계」(2000) ｜「불교문학과 불교언어」(공저, 이회, 2002) ｜「김시습의 선불교적 현실주의와 금오신화」(2003) ｜「불교문학의 환상성과 사찰연기설화」(2004) ｜「부설전의 창작연원과 소설사적 의의」(2005) ｜「한국서사문학과 불교적 시각」(공저, 역락, 2005) ｜「문학지리 한국인의 심상 공간」1 (공저, 논형, 2005) ｜「금오신화의 연구 - 禪思想的 사유체계를 중심으로」(박사학위 논문, 2006) 그 외 여러 편의 글을 세상에 내어 놓음.

『금오신화』와 한국소설의 기원

초판 인쇄	2007년 8월 20일
초판 발행	2007년 8월 28일
지 은 이	오대혁
펴 낸 이	이대현
책임편집	이태곤
디 자 인	홍동선
편　　집	권분옥·이소희·김주헌·양지숙·김지향·허윤희
제　　작	안현진
펴 낸 곳	도서출판 역락 / 서울 서초구 반포4동 577-25 문창빌딩 2층
전　　화	02-3409-2058(대표) 3409-2060(편집부) FAX 3409-2059
이 메 일	youkrack@hanmail.net
홈페이지	www.youkrack.com
등　　록	1999년 4월 19일 제303-2002-000014호

정　　가　23,000원
I S B N　978-89-5556-556-0　93810

* 잘못된 책은 교환해 드립니다.